Mémoires de Louisiane

EMILIE RICHARDS

Mémoires de Louisiane

BestSellers

Titre original : IRON LACE

Traduction française de DANIÈLE PIRAL

Photos de couverture
Yeux : © ROYALTY FREE / CORBIS
Bayou : © JOSEPH SOHM / CORBIS

83/85 boulevard Vincent-Auriol 75646 PARIS CEDEX 13.
Service Lectrices — Tél. : 01 45 82 47 47

ISBN 978-2-2808-4285-3 — ISSN 1248-511X

Pour Michael,
qui a toujours cru en moi et en ce livre.

1

1965

Entre son studio de l'East Side, à New York, et celui qu'il possédait dans West Los Angeles, Phillip Benedict n'était pas toujours facile à trouver. Mais lorsqu'il séjournait à La Nouvelle-Orléans, il vivait chez Belinda Beauclaire.

Belinda occupait la moitié d'une maison tout en longueur, un peu délabrée. Quatre pièces en enfilade qu'elle avait peintes dans des couleurs précieuses — améthyste, émeraude, grenat et saphir — et dont elle avait couvert les murs de tissus exotiques et de photographies. Phillip n'avait pas le souvenir d'être entré chez elle sans qu'y brûlent des bougies ou de l'encens, en provenance d'une herboristerie de Rampart Street — une des boutiques où l'on vous vendait également d'étranges substances en vous chuchotant à l'oreille comment les utiliser.

Belinda ne croyait pas au vaudou, mais il lui semblait toujours préférable aux religions qui avaient aidé à assujettir ses ancêtres, à peine débarqués des vaisseaux négriers. Elle détestait le terme « Nègre » et tous ses dérivés. Elle, elle se sentait *noire*. Ni « nègre » ni « de couleur ». Noire. Et sur ce point, comme sur beaucoup d'autres, Nicky, la mère de Phillip, était d'accord avec elle.

Institutrice de son état, Belinda était une très belle femme, à la démarche souple et fluide, au sourire empreint de sérénité. Elle possédait un mélange très personnel, très troublant, d'intelligence et de sensualité. Tout en elle plaisait à Phillip qui, ces derniers temps, venait de plus en plus souvent à La Nouvelle-Orléans.

Un samedi de février, tôt dans la soirée, Phillip quitta la maison de Belinda et ferma à clé derrière lui. Belinda était partie le matin de très bonne heure et il avait passé la journée penché sur sa machine à écrire, puisant son énergie dans d'innombrables tasses d'un cocktail de café très noir et de chicorée. Journaliste indépendant, il était libre de son organisation, mais astreint à une discipline de fer.

Au-dehors, alors que le soleil avait pratiquement atteint l'horizon, il fut surpris par la douceur de l'air, chargé des parfums annonciateurs du printemps. Avec les nuages lourds de pluie qui s'amoncelaient dans le ciel, le crépuscule serait spectaculaire.

Phillip n'était pas originaire de La Nouvelle-Orléans. Enfant, il ne s'y était pas déguisé pour Mardi gras, pas plus qu'il n'avait fréquenté les écoles ségrégationnistes de la ville. Il n'avait ici aucun souvenir de sa première cigarette ni de son premier baiser pour éveiller sa nostalgie. Pourtant, de temps à autre, il se laissait envoûter par cette ville.

Aujourd'hui, par exemple, il avait reçu un coup de téléphone qui l'avait ébranlé à un point tel qu'il se demandait s'il n'avait pas perdu tout bon sens. Qu'importe. Il était déjà en route pour en apprendre davantage.

Au volant de sa voiture, Phillip prit la direction du Garden District et de Prytania Street. Au cours de son bref coup de fil, Aurore Gerritsen lui avait donné des indications très précises afin qu'il puisse se rendre chez elle. Il les suivit tout en songeant au projet que sa correspondante avait évoqué.

Aurore Le Danois-Gerritsen, principale actionnaire de la Gulf Coast Shipping, mère du sénateur Ferris Gerritsen et héritière d'une famille au sang aussi bleu que la fleur de lys, emblème de la Louisiane, lui demandait de rédiger ses mémoires.

L'horizon resplendissait d'un éclaboussement d'or lorsqu'il gara sa voiture un peu à l'écart de Prytania Street. Il y avait la place pour stationner devant chez Aurore Gerritsen, amplement la place. La propriété était immense. Mais Phillip voulait prendre la température de ce quartier, et de l'environnement social qui avait fait d'Aurore Gerritsen la femme qu'elle était.

Durant le court trajet à pied, il passa devant toute une série de somptueuses demeures de style colonial, d'inspiration italienne ou Renaissance, confortablement installées dans le paysage depuis le siècle dernier. Des chênes vénérables, contemporains de la guerre civile et tout drapés de mousse, craquaient doucement dans la brise du soir et les magnolias attendaient patiemment les jours de mai, encore lointains, où leurs fleurs embaumeraient toute la ville.

Phillip entrevit des piscines, des Cadillac immaculées. On était en période de carnaval et le drapeau si convoité de Rex — apanage des quelques privilégiés qui avaient été rois du carnaval — flottait aux balcons de deux maisons.

Si des Noirs vivaient ici, il s'agissait de gouvernantes ou d'employés de maison qui passaient les nuits d'été à s'éventer dans des chambres sans air, sous les combles.

Phillip atteignit Prytania Street, conscient que sa présence avait été remarquée. Il n'était pas habillé comme un jardinier ou un peintre en bâtiment, lui. Vêtu d'un costume sombre, d'une chemise blanche et d'une cravate unie, il se dirigeait vers la grille d'entrée d'Aurore Gerritsen.

— Hé, toi là-bas !

Phillip songea un instant à ignorer l'appel. C'était probablement ce qu'il aurait fait en d'autres circonstances. Mais accepter de répondre faisait aussi partie de l'expérience à laquelle il se livrait depuis quelques minutes. Il se retourna et dévisagea d'un rapide coup d'œil le vieil homme qui l'avait appelé.

Ce dernier était pâle et aussi noueux qu'une racine de cyprès. Il était vêtu d'un costume de crépon de coton, tenue qu'on ne portait guère qu'ici, dans ce quartier blanc et riche de La Nouvelle-Orléans. Il se trouvait à une quinzaine de mètres de Phillip, appuyé à la barrière du jardin qui bordait celui de Mme Gerritsen.

Phillip ignora la main qui lui faisait signe d'approcher. Il se contenta de parler suffisamment fort pour être entendu.

— Je présume que c'est à moi que vous vous adressez ?

L'homme désigna une autre grille, sur le côté de la propriété.

— Les livraisons, c'est par-derrière, négro !

— Ah bon ? Je m'en souviendrai si jamais j'engage un Blanc pour faire mes courses.

Phillip poussa la grille, entra, fermant soigneusement derrière lui. Puis, d'un pas tranquille, il gagna la porte d'entrée de la maison et sonna.

*
* *

Aurore n'avait aucun appétit, ce soir. Au dîner, elle avait picoré quelques bouchées de poisson et de légumes farcis, comme elle le faisait souvent, enfant. Et de même qu'on la grondait à l'époque, elle s'était fait réprimander par la jeune femme venue débarrasser la table. En fin de compte, la vie n'était qu'un éternel recommencement, un cercle dans lequel jeunes et vieux se trouvaient beaucoup plus proches qu'elle ne l'avait cru jadis. Elle espérait seulement quitter ce monde avant de se retrouver aussi désarmée qu'une enfant.

Vêtue d'une robe bleue imprimée, et portant pour tout bijou un unique rang de perles, elle attendait Phillip dans le petit salon qui donnait sur l'avant de la maison. Voilà bien longtemps, elle avait décoré cette pièce avec du mobilier provenant de la maison de son enfance, des meubles lourds et sombres appartenant à une époque où tables et chaises étaient faites pour durer. Et duraient, malheureusement. Mais se débarrasser des encombrants vestiges du passé n'avait jamais été son fort.

La sonnette de la porte d'entrée retentit, et les mains d'Aurore se crispèrent sur les accoudoirs du fauteuil. Lily, sa gouvernante, avait pour instruction de faire entrer Phillip. Aurore attendit donc, avec tout le calme dont elle était capable, tandis que les secondes s'égrenaient, interminables.

Lily apparut enfin, suivie d'un homme de haute taille. Il promena ses yeux sombres à travers la pièce avant de les poser sur Aurore.

Les mots de bienvenue restèrent bloqués dans sa gorge. Elle se leva, bien que ce ne fût pas chose facile. Mais elle refusait d'accueillir Phillip Benedict installée sur son trône, à la manière d'une grande dame.

— Madame Gerritsen ?

Elle lui tendit la main, et il l'enveloppa de la sienne. Le noir et le blanc. La jeunesse et la vieillesse. La force et la fragilité. Accablée par tant de contrastes, Aurore songea un instant à lui dire qu'elle avait changé d'avis. Jamais elle ne pourrait mener un tel projet jusqu'à son terme.

Il parut sentir son désarroi. Mais il ne lui adressa pas pour autant un sourire d'encouragement. Sans doute ne souriait-il pas souvent. Il retira sa main et demeura immobile, laissant le temps à Aurore de se ressaisir.

— Je suis heureuse que vous ayez pu venir, dit-elle enfin. Il y a longtemps que j'avais envie de faire votre connaissance.

— Vraiment ?

Il n'avait pas l'air convaincu.

— J'admire depuis toujours ce que vous écrivez.

— C'est surprenant. Je ne suis pas très connu par ici.

— Vous ne l'êtes pas à cause des sujets que vous traitez. Nous sommes dans une ville orgueilleuse et assez vaniteuse, qui se satisfait... d'elle-même. Si le reste du monde disparaissait, La Nouvelle-Orléans le remarquerait à peine. Désirez-vous du café, monsieur Benedict ? Ma cuisinière m'a promis des gâteaux.

— Merci. Je ne prendrai rien pour l'instant.

Aurore regretta qu'il n'ait pas dit oui. Elle aurait aimé avoir le temps de s'habituer à sa présence. Beaucoup de choses pouvaient être dites autour d'une tasse de café, sans que cela paraisse artificiel ou ridicule.

— Asseyons-nous, proposa-t-elle en désignant le canapé, près de la fenêtre. J'aimerais faire plus ample connaissance avec vous avant de vous expliquer pourquoi je vous ai demandé de venir.

— C'est un entretien d'embauche ? lança Phillip. Dans ces conditions, je peux vous dire tout de suite que je ne veux pas de ce travail.

— Il ne s'agit pas de cela. Je n'ai pas le moindre doute. C'est vous que je veux pour écrire mes mémoires.

Sur le visage de Phillip, Aurore vit la curiosité l'emporter sur la méfiance. Il était intrigué. Pour la première fois depuis qu'il était arrivé, elle sentit renaître l'espoir.

Le canapé était inconfortable. Elle se cala contre les coussins afin de rendre la position assise supportable, tandis que Phillip s'installait à l'autre extrémité, très droit, comme s'il se laissait la possibilité de fuir à tout instant.

— Il y a longtemps que vous êtes à La Nouvelle-Orléans ? demanda-t-elle.

— Quelques semaines.

Il la regarda droit dans les yeux.

— Si je puis me permettre une question, comment avez-vous su que je m'y trouvais ?

— J'ai lu vos articles dans l'*Atlantic Monthly* et ceux que vous avez consacrés à l'intégration dans le *New York Times*. Comme je vous l'ai dit, je suis de près votre travail. Je sais donc que votre mère est Nicky Valentine et que vous venez de temps à autre à La Nouvelle-Orléans. Lorsque j'ai commencé à songer à ce projet, j'ai pensé qu'il me fallait quelqu'un de votre envergure. Et puis, je me suis dit que vous pourriez peut-être vous en charger. Je me suis renseignée et…

— … vous m'avez trouvé.

— La Nouvelle-Orléans est une très petite ville.

— Je m'en rends compte.

— Vous n'avez pas été difficile à trouver. Vous fréquentez des militants qui luttent pour les droits civiques et font en sorte qu'on les remarque — même si vous n'avez participé personnellement à aucune manifestation.

— Je suis journaliste. Je m'efforce de rester objectif. Et rien de ce que vous avez appris sur moi ne vous dérange ?

— Non, rien. Vous m'intriguez.

— Que souhaitez-vous savoir à mon sujet ?

— Dites-moi si vous vous plaisez à La Nouvelle-Orléans.

Il parut hésiter entre plusieurs réponses. Aurore savait déjà qu'il n'était pas homme à mentir. Il mettrait même un point d'honneur à ne dire que la stricte vérité. Et parfois, la vérité prenait du temps à jaillir.

— Je vais vous raconter une histoire, dit-il enfin. Hier, j'ai pris le tramway et, bien que les Noirs ne soient plus obligés de s'installer à l'arrière, une femme s'est levée et a changé de place lorsque je me suis assis à sa hauteur, de l'autre côté de la travée. J'imagine que cela ne vous surprendra pas d'apprendre qu'elle était blanche.

— Non.

— Et il m'a suffi de passer quelques minutes dans Garden District pour faire une rencontre édifiante. Avec votre voisin.

Aurore hocha la tête.

— Je présume que M. Aucoine n'a pas mentionné le fait que lui et moi ne nous parlons plus depuis des années — parce que nous n'avons strictement rien à nous dire.

— Mais je sens autre chose dans cette ville, souligna Phillip. Il y a du changement dans l'air. On le sent un peu partout.

— Je suis heureuse de vous l'entendre dire.

— Pourquoi ?

La question prit Aurore au dépourvu. Elle n'aurait

pas dû. Parler avec Phillip Benedict n'allait pas être facile. Il n'y avait rien de simple ni d'évident chez cet homme.

— Parce que je veux que les choses changent.

— Ce ne sera pas à votre avantage, souligna Phillip sans ménagement.

— Vous pourriez être surpris…

Il se mit à battre discrètement du pied. Il était impatient d'en venir au fait. Sans se laisser impressionner, Aurore le laissa attendre, de façon délibérée, et prit tout son temps pour l'observer. C'était un bel homme. Mais cela, elle le savait déjà. Elle avait vu sa photo plus d'une fois. Cela faisait si longtemps que Phillip Benedict était en première ligne partout où l'on se battait pour les droits civiques, qu'il était pris en photo presque aussi souvent que les gens sur lesquels il écrivait.

Les photos parvenaient à rendre fidèlement le port de tête altier, les traits virils, saisissants, de son visage. En revanche, elles ne pouvaient capter la vitalité, l'essence même d'un homme qui s'élevait au-dessus de la foule. Aurore avait espéré qu'il correspondrait à l'idée qu'elle se faisait de lui. Et maintenant qu'il était là, devant elle, elle en était certaine.

Elle aurait voulu l'observer encore, mais elle eut pitié de lui.

— Je ne vais pas vous retenir longtemps, reprit-elle. Laissez-moi vous expliquer ce que j'ai en tête, et nous verrons si nous pouvons parvenir à un accord. D'abord, sachez que je suis tout à fait consciente du caractère étrange de ma requête. Le monde n'est pas là à attendre, le souffle suspendu, la publication des mémoires d'Aurore Gerritsen.

— Je suis certain que vous avez eu une vie très intéressante.

— J'apprécie votre tact. Toutefois, nous savons pertinemment tous les deux qu'il n'existe qu'un marché très limité pour ma biographie.

— Limité ? Jusqu'à quel point ?

— Plus que vous ne croyez. Il s'agit d'un projet privé, très personnel. Lorsque vous aurez terminé, je n'entends remettre votre manuscrit qu'aux membres très proches de ma famille.

— Cela limite mes droits d'auteur.

— Il n'y aura pas de droits d'auteur. Vous recevrez une somme fixe.

Aurore marqua une pause.

— Je vous laisse le soin de fixer vous-même le montant de ce forfait.

— Je pensais que vous étiez une femme d'affaires.

— Je suis une *vieille* femme qui tient beaucoup à ce projet.

— Pourquoi ?

— Lorsque nous aurons terminé, je pense que vous aurez la réponse à votre question.

Il ne dit pas non, ni oui. Il fixa Aurore comme s'il pouvait obtenir la réponse dans son regard, par télépathie.

— Je vais être assez souvent absent dans le mois qui vient, déclara-t-il. Je couvre les inscriptions électorales en Alabama. Combien de temps nous faudra-t-il, selon vous ?

— Je l'ignore. Je me fatigue vite. Et c'est une longue histoire que j'ai à raconter.

— Si j'en juge par ce que vous m'avez dit jusqu'à présent, vous obtiendriez le même résultat en vous enregistrant sur magnétophone.

— Là, vous faites erreur. Je vais avoir besoin de votre aide. Je ne pourrais pas raconter tout cela à une machine.

J'ai besoin de quelqu'un qui ait votre intelligence, votre perspicacité...

Phillip secoua la tête.

— Ecoutez, madame Gerritsen, vous n'avez pas besoin de moi. Je ne sais pas pourquoi vous m'avez appelé ni très bien de quoi il retourne, mais je suis noir. Et selon tous les critères de cette ville, et les miens également, je ne suis pas l'homme qu'il faut pour ce travail.

— J'ai besoin de vous, insista Aurore. J'ai lu vos interviews. Vous avez un talent unique. Les gens vous livrent des secrets qu'ils ne confieraient à personne d'autre. Vous savez obtenir d'eux les informations qu'ils taisent.

— Pourquoi me paieriez-vous aussi bien si c'est pour refuser ensuite de tout me dire ?

— Parce que j'ai vécu une grande partie de ma vie sur un mensonge et que je ne sais pas toujours très bien où se trouve la vérité.

Phillip Benedict poussa un soupir et secoua de nouveau la tête. Pourtant, Aurore savait déjà qu'il ne refuserait pas sa proposition. Il avait pris la décision de dire oui et cela l'agaçait déjà.

— Cinq mille dollars, dit-il finalement. Et l'assurance que tout cela mène bien quelque part.

— Je vous remettrai le chèque lors de notre prochaine rencontre.

Il se leva.

— Ce sera demain. Plus tôt nous commencerons...

— ... plus tôt nous aurons terminé, compléta Aurore.

A son tour, elle se leva. Elle regrettait de ne pas avoir pris sa canne, mais elle n'avait pas voulu qu'il la voie diminuée, pas la première fois. Elle avait voulu paraître plus forte qu'elle n'était.

Elle lui tendit la main et il la serra de nouveau.

— 10 heures, proposa-t-elle. Est-ce trop tôt pour vous ?

— Non, c'est parfait.

— Je suis impatiente d'être à demain.

Il hocha la tête, lui dit au revoir. Puis il sortit.

Une fois seule, Aurore compta les mensonges qu'elle avait déjà proférés. Le plus énorme avait été le dernier. Elle n'était pas impatiente d'être au lendemain.

Pas du tout.

2

Phillip quitta le Garden District et se dirigea vers le nord, vers le Club Valentine, le club de jazz que sa mère avait rendu célèbre. Il était tôt, et Nicky était probablement en train de répéter. Phillip voulait lui parler avant qu'il n'y ait trop de monde.

Il se gara à quelques rues de Basin Street et longea à grandes enjambées les rangées de maisons blanches à charpente de bois. Se déversant par les portes et les fenêtres ouvertes, la musique des Four Tops rivalisait avec celle des Supremes ; des adolescentes, en jupes courtes aux couleurs vives, chantaient et se trémoussaient sur les trottoirs. Au milieu d'une allée, quelqu'un faisait cuire des crabes dans une vieille marmite. L'odeur rappela à Phillip qu'il n'avait quasiment rien mangé de la journée.

Le club occupait un bâtiment d'angle de deux étages, ceint d'un balcon en fer forgé qui donnait sur la rue bordée d'arbres. On avait ouvert les portes en grand pour profiter de la brise du soir, et Phillip entendit bientôt la voix de Nicky s'élever par-dessus les bruits de la rue.

En entrant, il adressa un signe de la main au barman, occupé à faire l'inventaire de ses bouteilles, et jeta un rapide coup d'œil dans les pièces de devant, à la recherche de Jake Reynolds, son beau-père. Comme il ne l'y voyait pas, il se laissa guider par la voix de Nicky jusqu'à la salle du fond. Sa mère portait une robe rouge moulante que certains auraient jugée trop courte pour une femme approchant de la soixantaine — mais qu'aucun des clients du club ne devait désapprouver.

S'asseyant au fond de la salle, Phillip attendit qu'elle ait fini de chanter. Nicky Reynolds, connue dans le monde entier sous le nom de Nicky Valentine, avait une voix troublante qui enveloppait ses auditeurs à la manière d'un parfum sensuel. Elle savait insuffler à chaque note, chaque mot, les regrets de toute une vie, la passion des corps enlacés par une nuit d'été, le bonheur d'aimer.

Phillip reconnut une chanson de James Brown, typique de la musique *soul* qui venait juste de prendre la place du *rhythm and blues* dans les hit-parades. Lorsque Nicky chantait, des fragments de son âme s'envolaient sur sa musique. Phillip s'étonnait que l'on puisse rendre avec autant de clarté les problèmes et les contradictions de l'existence. Mais Nicky avait ce don. Et elle en faisait profiter son public.

Elle aperçut Phillip à la fin du dernier couplet et agita la main dans sa direction. Lorsqu'elle eut terminé, elle resta quelques instants à discuter avec les musiciens avant de descendre le rejoindre.

— Que fais-tu ici ?

Il lui déposa un baiser sur le front. Il n'eut pas besoin de se pencher beaucoup, car elle avait à peine une tête de moins que lui.

— Je voulais te parler. Tu as le temps ou je dois prendre rendez-vous ?

— Du temps, j'en ai toujours pour toi.

Phillip jeta un coup d'œil autour de lui. Les employés

se pressaient déjà dans la salle pour prendre leur service.

— Je préférerais un endroit tranquille…

— Nous devrions trouver un peu de calme dans le bar. Si tu as faim, il y a des haricots rouges qui mijotent sur le feu.

— Parfait.

Nicky précéda Phillip.

— Je crois que je ne vais pas aimer cette conversation, remarqua-t-elle.

— Pourquoi dis-tu cela ?

— A cause du ton sur lequel tu as dit « parfait ».

— Oh ! je t'en prie, ne commence pas !

S'arrêtant, Nicky se retourna vers lui.

— Parce que tu n'as rien d'important à me dire, peut-être ? Tu es venu me parler de la pluie et du beau temps ?

— Je n'ai pas dit cela…

Phillip glissa un bras sur les épaules de sa mère et lui embrassa les cheveux.

— Tu vois, tu commences déjà à me faire des histoires.

Il s'installa dans un coin du bar tandis que Nicky allait chercher à manger. Elle rapporta deux bols de haricots rouges, du riz et du pain, auxquels le barman ajouta peu après un pichet de bière.

Avant d'expliquer la raison de sa présence, Phillip mangea un peu pour calmer sa faim.

— J'ai reçu un coup de fil étrange, aujourd'hui, déclara-t-il enfin.

Nicky attendit qu'il poursuive sans émettre le moindre commentaire.

— Ça ne t'intéresse pas ? lui demanda Phillip avec surprise. Tu ne veux pas en savoir davantage ?

— Je sais quel genre de coups de fil tu reçois. Des menaces. Des tentatives de corruption. Comme tu ne me mets pas au courant, je peux au moins faire semblant de croire que ton métier ne t'expose pas sans arrêt au danger.

— Pas sans arrêt !

Phillip était passé tout naturellement au français, sans la moindre trace d'accent, ainsi qu'il le faisait toujours lorsque leur conversation s'animait.

— Assez souvent en tout cas pour que je me fasse des cheveux blancs, souligna Nicky.

— Il ne s'agissait ni d'une menace ni d'une tentative de corruption. C'était une offre. Une offre de travail.

— Donc, tu vas encore repartir. Ne me dis pas que c'est pour le Viêt-nam…

En bonne native de Louisiane, Nicky trempa un morceau de pain pour saucer le jus épicé des haricots rouges.

— C'est un travail à La Nouvelle-Orléans, déclara Phillip en revenant à l'anglais.

Il se pencha et effleura la main de sa mère. Il avait la peau beaucoup plus sombre qu'elle, mais plus claire que celle du père qu'il n'avait pas connu. Un jour, dans un article consacré à la carrière de Nicky, sa propre carnation avait été rapprochée du « caramel » et celle de Nicky du « café au lait ». Pourquoi comparait-on ainsi toujours leur peau à quelque boisson ou nourriture ? Mystère. En tout cas, depuis, l'envie le titillait de comparer le teint des Blancs à du tapioca ou de la compote de pommes. Mais il se contrôlait. C'eût été suicidaire.

— On m'a demandé d'écrire une biographie, expliqua-t-il.

— De qui ?

— Une femme nommée Aurore Gerritsen. Ce nom te dit quelque chose ?

Cette fois, il avait réussi à faire lever la tête à sa mère. Elle fronça les sourcils et le fixa d'un regard intense.

— Qui t'a demandé de faire ça ?

— Elle.

Nicky était trop experte dans l'art de dissimuler ses propres secrets pour laisser paraître sa surprise. Son visage remarquablement peu ridé pour une femme de son âge demeura donc impassible. De même que son regard.

— Je ne le crois pas.

— C'est elle qui m'a appelé. Je viens tout juste de la rencontrer.

— Pourquoi voulait-elle te voir ?

— J'ai pensé que tu pourrais peut-être m'aider à comprendre, justement.

Nicky se laissa aller contre le dossier de son siège.

— Je ne sais rien de cette femme, sinon que c'est l'une des plus grosses fortunes de la ville. Et à ma connaissance, elle n'a jamais milité, de près ou de loin, en faveur des droits civiques.

— Tu sais au moins qui sont ses enfants… enfin, qui ils étaient.

— Il n'y a pas une personne de couleur dans cette ville qui l'ignore.

Durant le trajet jusqu'au Club Valentine, Phillip avait envisagé et rejeté une bonne demi-douzaine d'explications possibles à l'offre que lui avait faite Aurore Gerritsen. C'était une élégante vieille dame aux cheveux blancs et aux traits empreints de douceur. Ses yeux bleus avaient une expression chaleureuse et sincère. Mais il ne croyait pas un seul mot de ce qu'elle lui avait dit. Pas un seul.

Que savait-il d'elle, au juste ? Ce que tout le monde

savait, ici. Qu'Aurore Gerritsen avait donné naissance à deux fils. Le plus jeune, Ferris, était un sénateur connu pour ses opinions ouvertement ségrégationnistes ; quant à l'aîné, Hugh, un prêtre catholique militant, il avait été tué un an plus tôt au cours d'un rassemblement en faveur des droits civiques, dans une paroisse du sud de La Nouvelle-Orléans. Après le meurtre du père Gerritsen, le fossé idéologique qui séparait les deux frères avait suscité de nombreux articles de presse.

— Je me demandais si, par hasard, tu saurais des choses que j'ignore, déclara Phillip. Crois-tu que ce projet de biographie soit pour Aurore Gerritsen une façon de prendre le parti du fils mort contre celui qui est encore vivant ? Un acte de rébellion ? J'écris l'histoire de sa vie, et elle la tend au sénateur avec mon nom dessus, comme une sorte de manifeste ?

Dans les yeux de sa mère, il ne lut aucune réponse à ces questions.

— Et toi, qu'en penses-tu ? dit-elle.

— Je pense que c'est étrange. Suffisamment étrange pour me donner envie de découvrir la vérité.

— Ne chercherais-tu pas plutôt un prétexte pour rester à La Nouvelle-Orléans, Phillip ?

Phillip se pencha vers elle.

— Vas-y. Dis exactement ce que tu as en tête.

— Eh bien, je pense qu'il t'est de plus en plus difficile de faire tes bagages, répondit Nicky avec une mimique éloquente. Je pense qu'une certaine institutrice a pris mon petit garçon à l'hameçon et que chaque fois qu'il se débat, elle tire sur la ligne et le ramène un peu plus près d'elle.

Malgré lui, Phillip ne put s'empêcher de rire.

— Ne te fais pas trop d'illusions. Belinda est encore plus indépendante que moi.

— Est-ce possible ?

Phillip se pencha et posa un baiser sur la joue de sa mère.

— Tu veux bien réfléchir à cette famille Gerritsen et m'appeler si quoi que ce soit te vient à l'esprit ?

— Va, et écris quelque chose qui me rende fière de toi.

— Tu l'es déjà, non ?

— Encore plus fière, alors !

Phillip sourit. De ce sourire qui lui avait ouvert des portes que peu d'hommes de couleur avaient été autorisés à franchir. Un sourire tranquille, patient, qui semblait ne rien attendre, ne rien exiger. La plupart des gens succombaient au charme de ce sourire avant de découvrir, juste au-dessus, le regard perçant d'un homme qui avait tout compris à l'ironie de la vie.

Nicky était incroyablement fière de son fils, mais elle avait cessé de le lui dire le jour où elle s'était rendu compte qu'il était lui-même très fier de lui. Elle l'accompagna jusqu'à la porte, puis le regarda s'éloigner. Parvenu au bout de la rue, il se retourna et lui adressa un petit signe de la main avant de disparaître.

La rue était bordée d'énormes magnolias dont les branches se touchaient. Chaque semaine, Jake menaçait de couper ceux qui se trouvaient devant le club, et chaque semaine Nicky menaçait de le quitter si jamais il osait. Les magnolias leur cachaient en grande partie la rue, et Jake voulait savoir qui l'empruntait en voiture et à quelle vitesse ; Nicky, elle, ne voulait même pas savoir que la rue existait.

Un bruit de voiture filtra à travers les arbres, bientôt suivi d'un autre, très caractéristique. Nicky sut que Jake était rentré. Le moteur pétaradant de sa Thunderbird avait besoin d'un bon réglage, et il en serait ainsi jusqu'à ce que la voiture tombe en panne en pleine circulation et doive être remorquée jusqu'au garage.

Elle vit Jake s'avancer sur le trottoir. La tête baissée, il examinait les massifs de fleurs qui bordaient la maison. Il avait la même expression soucieuse que son père lorsque celui-ci arpentait ses champs, au nord de la Louisiane, en se demandant s'il pleuvrait assez ou non pour le coton et les légumes du potager qui lui permettaient de nourrir sa nombreuse famille.

— J'ai entendu dire qu'il pleuvrait ce soir, assura-t-elle.

Jake leva la tête. Son sourire partait toujours au niveau des yeux avant de descendre lentement jusqu'à ses lèvres. C'était la première chose que Nicky avait remarquée chez lui. Le reste lui avait paru sans importance.

— Attention ! lui lança-t-il. Si ça n'est pas le cas, tu arroseras.

— Il pleuvra aujourd'hui. J'en suis certaine.

Nicky attendit qu'il ne soit plus qu'à quelques pas de la porte pour s'avancer vers lui. Aujourd'hui encore, au bout de vingt ans de mariage, elle attendait toujours avec autant d'impatience le baiser de Jake.

Il était grand, large d'épaules, et encore droit et fort malgré l'âge et un dos qui le clouait parfois toute une journée au lit. La masse de ses cheveux grisonnants auréolait son visage à la manière d'un casque de guerrier.

— Phillip m'a dit qu'il risquait de rester quelque temps en ville, déclara-t-il tandis que Nicky se glissait dans ses bras.

Elle s'étonna qu'il soit déjà au courant.

— Il t'a expliqué pourquoi ?

— Il n'a pas eu le temps. Une voiture est arrivée derrière moi, et j'ai dû démarrer.

— Aurore Gerritsen lui a demandé de rédiger ses mémoires.

En même temps qu'elle faisait cette révélation, Nicky s'écarta de son mari pour guetter sa réaction.

— Gerritsen ? De la Gulf Coast Shipping ?

— Elle-même.

— Et il va le faire ?

— Il commence demain.

Jake l'attira de nouveau contre lui. Elle résista un instant avant de s'abandonner.

— L'idée que ton fils reste un peu à La Nouvelle-Orléans ne te procure pas plus de joie ? s'étonna-t-il.

— Ce ne sont pas des gens comme nous, Jake.

— Ça c'est sûr. La dernière fois que je les ai regardés, ils étaient plus blancs que blancs.

Une nouvelle fois, Nicky s'écarta, mais elle laissa sa main dans celle de Jake.

— Ferris Gerritsen appartient à la pire catégorie de racistes qui soit.

— C'est-à-dire ?

— Ceux qui prétendent ne pas l'être.

— Phillip est assez grand pour se débrouiller seul, souligna Jake avec tendresse. En attendant, voyons le bon côté des choses : il va rester à La Nouvelle-Orléans. Il est temps qu'il se fixe un peu, et il n'y a pas de meilleur endroit qu'ici.

Nicky le vit jeter un coup d'œil en direction du bar. Ainsi qu'il le faisait toujours, il se livrerait lui-même à un second inventaire.

— Ce sera plein, ce soir, lui dit-elle. Tout est réservé.

— Comme tous les soirs.

Alors que Nicky pensait en avoir terminé avec Phillip, elle se surprit à retenir Jake.

— J'ai envie que Phillip reste, tu le sais. Je veux qu'il trouve ses racines. C'est quelque chose que je n'ai pas su lui donner. Mais je ne tiens pas à ce qu'il fasse des compromis, qu'il se mette au service d'une vieille femme décidée à montrer au monde combien elle a les idées larges. Que va-t-il retirer de tout cela ?

— Un bon livre.

Nicky demeura un moment silencieuse, puis elle haussa les épaules.

— Possible. Peut-être ne s'agit-il que de cela. C'est sans doute une bonne raison pour qu'il accepte de faire ce travail.

— A moins qu'il soit amoureux et qu'il ait besoin d'un prétexte pour rester en ville quelque temps.

La musique envahit soudain le bar, provenant de la salle du fond. Un air de jazz lent, d'une autre époque. Nicky reconnut *Too Early To Know*, l'un des morceaux préférés de Jake, et elle sourit.

— Parfois, j'ai l'impression que tu crois ce que racontent toutes ces vieilles chansons que je chante.

Jake lui lâcha la main et la prit tendrement par le menton.

— Cela m'arrive.

Belinda était assise sous le porche, devant la maison, lorsque Phillip engagea sa voiture dans l'allée. Deux fillettes du voisinage étaient juchées sur la rambarde, adossées à l'énorme buisson de jasmin qui grimpait jusqu'au toit. L'aînée était en train de tresser les cheveux de la cadette.

— Tu n'auras jamais besoin de faire d'enfants ! lança

Phillip en gravissant les marches. Tu as toujours ceux des autres autour de toi.

— C'est l'idéal. De cette façon, je n'aurai pas en plus à m'occuper d'un homme.

Phillip n'était pas un grand sentimental. Le peu de sentiments qui avaient survécu à son enfance lui avaient été arrachés des veines, goutte à goutte, dans des lieux racistes comme Birmingham et Montgomery. Mais quand il voyait Belinda, il avait l'impression qu'une alchimie s'opérait en lui. Bien des choses, alors, paraissaient possibles.

La jeune femme portait un sarouel resserré aux chevilles, dans un imprimé foncé, et un haut frangé qui s'arrêtait juste au-dessus du nombril. Quelques semaines plus tôt, elle s'était fait couper les cheveux, aussi court qu'un homme, et l'effet était saisissant. Son cou très fin, son port de reine, son visage ovale et ses yeux en amande aux longs cils recourbés : tout était mis en lumière. Cette nouvelle coupe révélait au grand jour la femme qu'elle était profondément. Elle révélait sa beauté, son orgueil.

Son caractère, aussi.

— Tu as laissé des tasses traîner partout sur mon bureau, Phillip Benedict ! lui reprocha-t-elle.

— Je plaide coupable.

Il s'adossa à un des montants du porche.

— Que dois-je faire ? demanda-t-il.

— Cette question ! Rentrer et mettre de l'ordre, voilà ce que tu dois faire !

— Tu vas laisser tes petites amies et rentrer, toi aussi ?

— Amy, tu as terminé ? interrogea Belinda.

L'enfant à qui elle s'adressait se laissa glisser de

la rambarde. Elle avait un visage joufflu et un regard espiègle.

— Tu dois faire ce qu'il dit, mademoiselle Belinda ?

— Je ne fais jamais ce qu'il dit. Rappelle-toi bien cela.

— Alors, tu ne rentres pas ?

— Si. Parce que j'ai froid. Allez, filez vous deux !

Les fillettes décampèrent. Elles traversèrent la rue et suivirent le trottoir en sautillant. L'aînée avait pris la main de la cadette.

— N'est-il pas un peu tard pour les laisser partir seules ? demanda Phillip.

— Elles vont chez leur tante, le soir, pendant que leur mère fait le ménage dans les bureaux de Canal Street. La tante a déjà six enfants et elle s'y perd un peu parfois. Mais ça va aller. Pour ses huit ans, Amy est déjà un sacré petit bout de femme. Je vais quand même les suivre pour m'assurer que tout va bien. Tu n'as qu'à rentrer.

Comme elle se levait, Phillip posa la main sur son épaule et l'arrêta avant qu'elle ne descende les marches.

— Et toi, demanda-t-il, tu étais aussi un sacré petit bout de femme, à huit ans ?

— Je l'étais déjà à trois.

— Voyez-vous ça ! Allez, viens, je t'accompagne.

Ils marchèrent main dans la main derrière les deux petites filles. A La Nouvelle-Orléans, on sortait de chez soi le soir. Les premières bouffées d'air frais étaient savourées avec joie et gratitude par les milliers de poumons qui, toute la journée, avaient attendu patiemment ce moment. Ce soir, les vieilles personnes étaient assises sur le pas des portes, à échanger leurs souvenirs, tandis que les plus jeunes fabriquaient les leurs. Tout le monde était dehors ; nul ne songeait à se cacher de ses voisins.

Le quartier où vivait Belinda n'avait rien de particulier. Certaines petites maisons étaient bien entretenues, régulièrement repeintes, et leur petit carré de gazon était tondu avec soin. D'autres, en revanche, témoignaient d'une absence totale d'espoir et d'énergie. Le pire exemple se trouvait à deux rues de là, dans un angle, au milieu d'un terrain à l'abandon. Phillip et Belinda s'arrêtèrent devant pour regarder Amy et sa sœur traverser la rue en courant et grimper les marches d'un porche débordant d'enfants.

— C'est la plus triste de la rue, commenta Belinda.

Phillip se tourna vers la maison, derrière lui, et l'observa.

— Pourquoi dis-tu cela ?

— Parce qu'elle pourrait être superbe. Mais depuis que j'habite ici, je l'ai toujours connue vide. A une époque, elle était à vendre. Elle l'est même sans doute encore, mais personne ne se donne la peine de mettre un panneau. Il y avait des squatters le mois dernier. La police les a chassés. Ils reviendront. La pluie rentrera par les vitres brisées et, très vite, le bois se mettra à pourrir. La municipalité la condamnera, la démolira, et cela fera un nouveau terrain vague où aller jeter les ordures. Et plus personne ne construira à cet emplacement.

Phillip s'intéressait peu aux maisons. Dès l'instant où il avait un toit, le reste ne l'intéressait pas. Il ne restait jamais assez longtemps quelque part pour s'y attacher. Toutefois, il savait que le processus décrit par Belinda avait de grandes chances de se produire. Quelle tristesse ! A une époque, cette maison avait été la plus belle de la rue avec ses deux étages et ses balcons en fer forgé délicatement ouvragé.

— La personne qui a construit cette maison nourrissait de grands rêves, observa Belinda.

— Qu'est-ce qui te fait dire ça ?

— Tu as vu toute cette dentelle de fer forgé ? Il n'y en a pas beaucoup de semblable dans le quartier. C'est une femme qui a fait construire cette maison. Une femme de caractère, qui savait ce qu'elle voulait.

Phillip ferma les bras autour d'elle et posa le menton sur ses cheveux.

— Tu le supposes ou tu connais son histoire ?

— Il suffit de regarder la maison…

— … ou d'être une femme de caractère avec beaucoup d'imagination.

— Il faut avoir du caractère pour que les rêves deviennent réalité.

Inévitablement, Phillip songea à l'autre femme de caractère qu'il avait rencontrée quelques heures plus tôt.

— J'ai reçu le plus étrange des coups de fil, aujourd'hui, avoua-t-il.

Belinda se retourna pour scruter son visage.

— Ah bon ?

Un roulement de tonnerre les interrompit. Et tandis que l'impressionnante rumeur s'estompait, les premières gouttes de pluie se mirent à tomber. Main dans la main, ils rebroussèrent chemin en courant.

Une fois sous le porche, Phillip secoua la tête, faisant jaillir une gerbe de gouttes de pluie.

— Je pourrais être amené à rester un moment en ville, annonça-t-il en prenant Belinda dans ses bras.

— Et où penses-tu habiter ?

— Eh bien, je me disais que je pourrais vivre ici. Si tu veux de moi.

Belinda ne répondit pas. C'était inutile. Phillip savait qu'il était le bienvenu.

— Et si tu me parlais de ce coup de fil ? suggéra-t-elle.

— Je t'en parlerai à l'intérieur.

— Bonne idée, parce qu'il commence à faire froid. Et tes bras ne suffisent pas à me réchauffer.

— Ils ne suffisent pas ? lança Phillip avec un large sourire. Tu en es certaine ?

Il pencha la tête, frotta son nez contre la joue de Belinda, son cou, jusqu'à ce qu'elle pousse un soupir, vaincue. Il posa alors les lèvres sur les siennes, douces et accueillantes.

Il y avait eu d'autres femmes dans sa vie. Probablement beaucoup plus que dans son souvenir. Mais aucune ne possédait le pouvoir de séduction de Belinda. Et, tandis qu'elle se blottissait contre lui, il écouta tomber la pluie de La Nouvelle-Orléans, songeant qu'il ne lui déplairait pas de l'écouter quelque temps encore.

3

Pour sa première séance avec Phillip, Aurore choisit le salon orienté plein est. La pièce était spacieuse, aérée, à la fois réchauffée par les rayons du soleil et rafraîchie par la brise légère qui soufflait. Ils s'installeraient confortablement à la table ronde, lui avec son bloc-notes et elle avec l'unique tasse de vrai café à laquelle elle avait droit chaque jour. Tout en parlant, elle entendrait chanter les oiseaux au-dehors ; ils lui rappelleraient qu'elle avait soixante-dix-sept ans et que les événements qu'elle avait entrepris de raconter s'étaient produits bien longtemps auparavant.

Lorsqu'il arriva, elle était prête. Elle portait une robe bleue très simple et pas de bijoux, espérant favoriser ainsi une atmosphère décontractée. Mais ce n'était qu'une façade, car elle était tout sauf détendue.

De nouveau, elle fut fascinée par le physique et l'assurance de Phillip. Aujourd'hui encore, il était vêtu d'un costume sombre et d'une chemise blanche. Il avait toutefois laissé la cravate de côté, comme si, prévoyant de se mettre tout de suite au travail, il n'avait pas jugé nécessaire de faire de façons. Il avait apporté un magnétophone, qu'il lui montra en attendant sa réaction.

— Oui, dit-elle. C'est une bonne idée.

Il parut surpris qu'elle accepte sans discuter.

— Parfait. Cela va me faciliter la tâche. Je prendrai quand même des notes.

— Vous pouvez le brancher là-bas, indiqua Aurore.

— Je vous donnerai les enregistrements lorsque nous aurons terminé, promit Phillip en traversant la pièce pour installer l'appareil.

Ce ne serait pas nécessaire. Mais Aurore n'avait pas envie d'expliquer pourquoi maintenant.

— J'ai demandé à Lily de nous servir du café et une assiette de *calas*. En avez-vous déjà goûté ?

— Je ne crois pas, répondit Phillip, penché au-dessus de la prise.

— Ce sont des gâteaux de riz. Lorsque j'étais enfant, des femmes vêtues de robes aux couleurs vives venaient les vendre au Vieux Carré dans des paniers d'osier qui se balançaient sur leurs têtes. Parfois, je m'arrêtais au Marché Français avec notre cuisinière, et si j'avais été très sage, elle m'en achetait un pour me récompenser.

— Cela semble faire partie des traditions de La Nouvelle-Orléans.

— Une tradition dont je n'ai malheureusement plus le droit de me régaler. Mais parfois, Lily me gâte.

— Vous faites cela souvent ? demanda Phillip.

— Quoi ?

— Enfreindre les règles censées vous protéger.

Aurore rit de bon cœur.

— Aussi souvent que possible, avoua-t-elle. A mon âge, il ne reste plus grand-chose à protéger.

Lorsqu'il se redressa et la regarda, elle ajouta :

— Puis-je vous appeler Phillip ? Je crois que ce sera plus facile. Et j'aimerais que vous m'appeliez Aurore. Plus personne ne le fait, désormais. La plupart de mes amis sont morts, et ceux de la jeune génération craignent de m'offenser s'ils ne me donnent pas du « madame ».

Il ne répondit pas, se contentant de sourire comme si elle lui demandait l'impossible et qu'il était trop poli pour dire non.

— Avez-vous songé à la façon dont vous aimeriez commencer ? interrogea-t-il.

Bien qu'elle n'eût pensé qu'à cela, depuis la veille, elle n'avait pas pu se décider.

— Peut-être pouvons-nous entrer progressivement dans le sujet ? suggéra-t-elle. Y a-t-il des questions que vous aimeriez me poser ? Sur mes origines, ce genre de choses ?

— Je suis l'homme aux mille questions !

— Bien. Je tâcherai d'être une femme avec une ou deux réponses.

Lily entra. Elle avait la peau sombre, les cheveux blancs et une silhouette trop fine pour qu'on puisse la soupçonner de savourer sa propre cuisine. Elle portait une grande assiette de *calas* tout dorés et généreusement saupoudrés de sucre glace. Après l'avoir posée sur la table, elle revint un moment plus tard avec deux tasses et une grande cafetière en émail, sur un plateau.

— Un seul, dit-elle à Aurore d'un ton ferme. Et une seule tasse de café. Je vérifierai.

Le bruissement de son uniforme de Nylon blanc l'accompagna tandis qu'elle quittait la pièce.

— Et elle le fera, observa Aurore.

— Qui commande qui ?

— Personne. Match nul. Je ne l'écoute pas et elle ne m'écoute pas davantage.

— Un peu comme Mammy dans *Autant en emporte le vent*...

— Pas du tout. Elle fait bien son travail et je la paie

bien. Nous éprouvons du respect l'une pour l'autre, rien de plus.

— Et à la fin de son service, elle rentre probablement chez elle, dans un quartier où l'on ne croise pas un seul visage blanc.

— Si c'est le cas, j'imagine que ce doit être un énorme soulagement pour elle après avoir passé toute une journée à s'occuper de moi.

Sans commenter, Phillip s'installa à la table, en face d'elle. Elle lui servit une tasse de café. Sa main tremblait.

— Comment le prenez-vous ? s'enquit-elle.

— Noir.

Elle sourit.

— Je prends le mien très blanc, avec beaucoup de lait.

Un sourire, à peine visible, effleura les lèvres de Phillip.

— Voyons, fit-il, que sais-je de vous ?

— Prenez donc un *cala*, proposa Aurore.

Elle lui tendit une petite assiette et une serviette, puis poussa doucement le plat vers lui.

— J'imagine que vous avez quelque chose à prouver, observa-t-il après s'être servi. Aujourd'hui, votre vie touche à son terme et vous tenez à affirmer qui vous avez été. Et cela compte autant que le récit de votre vie.

— Que suis-je censée vouloir affirmer ?

— Que vous étiez différente des autres membres de votre classe. Que pour l'époque et le lieu, vous avez eu des idées très libérales. Je me trompe ?

— Totalement.

Sans cesser de la fixer, Phillip mordit dans son *cala*.

— Très bien. Reprenons. Que sais-je de vous ?

Aurore, qui venait de verser du lait dans son café, attendait la suite avec intérêt.

— Oui, dit-elle. Que savez-vous au juste, Phillip ?

— Peu de chose encore. Je n'ai pas eu le temps de faire des recherches. La Gulf Coast Shipping est l'une des sociétés les plus anciennes et les plus prospères de la ville. Je crois que c'est votre ancêtre qui l'a créée — et non votre mari —, et que c'est en grande partie à vous qu'elle doit d'être aussi florissante.

— Ce n'est qu'en partie vrai. Henry nous a maintenu la tête hors de l'eau pendant les premières années de notre mariage.

Elle rit.

— Une bonne chose pour une entreprise de navigation.

— Henry était votre mari ? demanda Phillip.

— Oui.

— Vous avez eu deux enfants. Votre plus jeune fils est le sénateur Ferris Gerritsen et l'aîné, Hugh, était un prêtre catholique, assassiné l'année dernière à Bonne Chance.

— Oui.

Soudain grave, Aurore attendit qu'il poursuive sur le sujet, mais il n'en fit rien. Au lieu de cela, il demanda :

— Avez-vous des petits-enfants ?

— Une petite-fille. Dawn.

— Elle habite dans la région ?

— Elle se trouve en Angleterre à l'heure actuelle. Elle est journaliste.

— Oh ? Et quel genre de sujets couvre-t-elle ?

— Elle est à Liverpool pour interviewer un groupe de musiciens, je crois.

Phillip, qui n'avait pas encore mis le magnétophone

en route, se contentait de griffonner des notes. Aurore songea qu'ils prenaient leurs marques, pour l'instant.

— Vous avez d'autres parents vivants ? demanda-t-il encore.

— Quelques-uns, très lointains, que je n'ai pas vus depuis plusieurs dizaines d'années.

Phillip leva la tête et regarda Aurore droit dans les yeux.

— Voilà, c'est à peu près tout ce que je sais. Je sais aussi que votre fils a pris nettement position contre l'intégration, ce qui lui a attiré les faveurs de nombreux électeurs. On dit qu'il pourrait briguer un poste de gouverneur aux prochaines élections. Si c'est le cas, il l'emportera probablement.

— Cela pourrait se faire. Ou quelque chose pourrait se produire qui l'en empêche.

— Auriez-vous une préférence pour l'un ou l'autre de ces cas de figure ?

— Oui.

— Lequel ?

— Celui qui servira le mieux les intérêts de la Louisiane.

— Vous commencez déjà à éluder les questions, observa Phillip.

Elle acquiesça d'un hochement de tête.

— Parce que je ne veux pas parler de Ferris. Vous pourriez penser que c'est à cause de lui que je vous ai demandé de venir. Vous pourriez même croire que j'essaie de prouver au monde que je suis différente de mon fils. Mais ce n'est pas de cela qu'il s'agit. Pas du tout.

De la pointe de son stylo, Phillip frappa le bloc qui se trouvait devant lui.

— Très bien, dit-il finalement. Alors, de quoi s'agit-il ?

— Vous ne m'avez posé aucune question à propos de mes parents.

— Est-ce par là que vous souhaitez commencer ?

En réalité, Aurore n'avait aucune envie de commencer. Mais faire un tel aveu à Phillip aurait nécessité une explication aussi longue que le récit de sa vie.

— Non, tout commence avec mon grand-père. Il s'appelait Antoine Friloux et c'était un gentleman créole dans le plus pur style. A une exception près. C'était un homme d'affaires très doué issu d'une classe sociale qui considérait le travail comme quelque chose qu'il convenait de laisser aux autres. Grand-père Antoine créa la Gulf Coast Shipping — qui, à l'époque, s'appelait la Gulf Coast Steamship. Il était riche, et le devenait davantage à chacun de ses investissements.

Aurore s'interrompit, et Phillip attendit qu'elle poursuive. Comme elle n'en faisait rien, il mit le magnétophone en marche.

— C'était le père de votre mère ? interrogea-t-il.

— Oui. Et s'il avait eu un fils, il est probable que rien de ce que je vais vous raconter ne se serait produit.

Son bloc-notes posé au bord de la table, Phillip se laissa aller contre le dossier de sa chaise.

— Pourquoi cela ?

Aurore ne répondit pas tout de suite. Ainsi qu'elle l'avait tant espéré, le récit de sa vie semblait prendre soudain forme dans son esprit. Pour la première fois, elle sentit qu'elle aurait la force de tout raconter.

— Avant tout, vous devez savoir quelque chose, dit-elle.

— Quoi donc ?

— Pour comprendre mon histoire, il est indispensable de comprendre celle d'un homme. Raphaël.

Elle leva les yeux, guettant la réaction de Phillip.

— Qui était-il ?

— Nos histoires sont étroitement liées, expliqua Aurore après un nouveau temps d'arrêt. Je ne peux pas raconter l'une sans raconter l'autre.

— Très bien.

— Connaissez-vous la Louisiane, Phillip ?

Il secoua la tête.

— Assez mal.

— A l'extrémité sud de l'Etat, se trouve une île tout en longueur appelée Grand Isle. A la fin du siècle dernier, les gens aisés y passaient leurs étés. Nous y allions lorsque j'étais enfant. Une très jeune enfant. Ma mère était… malade, et on espérait que le climat améliorerait son état de santé.

— Cela me paraît un endroit idéal pour commencer.

Aurore croisa le regard de son jeune compagnon.

— En effet, acquiesça-t-elle avec gravité. C'est l'endroit idéal. Parce que tout ce que je vous dirai désormais est lié à l'été de 1893.

4

Gulf Coast, Louisiane 1893

Un homme prenait une épouse pour qu'elle lui donne des enfants, et une maîtresse pour qu'elle lui donne du plaisir. Lucien Le Danois avait eu beaucoup de chance avec sa maîtresse. Le plaisir qu'elle lui donnait aurait comblé d'aise les plus exigeants des créoles. Un destin cruel avait aussi voulu que Marcelite Cantrelle ait de bien meilleures dispositions pour enfanter que Claire, la femme de Lucien.

Il suffisait qu'un homme regarde Marcelite pour sentir la vie palpiter en lui avec force. Son corps solide, aux hanches larges, était fait pour porter des enfants. Ses beaux seins lourds étaient une invite à s'y gorger de lait et à prospérer. Lucien connaissait tout du miracle de sa chair et de son parfum enivrant.

Marcelite lui avait déjà donné un enfant, une fille venue au monde en quelques heures, nourrie au lait maternel et aux fruits les plus sucrés et les plus frais de tout le golfe du Mexique. Angelle était une nymphe rieuse, aux cheveux noirs et au teint hâlé comme sa mère. Lorsque Marcelite descendait sur la plage afin de raccommoder ses filets, la fillette âgée de deux ans seulement jouait sur le rivage avec les vagues frangées d'écume. De retour à la maison, tandis que celle-ci s'emplissait de l'odeur épicée de la pêche du jour mijotant dans la cheminée, elle grimpait avec témérité au vieux chêne solitaire, devant la porte, et cachée dans ses branches chargées de mousse, elle saluait les pêcheurs qui passaient à proximité.

Lucien tenta de ne penser qu'à Angelle et à Marcelite alors qu'il traversait à la voile le Jump, la passe peu profonde qui séparait Grand Isle de Chénière Caminada. Mais, malgré ses efforts, c'étaient d'autres visages qui s'imposaient à lui.

Car pour ce qui le concernait, le Jump séparait bien davantage que deux bandes de terre. Plus tôt dans l'après-midi, il avait adressé un au revoir sans chaleur à son épouse et à Aurore, sa seule enfant légitime. Il sentait encore les doigts de Claire agrippés à son bras tandis qu'il la repoussait. Il voyait encore le reproche dans les yeux d'Aurore.

Pourquoi devrait-il se sentir coupable ? N'avait-il pas fait le voyage à Grand Isle, à bord d'un vapeur, bien après la fin de la saison d'été afin de ramener Claire et Aurore à La Nouvelle-Orléans ? N'avait-il pas donné à Claire la permission de rester quelques semaines de plus, des semaines qu'elle avait affirmé être indispensables pour lui permettre d'affronter les derniers mois de sa grossesse ?

Dans son rôle de mari, Lucien n'avait rien à se reprocher. Peut-être la maison de La Nouvelle-Orléans n'était-elle pas aussi somptueuse que celle où Claire vivait autrefois avec ses parents. On était néanmoins nombreux à lui envier la grande propriété qu'il possédait sur Esplanade Avenue. Et Claire ne manquait de rien.

En outre, il avait été patient. Dieu sait combien il avait été patient alors qu'elle faisait fausse couche sur fausse couche. Un autre que lui aurait laissé éclater sa fureur pour bien moins que cela. Lui, il avait observé et attendu sans rien dire tandis qu'elle échouait à mettre au monde un fils qui porterait son nom. Aujourd'hui, alors qu'elle était de nouveau enceinte, tout ce que pouvait faire Lucien, c'était attendre le moment où elle s'aliterait et le décevrait une fois de plus.

En récompense de sa patience, Claire n'avait su lui donner autre chose qu'une fille frêle dont la peau était si transparente qu'on pouvait presque voir son sang battre dans ses veines. Nul ne pensait qu'Aurore, âgée de cinq ans, parviendrait à l'âge adulte.

Pouvait-on, dans ces conditions, le blâmer de prendre un après-midi pour lui ? Il avait promis à Marcelite une dernière visite avant de regagner La Nouvelle-Orléans. Des mois allaient passer durant lesquels il ne la verrait pas et devrait se contenter de rêver au contact de son corps sous le sien.

Le vent gonfla brusquement sa voile. La petite embarcation fit un bond vers le rivage, emportée par les vagues qui se brisaient sur le sable. La marée était basse. Roulant le bas de son pantalon, Lucien ôta ses chaussures, puis il sauta par-dessus bord afin de tirer le bateau jusqu'à la plage.

Au loin, malgré les ondées de l'après-midi, il aperçut des hommes en chapeau de paille à large bord lançant leurs filets dans l'eau. Un front froid était arrivé, qui emplissait l'air d'une humidité annonciatrice de l'automne. Deux femmes vêtues de longues jupes tissées à la main entassaient du bois récupéré sur la plage pour faire la cuisine et se chauffer. Le tas de bois de Marcelite s'élevait un peu plus haut sur la plage, bien fourni par les soins de Lucien et de Raphaël.

Raphaël, le fils de Marcelite, était né sept ans plus

tôt d'une précédente liaison. C'était un bon petit, qui aidait sans compter sa mère, et offrait sa protection et sa compagnie à sa jeune sœur. Fasciné par Angelle, il faisait montre d'un total dévouement à son égard ; et pour cela, il avait pris une place toute particulière dans le cœur de Lucien.

Celui-ci parcourut la plage du regard. Il s'attendait à trouver le gamin caché derrière une pile de bois, un jeu auquel ils se livraient souvent ensemble. Mais Raphaël demeura introuvable.

Lucien salua poliment les femmes avant de prendre le chemin du village. Le contraste entre Chénière Caminada et Grand Isle était à la mesure du bras de mer qui les séparait. Le gros village de La Chénière s'enorgueillissait de plus de six cents maisons et vibrait de l'activité quotidienne de ses habitants. Pêcheurs et trappeurs pour la plupart, ils possédaient de grandes familles, très unies, et limitaient leurs contacts avec le monde extérieur. Grand Isle, qui ne disposait sur place ni d'église ni d'administration, était plus modeste, à tout point de vue. Mais durant la saison estivale, sa population était grossie par tous les gens aisés désireux d'échapper aux éprouvants étés citadins et à la fièvre souvent causée par la chaleur.

Lucien longea un petit bosquet d'orangers dont les fruits encore verts faisaient ployer les branches avec grâce. Un peu plus loin, une rangée de maisons à charpente de bois construites sur de hauts piliers en brique bordait le chemin couvert d'un tapis d'herbe. Lorsqu'il passa à leur hauteur, un groupe de femmes qui bavardaient sous une véranda en décortiquant des crabes lui conseillèrent d'aller se mettre à l'abri avant qu'il ne se remette à pleuvoir. Un petit chien lui emboîta le pas.

Il fallait une quinzaine de minutes à Lucien pour

atteindre son but. Sur sa route, les maisons se succédaient, entourées de vignes et de jardins potagers. Sur Grand Isle, les cimes des vieux chênes noueux bloquaient partout la vue. Ici, en revanche, Lucien pouvait embrasser la quasi-totalité du village d'un seul regard. Les natifs de La Chénière avaient coupé ou élagué leurs arbres de manière à capter la brise venue du golfe. Durant les chaudes journées d'été, le moindre souffle d'air était une providence.

Trois ans plus tôt, lorsqu'il était venu pour la première fois, Lucien avait emprunté le même chemin. Il accompagnait un ami venu acheter un filet de pêche destiné à son épouse, qui préparait une grande soirée sur le thème de la mer et cherchait toutes sortes d'objets décoratifs.

A leur arrivée, on les avait dirigés vers la cabane de Marcelite Cantrelle. Lucien s'attendait à rencontrer quelque vieille sorcière édentée prête à marchander impitoyablement. Au lieu de cela, il avait découvert une ravissante enjôleuse aux cheveux d'ébène qui négociait avec tant de charme que son ami avait acheté le filet sans même se rendre compte qu'il avait dépensé le double de ce qu'il avait prévu au départ.

Lucien était souvent revenu voir Marcelite au cours de ce premier été. Tout d'abord, il s'était trouvé des prétextes — un autre filet à acheter, un conseil sur les zones poissonneuses du golfe, un petit cadeau pour Raphaël. Et puis, lorsque le mois d'août était arrivé, Marcelite et lui avaient fini par conclure un accord : il lui rendait visite aussi souvent qu'il le pouvait, lui apportant des cadeaux et de l'argent, et en échange, elle n'offrait son corps qu'à lui. L'arrangement leur avait apporté une satisfaction égale.

Bien qu'il ait fait le trajet de nombreuses fois, Lucien éprouvait toujours la même fébrilité à la perspective de serrer Marcelite dans ses bras. Soudain, au tournant du chemin, sa maison lui apparut. Construite avec divers fragments de bois récupérés sur la plage et couverte de branches de palmier nain, elle offrait un exemple parfait de la culture locale.

Assise sous le chêne, vêtue d'une robe dont le blanc éclatant se détachait sur le brun sombre, un peu fané, des branches de palmier, Marcelite était occupée à réparer un filet.

Lorsque Lucien s'approcha, elle jeta le filet de côté et se leva, sans pour autant s'avancer à sa rencontre. Elle était de taille modeste, mais son allure fière, son port altier donnaient une impression de grandeur. Elle ne lissa pas sa jupe, ne chercha pas à occuper ses mains. Elle attendit. Tranquillement.

Lorsqu'ils se trouvèrent l'un en face de l'autre, Lucien inclina la tête en guise de salut.

— Mademoiselle, lui dit-il en français.

— M'sieu, lui répondit-elle avec l'accent rauque des bayous.

— Où sont les enfants ?

— Angelle dort à l'intérieur, répondit Marcelite en passant à l'anglais. Raphaël est parti en exploration.

— Je ne l'ai pas vu sur la plage.

— Il va chaque jour plus loin, à la recherche de trésors.

— Je vois. C'est l'influence de ce vieux pirate de Juan Rodriguez, n'est-ce pas ?

— Raphaël cherche plus que des pièces d'or, souligna Marcelite. Il cherche un homme avec qui parler.

Il n'y avait aucun reproche dans sa voix, mais Lucien se sentit visé.

— Il pourrait trouver mieux que le vieux Rodriguez.

— Juan est très gentil avec Raphaël. Le gamin ne se lasse pas de l'entendre raconter ses histoires.

Lucien posa une main sur le tronc du chêne.

— Et toi, demanda-t-il en se penchant vers Marcelite, que pourrais-tu faire sans te lasser, mon cœur ?

Elle haussa les épaules.

— Manger, répondit-elle. Rester assise à l'ombre et regarder les hérons pêcher leur repas ?

— Et quoi d'autre ?

— Je ne vois pas…

Comme elle baissait les yeux, ses longs cils vinrent caresser ses joues hâlées par le soleil.

— Mais il y a, je crois, quelque chose que j'aimerais faire souvent.

Le cœur de Lucien se mit à battre plus fort. D'un coup d'œil, il embrassa le visage de Marcelite, tel qu'il s'offrait à lui en cet instant : la façon dont la lumière filtrait à travers les branches et pailletait de feu ses cheveux noirs, les petits anneaux d'or à ses oreilles, la courbe ferme du nez, le dessin sensuel des lèvres.

Dans des moments comme celui-ci, Lucien aurait tout donné pour voir le temps interrompre sa marche inexorable et pouvoir ainsi demeurer seul avec Marcelite, jouir tranquillement avec elle de la vie. Quelle femme étonnante ! Elle était le fruit des différentes nationalités qui avaient depuis longtemps revendiqué cette péninsule marécageuse — un mélange épicé, exotique, semblable au *gumbo* qu'elle lui servait souvent. C'était son originalité, en même temps que tout ce qui faisait d'elle une femme comme les autres, qui avaient amené Lucien à ne plus pouvoir se passer d'elle.

— Je t'ai apporté un cadeau, dit-il.

Elle leva les yeux.

— Vraiment ? Tu l'as bien caché.

— C'est un petit objet.

Il glissa la main dans la poche intérieure de sa veste et en sortit un paquet rectangulaire.

— Dis-moi ce que tu en penses.

Prenant tout son temps, avec la patience et la délicatesse d'une jeune fille créole bien élevée, elle tira doucement sur la ficelle. Lorsque le cadeau apparut, elle le contempla sans le sortir du papier.

— C'est un éventail pliant, expliqua Lucien.

Il s'en saisit, le déplia, révélant les roses rouge et or brodées sur le cuir délicat.

— Le montant est de bois de violette. Cela vient de France.

Doucement, il fit passer l'objet sous le nez de la jeune femme afin qu'elle puisse en respirer le parfum.

— Il te sera utile quand la brise oubliera de souffler.

— Et où vais-je trouver la main pour tenir cet objet, m'sieu ?

— Ouvre-le le soir, à la nuit tombante, quand tu en as fini avec toutes tes tâches, suggéra Lucien en riant. Assieds-toi sur ton petit tabouret et pense à moi.

— C'est plutôt aux moustiques que je penserai ! s'exclama Marcelite.

Lucien lui effleura la joue après avoir fermé l'éventail.

— Et tu ne penseras pas à moi ? Pas même un peu ?

— Et pourquoi devrais-je penser à toi ? s'enquit-elle avec froideur.

— Marcelite...

Il s'approcha.

— Je ne t'ai pas manqué ?

L'expression de la jeune femme demeura la même.

— Tu n'aimes pas ton cadeau ?

— Mon toit a besoin d'être réparé. Mon lit est humide. Il me faut des fenêtres, une porte neuve. Je n'ai pas le temps de m'éventer. Je n'ai pas le temps de regretter ton absence. Et maintenant que j'attends de nouveau un enfant…

Abasourdi, Lucien lui saisit son bras.

— Quoi ?

— … j'ai encore moins de temps qu'avant, termina Marcelite.

— Tu vas avoir un bébé ?

— N'as-tu pas des yeux pour voir ?

Lentement, le regard de Lucien descendit, et il vit ce qu'il n'avait pas encore remarqué. Malgré le corset, qu'elle ne portait que pour lui plaire, la taille de Marcelite avait en effet épaissi. Ses seins lourds et pleins se rebellaient contre cette contrainte inhabituelle, menaçant de s'échapper de leur prison.

— Quand ? demanda-t-il.

— Au printemps. Lorsque les oiseaux s'en iront vers le nord.

En un instant, toutes les implications de cette révélation défilèrent dans l'esprit de Lucien.

— Un fils ? interrogea-t-il.

De nouveau, elle haussa les épaules. Lucien, lui, avait les yeux fixés sur ses seins, fasciné par leur chair palpitante qui semblait prête à conquérir la liberté qui lui manquait tant.

— Veux-tu vraiment un fils de moi, Lucien ? demanda Marcelite. Si c'est bien un garçon qui naît, que lui réservera la vie ?

Il songea à tout ce qu'il avait à offrir. Sa maison, son nom, l'argent et la position sociale qu'il avait acquis grâce à son mariage avec Claire Friloux, la stature que lui conférait sa position de membre du comité directeur de la Gulf Coast Steamship. Il avait tout cela à donner… sans rien pouvoir offrir à l'enfant de Marcelite.

— Que veux-tu que je lui donne ?

— Une autre maison que celle-ci, répondit Marcelite en désignant la cabane dans laquelle ils avaient connu tant d'heures de plaisir. Un bateau de pêche afin qu'il puisse assurer sa subsistance. Et plus tard, peut-être, un emploi dans ta société.

Un fils. Le désir que Lucien avait d'un héritier lui étreignit la poitrine avec force. Un fils avec les cheveux noirs d'Angelle et ses yeux bruns rieurs. Un fils rendu robuste par l'air de la mer et le dur labeur. Un fils qui ne pourrait jamais porter son nom, mais transmettrait un peu de lui aux générations futures. Et si le destin le voulait, si Antoine Friloux, le père de Claire, mourait avant lui, ce fils pourrait un jour hériter d'une partie de sa fortune.

— Tu auras la maison, promit Lucien.

Il effleura de nouveau la joue de Marcelite. Mais cette fois, ses doigts tremblaient légèrement.

— Dès le printemps, j'enverrai un bateau plein de bois. Sauras-tu trouver des hommes pour se charger de la construction ?

Elle hocha la tête. Ses yeux se firent plus caressants que le velours, chatoyants comme un bayou au clair de lune, et ils s'attardèrent avec langueur sur Lucien.

— Et toi, demanda-t-elle, trouveras-tu un homme pour y vivre avec moi ? Un homme pour enseigner la ville à mon fils ?

— Notre fils et notre fille, précisa Lucien.

— Tu as raison. Allons la voir.

Il suivit Marcelite à l'intérieur de la maison et s'extasia devant le spectacle qu'offrait Angelle, endormie sous la moustiquaire relevée. Sa fille était telle qu'il l'avait imaginée, avec sa robe de cotonnade tire-bouchonnée autour de ses petites jambes. Les joues bien roses, elle serrait contre elle la poupée qu'il lui avait achetée à sa naissance. Une poupée chérie, usée à force d'être manipulée, et bien différente des élégantes poupées alignées dans la chambre d'Aurore.

Se détournant enfin, Lucien regarda Marcelite se déshabiller.

Sa robe tomba sur le banc de bois grossier installé à côté du lit, bientôt rejointe par sa jupe tissée à la main. Quand elle fit face à Lucien, elle était vêtue avec un raffinement qui aurait convenu à Claire. Le corset rose bordé de dentelle qu'il lui avait offert au début de l'été paraissait aussi neuf aujourd'hui qu'au mois de juin. Sa chemise était d'un blanc immaculé. Le ruban qui l'ornait, en revanche, montrait des signes d'usure. Lucien songea qu'il lui faudrait penser à en acheter une autre.

Marcelite leva les bras et entreprit de dénouer ses cheveux. Ils glissèrent sur ses épaules, tombèrent au creux de ses reins. Malgré l'agréable fraîcheur qui régnait dans la pièce, Lucien sentit qu'il commençait à transpirer.

Elle vint vers lui sans un mot, tendant la main pour prendre son chapeau. Il le lui donna et ne la quitta pas des yeux tandis qu'elle le posait avec soin sur le banc. Il ouvrit alors les pans de sa veste, puis écarta les bras afin que Marcelite puisse la lui ôter.

Experte, sûre d'elle, elle prit tout son temps pour achever de le dévêtir. Les yeux fermés, Lucien sentait le frôlement de ses doigts rugueux sur son torse, ses bras. Quand les cheveux de Marcelite frôlèrent son visage, il inspira pour se griser du jasmin qui parfumait l'onguent qu'elle confectionnait elle-même.

— Tu m'aides à me déshabiller ?

Il ouvrit les yeux alors qu'elle se cambrait contre lui et soulevait les cheveux de manière à lui permettre de dénouer les lacets du corset. Quand celui-ci s'ouvrit enfin, Marcelite poussa un soupir, mais avant qu'elle ait eu le temps de s'écarter, il ferma les mains sur ses seins lourds.

— Et le bateau pour notre fils ? demanda-t-elle en se laissant aller contre lui. Un bateau à lui, avec lequel il pourra pêcher et naviguer jusqu'à la ville…

Elle remua lentement les fesses contre lui. Ses seins bougèrent dans les mains de Lucien, qui poussa un grognement.

— Tu auras tout ce dont tu as besoin, mon cœur. Et tes enfants aussi. Toujours.

Comme elle se retournait pour lui faire face, Lucien prit Marcelite dans ses bras et il l'emporta jusqu'à la couche.

— Le bateau ? demanda-t-elle en écartant les cuisses pour l'accueillir.

— Davantage, si je peux. Fais-moi confiance, mon cœur, je prendrai soin de toi. Oui, fais-moi confiance.

Aurore Le Danois se cachait. Un seul bruit, une inspiration un peu trop profonde ou le frottement d'un bas, et elle serait découverte.

Elle vit sa mère traverser la pièce, revenant de la terrasse où elle avait passé plus d'une heure sur la balancelle. Elle passa devant la petite table sous laquelle se cachait Aurore, mais ne jeta pas le moindre regard dans sa direction. Arrivée à la porte de sa chambre, elle porta la main à son front et murmura quelques propos incompréhensibles. Puis elle disparut à l'intérieur.

Aurore attendit encore, sur ses gardes. Lorsqu'elle fut certaine qu'un temps raisonnable s'était écoulé, elle s'autorisa à tendre une jambe, se mordant la lèvre à cause de la crampe douloureuse qui rendait ce mouvement presque impossible. Et comme il se confirmait que sa mère ne réapparaîtrait pas, elle recula, s'adossa au mur et se leva.

A force d'observer sa mère, chaque jour, elle connaissait ses habitudes. Elle allait dormir à présent, d'un sommeil agité, gémissant parfois comme le vent qui courbait les arbres au-dehors. Et jusqu'à ce que Ti'Boo, la nurse d'Aurore, revienne de sa visite quotidienne à la famille de son oncle, personne ne s'inquiéterait de savoir où se trouvait la fillette. Elle était libre, si toutefois elle l'osait, d'aller courir dehors et de danser avec le vent. Elle pourrait jouer sous le ciel qui se chargeait de lourds nuages. Et si les éclairs venaient…

Si les éclairs venaient, songea-t-elle en joignant les mains avec excitation, elle les verrait zébrer le ciel si sombre, déchirer les nuages. Et la pluie tomberait de nouveau, une pluie d'argent, aussi pure et brillante que le miroir de sa chambre, à La Nouvelle-Orléans.

Le vent, soudain, parut lui faire signe. Des feuilles tourbillonnèrent dans l'air, accompagnées dans leur mouvement par des pétales de lauriers-roses, plus légers que des ailes d'ange. Au-delà des rails qui couraient devant elle, Aurore apercevait les maisons vides bordant l'autre côté de la clairière et, encore plus loin, le petit troupeau de vaches au regard endormi qui traversait l'île.

Les rails étaient aussi désertés que les maisons. A présent que la saison touristique était terminée au Krantz Palace, la mule qui tirait la voiture jusqu'à la plage, deux fois par jour, paissait désormais derrière la salle à manger, goûtant un repos bien mérité.

Aurore aurait tout donné pour que la saison ne soit pas terminée. L'été, il y avait d'autres enfants. Sous le regard vigilant de Ti'Boo, elle pouvait jouer tout son soûl et crier sans que personne ne songe à lui dire qu'elle devait se reposer. Tout le monde, alors, oubliait qu'elle était une enfant frêle, aux yeux immenses, qui avait des poussées de fièvre lorsqu'elle s'excitait trop et souffrait parfois de problèmes respiratoires. L'été, elle pataugeait en toute liberté dans les eaux du golfe, ramassant des coquillages et des petits morceaux de bois. Cette année, elle avait appris à faire la planche. L'année prochaine, Ti'Boo le lui avait promis, elle apprendrait à nager.

Car Aurore voulait nager, nager jusqu'au bout du golfe, jusqu'à la pleine mer et ne jamais s'arrêter. Elle bondirait hors de l'eau avec les marsouins, et les requins ne la mangeraient pas. Elle était trop maigre et trop pâle pour intéresser les requins. N'était-ce pas ce que Ti'Boo lui avait dit au début de l'été, lorsqu'elle était encore une petite fille qui avait peur de se mouiller ?

Une rafale souleva une mèche de cheveux et la plaqua contre sa joue. Avec un gloussement de joie, Aurore tendit les bras pour étreindre le vent, ce compagnon de jeu invisible. Et quelques instants plus tard, elle passait en courant devant la salle à manger, sans que qui que ce soit la remarque. En été, au moins cinquante personnes l'auraient vue et se seraient demandé ce qu'elle faisait là. Mais aujourd'hui, en ce dernier jour de septembre, pas même M. Krantz, ce personnage si imposant, ne l'avait remarquée.

Elle voulait voir les vagues une dernière fois. Sa famille rentrait lundi à La Nouvelle-Orléans, d'où son père était arrivé la veille pour les ramener. Et, bien qu'ils ne puissent assister à la messe le lendemain, parce que La Chénière, où se trouvait l'église, n'était pas un endroit convenable, sa mère prierait à la maison et obligerait Aurore à rester cloîtrée à l'intérieur durant toute la journée.

Un peu plus tôt dans l'après-midi, Aurore avait entendu ses parents se disputer. Alors que son père voulait prendre la mer, sa mère l'avait supplié de n'en rien faire. M. Placide Chighizola l'avait prévenue qu'un orage approchait. Et elle le croyait. Ne l'avait-il pas fortifiée avec ses herbes et son régime spécial ? Désormais, elle ne doutait plus de ce qu'il disait.

Le père d'Aurore s'était moqué de son épouse. Pour lui, M. Chighizola n'y connaissait rien. Quant à ses remèdes, ils n'étaient que du vent et ne valaient guère mieux que les grigris portés par les Noirs qui croyaient encore que Marie Laveau, la reine du vaudou, morte et enterrée, les sauverait de prétendus sorts qu'on leur aurait jetés. Ses prédictions d'orage n'étaient que des inepties. Claire ne sentait-elle pas la fraîcheur dans l'air ? Tout marin savait qu'une tempête ne faisait jamais suite à l'arrivée d'un front froid.

Aurore avait vu sa mère pâlir. Son père aussi avait pâli. Et tandis qu'elle continuait de le supplier, il avait levé la main, comme s'il allait la frapper. Puis il avait tourné les talons et il était parti.

Aux yeux d'Aurore, son père était l'homme le plus beau du monde. Mais à cet instant-là, son visage déformé par la colère avait pris l'apparence d'un horrible masque de carnaval. Et les paroles qu'il avait prononcées lui avaient fait peur.

Quand elle avait rapporté cette scène à Ti'Boo, celle-ci lui avait dit qu'il arrivait aux parents de se disputer de la sorte. Elle-même se souvenait que sa propre mère avait une fois chassé son père avec un balai…

Ah ! si seulement Aurore pouvait être aussi grande

que Ti'Boo. Avoir douze ans et quitter ses parents pendant tout un été pour travailler comme bonne d'enfants. Certes, Ti'boo devait rendre visite à son oncle et à sa tante tous les jours et répondre à leurs questions. Malgré cela, aux yeux d'Aurore, sa vie était l'exemple même de la liberté.

Un jour, comme Ti'Boo, elle aurait douze ans. Elle tenta d'imaginer ce que ce serait, mais n'y parvint pas. Peu importait ! Elle aurait douze ans, un jour, et elle serait libre.

Les vagues semblaient l'appeler, elles aussi porteuses de liberté. Déterminée, Aurore s'avança en direction de la mer, suivant les rails de la voie ferrée. Au loin, elle aperçut les toits des cabines de bain où sa mère et elle se changeaient avant d'entrer dans l'eau. Plus loin, se trouvaient les cabines des hommes. Ti'Boo disait qu'ils se baignaient sans vêtements et que c'était pour cette raison que leurs cabines étaient situées plus loin…

Comme elle s'engageait dans le chemin qui traversait les dunes, Aurore constata qu'il n'y avait pas de pêcheurs, aujourd'hui. Si, au large, plusieurs bateaux aux voiles triangulaires et colorées voguaient sur la mer houleuse, personne ne pêchait aux abords de la plage.

La puissance des vagues lui coupa le souffle. A la façon dont elles mordaient furieusement le rivage, Aurore comprit qu'elles ne feraient qu'une bouchée d'une petite fille comme elle si jamais elle commettait l'imprudence de s'approcher de trop près. Tandis qu'elle faisait malgré tout quelques pas en avant, le tronc d'un vieux cyprès, arraché par le vent à quelque marécage, fut brusquement rejeté sur le sable, pour être aussitôt emporté par le ressac.

De nouveau, d'un geste machinal, Aurore joignit les mains. Au loin, au-delà des bateaux et des vagues, un éclair argenté déchira le ciel sombre et descendit jusqu'à l'eau, comme dans les images bibliques où le fils de Dieu monte aux cieux. Aurore se signa rapidement, puis joignit encore une fois les mains.

— Ro-Ro !

C'était la voix de Ti'Boo. Aurore se retourna et, l'espace d'un instant, elle espéra pouvoir se cacher. Mais elle comprit aussitôt que c'était inutile. La seule façon qu'elle avait de fuir était de se jeter dans les vagues, et elle avait peur de le faire.

Ti'Boo, le visage rosi par l'effort, arriva en courant à travers les dunes.

— Ro-Ro !

Elle s'immobilisa, agita l'index en direction d'Aurore.

— Je voulais juste voir la plage encore une fois, Ti'Boo, expliqua Aurore d'un ton penaud. Je n'avais pas l'intention de m'approcher, je te le jure.

— Tu m'as fait une peur bleue ! Mon cœur s'est arrêté de battre.

Joignant le geste à la parole, Ti'Boo posa la main sur sa poitrine.

— Je ne pensais pas que tu reviendrais si tôt, poursuivit Aurore. Je croyais que personne…

— Je suis la seule au courant.

En silence, Aurore adressa une courte prière de remerciement au ciel, avant de poser un regard implorant sur son amie.

— Ne dis rien. S'il te plaît, ne dis rien à personne.

— Le vent aurait pu t'emporter, affirma Ti'Boo en écartant les bras d'un geste théâtral.

Aurore en profita pour aller se jeter contre la jeune fille, qu'elle serra avec force contre elle.

— Promets-moi de ne le dire à personne, répéta-t-elle.

Réticente, Ti'Boo caressa les longues boucles châtaines d'Aurore.

— Bien sûr que je ne dirai rien ! s'exclama-t-elle, mais si nous ne rentrons pas tout de suite, quelqu'un va finir par nous surprendre ici.

Aurore leva les yeux vers son amie. Elle trouvait Ti'Boo très belle avec son visage rond et joyeux et ses cheveux noirs tressés.

— Je ne veux pas rentrer à la maison. Je veux rester ici pour toujours.

— Tu reviendras l'été prochain et je m'occuperai encore de toi.

— J'aimerais que tu viennes à La Nouvelle-Orléans…

— Non. Chez moi, c'est dans le bayou. Et puis, que ferait ma maman sans moi, hein ? Rends-toi compte qu'elle a douze bouches à nourrir…

Le visage d'Aurore s'illumina.

— Dans ce cas, je pourrais venir avec toi au Bayou Lafourche. J'aiderais !

Ti'Boo se mit à rire.

— Et que ferait ta maman sans toi ?

A la vérité, Aurore pensait que son absence ne causerait guère de problème à sa mère. Elle n'en dit toutefois rien.

— Allons, viens, insista Ti'Boo. Rentrons avant que quelqu'un ne s'aperçoive de notre absence.

Aurore jeta un dernier regard aux vagues, leur promettant de revenir l'été prochain. Puis elle suivit Ti'Boo à travers les dunes.

5

Les mains au-dessus des yeux pour se protéger du soleil, Raphaël Cantrelle regardait la mer depuis le sommet d'une dune. Au loin, voguaient des vaisseaux pirates aux voiles gonflées par le vent et aux mâts si hauts qu'ils semblaient transpercer les nuages noirs, traçant la route des corsaires dans les nues.

Ils venaient le chercher.

Raphaël palpa l'intérieur de sa poche de pantalon. Sa main s'attarda un moment sur le modeste trésor qui se trouvait là. Il se composait d'un bout de corde, d'un quignon de pain et d'un morceau de poisson fumé enveloppés et ficelés dans un chiffon, d'un tesson de verre poli par la mer, de deux coquillages et d'un petit fragment de bois en forme de poignard. Les pirates seraient fiers de l'avoir à leur bord. Le fameux Jean Laffite lui-même le prierait de naviguer sur ses vaisseaux les plus prestigieux.

Pourtant, Raphaël devrait lui dire non.

Les bateaux disparurent un à un de l'horizon, et il ne resta bientôt plus qu'une étendue de mer et deux embarcations de pêche rentrant au port. Raphaël reconnut l'un des *canotes* à sa voile rouge et sa coque verte. Il appartenait au père d'Etienne Lafont, un garçon de son âge avec qui il jouait lorsque Etienne parvenait à s'éclipser de chez lui.

Après Juan Rodriguez, Etienne était son meilleur ami. Et s'il voulait être pirate, lui aussi, Juan l'était déjà, lui. Il pouvait enseigner à Raphaël tout qu'il avait besoin d'apprendre en prévision du jour où sa mère n'aurait plus besoin de lui et où il pourrait partir sur les mers avec Dominique You et Nez Coupé. Et si ceux-ci étaient vraiment morts, ainsi que l'affirmait Etienne, alors il partirait naviguer avec quelqu'un d'autre.

Il voulait quitter La Chénière. Il ne connaissait aucun autre endroit où aller vivre, il n'avait même jamais fait la traversée jusqu'à Grand Isle, mais il avait la certitude qu'il devait exister quelque part un village où aucune femme n'insulterait sa mère, où aucun homme n'interdirait à ses enfants de jouer avec lui.

Très récemment, il avait découvert qu'il était différent des autres garçons. Certes, il n'était pas le seul enfant de La Chénière à ne pas avoir de père. De temps à autre, les eaux du golfe réclamaient leur tribut, et des bateaux venaient s'échouer sur la rive, brisés par la tempête, vides de tout occupant. Mais ces autres enfants sans père avaient des familles pour les aider. Des oncles, des cousins, des grands-pères et des parrains qui leur apportaient du poisson et du gibier, du lait et des légumes de leur jardin. Et leurs mères étaient accueillies partout dans le village.

La semaine précédente, Raphaël avait appris par Etienne qu'il avait une famille à La Chénière, lui aussi, un oncle capable de subvenir aux besoins de sa mère. Mais personne ne lui apportait de poisson ni de lait. Elle raccommodait les filets et faisait des lessives afin d'acheter le poisson qu'elle ne prenait pas elle-même. Le reste, elle l'achetait avec l'argent qu'elle recevait de m'sieu Lucien ou grâce aux jolis cadeaux qu'il lui offrait et qu'elle troquait au magasin du village.

Un jour, Etienne avait emmené Raphaël voir la maison de son oncle. C'était l'une des plus belles de la péninsule. Construite sur une levée, elle dominait le paysage et les maisons des alentours. Etienne avait expliqué qu'elle était faite de *bousillage-entre-poteaux*, mélange de terre et de paille qui la rendait si solide qu'elle serait encore debout le jour du jugement dernier.

Par la suite, Raphaël était revenu à plusieurs reprises seul pour observer la maison. Et par deux fois, il avait vu son oncle. Auguste Cantrelle était grand, immense même, avec un torse aussi large qu'une voile de bateau de pêche et des cheveux noirs, aussi bouclés que ceux de Raphaël. La deuxième fois, celui-ci était sorti de l'ombre où il se dissimulait. Auguste Cantrelle l'avait regardé. Puis, l'air courroucé, il s'était éloigné à grands pas.

Raphaël n'avait pas posé de questions à sa mère à propos de ce géant. Une fois, il l'avait interrogée au sujet de son père, et elle lui avait répondu qu'il n'avait pas de père, pas d'autre famille qu'elle et Angelle. N'était-ce pas suffisant ? avait-elle ajouté.

Il ne lui avait pas parlé non plus des garçons qui n'avaient pas le droit de jouer avec lui, des mères qui serraient contre elles leurs enfants lorsqu'il passait, des insultes qu'elles murmuraient dans son dos. Il ne lui avait pas demandé pourquoi certaines personnes acceptaient de parler avec elle, et d'autres non.

De nouveau, Raphaël glissa la main dans sa poche, et il en sortit le petit paquet qui contenait le pain et le poisson. Alors que la cloche de l'église avait déjà sonné midi depuis un moment, son estomac lui rappelait qu'il était l'heure de prendre quelque nourriture. Mais il ne voulait pas manger trop tôt. Sa mère lui avait ordonné de ne pas rentrer cet après-midi, car m'sieu Lucien lui rendait visite. Raphaël n'avait donc aucun espoir d'obtenir d'elle un autre morceau de pain. Il ne devrait rejoindre la maison que lorsque le soleil atteindrait presque l'horizon, et si jamais il désobéissait, il irait se coucher encore plus affamé qu'il ne l'était à présent.

Il résolut son problème en mangeant la moitié de sa maigre ration, puis il refit le petit paquet avec soin, gardant ce qui restait de pain et de poisson pour plus tard. Il se sentait mieux, à présent, et il se mit en route pour aller retrouver Juan.

Juan habitait loin, très loin, de l'autre côté du village. Il vivait seul dans une maison semblable à celle de Raphaël, à ceci près qu'il n'avait pas de voisins avec qui partager sa terre marécageuse. Lorsque la brise du crépuscule soufflait de ses marais, elle apportait toujours des moustiques avec elle. Comme Raphaël en parlait à Juan, un jour, celui-ci lui avait répondu qu'il les préférait aux humains. Ils vous piquaient une fois ou deux, prenant ce qu'ils pouvaient, alors que les humains s'acharnaient sur vous jusqu'à ce qu'il ne vous reste plus une goutte de sang.

Raphaël avait rencontré le vieil homme un matin, devant le magasin de Picciola. Il attendait sa mère à l'ombre des arbres, poursuivant des poulets pour passer le temps, lorsqu'il avait aperçu Juan qui s'avançait dans sa direction. Le vieil homme marchait comme un crabe, à petits pas rapides qui l'entraînaient d'un côté jusqu'à ce qu'il s'immobilise, se redresse et reparte de l'autre côté.

Juan était petit et courbé par l'âge, mais il n'avait pas de canne. En guise de chapeau, il portait un foulard rouge noué sur les oreilles. Personne ne lui avait adressé la parole tandis qu'il se dandinait en direction du magasin ; Raphaël avait même vu les gens s'écarter de son passage.

La précaution était inutile. Juan les avait évités avec encore plus de détermination, allant passer sous les arbres plutôt que de croiser leur route. Mais il avait sous-estimé le risque, et son pied s'était pris dans une racine. Il serait tombé si Raphaël ne s'était précipité vers lui et ne l'avait retenu dans ses bras le temps qu'il recouvre son équilibre.

Le visage basané du vieil homme s'était empourpré de confusion. Il avait bredouillé de brefs remerciements, puis il avait plongé la main dans la poche de son pantalon et en avait sorti une petite pièce d'argent qu'il avait pressée dans la paume de Raphaël. Abasourdi, celui-ci avait regardé le vieil homme repartir en direction du magasin.

Sur le chemin du retour, Raphaël avait raconté son étrange rencontre à sa mère, qui l'avait écouté en silence avant de prendre la pièce afin de la joindre aux siennes. Elle lui avait alors expliqué que Juan Rodriguez était le fils d'un homme qui avait navigué avec Jean Laffite ; certains, à La Chénière, pensaient que Juan lui-même avait navigué avec des pirates. La mère de Juan était une fille des bayous venue s'installer à La Chénière à la naissance de son fils pour attendre, attendre encore et encore, que son mari revienne de ses lointains voyages.

Raphaël savait combien sa mère travaillait dur. Et il savait donc que sa vie difficile ne lui laissait que fort peu de temps pour raconter des histoires. Pourtant, en ce jour exceptionnel, avec la pièce de Juan tintant gaiement dans sa poche, elle lui avait parlé des autres habitants de La Chénière.

Elle lui avait ainsi expliqué que la région de Barataria, à une époque, avait été un repaire de pirates. Certains de ceux qui y vivaient aujourd'hui étaient leurs descendants. Fasciné, Raphaël l'avait écoutée évoquer la multitude des nationalités qui cohabitaient. Des gens venus d'Italie, d'Espagne ou du Portugal. D'autres de Manille et de Chine, et qui faisaient sécher les crevettes sur de grandes plates-formes dans la baie de Barataria et dansaient dessus jusqu'à ce que la carapace desséchée des crustacés se détache et s'envole au gré du vent. Mais c'était l'histoire de Juan que Raphaël avait surtout retenue. Il avait supplié sa mère de la lui raconter de nouveau et, ce soir-là, il s'était endormi en se promettant d'aller trouver Juan et de lui soutirer toutes sortes de nouveaux récits.

De prime abord, la perspective de se rendre tout seul jusqu'à la cabane de Juan avait effrayé Raphaël. C'était loin de chez lui et Etienne, avec ses histoires de fantômes qui hantaient les marais, ne l'avait en rien rassuré. Et puis, enfin, il y était allé.

Juan ne lui avait pas adressé un mot le premier jour ni le suivant. Mais après que Raphaël lui eut rendu visite quotidiennement pendant toute une semaine, lui apportant de l'eau fraîche de son puits et l'aidant à réparer son toit de palmes, Juan avait fini par parler.

Désormais, Raphaël allait le voir dès que cela était possible. Parfois, le vieil homme était sorti en mer sur son bateau, et Raphaël rentrait chez lui sans l'avoir vu. Quand la chance était avec lui, il le trouvait assis au-dehors, prêt à se lancer dans un de ses récits qui, bientôt, étaient devenus aussi indispensables à Raphaël que le pain que sa mère faisait cuire dans le four de terre.

Ce jour-là, lorsque Raphaël arriva, il ne trouva pas Juan. Pourtant, la pirogue dont il se servait dans les marais et la yole avec laquelle il naviguait dans le golfe étaient bien là.

Raphaël frappa à la porte de la cabane. Comme

personne ne répondait, il poussa légèrement le battant et jeta un coup d'œil à l'intérieur. Celui-ci se révéla des plus sommaires, avec son sol de terre battue et ses meubles faits de simples souches. Une niche, dans un angle, était pareille à celle qu'entretenait la mère de Raphaël, mais il ne s'y trouvait aucune statue de la Sainte Mère, juste une croix de bois et deux bouts de chandelle.

Après avoir fermé la porte, Raphaël s'éloigna. Au même moment, un coup de tonnerre retentit dans le lointain. Il ne tenait certes pas à se trouver dehors s'il se remettait à pleuvoir, mais il ne pouvait se réfugier chez Juan : jamais il ne se serait permis d'entrer dans sa cabane sans sa permission. Il faisait déjà demi-tour, prêt à reprendre en courant le chemin du village, lorsqu'il vit le haut massif de carex, sur le côté de la maison, s'agiter brusquement. Tandis qu'il le fixait, terrorisé, une main écarta les roseaux et la silhouette de Juan sortit de la brume qui montait des marais.

— Hé, c'est toi, Raphaël ?

Raphaël avala sa salive pour chasser la boule qui s'était formée dans sa gorge. Il demeura incapable de parler, comme si les fantômes qui hantaient les environs avaient noué leurs doigts glacés autour de son cou. De nouveau, il déglutit.

— Oui, c'est moi.

— Tu n'as pas vu arriver la tempête ? Tu ne la crains pas ?

Secouant la tête, Raphaël regarda Juan s'approcher de sa démarche de crabe.

— Ce n'est que de la pluie, répondit-il bravement.

— Non. Dieu sait pourtant combien j'aimerais que tu aies raison.

— Elle s'éloigne…, indiqua Raphaël, les yeux levés vers le ciel.

— Elle s'éloigne, puis elle revient et elle éclate. Boum ! Comme ça ! conclut Juan en faisant claquer ses mains l'une contre l'autre.

— Comment le sais-tu ?

— Moi ? Je l'ai déjà vue. Les mouettes s'en vont. Les pélicans aussi. Et les vaches grimpent sur les levées.

— Pourquoi ?

— Pour mourir moins vite.

De moins en moins rassuré, Raphaël recula d'un pas.

— C'est de la pluie, rien de plus, insista-t-il.

— Mais non. Y'a le vent, aussi. Un vent énorme, précisa Juan en écartant les bras en grand. Les éclairs dans le ciel, ce matin, je les ai vus. Je sais.

Dans le lointain, le tonnerre gronda de nouveau. Juan laissa alors retomber ses mains, comme si la preuve de ce qu'il avançait était définitivement faite.

— Que pouvons-nous faire ? demanda Raphaël.

Lentement, Juan secoua la tête.

Raphaël sentit un frisson de peur le parcourir. Bien qu'il n'ait que sept ans, il avait déjà connu beaucoup d'orages. Et il savait ce que c'était qu'être mouillé et malheureux parce qu'il pleuvait dans sa maison. Confusément, pourtant, il sentait que ce dont parlait Juan était autre chose. Il tenta d'imaginer un vent énorme soufflant sur La Chénière. En vain.

— Le vent, il emportera ta maison, ajouta Juan, avant de se tourner vers la sienne. Il prendra la mienne, aussi, et la réduira en miettes.

Un instant, Raphaël songea aux rares biens qu'il possédait et qui ne se trouvaient pas dans sa poche. Le plus important était cette paire de chaussures de cuir que m'sieu Lucien lui avait apportée de La Nouvelle-Orléans. Il l'utilisait rarement. Mais à présent qu'il était assez grand pour porter des pantalons courts, les chaussures prenaient toute leur importance. Il ne pouvait laisser le vent les emporter. L'école reprenait le surlendemain, dans un bâtiment tout neuf et, bien que sa mère ne lui ait pas encore promis qu'il pourrait y aller, il gardait bon espoir. Et il aurait besoin de chaussures.

Il y avait aussi son chapelet et une minuscule pirogue qu'il avait taillée dans une branche de bois tendre avec un petit bonhomme assis dedans. Et puis, il y avait la poupée d'Angelle.

A cette pensée, il écarquilla de grands yeux.

— Angelle, demanda-t-il, elle sera emportée elle aussi ?

— Tu dois dire à ta maman de vous emmener au magasin de Picciola, Angelle et toi, lorsque le vent commencera à souffler. Sinon…

Il n'alla pas plus loin et se contenta d'un haussement d'épaules lourd de sens.

Raphaël hocha la tête avec solennité.

— Mon oncle, Auguste Cantrelle, a une grande, grande maison, déclara-t-il.

— Celui-là ? Il ne vous laissera jamais entrer !

D'abord surpris, Raphaël songea à ce que Juan venait de dire et il conclut qu'il avait raison.

— Quand la tempête arrivera-t-elle ? demanda-t-il.

— Personne ne sait. Peut-être bientôt. Peut-être plus tard.

S'approchant de Raphaël, Juan lui saisit le menton. Il le fixa un si long moment que Raphaël, mal à l'aise, eut envie de se sauver. Mais il demeura immobile, bien droit, et attendit.

— Ton papa, dit enfin Juan, c'était un homme bien. Tu ne l'as pas connu, mais moi oui. C'était un homme bon et fort. Il ne faut pas écouter les autres, ceux qui pensent différemment…

Il cracha sur le sol.

Raphaël demeura interloqué. Juan avait connu son père ? Soudain, il n'était plus différent des autres garçons de La Chénière. Il avait un père, et ce père avait été un homme bien. Un homme bon et fort.

— Viens, je vais te montrer quelque chose, lui proposa alors Juan.

Il fit demi-tour, reprit le chemin par lequel il était arrivé. Raphaël était trop excité par tout ce qu'il venait d'apprendre pour avoir peur des marais à présent. Il courut rejoindre Juan.

Celui-ci écarta les roseaux, ainsi qu'il l'avait fait tout à l'heure, et Raphaël le suivit, repérant de son mieux le chemin qu'ils empruntaient. Le sol était à la fois solide et liquide et, par endroits, les herbes et les roseaux s'élevaient bien plus haut que lui. Dans le lointain, il apercevait les silhouettes impressionnantes des chênes couverts de mousse.

Alors qu'ils avaient presque atteint le tertre sur lequel étaient perchés les trois chênes, Juan s'enfonça soudain dans l'eau jusqu'à la taille. Il se retourna et tendit la main à Raphaël.

— Tu viens ?

Raphaël regarda l'eau. Il songea à ce que dirait sa mère s'il rentrait avec un pantalon mouillé et sale. Il songea aussi à ce que dirait Juan s'il refusait de continuer. Juan qui avait connu son père… Il posa le pied dans l'eau et se retrouva immergé jusqu'à la poitrine.

Juan approuva d'un hochement de tête, puis reprit sa progression.

La boue s'infiltrait entre les orteils de Raphaël. La plante de ses pieds avait beau être aussi dure que du cuir, il sentait la piqûre des coquillages et les racines. Et il ne pouvait s'empêcher de penser à toutes les créatures qui peuplaient sans doute cette eau marécageuse.

Quelques instants plus tard, ils retrouvaient la terre ferme. Juan lui tendit la main et demanda :

— Qu'est-ce que tu entends ?

Raphaël tendit l'oreille. Le marais était étrangement silencieux.

— Rien, avoua-t-il, les sourcils froncés.

— Exact.

Juan s'avança vers les arbres.

— Rien. Les oiseaux qui ne sont pas encore partis écoutent eux aussi.

— Ils guettent la tempête ?

— Exactement.

Raphaël fixa les arbres. De loin, il ne s'était pas rendu compte qu'ils étaient morts. A présent, il découvrait leurs silhouettes décharnées, recouvertes d'un voile de mousse qui leur faisait comme un linceul. Et il n'avait aucune envie de s'en approcher.

— Viens, dit Juan, ce que j'ai à te montrer se trouve par là.

Raphaël n'avait pas d'autre choix que de le suivre. Malgré toute l'attention qu'il avait mise à observer le trajet, il savait que jamais il ne retrouverait seul le chemin de la maison de Juan.

Il repartit donc à la suite du vieil homme. Bientôt, celui-ci s'immobilisa au bord de l'ombre vague que projetait l'un des trois arbres, celui du milieu.

— Peux-tu trouver le soleil ? demanda-t-il.

La question était curieuse, car le soleil leur était caché par d'épais nuages noirs. Néanmoins, Raphaël scruta le ciel et finit par pointer le doigt vers l'endroit où, selon lui, devait se trouver l'astre solaire.

— Bien, commenta Juan. Souviens-t'en.

Juan fit huit pas en avant, puis il pivota, se tenant de côté par rapport aux arbres. Il compta de nouveau huit pas. A cet endroit, les ombres à peine visibles de deux arbres se croisaient. Le vieil homme tourna encore une fois, formant un angle avec le troisième arbre, et compta encore huit pas. Il s'arrêta alors et désigna le sol du doigt.

— Ici.

Oubliant soudain la crainte que lui inspiraient les arbres, Raphaël rejoignit Juan.

— Quoi ?

— Ici. Tu creuses ici.

— Creuser ?

Raphaël baissa les yeux vers le sol. Il n'y avait rien de particulier à cet endroit.

— Pourquoi ? demanda-t-il.

Juan lui posa les mains sur les épaules et le repoussa légèrement.

— Retourne où nous étions.

Malgré sa perplexité, Raphaël retourna se placer à la limite de l'ombre de l'arbre du milieu. Lorsqu'il fut face aux arbres, Juan changea de place.

— A présent, essaie, tout seul, ordonna-t-il.

Raphaël répéta chacun des mouvements de Juan. Il allongea même ses enjambées afin qu'elles soient comparables à celles du vieil homme, et il rejoignit ainsi un point qu'il pensait être celui-là même qu'il venait de quitter.

— Non !

Juan s'approcha de lui et lui demanda de revenir à l'endroit où l'ombre des chênes se croisait. Là, il l'obligea à tourner selon un angle plus aigu.

— Que vois-tu ? demanda-t-il.

Scrutant le paysage, Raphaël découvrit au loin, juste en face de lui, une large brèche dans la rangée d'arbres qui suivaient l'horizon. Il la montra du doigt, et Juan hocha la tête.

— Oui. Maintenant, continue.

Cette fois, Raphaël atteignit le point exact que Juan souhaitait le voir rejoindre. Le vieil homme se pencha alors vers lui.

— Tu sauras le trouver tout seul, hein ?

— Oui, répondit Raphaël…

— Si le vent m'emporte, expliqua Juan, viens ici et creuse. Puis dis à ta maman de t'emmener loin d'ici, très loin, là où personne ne te connaît, où personne ne connaît ton papa. Tu m'as compris ?

A la vérité, Raphaël ne comprenait pas, mais il savait qu'il obéirait. Ne rêvait-il pas de quitter La Chénière ?

— Et si le vent ne m'emporte pas, reprit Juan avec un haussement d'épaules, quelque chose d'autre un jour m'emportera.

— Que feras-tu si la tempête arrive ? demanda Raphaël.

— Je monterai dans mon bateau.

— Et tu t'en iras ?

Le vieil homme sourit, et son visage prit une expression que Raphaël ne lui avait jamais vue.

— Oui, mon cher ami. Je m'en irai.

Lucien était resté trop longtemps. Lorsqu'il regagna son bateau, la pluie tombait et de lourds nuages sombres masquaient le soleil déclinant. La plage était déserte à l'exception d'un garçonnet qui tirait de toutes ses forces sur la corde du bateau pour le ramener sur le sable, hors d'atteinte des vagues qui se brisaient sur sa coque.

— Raphaël !

Lucien courut vers lui. A la vue des bras frêles de l'enfant tendus par l'effort, il éprouva une bouffée d'affection.

— Ne t'inquiète pas, mon fils, lui dit-il. Je vais le prendre.

Raphaël se redressa et se tourna vers lui, le visage illuminé par un sourire étincelant.

— J'avais peur que le courant l'emporte, expliqua-t-il.

— Je ne l'aurais pas laissé faire.

Lucien ébouriffa les boucles noires de Raphaël. C'était un beau gamin, malgré cet air un peu sauvage qu'il partageait avec certains natifs de La Chénière ou de Grand Isle. Marcelite lui avait confié que sa propre famille avait une triple origine : italienne, portugaise et française. Du père de Raphaël, elle n'avait pas dit grand-chose si ce n'était qu'il l'avait quittée avant la naissance de l'enfant et qu'elle ne l'avait jamais revu. Lucien, au vrai, se moquait bien de ne pas en savoir davantage. En échange du plaisir qu'elle lui donnait, il était prêt à passer sur beaucoup de choses.

— Vous partez maintenant ? demanda Raphaël.

Humectant son index, il le tendit en l'air.

— Le vent, dit-il. Il se lève très vite.

De nouveau, Lucien ébouriffa les cheveux de l'enfant.

— Plus vite que je ne le voudrais.

— Juan Rodriguez dit qu'une grosse tempête arrive, ajouta Raphaël.

Il écarta les bras et ajouta :

— Grande comme ça. Elle nous emportera tous.

La pluie s'était mise à tomber avec une violence accrue, à tel point que Lucien dut se pencher pour voir le visage du garçon. Il y découvrit une grande excitation, mais pas la moindre trace de peur.

— Il ne faut pas croire tout ce que raconte ce vieux fou, mon fils, affirma-t-il en réprimant un sourire. Il est trop tard dans l'année pour une grande tempête. Surtout, promets-moi de ne pas aller inquiéter ta mère avec ces histoires. D'accord ?

Raphaël fronça les sourcils.

— Juan dit que si le grand vent arrive, il faudra que nous allions nous réfugier dans le magasin de Picciola.

— Il n'y aura pas de grand vent. Quant à toi, ne va pas chagriner ta mère avec de telles fables. C'est compris ?

Si Raphaël acquiesça d'un hochement de tête, une étincelle rebelle brillait dans son regard.

— Bien, dit Lucien.

Il ôta ses chaussures et les jeta dans le bateau, avec son chapeau. Puis il roula le bas de son pantalon.

— Je ne reviendrai pas avant un long moment, annonça-t-il. Pendant ce temps, je compte sur toi pour bien prendre soin de ta mère.

Une nouvelle fois, Raphaël hocha la tête.

— Aide-moi à mettre le bateau à l'eau, lui ordonna Lucien.

Il passa la corde sur son épaule, puis entra dans l'eau en traînant le bateau derrière lui. Il sentit une brusque poussée lorsque Raphaël joignit ses efforts aux siens. Une fois à bord de l'embarcation, il laissa le courant l'entraîner au large avant de hisser la voile. Il se tourna vers la plage et vit que Raphaël le regardait. Peu à peu, l'enfant devint de plus en plus petit, et il lui adressa un dernier signe d'au revoir.

Un moment plus tard, alors que le bateau approchait de la rive opposée, il découvrit sur le sable une silhouette, nettement plus imposante, qui semblait le guetter sur la plage. Lucien crut d'abord qu'il s'agissait de M. Krantz, venu s'assurer que son pensionnaire rentrait sain et sauf de son petit voyage en mer. A moins que ce fût l'un de ses employés. En fait, quand il se fut encore approché du rivage, il découvrit que l'homme qui attendait patiemment sous la pluie n'était autre qu'Antoine Friloux, son beau-père.

Une brusque appréhension s'empara de lui. Il n'était pas prévu qu'Antoine vienne à Grand Isle. Lucien l'avait quitté la veille à La Nouvelle-Orléans. Pour se trouver là, il avait dû venir à bord d'un vapeur loué tout exprès.

Mais dans quel but ? Antoine n'était pas homme à supporter l'inconfort. Pourtant, il se tenait sous la pluie battante, immobile. Il ne fit pas le moindre geste pour aider Lucien lorsque celui-ci sauta du bateau, puis le tira sur la rive. Il l'observait, l'air grave, les bras croisés sur le torse.

— Antoine ? appela Lucien en se protégeant les yeux d'une main.

— Surpris ?

Lucien s'avança et demanda :

— Je ne devrais pas ?

Il scruta le visage de son beau-père, tentant de trouver une explication à sa présence. Antoine Friloux était un homme grand et mince, à la peau claire, comme sa fille et sa petite-fille. Ses cheveux et sa moustache étaient toujours impeccablement taillés et son col parfaitement amidonné. Même en cet instant, malgré la pluie qui ruisselait sur sa veste et son chapeau, il conservait un air de parfaite distinction.

— J'ai moi-même connu quelques surprises, ces jours derniers, dit Antoine.

— Est-ce que Claire… ?

D'un geste, Antoine éluda la question.

— Claire va bien. Aussi bien que peut aller une femme que son mari prend pour une imbécile.

Lucien ne trouva rien à répondre. Il était loin d'être parfait, mais quel époux l'était vraiment ? Il travaillait afin d'offrir à sa femme tout ce qu'elle pouvait désirer. Il remplissait ses obligations sociales comme le devait un homme de son rang. En public, comme dans le privé, il faisait montre de l'éducation et des bonnes manières qu'on était en droit d'attendre de lui. En quoi avait-il fait du tort à sa femme ?

— Voyez-vous ce que je veux dire ? demanda Antoine.

Lucien jeta un regard au ciel. Il s'assombrissait de seconde en seconde.

— Si nous parlions de tout cela à l'abri ?

— J'ai loué le pavillon, à côté de la salle à manger. Nous pouvons discuter là-bas.

Soucieux de ne montrer ni irritation ni crainte, Lucien acquiesça d'un signe de tête. Si Antoine avait atteint la cinquantaine et s'il paraissait frêle à ceux qui ne le connaissaient pas, il ne fallait pas se fier aux apparences. Il tenait d'une main de fer les rênes de sa famille et de son entreprise. Le destin de l'une ou de l'autre dépendait de son bon vouloir et de son humeur.

Le tonnerre gronda au loin tandis qu'ils avançaient sur le chemin. Quand ils passèrent devant la salle à manger, la silhouette de Krantz apparut dans l'encadrement de la porte et il les salua d'un signe de tête. Lucien était trempé, transi, et il aurait volontiers bu un café ou une goutte de l'excellent brandy de Krantz. Il se garda toutefois bien de s'arrêter.

Le pavillon d'Antoine, autrefois celui des esclaves, était simple et fort agréable en été, avec ses massifs de fleurs odorantes et sa vigne vierge qui grimpait le long des balcons. Mais ce soir, avec l'hôtel quasiment désert et le martèlement assourdissant de la pluie sur son toit, il était sinistre et peu engageant.

Dans l'entrée, les deux hommes ôtèrent leurs vestes et leurs chaussures. On avait allumé un feu dans la cheminée et Lucien s'avança pour s'y réchauffer. Antoine s'approcha de la table où était posée une carafe et se servit un verre. Il n'en proposa pas à Lucien.

— C'est un bien vilain temps pour une promenade en mer, non ? demanda-t-il lorsqu'il eut à demi vidé son verre.

— Il ne faisait pas mauvais lorsque je suis parti, expliqua Lucien. Ensuite, je n'ai pas vu le temps passer. Lorsque je me suis rendu compte que l'orage menaçait, il était trop tard.

— Avez-vous songé à vous arrêter à La Chénière pour vous mettre à l'abri ? A ce qu'il paraît, les gens y sont très accueillants.

— Non, je ne l'ai pas envisagé. Je savais que Claire s'inquiéterait si je ne rentrais pas ce soir.

— Quel mari prévenant, commenta Antoine.

Et il leva son verre, comme pour porter un toast à Lucien.

— Que signifie tout ceci, Antoine ? s'enquit celui-ci. J'ai fait le voyage à Grand Isle à la demande de Claire. Il m'a semblé que je pouvais m'offrir une petite compensation en allant faire du bateau cet après-midi.

— Une petite compensation ?

Antoine se mit à rire.

— C'était bien plus que cela, non ? Je me suis laissé dire que lorsque vous venez à Grand Isle, la… compensation est généreuse.

Lucien n'aimait pas le tour que prenait la conversation.

Il était des choses que les hommes faisaient, mais dont ils parlaient rarement. Qu'Antoine en vienne presque à mentionner la maîtresse de son gendre était impensable. C'était une violation du code qui régissait les rapports entre gentlemen. Si Lucien ignorait de quelle manière Antoine avait appris l'existence de Marcelite, il imaginait mal comment son beau-père pouvait lui reprocher de prendre du plaisir ailleurs, dans la mesure où il ne faisait pas de tort à Claire.

— Toutes les vies sont faites de devoirs et de récompenses occasionnelles, observa Lucien lorsque le silence se fit trop pesant à son goût. La mienne n'est pas différente des autres.

— Non ? Et que se passe-t-il lorsque la récompense devient également un devoir ?

— Je ne vois pas ce que vous voulez dire.

— C'est pourtant simple.

Antoine se servit un second verre.

— Supposez que quelqu'un qui vous procure beaucoup de plaisir devienne un fardeau. Que faites-vous ?

— Tout dépend de la personnalité de ce quelqu'un.

— Je vais être plus précis. Supposons qu'un homme ait dans sa vie une femme qu'il aime. Cette femme n'est pas son épouse, mais il a comme un devoir envers elle. Maintenant, imaginons qu'il doive quitter cette femme parce que, s'il ne le fait pas, il perdra tout ce qu'il a passé sa vie à construire.

Malgré le feu, Lucien fut parcouru d'un frisson glacé.

— Je vois que vous commencez à comprendre, dit Antoine. Je continue. La femme qui n'était autrefois qu'un plaisir devient donc un fardeau. Malheureusement, elle n'est pas seule. Il y a aussi des enfants. Et ils constituent bien entendu la raison pour laquelle notre homme doit quitter cette femme. Il ne peut remettre en cause le caractère sacré de sa famille légitime. Il ne peut pas prendre le risque que des bâtards héritent de lui ou de la famille de son épouse.

Lucien se rapprocha des flammes. Il était désormais inutile de nier ou de feindre l'incompréhension. Son seul recours était une promesse. Quand il se décida à la proférer, sa voix n'était pas aussi assurée qu'il l'aurait voulu.

— Les enfants de Marcelite Cantrelle n'hériteront jamais de ce qui appartient aux Friloux, déclara-t-il. Vous avez ma parole.

— Votre parole ? Que vaut la parole d'un homme qui fréquente la putain d'un esclave ?

Lucien eut l'impression que son visage se vidait de tout son sang.

— Je vous demande pardon ? demanda-t-il en se tournant vers Antoine.

— Vous ne comprenez pas ?

— En effet. Je ne vois pas ce que vous voulez dire.

— Vous connaissez l'enfant de cette putain et vous n'avez pas vu ce qui crève les yeux.

— Raphaël ?

— Fermez les yeux et songez à son visage. Rien ne vous frappe ?

— Marcelite me l'aurait dit !

— Pensez-vous ! A moins qu'elle ne soit la dernière des imbéciles.

La bouche d'Antoine se crispa de dégoût.

— Pourquoi vous aurait-elle révélé que le père de son enfant était né en esclavage, qu'il était le fils d'un planteur et de sa servante ?

Alors que Lucien s'apprêtait à l'interrompre, Antoine l'arrêta d'un geste.

— Pourquoi vous aurait-elle dit que sa famille l'a chassée lorsqu'elle est devenue sa maîtresse ? Et si vous la questionnez au sujet de son Nègre, croyez-vous qu'elle avouera qu'il a disparu une nuit et qu'on ne l'a plus jamais revu à La Chénière ? Certains disent même que c'est son frère à elle qui l'a tué…

— Non !

— Si, répliqua Antoine.

Sans quitter Lucien du regard, il vida son verre.

— Lorsqu'un plaisir devient un fardeau, il faut s'en débarrasser.

Lucien fixait son beau-père, mais ses yeux voyaient tout autre chose, bien au-delà de Grand Isle.

— Ni votre famille ni la mienne n'ont jamais été touchées par du sang impur, ajouta Antoine. Et il est hors de question qu'elles le soient.

— Même si ce que vous dites au sujet de Raphaël est vrai, le sang de ma fille est pur, lui.

— Pouvez-vous faire confiance à une femme qui donne aussi facilement son corps ? Quel sang coule dans ses veines ? Le savez-vous seulement ? Les gens de La Chénière sont un ramassis de pirates, de contrebandiers et de pêcheurs. Croyez-vous qu'ils se soucient qu'une pointe de couleur assombrisse leur peau ? Non point. Ils se soucient du vent, du bateau qui doit venir, du poisson qui se prendra dans leurs filets. Pouvez-vous me certifier que le sang de votre Angelle est pur ?

Sous le choc, Lucien vacilla presque.

Antoine secoua la tête. Il posa son verre et se rapprocha du feu.

— J'ai vu ma fille échouer à vous donner un héritier en bonne santé. Je suis un vieil homme, et je ne vivrai peut-être pas assez longtemps pour voir la naissance d'un petit-fils ou d'une petite-fille capable d'atteindre l'âge adulte. Mais j'ai un frère qui a des enfants... et je ne permettrai pas que vous donniez tout ce qui m'appartient à vos bâtards.

— Il est impossible qu'ils héritent. Ils...

— Ils le pourraient tout à fait si vous le décidiez ! Et si Claire mourait et que vous épousiez cette Marcelite, ils pourraient même hériter de tout !

— Une telle chose ne peut pas se produire.

— Bien sûr que cela ne se produira pas !

Antoine vint se camper en face de Lucien, et ils se défièrent du regard.

— J'ignore comment, Lucien, mais vous allez mettre un terme à votre relation avec cette femme, et tout de suite. Si vous ne le faites pas, je vous écraserai. Je briserai votre vie d'une façon dont vous n'avez même pas idée. Je commencerai par salir votre nom, avant de vous détruire financièrement. Lorsque j'aurai terminé, il ne vous restera rien à transmettre à vos bâtards.

— Et Aurore ? Vous saliriez son nom en même temps que le mien ?

— Je ne pense pas qu'Aurore vive suffisamment longtemps pour que ce point vaille d'être pris en considération.

— Seigneur Dieu...

— Etrange prière, vu les circonstances, souligna Antoine avec ironie.

Il tira sa montre de sa poche et l'approcha des flammes.

— Le dîner est servi à 19 heures. Vous devriez aller vous changer, maintenant.

— J'ai besoin de temps pour réfléchir à la meilleure...

— Je vous donne jusqu'à demain, coupa Antoine. Après, il sera trop tard. Nous partons lundi pour La

Nouvelle-Orléans, et ce jour-là, vous laisserez à tout jamais derrière vous La Chénière et les plaisirs que vous y avez goûtés. Car si jamais vous n'en faites rien…

Antoine remit sa montre dans sa poche.

— … Alors, vous saurez ce que c'est que d'avoir des regrets. Et moi, je saurai ce que se montrer impitoyable signifie vraiment. Est-ce là ce que vous désirez ?

6

L'église Notre-Dame-de-Lourdes faisait la fierté des habitants de Chénière Caminada, mais ils tiraient plus grande gloire encore de sa lourde cloche d'argent, qui sonnait l'angélus trois fois par jour et les appelait à la messe. Pour Raphaël, il n'était pas de musique plus douce.

Sa mère lui avait raconté l'histoire de la cloche. Des années auparavant, les habitants de La Chénière avaient interrompu toutes leurs activités de pêche et de chasse afin de construire une église à la gloire de Dieu. Et c'était une belle église. Dieu en avait été honoré. Mais il lui manquait une cloche, capable de résonner jusqu'aux cieux. Aussi, quand le prêtre avait offert une plaque d'argent frappée aux armes de sa famille afin qu'elle soit fondue, tous les gens du village l'avaient-ils imité, faisant don de leur or et de leur argent. Puis, à la faveur de la nuit, on les avait vus sortir en catimini de chez eux et, au matin, la récolte s'était encore enrichie de pièces étincelantes et de trésors de pirates.

Enfin, on avait pu envoyer le métal précieux dans une fonderie. Et un beau jour, la cloche avait été hissée dans le clocher et avait commencé de répandre sa musique dans toute la péninsule.

En cet instant, la cloche indiquait à Raphaël que la messe allait bientôt commencer. Comme toujours, sa famille se glisserait dans l'église une fois que tout le monde serait installé, pour la quitter avant la bénédiction finale. Raphaël ne comprenait pas pourquoi ils ne restaient pas plus longtemps. Il savait seulement que pour sa mère, le dimanche était une journée très semblable aux autres, bien qu'elle ne fabriquât ni ne raccommodât aucun filet. Ils n'avaient pas de famille à aller visiter, pas d'amis à retrouver. Parfois, ils se promenaient le long de la plage, mais ils étaient toujours seuls, sauf lorsque m'sieu Lucien venait.

Comme à l'accoutumée, la messe avait commencé quand ils prirent place sur le banc du fond. Raphaël n'écoutait que d'une oreille distraite les paroles du père Grimaud. Celui-ci était un homme bon qui, une fois, lui avait donné un morceau de canne à sucre. Sa voix était profonde et résonnait dans l'église. Raphaël était certain que Dieu lui-même n'aurait pas parlé avec plus de puissance et de conviction. Il observa les quelques personnes qui s'étaient levées et s'avançaient pour communier. Mais ni sa mère ni lui ne les imitèrent.

Lorsqu'ils quittèrent l'église, le vent soufflait plus fort et la pluie martelait le sol. Raphaël n'avait parlé à personne des prévisions de Juan. Devait-il croire le vieil homme, ou faire confiance à m'sieu Lucien ? Il l'ignorait. En tout cas, malgré la cape que portait sa mère et le vêtement qu'elle lui avait fait enfiler, ils furent rapidement transpercés.

Une fois à la maison, sa mère coupa du pain afin de le tremper dans l'épais sirop de canne. Ils s'assirent à la table et mangèrent en silence, écoutant la rumeur du vent et de la pluie au-dehors. Au bout d'un moment, Raphaël ne put tenir plus longtemps sa langue.

— D'après Juan, un vent énorme va souffler. Plus fort que celui-ci. Il dit que nous ne pourrons pas rester ici.

Sa mère se servit une tasse du café fort qu'elle avait préparé, puis demanda :

— A-t-il dit quand ?

— Non. Mais d'après lui, il vaudrait mieux qu'on aille se réfugier dans le magasin de Picciola. Et puis, j'ai rencontré m'sieu Lucien. Lui m'a dit que je ne devais pas t'inquiéter avec les histoires de Juan.

Raphaël vit sa mère serrer les doigts autour de sa tasse pour les réchauffer.

Angelle tendit les bras à Raphaël, qui la prit sur ses genoux. Elle en profita pour finir ce qui lui restait de sirop de canne. Avec le poids de la fillette sur ses genoux, Raphaël se sentait adulte. Il aimait l'odeur de ses cheveux, le contact de ses petits doigts potelés sur sa joue. Un jour, Angelle serait assez grande pour partir à l'aventure avec lui sans que personne lui dise qu'elle était trop petite pour jouer avec lui. Déjà, lorsqu'il lui parlait de pirates et de coffres remplis de trésors, elle l'écoutait, fascinée.

— Beaucoup de gens risquent d'aller chez Picciola, observa Marcelite. Il n'y aura pas de place pour tout le monde.

— Angelle et moi, on est petits.

Marcelite ne répondit pas.

Angelle commença à se tortiller, et Raphaël la posa par terre. Elle se rendit dans le coin le plus sec de la pièce pour s'amuser avec un jouet que lui avait donné m'sieu Lucien. Raphaël but la petite tasse de lait que sa mère lui avait servie et attendit.

— Le père Grimaud ne nous refusera pas sa protection, dit enfin Marcelite.

Peu convaincu, Raphaël songea au long chemin qui

les séparait de l'église. Mais elle était en hauteur et avait été construite avec beaucoup de soin. Avec l'aide de Dieu, elle resterait sûrement debout.

Sa mère leva les yeux vers lui et lui adressa l'un de ses rares sourires.

— Tu es encore un enfant, Raphaël. Tu ne devrais pas t'inquiéter de ces choses-là.

Elle lui tendit les bras. Timidement, il fit le tour de la table et alla se glisser contre elle. Elle sentait bon le jasmin et la pluie d'automne. Comme il posait la tête contre sa poitrine, il se jura, tout enfant qu'il était, de les conduire, Angelle et elle, en lieu sûr si jamais le grand vent venait.

Le même chien qui avait reniflé les semelles de Lucien, la veille, traversa le chemin devant lui. La queue entre les pattes, il se glissa furtivement vers la maison aux volets clos et se mit à hurler.

Gagner La Chénière à la voile avait été si difficile qu'il était déjà tard dans l'après-midi. En tirant son bateau sur le rivage, Lucien n'avait rien remarqué d'inhabituel. La marée avait laissé derrière elle toutes sortes de coquillages et de crustacés dans les flaques isolées, et un groupe d'enfants déjà grands pataugeait pour les récupérer.

Mais tandis qu'il approchait du village, des signes plus alarmants lui apparurent. Devant chaque maison qu'il croisait, les femmes rassemblaient tout ce qu'elles pouvaient trouver et le transportaient à l'intérieur. Les enfants, aussi petits soient-ils, croulaient sous le poids de bricoles qui, la veille encore, encombraient les cours. Les hommes étaient également dehors, occupés à attacher solidement les bateaux et à effectuer en toute hâte quelques réparations sur les maisons, oublieux du fait que le gibier se rassemblait souvent sur les levées pendant les orages et que chasser par un jour comme celui-ci était une source de grand plaisir.

Lucien interpella un jeune homme qui traînait une vache au bout d'une vieille corde.

— Que se passe-t-il ? lui demanda-t-il. Que craignent donc tous ces gens ?

Le tonnerre couvrit ses paroles et il les répéta. Il parla lentement, son français étant très différent du patois parlé à La Chénière.

Le jeune homme fronça les sourcils. Il semblait surpris d'avoir à expliquer ce qui paraissait évident.

— Une tempête se prépare.

— Mais nous sommes déjà en octobre, et la marée est basse, souligna Lucien. La tempête ne sera pas bien forte.

— En êtes-vous si sûr ? Dieu seul sait quel genre de tempête nous allons affronter. Moi, en tout cas, je ne tiens pas à perdre mes vaches.

Lucien songea à son voyage de retour à Grand Isle. Et si cet homme avait raison, si la tempête se révélait particulièrement violente ? Que ferait Antoine s'il n'était pas rentré à temps pour le dîner ? Cette pensée le glaça davantage encore que l'eau qui s'infiltrait à travers sa veste.

Il pressa le pas en direction de la maison de Marcelite. Que se passerait-il si le vent se déchaînait ? Sa cahute risquait d'être sérieusement endommagée, peut-être même détruite. Quelles seraient alors les conséquences pour elle ? Et pour Angelle ?

Durant la traversée, Lucien avait pensé et repensé à la façon dont il allait annoncer à Marcelite qu'il ne reviendrait plus. Ce n'était ni une femme soumise, ni une idiote. Si la plupart des gens de La Chénière ne possédaient que peu d'instruction, voire pas du tout, Marcelite parlait français et anglais, et elle lisait la messe dans son propre livre. Autant dire qu'elle était tout à fait capable de venir à La Nouvelle-Orléans, avec ses bâtards, et de le mettre face à ses responsabilités.

Il lui avait promis une maison au printemps, ainsi qu'un bateau si elle mettait au monde un fils. Elle allait exiger tout cela, peut-être davantage. Et si Antoine découvrait que Marcelite n'était pas sortie de sa vie, sa vengeance serait terrible. Dans son mariage avec Claire, Lucien n'avait apporté guère plus qu'un nom respecté. Ses finances étaient si étroitement liées à celles de son beau-père qu'Antoine avait tout contrôle sur elles.

Malgré tout le plaisir que Marcelite lui avait donné, Lucien maudissait le jour où il l'avait rencontrée. Le désir et l'affection qu'il éprouvait pour elle n'étaient rien face à la perspective de perdre tout ce qui avait fait de lui l'homme qu'il était à présent. Parfois, à La Nouvelle-Orléans, il avait pu lui arriver de songer avec regret à la simplicité et à la chaleur de la vie à La Chénière. Mais jamais il n'avait envisagé d'abandonner tout ce qu'il possédait pour aller s'installer avec Marcelite.

Toutefois, avec la menace de cette tempête qui se précisait, il détenait peut-être une solution à ses problèmes. Si elle se révélait assez forte, il était possible que Marcelite comprenne combien elle était à la merci des éléments. Après quoi, tout ce qu'il lui offrirait lui apparaîtrait comme un cadeau royal.

Pour la première fois depuis sa conversation avec Antoine, Lucien sentit renaître l'espoir. Cette tempête pouvait devenir une alliée. Il résolut de garder pour lui le but véritable de sa visite tant que les éléments ne se seraient pas calmés. Le choix du moment était primordial, qui pouvait signifier l'échec ou la réussite. Or, il était impensable qu'il échoue.

Alors qu'il approchait de la cabane, il remarqua une grossière planche de bois clouée en travers de la fenêtre. Il imagina Marcelite, grimpée sur une chaise, sous la pluie, tentant avec Raphaël de rendre la maison étanche.

Arrivé devant la cahute, il appela :

— Marcelite !

Il poussa la porte et jeta un coup d'œil à l'intérieur. A la lueur vacillante d'une lanterne, il aperçut Marcelite et les enfants au fond de la pièce. Il entra, fermant la porte derrière lui.

— Lucien !

Marcelite, qui s'était levée d'un bond, traversa la pièce en deux enjambées. Lucien ouvrit les bras et la serra contre lui. Les enfants le regardaient.

Elle s'adressa à lui en français.

— Je te croyais reparti pour La Nouvelle-Orléans.

— Je pars demain. Je n'avais pas l'intention de venir aujourd'hui, mais lorsque j'ai vu la pluie et le vent…

Comme elle fermait les bras autour de sa taille et le serrait plus fort, exprimant ainsi sa gratitude, Lucien éprouva un vague sentiment de honte.

— Tu vas rester avec nous, alors ? demanda-t-elle.

— Jusqu'à ce que la tempête soit passée.

— Mon père est mort dans une telle tempête. Il était en mer avec mes oncles lorsqu'elle s'est levée. Des semaines plus tard, les vagues ont rejeté le bateau rempli de poisson pourri, du poisson qui sentait dans toute La Chénière. Mais il n'y avait aucun homme à bord.

A ce souvenir, elle fut secouée d'un violent frémissement. Lucien, à qui elle n'avait jamais rien dit de cette tragédie, mesura combien elle devait avoir peur.

Raphaël se leva du lit où il était assis avec Angelle.

— Si la tempête empire, déclara le gamin, nous irons à l'église.

— Ne dis pas de bêtises ! Avec l'orage qui approche, il est plus sûr de rester ici. Nous allons faire de notre mieux pour rendre la maison étanche et nous attendrons ici que la tempête se calme.

— Mais il y a le vent !

Lucien fixa Raphaël. Il vit que les boucles noires du gamin n'étaient pas les innocentes boucles soyeuses de l'enfance, que le hâle de sa peau n'était pas seulement dû aux heures passées au soleil. Et son nez… Comment n'avait-il pas remarqué qu'il était plus large, plus épais que celui de Marcelite ?

Par tous les saints ! Dire que cet enfant avait été comme un fils pour lui ! Comment avait-il pu ne pas se rendre compte que Raphaël était un quarteron ? Les signes trahissant son sang mêlé étaient pourtant évidents. Mais il était trop aveuglé par le désir que lui inspirait Marcelite pour s'en apercevoir.

Il connaissait le prix à payer pour une telle erreur. La société proscrivait formellement tout mélange de race. Et alors que cette règle ne pouvait être violée, Marcelite l'avait fait de la façon la plus abominable qui soit. Lucien, lui, avait couché avec elle à maintes reprises. Il s'était abandonné au plaisir de sa chair aussi souvent que possible, sans soupçonner qu'un autre homme, né esclave, l'avait précédé.

La colère, soudain, s'empara de lui.

— Ce n'est tout de même pas un enfant qui va me dicter ce que je dois faire ! s'exclama-t-il.

Marcelite se tourna vers son fils et parla si vite que Lucien ne saisit pratiquement rien de ses paroles. L'essentiel du message devint clair, toutefois, lorsque

Raphaël finit par hocher la tête. Pourtant, son regard demeura fixé sur celui de Lucien.

— Il ne cherche qu'à rendre service, murmura Marcelite en se retournant vers Lucien.

— Prépare-nous du café et quelque chose à manger, ordonna celui-ci. Je sors voir ce qu'on peut faire.

— Raphaël va t'aider.

Lucien faillit refuser. Mais la perspective d'entraîner le gamin sous la pluie le séduisit.

— Oui, ce serait bien.

De nouveau, Marcelite s'adressa à Raphaël, qui refusa de bouger.

— Si tu tiens à ce que ta mère et ta sœur soient en sécurité, viens avec moi ! lui lança Lucien.

Il gagna la porte, puis se retourna.

— Mais si tu t'en fiches…

La seconde suivante, Raphaël le rejoignait au-dehors.

Raphaël regarda sa mère servir une autre tasse de café à m'sieu Lucien. Il avait froid et faim, mais il savait que sa mère s'occuperait d'abord de m'sieu Lucien tant que celui-ci demeurerait avec eux. La veille encore, il regrettait que m'sieu Lucien ne soit pas son père. Aujourd'hui, il avait changé d'avis. Si son vrai père les observait, depuis le ciel, que pensait-il de tout cela ? Il devait être bien triste…

Alors qu'il réfléchissait à cette éventualité, Raphaël vit sa mère se pencher et murmurer quelques mots à l'oreille de Lucien. Dehors, les hurlements du vent s'amplifièrent, comme pour l'empêcher d'entendre.

Sa poupée sur les genoux, Angelle fixa Raphaël d'un regard vide, absent, pareil à celui du vieux Leopold

Perrin qui, enfant, avait perdu la vue à la suite d'une fièvre. La robe bleue de la poupée était déchirée, mais la soie n'en demeurait pas moins le tissu le plus fin que Raphaël ait jamais vu. Sa mère, un jour, lui avait dit qu'à La Nouvelle-Orléans, certaines dames ne portaient que de la soie. C'était là-bas, aussi, que certains messieurs, comme m'sieu Lucien, circulaient dans des voitures tirées par de fringants chevaux.

De l'avis de Raphaël, m'sieu Lucien n'avait pas vraiment envie d'être là. D'habitude, il taquinait sa mère et riait avec elle. Aujourd'hui, il était assis, silencieux, perdu dans des pensées connues de lui seul. Il n'avait pas pris Angelle sur ses genoux. Il n'avait pas ébouriffé les boucles de Raphaël, pas plus qu'il ne lui avait demandé s'il avait découvert de nouveaux trésors.

Sa mère servit deux autres bols de *gumbo* de crabe et appela les enfants à table. Tandis qu'ils prenaient place, Lucien se leva et traversa la pièce. Il n'ouvrit pas la porte, mais regarda par une fente, le long du montant.

— Il pleut de plus en plus fort, observa-t-il.

— Ecarte-toi de là, alors, lui dit Marcelite.

Raphaël avala sa première cuillerée de *gumbo*. D'habitude, il était épais, riche de chair de crabe et d'*okra*, et suffisamment épicé pour réchauffer le ventre le plus froid. Mais aujourd'hui, sa mère devait avoir la tête ailleurs lorsqu'elle l'avait préparé.

— Les tempêtes sont plus violentes ici, non ? demanda Lucien. Je crois que j'en aurais peur si je vivais aussi près de l'eau.

— Alors, réjouis-toi que ce ne soit pas le cas.

Elle coupa deux morceaux de pain qu'elle posa devant les enfants.

— Je me sentirais totalement désarmé, poursuivit Lucien.

— Chacun fait ce qu'il peut où il se trouve.

— Mais n'est-ce pas provoquer le destin que de vivre à un endroit où le vent peut tout emporter ?

Raphaël cessa de manger et observa sa mère. Celle-ci ne réagit pas à la dernière remarque de m'sieu Lucien. Elle ramassa les miettes de pain qui se trouvaient sur la table afin de les entreposer dans une boîte. Sa main, toutefois, ne paraissait pas très assurée et elle avait les lèvres pincées.

— Nous devrions aller à l'église, dit Raphaël.

— Qu'est-ce que tu en sais ? s'exclama m'sieu Lucien en se détournant de la porte.

Raphaël regarda sa mère, qui fronça les sourcils. Il se tut.

— Tu n'es qu'un enfant ! poursuivit m'sieu Lucien. Un enfant trop rarement puni.

— Raphaël est un bon garçon.

— Tu ne m'as pas dit grand-chose concernant son père.

M'sieu Lucien s'avança vers la table et demanda :

— Etait-il entêté, lui aussi ?

Marcelite jeta un bref coup d'œil à Raphaël.

— Son père était beaucoup de choses.

— Etait-il entêté ? répéta m'sieu Lucien.

— Non, je ne dirai pas cela de lui…

— Qu'en dirais-tu, alors ?

— Qu'il était fier, répondit Marcelite en soutenant le regard de m'sieu Lucien. Fier et courageux, comme le sera son fils.

— Ton fils a-t-il des raisons d'être fier ?

— Arrête donc, je te prie ! Je ne veux plus en parler.

— Il y a beaucoup de choses dont nous n'avons pas parlé. Notamment du père de cet enfant.

En prononçant ces derniers mots, m'sieu Lucien avait baissé les yeux vers Raphaël.

Effrayée par le tour que prenait la conversation, Angelle se mit à pleurnicher et descendit de sa chaise. Quand ses pieds nus touchèrent le sol, elle se tut aussitôt et regarda Raphaël avec surprise. Puis elle s'assit sur les planches couvertes de feuilles de palmier et promena ses mains d'avant en arrière.

Raphaël observa le sol et ne vit rien. Il sauta alors de sa chaise, s'approchant d'Angelle.

— Le sol est humide, dit-il.

— Avec tous les trous qu'il y a dans cette pauvre maison, cela n'a rien d'étonnant, observa m'sieu Lucien.

Il s'accroupit et tâta le sol, bientôt imité par Marcelite.

— Il n'a jamais été aussi humide, remarqua-t-elle. Et ce n'est pas seulement dû à la pluie qui entre par le toit.

— Elle entre aussi par les côtés.

— Et par-dessous la porte, dit Raphaël. Regardez !

— Il a raison, murmura sa mère.

Se redressant, elle gagna la porte.

— Qu'est-ce que cela signifie, Lucien ?

Celui-ci étouffa un juron, et Raphaël se rangea de côté afin de ne pas se trouver sur son chemin lorsqu'il se dirigea à son tour vers la porte. Debout, derrière Marcelite, il jeta un coup d'œil au-dehors. Ils demeurèrent ainsi un moment, tous deux silencieux. Apaisée, de nouveau insouciante, Angelle faisait danser sa poupée sur les feuilles de palmier mouillées.

— Le sol est couvert d'eau, déclara Marcelite. Couvert, Lucien. Je n'ai jamais rien vu de pareil.

— La pluie tombe très fort. Le sol ne peut plus l'absorber. Lorsque l'averse se calmera, l'eau se retirera.

— Jamais je ne l'avais vue s'accumuler ainsi…

— Chaque tempête est différente.

— Et certaines sont terribles, observa Marcelite.

Elle s'écarta de m'sieu Lucien et se pencha pour toucher le sol. Puis elle porta son index mouillé à sa bouche et goûta du bout de la langue.

— L'eau est salée.

M'sieu Lucien la fixa un instant du regard, avant de se pencher et de goûter à son tour. Lorsqu'il se redressa, l'expression de son visage fit peur à Raphaël.

— Apporte-moi mon imperméable !

Sans hésiter, la mère de Raphaël se précipita vers la patère de bois et lui apporta le vêtement. Il le lui arracha des mains.

— Ecarte-toi de la porte, ordonna-t-il. Raphaël, aide ta mère à refermer derrière moi.

Lorsque m'sieu Lucien ouvrit la porte, l'eau entra à flots dans la pièce. Il disparut dans la tourmente, et Raphaël lutta pour fermer derrière lui, aidé de sa mère qui bloqua ensuite la porte avec un piquet et une corde.

— Allume les bougies dans la niche, lança-t-elle à Raphaël. Vite ! Nous devons dire une dernière prière.

— Maman, l'église…

— Il est trop tard pour aller aussi loin. Il va nous falloir trouver un autre refuge. Mais d'abord, nous devons dire nos prières. Ensuite, nous rassemblerons ce que nous pourrons.

Elle parlait d'une voix calme, et Raphaël comprit qu'elle s'efforçait de ne pas effrayer Angelle.

— Tu dois être courageux, lui murmura-t-elle.

— Comme mon père ?

Elle lui caressa la joue.

— Il y a beaucoup de choses que je ne t'ai jamais dites.

— Juan m'a raconté que mon père était un homme bien.

— C'est vrai.

Des centaines de questions se bousculaient dans l'esprit de Raphaël, qui dut toutefois les garder pour lui. Sa mère s'affairait déjà.

— Allume les bougies, répéta-t-elle. Nous aurons tout le temps de parler une fois que nous serons en sécurité et que la tempête sera passée.

Ils avaient terminé leurs prières et fait leurs paquets lorsque m'sieu Lucien revint. Angelle et Raphaël avaient passé leurs manteaux, déjà tout humides. En entendant m'sieu Lucien appeler, leur mère dénoua la corde qui retenait la porte.

— La marée a tourné, annonça m'sieu Lucien. J'ai amené mon bateau jusqu'ici. Nous devons partir, nous ne sommes plus en sécurité. Les vagues sont énormes et la mer recouvre toute une partie de la péninsule. Sur la plage, j'ai perdu l'équilibre et j'ai failli être emporté. J'ai vu un chien balayé par le vent comme une feuille. Certains abris à bateaux ont déjà été arrachés.

— Où irons-nous ?

— Je suis passé devant une maison, un peu à l'intérieur des terres, indiqua m'sieu Lucien. Personne n'a répondu lorsque j'ai frappé.

Il décrivit plus précisément l'endroit où elle se trouvait, et Marcelite hocha la tête.

— Elle appartient à Julien LeBlanc et à son fils. Ils doivent être du côté des parcs à huîtres.

— Je ne veux pas prendre le risque d'aller plus loin avec les enfants. Nous nous rendrons donc là-bas. Je suis certain qu'ils nous accueilleraient s'ils étaient chez eux.

— Je n'en suis pas si sûre.

— C'est assez ! fit m'sieu Lucien d'un ton sec. Cela n'a plus d'importance à présent.

— Non. Tu as raison.

S'approchant du lit, la mère de Raphaël hissa son balluchon sur ses épaules. Elle attrapa sa cape, la noua, puis elle s'accroupit et tendit les bras à Angelle.

— Angelle et toi, vous monterez dans le bateau, expliqua m'sieu Lucien. Raphaël et moi, nous le tirerons. A moins que l'eau ne soit trop profonde pour lui.

— Elle est si profonde que cela ?

— Elle monte un peu plus à chaque seconde.

Marcelite serra Angelle contre elle et fit signe à Raphaël de la suivre. En passant devant la niche, il voulut éteindre les chandelles, mais le vent s'en était déjà chargé. Il se signa avant de rejoindre sa mère.

A l'extérieur, le monde avait pris un visage qu'il ne lui avait jamais vu. Le ciel était noir, traversé d'éclairs prodigieux qui l'illuminaient sans relâche. Le vent le projeta en avant, et il dut au bras protecteur de sa mère de ne pas tomber dans l'eau. Des objets flottaient à la surface, parmi lesquels il identifia des branches de palmier, un morceau de voile arraché. Par-dessus le grondement du tonnerre et le mugissement du vent, il entendit le beuglement déchirant du bétail.

Il avança à petits pas pour rejoindre le bateau, que Lucien avait tiré jusque devant leur porte. Alors que ses doigts agrippaient la corde attachée à la proue, il ne sentit soudain plus le contact de la main de sa mère sur son épaule. Il se retourna et vit m'sieu Lucien l'aider à monter dans le bateau. Elle saisit Angelle, enroula sa cape autour d'elle pour la protéger. Le vent l'arracha aussitôt.

Cramponné à la corde, Raphaël attendit m'sieu Lucien. Une rumeur terrible montait de la plage, qui lui fit imaginer des vagues aussi hautes que des arbres. Pour faire tant de bruit, l'océan devait être furieux. Assez furieux pour venir se briser contre sa maison et la mettre en pièces. Qu'avaient fait les habitants de La Chénière afin de susciter une telle colère ?

Brusquement, il sentit la corde se tendre et il vit que m'sieu Lucien l'avait rejoint. Il aurait voulu être déjà arrivé chez Julien LeBlanc.

Ils se mirent en route. Au début, Raphaël ne cessa de trébucher. Et puis, au bout d'un moment, il s'habitua aux bourrasques de vent et aux tourbillons de l'eau. Ils avaient beau avancer vers l'intérieur des terres, l'eau était toujours aussi profonde. Une fois, Raphaël se retourna, mais la pluie formait un rideau si épais qu'il ne put même pas voir le visage de sa mère.

En chemin, ils croisèrent d'autres personnes. Des hommes passaient, tirant des bateaux plus gros que le leur. Devant l'une des maisons, deux hommes évacuaient des enfants et les tendaient à leurs mères, déjà installées à bord d'un gros bateau de pêche. Raphaël s'imagina dans les entrailles du gros bateau, bien à l'abri, en train d'attendre que la tempête s'apaise. Il envia les enfants.

Quelqu'un cria que le magasin de Picciola était un endroit sûr où aller se réfugier. Mais m'sieu Lucien ne changea pas de direction. Ils continuèrent d'avancer et s'éloignèrent du gros bateau, des maisons, des arbres pliés en deux par le vent. Soudain, un son familier retentit à travers la péninsule. C'était la cloche de l'église, qui sonnait par à-coups, comme secouée par les rafales de vent.

— La cloche, la cloche ! cria Raphaël.

Mais si m'sieu Lucien l'entendit, il ne répondit pas.

Raphaël frissonnait à chaque pas et commençait à regretter de ne pas se trouver dans le bateau. Il perdait peu à peu courage. Et puis, quand ils s'arrêtèrent devant une maison, il eut la surprise de constater qu'ils étaient parvenus à destination. Si l'eau léchait les piliers de la véranda, le reste de la bâtisse paraissait intact. Persuadé que cette maison résisterait au vent et se jouerait de la pluie, Raphaël adressa une courte prière de remerciement au ciel.

Sa mère les aida, Angelle et lui, à gagner le porche. Le toit, cependant, n'offrait guère de protection. La pluie semblait arriver de tous côtés. Angelle pleurait. Raphaël eut envie de lui dire qu'ils étaient en sécurité, à présent, mais il n'était pas certain qu'elle l'entendrait avec le bruit de la tempête. Lorsque m'sieu Lucien les rejoignit, il martela la porte à coups de poing. Personne ne répondit.

— Il faut que nous entrions ! cria-t-il.

La mère de Raphaël serra Angelle contre elle.

— Ils ne sont pas là. Leur *canote* n'est pas à sa place.

— Dans ce cas, nous resterons dans la maison en priant pour qu'eux-mêmes soient à l'abri quelque part.

Quelques instants plus tard, ils se retrouvèrent à l'intérieur. Raphaël fut aussi surpris par ce qu'il y découvrit que par l'arrêt soudain du harcèlement de la pluie et du vent. Les murs étaient blancs, les plafonds très hauts. Il y avait des tapis en tissu sur le sol et des chaises couvertes de riches étoffes. Il brûlait de courir à travers la maison, d'en explorer toutes les pièces, mais sa mère le retint par le bras.

— Je vais chercher quelque chose pour nous sécher. Occupe-toi d'Angelle.

Raphaël ôta son manteau, ainsi que le balluchon arrimé sur son dos. Angelle l'entoura de ses bras, et il caressa ses cheveux humides, lui murmura des paroles rassurantes. Oui, ils étaient en sécurité à présent.

M'sieu Lucien alluma la lanterne suspendue près de la porte. Puis il disparut dans la pièce attenante au moment où Marcelite revenait. Elle lui tendit un carré d'étoffe rêche et en utilisa un deuxième afin de sécher Angelle.

— Nous avons choisi le bon endroit ! lança Lucien du fond de la maison. La construction est solide et il n'y a pas beaucoup de fenêtres.

Angelle se cramponna à sa mère et se mit à sangloter. Marcelite la prit dans ses bras, la berçant doucement jusqu'au retour de m'sieu Lucien.

— Il y a un lit dans la pièce du fond où les enfants pourront dormir, indiqua-t-il. J'ai laissé la lanterne.

— Angelle est épuisée…

Raphaël protesta. Lui n'était pas fatigué. Il ne voulait pas se coucher, il voulait regarder la tempête. Maintenant qu'il était à l'abri, elle lui apparaissait comme la chose la plus extraordinaire qu'il ait jamais vue.

— Tu vas te coucher, ordonna m'sieu Lucien.

Quand Raphaël sentit la main de sa mère se poser sur son épaule, il comprit la signification de ce geste. Pourtant, il refusait de céder aussi facilement.

— Mais je pourrais aider, maman. Je pourrais surveiller si l'eau monte.

— C'est dehors que tu vas aller la surveiller si tu ne m'obéis pas ! lança m'sieu Lucien.

— Vous n'êtes pas mon père !

M'sieu Lucien fit soudain volte-face, et Raphaël vit qu'il était furieux.

— De cela au moins, je suis certain. Ce n'est pas *mon* sang qui a fait de toi ce que tu es.

La main de sa mère, sur son épaule, poussa Raphaël vers le fond de la maison.

— Tu vas aller te coucher, lui dit-elle. Il faut que quelqu'un reste avec Angelle sinon elle va avoir peur.

Raphaël eut envie de crier qu'il était très content que m'sieu Lucien ne soit pas son père, en fin de compte, mais le courage lui manqua. S'il se disputait avec m'sieu Lucien, cela ferait de la peine à sa mère.

Dans l'une des deux pièces situées à l'arrière de la maison se trouvait le plus beau lit qu'il ait jamais vu. Sa mère y déposa Angelle et la couvrit avec l'édredon qui se trouvait soigneusement plié au pied du lit. A contrecœur, Raphaël s'étendit à côté de sa sœur, et sa mère arrangea l'édredon afin de le couvrir lui aussi.

— Repose-toi, à présent, murmura-t-elle.

— Quand la tempête va-t-elle finir ?

— Bientôt.

— Notre maison sera encore là demain ?

— Je l'ignore. Tu n'as qu'à prier pour qu'elle y soit.

— Pourquoi m'sieu Lucien est-il aussi en colère contre moi, aujourd'hui ?

Sa mère demeura silencieuse.

— Maman ?

— Il n'est pas en colère. C'est la tempête qui l'inquiète.

Raphaël n'en crut rien, bien sûr, mais cette fois encore il jugea préférable de se taire.

— Prends bien soin d'Angelle, lui dit sa mère. Veille à ce qu'elle ait bien chaud.

Elle se pencha et lui déposa un baiser sur le front, puis elle embrassa Angelle déjà endormie.

— Demain matin, le soleil brillera.

Dehors, le vent hurlait et, par la fenêtre, Raphaël observa un instant les branches squelettiques d'un arbre qui semblaient griffer le ciel. Il tenta d'imaginer le soleil, mais lorsque sa mère quitta finalement la pièce, emportant la lanterne avec elle, ce fut la tempête qu'il voyait. Et il en fut toujours ainsi quand il ferma les yeux.

7

A La Nouvelle-Orléans, le dimanche était le jour préféré d'Aurore qui, alors, était certaine qu'on l'autoriserait à se rendre en ville. On la protégeait en permanence de la menace toujours présente de la maladie, et le court voyage représentait pour elle une occasion unique de voir ce qui se passait à l'extérieur de la maison. Invariablement, elle assistait à la messe avec ses parents, dans l'imposante cathédrale Saint-Louis. Après quoi, ils rendaient visite à grand-père Antoine, chez qui on leur servait à déjeuner.

Au Krantz Palace, les dimanches d'été ne faisaient qu'ajouter à la somme d'émerveillement et de découvertes qu'Aurore connaissait pendant la semaine. Ceux qui n'assistaient pas à la messe à La Chénière observaient parfois une heure ou deux de recueillement le matin, mais le reste de la journée était, comme tous les autres jours, consacré à des activités paresseuses et insouciantes.

Souvent, le dimanche soir, un bal était organisé dans le salon de danse — qui n'était en réalité qu'une partie de la grande salle à manger qu'on avait convertie à cet effet durant l'après-midi. Parfois, il y avait des récitals de chant ou de musique ; d'autres fois, c'étaient des jeux.

En ce dimanche, cependant, les distractions n'étaient

pas à l'ordre du jour. Vêtue d'une robe de piqué blanc ornée de rubans, Aurore avait pratiquement passé toute la matinée à prier, agenouillée auprès de sa mère. L'après-midi, alors que le vent soufflait avec force et que la pluie cinglait les vitres, elle était restée allongée sur son lit, les yeux rivés au plafond. Sa mère dormait. Son père était de nouveau parti en bateau. Et il y avait eu une nouvelle dispute.

Le père d'Aurore n'était pas rentré lorsqu'on servit le dîner. Préoccupée par son absence et par l'extrême pâleur du visage de sa mère, Aurore ne mangea presque rien. Personne ne parla. Au-dehors, le vent sifflait furieusement et, parfois, le pavillon était ébranlé par la force des bourrasques.

Aurore alla se coucher de bonne heure, trop heureuse d'échapper au spectacle des yeux emplis de crainte de sa mère. Elle s'endormit en écoutant le mugissement du vent. A un moment, elle s'éveilla et crut entendre des éclats de voix ; mais elle se rendormit avant d'avoir pu décider à qui elles appartenaient.

Le vent soufflait beaucoup plus fort lorsque Aurore s'éveilla de nouveau et sentit des bras la soulever. Il lui semblait qu'elle venait juste de s'endormir et elle n'avait aucune envie de se réveiller. D'autant que dans ses rêves, la maison était calme et elle s'y trouvait en sécurité.

Les bras l'arrachèrent du lit, dissipant les dernières brumes du sommeil. Aurore ouvrit alors les yeux et découvrit sa mère.

— Nous allons chez l'oncle de Ti'Boo, expliqua celle-ci. Mais surtout, ne fais pas de bruit. Grand-père Antoine pense que nous serons davantage en sécurité ici. Il dort et ne doit rien savoir…

Dans le souvenir d'Aurore, c'était la première fois que sa mère la tenait ainsi dans ses bras. D'un geste machinal, que le sommeil rendait maladroit, elle effleura sa joue. Elle était mouillée de larmes.

— Ti'Boo va t'aider à t'habiller. Mais surtout, tiens-toi tranquille. Tu as compris ?

— C'est quoi ce bruit ? murmura Aurore.

— Le vent.

— Pourquoi allons-nous chez l'oncle Clébert ?

— Il est venu chercher Ti'Boo, et il a insisté pour que nous les accompagnions.

Aurore avait envie de prolonger ce moment. Alors que sa mère, d'habitude, la remarquait à peine, elle la tenait serrée dans ses bras, comme si elle voulait vraiment s'occuper d'elle. Emue, Aurore fixait ces yeux d'un bleu aussi pâle que les siens, des yeux qui, pour une fois, la regardaient. D'un hochement de tête, elle signifia qu'elle avait compris ce qu'on attendait d'elle.

Sa mère la posa par terre. C'est alors qu'Aurore vit Ti'Boo, qui se tenait près de l'armoire et rassemblait des vêtements pour elle.

— Je reviens, murmura sa mère.

Aurore la suivit du regard tandis qu'elle s'en allait, puis Ti'Boo s'approcha d'elle, sans un mot, et l'aida à s'habiller. La hâte rendait ses mouvements gauches. Bientôt, toutefois, Aurore fut prête. Ti'Boo la prit par la main et la conduisit dans la pièce principale, où se trouvait déjà l'oncle Clébert, près de la porte. Bien que la lanterne n'ait pas été allumée, les éclairs qui se succédaient au-dehors illuminaient la pièce, de sorte qu'elle put voir l'expression soucieuse de son visage.

Soudain, elle eut peur. Le courage qu'elle avait puisé dans la brève étreinte de sa mère se dissipa et elle se mit à pleunicher.

Ti'Boo la pinça, avant de se pencher à son oreille pour murmurer :

— Si tu pleures, Ro-Ro, je te pincerai plus fort.

Aurore fut tellement stupéfaite qu'elle en oublia aussitôt de larmoyer.

— Bien, lui glissa Ti'Boo. Il faut te montrer courageuse.

Au même moment, la mère d'Aurore entra dans la pièce, revêtant sa longue cape et apportant celle d'Aurore. Sans un mot, elle la drapa autour d'elle et noua solidement l'attache autour de son cou. Puis elle prit sa main.

— Où vas-tu ?

Grand-père Antoine venait d'entrer. Aurore sentit la main de sa mère se crisper sur la sienne.

— Je t'ai demandé où tu allais, Claire !

Levant la tête, Aurore vit les lèvres de sa mère bouger, mais aucun son ne parvint à les franchir.

— Va te coucher ! lui ordonna son père.

— Non.

Elle serra plus fort la main d'Aurore.

— Non, je n'irai pas me coucher. J'emmène Aurore chez M. Boudreaux, papa.

— Tu n'emmènes cette enfant nulle part. Tu n'es pas dans ton état normal, en ce moment, Claire. Tu ne peux pas prendre une telle décision.

— Elle est prise, pourtant.

— Je te l'interdis !

— Tu ne peux pas me l'interdire.

La main qui serrait celle d'Aurore accentua son étreinte, comme si sa mère cherchait à puiser de la force dans ce contact.

— As-tu seulement jeté un coup d'œil dehors ? lui lança grand-père Antoine. Si tu sors, tu risques de te faire tuer. Des arbres sont déjà tombés. Je t'interdis de franchir le seuil de cette maison !

— Voilà plusieurs heures que nous aurions dû partir,

répliqua la mère d'Aurore, mais tu n'as pas voulu. A présent, nous devons tenter notre chance, que tu sois d'accord ou non.

Et elle se dirigea vers la porte, entraînant Aurore derrière elle. Elle passa aussi loin que possible de son père.

— Ma maison se trouve sur une corniche, loin de la côte, indiqua l'oncle Clébert.

C'était un homme petit, maigre et noueux, mais d'une grande force. Aurore, qui était allée par deux fois chez lui avec Ti'Boo, avait pu s'en rendre compte.

— Elle est protégée par des arbres, expliqua-t-il encore. Là-bas, nous serons en sécurité.

Il s'avança, comme pour empêcher Antoine d'arrêter sa fille, et ajouta :

— Vous êtes le bienvenu.

— Je vous interdis de les emmener avec vous ! s'exclama grand-père Antoine.

— Je crains de ne pas pouvoir faire autrement.

Aurore vit alors son grand-père s'avancer sur l'oncle Clébert, qui leva le poing. Soudain, grand-père Antoine lui parut plus petit et plus vieux. Il s'immobilisa.

— Mon mari n'est pas avec moi, dit alors sa mère. Je ne sais même pas où il se trouve, s'il n'est pas en danger. Vas-tu également me priver de mon père ?

— C'est de la folie ! marmonna grand-père Antoine. Je ne quitterai pas cette maison, Claire. Krantz m'a assuré que nous serions en sécurité ici, et c'est un gentleman. Si tu dois partir, laisse au moins Aurore avec moi. Elle est trop petite pour affronter la tempête.

— C'est ma fille. Elle m'accompagne.

— Plus nous attendons, plus le danger augmente, intervint l'oncle Clébert.

— Aurore !

Grand-père Antoine lui tendit les bras.

Aurore se sentit déchirée entre les deux adultes, aussi violemment que s'ils l'avaient tirée chacun par une main. Les larmes affluèrent à ses yeux, ruisselèrent sur ses joues. Elle regarda vers la porte, où se tenait Ti'Boo, et découvrit une tendresse infinie dans ses yeux. Quand Ti'Boo lui tendit les bras, Aurore se dégagea de l'étreinte de sa mère et courut vers son amie.

— Papa, viens, je t'en prie ! implora la mère d'Aurore. S'il te plaît.

— Tu es aussi folle que le dit ton mari, répondit grand-père Antoine d'une voix dure. Et aussi mauvaise mère. Je comprends maintenant pourquoi Dieu ne te laisse pas avoir d'autres enfants.

La mère d'Aurore émit un petit bruit semblable au gémissement du vent. Puis, enroulant sa cape autour d'elle, elle rejoignit Aurore. L'oncle Clébert ouvrit la porte, et ils sortirent dans la tempête.

Lucien avait fini par se convaincre que la tempête, malgré toute sa violence, se calmerait très vite. Et, bien que le niveau de l'eau montât sans relâche, il refusait d'admettre qu'il était en danger. Lorsque Marcelite eut fini de coucher les enfants, le vent avait encore forci. La lanterne dans une main et sa jupe mouillée relevée dans l'autre, elle le rejoignit à la fenêtre qui donnait sur le porche.

— C'est un ouragan, observa-t-elle.

— Ne dis pas de bêtises. Tu as peur, voilà tout. Et qui pourrait t'en blâmer, vu la façon dont tu vis ?

— Mais maintenant, avec ton aide, tout cela va changer, déclara Marcelite en posant la lanterne par terre.

Lucien ne la toucha pas.

— Lorsque je rentrerai chez moi, après cette tempête, dit-il, ce sera pour ne plus revenir.

Il entendit le souffle de Marcelite se couper soudain.

— Cela te surprend ? poursuivit-il. Ne savais-tu pas depuis toujours que je te quitterais à l'instant où je découvrirais de quelle race est ton fils ?

— Mon fils est un petit garçon, un bon garçon. C'est tout ce qu'il y a à savoir.

— Ton fils est un quarteron ! Son père était esclave. Et sa mère est une putain !

Marcelite lui fit face.

— Et toi, qu'est-ce que tu es, Lucien ? Tu as fait deux enfants à cette putain, non ?

Il la frappa à l'épaule. Elle chancela sous le coup avant qu'il ne l'attrape et la secoue. Le désespoir qu'il éprouvait était d'autant plus grand qu'il se rendait compte qu'il n'avait nulle envie de la quitter. Et pourtant, elle n'avait pas nié. Et pourtant, son avenir en dépendait.

— Je ne peux plus rien avoir à faire avec toi ! hurla-t-il en tentant de se convaincre lui-même. Ne comprends-tu pas ?

Marcelite lui martela les bras de coups de poing, jusqu'à ce qu'il la repousse violemment. Elle heurta le bord de la fenêtre.

— Crois-tu que je vais te laisser nous oublier aussi facilement ? lança-t-elle. Je ne peux pas élever tes enfants seule ! Nous nous battons pour chaque bouchée de nourriture, nous avons froid en hiver et nous devons affronter les tempêtes l'été ! Pour nourrir ta fille, je vends tes petits cadeaux. Mais au printemps, j'aurai un autre enfant. J'ai besoin de ton aide. Et si tu ne me l'apportes pas de ton plein gré, je serai contrainte de te forcer la main !

— Et comment t'y prendras-tu ?

— Je me rendrai à La Nouvelle-Orléans et je dirai à qui voudra l'entendre que Lucien Le Danois est le père de mes enfants, un père qui les laisse mourir de faim !

Lucien sentit son sang se glacer.

— Tu ne ferais pas ça !

— Non ? Tu ne le crois pas ? Je n'ai plus que mes enfants. Pour ma famille, c'est comme si j'étais morte. Et voilà que je n'ai même plus d'endroit où vivre ici. J'irai donc à La Nouvelle-Orléans et, tous les jours, tu me retrouveras devant ta belle maison d'Esplanade Avenue. Ta femme et moi, nous finirons par bien nous connaître !

Pour autant qu'il s'en souvienne, Lucien n'avait jamais indiqué à Marcelite où il habitait. Pourtant, elle le savait. Sans doute parce qu'elle se préparait déjà depuis longtemps à le faire chanter… Du mieux qu'il put, il tenta de maîtriser sa panique.

— Je n'ai jamais songé à te laisser sans argent, affirma-t-il. Je t'en donnerai. Une partie maintenant, et une autre plus tard. Tu pourras te faire construire une maison solide. Et tu n'auras plus à souffrir de tempêtes comme celle-ci.

— Une partie maintenant et une partie plus tard ? répéta Marcelite.

D'un revers de main, elle balaya cette promesse.

— Tu crois pouvoir m'acheter à si peu de frais ? Un peu par-ci, un peu par-là ? Comme une vieille domestique dont on veut se débarrasser ?

— C'est plus que tu ne mérites !

— Peut-être, mais ce n'est pas ce que tes enfants méritent. Et pour eux, je me rendrai à La Nouvelle-Orléans !

Dans le regard furieux de Marcelite, Lucien crut

voir une image de son avenir. Il vit une existence sans position sociale, sans argent, sans le bien-être et l'aisance auxquels il était habitué. Il vit toutes les portes de la ville définitivement closes.

— Quel est le prix à payer pour ton silence ? demanda-t-il.

La respiration de Marcelite était saccadée, comme si leur dispute avait raréfié l'air dans la pièce. Lucien eut l'impression confuse qu'elle mettait son plan sur pied à mesure qu'elle parlait.

— Je veux emmener les enfants à La Nouvelle-Orléans. Je veux de l'argent pour m'occuper d'eux et, plus tard, leur permettre d'apprendre un métier.

Elle marqua une pause.

— Nous serions tout près de toi. Tu serais toujours le bienvenu.

Rien de cela n'était possible, bien sûr. Mais, comprit Lucien, il n'avait rien à gagner à l'avouer à Marcelite. Comment pourrait-il renoncer à tout ce qu'il possédait ? Car c'était précisément ce qui l'attendait s'il lui donnait ce qu'elle exigeait. Antoine découvrirait la vérité avant même qu'elle ait entrepris le voyage à La Nouvelle-Orléans.

— C'est la tempête qui nous pousse à dire ces choses, murmura-t-il en s'approchant de la fenêtre. Nous sommes tous les deux inquiets. Le moment est sans doute mal choisi pour parler.

— Il n'y a rien de plus à dire.

— Sois raisonnable, mon cœur ! Tu n'as ni amis ni argent. Tu ne peux rien faire sans mon aide.

— Depuis des années, j'économise autant que cela m'est possible. Avec la somme dont je dispose, je trouverai bien quelqu'un pour me conduire à La Nouvelle-Orléans. Si tu crois que tu vas pouvoir t'en aller, une fois l'ouragan passé, et ne plus jamais me revoir, tu te trompes. Je n'aurai plus de maison. Il m'en faudra une autre. Sur Esplanade Avenue, qui sait ?

— Comment peux-tu me menacer de la sorte après tout ce que j'ai déjà fait pour toi ?

— La mouette protège sa couvée du faucon, n'est-ce pas ?

En cet instant, Lucien comprit que Marcelite était prête à tout ; il comprit que les promesses ne suffiraient pas à lui faire garder le silence. Dans son monde à lui, c'était une femme sans importance. Or, voilà qu'elle était sur le point de briser sa vie.

Un fracas soudain, au-dehors, la fit se retourner. Elle scruta l'obscurité.

— Qu'est-ce que c'était ? demanda Lucien, soulagé par cette diversion.

— Quelqu'un monte les marches.

— Les LeBlanc ?

— Je ne sais pas.

Lucien se pencha sur le côté pour mieux voir. Il distingua une demi-douzaine de silhouettes qui luttaient contre le vent et la pluie. A la lumière d'un éclair, il en vit une tituber et être brusquement projetée contre la rampe du perron par une bourrasque. Un bras se tendit pour l'aider. Puis le ciel redevint noir.

Marcelite, qui avait disparu à l'arrière de la maison, revint avec des serviettes au moment où la porte s'ouvrait brusquement. Un homme apparut.

— Il y a déjà quelqu'un ! cria-t-il à ceux qui le suivaient.

L'instant d'après, l'entrée de la maison était pleine de monde. Comme si la demeure lui appartenait, Marcelite s'avança et aida les nouveaux arrivants à ôter leurs vêtements mouillés et à se sécher. Lucien dénombra trois hommes, deux femmes et quatre enfants.

Une des femmes sanglotait.

— Notre maison est détruite, balbutia-t-elle entre deux hoquets. Nous avons tout perdu.

Lucien scruta les visages des hommes, espérant se voir confirmer qu'elle exagérait. Il fut déçu.

— Totalement détruite, murmura un homme avec un hochement de tête plein de lassitude.

— Quelqu'un est-il blessé ? demanda Marcelite.

Alors qu'une petite fille tendait le bras, l'une des femmes l'attrapa aussitôt afin de l'éloigner de Marcelite. Mais celle-ci s'avança et obligea la femme à la regarder.

— Nous sommes tous voisins, non ? Surtout maintenant.

— Laisse-la s'en occuper, dit l'un des hommes.

Ignorant son conseil, la femme retint l'enfant contre elle. Puis, quand elle vit que Marcelite attendait, elle finit par la lâcher. Marcelite murmura quelques mots afin de rassurer la fillette tandis qu'elle lui enroulait une serviette autour du bras.

— Comment êtes-vous arrivés jusqu'ici ? demanda à Lucien le premier homme qui était entré.

Lucien le lui expliqua et conclut :

— J'espère que M. LeBlanc comprendra.

L'homme haussa les épaules.

— Peu importe. Qu'est-ce que la colère d'un homme comparée au déchaînement de l'ouragan ?

— Votre maison se trouvait près de la plage ?

— Moins que certaines. Et je l'avais construite moi-même. Je l'avais ancrée dans le sol.

— Le plus gros de l'ouragan sera bientôt passé, j'en suis certain, affirma Lucien. Avec ce qu'il restera de votre maison, vous pourrez sans doute la reconstruire.

— A l'heure qu'il est, elle est déjà transformée en bois de récupération que les gens de Grand Isle iront ramasser sur la plage. Nous avions pensé tracter mon bateau pour l'arrimer aux arbres, dans le jardin de Leopold Perrin, mais les tourbillons étaient trop dangereux et le vent trop fort. L'ouragan est loin de se calmer, mon ami. Il se joue de nous, au contraire.

Lucien jeta un coup d'œil par la fenêtre.

— Non. C'est impossible.

— Je me souviens d'un ouragan…

Une voix tremblotante venait de s'élever, celle d'un vieil homme, probablement le patriarche de la famille.

— J'étais jeune, poursuivit-il. Le vent hurlait, l'eau montait, mais le plus gros de la tempête était passé au-dessus de nous. Le lendemain et le jour suivant, lorsque le ciel fut redevenu clair et le vent clément, la mer nous a rapporté des corps et des morceaux de maisons. Ils venaient de L'Isle Dernière.

L'autre homme, qui avait sans doute déjà entendu ce récit plusieurs fois, semblait résigné.

— Avec un peu de chance, dit-il, il se produira la même chose aujourd'hui. Mais plus personne n'habite sur L'Isle Dernière. Si l'ouragan veut davantage que du sable et des branches de palmiers, il viendra le chercher ici.

— Il arrive, assura le vieil homme.

— Jusqu'où l'eau est-elle montée ? demanda Lucien.

— Elle atteignait la quatrième marche lorsque nous sommes arrivés. Mais elle doit être plus haute à présent. Elle monte vite.

— Il y a quelqu'un dehors ! s'exclama une femme.

Elle ouvrit la porte, et plusieurs personnes s'engouffrèrent dans la maison, poussées par une rafale de pluie et de vent. Alors que les deux hommes s'approchaient pour parler aux nouveaux arrivants, Lucien attrapa le bras de Marcelite, qui passait près de lui.

— Ils pensent que la tempête va empirer, dit-il.

— Serons-nous en sécurité ici ?

Lucien songea au récit du vieil homme et à ceux qu'il avait entendus auparavant. Autrefois, L'Isle Dernière était une station balnéaire très prisée, à l'instar de Grand Isle. On donnait un bal dans le salon de l'hôtel lorsque la tempête s'était levée. L'eau avait tout envahi, emportant les danseurs avec elle… Se pouvait-il qu'ils soient vraiment en danger ? Avait-elle sous-estimé la réalité ?

— Si ce n'est pas le cas, ajouta Marcelite, il faut partir tout de suite. Il se pourrait qu'il soit bientôt trop tard.

La porte s'ouvrit brusquement, et deux autres personnes entrèrent.

— Ces hommes et ces femmes connaissent La Chénière, observa Lucien, et c'est la maison qu'ils ont choisie. Je pense qu'on peut leur faire confiance.

— Dans ce cas, je vais amener les enfants ici.

— Non. Laisse-les dormir.

— Je les veux auprès de moi, insista Marcelite en repoussant la main de Lucien.

De nouveau, la porte s'ouvrit, et un homme entra, portant une jeune femme dans ses bras. Le silence se fit dans la pièce. Puis, un des hommes présents s'avança et la lui prit des bras. Tout le monde s'attroupa tandis qu'il l'allongeait sur le sol.

Lucien vit que le visage de la malheureuse était aussi pâle que celui d'une morte. Une vieille femme, mouillée et tremblant encore, s'approcha, posa l'oreille sur sa poitrine et la déclara vivante. Aussitôt, les autres s'affairèrent autour de la jeune femme, la renversant sur le côté afin de chasser l'eau de ses poumons. Quelqu'un apporta une couverture.

L'homme qui l'avait portée jusqu'ici contemplait la scène d'un regard fixe.

— Comment est-ce arrivé ? demanda Lucien en venant se poster à côté de lui.

Pendant un moment, le jeune homme parut incapable de parler. Les autres s'approchèrent, l'entourèrent.

— Sophia est tombée, raconta-t-il enfin. Elle portait Rosina. Elles ont... coulé. Lorsqu'elles ont re... refait surface, elles étaient loin l'une de l'autre. Je... n'ai pu en secourir qu'une.

A cet instant, la maison fut secouée si violemment que Lucien sentit le sol se soulever au-dessous de lui. Les hommes passèrent aussitôt à l'action. L'un d'eux conduisit le jeune homme vers une chaise où il se laissa tomber, la tête entre les mains, et se mit à sangloter. Un autre souleva sa compagne dans ses bras et la porta, enveloppée dans une couverture, jusque dans le salon où les femmes continuèrent à s'occuper d'elle. Deux autres démontèrent une table et clouèrent les planches ainsi obtenues en travers de la fenêtre. Lucien vit le monde extérieur disparaître.

Deux hommes sortirent et firent le tour de la maison pour calfeutrer les autres fenêtres. Chacun paraissait investi d'une mission. Lucien, lui, resta seul. Il ne voyait plus rien, mais il sentait le vent et l'eau secouer la maison. Quel niveau l'eau avait-elle pu atteindre, à présent ?

Et son bateau ? Il était possible qu'il soit déjà en pièces. Dans ce cas, il n'aurait plus aucun moyen de s'échapper si jamais la maison était détruite. Peut-être devrait-il sortir, l'arrimer plus solidement et essayer même de le tirer jusqu'au porche. Si l'eau montait aussi haut, il suffirait d'une petite poussée pour le lancer.

Avant de franchir la porte d'entrée, il enfila son imperméable. Mais, trempé comme il l'était, le vêtement ne lui procura aucun confort. Quand il expliqua ce qu'il comptait faire à l'un des hommes, celui-ci lui cria que c'était pure folie.

Une fois dehors, Lucien se rendit compte que l'homme avait raison. Alors qu'il n'avait pas encore atteint la rambarde du porche, il fut violemment projeté en arrière par le vent. Il tomba à genoux, rampa jusqu'à la rambarde. L'empoignant, il regarda en dessous. L'eau montait toujours. Si la maison n'avait pas été aussi haute, elle aurait déjà été inondée. Le courant était rapide et des vagues déferlaient avec une violence folle.

Lucien vit des troncs d'arbres passer et quelque chose qui ressemblait à un morceau de toit. A la lumière d'un éclair, il aperçut les cornes d'une vache noyée, que le courant emportait. Au loin, il lui sembla entendre des cris par-dessus le hurlement du vent. Il entendit aussi un son qu'il identifia sans peine : la cloche de l'église. Elle sonnait de façon lugubre, appelant les habitants de Chénière Caminada à leur propre messe funèbre.

Terrifié, Lucien se traîna jusqu'à la première marche afin de jeter un coup d'œil à son bateau. Il le repéra à la faveur d'un éclair. Le courant l'avait coincé contre un gros poteau qui le protégeait temporairement. Mais le moindre changement de direction du vent pouvait le détruire. Lucien soupesa ses chances, celles du bateau. Sans lui, il risquait de se trouver prisonnier ici.

Prisonnier ! Un élan de colère sortit Lucien de sa torpeur. Sa vie lui échappait. Antoine et Marcelite contrôlaient sa destinée. Et voilà que cet ouragan de malheur venait s'acharner sur lui et anéantir les quelques raisons qu'il avait encore d'espérer.

La rage le poussa vers l'eau. Accroché à la rambarde, il se laissa glisser, lentement, jusqu'à ce que ses pieds touchent le sol. L'eau, glacée, lui arrivait à mi-cuisse. Toutes sortes d'objets tourbillonnaient dans ses profondeurs. Lucien, soudain, vit un arbre qui se dirigeait vers lui, et il plongea par-dessous afin de ne pas se faire coincer contre un pilier. Lorsqu'il refit surface, il s'aperçut que le courant l'avait déjà entraîné au-delà du bateau. Le temps de revenir, il était épuisé. Il agrippa la proue et se laissa flotter un moment afin de recouvrer des forces.

Il lui semblait que l'eau montait à vue d'œil. Etait-ce possible ? Quelle force démoniaque avait assez de pouvoir pour déclencher un ouragan capable de soulever pareilles vagues et d'inonder ainsi des terres en quelques heures ?

Pour la première fois, il songea à Claire et à Aurore. L'ouragan était-il aussi redoutable sur Grand Isle ? La demeure dans laquelle résidait sa famille était une ancienne maison d'esclaves qui n'avait sans doute pas été bâtie pour résister à pareil vent…

Quelque chose effleura soudain le torse de Lucien, quelque chose de doux et de mou. Une insondable horreur s'empara de lui. Ne pouvant se résoudre à regarder ce que c'était, il pria pour que l'objet, quel qu'il soit, soit emporté loin de lui. Au lieu de quoi, il vint se loger entre son bras et le bateau. Lucien tenta de contourner le bateau, mais l'objet semblait le suivre. Finalement, il se résolut à regarder. Le corps d'un enfant, une fillette d'après la longueur des cheveux, s'était accroché à la coque. Un éclair zébra soudain le ciel, et Lucien vit le regard désormais éteint de la malheureuse enfant se fixer sur lui. Un flot de bile monta dans sa gorge tandis qu'il s'écartait brusquement du bateau.

Quelques secondes plus tard, le courant arrachait le corps à la coque et l'emportait.

Lucien lutta, tenta de respirer, mais l'eau emplit ses poumons. Il se débattit alors que le courant l'entraînait. Malgré sa panique, il parvint à se cramponner de nouveau au bateau et, peu à peu, il gagna la proue et entreprit de ramener l'embarcation vers le porche.

L'eau était encore montée lorsqu'il regagna la maison. Une nouvelle famille de réfugiés était arrivée. Ils étaient maintenant vingt-cinq à l'intérieur.

Après ce qu'il venait d'affronter, la maison parut presque silencieuse à Lucien. Il parcourut la pièce du regard, à la recherche de Marcelite et des enfants, qu'il finit par découvrir dans un coin. Il s'approcha et prit Angelle dans ses bras, la berça contre son torse. Elle était toute chaude et elle le fixait d'un regard intrigué. Mais lui ne voyait que l'enfant morte près du bateau. Lorsqu'il lui fut impossible de regarder Angelle plus longtemps, il détourna les yeux.

Raphaël l'observait.

Lucien n'éprouvait plus rien pour cet enfant, désormais, si ce n'était de la pitié. Il posa les yeux sur Marcelite et, pour la première fois, il prit conscience de la force qu'il lui avait fallu pour affronter sa disgrâce. Elle n'était pas femme à renoncer. Ce soir, elle se battait pour la survie de sa famille ; et elle continuerait de se battre ainsi, jusqu'à la mort.

— Je vais te chercher du café, dit-elle en se levant. Je t'en ai mis une tasse de côté.

Il la regarda. Cette femme était comme une part de lui-même, aussi intime que les rêves qu'il faisait chaque nuit. Comment s'était-il imaginé qu'il pourrait la quitter ? Il ferma les yeux.

Et ce fut le regard de l'enfant morte qu'il vit, fixé sur lui.

8

Lucien venait juste de terminer sa tasse de café lorsqu'un homme lui tapa sur l'épaule. Surpris, il se retourna.

— L'eau a pratiquement atteint le porche, lui dit l'autre en désignant la porte.

Lucien se leva et rejoignit les hommes qui s'y étaient rassemblés. Du temps s'était écoulé, depuis qu'il était sorti, mais il n'aurait su dire combien. Du temps pendant lequel l'eau n'avait cessé de monter et le vent de se renforcer. A en croire les hommes, l'ouragan allait encore gagner en violence. Le pire était à venir, quand les vents changeraient de direction et que l'eau qui recouvrait la péninsule refluerait vers le golfe, emportant tout sur son passage. Déjà, on discutait des dégâts qui pourraient en résulter. Certains pensaient que si l'eau ne dépassait pas une certaine hauteur, ils seraient sauvés. D'autres, en revanche, pensaient qu'ils étaient déjà condamnés.

— Existe-t-il un autre endroit plus sûr où nous pourrions aller ? demanda Lucien.

Les hommes le regardèrent comme s'il était devenu fou.

— Il faudrait alors se jeter en pleine tempête !

D'un signe de la main, l'homme qui avait parlé souligna

que ce serait sans espoir. Et les autres marmonnèrent pour signifier leur approbation.

— Et s'il y a une accalmie ? demanda Lucien.

— Il y en aura une. Avant que l'enfer ne se déchaîne.

— Mais connaîtrez-vous pour autant les intentions de la tempête ? demanda un autre. Comment saurez-vous où vous êtes en sécurité et où vous ne l'êtes pas ? Parce que si vous le savez, mon ami, vous pourriez peut-être nous le dire…

— Je n'en sais rien, avoua Lucien. Je m'en remets à vous.

— Dans ce cas, restez et aidez-nous à nous préparer pour le moment où l'eau envahira la maison.

Après qu'il eut expliqué à Marcelite ce qu'ils allaient faire, Lucien l'aida à monter les enfants dans le grenier. Il les installa sur une couverture, dans un coin, le plus loin possible de la fenêtre. Elle avait été calfeutrée mais, plus tard, ils devraient pouvoir l'utiliser afin de juger de l'avancée de la tempête. Dans les combles, les trombes d'eau qui s'abattaient sur le toit se mêlaient au hurlement du vent pour former un fracas épouvantable. Au fur et à mesure qu'on y conduisait les enfants, ils se mettaient à pleurer, se cramponnaient à leurs mères.

Un des hommes y porta Sophia, toujours inconsciente, et la posa avec douceur sur une couverture qu'on avait installée à son intention. Son mari s'agenouilla à son côté pour lui frictionner les mains. Non loin, Angelle enfouit sa tête contre la poitrine de Marcelite et se couvrit les oreilles. Raphaël était assis, les yeux écarquillés, immobile et silencieux, comme si le bruit l'avait paralysé.

On entendait parfois des cris se superposer au glas ininterrompu de la cloche de l'église. Lucien songea à ceux qui étaient bloqués dehors et luttaient pour tenter de se mettre à l'abri. Il était désormais persuadé que l'enfant qu'il avait vue près du bateau était Rosina, la fille de Sophia, une petite fille que l'on savait déjà perdue. Et tandis que la tempête continuait de se déchaîner, il songea à tous ceux qui étaient déjà morts, et à ceux qui allaient mourir.

— La maison est solide, dit-il à Marcelite. Elle tient bon. Nous serons en sécurité.

Si la jeune femme ne lui répondit pas, ses lèvres bougeaient, et Lucien comprit qu'elle priait. Il la laissa et redescendit. A tour de rôle, les hommes montaient la garde, surveillant la progression de la tempête par une petite brèche ménagée dans les planches clouées sur la fenêtre.

Le tour de Lucien ne vint que trop vite. Et l'univers qu'il découvrit alors n'avait plus rien à voir avec celui qu'il avait quitté quelques heures auparavant. Son bateau flottait sous le porche. Ils n'étaient plus qu'une île au milieu d'une rivière déchaînée, furieuse, incontrôlable. Lucien, qui ne tenait pas à examiner de trop près les objets qui passaient devant lui, ferma les yeux. Puis il s'écarta de la fenêtre.

— Des gens meurent, fit observer un homme. Nous devons agir.

Tous furent d'accord. Quelqu'un suggéra qu'on place une lanterne à la fenêtre du grenier, un autre qu'on organise une chaîne humaine afin de secourir toute personne qui passerait à proximité.

L'homme dont la maison avait été détruite s'avança. Il s'agissait de Dupres Jambon, fils d'Octave Jambon.

— Allez dégager la fenêtre du grenier et allumez une lanterne, dit-il à Lucien en lui posant la main sur l'épaule. Demandez à l'une des femmes de la surveiller.

Puis, rejoignez-nous pour monter la garde. Je prendrai le premier tour si jamais il faut sortir.

Sous la terrible pression de l'eau, la maison émit un formidable grincement. Déjà, la façade est commençait à se bomber d'une manière inquiétante.

— Pensez-vous que la maison tiendra ? demanda Lucien.

— Aussitôt que le vent se calmera, je compte emmener ma famille vers un abri plus sûr, lui répondit Dupres. Vous devriez partir, vous aussi. Si le vent tourne à l'ouest, la maison se trouvera juste sur son chemin.

Tout en suivant les instructions de Dupres, Lucien songea au conseil que celui-ci venait de lui donner. Si l'accalmie venait et que le vent tombait en effet, il pourrait utiliser le bateau et, à la rame ou en le tirant, gagner un endroit plus sûr. La petite taille de l'embarcation était une chance : un bateau plus important serait impossible à manœuvrer.

Il ne lui restait plus qu'à déterminer où il allait trouver un lieu plus sûr. Grand Isle possédait en son centre des terres élevées, avec des maisons entourées de chênes centenaires solidement ancrés dans le sol. La Chénière n'offrait rien de comparable. Il leur faudrait trouver une habitation aussi éloignée que possible de la côte et solidement bâtie.

Il se souvint de la suggestion de Raphaël d'aller se réfugier dans l'église. Il l'avait écartée, tout simplement parce qu'elle venait de lui. Mais en de telles circonstances, l'orgueil n'était vraiment plus de mise. Il ne faisait aucun doute que cette église avait été construite par les charpentiers les plus expérimentés de Chénière Caminada. La jouxtant, se trouvait le presbytère, qui offrait deux étages tout aussi sûrs. Si l'un et l'autre étaient encore debout, on les y accueillerait. Mentalement,

Lucien évalua la distance et le temps qu'il faudrait pour atteindre l'église.

L'eau entrait à flots dans la maison, à présent. Elle s'engouffrait par les trous que les hommes avaient percés dans le plancher, espérant profiter du poids de l'eau pour stabiliser la maison. Du moins temporairement. Lucien, qui sentait l'eau monter le long de ses cuisses, continua de monter la garde à la fenêtre, horrifié par le spectacle de désolation qui s'offrait à lui. A un moment, il appela Dupres. Quelqu'un luttait pour atteindre la maison. Mais avant que Dupres et les autres aient pu tenter quoi que ce soit, le malheureux avait été emporté par le courant.

Peu à peu, l'horreur laissa la place à la panique. Allait-il mourir ici, parmi ces simples pêcheurs ? se demanda Lucien. Allait-il mourir sans qu'on le pleure, parce que ceux qui auraient pu le faire seraient morts eux aussi ? Allait-il mourir sans avoir eu un fils pour porter son nom ?

L'eau, après avoir atteint sa taille, grimpait lentement le long de son torse. Lorsqu'il ne lui fut plus possible de faire autrement, Lucien se dirigea vers l'escalier avec les autres hommes. L'un d'eux passa si près d'un trou qu'il faillit être happé par l'eau. Lucien, lui, avançait avec prudence, mesurant chacun de ses pas, mais quand il atteignit les marches, la peur qui l'habitait était telle qu'il parvint tout juste à les gravir. La maison grinçait de toutes parts ; à chaque instant, de nouvelles brèches s'ouvraient entre les planches. Si le vent se renforçait et provoquait un raz-de-marée, la maison céderait et serait désintégrée.

En haut, Marcelite se jeta dans ses bras. Les femmes gémissaient, les enfants criaient. Lucien garda Marcelite et Angelle serrées dans ses bras. Même Raphaël se rapprocha, quêtant un peu de réconfort. En dépit de ses efforts pour paraître courageux, son menton tremblait.

— Juan sera en sécurité ? demanda-t-il à Lucien. Dans son bateau, il sera en sécurité ?

Lucien ne trouva pas les mots pour lui expliquer que tout le monde allait mourir. Il demeura assis sans rien dire. Le temps s'écoula, durant lequel il attendit la fin.

Soudain, l'un des hommes qui surveillaient la situation depuis le sommet de l'escalier poussa un cri.

— L'eau a cessé de monter !

Marcelite joignit les mains et redoubla de ferveur dans ses prières. Lucien, lui, demeura immobile, écoutant le vent. Etait-ce le fruit de son imagination, ou l'ouragan perdait-il en effet de sa force ? La maison bougeait toujours, soumise aux attaques du vent et de l'eau, mais leurs coups de boutoir semblaient moins violents. Décidé à en avoir le cœur net, il posa Angelle sur les genoux de sa mère et se leva. Si les hommes faisaient montre de prudence, pour la plupart, certains avaient recouvré un peu d'espoir. Si l'eau cessait de monter, si le vent s'apaisait et donnait à la maison une chance de se stabiliser, ils en avaient peut-être fini avec le pire.

Lucien croisa le regard de Dupres Jambon. Celui-ci secoua la tête, signifiant ainsi qu'il ne se pensait pas en sécurité dans cette maison.

— Il y a toujours une accalmie, expliqua-t-il. Mais lorsque les vents se lèveront de nouveau, ils seront encore plus violents.

Lucien garda le silence et s'efforça de suivre la discussion qui s'était engagée entre les autres hommes. La peur, en lui, avait perdu de son emprise. N'avait-il pas réussi à conduire Marcelite et les enfants jusqu'ici ? N'avait-il pas sauvé son bateau ? Il était vivant parce qu'il avait fait preuve d'intelligence et de bon sens, et il saurait encore s'en servir pour survivre. Il tenta de réfléchir à tout ce qu'il savait des ouragans. Généralement, avant que le vent ne change de direction, il y avait une accalmie qui pouvait être longue ou brève. Lorsqu'elle viendrait, en tout cas, ce serait le moment de prendre le bateau et de quitter la maison.

Marcelite et les enfants l'observaient. Leur destin dépendait de la décision qu'il prendrait, il le savait. Il était suffisamment fort pour avoir une chance de s'en tirer, même si les vents se levaient de nouveau pendant qu'il tentait de gagner un abri. Mais pouvait-il les abandonner à une mort quasi certaine ?

— Que se passe-t-il ? demanda Marcelite, comme si elle avait senti sa détresse. Sommes-nous perdus ?

Sans hésiter, Lucien lui exposa la situation.

— Veux-tu venir avec moi ?

— Avais-tu l'intention de m'abandonner ?

Cette réponse en forme de question prit Lucien au dépourvu. Il fronça les sourcils. Au cours des dernières heures, la tempête l'avait accaparé, lui faisant négliger tout le reste. Marcelite, elle, avait trouvé le temps de penser à d'autres choses.

— C'est à toi seule de décider si tu m'accompagnes ou non, lui dit-il.

— J'ai déjà connu l'enfer. Cet ouragan ne peut être pire.

Lucien se demanda comment il avait pu croire un instant que Marcelite était une femme ordinaire qui avait besoin de lui, de son amour, de sa protection.

De nouveau, il prêta l'oreille à la discussion des autres hommes. Le vent se calmait, l'eau se retirait. Le monde que Lucien découvrait par la fenêtre du grenier avait tout d'une vision de cauchemar, une vision si épouvantable qu'elle dépassait l'entendement. Pourtant, d'une certaine manière, le cauchemar prenait fin. Et en attendant qu'un nouveau lui succède, chaque seconde allait devoir être mise à profit.

Lorsque les vents eurent décru jusqu'à la force d'une tempête ordinaire, Lucien se glissa par la fenêtre du grenier et rampa sur ce qui restait du toit du porche. Le bois ploya sous son poids. Comme il se penchait pour jeter un coup d'œil, il vit que son bateau s'était éloigné. La seule solution consistait à sauter dans l'eau et à arrimer l'embarcation à un endroit où il pourrait amener Marcelite et les enfants à bord.

Dupres et les autres hommes étaient déjà partis chercher le lougre qu'ils avaient laissé à proximité. Lucien tenta de les localiser. En vain. Il ne voyait qu'à une distance très faible. Au loin, la cloche continuait de sonner. Mais ce n'était plus un glas funèbre que Lucien entendait. C'était une invite à venir se réfugier dans l'église.

Quand il eut la certitude que l'eau ne l'emporterait pas, il enjamba le bord du toit et se laissa tomber dans les flots. L'eau était froide et agitée, mais elle était plus profonde qu'il ne l'avait cru. Il n'avait plus pied. Après avoir lutté un moment contre le courant, il parvint finalement à agripper le bord du bateau.

Une énorme lune dorée luisait à présent dans le ciel, encore chargé de gros nuages noirs, comme pour permettre à tous de voir les terribles méfaits qu'avait accomplis l'ouragan. Lucien observa le courant. Il était encore trop rapide pour espérer naviguer, mais cela aussi allait changer. Lucien entendit un cri. Une forme se matérialisa soudain dans l'obscurité. C'était Dupres et ses compagnons qui amenaient le lougre près de la maison.

Lorsqu'il fut solidement arrimé, lui aussi, ils regagnèrent ensemble la maison en luttant contre le courant.

En haut, sans échanger de paroles inutiles, ils rassemblèrent leurs familles et les quelques biens qu'ils avaient sauvés. Octave distribua les outils qui leur restaient, et Lucien prit une petite hache. Elle l'aiderait à déblayer les morceaux de bois qui pourraient se mettre en travers de sa route. Puis, blottis les uns contre les autres, ils attendirent tous le moment opportun pour sortir.

Lucien observait Marcelite. Son expression ne trahissait aucune peur et elle tenait les deux petits serrés contre elle, comme si sa seule force pouvait les protéger de la mort.

Brusquement, la maison bougea, puis elle parut recouvrer son équilibre. Au-dehors, la cloche sonnait plus distinctement. Le vent avait encore faibli.

— Il y a de la place pour nous tous dans le lougre, indiqua Dupres en s'approchant de Lucien.

— Merci. Nous allons tenter de nous en sortir avec mon bateau.

Les deux hommes se souhaitèrent bonne chance. Puis ils descendirent avec les autres et se postèrent à intervalles réguliers dans la maison inondée, faisant la chaîne pour aider femmes et enfants à gagner les bateaux. Marcelite fut la dernière à quitter le grenier. Elle portait Raphaël tandis que l'un des hommes s'était chargé d'Angelle. Lucien la laissa se débrouiller avec le gamin, puis tendit les bras pour prendre sa fille. Il les conduisit ensuite jusqu'au porche. Alors que Marcelite montait à bord du bateau, Raphaël se cramponna à un poteau. Elle l'attrapa et l'installa à son côté, dans l'embarcation. Après avoir déposé un baiser sur les cheveux d'Angelle, Lucien la tendit à Marcelite et monta lui-même à bord.

— Cramponnez-vous ! cria-t-il.

Il saisit la corde mais ses doigts, soudain gauches,

tâtonnèrent pour la détacher. Il hésitait, bien qu'il fût à présent presque trop tard pour se raviser. L'accalmie se confirmait, l'eau se retirait. Néanmoins, le courant était encore très fort et les tourbillons dangereux.

Derrière lui, Lucien entendit les hommes crier. Comme il se retournait, il vit le lougre s'éloigner du porche. Les hommes, cramponnés aux cordes, nageaient autour du bateau. Plus grand que les autres, Dupres semblait toucher le sol tandis qu'il tirait l'embarcation dans la direction qu'il avait choisie.

Encouragé par leur exemple, Lucien détacha enfin la corde. Puis, alors que le courant entraînait le bateau vers le golfe, il prit les avirons et se mit à ramer. Tout d'abord, il eut la sensation de ne pas avancer et la panique s'empara de lui. Mais petit à petit, il s'aperçut qu'ils se rapprochaient du son de la cloche. Il s'imposa alors une cadence, tirant plus fort sur les rames afin de remettre le bateau, chahuté par les vagues, dans la bonne direction.

Autour d'eux, ce n'était que visions d'épouvante, des scènes tout droit sorties de l'Apocalypse. Des corps passaient devant le bateau, cadavres d'êtres humains et d'animaux. A un moment, Lucien crut voir une main se tendre, implorante, mais il se trouvait beaucoup trop loin pour en être certain. Des cris lui parvenaient sans cesse, en provenance d'arbres, de toits flottant à la dérive, de fenêtres de maisons encore épargnées. Il ferma les yeux pour échapper à toute cette horreur et continua de ramer.

Plus ils s'éloignaient du golfe, moins les courants étaient forts. A un moment, Lucien heurta quelque chose avec sa rame. Plein d'espoir, il pensa que c'était la terre ferme, mais au coup de rame suivant, il ne rencontra que de l'eau. Il commençait à craindre de ne pas avoir la force de continuer à ramer à un rythme assez soutenu lorsque ses avirons touchèrent de nouveau une masse solide. Il s'arrêta et découvrit que c'était bien le fond. Aussitôt, il attacha ses rames et sauta dans l'eau. Bien que le niveau montât jusqu'à son torse, il parvint à conserver son équilibre.

Chaque rafale de vent semblait plus faible que la précédente. La cloche sonnait à une fréquence moins soutenue. Soudain, Marcelite cria à Lucien de prendre garde, et il se plaqua contre la coque du bateau tandis qu'un mur de maison les frôlait, entraîné par le courant.

Bien que l'église fût encore éloignée, chaque pas les en rapprochait. Pendant un moment, ils n'entendirent plus le son de la cloche. Un autre bateau passa, et un homme cria quelque chose à leur intention. L'embarcation qu'il occupait était pleine de passagers eux aussi à la recherche d'un endroit sûr où s'abriter.

Lucien avait de l'eau jusqu'à la taille, à présent. L'accalmie tant espérée était bien arrivée. Même les vents s'étaient tus. On aurait presque pu croire que l'ouragan n'avait été qu'un mauvais rêve. Mais combien de temps cette trêve durerait-elle ? Lucien ralentit un peu le pas, pour avancer avec prudence et guetter des points de repère. La tempête, toutefois, semblait avoir tout emporté. Le paysage n'avait plus rien de familier.

Il jeta un coup d'œil derrière lui, vers la silhouette de Marcelite et des enfants, et il éprouva une intense satisfaction à l'idée que leur sort dépendait totalement de sa volonté. Quel choix restait-il à Marcelite à présent ? Comme lui, elle était à la merci de la tempête, et elle avait besoin de sa force. A quoi rimaient ses menaces quand sa survie et celle de ses enfants étaient si étroitement liées à la sienne ?

Il y eut d'autres cris, d'autres appels dans la nuit.

Mais depuis de longues minutes, maintenant, Lucien n'entendait plus la cloche. Etait-elle tombée ? Le vent soufflait-il trop faiblement pour la faire sonner ? Alors qu'il s'était reposé sur elle pour se diriger, il se rendait soudain compte qu'il pouvait très bien avoir pris la mauvaise direction. Peut-être était-il même en train de se diriger vers les marais.

Désorienté, épuisé, il s'arrêta.

— Que se passe-t-il, Lucien ?

Il était si essoufflé qu'il ne parvint même pas à répondre à Marcelite.

— Nous devons continuer ! insista-t-elle.

Au ton de sa voix, il sut qu'elle avait peur, et la perspective de l'effrayer davantage encore lui plut. Il attendit avant de répondre.

— Continuer ? lança-t-il enfin. Je ne sais même pas dans quelle direction aller.

— Je te guiderai. Je t'en prie, avance !

— Comment pourrais-tu me guider ? Tu vois ce que je ne vois pas ?

— Nous ne sommes pas loin. Ecoute ! Tu entends la cloche ?

Celle-ci sonnait de nouveau. L'église était plus proche que Lucien ne l'avait cru. Le courage lui revint, et il passa la corde autour de sa taille avant de reprendre sa marche.

— Nous y serons bientôt ! cria Marcelite. Je t'en prie, Lucien, ne t'arrête plus.

De nouveau, un grisant sentiment de puissance s'empara de Lucien. Marcelite n'avait pas le choix. Sa vie même dépendait de son bon vouloir. Alors qu'il tournait la tête pour le lui dire, le plus terrifiant des spectacles le réduisit au silence.

De monstrueux nuages noirs s'amoncelaient à l'ouest,

dans le ciel zébré par les éclairs. Le tonnerre grondait, encore lointain, se rapprochant à chacun de ses coups. Au même moment, le vent se leva, avec assez de force pour faire de nouveau sonner la cloche. Les nuages avançaient inexorablement, masquant les cieux d'un épais voile couleur de mort.

Lucien se retourna et plongea en avant. Tenant d'une main la corde toujours nouée autour de sa taille, il écartait de l'autre tout ce qui se trouvait en travers de sa route. S'il ne pouvait évaluer le temps qu'il lui restait pour atteindre l'église, il savait que c'était peu. L'accalmie avait été de courte durée. Et derrière elle arrivait un ouragan plus violent encore que celui qu'ils avaient connu.

Lucien trébucha contre quelque objet invisible, peut-être une racine, mais il recouvra aussitôt l'équilibre et plongea en avant, entraînant le bateau à sa suite. La pluie se remit à tomber, doucement d'abord, puis avec de plus en plus de force. Les éclairs se succédaient à un rythme effréné, si intenses qu'on se serait cru en plein jour. Les cris des animaux qui sentaient venir la mort se mêlaient au hurlement sauvage du vent. Oubliant tout, Lucien se rua vers l'avant, guidé par le seul son de la cloche.

Une petite lumière vacillante lui apparut dans le lointain, qu'il prit pour un éclair. Et puis, le cri de Marcelite lui fit comprendre qu'il s'agissait d'une lanterne pendue à la fenêtre du presbytère. Une joie indicible l'envahit. Encore un effort et il serait en sécurité. La tempête les encerclait, se déchaînant un peu plus à chaque seconde. Néanmoins, il lui restait du temps. Très peu de temps, mais du temps tout de même.

Il plongea de l'avant, se guidant à présent à la seule lumière. La cloche semblait carillonner au rythme des battements frénétiques de son cœur. Encore un peu de chemin à parcourir. Quelques mètres.

Alors qu'il avait presque réussi à franchir les restes d'une maison écroulée, il se rendit compte qu'elle lui bloquait le passage. Tirant d'un coup sec sur la corde, il voulut amener le bateau à contourner l'obstacle et, l'espace d'un instant, il crut y être parvenu. Mais le courant plaqua soudain l'embarcation contre la ruine, coinçant la corde. Lucien tira dessus. Elle refusa de céder.

Le ciel était si clair qu'il vit tout de suite d'où venait le problème. Un petit problème, facile à résoudre.

— Lance-moi la hache ! cria-t-il en s'approchant du flanc du bateau. Pour l'amour du ciel, la hache, vite !

Il vit clairement l'expression qu'arborait le visage de Marcelite. Elle était pétrifiée. Accrochée à elle, Angelle hurlait. Seul Raphaël semblait capable de mouvement. Il rampa dans le fond du bateau et en rapporta la hache. Comme il tendait l'outil, son regard croisa celui de Lucien, qui y lut de la terreur. Et pire encore, bien pire, il y lut de la résignation.

Derrière l'enfant, Lucien vit soudain la tempête se précipiter vers eux, poussant devant elle un mur d'eau d'une hauteur prodigieuse. Un cri s'échappa de sa gorge. Il empoigna la hache, se retourna. Puis il l'abattit de toutes ses forces sur le poteau qui retenait la corde. Le poteau se fendit. Encore un coup de hache, un seul, et le bateau serait libéré.

De nouveau, il se tourna vers le bateau, vers l'eau qui avançait, et il vit que Raphaël l'observait. La pluie plaquait les boucles brunes de l'enfant et ruisselait sur ses joues à la manière d'un torrent de larmes. Derrière Raphaël, Lucien aperçut Marcelite. Elle était à sa merci, à présent. Totalement à sa merci.

Il abattit la hache une seconde fois, mais ce ne fut

pas sur le poteau. La corde céda à l'endroit précis où la lame l'avait mordue. Aussitôt, le bateau libre de toute attache fut emporté. Lucien se retourna et le vit s'éloigner à une vitesse folle, plongeant dans les vagues, ballotté par l'eau déchaînée. Il entendit des cris, sans pouvoir dire qui les avait poussés. La seconde d'après, l'embarcation avait disparu.

Il se tourna alors vers la lumière du presbytère et, nageant et rampant à la fois, il franchit la distance qui l'en séparait. Une fois à l'intérieur, il se traîna dans l'escalier jusqu'au deuxième étage.

Là, le père Grimaud l'accueillit, en larmes, et le serra dans ses bras. La cloche sonnait. Elle continua de sonner jusqu'à ce que Lucien n'entende bientôt plus qu'elle. Elle couvrait les cris des mourants. Elle couvrait ses propres cris.

La cloche sonna longtemps. Et même lorsqu'elle finit par se taire, dans les dernières heures de l'ouragan, elle sonnait encore dans la tête de Lucien.

9

Huit fillettes se trouvaient dans le salon de Belinda lorsque Phillip revint de chez Aurore Gerritsen. S'il reconnut Amy et sa jeune sœur, les autres lui étaient inconnues. Elles avaient chacune une page de journal étalée devant elles, avec une boule de terre glaise posée au centre.

Belinda se tenait face à elles, vêtue d'une longue robe fluide bleu vif et vert. Un turban vert ceignait sa tête.

Elle adressa à Phillip un rapide sourire, sans se préoccuper davantage de son arrivée. Visiblement, elle venait de commencer une leçon.

— Nous ne savons pas grand-chose du peuple de Nok, expliqua-t-elle, parce que l'histoire de l'Afrique n'a jamais intéressé l'homme blanc. Néanmoins, nous savons quand même que bien avant notre ère, environ cinq cents ans, le peuple Nok sculptait des statues de terre cuite semblables à celle dont je vous ai parlé.

— Quand allons-nous fabriquer quelque chose ? demanda l'une des petites filles.

— Quand tu seras capable de te tenir tranquille et de m'écouter, répliqua Belinda. D'abord, je veux que l'une de vous vienne ici et me montre où se trouve le Nigéria.

Belinda se baissa pour attraper quelque chose derrière elle. Lorsqu'elle se redressa, elle tenait une grande carte de l'Afrique.

Personne ne bougea.

— Aucune de vous ne le sait ?

Enfin, Amy leva la main, et Belinda hocha la tête. La fillette se leva. S'approchant de la carte, elle l'observa un instant, les sourcils froncés, puis désigna un point, au centre du continent africain.

Belinda ne secoua pas la tête, pas plus qu'elle ne dit à sa jeune élève qu'elle s'était trompée.

— Amy n'est vraiment pas tombée loin, déclara-t-elle. Merci, Amy. Tu peux être fière de toi.

Amy regagna sa place.

Phillip observa le déroulement de la leçon. Si les fillettes gloussaient et chuchotaient de temps à autre, il était évident que Belinda avait capté leur attention. L'espace d'un après-midi, au moins, elles étaient devenues membres d'une culture, les héritières de traditions ancestrales. Et Belinda leur servait de modèle.

— Que pensez-vous que ce peuple mangeait ? leur demanda-t-elle, alors que la leçon touchait à sa fin.

— Des girafes ? répondit timidement la petite sœur d'Amy.

— Des girafes ? Voilà qui ferait un bien grand et bien long repas, non ?

Au sourire de Belinda, Phillip comprit qu'elle était heureuse que la petite fille ait répondu.

— En fait, nous pensons qu'ils mangeaient beaucoup de choses que vous aimez — comme les haricots, le maïs, les patates douces et qu'ils les assaisonnaient avec beaucoup de piment, comme nous le faisons ici, à La Nouvelle-Orléans. Certains de vos plats préférés viennent d'Afrique. Ils ont été apportés ici par des esclaves, qui les ont transmis à leurs maîtres blancs. Ainsi, lorsque vous mangez des haricots rouges et du riz, le lundi soir, vous ne faites qu'imiter le peuple de Nok. Vous mangez de la nourriture africaine, ne l'oubliez jamais.

— Nous ne l'oublierons pas ! affirmèrent les fillettes dans un bel ensemble.

— A présent, nous allons confectionner des statues pareilles à celles dont je vous ai parlé tout à l'heure, dit Belinda. Les archéologues, qui étudient les civilisations très anciennes, ont trouvé des statues pas plus grandes que ça…

Elle tendit la main et laissa un espace d'environ trois centimètres entre le pouce et l'index.

— … et ils en ont trouvé d'autres aussi grandes que vous ou même moi. Toutes ces statues ont deux choses en commun. D'abord, elles ont les oreilles percées. Ensuite, elles ont les yeux creux, évidés. Nous ignorons pourquoi. Pour l'instant, tout du moins. Mais lorsque vous ferez vos statues aujourd'hui, je veux qu'elles ressemblent le plus possible aux statues de Nok. Qu'elles aient les yeux creux et les oreilles percées. J'ai apporté quelques photos pour vous aider. Vous croyez pouvoir y arriver ?

— Oui ! répondirent en chœur les petites filles.

— Alors, au travail. Je vais vous aider et Phillip aussi. Vous connaissez toutes Phillip, je crois ?

Alors que Phillip gagnait déjà la porte, prêt à se sauver, huit paires d'yeux braqués sur lui l'arrêtèrent net.

Il n'avait pas de goût particulier pour les enfants. Son expérience des moins de dix ans était très limitée et, pour tout dire, il entendait bien que les choses restent ainsi. Pourtant, alors qu'il franchissait la porte, tout à l'heure, il songeait à des enfants — un garçon nommé Raphaël et une petite fille répondant au prénom d'Angelle.

— Est-ce que j'ai les mains d'un homme qui a l'air de

connaître quoi que ce soit à la sculpture ? demanda-t-il en montrant lesdites mains.

— Les filles sont là pour t'apprendre, répondit Belinda.

Au même moment, Phillip se rendit compte qu'il n'était plus seulement retenu ici par des regards. Une petite fille aux cheveux attachés par des barrettes de plastique rose, avec une raie au milieu, avait noué les bras autour de sa taille.

Il était prisonnier.

Une heure plus tard, il avait de la terre incrustée sous les ongles et une fillette vêtue d'une robe trop grande pour elle plantée sur les genoux. Il avait tenté, en vain, de la faire descendre une demi-heure plus tôt, mais elle était aussi obstinée que leur institutrice. A quelques pas de là, Belinda était en train de promettre aux enfants un authentique repas nigérian à leur prochaine séance.

— Maintenant, filez ! dit-elle en frappant dans ses mains. Et n'oubliez pas ce que vous avez appris aujourd'hui. Parmi vous, il en est peut-être certaines qui descendent du peuple de Nok. Vous pouvez être fières de tout ce qu'ils ont fait. Etes-vous fières ?

— Oui ! répondirent de nouveau ensemble les petites filles.

La pièce se vida rapidement. Quelques instants plus tard, le silence avait succédé aux gloussements et aux chuchotements. Huit statuettes étaient en train de sécher sur le bord de la fenêtre.

Les mains sur ses hanches, Belinda fixa Phillip d'un air insolent.

— Eh bien ? Vas-y, dis-le.

— Que veux-tu que je dise ?

— Ce que tu penses.

Il ne savait pas trop quoi penser. Il ignorait que

Belinda donnait des cours après l'école. Elle ne lui avait pas demandé son avis. Elle ne lui en avait même pas parlé.

La jeune femme se tenait devant lui, fière, magnifique. Phillip connaissait l'Afrique. Il s'y était rendu en mission. Il y avait interviewé des leaders africains, assuré des reportages sur d'effroyables massacres entre tribus rivales, mangé dans des bols de bois dans de minuscules villages et dans des assiettes de porcelaine dans les palaces des capitales. Il avait désiré des femmes à la peau sombre parmi les plus belles de l'univers.

Mais jamais il n'avait ressenti ce qu'il ressentait en cet instant.

— Qu'est-ce qui t'a amenée à faire ça ? demanda-t-il.

— Tu ne comprendrais pas.

— Essaie quand même de m'expliquer.

— Tu n'as pas idée de la vie que mènent ces enfants. Tu as étudié dans un pensionnat en Suisse. Tu es diplômé de l'université de Yale. Et si parfois on t'interdit une porte que tu voudrais franchir, tu ignores ce que c'est que de grandir quelque part où rien de ce que tu pourrais faire ne sera jamais assez bien.

— … Parce que tu es un « nègre » ?

— Parce que tu es noir.

— Tu m'en veux d'avoir eu une vie différente ?

Belinda poussa un soupir et elle parut se détendre.

— Non, je ne t'en veux pas. En vérité, je suis heureuse que les choses aient été différentes pour toi. Mais je ne supporterais pas que tu te moques de moi pour ce que j'essaie de faire ici. C'est important. Ces enfants ont le droit de savoir qui ils sont. Tant qu'ils n'auront pas de passé, ils n'auront pas d'avenir.

Phillip se leva et s'approcha d'elle. Le tissu de sa robe

était aussi fin que de la soie, et il en savoura le contact lorsqu'il lui effleura les bras.

— L'histoire de l'Afrique devrait être enseignée à l'école, dit-il, et tu ne devrais pas avoir à t'en charger chez toi. Mais c'est bien que tu le fasses.

— Tu crois peut-être que j'ai la moindre chance de convaincre la direction de l'école de me laisser enseigner l'histoire là où elle devrait l'être ? J'ai eu des problèmes la semaine dernière, tout simplement parce que je passais des disques de jazz pendant que mes bébés faisaient leur sieste.

— Tu essaies de changer le monde. Comment ceux qui détiennent le pouvoir à l'heure actuelle pourraient-ils apprécier ?

— Alors, selon toi, ce que je fais n'est pas ridicule ?

Soudain, Belinda semblait étrangement vulnérable. Malgré son extraordinaire assurance, l'assentiment de Phillip comptait pour elle. Il en fut touché.

— C'est le dernier mot qui me viendrait à l'esprit, assura-t-il.

Il lui caressa les épaules, le cou. Puis il emprisonna le visage de Belinda entre ses mains et l'embrassa.

Elle se détendit contre lui, peu à peu. Belinda avait presque trente ans et elle était aussi indépendante que lui. Qu'ils se soient trouvés tenait du miracle. Ils étaient là, dans les bras l'un de l'autre, et entre eux il y avait bien davantage que la simple promesse d'un bonheur physique.

La robe aux motifs africains que portait Belinda tomba souplement à ses pieds. Puis les vêtements de Phillip allèrent les rejoindre sur le sol. Belinda n'était pas de ces femmes que l'on soulève dans ses bras et que l'on emporte jusqu'au lit ; ce fut elle qui l'y conduisit.

Entre eux, l'amour avait souvent été bref, violent. Aujourd'hui, ce fut l'exploration langoureuse de la courbe d'un sein, des muscles tendus d'une cuisse, la découverte des sommets de tension, de désir qu'un homme et une femme peuvent atteindre avant de basculer dans l'éblouissement de l'extase.

Et tandis qu'il tenait Belinda serrée contre lui, juste après, Phillip songea à la semence qu'il avait répandue en elle, une semence qui ne rencontrerait pas un sol fertile puisque, comme d'habitude, elle avait pris ses précautions. Pour la première fois de sa vie, il se demanda quel effet cela ferait d'être le père d'un enfant.

— Tu es très silencieux, remarqua Belinda.

Ce n'était pas un reproche. Belinda ne semblait rien attendre de lui. Par ces mots, elle signifiait tout simplement que s'il avait envie de parler, elle était prête à l'écouter.

Phillip la serra contre lui.

— N'as-tu pas envie d'enfants bien à toi ? demanda-t-il. Tu t'occupes si bien de ceux des autres…

— Si je dois les élever toute seule, je n'y tiens pas, non.

— J'imagine que tu as dû voir cela plus d'une fois.

Belinda avait été élevée dans une famille pauvre, et il lui avait fallu se battre pour étudier et accéder à l'indépendance. Phillip savait qu'elle parlait d'expérience.

— Avant, dit-elle, je n'en voulais pas du tout. Pourquoi faire naître un enfant dans un monde où il ne sera de toute façon qu'un citoyen de second ordre ?

— Un enfant élevé par tes soins ne le serait certainement pas.

— Et toi ? As-tu envie d'enfants ?

— Avec la vie que je mène, répondit Phillip, cela n'aurait aucun sens.

Belinda ne le questionna pas plus avant. Jamais elle ne l'avait poussé à s'engager davantage. Elle était allongée contre lui, détendue, comblée. Il sentait son souffle chaud sur son épaule.

Cette discussion à propos d'enfants lui rappela ce que Belinda avait dit un moment plus tôt. Selon elle, les fillettes à qui elle faisait la classe n'auraient pas de véritable avenir tant qu'elles ne comprendraient pas leur passé. Il songea à Aurore Gerritsen. N'était-ce pas pour une raison similaire qu'elle lui racontait l'histoire de sa vie ?

Mais en mettant au jour son passé, quel avenir Aurore Gerritsen entendait-elle assurer, au juste ? Le sien ? A son âge, cela paraissait pour le moins futile. Celui de son fils ? D'après ce que Phillip savait de Ferris Gerritsen, c'était peu probable.

— Ma séance avec Aurore Gerritsen ne s'est pas du tout déroulée comme je m'y attendais, dit-il au bout d'un moment.

— Ah bon ?

Il eut envie de tout lui raconter. Parler le soulagerait peut-être du poids qu'il avait sur la poitrine.

— Son récit est si… surprenant.

— Raconte !

Phillip répéta ce que lui avait dit Aurore Gerritsen, faisant comme elle revivre ces quelques jours de 1893. Il avait été étonné par l'abondance de détails. Il avait d'abord pensé avoir affaire au cas classique d'une vieille dame dotée d'une remarquable mémoire à long terme. Il avait déjà vu cela. Des gens incapables de se rappeler ce qu'ils avaient mangé au déjeuner pouvaient décrire avec précision la robe ou le costume qu'ils portaient à l'occasion d'un bal, soixante ans auparavant.

Mais tandis que Mme Gerritsen poursuivait son

histoire, il s'était rendu compte que tous ces détails étaient à jamais gravés dans son esprit parce qu'ils touchaient à des circonstances des plus dramatiques. Il avait interviewé des vétérans de la Seconde Guerre mondiale qui se souvenaient de chaque coup de feu qu'on avait tiré sur eux vingt ans plus tôt, de chacun des brins d'herbe qui couvraient le champ de bataille, de chaque épisode tragique vécu par leurs camarades. Avec Aurore Gerritsen, c'était le même phénomène.

Quand il eut fini de parler, Belinda demeura un moment silencieuse.

— Pourquoi ? demanda-t-elle enfin. Pourquoi t'avoir raconté cela à toi ?

— Je n'en ai aucune idée.

— Aucune ?

— J'imagine qu'elle essaie de réparer une faute. Mais comment elle entend le faire demeure un mystère pour moi. Que va-t-elle faire du manuscrit lorsqu'il sera terminé ? Je l'ignore...

— Mais pourquoi ? insista Belinda. Pourquoi s'est-elle adressée à toi pour l'écrire ?

— Question de culpabilité, je présume. Son père a coupé la corde du bateau et envoyé à la mort une femme et ses enfants en grande partie à cause du sang mêlé de Raphaël. Peut-être Mme Gerritsen goûte-t-elle l'ironie qu'il y a à confier tout cela à un Noir. Peut-être pense-t-elle que c'est une façon de rendre la justice. Nous nous revoyons demain, pour la suite.

Se tournant vers Belinda, Phillip lui caressa les cheveux. Il aimait leur infinie douceur.

— Ça ne te dérange pas que je t'aie raconté tout cela ?

— Me déranger ?

Phillip avait rarement partagé quoi que ce soit de

son travail, ou de lui-même, du reste, avec une femme. Si rarement, d'ailleurs, qu'après coup il avait toujours eu le sentiment désagréable d'être plus vulnérable. Aujourd'hui, en revanche, au plus profond de lui-même, il n'éprouvait que bonheur et soulagement.

— Merci de m'avoir écouté, dit-il.

— J'aime t'écouter.

Et comme Belinda n'était pas femme à mentir, Phillip fut bien forcé de la croire.

Pour sa deuxième séance avec Phillip, Aurore avait choisi la bibliothèque. Le ciel était couvert, le temps lugubre. Elle avait fait allumer un petit feu dans la cheminée et tirer les rideaux vert pâle afin de laisser la morosité au-dehors. Le petit bureau ancien, dans l'angle, avait été préparé pour Phillip.

— Je préfère m'asseoir ici, dit-il en désignant un fauteuil, près du canapé sur lequel Aurore s'était installée. Je n'ai pas besoin de bureau pour prendre mes notes.

— Très bien.

Aurore se réjouit secrètement. Il lui avait plu d'observer Phillip de près, la veille. Malgré tous ses efforts pour garder un visage impassible, son regard était bien plus expressif qu'il ne l'aurait sans doute voulu.

— J'ai un certain nombre de questions à vous poser au sujet de ce que vous m'avez dit hier, indiqua-t-il une fois qu'il se fut installé.

— Je m'en doutais.

— Je vais commencer par le plus évident. Comment avez-vous découvert ce qu'avait fait votre père ?

— Ce sera plus facile pour moi si je prends les choses dans l'ordre…

— Mais vous me le direz ?

— Je vous dirai tout. Et si je me disperse trop… soyez patient !

Le rire de Phillip résonna dans la bibliothèque. Un rire qu'Aurore appréciait particulièrement.

— Bon, fit-il en feuilletant ses notes. Si vous me racontiez ce qui s'est passé pour vous cette nuit-là ? Avez-vous réussi à gagner la maison de l'oncle Clébert ?

— Oui. Nous avons réussi. Mais ma mère a fait une fausse couche au plus fort de l'ouragan. La maison, au Krantz Palace, où mon grand-père avait tenu à rester, a été détruite et le malheureux y est mort. Nous aurions péri avec lui, nous aussi, si nous étions restées.

— Je suis désolé.

Phillip prit quelques notes en silence, puis leva les yeux.

— Tout ce que vous m'avez révélé jusqu'à présent devra-t-il figurer dans le manuscrit ? Souhaitez-vous vraiment que votre fils et votre petite-fille soient au courant, ou tout cela est-il destiné à situer l'histoire, à me montrer dans quelles conditions vous avez grandi ?

— Tout doit figurer dans le manuscrit. Jusqu'au moindre détail. Vous comprendrez plus tard pourquoi.

— Très bien.

Baissant les yeux vers ses notes, Phillip les feuilleta de nouveau. Puis il leva la tête.

— Les questions que je vous pose importent peu, n'est-ce pas ? Vous raconterez ce que vous voulez quand bon vous semblera.

— On dirait que vous avez déjà appris à me connaître…, murmura Aurore.

— En effet. Si nous passions à l'épisode suivant ?

Aurore aurait préféré que Phillip se montre moins perspicace et qu'il continue à poser des questions. Il lui aurait été ainsi plus facile de reprendre son récit. La nuit précédente, après avoir relaté les terribles circonstances qui avaient entouré l'ouragan, elle n'avait pas bien dormi. Recouvrerait-elle jamais le sommeil ?

— L'épisode suivant commence une douzaine d'années plus tard. Ti'Boo et moi étions demeurées amies et je me rendais au Bayou Lafourche pour assister à son mariage.

Fermant les yeux, Aurore revit le bayou ombragé, ses champs de céréales ondoyant sous le vent, ses oiseaux majestueux, ses vastes champs de canne à sucre. Elle retrouva aussi l'odeur presque écœurante du sucre en train de cuire, une odeur qui s'attardait encore dans l'air à la fin de la saison du broyage. Il lui semblait entendre les éclats de voix dans les plantations de canne et l'usine de broyage, des lieux qui n'avaient quasiment pas changé depuis la guerre civile.

Que ne donnerait-elle pour se trouver encore là-bas et avoir toute la vie devant elle ?

10

Il était déjà peu banal pour l'héritière d'une des plus importantes sociétés de transports maritimes de La Nouvelle-Orléans de se rendre au bayou à bord d'un caboteur, un bateau de marchands. Mais ce qui l'était encore davantage, c'était la façon dont Aurore avait payé son voyage.

La broche qui se trouvait à présent dans la poche de gilet du capitaine avait autrefois appartenu à sa tante Lydia, une femme qui ressemblait tant au père d'Aurore que la moindre parure féminine ne réussissait qu'à souligner la ligne agressive de sa mâchoire carrée et l'imperceptible moustache qui surmontait ses lèvres perpétuellement pincées. Lydia avait trouvé la mort, deux ans plus tôt, en traversant une rue du Vieux Carré. Un port de tête trop raide et un regard toujours fixé droit devant soi pouvaient parfois se révéler préjudiciables, surtout lorsqu'un de ces nouveaux tramways électriques se trouvait non loin…

Du jour où elle avait hérité des bijoux de sa tante, Aurore n'avait eu de cesse de s'en débarrasser. Certes, son père pourvoyait à ses besoins. Elle possédait plus de vêtements qu'elle n'en pouvait ranger dans ses armoires, et assez de chapeaux pour en changer chaque jour durant un mois. Mais selon Lucien, une jeune femme créole de bonne famille n'avait pas à posséder d'argent. Il lui suffisait de demander ce dont elle avait besoin — avec le ton qui convenait, bien sûr — et elle se verrait gratifiée de tout ce que l'on jugeait bon pour elle.

La possibilité que l'absence d'argent puisse justement créer un besoin irrépressible n'avait à l'évidence jamais effleuré l'esprit de Lucien. Dans son milieu, les femmes n'avaient pas de besoins irrépressibles. Elles n'étaient là que pour agrémenter la vie des hommes. Comme Aurore n'avait jamais eu le courage de remettre en question les vues de son père, elle se contentait de vendre tout ce qu'elle pouvait. Ou, comme dans le cas présent, de faire du troc. Une broche en échange du voyage aller-retour pour le Bayou Lafourche ne lui avait pas paru exorbitant.

Tandis que la rive défilait lentement devant ses yeux, elle s'accouda au bastingage et songea aux jours prochains.

Enfin, Ti'Boo se mariait ! A vingt-quatre ans, elle se considérait déjà comme une vieille fille. Six ans plus tôt, alors qu'elle avait atteint un âge convenable pour prendre époux, un garçon avait demandé sa main. Mais il était gras, paresseux et Ti'Boo, face à la perspective d'une vie de servitude, lui avait opposé un refus catégorique. Après celle-là, il n'y avait pas eu de nouvelle proposition, aucune occasion ne s'était présentée. La mère de Ti'Boo était tombée malade, et Ti'Boo s'était entièrement dévouée à elle, ainsi qu'au reste de la famille.

Aujourd'hui, la brave femme allait mieux, et les sœurs de Ti'Boo avaient grandi. Jules Guilbeau, veuf, père de deux petits garçons, et qui possédait suffisamment de terre le long du bayou pour y planter un peu de canne à sucre et de coton, voulait épouser Ti'Boo. Malgré leur différence d'âge, une dizaine d'années, Ti'Boo avait accepté.

Aurore savait tout cela par les lettres de son amie. La dernière fois qu'elle l'avait vue, elle-même avait onze ans, et Ti'Boo était déjà une jeune fille de dix-huit ans. Ce jour-là, Lucien était absent, parti pour l'un de ses nombreux voyages à l'étranger et tante Lydia, qui avait emménagé dans la maison d'Esplanade Avenue quelques années plus tôt afin de s'occuper d'Aurore, était sortie pour l'après-midi.

S'ils s'étaient trouvés là, peut-être auraient-ils découragé Ti'Boo de rendre visite à Aurore. La jeune Acadienne n'était finalement rien de plus que le témoin d'un été que Lucien voulait à toute force oublier. Mais c'était Aurore qui avait ouvert la porte et, toute sa vie, elle chérirait le souvenir de l'après-midi qui avait suivi.

Par la suite, Ti'Boo n'était jamais revenue à La Nouvelle-Orléans. Néanmoins, après cette visite, les deux jeunes filles avaient correspondu de façon régulière. Les premières lettres avaient été polies, pleines de retenue. Ensuite, la confiance s'installant, elles étaient devenues plus intimes. Les deux amies s'y confiaient leurs peurs secrètes, leurs attentes. Au fil des années, Aurore et Ti'Boo étaient devenues très intimes.

Lucien était vaguement au courant de cette correspondance. L'éducation d'une femme se voyait à la précision de son style, à sa capacité à tourner de belles phrases, et il encourageait Aurore à pratiquer un art qui hâterait son ascension dans la société. Mais, lorsqu'après des années d'échange épistolaire, Aurore lui avait demandé l'autorisation de se rendre au mariage de Ti'Boo, il avait été surpris.

— Un mariage dans les bayous ?

Tout en réajustant la chaîne de montre qui sortait de sa poche, Lucien avait quitté son fauteuil favori.

— Ne me dis pas que tu ne songes sérieusement à faire davantage qu'envoyer un petit cadeau ?

— Je veux assister à son mariage, avait répété Aurore.

Imperturbable, elle était demeurée immobile. Elle connaissait l'impact d'une telle attitude face à son père. Si à maints égards, Lucien demeurait un mystère pour elle, elle n'ignorait rien de sa capacité à repérer la moindre faiblesse chez les autres. Or, elle ne souhaitait en aucun cas s'exposer à une diatribe.

— Mais pourquoi ?

Elle lui avait livré la réponse préparée pour l'occasion.

— Je pense qu'un petit voyage me serait profitable. Un peu d'air, un peu de soleil, et je reviendrai en pleine forme pour profiter de toutes les soirées auxquelles nous devons assister.

— Il existe d'autres moyens beaucoup plus efficaces de prendre l'air, avait fait remarquer Lucien.

— Ce voyage serait l'occasion d'une vraie coupure. Cléo pourrait m'accompagner sur le bateau et, une fois là-bas, je ne manquerai pas de chaperon.

Elle avait risqué un sourire.

— Les Acadiens surveillent leurs filles d'aussi près que vous surveillez les vôtres.

— Et tu trouves cela drôle, peut-être ?

Aurore n'avait jamais rien trouvé de drôle chez son père mais, bien sûr, elle ne le lui avait pas avoué. Elle ne l'aurait pas rabaissé comme il avait coutume de le faire avec elle. Elle était liée à lui par une foule de sentiments. Et le fait qu'elle ne le comprît pas ne diminuait en rien ce qu'elle éprouvait pour lui.

— Je m'efforce de te rassurer, voilà tout, lui avait-elle dit. Je serai très surveillée et, à mon retour, j'aurai de nombreuses anecdotes à te raconter.

Cela n'avait pas suffi à convaincre Lucien. A l'en croire, les Acadiens étaient des paysans, et les bayous étaient infestés de moustiques et de dangereux reptiles. Lorsque Aurore lui avait fait remarquer qu'elle avait passé des étés entiers dans le sud de la Louisiane, des années auparavant, il avait pincé les lèvres, véritable parodie de la défunte Lydia. C'était le signe que la discussion était close.

A présent, bien qu'il lui ait été formellement interdit de faire le voyage, Aurore se rendait au mariage de Ti'Boo. Lucien se trouvait en voyage d'affaires à New York et dans le Minnesota. Et Cléo, la dernière en date d'une longue série de gouvernantes, avait été facile à acheter. Si tout se passait comme prévu, Aurore serait de retour à La Nouvelle-Orléans avant son père. Dans le cas contraire, il lui faudrait faire face aux conséquences. Il n'y avait pas grand-chose qu'elle désirait et que Lucien était en mesure de lui refuser afin de la punir. Il ne lui consacrait que rarement son attention et ne lui avait jamais témoigné d'amour. Comment pourrait-il la priver de quelque chose qu'il ne lui avait jamais donné ?

— Mademoiselle Le Danois ?

Aurore se retourna au son de la voix du capitaine. Alors que La Nouvelle-Orléans entrait d'un pas joyeux dans le XXe siècle, les coutumes avaient changé. L'anglais était devenu la langue des affaires et le français une marque de préciosité. Si Aurore, qui rêvait parfois à un mélange des deux, s'était habituée à parler anglais, les gens des bayous, comme ce capitaine, n'avaient pas encore pris le pli.

— Arriverons-nous bientôt ? lui demanda-t-elle après l'avoir salué.

Il lissa sa moustache.

— Nous ne devrions pas tarder, bien que les jacinthes ralentissent chaque fois un peu plus le voyage. Bientôt, j'aurai aussi vite fait de traverser le bayou à dos de mulet.

— Comment quelque chose d'aussi ravissant peut-il devenir source d'ennuis ?

— Ce qui est ravissant est toujours source d'ennuis ! répliqua le capitaine en fixant Aurore d'un regard éloquent. Et votre père a déjà dû s'en rendre compte, j'imagine…

Aurore se pencha au bastingage. Les jacinthes, avec leurs fleurs couleur lavande tournées vers le soleil, recouvraient entièrement la surface de l'eau, le long des berges du bayou. Des dizaines d'années auparavant, des admirateurs de ces envahisseuses venues d'Orient les avaient autorisées à pousser librement, sans se douter un instant des ravages qu'elles causeraient.

— Connaissez-vous mon père, capitaine Barker ? interrogea Aurore.

— J'ai entendu parler de lui.

— J'espère que vous ne chercherez pas à faire plus ample connaissance…

— Pour quelle raison ? Pour pouvoir lui dire que j'ai aidé sa fille à s'enfuir ?

— Je ne m'enfuis pas. Du moins, pas pour longtemps.

— Vous me rassurez. Et je le serai davantage encore lorsque vous m'aurez dit que ce n'est pas un homme que vous allez retrouver.

Dieu que les hommes étaient vaniteux ! songea Aurore. Comment pouvaient-ils supposer qu'une femme quittait forcément les bras de l'un pour aller se jeter dans les bras d'un autre ?

— Je me rends au mariage d'une amie, indiqua-t-elle.

— Cette partie du bayou est très reculée, c'est le moins que l'on puisse dire.

— Tant mieux.

— Vous êtes donc prête à affronter la vie primitive ?

— En définitive, observa Aurore avec ironie, il est regrettable que vous ne connaissiez pas mon père. Je suis certaine que vous vous entendriez fort bien, tous les deux.

Tout en écoutant les pas du capitaine s'éloigner, elle s'absorba dans la contemplation fascinée du paysage et de ses changements incessants.

La veille, à l'aube, elle était montée à bord de ce bateau de marchandises au pied de Saint Louis Street, non loin du quai où l'on embarquait le sucre. Le trajet le long du Mississippi lui était familier. Mais après le canal était venu le bayou. Aurore avait passé la journée à observer les plantations et leurs splendides demeures. Certaines tombaient en ruines, victimes des bouleversements économiques et des effets persistants de la guerre entre Etats. D'autres continuaient de régner avec fierté sur les champs alentour, comme si l'époque des planteurs en costume blanc et de leurs filles en robe à cerceaux n'était pas révolue.

Entre les plantations se trouvaient des hameaux de maisons modestes, qui intéressaient particulièrement Aurore, car elles ressemblaient à celles que Ti'Boo décrivait dans ses lettres. Le bateau faisant halte dans chacun de ces petits villages pour faire du commerce, Aurore avait eu tout loisir de les examiner. Mais du fait de ces arrêts fréquents, elle avait été contrainte de passer la nuit sur une couchette, dans l'une des minuscules cabines, sous la garde vigilante de l'épouse du capitaine.

Les maisons étaient très proches les unes des autres et bien alignées le long des rives du bayou. Des vaches et des mules étaient attachées, çà et là, sur la berge, et des enfants jouaient parfois sous un arbre, au bord de l'eau. C'étaient là les villages acadiens, le foyer des *petits habitants*, le cœur véritable du Bayou Lafourche.

Ti'Boo habitait l'un de ces villages, Côte Boudreaux, situé à l'extrémité sud du bayou, sur une terre divisée et subdivisée encore, au point qu'il ne restait pour chaque famille qu'une surface à peine en mesure de rapporter quelque chose.

Mais quelle importance ? s'était demandé Ti'Boo dans l'une de ses lettres. De quoi un homme avait-il vraiment besoin ? De quoi nourrir ceux qu'il aimait et de quoi faire pousser un peu de canne à sucre, qu'il vendrait pour acheter ce qu'il ne pouvait produire et peut-être même faire don d'un peu d'argent à l'église.

Un peu d'argent… Aurore songeait à tout ce qu'elle possédait. Et à tout ce qu'elle ne possédait pas, aussi. La vie de Ti'Boo paraissait si exotique comparée à la sienne !

Les roues à aubes qui fouettaient l'eau ralentirent tandis qu'un des ponts flottants, tirés d'une rive à l'autre par un câble, passait devant eux. Aurore aperçut un nouveau groupe de maisons aux porches blanchis à la chaux ou peints de tons pastel fanés. Sur le quai, des gens agitaient les bras.

— Côte Boudreaux, annonça le capitaine, qui l'avait rejointe. On dirait que vous y avez des amis.

A son tour, Aurore fit signe à son petit comité d'accueil. Si le groupe était trop éloigné pour qu'elle puisse distinguer les visages, elle supposait que la jeune femme vêtue de bleu, au premier rang, devait être Ti'Boo.

Ti'Boo... Une émotion intense s'empara d'Aurore, qui eut l'impression qu'une boule s'était formée dans sa gorge. Elle ne pourrait jamais voir son amie ni même recevoir une lettre d'elle sans se souvenir de cette nuit d'octobre, douze ans auparavant, au cours de laquelle l'oncle de Ti'Boo était venu les chercher pour les emmener dans sa maison abritée par des chênes séculaires.

Le battement des roues à aubes cessa peu à peu, et le vapeur dériva vers le quai, poussé par le courant. A présent, Aurore voyait le visage de Ti'Boo, encadré par un garde-soleil, le traditionnel bonnet de cotonnade qu'elle portait.

— Ro-Ro ! appela Ti'Boo.

Aurore s'approcha du bastingage et attendit avec impatience de pouvoir débarquer. L'instant d'après, elle était dans les bras de Ti'Boo.

— Tu ne peux pas être plus grande que moi ! s'exclama celle-ci en la repoussant pour mieux l'observer. C'est impossible !

Curieuse du moindre détail, Aurore observa son amie. Ti'Boo avait plusieurs centimètres de moins qu'elle. Et si elle avait perdu ses rondeurs, elle possédait une silhouette délicieusement féminine. Son teint était aussi doux et rose que lorsqu'elle était enfant.

— Tu es très élégante. Très chic, dit Ti'Boo en hochant la tête, visiblement impressionnée.

Pour le voyage, Aurore avait choisi son ensemble en lin le plus simple, bordé d'un galon très sobre. Elle portait un chapeau de marin en paille, avec de longs rubans qui flottaient derrière elle. Mais rien de ce qu'elle portait ne pouvait être comparé à la simplicité de la robe de cotonnade de Ti'Boo.

— Trop chic, affirma-t-elle s'éventant avec sa main. Et tellement peu confortable.

— Moi, en tout cas, je te trouve très belle.

L'espace d'un instant, Aurore se sentit aussi intimidée que lorsqu'elle était petite fille. Puis Ti'Boo la prit par la main et l'entraîna vers les gens rassemblés au bord du quai.

— Viens que je te présente ma famille. Il y a tant à faire pour préparer le mariage qu'ils n'ont pas pu venir tous t'accueillir. Moi-même, je travaillais dans le jardin lorsqu'on m'a dit que le bateau était en vue.

Très vite, Aurore se retrouva entourée de toute part. Elle fut présentée au père de Ti'Boo, Valcour, à quatre de ses frères les plus jeunes et à une de ses sœurs, Minette, qui était tout le portrait de son aînée en plus grande et plus mince.

Valcour ordonna aux garçons de monter à bord du bateau afin d'aller chercher la malle et les bagages d'Aurore. Cette dernière, que Ti'Boo avait prise sans façon par le bras, adressa un signe d'au revoir au capitaine et à son épouse, qui l'avait rejoint sur le pont.

Une route de terre battue longeait la berge. De l'autre côté se trouvaient des maisons très rapprochées les unes des autres. Des chiens sommeillaient à l'ombre, qui levèrent paresseusement la tête au passage des jeunes femmes.

Ti'Boo s'arrêta à chacune des maisons, fière de présenter Aurore à ses cousins, tantes et oncles, parrain et marraine, et à de simples voisins dont la place dans la famille Boudreaux semblait aussi fermement établie que celle de parents véritables. Après qu'elle eut été examinée par tous ces gens, il fut clair pour Aurore qu'elle était la bienvenue.

Sa visite suscitait une effervescence à peine croyable

et des commentaires sans fin. Aurore était une femme de la ville, une créole de La Nouvelle-Orléans qui avait tout spécialement fait le voyage pour assister au mariage d'une amie. Ce geste signifiait qu'elle devait être bien différente de ceux de sa classe. Qui, parmi les gens du bayou, avait déjà entendu parler d'une femme comme elle capable d'entreprendre un aussi long périple, sans même une amie ou une parente pour veiller sur elle ? Pour mériter pareil prodige, Ti'Boo devait être une amie très chère.

— Mon père ignore que je suis ici, avoua Aurore à Ti'Boo lorsqu'elles furent un peu à l'écart des maisons.

Le comité d'accueil s'était à présent dispersé. Seules quelques petites filles, pieds nus, en robe et bonnet de cotonnade, les suivaient en gloussant, quelques mètres en arrière.

— Sera-t-il en colère lorsqu'il découvrira que tu es partie ?

— J'espère qu'il n'en saura jamais rien.

Aurore lia ses doigts à ceux de Ti'Boo. Les mains de son amie étaient rugueuses, témoins des heures qu'elle passait à frotter le linge et à biner le potager.

— Mais quand bien même il s'en apercevrait..., ajouta-t-elle, ponctuant sa phrase d'un haussement d'épaules. Il n'a pas d'autre enfant que moi et nul espoir d'en avoir d'autre. Quoi que je fasse, c'est avant tout son seul espoir de postérité qu'il voit lorsqu'il me regarde.

— Ce n'est pas une façon de parler de ton papa, remarqua Ti'Boo.

Il n'y avait aucun reproche dans ses paroles. Elle semblait juste désolée qu'Aurore ait à dire ces choses — qui n'étaient que trop vraies, malheureusement.

— Pendant que je suis ici, déclara Aurore avec entrain,

faisons comme si je n'avais pas de père. Faisons comme si j'étais ta…

Elle chercha une idée séduisante et proposa :

— … ta sœur.

— Une sœur ? Je n'en ai déjà que trop ! Que dirais-tu d'une cousine, plutôt ? Une cousine de La Nouvelle-Orléans ?

— D'accord. Va pour la cousine !

Aurore sourit.

— Ta cousine bien-aimée, précisa-t-elle. Alors, cousine, quand me présentes-tu Jules Guilbeau ?

Ti'Boo la tira brusquement de côté au passage d'un chariot tiré par deux robustes chevaux.

— Il vient nous rendre visite ce soir. Tu le verras, alors.

— Est-il beau ? Vraiment beau ?

— Beau ? Oh ! oui, très. Il n'a que quelques petits défauts. Une jambe plus courte que l'autre, ce qui l'oblige à marcher avec une canne. Il n'a pas de dents, mais a promis de s'en faire faire pour le mariage. Et comme ses cheveux sont trop longs, derrière, il les noue sur le sommet de sa tête pour dissimuler sa calvitie.

— Ti'Boo ! protesta Aurore.

Son amie se mit à rire et lui pressa la main.

— Tu verras par toi-même, ma chère.

— C'est le vieillard le plus beau du village, lança Minette, qui se tenait à leur côté.

Ti'Boo lui donna une tape.

— Il n'est pas vieux, et l'âge lui donne du piment. Les jeunes blancs-becs qui te font la cour sont comme du *gumbo* sans sel ni poivre.

— Ceux qui me font la cour sont tellement nombreux qu'on ne peut plus les compter ! répliqua Minette.

Aurore écouta les deux sœurs se chamailler tandis

qu'elles approchaient de la maison des Boudreaux. Bien qu'on soit en automne et que l'après-midi se termine, le soleil lui brûlait les épaules et le cou à travers l'étoffe de sa robe. La poussière soulevée par le chariot qui venait de passer se mêlait à la vapeur montant des marais et du bayou, et lui piquait la gorge. Cette marche, pourtant courte, la fatiguait déjà.

— Qui conduit le chariot, Ti'Boo ? s'enquit Minette à voix basse.

Jetant un coup d'œil vers le chariot, Aurore constata qu'il s'était arrêté un peu plus loin, devant la maison qui se trouvait juste après celle de Ti'Boo. Un jeune homme sauta à terre et attacha les chevaux à un piquet de la barrière. Un homme plus âgé le suivait, d'un pas moins allègre.

Le chariot était chargé de bois, de planches grossièrement coupées qui semblaient venir tout droit de la scierie. Le jeune homme en hissa plusieurs sur son épaule et les fit glisser du chariot. L'homme plus âgé s'empara des extrémités, derrière lui, et ils entrèrent dans la cour.

— C'est Etienne Terrebonne, dit Ti'Boo. Et son père Faustin. Faustin a une scierie dans les marais, expliqua-t-elle à l'intention d'Aurore. Etienne est son seul enfant.

— C'est Etienne ? demanda Minette avec une évidente surprise. Tu en es bien sûr ?

— Certaine. Lorsque tu l'as vu pour la dernière fois, tu jouais encore à cache-cache sur les levées avec tes camarades. Tu ne t'intéressais pas aux garçons.

Minette leva les yeux au ciel.

— Est-il possible qu'une telle époque ait existé ?

Aurore et Ti'Boo se mirent à rire. Si Aurore avait pu craindre un instant que ce voyage dans le bayou ne vaille pas la peine d'encourir les foudres paternelles, elle était à présent tout à fait rassurée. Elle était partie pour bien s'amuser.

Son rire s'étrangla dans sa gorge lorsque Faustin Terrebonne trébucha. Les planches qu'il soutenait heurtèrent une grosse branche de l'arbre qui se trouvait au milieu de la cour. La seconde d'après, l'air s'emplit soudain d'un bourdonnement furieux.

— Un essaim de frelons ! s'exclama Ti'Boo. Regardez, il a dérangé un essaim de frelons.

Aurore évalua la distance alors que, déjà, les gros insectes attaquaient leurs plus proches victimes. Faustin sautait d'un pied sur l'autre, agitant les bras et jurant. Etienne, attaqué lui aussi, attrapa la main de son père, comme pour l'entraîner loin de là.

Les événements s'enchaînèrent ensuite comme dans un mauvais rêve. L'un des chevaux se cabra quand les frelons s'en prirent à lui. Son compagnon, affolé, cherchait à fuir. Dans leur détresse, ils finirent par arracher le piquet du sol, l'entraînant derrière eux avec un morceau de barrière qui se mit à claquer contre les roues du chariot alors que les deux bêtes dévalaient la route, fonçant tout droit sur Aurore et les autres.

— Vite, écartons-nous !

D'instinct, Aurore sauta sur le côté, entraînant Ti'Boo avec elle. Derrière elles, Minette et les deux petites filles qui les suivaient n'avaient pas bougé de la route, pétrifiées par la vision des chevaux lancés au galop.

— Minette !

Ti'Boo s'élançait déjà vers elle lorsque Minette, soudain consciente du danger, se jeta sur le côté. Elle heurta Aurore qui courait déjà vers les petites filles en criant. L'espace d'un instant, elles se gênèrent mutuellement jusqu'à ce qu'Aurore parvienne à se dégager et bondisse en direction des deux fillettes, qui hurlaient à pleins poumons.

Derrière elle, Aurore entendit d'autres cris, le martèlement du piquet contre les roues du chariot, le souffle rauque des chevaux, le claquement de leurs sabots sur la terre battue de la route. Elle se dit qu'elle n'arriverait jamais à temps. Incapables de faire le moindre mouvement, terrifiées, les petites filles semblaient rivées au sol.

Aurore attendait presque l'instant où elle serait piétinée par les chevaux. Pourtant, elle ne voulait pas perdre une précieuse seconde pour se retourner et voir à quelle distance se trouvaient les deux bêtes. Elle accéléra encore son allure, gênée dans ses mouvements par sa jupe longue.

Elle entendit un cri. L'air, derrière elle, sembla soudain s'épaissir, chargé de l'odeur forte et du souffle des chevaux. Elle plongea vers les deux fillettes, les bras grands ouverts et, les arrachant à la route, roula avec elles dans le fossé. Alors, seulement, elle trouva le temps de crier.

Elle haletait, cherchait à recouvrer son souffle, lorsque deux bras l'encerclèrent.

— Ro-Ro, ça va ?

Oui, ça allait. Aurore ignorait pourquoi, comment pareil prodige avait pu survenir, mais tout allait bien. Et les deux petites filles qui sanglotaient dans le fossé à côté d'elle étaient saines et sauves.

Se redressant, elle jeta un coup d'œil vers la route. Etienne Terrebonne était suspendu, telle une ancre, au harnais des chevaux. Et tandis qu'Aurore se relevait, les bêtes se calmèrent, rassurées par les paroles que leur marmonnait leur maître à l'oreille.

— Etienne les a arrêtés, expliqua Ti'Boo. Je n'ai jamais vu quelqu'un courir aussi vite. A part toi, peut-être.

Une femme arrivait au pas de course, son grand tablier blanc flottant autour d'elle. Elle saisit l'une des petites filles et l'embrassa sur les joues et le front avant de la mettre sur ses pieds et de la secouer. Une autre femme apparut, qui agit de même avec la seconde fillette. Puis, après que l'on eut raconté plusieurs fois l'histoire, remercié abondamment Aurore et Etienne, qui tenait toujours les chevaux d'une main ferme, les deux mères s'éloignèrent, traînant derrière elles leur progéniture.

Aurore épousseta sa robe et récupéra son chapeau qui avait roulé dans le fossé. Ses mains tremblaient. Alors qu'elle était arrivée depuis quelques minutes à peine dans le village, elle était déjà une héroïne. Autour d'elle, on commentait son acte en l'enjolivant peu à peu et en lui conférant une dimension épique.

Etienne se tourna vers elle. Son front luisait de sueur, et une marque rouge, sur sa joue, témoignait de sa rencontre malencontreuse avec les frelons.

— Tout va bien ? demanda-t-il.

— Très bien, merci. Et vous ?

Il sourit, comme s'il trouvait la question amusante. La blancheur de ses dents offrait un contraste saisissant avec sa peau hâlée ; dans ses yeux sombres flottait une lueur amusée.

— Un cheval qui s'emballe, ce n'est rien ici. Deux chevaux ? Deux fois rien.

Sa voix était rauque, profonde. Et infiniment troublante.

— Ici ou ailleurs, les arrêter comme vous l'avez fait, au péril de votre vie, n'est pas rien. Je ne sais pas si j'aurais pu les éviter, sans vous.

— Il aurait été dommage qu'une aussi jolie jeune femme se fasse écraser.

Ti'Boo s'avança.

— Etienne, les présentations n'ont pas été faites ! lui fit-elle remarquer sur le ton de la réprimande.

Aussitôt, sans façons, Aurore tendit la main.

— Je suis Aurore Le Danois, de La Nouvelle-Orléans.

Elle attendit et vit Etienne hésiter un bref instant. Elle pensa qu'ayant les mains sales, il n'osait peut-être pas serrer la sienne.

— Etienne Terrebonne, dit-il en lui prenant la main, très brièvement. Vous êtes de La Nouvelle-Orléans ?

— Je suis venue pour le mariage de Ti'Boo.

— Elles se connaissent depuis l'enfance, intervint Minette. Nous ne nous connaissons pas, je crois ?

Etienne se tourna vers elle.

— Je ne pense pas.

Il s'inclina rapidement, d'une manière un peu démodée.

Un flot d'imprécations, proférées en français, coupa court à toute conversation. Faustin, maugréant et boitant, les rejoignit. Son fils, grand et mince, ne lui ressemblait pas du tout. C'était un homme petit, trapu, courbé par des années de dur labeur.

— Ces maudits frelons se sont calmés. Finissons de décharger le bois que je puisse repartir, Etienne.

Celui-ci fronça les sourcils. Des doigts, il effleura une série de marques rouges dans le cou de son père, qui écarta sa main d'un geste brusque.

— Viens, terminons-en avec notre travail.

Etienne s'inclina de nouveau, saluant ainsi les trois jeunes femmes, puis il fit faire demi-tour aux chevaux. Aurore, Ti'Boo et Minette s'écartèrent de la route pour laisser passer le chariot et observèrent les deux hommes tandis qu'ils remettaient en place le pilier et la barrière.

— Redescends vite sur terre, murmura Ti'Boo à sa sœur. Maman ne te laissera jamais fréquenter un homme de la pointe du Bayou Lafourche, et surtout pas Etienne. Son père et lui vivent seuls et ils ne possèdent pas grand-chose.

— Il vaudrait presque la peine d'aller vivre dans les marais, répondit Minette, l'air rêveur.

Aurore ne savait que très vaguement ce qu'étaient les marais et le genre de pauvreté auquel Ti'Boo faisait allusion. Pourtant, elle songea que Minette n'avait pas complètement tort.

A dix-sept ans, Aurore était déjà très courtisée par les jeunes gens de La Nouvelle-Orléans. Elle alliait la pureté du sang créole à une fortune plus qu'appréciable, ce qui lui valait d'attirer à la fois la noblesse désargentée de La Nouvelle-Orléans et les opportunistes américains.

Mais jamais encore elle n'avait rencontré un homme comme Etienne Terrebonne.

11

Jules Guilbeau possédait une dentition bien à lui et une épaisse chevelure agrémentée de beaux reflets argentés. Il était large d'épaules, svelte, et lorsque Ti'Boo se trouvait dans la même pièce que lui, ses yeux sombres ne la quittaient pas un instant. Depuis son arrivée, Aurore avait entendu dire à maintes reprises que la première épouse de Jules était une femme maladive, toujours en train de se plaindre et qui comptait sur la bonne volonté de sa mère et de ses sœurs pour l'aider à tenir son ménage et s'occuper de ses enfants. De façon unanime, on s'accordait pour reconnaître que Ti'Boo conviendrait nettement mieux à un homme comme Jules, digne de dévouement et de sacrifice.

Aurore n'avait jamais très bien saisi ce que recouvraient ces notions de dévouement et de sacrifice. Mais aujourd'hui, alors qu'on s'apprêtait à célébrer le mariage de Ti'Boo, elle le comprenait mieux. La vie au Bayou Lafourche était plus difficile qu'elle ne l'avait imaginé. Même le plus jeune des enfants Boudreaux savait combien son travail était important pour la survie de la famille.

En tant qu'invitée d'honneur, Aurore n'était nullement tenue de s'intégrer à l'organisation rigoureuse de la famille Boudreaux. Mais Clothilde, la mère de Ti'Boo, une femme intelligente et sensible, avait deviné le besoin qu'éprouvait Aurore d'avoir sa place. Aussi lui avait-elle trouvé toutes sortes de tâches à accomplir, des petits travaux qui ne demandaient que peu de compétences autres que celles qu'Aurore possédait déjà.

On avait ainsi eu largement recours à ses travaux d'aiguille. Elle avait cousu des boutons, fait des ourlets, brodé des petites roses sur une chemise de nuit destinée au trousseau de Ti'Boo et des initiales sur une demi-douzaine de mouchoirs. Ti'Boo, dont les talents de couturière étaient remarquables, avait confectionné elle-même sa robe de mariée — une robe de soie ivoire, avec un empiècement de dentelle festonnée, réalisée à partir du tissu qu'avait envoyé Aurore, quelques semaines auparavant, comme présent pour la future mariée. Tout en bavardant gaiement, les deux amies avaient pu ajuster la robe et la reprendre jusqu'à ce qu'elle soit parfaite.

Aurore avait également participé aux préparatifs de la grande fête, qui devait réunir des dizaines d'invités. Tous les matins, des femmes venaient apporter leur aide, si nombreuses qu'Aurore, à l'issue de la première journée, avait renoncé à retenir tous les prénoms. Elle cassait des noix et les hachait sous le porche en compagnie de femmes aux cheveux noirs et aux yeux sombres qui, très vite, s'étaient habituées à la nouveauté de sa présence. Elles gloussaient invariablement lorsque Aurore faisait la grimace en entendant les cris perçants poussés par les animaux qu'on tuait derrière la maison.

C'étaient les hommes qui se chargeaient de cette tâche. Après avoir abattu les bêtes, ils préparaient la viande en plaisantant et en se racontant leurs exploits respectifs. Le café noir, confectionné à partir de grains grillés et moulus par Clothilde, coulait généreusement, remplacé dès la nuit tombée par le whisky local.

Au matin du grand jour, la fièvre atteignit son paroxysme. Dehors, avec l'aide de ses fils, Valcour fit rôtir une douzaine de cochons de lait. Dans la cuisine, à l'arrière de la maison, Clothilde supervisait le travail de son équipe, formée pour l'occasion. Par deux fois, Aurore vint jeter un coup d'œil pour voir où en étaient les préparatifs. Dans des barriques d'eau froide, elle découvrit des kilos de crevettes, de crabes et d'écrevisses qu'on ferait bouillir avec du piment et des herbes. Un *jambalaya* bien relevé, mélange odorant de riz, de légumes et de saucisse, cuisait lentement dans de grandes poêles. Quant au *gumbo* de canard, confectionné d'après une recette jalousement gardée par Clothilde, il mijotait dans une énorme cocotte en fonte en répandant alentour un fumet délicieux.

La chambre des filles, minuscule et déjà surpeuplée en temps normal, disparaissait sous un flot de robes colorées. Il y régnait un brouhaha insensé.

— Es-tu certaine de n'avoir cassé aucun fil lorsque tu as cousu la robe de mariée ? demanda Minette à Aurore. Tout à fait certaine ?

— Eh bien… oui, je crois.

De la main, Aurore écarta une petite cousine qui s'approchait d'un peu trop près de la robe.

— Et tu n'as fait aucun nœud dans le fil ?

— La robe est superbe, parfaite, et Ti'Boo sera la plus belle mariée qu'on ait jamais vue. Mais pourquoi ces questions ? demanda Aurore, surprise.

Toutes les filles gloussèrent en chœur.

— Tu ne sais pas ? demanda Minette.

Aurore se laissa tomber sur le lit le plus proche, un

simple matelas rempli de mousse, les jambes repliées sous elle.

— Non, je ne sais pas. Je t'écoute.

— Si le fil d'une robe de mariée se casse, cela veut dire que le mariage se terminera dans le chagrin. S'il y a un nœud, cela présage des problèmes.

— Dans ce cas, je puis t'assurer que ce mariage sera un mariage heureux.

— Le mien aussi le sera, affirma Minette. J'ai déjà un prétendant sérieux. Tu le savais ?

— Déjà ?

— C'est que j'ai presque seize ans ! Maman s'est mariée à seize ans. Et mémère à quinze ans.

— Tu veux vraiment épouser ton prétendant ?

— Pas du tout ! Après ses visites, je me dépêche de balayer la maison. Pour balayer son amour.

Aurore réprima un sourire.

— Et ça marche ? demanda-t-elle.

— Oui, je pense. Il vient moins souvent.

— Il vient moins souvent, intervint Ti'Boo en entrant dans la pièce pour en chasser tous les enfants, parce que tu es très impolie avec lui.

— C'est vrai ! convint Minette en riant.

— Tu aimes un autre homme ? interrogea Aurore. Est-ce pour cela que tu te conduis ainsi avec lui ?

— J'ai vu le visage de mon futur mari dans notre puits. Maintenant, je n'ai plus qu'à attendre qu'il me fasse la cour.

— Dans le puits ?

Minette considéra Aurore avec surprise.

— Que vous apprend-on donc, à La Nouvelle-Orléans ? demanda-t-elle. Rien de ce qui est important, j'ai l'impression !

— Si tu regardes dans un puits à midi et que tu as

de la chance, expliqua Ti'Boo, tu verras le visage de celui qui t'est destiné.

— Et tu l'as vu, toi ?

— Moi, je n'ai rien vu. Et quand j'ai voulu me pencher pour mieux voir, j'ai failli tomber.

— Il est presque midi ! s'exclama Minette en frappant des mains. Il faut qu'Aurore essaie.

— Mais je ne veux pas me marier ! protesta Aurore.

Le silence se fit brusquement, fait extraordinaire chez les Boudreaux.

Aurore ne savait trop comment s'expliquer. Elle n'avait jamais vu un mariage heureux, sauf peut-être ici. Les parents de Ti'Boo étaient des gens pauvres et, malgré la santé précaire de Clothilde, ils travaillaient tous deux sans cesse. Mais ils se disputaient rarement et se mettaient tout aussi rarement en colère contre leurs enfants. Et lorsqu'ils avaient quelques instants de liberté, sans obligation d'aucune sorte, c'était pour les passer ensemble. Aurore les avait vus se prendre la main. Elle avait entendu leurs murmures satisfaits, tard dans la nuit.

A l'opposé, il y avait le mariage de ses parents. Lequel avait cessé de ressembler à un mariage depuis fort longtemps.

— Je ne vois pas le mariage comme vous, déclara-t-elle pour se justifier. Regardez plutôt ce qu'il a apporté à ma mère.

Ti'Boo s'assit sur le lit, à côté d'elle, et prit sa main.

— Je n'osais pas te demander de ses nouvelles. Mme Le Danois va-t-elle mieux ?

D'abord tentée de mentir, Aurore songea que la

vérité était un fardeau plus facile à porter quand on la partageait.

— On m'a permis de la voir, il y a six mois de cela. Elle était assise à la fenêtre de sa chambre et murmurait des listes de prénoms, comme une future maman en train de choisir celui de son bébé. Des prénoms de garçon, bien entendu.

Tendrement, Ti'Boo pressa la main d'Aurore.

— Et tu penses que c'est à cause de son mariage qu'elle est ainsi ?

— Elle a tant fait pour plaire à mon père et au sien ! avoua Aurore avec un soupir. Je ne crois pas qu'elle se soit jamais demandé ce qu'elle voulait, elle, sauf peut-être au cours de ce terrible ouragan. Après cette horrible nuit, elle s'est toujours reproché la mort de grand-père. Son prénom revient sans arrêt dans la liste qu'elle récite.

— Mais elle l'a supplié de quitter le Krantz Palace !

— Oui, je sais. Je m'en souviens.

Aurore caressa la main de Ti'Boo. Elle se souvenait aussi du hurlement sinistre et ininterrompu du vent, de la fausse couche dont sa mère avait été victime cette nuit-là, de leur détresse lorsqu'elles avaient appris que le grand-père d'Aurore était mort, écrasé sous les décombres de cette maison qu'il croyait si sûre.

— Je ne suis pas venue à Côte Boudreaux pour te dissuader de te marier, reprit Aurore. Mais je n'ai quant à moi nul espoir de me marier un jour par amour. Comment saurais-je si c'est moi qu'on veut, et non pas ma fortune ou mon nom ?

Il y avait une autre éventualité, qu'Aurore craignait d'énoncer à voix haute. Et si elle se retrouvait par erreur mariée à un homme comme son père, un homme qui considérait les femmes comme des objets décoratifs ou des juments poulinières ? Et si elle finissait sa vie enfermée dans une chambre d'hôpital, à répéter sans cesse les prénoms de bébés qu'elle avait été incapable de mettre au monde ?

— Parce que tu crois que je me marie par amour ? interrogea Ti'Boo. Je me marie avec Jules afin de m'occuper de ses enfants et en avoir à mon tour. Je l'épouse afin d'avoir une maison qui m'appartienne.

— Tu l'épouses pour avoir un homme dans ton lit, intervint Minette. Et parce qu'il te fait rire.

— Tais-toi donc ! Tu es trop jeune pour parler de ces choses !

— L'aimes-tu, Ti'Boo ? demanda Aurore.

— Je crois qu'il ne me déplaira pas de vieillir à ses côtés.

Minette leva les yeux au ciel.

— Il vieillira avant toi.

— Et toi, tu risques de ne jamais vieillir si tu continues à être aussi insolente ! s'exclama Ti'Boo en se levant d'un bond. En voilà assez !

Prise dans un véritable tourbillon, Aurore n'eut pas le loisir de repenser à cette conversation durant la journée. Elle passa le reste de la matinée sous le porche, à aider la *nainaine* de Ti'Boo, en pleurs, à mettre la dernière touche aux traditionnelles fleurs en papier destinées à l'église. En début d'après-midi, après maintes discussions, Aurore se vit confier la tâche de coiffer Ti'Boo. On s'était accordé pour reconnaître qu'elle seule connaissait les dernières modes et possédait assez de goût pour faire de Ti'Boo la plus belle des mariées.

Alors que celle-ci s'était installée sur une chaise, Aurore brossa la masse de ses boucles soyeuses, brillantes et douces après le rinçage à l'eau de pluie effectué la veille.

Puis elle partagea les cheveux en deux, les rabattit vers l'avant avant de les rouler en arrière jusqu'au sommet de la tête et de les nouer en un chignon parfait. Avec précaution, elle ôta quelques petites mèches et les frisa en les enroulant autour de son doigt.

— Jules est un homme bon, déclara soudain Ti'Boo, comme si la conversation de la matinée n'avait pas été interrompue. Je veux des enfants à moi et j'aime déjà les siens.

— Ils auront beaucoup de chance de t'avoir comme maman.

— Tu ne veux pas d'enfants, Ro-Ro ?

Aurore en voulait. Mais elle redoutait la terrible alternative à laquelle elle risquait d'être confrontée : un mariage sans amour et des enfants qu'elle aimerait beaucoup, ou pas de mariage et pas d'enfants du tout. Elle livra alors à Ti'Boo une confidence qu'elle n'avait encore jamais faite à personne.

— Je ne sais pas ce qu'il adviendra de moi, mais si un jour j'ai des enfants, je serai comme *ta* mère, pas comme la mienne. Je leur donnerai ma vie. Je ne laisserai rien nous séparer. Ni la maladie ni le malheur. Rien. Jamais.

Ti'Boo prit la main d'Aurore et la posa contre sa joue.

— Tu seras une très bonne mère, j'en suis certaine.

Alors que le jour commençait de décliner, Clothilde arriva pour annoncer à Ti'Boo qu'il était temps pour elle de s'habiller. Comme la *nainaine* de Ti'Boo, Clothilde pleurait, et ainsi que l'avaient fait d'autres mères acadiennes avant elle, elle menaça de ne pas assister au mariage tant ce serait un triste spectacle…

Clothilde menaça mais, à la fin, elle enfila sa plus belle robe et grimpa dans la voiture à chevaux. Ti'Boo, resplendissante dans sa robe de mariée, s'installa entre ses parents, et ils prirent la tête du long cortège qui s'ébranla en direction de l'église. Aurore, vêtue de batiste vert pâle et coiffée d'un chapeau orné de plumes discrètes, était accompagnée d'une tante et d'un oncle Boudreaux.

La petite église, éclairée par les derniers rayons du soleil, était baignée d'une lumière douce. Bien que les fleurs véritables soient considérées comme une preuve de vanité, on avait ajouté aux fleurs en papier de magnifiques bouquets cueillis dans les jardins des uns et des autres. Bientôt, Ti'Boo s'avança dans l'allée centrale, accueillie par les sourires ou les sanglots de ceux qui l'aimaient. Pour sa part, émue, Aurore ne put retenir quelques larmes.

Des larmes qui furent oubliées dès la fin de la cérémonie. Ti'Boo et Jules, fort élégant dans son costume noir, rejoignirent la voiture et prirent la tête de la course folle qui marqua le retour à la maison. Dignes et réservés jusque-là, les hommes des deux familles se mirent à tirer en tous sens avec leurs fusils.

A la maison, les meubles qui n'étaient pas indispensables avaient été poussés contre les murs afin de libérer de la place pour le traditionnel bal de mariage qui aurait lieu plus tard dans la soirée. On avait installé les tables sous les arbres, et les matrones s'étaient disposées en ligne afin de servir les invités.

Au cours de la journée, on avait fait goûter à Aurore toutes sortes de spécialités qui avaient eu raison de son appétit. Elle n'avait pas faim. Elle sortit sous le porche, attirée par les accents mélancoliques d'un violon.

Ainsi qu'elle l'avait dit à son père, les Boudreaux s'étaient montrés aussi stricts avec elle qu'avec leurs propres filles. On l'avait surveillée, préservée de tout comportement compromettant. Sa vertu était sauve et, sitôt de retour à La Nouvelle-Orléans, elle reprendrait sa vie de débutante. En apparence, rien n'aurait changé.

Pourtant, Aurore avait changé. Les jours passés chez Ti'Boo avaient fait resurgir le souvenir d'étés passés au bord du golfe, lorsqu'elle était enfant, d'après-midi au Krantz Palace, durant lesquels sa mère, assise sur la terrasse, la regardait s'amuser avec les autres enfants. Aurore se rappelait combien il était bon d'être aimée, désirée et d'appartenir à une communauté de gens où l'on s'inquiétait de votre bonheur.

En cet instant, nul ne prêtait attention à elle. Clothilde s'affairait, veillant au moindre détail, et les tantes de Ti'Boo étaient occupées à servir leurs invités. Soulevant sa jupe d'une main et tenant son chapeau de l'autre, Aurore traversa la route bordée de voitures et se mit à marcher le long de la berge.

Des oies traversaient le ciel sombre du crépuscule et, de l'autre côté du bayou, un héron frôlait l'eau en quête d'un poisson pour son dernier repas de la journée. Dans le lointain, Aurore entendit la sirène d'un vapeur. Ce soir, Ti'Boo et son mari passeraient leur première nuit chez une tante et, demain, ils iraient porter des fleurs en papier sur les tombes de leurs défunts les plus proches avant de gagner la maison de Jules. Aurore, elle, reprendrait le chemin de La Nouvelle-Orléans.

Plongée dans ses pensées, elle ne vit qu'au dernier moment la silhouette qui se tenait sur la grève.

— Mam'selle Le Danois.

L'homme ôta son chapeau de paille et lui fit une brève révérence. Aurore reconnut Etienne Terrebonne. Jetant un coup d'œil derrière elle, elle constata qu'elle s'était beaucoup éloignée.

— Clothilde va être furieuse si elle s'aperçoit que je suis partie aussi loin toute seule, observa-t-elle.

— Vous n'êtes plus seule à présent.

— A mon avis, elle serait encore plus furieuse de me savoir en compagnie d'un garçon.

— Alors, mieux vaut regagner au plus vite la maison.

Aurore se mit à rire.

— Je ne crains rien. Elle est très occupée pour le moment. Ti'Boo se marie aujourd'hui. Le saviez-vous ?

— Je serai au bal, ce soir. Leurs voisins m'hébergent pour la nuit. Je construis une nouvelle pièce chez eux.

— Vous êtes charpentier ?

— Oui. Et trappeur, pêcheur, ramasseur de mousse. Et acadien. Savez-vous ce que cela signifie ?

— Que vous travaillez beaucoup.

Aurore croisa les bras et demeura au côté d'Etienne, fixant le bayou. Un étrange sentiment l'assaillait. Malgré les différences évidentes qui les séparaient, elle percevait confusément une certaine familiarité entre elle et Etienne. Elle avait ainsi la certitude qu'il savait ce que désirer ce qu'on n'a jamais eu signifiait… Aussitôt, elle s'étonna de ses propres pensées. Etienne n'était qu'un étranger, qu'elle ne reverrait plus jamais.

— Votre vie à La Nouvelle-Orléans doit être très différente de celle qu'on mène ici, remarqua-t-il.

— En comparaison, elle est bien ennuyeuse. Beaucoup plus guindée. Là-bas, on attend à la fois davantage et moins de vous.

— Et vous n'avez pas toujours envie de faire ce qu'on attend de vous, c'est cela ?

— En effet. Aujourd'hui, par exemple, je ne devrais pas être ici, mais chez moi. Si mon père venait à apprendre que je suis venue assister au mariage de Ti'Boo…

— Votre père n'approuvait-il pas votre venue ?

— Il y a peu de chose chez moi qu'il approuve.

— Nous avons cela en commun.

Aurore se tourna vers Etienne.

— Vraiment ? Mais vous travaillez avec votre père, pourtant ?

— Faustin Terrebonne n'est pas mon père. Pas vraiment.

Le profil d'Etienne se détachait, fier et volontaire, sur le ciel zébré d'orange. Aurore admira la ligne légèrement courbe du nez, le dessin ferme et sensuel de la bouche. Ses cheveux noirs et bouclés, coiffés en arrière, soulignaient le port altier de sa tête.

— Qui est votre père, alors ?

— Mon véritable nom est Etienne Lafont. Je suis né à Caminadaville, à Chénière Caminada. Vous connaissez ?

Aurore sentit son pouls s'accélérer. La coïncidence était extraordinaire.

— Mieux que vous ne l'imaginez. J'étais à Grand Isle lorsque l'ouragan qui a détruit La Chénière a frappé la côte.

— Grand Isle n'a pas été touchée avec la même violence.

Elle réagit aussitôt. Elle ne pouvait laisser évoquer avec tant de légèreté ce qu'elle avait vécu.

— Sans doute. Mais si l'oncle de Ti'Boo n'était pas venu nous chercher, ma mère et moi, pour nous mettre à l'abri chez lui, je ne serais pas là à vous parler.

— Près d'un millier de personnes ont trouvé la mort à La Chénière, expliqua Etienne, le regard perdu au loin. Toute ma famille a été tuée. J'ai été emporté par la vague qui a détruit notre maison et projeté contre la coque d'un bateau. J'y suis resté cramponné jusqu'à ce que le plus gros de la tempête soit passé. Ensuite, par miracle, je suis parvenu à me hisser à bord du bateau avant de m'évanouir. Lorsque j'ai repris connaissance, je me trouvais dans une hutte, au milieu des marais dans lesquels le bateau avait été rejeté. Faustin avait porté secours à tous les survivants. Il m'a trouvé quatre jours après la fin de l'ouragan.

— Dieu vous a épargné, commenta Aurore. Il devait avoir une raison, Etienne.

— C'est ce que Zelma, la femme de Faustin, disait toujours. J'ai été pris de fièvre avant d'avoir eu le temps de me remettre et je suis resté plusieurs semaines entre la vie et la mort. Lorsque j'ai repris mes esprits, j'ai appris que j'étais orphelin. Zelma jurait que le destin lui avait apporté cet enfant parce qu'elle ne pouvait pas en avoir. Elle m'a soigné, remis sur pied. Elle a été comme une seconde mère pour moi.

— Vous en parlez au passé. Est-elle…

— Elle est morte à Pâques.

Un violent frisson parcourut Aurore, qui ferma les bras autour de sa poitrine. Il lui semblait que l'horreur qu'Etienne et elle avaient partagée créait un lien entre eux.

— Mais Faustin n'est-il pas un père, pour vous ?

— C'est un vieil homme. Sa vie n'a été qu'amères désillusions. Votre père est-il déçu par la vie, lui aussi ? Ou est-il seulement strict et vieux jeu ?

— Mon père a tout, mais rien de ce qu'il désirait. Il a lui aussi failli périr dans l'ouragan, vous savez. Il était en mer lorsque la tempête s'est levée, et il a trouvé refuge à La Chénière, au presbytère. Il n'en parle jamais. Pourtant, aujourd'hui encore, lorsqu'il entend une cloche sonner, il devient d'une pâleur extrême.

Etienne gardait le silence. Aurore se tut elle aussi, songeant au passé.

— Il vaudrait mieux que je regagne la maison, dit-elle enfin.

— Me réserverez-vous une danse ?

— Oui, j'en serai ravie !

Alors qu'Aurore avait repris la direction de la maison, elle jeta un coup d'œil par-dessus son épaule, à mi-chemin. Etienne n'avait pas bougé et il fixait le bayou.

Aurore dîna, installée entre deux cousins de Ti'Boo qui firent en sorte qu'elle goûte de tout, au point qu'elle crut que les lacets de son corset allaient céder. Après le repas, le joueur de violon se tut, et tout le monde fit cercle autour d'un oncle de Valcour qui devait prononcer l'adresse aux mariés, un petit sermon sur la signification du mariage. S'il y eut quelques plaisanteries à propos de l'âge de Jules et le fait qu'il aurait pu lui-même se charger de l'adresse, nul ne semblait douter que Ti'Boo avait fait un excellent mariage.

La musique reprit. Cette fois, le violoniste fut rejoint par son frère et un troisième homme, qui jouait de l'accordéon. Si les violons étaient choses communes, la présence de cet accordéon était exceptionnelle.

A l'instar des jeunes filles bien éduquées de son milieu, Aurore connaissait parfaitement les classiques. Elle était capable de jouer certaines *Etudes* de Chopin et plus de la moitié des *Chants sans Paroles* de Mendelssohn sur le Steinway de son père, apporté par bateau de New York la semaine même où la tante Lydia avait décidé qu'Aurore devait commencer son éducation musicale. Ici, toutefois, la musique différait tout autant des classiques que des fanfares qui jouaient parfois devant les théâtres et les saloons de La Nouvelle-Orléans.

Les deux violonistes faisaient vibrer la corde sensible du public avec la même dextérité qu'ils faisaient vibrer les cordes de leurs instruments. Et l'accordéoniste, un bel aventurier au regard triste, chantait des complaintes françaises qui parlaient de siècles d'oppression, de bien-aimés laissés au pays et de familles à tout jamais séparées par l'exil des Acadiens chassés de la Nouvelle-Ecosse.

— Vous aimez nos chansons ?

Aurore se retourna et découvrit Etienne, qui se tenait derrière elle.

— J'espère qu'elles ne sont pas toutes aussi tristes, observa-t-elle.

— Pas toutes. Mais notre peuple a choisi de ne pas oublier les torts qui lui ont été faits.

Etienne était si grave qu'Aurore ne put s'empêcher de réagir.

— Pourquoi ? Quel bien cela peut-il vous apporter de demeurer ainsi liés au passé ?

— Le passé a fait de nous des hommes forts. Nous n'avions rien lorsque nous sommes arrivés dans les bayous et aujourd'hui, ils nous appartiennent. Les Allemands, les Espagnols, les Américains… tous sont venus pour se les approprier, les faire leurs, et c'est nous qui avons fait d'eux des Acadiens.

— Votre force vous vient donc du malheur ? Avec ce que vous avez vécu, vous devez être plus fort que beaucoup, Etienne.

— Plus fort ?

Il haussa les épaules.

— Je dirais plus déterminé…

— Déterminé à quoi ?

— A trouver ma place dans ce monde.

En silence, Aurore réfléchit à ce qu'il venait de dire. Sans doute le passé d'Etienne avait-il déterminé ce besoin qu'il avait de trouver sa véritable place dans le monde. Néanmoins, elle était surprise qu'il l'admette avec autant de liberté.

— Et où sera cette place ? lui demanda-t-elle.

— Pas ici.

Brusquement, Aurore aperçut Minette qui lui faisait de grands signes depuis l'autre bout de la pièce. Elle comprit que bavarder avec Etienne du côté où étaient rassemblés les hommes devait être contraire à l'étiquette.

Elle s'éloigna et longea la piste de danse, rejoignant le côté opposé alors qu'on entamait la marche nuptiale.

Ti'Boo, nerveuse mais bien décidée, fit plusieurs fois le tour de la pièce, la main serrée dans celle de son tout nouvel époux. La famille suivait, juste derrière. Lorsque la marche prit fin, le petit orchestre se lança dans une valse. Aussitôt, tout le monde dégagea la piste, et on laissa Jules et Ti'Boo danser seuls.

— N'est-ce pas un mariage parfait ? chuchota Minette en rejoignant Aurore. Mais le mien sera encore plus parfait !

Aurore regarda Ti'Boo tourbillonner sur la piste, pressée contre le torse de Jules. La jeune mariée avait toujours paru plus âgée qu'elle ne l'était, et aujourd'hui, malgré les dix ans qui la séparaient de son époux, ils s'accordaient merveilleusement. Le tendre regard dont Jules couvait Ti'Boo lui procura un intense soulagement.

— Je crois qu'ils seront heureux, dit-elle. Il l'aime.

— Je crois qu'il l'a toujours aimée. Il voulait l'épouser lorsqu'il était encore jeune homme, mais il était trop âgé pour elle. Il lui aurait fallu patienter de nombreuses d'années avant d'obtenir l'accord de mon père.

— C'est vrai ?

Minette gloussa.

— Quelle importance ?

— Tu vois toujours des histoires d'amour partout ! lui glissa Aurore.

— Je t'ai vue parler avec Etienne Terrebonne. Sais-tu qu'il a une sacrée réputation ?

— Ah bon ?

— C'est un bagarreur. A ce qu'il paraît, il n'est pas un homme à plus de cent cinquante kilomètres à la ronde qui se batte comme lui.

Au ton de Minette, Aurore tenta de déterminer si cette réputation était considérée comme une bonne chose. Le temps n'était pas si lointain où les gentlemen de La Nouvelle-Orléans au sang un peu trop vif se battaient en duel pour des questions d'honneur sous les chênes imposants de ce qui était aujourd'hui City Park. Etienne se battait-il, lui aussi, pour défendre son honneur ? Peut-être était-ce là un moyen de compenser ce qui manquait à sa vie.

— On raconte qu'il a coupé l'oreille d'un homme qui avait insulté son père, dit Minette.

— Je n'en crois rien !

Cherchant Etienne des yeux, Aurore le trouva au milieu des autres hommes. Mais ceux-ci se tenaient à une certaine distance. Etait-ce du respect ? De la peur ?

— Je le trouve plutôt gentil, avoua-t-elle.

Aussitôt, elle s'efforça de préciser son jugement.

— Il comprend les choses.

— Et ce n'est pas tout, renchérit Minette. Bien qu'il vienne des profondeurs du Bayou Lafourche, il a étudié. Sa mère, qui avait reçu l'enseignement des sœurs de Donaldsonville, était devenue professeur, elle aussi, avant de se marier. Il paraît qu'elle lui a appris tout ce qu'elle savait — du moins lorsque son père n'était pas là ou lorsqu'il dormait et cuvait son whiskey. Faustin juge inutile qu'un homme sache lire.

— C'est regrettable.

— En tout cas, conclut Minette d'un ton rêveur, Etienne est le plus beau de tous les hommes présents ici. Ne trouves-tu pas ?

La réponse à cette question n'était pas aussi simple. Beau n'était pas le qualificatif qui convenait. D'autres hommes avaient des traits plus raffinés, plus purement français. Mais fallait-il juger Etienne selon ces critères ? Aurore ne devait-elle pas plutôt se fier à son propre goût ?

— Il est très plaisant à regarder, reconnut-elle.

— J'imagine qu'il doit savoir tenir une femme dans ses bras et lui faire éprouver de la passion.

— Est-ce le visage d'Etienne, que tu as vu dans le puits ?

— Malheureusement non.

A la vérité, Minette ne paraissait pas du tout malheureuse. C'était une jeune fille enjouée, contente d'elle-même et de son sort. Aurore éprouva un brusque élan d'affection pour elle.

— Alors, montre-moi ton jeune homme.

Lorsque Minette lui montra enfin celui qu'elle pensait être son élu, Aurore exprima son approbation. Puis elle compatit lorsque les couples commencèrent de rejoindre Ti'Boo et Jules sur la piste et que l'amour secret de Minette invita une autre qu'elle à danser. Finalement, ce fut un oncle qui vint enlever la jeune fille déçue.

— M'accorderez-vous cette valse ?

Aurore était tellement occupée à consoler Minette qu'elle n'avait pas vu arriver Etienne.

— Je ne suis pas certaine de danser comme vous,

le prévint-elle. La musique et les pas me semblent un peu différents.

— Vous apprendrez vite.

Aurore prit la main qu'Etienne lui tendait. Elle était rugueuse, ferme et chaude ; c'était la main d'un homme qui accomplissait des tâches rudes, sans pour autant rien perdre de sa dignité. Laissant entre eux la distance qui convenait, il entraîna Aurore sur la piste. De près, celle-ci eut tout loisir de découvrir ce qu'elle trouvait si attirant chez lui. C'était ses yeux. Ils étaient aussi sombres qu'une nuit d'hiver, dans laquelle le plus infime scintillement d'étoile était une raison d'espérer.

— Avez-vous réellement coupé l'oreille d'un homme ? lui demanda-t-elle à brûle-pourpoint.

Etienne sourit. Et ce sourire éveilla en Aurore quelque chose de très agréable.

— Sans doute avez-vous eu le temps de vous apercevoir combien on grossit les histoires, par ici.

— Est-ce le cas ?

— Ce n'était qu'un morceau d'oreille.

De surprise, Aurore manqua de trébucher.

— Quel morceau ?

— Un morceau dont il n'avait pas besoin. Je lui ai laissé ce qu'il fallait pour entendre.

— Puis-je savoir pourquoi ? s'enquit Aurore en souriant malgré elle.

— Pourquoi j'ai fait cela, ou pourquoi je ne lui ai pas coupé toute l'oreille ?

L'orchestre se tut. Ils restèrent côte à côte, attendant le morceau suivant.

— Pourquoi vous êtes-vous battu ? insista Aurore. N'existe-t-il pas d'autres moyens de régler un différend ?

— Certains hommes se battent parce qu'ils n'ont rien

de mieux à faire. D'autres pour se venger d'injustices passées. Ou récentes.

— Et vous ?

— Pour toutes ces raisons et aucune à la fois.

Aurore observa un court instant de silence. Peut-être devrait-elle avoir peur de cet homme. S'il avait risqué sa vie pour sauver la sienne, il semblait un peu trop familier avec la violence.

Il l'observait, la fixant d'un regard implacable, comme s'il était en mesure de lire dans ses pensées. S'attendait-il qu'elle perde contenance ? Peut-être. Dans ce cas, il serait déçu.

— N'en parlons plus, lança-t-elle d'un ton léger.

La musique reprit. Le morceau était plus enlevé, plein de gaieté. Un instant plus tard, Aurore se trouva de nouveau dans les bras d'Etienne, virevoltant sur la piste au rythme d'une polka. Peu habituée à ce genre de danse, elle dut se concentrer sur le rythme. Le temps pour elle de maîtriser les pas, et l'orchestre en terminait avec ce morceau.

Etienne la ramena auprès des autres femmes et la salua poliment.

— Merci, dit-elle.

— Pas de quoi.

Déjà, il s'éloignait.

— Etienne ?

Il se retourna.

— J'espère que vous trouverez tout ce que vous cherchez.

— Vous aussi.

Pour la danse suivante, Aurore fut enlevée par un cousin Guilbeau, homme d'un certain âge auquel succéda une suite ininterrompue de cavaliers, jeunes et moins jeunes, visiblement soucieux de profiter de l'occasion qui leur était donnée de danser avec l'amie créole de Ti'Boo. Ses partenaires les plus âgés enseignèrent à Aurore les contredanses acadiennes traditionnelles, et elle dansa le *two-step* avec les plus jeunes. Elle ne cessa de croiser Ti'Boo qui, comme Minette, passait de bras en bras. Elles durent danser avec tous les hommes du bayou.

A mesure que la soirée avançait, Aurore chercha souvent Etienne du regard. Elle l'aperçut une fois, alors qu'il dansait le quadrille avec une jeune femme, mais il demeura invisible le reste du temps.

Elle profitait d'une pause de l'orchestre pour boire un peu de punch et observer la foule lorsque Minette s'approcha d'elle.

— C'est terriblement excitant ! murmura-t-elle. Une bagarre s'annonce. Derrière la maison, à côté de l'écurie.

— Que font les gens là-bas, à cette heure ?

— Il y a un combat de coqs.

Aurore savait que ce genre de distraction était fréquent dans la région. C'était le cas aussi à La Nouvelle-Orléans, malgré tous les efforts déployés pour y mettre un terme. Deux jours auparavant, Albert, le plus jeune frère de Ti'Boo, avait entraîné Aurore dans la grange pour lui présenter le combattant de Valcour, un coq rouge aux plumes brillantes qui s'était jeté sur les barreaux de sa cage lorsqu'elle s'était penchée pour le regarder. Qu'un spectacle aussi barbare soit proposé en ce jour avait de quoi surprendre.

— Ce sont seulement des coqs qui vont se battre ou des hommes ? demanda Aurore.

— Des hommes, certainement. Et je connais le moyen d'assister au combat.

Pour sa part, Aurore n'était pas certaine d'en avoir

envie. En même temps, la proposition de Minette avait un délicieux goût d'interdit. Demain, Aurore rentrerait chez elle, et sa vie reprendrait un cours beaucoup moins distrayant.

— Je vais dire à maman que nous allons aider tante Grace dans la cuisine, indiqua Minette. Et c'est ce que nous ferons. Pendant un petit moment... Puis nous dirons à tante Grace que nous emportons les gâteaux dehors, pour les invités — ce que nous ferons également. Mais au préalable, nous les entreposerons à côté de la citerne, le temps d'aller assister à la bagarre.

— Et personne ne soupçonnera rien ?

— Ne t'inquiète donc pas !

Aurore savait que Clothilde serait très mécontente si elle découvrait la supercherie. Mais l'argument suivant de Minette eut raison de ses réticences.

— Je pense qu'Etienne Terrebonne va se battre, murmura la sœur de Ti'Boo. Il y a un homme, dehors, qui a fait le serment de se venger du père d'Etienne, à cause d'une offense. Et si Faustin n'est pas là, son fils est présent, lui.

— Comment sais-tu tout cela ?

— J'écoute, moi ! s'exclama Minette en écarquillant les yeux.

Son plan se déroula exactement comme elle l'avait prévu. Quinze minutes plus tard, Aurore se trouvait dehors, dans la brume fraîche du soir, se glissant sans bruit en direction de l'écurie qui abritait les chevaux et la mule. Les gâteaux, glacés et piqués de noix de pécan, étaient dissimulés sous le rebord de la citerne, bien à l'abri.

Les deux jeunes filles n'eurent aucun mal à rejoindre l'endroit où se déroulait le combat de coqs. La lueur vacillante d'un feu de camp les guida, ainsi que les cris étouffés et les jurons du public. Minette avait promis qu'elles ne s'approcheraient pas, mais resteraient au contraire dissimulées dans l'obscurité, derrière les saules qui ombrageaient la cour de l'écurie.

Quand elles eurent atteint leur poste d'observation, elles purent distinguer les visages éclairés par les flammes. Peu nombreux, une dizaine tout au plus, les hommes étaient pour la plupart inconnus d'Aurore. Ils étaient répartis autour de l'arène couverte de sciure à regarder les volatiles se battre. L'atmosphère était bon enfant, qui contrastait avec le duel à mort auquel se livraient les coqs.

Aurore aperçut Etienne au bord de l'arène, légèrement à l'écart des autres. Il ne semblait guère s'intéresser au combat même si, comme les autres, il avait dû parier sur son issue. Soudain, les piaillements des coqs se firent plus perçants, et Aurore ferma très fort les yeux lorsqu'un des hommes s'avança et brandit le coq moribond afin de le montrer aux autres.

Il y avait plus d'acclamations que de jurons à présent. Les hommes, à l'évidence, avaient su repérer le futur gagnant. L'un d'eux, toutefois, avait eu moins de flair. Mécontent que son coq ait perdu, il ôta son chapeau et se frappa la jambe avec. Dans le clair de lune, son crâne chauve luisait comme du marbre tandis qu'il s'avançait. Il arracha le coq des mains de l'homme et le jeta à travers la foule.

Le malheureux animal atterrit aux pieds d'Etienne.

— Alors, Vic, lança celui-ci, tu n'as toujours pas appris à perdre ? Vu que tu perds souvent, c'est plutôt ennuyeux.

Aussitôt, les autres se turent.

— Qu'est-ce que tu fais là, 'Tienne ? demanda le dénommé Vic.

Il était grand, mais moins qu'Etienne.

— Ces combats, c'est un sport pour les Acadiens, dit-il en s'avançant. Toi, on t'a trouvé dans les marais, là où rôde le loup-garou. Et ton père, c'est comme qui dirait un loup-garou, lui aussi. Le jour, il laboure sa terre, et il fait du vaudou la nuit, quand c'est la pleine lune. Comme ce soir. C'est pour ça qu'il est pas là. Ou alors, il a peur de venir, il a peur de moi !

Sans s'émouvoir, Etienne regarda Vic se frapper le torse pour montrer sa force.

— Mon père a peur de te faire mal, Vic. As-tu oublié ce qui s'est passé, la dernière fois ? Tu n'as pas assez de cicatrices ? Bientôt, tu n'auras plus assez de peau pour faire tenir ta carcasse.

Les hommes se mirent à rire. Vic, lui, se hérissa.

— Tu causes, tu causes ! lança-t-il. Mais en fait, t'as peur, 'Tienne. Comme ton père.

Il jeta son chapeau, qui atterrit au bord de l'arène où les coqs avaient combattu.

— Moi, je suis un homme. Et toi ?

Sur ces mots, il sortit un grand mouchoir de sa poche et l'agita devant le visage d'Etienne.

— *Grand rond !* cria l'un des hommes.

— Que se passe-t-il ? murmura Aurore alors que les autres faisaient cercle autour d'Etienne et de Vic.

Elle se retourna vers Minette, qui semblait très impressionnée.

— C'est ce qu'on appelle une bataille au mouchoir, expliqua-t-elle. Chacun doit tenir un coin du mouchoir et se battre jusqu'à ce que l'un des deux combattants le lâche.

Enfant, Aurore avait joué à des jeux nettement moins dangereux avec des mouchoirs.

— Comment peuvent-ils se battre et le tenir en même temps ? demanda-t-elle.

— Ils vont se battre au couteau.

— Au couteau !

— Chut…

Aurore s'avança, oubliant complètement qu'elle était censée demeurer cachée dans l'ombre. Comment croire que ces deux hommes allaient se découper en morceaux pour rien ? Soudain, un éclair métallique brilla dans la lumière du feu. Accroupi en position de combat, Etienne saisit un coin du mouchoir de la main gauche. De son autre main, il jeta son couteau en l'air et le rattrapa d'un geste plein de panache au moment où il plongeait vers le sol.

— Je suis prêt, mon ami ! lança-t-il.

Aurore avait envie de crier face à tant d'absurdité. Des propos un peu lestes valaient-ils que deux hommes soient ainsi prêts à s'entre-tuer ? Certes non ! Le combat de coqs était civilisé en comparaison. Au moins, les animaux étaient-ils élevés pour se battre.

Vic eut un instant d'hésitation. Puis, sans prévenir, il s'arc-bouta et bondit. Etienne l'attendait. Il fit un brusque écart sur le côté, esquivant facilement le coup. Puis, alors que Vic tentait de se rétablir, il le piqua à l'épaule.

— Tu saignes comme un porc dans une boucherie ! lança-t-il.

— Il aurait pu lui faire beaucoup plus mal, dit Minette en tirant Aurore en arrière.

Mais celle-ci refusa de bouger.

— Il ne veut pas le tuer, affirma Minette.

Aurore n'était pas franchement rassurée. Même si sa compagne disait vrai, Vic ne semblait pas du tout dans les mêmes dispositions. Lui était parti pour tuer. Il s'élança de nouveau et, cette fois encore, Etienne esquiva le coup mais il piqua le bras de son adversaire.

— Prends garde ! lui lança-t-il. Le troisième coup pourrait être plus rude.

Vic se retourna et attaqua Etienne sous un angle différent. Celui-ci devait s'y attendre, car il réagit aussitôt, bloquant le bras de Vic avec le sien. Puis il approcha le couteau du torse de son adversaire et lui fit sauter tous les boutons de sa chemise, l'un après l'autre. Avec un cri de colère, Vic se jeta sur lui. Mais encore une fois, Etienne esquiva. Il abattit son couteau sur la manche de Vic, sectionnant le tissu sur toute la longueur. Puis il porta un nouveau coup, et le sang jaillit d'une longue estafilade au cou.

Avec un cri furieux, Vic se jeta sur Etienne. Celui-ci l'avait vu venir. Il se porta de côté, et son adversaire tomba au sol, tenant toujours le coin du mouchoir dans sa main. Son couteau, en revanche, lui échappa. Comme il roulait aussitôt sur le dos, il trouva Etienne penché sur lui, la pointe de son poignard dirigée vers son cœur.

Menaçant, Etienne s'accroupit et approcha la lame de son couteau. Vic lui jeta un regard empli de haine, mais ne lâcha pas le mouchoir. Etienne passa la lame au travers du tissu, sectionnant le mouchoir de part en part, de sorte qu'ils se retrouvèrent chacun avec une moitié de la pièce d'étoffe en main.

— Tu as du courage, Vic, déclara Etienne. Je ne tue pas un homme courageux.

Un murmure d'approbation parcourut le petit public qui avait assisté à l'affrontement. On hocha la tête. Quelqu'un hasarda même une acclamation. Vic contempla le morceau de tissu, dans sa main, puis Etienne, et d'un geste lent, il remit ce qui restait du mouchoir dans sa poche.

Comme il se redressait, Etienne regarda Aurore, toujours immobile. Un léger sourire effleura ses lèvres et il inclina la tête pour la saluer. Malgré la distance et le peu de lumière qui éclairait son visage, elle sut qu'il n'éprouvait aucun sentiment de triomphe.

12

Aurore Le Danois était partie. Ce matin-là, accompagnée jusqu'au quai par de nombreux amis, elle était montée à bord du bateau marchand et elle avait disparu. Disparu de Côte Boudreaux, peut-être, mais pas de sa vie, Etienne se le jura.

Il planta un clou dans la dernière latte du plancher de la pièce qu'il avait accepté de construire pour le voisin de Valcour. Nestor Johnson avait été très gentil avec lui. C'était un vieil homme dont les fils, déjà mariés, ne voyaient pas le besoin qu'avait leur père d'agrandir sa maison. Aussi Nestor avait-il engagé Etienne. Lui voyait la nécessité d'une pièce supplémentaire, une pièce tranquille où il pourrait s'isoler de ceux qui vivaient encore chez lui : l'épouse bavarde, le fils pas très bien dans sa tête et les deux filles qu'il restait à marier. Une pièce où il pourrait penser.

Etienne le comprenait. Car parfois, penser était tout ce qui restait à un homme.

Il ne manquait plus qu'un toit à la pièce. Mais Nestor estimait que son fils pourrait s'en débrouiller. Poser des pierres plates sur une charpente, l'une chevauchant l'autre, en rangées régulières, n'avait rien de très compliqué.

Tandis qu'Etienne rangeait ses outils, Nestor se trouvait

sous le porche, à l'ombre, assis sur un banc en train de raccommoder un filet de pêche. Chaque fois qu'Etienne voyait quelqu'un occupé à cette tâche simple, une tâche qu'il avait lui-même accomplie très souvent, son cœur se serrait étrangement.

— C'est fait, annonça-t-il.

Il grimpa les marches du porche.

— J'ai terminé.

— Encore plus vite que je ne l'espérais. L'argent est là, dans la boîte.

Etienne s'approcha de l'endroit que Nestor lui avait indiqué du menton. Il ôta les flotteurs de pêche entassés sur la boîte et empocha la somme dont ils étaient convenus. Puis il dissimula de nouveau la boîte sous les flotteurs.

— D'où tenez-vous tout cet argent, Nestor ? demanda-t-il.

— C'est l'argent des œufs de ma femme. J'en prends un peu par-ci, par-là, sans qu'elle s'en aperçoive. Et puis, c'est à cause d'elle que j'ai besoin de cette pièce.

Etienne tendit la main, et Nestor se leva pour la serrer.

— Tu rentres chez toi, maintenant, 'Tienne ?

— Je vais d'abord dans le bayou.

— Loin ?

— Aussi loin que je pourrai.

— Que comptes-tu faire, là-bas ? Il n'y a plus rien.

— A une époque, j'ai vécu à La Chénière.

— Il ne reste plus grand monde. Il n'y a guère que des fantômes.

— Peut-être que je vais parler à ces fantômes. Et découvrir des choses.

— Tu peux prendre mon bateau, si tu veux.

Etienne réfléchit à l'offre. Il avait sa pirogue, taillée

dans un tronc de cyprès. Mais le bateau de Nestor le conduirait à destination plus vite, avant qu'il ait le temps de changer d'avis.

— Vous êtes sûr ? demanda-t-il.

— Qu'est-ce que tu veux que j'en fasse ? J'ai une pièce à moi, à présent. Je n'ai plus besoin de partir en mer quand je n'ai pas envie de causer.

— Une pièce sans toit, rappela Etienne.

— Elle a une porte et une serrure ?

— Oui.

— Et des fenêtres ?

— Pas de fenêtres.

Se rasseyant, Nestor reprit son filet.

— C'est comme je te l'ai dit, 'Tienne. Moi, j'ai tout ce qu'un homme peut souhaiter.

Le soleil avait commencé de descendre vers l'horizon lorsque Etienne atteignit sa destination. Le voyage avait été long et fatigant, même pour un homme habitué à naviguer sur les eaux du Bayou Lafourche.

La maison qu'il était venu voir était plus petite que dans son souvenir. Autrefois entourée de chênes, elle se dressait aujourd'hui sur un terrain nu, exception faite des broussailles qui recouvraient les fondations du porche. Des plantes grimpantes couraient le long des fenêtres qui avaient perdu leurs volets verts.

Etienne se rappelait très bien ces volets. Il se rappelait qu'ils étaient fermés la dernière fois qu'il avait regardé cette maison, dissimulé dans l'ombre. C'était étrange, les choses dont il se souvenait. Les chênes noueux, les volets verts et le visage d'un homme. Un visage haineux.

La maison paraissait abandonnée. La porte pendait à l'un de ses gonds. Il manquait un morceau de toit. Etienne se demanda quelle tempête avait pu la mettre dans cet état. Celle-là même qui avait tué sa famille ? Ou l'une de celles qui, plus tard, avaient contraint la plupart des habitants de la côte à aller s'installer vers l'intérieur des bayous ? Quelle importance ? La tempête qui avait détruit cette maison, emporté son toit et abattu les arbres qui l'environnaient, avait bien fait son travail.

Comme le reste de La Chénière, comme la terre désormais nue qui s'étendait jusqu'à l'océan, cette maison n'était habitée que par des fantômes.

— Qui c'est ?

L'appel fusa alors qu'Etienne venait juste de se détourner. Il fit volte-face. Un homme se tenait sous le porche. Un homme beaucoup moins grand que dans son souvenir.

— Fous le camp !

Etienne hésita. Devait-il s'en aller comme l'homme le lui ordonnait et ne jamais revenir ? Son avenir se jouait à présent, il le sentait, qui dépendait de sa décision… L'homme s'approcha de la rambarde du porche, la main en visière au-dessus des yeux. Il portait un pantalon usé. Ses cheveux bouclés, grisonnants, n'avaient pas dû être coupés depuis longtemps.

— Etes-vous Auguste Cantrelle ? demanda Etienne.

Auguste sauta du porche, privé de ses marches. Puis il s'avança, l'air méfiant.

— Et si c'était le cas ?

— J'ai fait le voyage de Lafourche pour vous voir.

— Oui ? Et pourquoi ?

— Pour vous envoyer au diable.

Alors qu'il se trouvait encore à quelques mètres d'Etienne, Auguste s'immobilisa.

— Qui es-tu ?

— Vous ne le savez pas ?

— Qui que tu sois, va-t'en. Je ne veux voir personne.

— Pas même votre neveu ?

Auguste déglutit avec peine, comme si une boule lui obstruait soudain la gorge. Lorsqu'il parla, toutefois, sa voix ne trahissait aucune émotion.

— Je n'ai pas de neveu, dit-il. Je n'ai aucune famille.

— Vous auriez pu abriter votre famille dans cette maison. Mais au lieu de cela, vous l'avez laissée mourir.

— Je n'ai pas de famille. Je n'en ai jamais eu. Je suis un homme seul.

— Non, oncle Auguste. C'est vous qui êtes venu dans les marais et vous êtes penché sur le lit d'un enfant qui avait la fièvre. C'est vous qui avez dit à Faustin et à Zelma Terrebonne que cet enfant était Etienne Lafont et que vous aviez enterré sa famille après l'ouragan. De vos propres mains.

Les sourcils froncés, Auguste s'approcha lentement d'Etienne, avec précaution, tel un homme prêt à se battre.

— Ainsi, tu es Etienne Lafont… Oui, j'ai enterré ta famille. Tous sauf toi. C'est tout ce qui nous rapproche, toi et moi. Rien de plus.

Sans quitter Auguste des yeux, Etienne prit son couteau et, d'un geste sûr, il pressa la lame sur son poignet. Il sentit le sang couler, chaud et poisseux sur sa peau.

— Nous avons *cela* en commun, oncle Auguste, dit-il en levant le bras.

— Repars d'où tu viens. Il n'y a rien pour toi, ici. Rien ni personne.

— Pourquoi as-tu dit aux Terrebonne que j'étais Etienne ? Comment pouvais-tu être certain qu'il ne s'en sortirait pas, comme moi ? Parce que tu l'as enterré à ma place, n'est-ce pas, oncle Auguste ?

— Tu es Etienne Lafont !

— Je suis Raphaël Cantrelle.

Lorsqu'il les prononça, ces mots libérèrent quelque chose au plus profond de lui, quelque chose de plus puissant que la haine et l'amour, qui lui coupa le souffle.

— Non ! s'écria Auguste. Raphaël Cantrelle est mort dans l'ouragan. Il a été enterré à côté de sa mère et de sa sœur. Je les ai vus de mes propres yeux avant qu'on ne recouvre leur tombe. C'est un étranger de La Nouvelle-Orléans qui les a enterrés, l'homme que ma sœur recevait chez elle comme une putain qu'elle était !

Raphaël s'avança lentement. Pour la première fois depuis l'ouragan, il était de nouveau Raphaël — et non plus Etienne. Pour la première fois, il sentait couler dans ses veines le sang de sa mère, de sa sœur.

— C'est toi qui as fait d'elle une putain lorsque tu as tué mon père et que tu l'as laissée sans rien.

Auguste recula.

— Retourne au bayou. Tu es Etienne Lafont. Raphaël était le bâtard d'une putain et de son amant. Toi, tu es Etienne Lafont, orphelin d'une bonne famille. Le passé ne compte pas. Ce qui compte, c'est ce que tu es devenu.

— Je suis devenu un homme sans âme.

Son couteau à la main, Raphaël avança encore.

— Peut-être avons-nous cela en commun, aussi ?

— Je n'ai pas l'intention de me battre. Je n'ai pas l'intention de te tuer.

— Non ? Il t'a pourtant été facile de tuer mon père. Et facile aussi de condamner ma mère et ma sœur à la mort. Si j'ai échappé à ta sentence, c'est par la grâce du Bon Dieu. Et maintenant, me voilà de retour, oncle Auguste.

Auguste, brusquement, changea d'attitude.

— Imbécile ! s'exclama-t-il. Lorsque j'ai appris que les Terrebonne avaient trouvé un enfant dont la description correspondait à la tienne, je me suis rendu en personne chez eux pour vérifier que c'était bien toi. L'enfant qu'on avait enterré avec ta mère n'avait pas pu être identifié. Et si les autres étaient certains que c'était toi, j'étais persuadé du contraire. Quand j'ai vu que tu étais encore vivant, j'aurais pu te ramener ici et mettre moi-même fin à tes jours. Mais je ne l'ai pas fait. J'ai dit aux Terrebonne que tu étais quelqu'un d'autre. Quelqu'un dont j'étais sûr qu'il était mort. Je t'ai donné une nouvelle vie !

— Malheureusement, oncle Auguste, je regrette l'ancienne.

— Mais sais-tu qui tu es, bon sang ? Tu ne le sais pas, n'est-ce pas ?

De nouveau, Auguste s'avança vers Raphaël, et malgré le couteau que celui-ci brandissait toujours, il cracha sur le sol, à ses pieds.

— Tu es le bâtard d'un mulâtre, un homme qui se croyait assez bien pour coucher avec ma sœur ! Tu es un quarteron, et la vérité est inscrite sur tes traits pour qui se donne la peine de bien regarder. Si on te considère comme un Blanc, c'est seulement parce que je t'ai donné un nom dont nul ne peut douter. Qui oserait accuser les Lafont d'avoir du sang impur ?

Sur ce point, Auguste se trompait. Raphaël ne se souvenait que trop bien des insinuations, des railleries et des insultes. Les enfants du bayou ne s'en étaient pas privés. « Ah ! Etienne, ta peau est si sombre, à croire qu'elle était déjà comme ça dans le ventre de ta mère…

Ah ! Etienne, tes cheveux sont si frisés qu'on dirait de la laine, comme sur la tête de ce vieux nègre de Cross Bayou... »

— Mon sang te paraît-il impur ? demanda Raphaël.

Il tendit son bras entaillé vers son oncle.

— Crois-tu qu'il soit différent du tien ?

— Pourquoi es-tu venu ici ?

— Pourquoi m'as-tu laissé vivre ?

Auguste prit une courte inspiration. Raphaël entendit l'air siffler dans ses poumons, il l'écouta lutter pour respirer. Il se rendit compte que la peau de son oncle avait une teinte maladive, étrangement jaune. Malgré l'air frais du soir, des gouttes de sueur perlaient à son front.

— Parce qu'il y avait eu trop de morts, répondit Auguste.

Les doigts de Raphaël se crispèrent sur le couteau.

— Quel noble sentiment !

— Je me battrai avec toi ! s'exclama Auguste. Peu importe ce que tu vois, ou penses voir, j'aurai assez de force pour me battre avec toi si tu t'approches.

Raphaël, toutefois, ne bougea pas.

— Rêves-tu de Marcelite parfois ? demanda-t-il. Rêves-tu de ta sœur ? Te demandes-tu si Dieu attend que tu meures pour te punir de tes péchés envers elle ?

— Je ne rêve pas. Et le péché, ce n'est pas moi qui l'ai commis !

Plongeant son regard dans celui d'Auguste, Etienne sut qu'il mentait.

— Rentre chez toi, Raphaël, murmura Auguste avec lassitude. Sois Etienne Lafont et construis-toi une vie. C'est ce que je pouvais faire de mieux pour ta mère.

— Tu n'as rien fait !

Raphaël recula.

— Et je ne suis pas Etienne Lafont, je suis Raphaël Cantrelle, le fils de gens très bien et le neveu d'un homme qui brûlera en enfer pour l'éternité.

La sueur coulait à présent sur les tempes et les joues d'Auguste.

— Laisse-moi tranquille. Je suis malade. Laisse-moi mourir en paix.

— Je prierai Dieu pour que ce soit une longue agonie, pleine de souffrance. Et je prierai aussi pour que, lorsque tu fermeras enfin les yeux, la première chose que tu voies soit les visages souriants de mon père et de ma mère.

Sur ces paroles terribles, Raphaël fit un pas en arrière, puis un autre, sans jamais quitter le regard d'Auguste. Et lorsque, finalement, celui-ci vacilla, Raphaël se détourna et s'éloigna.

Le marais où se trouvait la cabane de Juan, douze ans plus tôt, était totalement désert. Les broussailles avaient envahi le paysage, enseveli la moindre trace prouvant que cette région avait été habitée un jour. Raphaël chercha en vain le puits de Juan et les fondations de son four en terre. L'ouragan avait détruit tous les repères. Et le temps avait effacé les souvenirs qui auraient permis à Raphaël de s'orienter.

Il avait apporté du pain de maïs et des haricots froids, qu'il mangea après s'être installé au bord du marais. Bientôt, les moustiques viendraient et, bien qu'il ait pris une moustiquaire et une couverture, il savait que la nuit serait longue.

Lorsque les étoiles s'allumèrent une à une dans le ciel, il était encore parfaitement éveillé. Il avait fait un petit feu, autant pour éloigner les fantômes et les créatures des marais que les insectes. Le vent gémissait dans les roseaux et, non loin de là, un alligator poussait d'étranges petits cris, à la recherche d'une compagne. Plein de vie, le marais résonnait du coassement mélodieux des grenouilles, du ululement des hiboux et des frôlements d'ailes des prédateurs nocturnes.

Le marais était vivant, mais La Chénière était morte. Seules demeuraient quelques carcasses de maisons, la plupart des vaillants survivants qui avaient tenté de rebâtir étant finalement partis. Raphaël s'était rendu au cimetière. Là, les victimes de l'ouragan avaient été ensevelies dans des fosses communes creusées dans une terre où l'eau venait lécher sans relâche les corps et finissait par emporter leurs restes. Aucun signe ne permettait à Raphaël de savoir où reposaient sa mère et sa sœur. Sans doute même se trouvaient-elles ailleurs. Pourtant, il s'était agenouillé dans le cimetière et, la gorge nouée, il avait récité une prière, ainsi que sa mère l'aurait voulu.

Comme il fermait les yeux, il vit le visage d'une femme, qui n'était pas sa mère. Celle-ci était plus jeune, avec des cheveux soyeux de la même teinte que le pelage d'un renard et des yeux du même bleu lavande que les jacinthes d'eau. Elle lui souriait. Il s'endormit en sa compagnie. Et ce fut ce visage qu'il vit de nouveau lorsqu'il s'éveilla, au matin.

Le visage d'Aurore.

Tandis que le soleil baignait La Chénière d'une lumière rose, Raphaël se lança de nouveau à la recherche de la cabane de Juan, ou du moins de ce qu'il en restait. Il arpenta le bord du marais, conscient que la mer pouvait avoir gagné sur la terre ferme. Finalement, il enfila les bottes dont il se servait pour ramasser la mousse et il avança dans la boue.

Il faillit passer à côté du puits sans le voir. Il avait été construit au-dessus du sol, avec une structure faite de bois, de boue et de mousse. Alors que la boue et la mousse avaient été rongées par l'eau et le temps, il sentit soudain un morceau de bois pourri sous ses bottes. Il s'arrêta, écarta les herbes. Le contour du puits était à peine visible. Aussitôt, Raphaël estima la position de la cabane de Juan. Elle devait se trouver quelque part sur la gauche et, derrière elle, partait le bras d'eau qui conduisait à la corniche.

Si Raphaël avait beaucoup grandi depuis qu'il était venu ici pour la dernière fois, l'eau lui parut plus profonde que dans son souvenir. Il finit par repérer l'emplacement de la maison et regarda dans la direction où se dressaient autrefois les chênes drapés de mousse. L'horizon était quasiment vide. Mais la corniche, presque au niveau de l'eau désormais, était toujours là. Des arbustes à demi déracinés piquaient du nez au-dessus des roseaux et une silhouette, sans doute celle d'un tronc brisé, se dressait vers le ciel.

Nouant ses provisions sur son dos, Raphaël avança en direction de la corniche. La boue aspirait ses bottes, ralentissait son pas. Jamais il ne s'était senti aussi seul. Il connaissait les marécages qui entouraient la maison de Faustin, vieille structure branlante sur pilotis qui avait résisté à des générations de tempêtes et de crues. Il savait, lorsqu'il allait y chasser, qu'on s'inquiéterait s'il ne revenait pas, et qu'on partirait à sa recherche. Mais qui aurait l'idée de venir le chercher ici ?

Il n'avait pas peur, toutefois. Comment un homme qui avait survécu à la folie meurtrière d'un ouragan pourrait-il avoir peur ? Comment Raphaël pourrait-il jamais éprouver ce sentiment, lui qui avait connu la terreur absolue ? Il se souvenait du moment où il avait perdu sa mère et sa sœur, alors que leur bateau volait en éclats. Il se souvenait de cet instant où, épuisé, il avait cessé de lutter et où le monde s'était dissous dans l'obscurité.

Le souvenir de son réveil, en revanche, était moins précis. Zelma Terrebonne était penchée au-dessus de lui. D'abord, il avait cru que c'était sa mère. Il avait senti une main fraîche lui caresser le front. Il avait respiré l'odeur forte de menthe poivrée utilisée pour combattre la fièvre et goûté la douceur du miel et des baies de sureau sur ses lèvres. Puis il avait ouvert les yeux et il avait su que sa mère était morte.

Prononcer le moindre mot lui avait été impossible. Peut-être s'y refusait-il, par crainte de ce qu'on pourrait lui révéler s'il posait des questions. Peut-être la fièvre paralysait-elle sa langue. Lorsqu'il s'était de nouveau éveillé, plus tard, Auguste Cantrelle se trouvait à son chevet, scandant son nouveau nom. Il avait aussitôt deviné la vérité. Et s'il n'avait pas trouvé en lui la force de protester, de se faire comprendre, tout était clair dans sa tête.

Le jour où la fièvre était définitivement tombée et où il avait recouvré la force de parler, il était devenu Etienne Lafont. Du moins, pour les autres. Pour eux, il était devenu Etienne, l'ami rieur au regard vif de son enfance. Sans être capable de se l'expliquer, il avait compris tout de suite qu'endosser l'identité d'Etienne constituait la meilleure façon de se mettre hors de danger. Demeurer Raphaël Cantrelle, le fils d'une femme méprisée par sa famille, par un village entier et par l'amant qui l'avait abandonnée à la mort, était une position des moins enviables.

Bien que la boue rende sa progression difficile, Raphaël

poursuivit sa route. Et quand l'eau se fit plus profonde, bientôt, ce fut à la nage qu'il gagna la corniche.

Posant le pied sur la terre ferme, il fixa le tronc fendu d'un arbre qui autrefois avait été un splendide chêne. Il fut surpris qu'il en restât encore quelque chose. Douze ans auparavant, l'arbre était déjà mort.

A l'époque, il y avait deux autres arbres, qui eux n'existaient plus. En douze ans, le vent avait dû souffler sans relâche, l'eau recouvrir la corniche à chaque grande marée. Dans ces conditions, Raphaël n'avait que peu de chance de trouver trace de ces autres arbres. Néanmoins, il avait des heures devant lui pour chercher des racines, des souches, des dépressions suspectes dans la terre meuble. Il dénoua son balluchon et alluma un petit feu pour y faire griller le poisson qu'il avait pêché et vidé la veille. Puis, après avoir mangé une poignée de grains de raisin flétris cueillis dans une ancienne vigne de La Chénière devenue sauvage, il commença ses recherches.

Le soleil était déjà haut dans le ciel lorsqu'il s'arrêta pour faire le point. L'arbre encore debout était probablement celui des trois qui se trouvait au centre. A gauche, à une certaine distance, Raphaël avait découvert un entrelacs de racines à fleur de terre.

A l'opposé, assez loin derrière l'arbre, il avait trouvé des souches de chênes. Le chêne étant imputrescible, les souches pouvaient fort bien être les vestiges d'une coupe de bois opérée dans les marais, un siècle plus tôt. Elles n'en demeuraient pas moins une indication précieuse pour Raphaël, qui savait ainsi où débuter son parcours.

Accroupi, il observa le tronc de l'arbre alors que le soleil continuait de monter dans le ciel. L'ombre était déjà deux fois plus longue que le tronc, déformée, mais clairement définie. Elle penchait sur la droite. Et plus le soleil montait, plus elle s'inclinait.

Finalement, le soleil atteignit la position que Raphaël attendait. Il se leva et suivit la direction qu'indiquait l'ombre. Il gagna le point où se trouvait selon lui l'extrémité de cette même ombre lorsque l'arbre était encore entier. Puis il compta huit pas en avant. Huit. Il se souvenait parfaitement du nombre. Il s'était tant appliqué, à l'époque, afin de contenter Juan.

Il pivota à quatre-vingt-dix degrés, l'épaule face à l'arbre, et compta huit nouveaux pas. Là, les ombres des deux arbres se seraient rejointes si ceux-ci avaient encore existé. Utilisant le tronc comme repère, Raphaël tenta de se représenter un arbre debout, là où il avait trouvé les racines. Il corrigea légèrement sa position. Puis il se retourna et scruta l'horizon. Autrefois, une brèche s'ouvrait dans des arbres qu'on apercevait au loin. Aujourd'hui, il n'y avait plus d'arbres du tout.

Fermant les yeux, Raphaël tenta de se représenter l'horizon tel qu'il avait été. Un brusque sentiment de désolation l'envahit. Qu'il manque l'endroit qu'il cherchait de quelques centimètres ou d'un kilomètre revenait au même. Dans un cas comme dans l'autre, il creuserait, et creuserait encore, sans jamais rien trouver. Et que cherchait-il d'ailleurs ? Les souvenirs d'un homme qui avait probablement péri dans l'ouragan ? Des objets qui avaient sans doute beaucoup de valeur aux yeux de Juan mais se révéleraient dépourvus du moindre intérêt ?

Raphaël continua malgré tout de fouiller dans ses souvenirs. La brèche se trouvait à gauche, se rappela-t-il. Il ouvrit les yeux, corrigea de nouveau sa position. Puis il s'éloigna de huit pas. Il planta un petit morceau de bois afin de marquer l'endroit et alla chercher sa pelle. Elle s'enfonça sans difficulté dans le sol truffé de coquillages brisés. Bientôt, il eut creusé un trou de bonne taille. Un mètre de large et presque autant de profondeur.

Juan ne lui avait pas précisé à quelle profondeur creuser, mais Raphaël imaginait que ce qu'il cherchait ne se trouvait pas trop loin de la surface. Bien que le sol fût encore ferme, à ce niveau, il savait qu'il trouverait de l'eau s'il creusait encore. Après avoir continué un moment, sans résultat, il s'arrêta afin de réfléchir.

Il décida de refaire le parcours. Il suivit donc le même trajet que précédemment, comptant les pas, calculant les angles, et aboutit ainsi à une courte distance du premier trou. Il en creusa un second, en vain, puis passa le reste de l'après-midi à creuser un fossé pour les relier. Lorsqu'il devint évident qu'il ne trouverait rien, sa fatigue était grande. Et plus grande encore sa déception.

Diverses raisons pouvaient expliquer son échec. Peut-être ses calculs étaient-ils erronés. Peut-être sa mémoire l'avait-elle trompé. Ce vieux fou de Juan pouvait aussi fort bien ne jamais rien avoir enterré. A moins qu'il n'ait survécu à l'ouragan et soit revenu chercher son trésor, avant de quitter à tout jamais La Chénière à bord de son bateau.

Raphaël se reposa un moment près du fossé, la tête posée sur les genoux. Le cri des mouettes, au loin, et l'air de la mer éveillaient en lui des images nostalgiques. Il avait faim. S'il voulait manger ce soir, il allait devoir se mettre en quête de nourriture.

Il songea qu'il pouvait creuser pendant des semaines et ne pas trouver ce qui était enterré là — s'il y avait quelque chose à trouver. Levant la tête, il regarda le tronc, puis il se retourna et contempla l'horizon. Peut-être n'y avait-il jamais eu d'arbres à cet endroit. Peut-être le trésor de Juan n'était-il qu'un rêve d'enfant, un rêve auquel il s'était raccroché pour trouver un peu de réconfort au cours des années qui avaient suivi la mort de sa mère. Mais ne s'était-il pas raccroché aussi à d'autres rêves ? Ne s'était-il pas dit que si sa mère avait vécu, ils auraient été heureux ici, que les gens auraient vu qu'il était un bon garçon et qu'ils auraient fini par être gentils avec lui.

Maintenant, il savait combien ce rêve était irréaliste. Nulle personne au courant de son ascendance ne se montrerait gentille avec lui. Il était à part, destiné comme tous les gens de sang mêlé à ne trouver sa place nulle part. L'alternative qui s'offrait à lui était aussi simple que désespérante : une vie de mensonges sous le nom d'Etienne Terrebonne, ou une existence placée sous le signe de la solitude et de l'infortune.

Il y avait des hommes de couleur dans les bayous, des hommes qui parlaient le français avec l'accent acadien, des hommes qui pêchaient, chassaient et se rendaient dans les bals, les *fais-do-dos*, au sein de leur communauté, tout comme le faisaient leurs voisins blancs. On les acceptait, à condition qu'ils restent à leur place, ne se mettent pas en tête de vouloir paraître meilleurs qu'ils n'étaient censés l'être, qu'ils ne regardent pas les femmes blanches et ne se montrent pas agressifs avec les hommes blancs. A condition qu'ils comprennent qui ils étaient et restent entre eux.

Mais lui, Raphaël, ne serait jamais accepté. Il avait vécu comme un homme blanc, dansé avec des femmes blanches. Il avait été éduqué par une mère adoptive qui nourrissait pour lui d'autres ambitions que la vie dans les bayous. Il avait franchi toutes les limites, bravé tous les interdits. En révélant la vérité, il s'exposait au pire.

Toutefois, même s'il se taisait, cette vérité pouvait finir par éclater. Auguste n'avait-il pas dit qu'elle était inscrite sur ses traits ? Zelma, pour sa part, avait justifié son teint sombre en lui expliquant qu'il le devait au sang de La Chénière. Le mélange des nationalités y avait toujours été plus important que dans les bayous. De fait, Etienne avait certainement du sang italien ou portugais dans les veines. Peut-être quelqu'un de sa famille était-il originaire des Canaries, comme beaucoup des habitants de la paroisse Saint-Bernard. Mais Zelma n'était plus là pour couper court aux questions que certains pourraient poser, et Faustin ne se préoccupait guère de le faire.

Alors que Raphaël fixait toujours l'horizon, rien ne changea. Aucun arbre n'y poussa, pas même dans son imagination. Il ne voyait qu'une étendue de ciel vide et le soleil qui descendait lentement vers l'eau. Bientôt, il ferait nuit. Il ne pourrait rien faire de plus aujourd'hui.

Il se levait déjà, prêt à partir, lorsque quelque chose attira son attention. Des arbres. Pas autant que dans son souvenir, mais des arbres tout de même. Et au milieu, une brèche bien nette. Fronçant les sourcils, Raphaël tentait désespérément de se remémorer chaque détail de cette journée, douze ans plus tôt, où il avait eu peur de ces arbres fantomatiques et de leurs linceuls de mousse. Si telle était la direction dans laquelle il fallait regarder, alors il n'avait pas retenu les instructions de Juan aussi bien qu'il le croyait. Il se concentra, fouilla dans sa mémoire, mais ce fut pour retrouver les directives qu'il s'était répétées, chaque nuit, au cours des douze années passées.

Peut-être le problème ne venait-il pas des instructions de Juan ni du souvenir qu'il en avait… Raphaël fit volte-face, regarda le tronc. Il avait effectué tous ses calculs à partir de ce point de repère, supposant qu'il avait affaire à l'arbre du milieu. Mais peut-être la souche de chêne n'était-elle pas celle du troisième arbre. Peut-être ce troisième arbre se trouvait-il à gauche, non à droite, et le tronc n'était-il pas celui de l'arbre du milieu.

Une soudaine fébrilité s'était emparée de lui. Il s'approcha de l'endroit où aurait pu se trouver le troisième arbre. Le sol était spongieux. Cet arbre était implanté dans la terre ferme lorsqu'il était venu avec Juan, mais la terre et l'eau se livraient une bataille sans merci, par ici. N'était-ce pas dans l'eau qu'il avait retrouvé les vestiges du puits de Juan ? Il s'avança, pieds nus, et arpenta lentement les environs, à l'affût du moindre signe. Au moment où il allait interrompre sa recherche, convaincu qu'elle ne mènerait à rien, il trébucha. Quelque chose avait accroché son pied. Il s'agenouilla, tâta le sol avec ses mains et découvrit une souche, qui affleurait à peine.

Il se redressa et, comme il l'avait déjà fait, tenta de se figurer l'ombre de cet arbre. Autrefois, c'était un chêne immense, majestueux. Le soir, son ombre devait s'étendre jusqu'à la terre ferme. Il se représenta alors l'ombre de l'autre arbre et en marqua l'extrémité présumée d'un petit bout de bois. Puis il revint sur ses pas, vers l'endroit où les ombres avaient dû se toucher. Se tournant alors vers la brèche, entre les arbres, il compta huit pas.

Il se trouvait à une vingtaine de mètres du fossé qu'il avait creusé, pratiquement au bord de l'eau. Dans son souvenir, l'eau se trouvait beaucoup plus loin. Mais tant de choses avaient changé.

Après avoir marqué l'endroit, il alla chercher sa pelle. Il lui restait tout juste une heure avant d'être contraint de regagner son campement. La petite fosse qu'il creusa avait une trentaine de centimètres de long et de large, et autant de profondeur. Le soleil poursuivait sa descente vers l'horizon. A présent, Raphaël devait choisir entre élargir le trou ou l'approfondir. Il aurait tout loisir de faire les deux, demain. Mais pas ce soir.

Il choisit la première solution, présumant que les marées, à force, avaient érodé le dessus de la corniche. D'un geste mécanique, il plongeait sa pelle dans le sol, puis rejetait la terre derrière lui. Il était fatigué. Il avait mal. Il n'avait plus qu'une envie : manger, dormir, oublier. Pourtant, il continuait de creuser, encore et encore, et d'agrandir le trou.

La pelle heurta quelque chose de dur.

Raphaël était si épuisé que, l'espace d'une seconde, il pensa avoir heurté une racine, un morceau de bois enseveli, quelque vestige de coque de bateau brisée par les vagues. Il tenta d'enfoncer de nouveau sa pelle et, de nouveau, elle refusa de pénétrer plus avant dans le sol.

Cette fois, il s'agenouilla et déblaya la boue avec ses mains. Il suivit les contours de l'objet, qui se révéla plat et carré. Quand il eut bien dégagé le dessus, Raphaël se redressa et planta la pelle sur le côté, s'en servant comme d'un levier pour dégager sa découverte.

Il s'agissait d'un coffret de métal, de forme carrée, d'environ trente centimètres de côté et de haut. Les mains tremblantes, Raphaël le sortit du trou. Juan avait donc bien caché quelque chose et il n'avait pas survécu pour venir le chercher. Raphaël éprouva une soudaine bouffée d'affection pour ce vieil homme qui l'avait pris en amitié, un homme qui avait connu son père et avait parlé de lui en bien.

Il essuya le coffret avec un pan de sa chemise. Un cadenas rouillé pendait sur le côté, le maintenant fermé. A l'aide de sa pelle et d'une pierre, Raphaël en vint facilement à bout.

Quand il s'assit sur le sol, le coffret sur les genoux,

il songea qu'il n'était pas souvent donné à un homme de tenir des rêves entre ses mains. En ouvrant le coffret, il pouvait ne trouver que des lettres et des photographies, les rêves d'un autre homme.

Ou il pouvait trouver les siens.

Le soleil était presque couché lorsqu'il souleva enfin le couvercle rouillé.

Les rayons embrasés du couchant révélèrent alors à ses yeux ébahis des rêves dépassant tout ce qu'un homme pouvait imaginer.

13

Le miroir situé à côté de la porte de son bureau confirma ses pires craintes à Lucien. Il était plus pâle que la veille. Et ses lèvres avaient pris une légère teinte bleutée, comme si le sang pompé par un cœur de plus en plus défaillant ne parvenait plus à circuler.

Il se détourna et jeta un coup d'œil par la fenêtre qui donnait sur le dock récemment construit pour la Gulf Coast Steamship Line. Avec le *Danish Dowager*, le tout nouveau bateau de la compagnie, c'était sa plus belle réalisation depuis qu'il avait pris la tête de la société. A l'époque d'Antoine, les quais étaient si mal adaptés et les charges et taxes portuaires si élevées que de nombreux clients avaient commencé à chercher d'autres routes pour leurs cargaisons. Antoine n'avait pas eu l'intelligence de comprendre que si un port avait des problèmes, ceux-ci ne pouvaient que rejaillir sur une compagnie maritime qui s'y trouvait basée.

Mais que pouvait-on attendre d'un homme qui bravait la logique et les conventions au point de menacer son propre gendre ? Un homme dont la visite inopinée et moralisatrice à Grand Isle n'avait abouti qu'à sa propre mort ?

La mort d'Antoine. La mort de Marcelite Cantrelle. Celle de son fils, de sa fille, de l'enfant qu'elle portait.

Le paysage, soudain, se brouilla devant les yeux de Lucien. Son cœur se crispa douloureusement dans sa poitrine. Lorsqu'il avait fait construire le bâtiment qui abritait aujourd'hui les bureaux de la Gulf Coast, après la mort d'Antoine, Lucien avait exigé des murs très épais et des ouvertures aussi petites que possible. Il ne voulait pas que les bruits de la ville puissent pénétrer à l'intérieur. Malheureusement, il n'existait pas de murs assez épais pour l'isoler des bruits de la rivière, des sirènes des remorqueurs et du son des cloches.

En cet instant précis, d'ailleurs, une cloche sonnait dans le lointain. Une de ces innombrables cloches qui, en marquant la fuite inéluctable du temps, rappelait douloureusement à Lucien le peu qu'il lui restait à vivre.

Il tendit la main, chercha à tâtons son fauteuil et s'y laissa tomber, la tête entre les genoux. Il parvint à prendre une longue inspiration, puis une autre. Comment se pouvait-il qu'au seuil d'un siècle nouveau, en une ère de progrès incroyables, rien ne puisse être fait pour un cœur qui refusait de battre normalement ?

L'année dernière, il s'était rendu dans le nord, à New York et dans le Minnesota, en quête d'un remède. En vain. A part son médecin, personne n'était au courant de la gravité de sa maladie. Aurore elle-même n'en avait aucune idée. Fort heureusement, elle n'avait posé aucune question au sujet de ce voyage qui avait pourtant duré plusieurs semaines. Sans doute avait-elle été trop occupée par les bals et les réceptions pour avoir le temps de s'inquiéter. Elle n'était jamais à la maison lorsque Lucien téléphonait. A son retour, il avait constaté avec satisfaction qu'elle avait un emploi du temps mondain très chargé.

La cloche continuait de sonner. Lucien se redressa, ouvrit le tiroir de son bureau et y prit une lettre. Il la pressa un instant contre sa poitrine, priant le ciel pour que son cœur se remette à battre normalement. Puis il se récita quelques phrases de la lettre, qu'il connaissait par cœur.

« Tu n'es pas coupable, mon fils. Tu dois laisser ce fardeau de côté et continuer à vivre. Tu ne pouvais rien faire de plus que ce que tu as fait pour sauver ces pauvres âmes perdues dans ton bateau. Tant de personnes, des centaines et des centaines, ont péri cette nuit-là. Un père est-il à blâmer parce que son fils nouveau-né a été arraché à ses bras protecteurs ; ou une mère parce qu'elle a cru assurer la sécurité de ses enfants en les mettant dans une maison qui s'est écroulée ? C'est là la volonté de Dieu, contre laquelle nul ne peut rien. »

Comme toujours, Lucien se dit que le père Grimaud avait raison. Il n'aurait rien pu changer aux événements qui s'étaient succédé au cours de cette terrible nuit. La volonté de Dieu s'était manifestée sous la forme de cet immense mur d'eau qui s'était dressé devant lui. Et même s'il avait su qu'Antoine devait mourir durant cette nuit — mort qui sonnait comme une cruelle ironie en regard de celle de Marcelite et des enfants — rien n'aurait été différent. Rien.

— Papa ?

Lucien se redressa brusquement et enfouit la lettre du père Grimaud dans le tiroir. Il ne put se lever, tant il souffrait du cœur. Mais il fit signe à Aurore, qui se tenait dans l'encadrement de la porte, de venir s'asseoir.

— Je sais que tu n'aimes pas que je vienne ici, lui dit-elle.

— Mais tu viens quand même.

— La rivière et les quais sont si fascinants. Je ne peux m'en tenir éloignée.

Aurore ressemblait de telle façon à sa mère, jeune, que l'espace d'un instant Lucien se crut brusquement transporté dans le passé. Pourtant, la femme assise dans son bureau était bien Aurore, la seule enfant vivante que lui ait donnée Claire. Si sa voix était semblable à celle de sa mère, ses cheveux étaient quant à eux plus clairs, ses yeux d'un bleu plus pâle. A dix-huit ans, Claire était robuste. Elle avait les joues roses et un rire mutin qui avait le don de séduire les hommes. Aurore, elle, portait un tailleur noir qui la faisait paraître encore plus fine et un chemisier de dentelle ivoire aussi pâle que son teint. Lucien reconnut le chapeau posé sur ses cheveux relevés. Il l'avait choisi lui-même. Des plumes d'oiseau de paradis retombaient avec grâce sur le côté du visage, ajoutant une touche de coquetterie à cette jeune fille qui en manquait singulièrement.

— Tu as sans doute plus important à faire que de venir ici, remarqua-t-il.

Elle sourit. Mais ce sourire n'éclaira en rien ses traits.

— Si je dois te donner un héritier pour la Gulf Coast, ne crois-tu pas qu'il vaudrait mieux que je m'intéresse à ce qui s'y passe ?

— Il suffira que ton mari le fasse.

Le visage d'Aurore demeura impassible.

— Et si je n'ai pas de mari ?

Dans sa poitrine, Lucien sentit un nouvel accès de douleur. Bien que la matinée fût agréablement fraîche pour un mois d'avril, une légère transpiration mouillait sa chemise.

— Ne dis pas de bêtises ! lança-t-il.

— Des bêtises ? Je n'ai toujours pas rencontré un homme qui me paraisse digne d'intérêt.

— Tu es comme toutes les jeunes filles d'aujourd'hui. Tu rêves d'amour et tu oublies ton devoir. Quand tu auras pris conscience de ce qu'on attend de toi, tu trouveras sans peine une bonne douzaine d'hommes tout à fait à ta convenance.

— Une douzaine ?

Un éclair traversa le regard d'Aurore, témoin de la vitalité cachée qui était en elle.

— Voilà qui est bien optimiste…

Lucien avait envie qu'elle s'en aille. Depuis que les chirurgiens du Minnesota l'avaient prévenu que ses jours étaient comptés, il songeait sans relâche aux problèmes que lui posaient sa fille et la Gulf Coast.

— Que veux-tu voir exactement ? demanda-t-il.

— J'aimerais visiter le nouveau dock, répondit Aurore sans hésiter.

— Je n'ai pas le temps.

Lucien se leva.

— Et je ne vois pas l'intérêt d'une telle visite. Mais si tu y tiens absolument, je vais demander à quelqu'un d'autre de t'accompagner.

— Je préférerais que ce soit toi, dit Aurore en se levant à son tour.

Ces derniers temps, songea Lucien, il devenait de plus en plus difficile de se débarrasser d'Aurore. Cette attitude cachait-elle quelque chose ?

— Je t'ai déjà dit que j'étais trop occupé.

— Papa, tu te sens bien ?

La question déplut fortement à Lucien.

— Bien sûr. Pourquoi ?

— Je te trouve l'air fatigué, ces temps-ci. Et on dirait

que tu marches le moins possible, comme si cela pouvait te fatiguer davantage.

— C'est ridicule ! En tout cas, pas un mot de tout cela à qui que ce soit. Beaucoup de gens seraient très contrariés en apprenant que je peux être en mauvaise santé.

— Pourquoi ?

— Parce que j'ai énormément investi dans le *Danish Dowager* et dans la construction du dock. C'est moi qui l'ai bâti, pas le comité directeur. J'ai investi sur le long terme en améliorant les installations portuaires, comme d'autres compagnies maritimes l'ont fait. Et j'ai prêté de l'argent au comité afin de réaliser d'autres travaux d'aménagement.

— Je ne comprends pas.

— Il fallait bien que l'argent vienne de quelque part.

— Et tu l'as emprunté afin de le prêter ?

Qu'Aurore comprenne aussi vite surprit Lucien.

— Dans un sens, acquiesça-t-il. Je me le suis emprunté à moi-même. Cet argent provient d'autres biens et investissements.

— Les membres du comité te doivent-ils cet argent, ou es-tu d'ores et déjà propriétaire du dock ?

— La Gulf Coast en a l'usage exclusif. Nous nous rembourserons sur ce qu'il rapportera.

— Avec intérêts ?

Aurore s'était penchée vers lui, complètement absorbée par la conversation. Lucien ne se rappelait pas avoir vu sa fille aussi passionnée.

— Non, le comité directeur n'a pas été autorisé à payer des intérêts. Nous pouvons seulement espérer que la compagnie sera bénéficiaire sur le long terme.

— Mais le court terme pourrait être difficile ?

— Pas si nous réalisons une bonne année. Pas si les aménagements du dock rapportent immédiatement, comme je l'espère.

— Je comprends à présent combien des rumeurs concernant ta santé seraient préjudiciables. Tout est calculé au plus juste, n'est-ce pas ?

— Oui.

Lucien fronça les sourcils. Que lui arrivait-il ? Il venait d'évoquer sa situation financière avec Aurore comme s'il était impératif qu'elle soit au courant de tout.

— Mais je ne veux pas t'ennuyer avec ces histoires, lança-t-il.

— Cela ne m'ennuie pas du tout ! assura Aurore.

Elle sourit. Un sourire très différent de celui que Lucien lui avait vu un moment plus tôt. Cette fois, son visage en était métamorphosé, au point d'avoir un charme inhabituel.

— Tu as habilement changé de sujet, souligna-t-elle. Nous parlions de ta santé.

— Et je t'ai dit que j'allais très bien.

— C'est ce que tu as dit, en effet.

Lucien n'avait qu'une envie : s'asseoir de nouveau. Il se demanda qui il allait charger d'accompagner Aurore. Son secrétaire avait les manières d'un gentleman, mais il ne faisait guère le poids face aux dockers et aux ouvriers. Aurore avait besoin d'une personne qui sache imposer son autorité et traiter néanmoins la jeune fille avec toute la déférence qui lui était due.

— Attends-moi ici. Si tu insistes, je vais tâcher de trouver quelqu'un pour te faire visiter le dock.

— J'insiste ! déclara Aurore. Je pense même que c'est indispensable.

De nouveau, Lucien crut entendre la mère d'Aurore. A cela près qu'il décela dans la voix de la jeune fille une force et une détermination qui avaient toujours fait défaut à Claire. Il eut alors l'impression très dérangeante d'avoir, durant dix-huit ans, considérablement sous-estimé sa fille.

Aurore examina le bureau de son père en attendant son retour. S'il lui avait été donné de concevoir ce bâtiment, elle l'aurait placé aussi près que possible de l'eau. Elle aurait aussi fait percer des fenêtres afin que les bruits et les odeurs de la rivière pénètrent dans la pièce.

Elle avait toujours aimé l'atmosphère des quais. Les balles de coton empilées telles les pièces d'un immense jeu de construction, les entrepôts remplis de sacs de café odorant venu d'Amérique du Sud. Elle aimait entendre le chant des hommes tandis qu'ils déchargeaient les bateaux, les cloches des mules et le sifflement strident des locomotives à vapeur. Elle aimait l'odeur du bois fraîchement coupé et du créosote utilisé pour le conserver ; elle aimait la fumée que produisait le charbon en brûlant. Il n'était rien dans sa vie qui pût être comparé avec les sensations qu'elle éprouvait durant les rares occasions où elle venait ici.

Elle songea à Ti'Boo et aux journées qu'elles avaient passées ensemble au Bayou Lafourche. Ti'Boo attendait un bébé. Bien que ses lettres fussent plus rares, désormais, elle paraissait très heureuse. Jules était un mari prévenant et travailleur. Et l'enfant qu'elle portait — une fille, espérait-elle — compensait tous les désagréments de la vie, la maladie qui avait ravagé la maigre récolte de canne à sucre de Jules ou la crue qui avait submergé leur jardin potager.

Au Bayou Lafourche, Aurore s'était sentie vivante, vraiment. Ensuite, il lui avait fallu rentrer chez elle, retrouver une maison vide, aussi vide que son existence. D'autres jeunes filles de La Nouvelle-Orléans s'étourdissaient dans le tourbillon de la vie mondaine, notamment pendant la saison du carnaval où l'on ne comptait plus les déjeuners, les réceptions, les dîners et les bals. Aurore n'en faisait pas partie. Sans doute aurait-elle été plus heureuse si son père avait accepté qu'elle aille à l'Université, mais il n'avait pas jugé nécessaire de lui faire poursuivre des études. L'université de Newcomb, où l'on insistait sur l'activité physique et le sport, lui était apparue comme un endroit peu convenable pour une jeune fille.

Aurore jeta un coup d'œil par la petite fenêtre du bureau, enviant les hommes qu'elle voyait en bas, tous occupés à des tâches éreintantes. Les dockers qui déchargeaient des tonnes de bananes avaient peut-être à craindre les tarentules ou les serpents venimeux qui se glissaient parfois dans les cargaisons, mais au moins étaient-ils libres, une fois leur travail terminé, de faire ce que bon leur semblait, d'aller où ils le souhaitaient. Aurore, elle, devait se battre pour chaque souffle d'air, chaque idée, chaque rêve.

La porte du bureau s'ouvrit. Elle se retourna en entendant les pas de son père et s'immobilisa soudain quand elle aperçut, et reconnut, l'homme qui l'accompagnait.

— Aurore, je te présente Etienne Terrebonne, notre nouveau directeur de la navigation.

Tandis qu'elle le saluait, Aurore garda le regard rivé sur celui de l'homme qui se tenait près de son père. S'il portait un costume bleu marine de coupe très élégante, il n'avait rien d'un dandy. Malgré son costume, sa chemise blanche amidonnée et sa cravate rayée, il était aussi viril que dans les vêtements de travail de cotonnade qu'il portait lors de leur première rencontre.

— J'ai cru comprendre que vous désiriez visiter certaines de nos installations, dit-il dans un excellent anglais, dépourvu d'accent.

Un mélange de soulagement et de curiosité envahit Aurore. Etienne avait gardé pour lui le fait qu'ils se connaissaient. D'ailleurs, cela tenait du miracle que Lucien n'ait jamais rien su du voyage d'Aurore à Côte Boudreaux.

— Oui, j'aimerais beaucoup visiter le nouveau dock, dit-elle. Serez-vous mon guide ?

— Si vous le permettez, répondit Etienne en s'inclinant.

— J'en serai ravie.

Aurore sourit poliment, ainsi qu'il convenait.

— Etienne, je ne veux pas que Mlle Le Danois fasse de fâcheuses rencontres, intervint Lucien.

— J'ai déjà fait savoir que je lui faisais visiter le dock.

— Bien.

Lucien se tourna vers Aurore.

— Aurore…

Il lui donnait congé.

Enthousiaste, elle gagna la sortie en compagnie d'Etienne. Ils n'échangèrent pas un mot. Dehors, il l'attrapa brusquement par le bras et la tira en arrière alors qu'un wagon chargé de sacs de café passait en trombe devant eux. Il ne la relâcha pas tout de suite. Ils restèrent un moment dans l'ombre, à se regarder.

— Bonjour, lança enfin Etienne.

— J'imagine que vous avez des choses à me dire.

— Que voulez-vous savoir ?

— Tout.

— Tout ? Et visiter le dock en plus !

— La visite peut être remise à plus tard…

Pour la première fois depuis leurs retrouvailles, Etienne sourit. Un sourire qu'Aurore n'avait pas oublié, bien que plusieurs mois se fussent déjà écoulés.

— Ne vous avais-je pas assuré que je trouverais ma place dans ce monde ? dit-il.

— Mais vous n'aviez pas précisé que ce serait ici, dans l'entreprise de mon père.

— Je l'ignorais.

— Et les vêtements ?

Elle s'écarta pour mieux le voir.

— L'anglais impeccable ?

— Il était loin de l'être lorsque je suis arrivé. Mais j'apprends vite. Quant aux vêtements…

Etienne haussa les épaules.

— Est-ce vraiment important ?

— Oui, très. Si vous vous étiez présenté ici habillé comme vous l'étiez dans les bayous, mon père vous aurait engagé pour décharger ses bateaux, certainement pas pour diriger quoi que ce soit.

— Exact.

— A présent, dites-moi la vérité, pourquoi avez-vous décidé de venir à la Gulf Coast ?

— Mon père est mort, et j'ai découvert qu'il avait mis de côté une somme d'argent assez importante. Je m'en suis servi pour venir à La Nouvelle-Orléans. Je voulais apprendre le commerce maritime. La Gulf Coast m'a paru le choix idéal.

— Quand cela s'est-il produit ?

— Peu de temps après notre rencontre.

Etienne prit la direction du dock, et Aurore le suivit. Ils traversèrent une zone où l'on installait des rails pour une nouvelle ligne de chemin de fer. Puis ils empruntèrent un passage qui les amena dans une cour remplie de bois. Les planches destinées à la fabrication des tonneaux étaient l'une des principales marchandises que la Gulf Coast acheminait vers l'Europe et les pays producteurs de vin où le bois manquait. Parfois, Aurore se demandait s'il restait encore des arbres dans les Etats du nord.

— Je suis désolée pour votre père, dit-elle.

— Merci.

— Mais pourquoi avoir choisi le commerce maritime ? Et pourquoi la Gulf Coast ?

— Existe-t-il une activité économique de La Nouvelle-Orléans qui ne soit pas liée au transport maritime ? Et puis, je suis habitué à l'eau. Le rail ne m'intéresse pas. Je me demande même pourquoi nous posons des kilomètres et des kilomètres de voies ferrées alors que nous avons un fleuve qui traverse la moitié de ce pays. On m'a raconté qu'il était si fréquenté autrefois qu'un homme pouvait parcourir des kilomètres en passant simplement d'un bateau à vapeur à l'autre.

— C'était ainsi lorsque j'étais enfant, se souvint Aurore.

Elle s'écarta en apercevant un rat qui courait d'une pile de planches à une autre.

— Nous n'aurions pas dû passer par ici, observa Etienne. Vous êtes en train de salir vos chaussures.

— Les chaussures sont faites pour cela.

Soulevant un peu plus haut sa jupe, Aurore avoua :

— Je vous envie de travailler ici tous les jours.

— Vraiment ?

Etienne paraissait peu convaincu.

— Ne me dites pas que vous êtes de ceux qui croient qu'une femme ne s'intéresse qu'à ses toilettes ?

— Vous vous intéressez donc réellement à ce qui se passe ici ?

— Sans cela, pour quelle autre raison tolérerais-je les rats et la boue ?

Soudain, Etienne accéléra le pas, comme s'il souhaitait finir au plus vite la visite. Aurore posa la question qui lui brûlait les lèvres.

— Lorsque vous êtes venu travailler pour mon père, avez-vous fait le lien avec moi ?

— Je n'ai pas tout de suite travaillé pour lui. J'ai commencé par collecter les taxes portuaires à bord des bateaux.

— Et comment êtes-vous passé de l'un à l'autre ?

— Un jour, je suis arrivé très en retard, et un bateau avait quitté le port avant que j'aie pu prélever l'argent. J'ai appris que l'un des vapeurs de votre père allait partir. J'ai proposé d'aider l'équipage à décharger à Baton Rouge s'ils m'emmenaient avec eux. Lorsque je suis arrivé là-bas, j'ai retrouvé le bateau et récupéré l'argent. Ensuite, j'ai déchargé au moins mille régimes de bananes.

— Et comment êtes-vous rentré chez vous ?

— J'ai sauté sur une barge qui descendait vers La Nouvelle-Orléans et passé la nuit sur une balle de coton. Le lendemain, je suis arrivé juste à temps pour recueillir l'argent de mes bateaux.

Aurore se mit à rire.

— Vous ne m'avez toujours pas dit comment vous avez obtenu un poste chez mon père ?

— Votre père, qui avait entendu raconter mon aventure, est venu me voir. Il cherchait une personne débrouillarde que le travail n'effrayait pas.

— Saviez-vous que Lucien Le Danois était mon père ?

Etienne eut un instant d'hésitation.

— Je m'en doutais. Mais ce n'était pas quelque chose dont je pouvais parler. Je me souvenais que vous étiez venue dans les bayous sans l'accord de votre père.

— Ainsi, vous connaissez l'un de mes secrets et moi l'un des vôtres, observa Aurore.

Il s'arrêta et se tourna vers elle.

— Ah bon ?

— Oui. Je connais votre passé.

— Vraiment ?

— Oui. Vous êtes Etienne, l'Acadien manieur de couteau du fond du Bayou Lafourche.

— Et qu'allons-nous faire de ces secrets ?

— Les garder pour nous.

— Vraiment ? répéta Etienne.

Son regard s'était assombri, comme s'il était déjà lourd de trop de secrets à garder.

— Est-ce nécessaire ? Vous venez rarement par ici, il me semble. Et je ne crois pas que votre père m'invitera un soir à dîner chez vous. Dans ces conditions, je doute que nos chemins se croisent souvent.

Même si Etienne se plaisait à insister sur tout ce qui les séparait, Aurore n'était pas dupe. Il voulait savoir s'il la reverrait. Il en avait envie, elle le sentait.

— Détrompez-vous, lui dit-elle. Je pense que je viendrai souvent par ici, dit-elle. Mon père n'ayant pas d'héritier, la Gulf Coast m'appartiendra, un jour.

— Il nous faudra donc apprendre à mieux nous connaître.

— Oui.

Aurore regardait ce visage qu'elle avait trouvé si séduisant, des mois plus tôt. Aujourd'hui, il l'était encore davantage. Il avait gagné en force, en maturité.

— Il le faudra, en effet, murmura-t-elle.

— Peut-être cela ne sera-t-il pas trop difficile.

— Peut-être.

Elle ne songea même pas à sourire. Elle fixait Etienne, le comparait aux autres hommes. Celui-ci, elle le pressentait, ne devait pas être facile à connaître. Mais cela pouvait valoir la peine d'essayer.

Finalement, il se détourna et reprit son chemin.

— Je vais vous parler des quais. Avant que le comité directeur n'en prenne le contrôle, ils étaient gérés par une société privée. A l'origine, tous les bâtiments qui se trouvent le long du fleuve étaient de bois. Aujourd'hui, nos hangars sont en acier. Nous pouvons avoir deux vapeurs au mouillage et d'autres au dock voisin, en demandant l'autorisation. Lorsqu'on mettra le *Danish Dowager* à l'eau, il y aura de la place pour lui à notre quai.

— C'est un événement auquel je serais heureuse d'assister.

Etienne eut un regard approbateur.

— Nous sommes équipés de rampes électriques actionnées par des moteurs de quinze chevaux. Elles sont pourvues de systèmes permettant de s'adapter au niveau du fleuve pour la mise à flot.

Tout en marchant à côté de lui, Aurore écoutait ses explications avec intérêt. Mais le plus passionnant avait déjà été dit.

Certains jours, au cours de l'été, Lucien eut vraiment le sentiment qu'il allait rendre son dernier soupir. La chaleur ne lui laissait aucun répit. Elle lui brûlait les poumons. Lorsqu'il parvenait à trouver le sommeil, c'était assis sur une chaise, à côté de la fenêtre de sa chambre. Souvent à la lueur de la lampe, il écrivait des lettres au père Grimaud.

Le matin, il se rendait au bureau, où il restait rarement au-delà de midi. La chaleur paraissait plus insupportable encore au bord du fleuve, comme si le Mississippi la retenait captive dans ses profondeurs boueuses. Et Lucien évitait le Pickwick Club, qui avait été autrefois son refuge, de crainte que sa silhouette de plus en plus décharnée ne fasse courir des rumeurs sur sa santé. Parfois, il parcourait en voiture les quelques kilomètres indispensables pour gagner le quai où l'on achevait d'équiper le *Danish Dowager*. Mais la plupart du temps, l'après-midi, il trouvait un prétexte et rentrait à la maison.

En octobre, les températures baissèrent assez pour lui apporter quelque soulagement. Mais l'été avait émoussé l'intérêt qu'il portait à la Gulf Coast. Sur le fleuve, le ballet des vapeurs se poursuivait. Ils apportaient les bananes du Costa Rica et le café du Brésil, emportaient le coton vers l'Italie, le bois vers la France et les céréales vers l'Angleterre. Le chargement et le déchargement étaient plus faciles et plus rapides désormais. Toutefois, la circulation fluviale était moins importante que Lucien ne l'avait espéré.

Cela dit, il était au moins entouré d'hommes de valeur, qui tous travaillaient à la prospérité de la Gulf Coast. Il pouvait ainsi compter sur Karl, son secrétaire, pour protéger les intérêts de la compagnie lorsqu'il était absent du bureau. Son bras droit, Tim Gilhooley, ancien champion de boxe qui avait connu la gloire au siècle précédent, lorsque la ville s'enthousiasmait pour ce sport, était encore capable de briser un ou deux crânes, si nécessaire, ou de glisser une bouteille du meilleur bourbon du Kentucky à un homme qu'il fallait adoucir.

Et puis, il y avait Etienne Terrebonne. Ce garçon avait tout de suite impressionné Lucien. Bien qu'issu des profondeurs du Bayou Lafourche, il possédait d'excellentes manières. Son teint était certes trop sombre, ses origines trop ouvertement latines, mais il s'habillait bien et avait une bonne éducation. Et, plus important que tout, le travail ne lui faisait pas peur.

Parfois, Etienne paraissait littéralement possédé par l'envie de réussir. En l'espace de quelques mois, il en avait appris davantage sur les transports maritimes que bien des employés de Lucien en plusieurs années. Par deux fois, il avait été promu et, tout récemment, il s'était vu attribuer le poste de directeur de la navigation. Sous la houlette de Tim Gilhooley, Etienne était maintenant en charge du commerce maritime.

En temps normal, Etienne n'aurait pas gravi les échelons aussi vite, mais Lucien n'avait plus beaucoup de temps devant lui pour choisir et former ses associés. Alors qu'il avait pensé amener tout doucement au métier le mari d'Aurore, il lui fallait bien trouver une alternative. Car aucun prétendant sérieux n'était en vue.

Aurore était tout aussi courtisée que n'importe laquelle des jeunes filles qui assistaient aux soirées de l'Opéra français. Elle recevait autant de visites que les autres dans la loge familiale. Elle avait de la fortune et un nom. Des années plus tôt, à la cour du roi du carnaval, Lucien avait été duc et Claire princesse, ce qui, à La Nouvelle-Orléans, était considéré comme une distinction extraordinaire.

Ainsi, en plus d'être l'héritière d'une des premières compagnies maritimes du port, Aurore comptait-elle parmi les personnalités les plus en vue de La Nouvelle-Orléans. Elle aurait dû être l'objet de nombreuses demandes en mariage, mais elle avait découragé les prétendants. Jamais encore Lucien ne lui avait permis de contre-carrer les plans qu'il avait faits pour elle. Toutefois, on était en 1906 et même le plus sévère des patriarches ne pouvait contraindre une femme à se marier contre son gré.

Confronté à un cœur qui luttait en permanence pour battre et à une fille obstinée, Lucien avait été contraint de chercher un homme possédant la jeunesse, l'intelligence et l'ambition nécessaires pour prendre en main la Gulf Coast lorsqu'il ne serait plus de ce monde. Etienne était son candidat préféré. La perspective de devenir actionnaire, la promesse qu'il prendrait la place de Tim à la retraite de celui-ci et un aperçu du prestige qui pourrait être le sien s'il faisait de la Gulf Coast l'œuvre de sa vie : avec cela, Lucien avait la certitude qu'Etienne se dévouerait corps et âme à la compagnie.

Un après-midi, vers la fin du mois d'octobre, Lucien s'apprêtait à quitter son bureau. Il était resté plus longtemps qu'à l'accoutumée afin d'étudier quelques chiffres qu'Etienne lui avait communiqués. Comme d'habitude, tout semblait parfaitement en ordre. Lucien prenait ses gants et son chapeau lorsqu'on frappa à la porte. Il répondit d'entrer, espérant qu'on ne le retiendrait pas longtemps. Sa gouvernante lui avait promis un petit consommé de crabes achetés le matin même au Marché Français.

— Monsieur Le Danois.

Etienne attendait poliment dans l'encadrement de la porte.

— J'ai étudié vos chiffres, dit Lucien en lui faisant signe d'entrer. Tout me semble parfait. Vous faites de l'excellent travail.

— Merci, monsieur. Avez-vous réfléchi au nouveau contrat d'assurance dont je vous ai parlé ?

— La Gulf Coast a toujours traité avec Fargrave-Crane et, pour tout vous avouer, j'hésite à changer.

— Je le comprends, monsieur. Je pensais seulement que vous pourriez trouver intéressant d'économiser une somme d'argent considérable.

En d'autres temps, Lucien n'aurait prêté aucune attention

à la suggestion d'Etienne. Il existait un code tacite chez les propriétaires et administrateurs des grandes compagnies maritimes. Tous ces hommes évoluaient dans les mêmes cercles politiques et sociaux. Ils exigeaient une parfaite loyauté même si le coût en était parfois élevé. En retour, ils s'épaulaient, fermant les yeux lorsque les temps étaient difficiles. En de nombreuses circonstances, une garantie personnelle valait autant que de l'argent dans un coffre à la banque.

Mais Etienne n'était pas lié par l'éthique qui prévalait dans ces cercles fermés. Avec l'assentiment de Tim, il avait étudié les propositions de nouvelles compagnies d'assurances après avoir découvert l'importance des sommes que la Gulf Coast investissait afin d'assurer sa flotte et ses cargaisons. Lucien n'avait laissé faire que parce qu'il était préoccupé par les problèmes financiers. S'il était toujours persuadé d'avoir eu raison d'investir dans de nouvelles installations et dans la construction du *Danish Dowager*, sa situation financière était des plus précaires. Il avait besoin de liquidités.

Il décida de courir le risque.

— Demandez à Tim d'étudier la proposition de Jacelle et fils. Nous en reparlerons ensuite.

— Bien, monsieur.

— Dites-moi, Etienne, votre travail vous plaît-il ?

— Beaucoup, monsieur.

— Vous laisse-t-il le temps d'avoir une vie personnelle ? Je ne voudrais pas que vous vous épuisiez à la tâche. Il doit y avoir des centaines de jeunes femmes qui rêvent de vous faire découvrir les plaisirs de la ville…

— Je tâcherai de m'en souvenir, monsieur.

Comme Etienne souriait, Lucien lut toute la confiance de la jeunesse sur ses traits. Il se sentit soudain très vieux, très proche de la mort. Il enviait à Etienne toutes les années qu'il avait devant lui.

— N'êtes-vous pas nostalgique parfois ? lui demanda-t-il. Je sais que vous n'avez plus de famille dans le bayou, mais ne vous arrive-t-il pas d'avoir envie d'y retourner ?

— Si, monsieur.

A présent, Etienne ne souriait plus.

— Mais j'ai tellement rêvé d'en sortir, enfant, que je suis déterminé aujourd'hui à tirer le meilleur parti de ce que je fais.

— Ainsi, vous avez toujours été ambitieux ? observa Lucien en enfilant ses gants. J'ai souvent trouvé que les Acadiens se satisfaisaient de peu. Pourquoi êtes-vous si différent ?

— Différent ? Malchanceux, peut-être. Qui sait si mon obstination à réussir ne causera pas ma perte ?

— Moi aussi, j'étais différent.

Pourquoi éprouvait-il le soudain besoin de parler à Etienne ? Lucien l'ignorait. Il y avait quelque chose d'irrésistible dans la vitalité à fleur de peau du jeune homme, dans l'intensité de son regard sombre.

— Que voulez-vous dire, monsieur ?

— Savez-vous combien de familles créoles ont conservé leur fortune ?

Lucien n'attendit pas la réponse à sa propre question. Ils savaient tous deux que les créoles de La Nouvelle-Orléans étaient une race en voie d'extinction. Beaucoup des anciens noms subsistaient encore, mais au prix d'alliances avec des souches plus solides, plus résistantes.

— Et vous savez pourquoi ? poursuivit-il. Parce que les créoles répugnaient à travailler. Même mon beau-père trouvait le travail déplaisant, tout en admettant sa nécessité. La guerre a ruiné la grande majorité des familles. Elles n'ont pas su prendre le peu qu'il leur restait et en faire quelque chose. Moi, j'ai su. Et aujourd'hui, je dirige un empire. Tout cela parce que le travail ne m'a jamais rebuté.

— Un exemple que tout homme devrait suivre, commenta Etienne.

— Vous êtes jeune, lui dit Lucien avec un soupir. Vous avez encore tant à apprendre. Toute ma vie, j'ai rêvé d'avoir un fils auquel transmettre ce que je sais…

Etienne ne répondit pas. Visiblement, il respectait les rêves déçus.

— Ne restez pas trop tard, lui dit encore Lucien. Rentrez chez vous et faites un bon repas. Nous nous verrons demain matin.

— Bien, monsieur. Merci, monsieur.

Lucien le salua d'un signe de tête.

Dans la voiture, il ferma les yeux et se laissa bercer par le bruit régulier des roues sur les pavés de la chaussée.

Etienne, qui se trouvait toujours dans le bureau de Lucien Le Danois, regarda la voiture de son patron se frayer un chemin dans la circulation, sur le quai. Le chauffeur était un vieux Noir qui se trouvait déjà au service de la famille avant la naissance d'Aurore. Celle-ci avait confié à Etienne qu'elle aimait beaucoup le vieil homme, Fantôme. Plus d'une fois, lorsqu'elle désobéissait à son père, il avait menti avec courage pour la protéger. Etienne ignorait d'où lui venait ce nom et s'il avait un lien quelconque avec celui qu'on lui avait donné à sa naissance, mais Fantôme lui convenait parfaitement. Le vieil homme n'existait que dans l'ombre de Lucien et d'Aurore, grand spectre à l'allure guindée qui regardait Etienne d'un air entendu.

Ce regard de connivence, Etienne l'avait déjà vu dans les yeux des créoles de couleur qui habitaient le Vieux Carré. Les « gens de couleur » formaient une caste à eux seuls. Libres un siècle avant la Proclamation d'émancipation, certains avaient possédé de grandes propriétés et même des esclaves. Mais la guerre n'avait pas amélioré leur situation. Alors qu'ils constituaient autrefois un groupe social respecté, ils avaient perdu aujourd'hui la plupart de leurs droits et de leurs privilèges. Ils demeuraient entre eux, se mêlant le moins possible aux Noirs et aux Blancs.

Ces hybrides, beaux et cultivés, repéraient l'ascendance d'Etienne au premier coup d'œil, aussi sensibles à l'épaisseur d'une lèvre, à la courbe d'un nez qu'ils l'étaient aux affronts dont ils étaient chaque jour les victimes. Ils comprenaient qu'un homme de couleur pût choisir de se faire passer pour blanc s'il en avait la possibilité. Beaucoup de leurs frères et sœurs avaient fait d'ailleurs ce choix. Toutefois, bien qu'ils ne se permettent aucun commentaire lorsqu'ils se trouvaient en sa présence, Etienne savait ce qu'ils pensaient. S'ils avaient repéré ses origines, le temps viendrait forcément où les autres auraient des soupçons. Etienne jouait un jeu dangereux.

Le plus dangereux des jeux, songea-t-il en regardant disparaître la voiture de Lucien. Voilà des années, la haine était devenue l'unique moteur de son existence. Aujourd'hui, la seule vue de Lucien Le Danois faisait battre son cœur plus vite, sa respiration se faisait saccadée. Parfois, ses mains se mettaient à trembler et il craignait que sa voix, l'expression de son visage, ne le trahissent.

Il se souvenait avec précision de leurs retrouvailles. Il avait craint que Lucien ne le reconnaisse. Craint et espéré à la fois. Si tel avait été le cas, il aurait cherché une vengeance immédiate, quoiqu'imparfaite. Mais il n'y avait pas eu la moindre lueur de reconnaissance dans le regard de Lucien. L'enfant qu'il avait envoyé à la mort était sans doute sorti de son esprit depuis longtemps, depuis si longtemps qu'il n'avait fait aucun rapprochement entre Raphaël et le jeune homme qui se tenait devant lui.

Lucien ne connaissait ni le doute ni le remords. Il était loin d'imaginer qu'un fantôme le poursuivait, qui lui volerait un jour tout ce qui lui était cher.

Etienne entendit du bruit derrière lui. Il se composa un visage avant de se retourner et vit Aurore qui traversait la pièce à sa rencontre, la main tendue.

— Il est parti, n'est-ce pas ? J'ai vu passer la voiture et je me suis dissimulée sous une porte cochère. Je pensais qu'il était déjà parti depuis longtemps.

— D'autres sont peut-être encore là, souligna Etienne en prenant sa main.

— Je leur dirai que je suis passée voir mon père et que je suis très triste de l'avoir manqué.

— Si vous insistez pour me voir, il nous faudra trouver un lieu plus discret.

— Insister ? Moi ?

Aurore rejeta la tête en arrière. Ses yeux étaient aussi bleus que le carré de ciel que laissait entrevoir la fenêtre du bureau de Lucien.

— N'est-ce pas vous qui avez suggéré que je pourrais avoir envie de faire une promenade dans la campagne, ce soir ?

— Comment faites-vous pour vous échapper, Aurore ?

Ne s'inquiète-t-on pas de votre absence lorsque vous venez me retrouver ainsi ?

Elle s'approcha.

— S'inquiète-t-on de mon absence lorsque je ne peux pas venir ?

Depuis plusieurs mois qu'ils se retrouvaient en secret, Etienne cherchait chez Aurore des traces de l'héritage de Lucien. Mais la femme qui le fixait d'un regard plein de désir ne lui ressemblait en rien. Elle n'avait ni la froideur ni le détachement de son père.

— Oui, répondit-il en lui effleurant la joue.

— Moi, je mens. Je mens, et je donne à Cléo des cadeaux qui la prédisposent à croire ce que je dis. Et j'ai des amis qui mentent pour moi, aussi. Ils trouvent nos rendez-vous merveilleusement romantiques !

— Et vous, qu'en pensez-vous ?

— Je trouve qu'ils pourraient l'être encore bien davantage.

Soudain, Etienne regarda la jeune fille différemment. Le soleil de cette fin d'après-midi donnait à son teint des reflets de nacre. Elle avait la jeunesse d'une enfant, la maturité d'une femme. Se penchant sur elle, il lui effleura les lèvres. Il la sentit frissonner et l'attira contre lui. Cette fois, il chercha sa bouche, bien décidé à savoir ce qu'elle était : femme ou enfant ?

Ce fut la femme qui s'abandonna à son étreinte, pressant sa jeune poitrine contre le torse d'Etienne. La chaleur de leurs corps irradiait l'espace et plus rien n'importa soudain que la force de leur désir, le halètement de leurs souffles mêlés.

— Etienne.

Aurore fut la première à s'écarter, les joues en feu, bouleversée. Elle ouvrit les yeux.

— Quelqu'un… pourrait entrer.

— En effet.

— Cette pensée n'a pas l'air de vous déplaire.

— Il me plaît que nous soyons ensemble ce soir.

— Si nous partions, à présent ?

— Je vais m'en aller le premier et vous attendre derrière le hangar à café. Une voiture doit nous y retrouver.

Le regard d'Aurore pétilla.

— Et vous pensez vraiment que nous pouvons nous éclipser ainsi sans être vus ?

— Ayez confiance.

Etienne lui prit la main et y déposa un baiser, sans détacher son regard de celui d'Aurore.

— Vous avez compris ? Vous ne partez pas tout de suite.

— J'ai compris.

Une fois au-dehors, Etienne se dirigea vers le hangar à café, certain que la jeune fille le suivrait. Sans le savoir, Aurore l'avait conduit jusqu'à La Nouvelle-Orléans, jusqu'à son père. Mais aujourd'hui, elle lui ouvrait une nouvelle voie, une voie qui aboutissait à la ruine totale de Lucien — ce dont l'enfant Raphaël n'aurait jamais osé rêver.

Car s'il avait pensé détruire Lucien Le Danois en lui prenant tout ce qu'il avait construit, c'était une punition encore trop douce. Aujourd'hui, celui que tous appelaient Etienne se voyait offrir beaucoup mieux.

Il avait le pouvoir de détruire Aurore, sa fille, et avec elle, tous les rêves d'avenir et de postérité de Lucien Le Danois.

14

Le *Danish Dowager* devait être le premier vaisseau d'une flotte d'un genre nouveau. Ce bateau de luxe était conçu pour transporter des passagers aussi bien que des marchandises. D'autres verraient le jour plus tard, qui apporteraient gloire et renommée au nom de famille de Lucien, Le Danois, devenu en anglais The Danish. Le prochain navire serait ainsi le *Danish Diva* et le suivant le *Danish Dancer*.

Aurore avait appris que le comité directeur de la compagnie n'était guère enthousiaste au sujet du *Dowager*. Les dépenses étaient considérables. De fait, rien n'était trop beau pour Lucien. Il voulait que le *Dowager* soit le vaisseau le plus somptueux de tout le port. Bien qu'il ait été construit et lancé à New York, Lucien avait insisté pour que les dernières finitions soient effectuées à La Nouvelle-Orléans, afin de lui permettre de superviser lui-même l'aménagement intérieur. Il se rendait presque quotidiennement sur le chantier. Un jour, mécontent de la couleur or pâle choisie pour le grand salon, il avait fait jeter toute la peinture par-dessus bord pour être certain qu'elle ne serait pas utilisée ailleurs sur le bateau.

Le trajet du *Dowager* avait été étudié avec le plus grand soin. Pendant la saison touristique d'hiver, il voyagerait entre La Havane et La Nouvelle-Orléans ; et durant le reste de l'année, sa destination serait New York. Il mesurait cent vingt-cinq mètres de long sur quinze de large et devait accueillir à son bord un équipage de plus de cent personnes, autant de passagers, qu'il transporterait à une vitesse de seize nœuds.

Comparé aux énormes transatlantiques de la Cunard ou de la Hamburg-America, le *Dowager* n'était pas un grand bateau. Néanmoins, il n'avait rien à leur envier en matière de luxe. Aurore avait à plusieurs reprises demandé à le visiter, mais son père avait chaque fois repoussé sa requête. Tel un enfant refusant de partager son jouet, il n'avait accordé qu'à contrecœur aux membres du comité directeur le droit — légitime — de visiter le bateau, trouvant un prétexte pour ne pas les accompagner. S'il n'avait tenu qu'à Lucien, Aurore le savait, elle n'aurait vu le bateau qu'une fois terminé.

Mais Lucien n'avait plus le pouvoir de contrôler Aurore.

En décembre, juste avant Noël, elle attendait, dissimulée dans l'ombre, à une cinquantaine de mètres du bateau. Si la journée avait été très douce, la soirée se faisait de plus en plus fraîche. Elle resserra sa cape autour d'elle, sans pour autant empêcher le vent de s'engouffrer dessous. Fantôme, qui l'avait conduite jusque-là, attendait dans la voiture, les lèvres pincées et le regard plus perçant que celui d'un aigle. Bien qu'il ait promis de ne rien dire à Lucien, Aurore sentait sa désapprobation, malgré la distance. Et lorsqu'il verrait qui elle était venue retrouver, les choses ne feraient qu'empirer.

Elle entendit des pas et s'enfonça un peu plus dans l'ombre. Les quais étaient dangereux, la nuit. Decatur Street, toute proche, était peuplée de bars et de repaires de marins. Et si, dans leur volonté d'assainir la ville, les élus locaux avaient défini un périmètre réservé à la prostitution, ils n'avaient pu empêcher les abords du fleuve de devenir le lieu de rendez-vous d'une population peu recommandable, en marge des lois.

Soudain, la silhouette d'un homme apparut, qui se détachait de façon impressionnante sur le ciel d'hiver.

— Etienne.

Soulagée, Aurore s'avança.

— Je suis heureuse que ce soit vous.

— Pourquoi n'avez-vous pas attendu dans la voiture ?

— Je craignais de vous manquer.

— Vous auriez pu me manquer tout à fait si quelqu'un d'autre vous avait trouvée ici.

Comme Etienne la rejoignait dans l'ombre, Aurore se glissa aussitôt dans ses bras, ainsi qu'elle le faisait depuis quelque temps.

Les lèvres d'Etienne étaient délicieusement chaudes contre les siennes. Et cette sensation désormais familière était aussi excitante qu'au tout début.

Aurore ne vivait que pour ces instants, qu'il lui devenait de plus en plus difficile de dérober. Par deux fois, alors qu'elle avait passé l'après-midi avec Etienne, son père l'avait questionnée sur ce qu'elle avait fait. Il était très souvent à la maison, à présent, comme s'il avait des soupçons. Il encourageait Aurore à lui raconter ses journées et écoutait ses réponses avec attention.

A une époque, Aurore aurait tout donné pour obtenir ainsi l'attention de son père. Aujourd'hui, cette attention ne faisait qu'ajouter au sentiment de culpabilité qu'elle éprouvait. Il était plus difficile de lui mentir alors qu'il paraissait sincèrement concerné par son bien-être. Plus difficile, peut-être, mais nécessaire, car pour la première fois de sa vie, elle avait trouvé un homme dont l'attention lui importait encore davantage que celle de son père.

Etienne s'écarta pour voir son visage.

— Etes-vous prête à monter à bord ?

— Vous êtes certain que nous ne risquons rien ?

— J'ai pris mes dispositions. Personne ne nous dérangera.

Aurore glissa le bras sous le sien.

Le gardien du bateau apparut sur le pont lorsqu'ils s'approchèrent. Sans un mot, il abaissa la passerelle provisoire. Lorsqu'ils eurent embarqué, le gardien les salua d'un signe de tête et disparut. Etienne remonta la passerelle. Ils étaient seuls.

— Il est à nous jusqu'à 22 heures, dit Etienne. Ensuite, le gardien reviendra.

— A nous..., répéta Aurore.

Elle aimait la façon dont sonnaient ces mots.

— Par quoi commençons-nous ? demanda Etienne. Désirez-vous dîner, danser ? Faire le tour du bateau ?

Aurore était venue pour visiter le *Danish Dowager*. Et puis, ils étaient seuls à bord. Il n'y avait donc pas le choix.

— Faisons le tour du bateau.

Elle tourbillonna, faisant voler sa cape autour d'elle.

— Oui, répéta-t-elle avec ivresse, le tour du bateau !

Etienne lui tendit le bras, et elle le prit, se serrant contre lui pour se protéger du vent.

— D'abord, nous allons prendre une lanterne, dit-il. Il n'y a pas d'électricité à bord tant que le bateau est en chantier.

Alors qu'ils empruntaient le pont, Aurore l'imagina rempli de chaises longues et de la foule des passagers.

Il avait été verni récemment, et un parfum âcre s'en dégageait, qui se mêlait agréablement aux senteurs de l'air.

Etienne trouva une lanterne et l'alluma.

— Nous allons commencer par le pont supérieur, avant que le soleil ne soit tout à fait couché.

Il précéda Aurore dans un escalier doté d'une belle rampe de cuivre. Une fois en haut, elle se précipita vers le bastingage pour contempler le fleuve.

— Regardez, lança-t-elle, il y a un remorqueur qui passe.

Etienne la rejoignit.

— Votre père a pensé à tout, fit-il remarquer au bout d'un moment. Ce pont sera pourvu d'une douzaine de canots de sauvetage.

— Pourquoi ? Le *Dowager* ne fera pas naufrage. Je sais qu'il arrive à certains bateaux de couler, mais pas des bateaux comme celui-ci. Il appartient à une nouvelle génération.

— Vous oubliez les catastrophes naturelles.

Inévitablement, Aurore songea à l'ouragan qui avait bouleversé leurs vies. Et elle s'efforça aussitôt de l'oublier.

— Depuis le printemps, dit-elle, les journaux ne parlent que de l'éruption du Vésuve et du tremblement de terre de San Francisco. Toutefois, il s'agit là de phénomènes terrestres. Ce bateau navigue sur l'eau, et je me refuse à croire qu'il pourrait couler.

— Votre père partage votre opinion. Cela ne l'a pas empêché de prévoir des canots de sauvetage en nombre.

— Mon père a foi en ses navires parce qu'ils sont construits selon ses vœux. Il pense qu'en dépensant des fortunes, il peut tout faire plier à sa volonté. Néanmoins, il se méfie des eaux de la rivière et du golfe, parce qu'il n'est pas en son pouvoir de les dompter.

— Eads a bien dompté la rivière lorsqu'il a construit les digues de South Pass, souligna Etienne.

Jusqu'en 1874, les gros bateaux ne pouvaient passer par l'embouchure trop peu profonde du Mississippi. James Eads, un remarquable ingénieur, était convaincu de pouvoir utiliser le courant du fleuve pour creuser un passage plus profond. Sa foi était telle qu'il avait proposé de prendre à sa charge tous les frais si son projet échouait.

— Eads n'a pas dompté la rivière, dit Aurore. Il a su composer avec ses caprices. En retour, elle nous permet de franchir son embouchure afin de gagner le golfe. C'est une faveur qu'elle nous accorde.

— *Elle ?* répéta Etienne.

— Bien sûr. La rivière est une femme.

— Sur les quais, tout le monde appelle le Mississippi « Old Man River ».

Se retournant, Aurore s'adossa au bastingage.

— C'est la femme qui donne la vie.

— L'homme y est aussi pour quelque chose, non ?

— La plupart des hommes l'oublient très vite... Enfin, quoi qu'il en soit, c'est la femme qui nourrit son enfant, de même que la rivière nous nourrit. Elle s'accorde aux saisons, aux phases de la lune, et porte en elle la vie. Comment pourrait-elle ne pas être une femme ?

— Il lui arrive aussi de déborder et de tout emporter sur son passage.

— La femme aussi est capable de cela.

— C'est l'homme le destructeur, insista Etienne.

— La femme peut se montrer aussi puissante et dominatrice que la rivière lorsqu'on l'y contraint.

— Qu'en savez-vous ? Vous aurait-on déjà contrainte à détruire quelque chose ?

Aurore soupira et ajouta :

— C'est une erreur de croire que les sentiments d'une femme sont moins forts que ceux d'un homme, Etienne.

— Tous ses sentiments ? demanda-t-il en lui caressant la joue.

Au contact de ses doigts sur sa peau, Aurore, comme toujours lorsque Etienne la touchait, éprouva une sensation de plénitude, comme si quelque chose qui lui avait toujours manqué lui était enfin accordé. Elle ferma les yeux et embrassa sa paume.

— Tous, dit-elle.

La prenant par la main, il lui fit visiter la passerelle de commandement, qui bénéficiait des technologies les plus modernes, et les quartiers de l'équipage. A travers la spectaculaire baie vitrée, ils observèrent le fumoir et le salon de réception. Et tandis que le soleil sombrait à l'horizon, ils gagnèrent le pont-promenade et firent le tour du bateau.

Le fumoir était une pièce très luxueuse, aux murs lambrissés de noyer et au sol couvert d'une épaisse moquette bordeaux. De confortables fauteuils de cuir entouraient les tables destinées aux jeux de dominos ou de cartes. Le bar longeait tout un côté de la pièce, prévu pour satisfaire les caprices des clients les plus exigeants. A côté du salon de réception, au milieu du pont, on avait aménagé une petite pièce destinée aux dames et dans laquelle elles pourraient rédiger leur courrier. Elle était ornée de miroirs dorés et d'un très beau plafond peint.

— Si je voyageais sur ce bateau, murmura Aurore en effleurant le dessus d'un petit secrétaire, je viendrais ici chaque jour pour vous écrire une longue lettre. Triste, très triste.

— Qui vous a dit que je vous laisserais partir seule ?

La voix d'Aurore se fit plus câline.

— Vous ne le voudriez pas ?

— Une lettre ne me suffirait pas, Aurore, répondit Etienne en se rapprochant. Aussi longue et triste soit-elle.

Aurore n'osait croire à ce qu'elle lisait dans les yeux d'Etienne. Toute sa vie, elle avait rêvé d'amour, même si elle avait fini par s'habituer à vivre sans. Aujourd'hui, il lui était impossible de songer à autre chose. Durant la journée, Etienne occupait toutes ses pensées ; pendant la nuit, il hantait ses rêves. Et elle ne vivait que pour les heures qu'ils passaient ensemble.

— Partir sans vous me serait insupportable, avoua-t-elle. Mais quel scandale nous causerions si nous prenions une cabine ensemble !

— Pas si nous étions mariés.

Aurore baissa les yeux vers le petit secrétaire.

— Ce mariage serait tout aussi mal considéré, affirma-t-elle.

Il lui prit le menton.

— Cela n'en vaudrait-il pas la peine ?

— Mon père a des projets pour moi. Il serait furieux si je vous épousais.

— Il me trouve assez de valeur pour travailler à ses côtés, mais pas suffisamment pour épouser sa fille ?

— En effet, répondit Aurore en toute honnêteté. C'est précisément ce qu'il pense.

— Et vous, que pensez-vous ?

Aurore détourna les yeux.

— Si nous décidions de nous marier, mon père ferait

tout ce qui est en son pouvoir pour me laisser sans un sou vaillant. Même la loi ne pourrait me protéger. Il liquiderait toutes ses affaires afin d'être certain que je n'hérite de rien après sa mort.

— Vous croyez vraiment à ce que vous dites ?

— Bien que je n'aie jamais eu la prétention de comprendre mon père, je sais qu'il attend de moi une soumission totale. Il nous briserait tous les deux si je venais à contrarier ses projets.

Etienne ôta sa main.

— Pourquoi êtes-vous ici, dans ce cas ? Pour passer un peu de bon temps et contrarier juste un peu ses projets ?

— Et vous, pourquoi vous trouvez-vous ici ? rétorqua-t-elle. Pensez-vous pouvoir améliorer vos perspectives de carrière en séduisant la fille de votre patron et en faisant un mariage avantageux ?

Aurore s'attendait qu'Etienne réagisse violemment, peut-être même qu'il parte. C'est ce qu'auraient fait la plupart des hommes. Mais il était décidément différent.

— C'est vous que je veux, dit-il. Voilà pourquoi je suis ici.

— Même sans mon argent ni mon nom ? Même sans la plus petite action de la Gulf Coast ?

— Je n'ai jamais convoité votre nom. Quant à l'argent, j'ai ce qu'il me faut.

Quelque peu crispée pendant tout cet échange, Aurore éprouva comme du soulagement. Elle se détendit.

— Dans ce cas, pourquoi vous intéressez-vous à moi ?

— Quand je vous ai vue pour la première fois, j'ai su que vous seriez à moi un jour.

— Il existe des femmes plus belles, plus intelligentes.

— Aucune d'elles n'est Aurore Le Danois.

Il prit ses mains et les emprisonna avec force entre les siennes.

— Mais si je perds mon temps, si vous ne pouvez échapper à ce que dit ou pense votre père, il faut que je le sache. Maintenant.

— Il est votre employeur.

— Il existe d'autres compagnies maritimes sur le fleuve. Et d'autres encore, ailleurs.

— Vous abandonneriez tout ce pourquoi vous avez tant travaillé ?

— Mes ambitions ne sont pas aussi limitées que vous semblez le penser.

Il l'attira plus près de lui. Leurs visages se touchaient presque.

— Il n'a jamais été dans mes intentions de rester toute ma vie à la Gulf Coast.

Il posa les lèvres sur les siennes, et Aurore s'abandonna à son baiser. Un baiser qui exprimait bien plus que les mots ne le pourraient jamais. Alors qu'Etienne l'avait prise dans ses bras, elle sentait sa chaleur et sa force l'envahir. Et, bien qu'elle n'ait jamais envisagé l'amour comme un refuge, elle se laissait glisser doucement dans le monde rassurant qu'incarnait Etienne. Pour la première fois, elle s'autorisait à imaginer une vie avec lui, loin des exigences de son père.

Il pressait les lèvres sur les siennes et, ce faisant, avec douceur et passion, il lui signifiait qu'elle n'avait rien à craindre et tout à espérer. Comme elle se laissait aller contre lui, elle regretta que les vêtements qu'ils portaient l'un et l'autre l'empêchent de sentir ce corps qu'elle désirait tant.

— J'ai autre chose à vous montrer, dit-il en s'écartant.

Aurore reprit son souffle. Elle avait découvert les joies des baisers intimes, des langues qui se cherchent, des cœurs qui battent à l'unisson.

— Vous m'avez déjà montré tant de choses…

De nouveau, Etienne prit sa main, et ils s'engagèrent dans l'escalier pour rejoindre le pont inférieur. Aurore avait déjà oublié la visite.

— Attendez-moi ici, lui dit Etienne alors qu'ils avaient rejoint l'entrée du grand salon.

Elle n'avait aucune idée de ce qui allait se passer. D'ailleurs, elle n'avait jamais su vraiment à quoi s'attendre depuis le jour où Etienne était entré dans le bureau de son père. Soudain, une petite flamme jaillit dans un coin de l'immense pièce, puis une autre. Bientôt, des dizaines d'autres leur succédèrent, qui se réfléchissaient à l'infini dans les immenses miroirs. Aurore applaudit tandis qu'Etienne faisait le tour de la pièce, achevant d'allumer les chandeliers. Lorsqu'il eut terminé, il la rejoignit, lui tendit la main et la conduisit à une table, au milieu de la pièce.

— Mademoiselle Le Danois, votre hôte sollicite le plaisir de vous avoir à sa table, ce soir.

De forme octogonale, la pièce avait tout de ces salles de bal décrites dans les contes de fées. Entre les miroirs qui ornaient les murs, de somptueuses sculptures représentaient les dieux de la mythologie grecque. Parmi eux, Aurore reconnut Apollon et sa sœur jumelle, Artémis.

Un balcon faisait le tour de la pièce, un étage au-dessus d'eux, et sur tout le pourtour, de grandes fenêtres laissaient entrer la lueur douce du clair de lune. La table qu'avait choisie Etienne se trouvait au milieu d'une vingtaine d'autres. Sur une nappe blanche, le couvert avait été dressé avec la plus fine des porcelaines, marquée des deux D du *Danish Dowager*, et une argenterie étincelante. Au centre, un magnifique bouquet de roses complétait ce tableau enchanteur.

— Etienne ?

— Mademoiselle.

Il lui tira sa chaise, l'invitant à s'asseoir, puis avant qu'elle ait eu le temps de poser la moindre question, il disparut dans l'ombre, sur le côté de la pièce. Aurore, qui ne s'attendait pas à dîner ce soir, avait déjà pris un repas léger. Pourtant, à présent, elle avait une faim de loup.

Etienne revint avec un plat d'argent. Il souleva la cloche qui le couvrait et révéla ainsi deux petits canetons rôtis. Après avoir posé le plat sur la table, il disparut de nouveau. Au terme de plusieurs voyages, il avait apporté sur la table une salade de légumes aux couleurs vives, coupés en fines lanières et assaisonnés d'une sauce relevée, des épinards décorés d'œufs durs et une compote de fruits accompagnée d'une coupe de crème fraîche.

— Comment avez-vous fait pour organiser tout cela ? lui demanda Aurore.

Il prit place en face d'elle.

— Qu'importe !

— C'est merveilleux ! Vous êtes un magicien.

D'un geste de la main, Aurore désigna la pièce.

— Et tout ceci est magique.

— Voulez-vous que je vous serve ?

— S'il vous plaît, oui.

Elle l'observa tandis qu'il découpait l'un des canetons d'une main experte. Elle tendit son assiette et il lui présenta la tendre volaille sur un toast. Ensuite, tout au long du repas, ils s'acquittèrent tour à tour du service.

Ce fut à peine si Aurore détourna le regard d'Etienne

pour manger. Elle se plongeait dans ses yeux, où se reflétaient les flammes des bougies. Elle observait la façon dont ses cheveux lui balayaient le front, réprimant avec peine son envie de tendre la main pour les effleurer du bout des doigts. Elle contemplait son visage, que la lumière douce rendait plus séduisant encore. Il lui semblait qu'elle pourrait le regarder ainsi toute sa vie. Pour la première fois, elle s'imaginait vieillir à ses côtés, elle imaginait les enfants qu'ils pourraient avoir ensemble.

Il sourit, et elle lut la possession dans son regard. Cela n'avait rien à voir avec le sentiment de propriété qu'elle lisait dans les yeux de son père. C'était quelque chose de plus mystérieux, de plus intime. Quelque chose qui parlait de secrets, de mots chuchotés dans la pénombre, de baisers plus passionnés encore que ceux qu'ils avaient échangés.

Lorsqu'ils eurent terminé de dîner, Etienne repoussa sa chaise et se leva.

— Mademoiselle est-elle prête à danser ?

— Le magicien va-t-il faire apparaître un orchestre ? demanda Aurore en se levant à son tour.

Etienne disparut de nouveau dans l'ombre mais, cette fois, les yeux d'Aurore s'étaient accoutumés à l'obscurité. Elle le vit s'accroupir devant une table, à l'autre bout de la pièce. Puis une voix d'homme se mit à chanter.

— Un Gramophone ! s'exclama Aurore en battant des mains. Etienne, vous pensez à tout.

Il revint vers elle.

— M'accorderez-vous cette danse ?

— Je ne suis pas certaine que vous soyez inscrit dans mon carnet…

Elle fit mine de vérifier, tendant le carnet imaginaire vers la lumière des bougies.

— Si. Vous y êtes.

Etienne la prit dans ses bras, et ils dansèrent entre les tables aux accents de *Let Me Call You Sweetheart*. Les yeux fermés, Aurore se laissa guider par son cavalier. Elle avait l'impression de flotter dans les airs. Quand il la serra plus fort contre lui, elle sentit chacun de ses mouvements se répercuter dans tout son corps.

Il l'abandonna un instant alors que la chanson se terminait, puis revint s'emparer d'Aurore pour une valse de Strauss qui se poursuivit bien après que le silence eut envahi la pièce. A la troisième valse, Aurore avait totalement oublié la musique. Elle ne songeait plus qu'à la merveilleuse liberté qu'elle éprouvait dans les bras d'Etienne. Lorsqu'il l'embrassa, elle ne songea même pas à lui résister. Ils continuèrent de valser, ralentissant peu à peu leurs pas jusqu'à s'immobiliser complètement.

Aurore se cramponna à son cavalier, consciente que la soirée arri-vait à son terme. Elle n'avait aucune envie de quitter Etienne. A présent qu'elle avait trouvé l'amour, il lui paraissait impensable de vivre sans lui.

— Aurore, chuchota Etienne en accentuant son étreinte et en posant la joue sur ses cheveux.

A contrecœur, elle s'écarta afin d'observer son visage.

— Je ne sais pas quand je pourrai m'échapper de nouveau, lui dit-elle. Mon père semble avoir des soupçons. S'il avait une réunion à laquelle il ne pouvait se soustraire, ce soir, il reste la plupart du temps à la maison et attend de moi que je lui tienne compagnie.

— Nous trouverons un moyen.

Etienne emprisonna son visage entre ses mains. Son regard brûlait de désir.

— Voulez-vous que je vous montre une dernière

pièce ? proposa-t-il d'une voix sourde. Une pièce que vous n'avez pas encore vue ?

— Oui, répondit-elle sans demander d'autre explication.

La cabine dans laquelle il la conduisit donnait sur le pont-promenade. C'était la plus vaste et la plus luxueuse du bateau, une suite dans des tons de bleu et de vert, avec une salle de bains privée. Le lit était grand, confortable, tendu de draps frais. La lumière argentée du clair de lune se déversait par l'immense fenêtre.

Aurore ne fit pas semblant de croire qu'il s'agissait d'une simple étape dans leur visite du navire. C'était la fin de quelque chose et le début d'autre chose. Si elle ignorait tout ou presque de l'amour, au moins savait-elle que lorsqu'il apparaissait, il fallait le garder, le chérir.

Etienne ne l'approcha pas. Il resta à l'entrée de la cabine, tenant la lanterne tandis qu'Aurore admirait la pièce. Elle écarta le fin rideau de dentelle, à la fenêtre, et regarda le fleuve.

— J'ai toujours été seule, dit-elle. Et vous aussi. Nous est-il possible d'apprendre à être deux ?

— Nous nous l'enseignerons mutuellement.

— Voulez-vous commencer ?

— A condition que vous soyez sûre de vous.

Elle se tourna vers lui.

— Je vous aime, Etienne. Depuis des mois. Serais-je ici s'il en était autrement ?

Il s'avança enfin dans la cabine, posant la lanterne sur la coiffeuse.

— Est-ce si facile à dire ?

— Vous voulez savoir si je l'ai déjà dit à d'autres hommes ? demanda Aurore. C'est bien cela ?

Elle franchit la distance qui les séparait encore et l'enlaça, les yeux rivés aux siens.

— Je n'ai jamais eu de raison de le faire.

Etienne semblait hésiter, lutter contre lui-même.

— Votre vie risque d'en être changée à tout jamais, dit-il enfin.

— Je l'espère.

Se dressant sur la pointe des pieds, elle lui effleura la bouche d'un baiser.

— Oh ! oui, mon Dieu, je l'espère, murmura-t-elle contre ses lèvres.

Les bras d'Etienne se refermèrent autour d'elle, et il la plaqua contre lui. Répondant à son étreinte, elle l'aida à trouver les crochets et les boutons de sa robe, les épingles d'ivoire qui retenaient ses cheveux. Elle fit glisser la veste de ses épaules, écarta doucement sa chemise. Sous ses doigts, elle découvrit le contact de sa peau nue, les palpitations d'un cœur qui battait à l'unisson du sien. Puis ce fut la caresse brûlante des lèvres d'Etienne sur ses seins.

Dans le lit, elle le laissa lui enseigner des secrets qu'elle n'aurait jamais imaginé découvrir. Elle l'accueillit en elle et se livra sans partage. Et plus tard, lorsqu'il la serra contre lui après l'avoir entraînée sur les rivages enchanteurs du plaisir, elle sut qu'il avait dit vrai.

Sa vie venait d'être changée à tout jamais.

15

Alors que la frénésie du carnaval s'emparait de La Nouvelle-Orléans, Aurore vit ses derniers doutes s'envoler : elle portait l'enfant d'Etienne.

Pour une fois, Cléo lui donna son avis sans qu'il soit besoin de l'acheter. Oui, l'« amie » dont lui parlait Aurore — qui n'avait plus ses saignements menstruels et dont l'estomac se soulevait à la seule odeur des crottes de chevaux — était certainement enceinte. Et Cléo savait comment cette amie pouvait se débarrasser du fardeau non désiré.

Horrifiée par le diagnostic, tout autant que par le remède, Aurore alla se réfugier dans sa chambre.

Elle donnait sur l'arrière, une partie du jardin presque toujours fleurie. Ephraïm, le jardinier, se livrait justement avec son équipe au remplacement des minuscules perce-neige blancs par des pensées bleu lavande. Des tulipes inclinaient la tête dans la rangée juste derrière, prêtes à s'épanouir dans une explosion d'écarlate. Et lorsqu'elles auraient terminé leur floraison, elles finiraient comme beaucoup d'autres espèces dans la carriole du jardinier, incapables qu'elles étaient de survivre sous le climat de la Louisiane.

Aurore avait le visage en feu. Elle sentait le sang battre

à ses tempes, la sueur perler à son front. Pourtant, elle n'osait pas ouvrir la fenêtre. Il lui semblait qu'entendre Ephraïm arracher les perce-neige ne ferait qu'aggraver son état. Elle n'était pas certaine de pouvoir contrôler la nausée qui lui soulevait l'estomac. Elle tira les rideaux.

Un enfant.

Elle n'avait pas voulu d'enfant. Que savait-elle de la façon dont on s'occupe d'un enfant, de la façon dont on le câline, dont on le couvre de baisers ? Elle ignorait tout de cela.

Et Etienne, comment allait-elle lui annoncer la nouvelle ?

Malgré son angoisse, Aurore se sentit prise de vertige en pensant à lui. Lui dont les yeux sombres devinaient ses pensées les plus secrètes. Lui dont les mains expertes savaient tout de ses désirs les plus intimes. Jamais elle n'avait imaginé que l'amour pût être aussi merveilleux, ni qu'elle trouverait un jour l'homme qui lui était destiné.

Etienne, pourtant, était cet homme. Avant que le cycle de ses menstrues ne s'interrompe, il accaparait les pensées d'Aurore, sa vie. Pour lui, pour goûter sa compagnie, elle avait menti sans relâche. Sans hésiter, elle lui avait offert sa virginité. Elle avait mis en péril sa réputation, échangeant la sécurité contre l'amour. Et en dépit de ce qui se produisait à présent, si c'était à refaire, elle le referait.

Lorsqu'elle se trouvait avec Etienne, la pure magie de ses caresses suffisait à la faire renoncer à tout. Elle s'était découverte plus faible qu'elle ne l'imaginait, et en même temps plus forte. L'amour valait qu'on prenne tous les risques. Toute sa vie, elle avait tenté de gagner l'amour de Lucien et elle avait échoué. Etienne lui avait accordé le sien sans lui demander quoi que ce soit en retour.

Incapable de rester en place, Aurore arpentait la pièce. Lucien avait des idées très arrêtées concernant la chambre de sa fille. Entre ces quatre murs, il n'y avait que des objets fragiles, rien qui puisse évoquer la force ni le courage. Tout pouvait être détruit d'un simple geste de la main. Aurore, toutefois, savait qu'elle n'avait rien de commun avec le délicat mobilier Louis XV, la bergère de porcelaine qui ornait la cheminée ni la dentelle de Malines qui tombait en longs plis aériens de son ciel de lit.

Elle portait un enfant... Et malgré la terrible nausée qui ne lui laissait aucun répit, elle savait qu'elle le porterait vaillamment jusqu'à son terme. La fillette pâle et frêle qui suffoquait et s'évanouissait parfois était devenue une femme solide. Son corps abriterait et protégerait ce bébé, qui grandirait en elle, jusqu'au bout, en dépit de tous les obstacles.

— Etienne, murmura-t-elle.

Prononcer ainsi son prénom lui donnait du courage, l'emplissait d'une chaleur bienfaisante. Lui non plus n'avait jamais connu l'amour. Il le lui avait presque avoué, et elle avait deviné le reste. Comme elle, il avait été élevé seul, sans autre enfant à qui prodiguer de l'affection. Mais ensemble, ils découvriraient ce qu'aimer signifiait vraiment.

Inévitablement, Aurore songea à la réaction de son père. Elle se laissa tomber sur le lit et ferma les yeux. Ce n'était pas le manque de courage qui faisait soudain battre son cœur plus fort. Par avance, elle s'efforçait d'imaginer ce qui allait se passer. Ainsi, le moment venu, elle serait plus forte pour faire face.

L'après-midi tirait à sa fin lorsqu'elle se leva et

s'approcha de son armoire pour se changer. Une odeur âcre monta de la cuvette dans laquelle elle avait vomi. Pourtant, sans se laisser démonter, emplie au contraire d'une détermination nouvelle, Aurore passa en revue robes et ensembles afin de choisir sa tenue.

Etienne n'osait croire que tout ce à quoi il aspirait se trouvait maintenant à sa portée. Durant les années passées au Bayou Lafourche, il avait rêvé de vengeance, sans pour autant savoir comment il s'y prendrait pour ruiner Lucien. A son arrivée à La Nouvelle-Orléans, il n'était pas plus avancé. Il imaginait qu'il lui faudrait des années avant de trouver un moyen. Il lui faudrait d'abord gagner la confiance de Lucien, ses faveurs. Puis lentement, avec précaution, il gravirait les échelons au sein de son entreprise jusqu'à un poste important. Et là, un plan se présenterait sans doute de lui-même.

Au lieu de quoi, il avait immédiatement attiré l'attention de Lucien. Sans aucun calcul de sa part, il s'était retrouvé à la Gulf Coast à un tournant crucial de son histoire, alors que Lucien, vieilli prématurément, cherchait un peu de sang neuf.

L'ascension d'Etienne avait été le fruit de ses qualités propres et d'heureux hasards. Il possédait le juste équilibre de jeunesse, d'énergie et d'intelligence. Ses origines et son éducation paraissaient assez bonnes pour ne pas éveiller de soupçons sur sa personne, et assez modestes pour ne pas en faire naître au sujet de ses motivations et de ses ambitions.

Aujourd'hui, Etienne se trouvait sur le point de prendre sa revanche. L'instrument de la destruction de Lucien lui était apparu de façon si claire qu'il avait craint que ce ne soit trop facile. Il y avait réfléchi, réfléchi encore, examinant chaque étape de son plan, envisageant toutes les conséquences. En dépit de tout, sa vengeance demeurait d'une simplicité absolue. Il avait depuis longtemps compris ce qui avait poussé Lucien à couper la corde du bateau et à envoyer à une mort certaine sa mère et sa sœur : leur existence s'était mise à menacer la sienne. Que cette menace ait pesé sur sa réputation ou ses biens importait peu. Aujourd'hui, Etienne se trouvait en position de détruire les deux.

Ce soir, il était assis au bureau de son petit appartement et contemplait la photo que lui avait donnée Aurore. Elle y était vêtue de la robe blanche avec laquelle elle avait fait son entrée dans le monde. Le corsage de dentelle soulignait joliment sa poitrine. Ses cheveux relevés retombaient avec souplesse sur le côté, sur son épaule nue. Ses yeux brillaient, comme si elle cherchait à le séduire.

Ce n'était pas ainsi, figé, que le visage d'Aurore avait le plus d'attrait. Elle n'était vraiment belle que lorsqu'elle bougeait, parlait, riait. L'amour et la confiance qu'Etienne lui donnait l'avaient transformée. Son teint rayonnait, aujourd'hui, ses traits s'étaient animés, elle souriait plus souvent. Au lit, là où il lui était impossible de dissimuler ses sentiments, elle montrait une passion dont peu de gens — à commencer par elle-même — l'auraient sans doute crue capable.

Etienne caressa du bout des doigts le métal froid du cadre, le verre qui protégeait la photo. La femme de chair et de sang était ardente, sensuelle, et au simple spectacle de son visage, il sentit un désir familier s'emparer de lui. Depuis quelques semaines déjà, il avait cessé de se mentir à lui-même et de prétendre qu'il n'avait séduit Aurore que pour venger sa famille. Il n'y avait rien de Lucien en elle. Elle avait souffert à cause de lui. Pas autant que Marcelite et Angelle, certes, mais elle avait connu une enfance douloureuse, sans amour, et elle s'était sacrifiée sur l'autel de l'égoïsme de Lucien.

Aujourd'hui, après des années passées à tenter de gagner son amour, elle avait abandonné tout espoir. Et elle était venue vers lui, sans exiger quoi que ce soit, telle une enfant affamée, trop heureuse de récupérer chaque miette qui lui est offerte. D'abord motivé par la vengeance, Etienne était à présent poussé par un besoin ardent de la protéger et de la garder à tout jamais.

Un coup frappé à la porte l'arracha à ses pensées. Il remit la photo dans le tiroir de son bureau et alla ouvrir. C'était Aurore. Elle tomba dans ses bras avant même qu'il n'ait eu le temps de fermer la porte derrière elle.

— Que fais-tu ici ? demanda-t-il. N'avions-nous pas décidé qu'il était trop risqué pour toi de venir chez moi ?

Comme il la serrait contre lui, il s'aperçut qu'elle tremblait.

— C'est moins risqué qu'au bureau.

— Ton père sait-il que tu es sortie ?

— J'ai attendu qu'il soit monté dans sa chambre pour m'en aller. Je suis censée me trouver à une soirée. Je craignais qu'il ne m'accompagne, mais il n'est pas redescendu. Il ne se sent pas très bien, je crois.

Elle leva son visage vers le sien.

— Mais ce qu'il pense n'a plus aucune importance, Etienne.

— Entre, dit-il en l'entraînant. Tu es glacée. Je vais te préparer du café.

Aurore pâlit.

— Non, je ne peux pas en boire.

— Un thé, alors ? proposa Etienne, surpris.

Quelque chose vacilla dans le regard d'Aurore. Sa détermination, peut-être. Elle s'écarta légèrement.

— Oui. D'accord.

Après l'avoir conduite jusqu'au canapé, il se rendit dans la cuisine, mit de l'eau à chauffer dans la bouilloire et chercha le thé. Il prépara un plateau qu'il alla déposer sur la table basse, devant Aurore.

— Tu te sens mieux ?

— Oui. Il fait bon ici.

Aurore avait ôté sa cape. Sa robe, mauve, était bordée de perles et de petites roses blanches assorties à celles du diadème. Son teint avait la pâleur translucide des perles. Sans attendre, Etienne servit le thé, bien que celui-ci n'ait pas eu le temps d'infuser parfaitement, il fit tomber trois morceaux de sucre dans une tasse et la tendit à Aurore, malgré ses protestations.

— Bois, ordonna-t-il.

Elle avala quelques petites gorgées. Peu à peu, ses joues reprirent leurs couleurs.

— Maintenant, dis-moi ce qui ne va pas, lui demanda-t-il. Ton père est-il au courant de notre relation ?

— Non, mais il ne tardera pas.

Etienne attendit qu'elle poursuive. Elle semblait tourmentée.

— T'a-t-il ordonné d'épouser quelqu'un d'autre ? Veut-il t'envoyer loin de La Nouvelle-Orléans ?

Comme Aurore secouait la tête, une crainte soudaine assaillit Etienne. Lucien avait-il découvert son identité ? Avait-il raconté toute l'histoire à Aurore ? Il écarta aussitôt cette possibilité. Lucien ne pourrait jamais révéler à qui que ce soit ce qu'il avait fait la nuit de l'ouragan. En revanche, il pouvait livrer une autre version de cette tragédie, dans laquelle il serait absous de tout péché.

— Est-ce ton père, qui t'a contrariée ? demanda encore Etienne.

— Non, pas mon père.

Aurore posa sa tasse.

— C'est nous.

De nouveau, la peur s'empara d'Etienne. Elle avait changé d'avis ! Sur le point de s'engager définitivement, elle s'était rendu compte de tout ce qu'elle risquait de perdre. Dans le feu de la passion, Etienne avait promis de s'occuper d'elle, de lui offrir un jour une vie aussi riche et pleine que celle à laquelle elle allait devoir renoncer. Mais la peur de tout perdre avait pris le dessus. Elle ne voulait plus de lui.

Comme si elle avait deviné ses pensées, elle secoua la tête.

— Non, Etienne. Je t'aime toujours.

Elle prit sa main entre les siennes.

— Plus que jamais. Mais j'ai peur.

— De quoi ? demanda-t-il. Au nom du ciel, Aurore, dis-le-moi.

— Je porte ton enfant.

Cette éventualité, Etienne ne l'avait même pas envisagée. Sauf, peut-être, la première fois qu'ils s'étaient aimés, sur le *Dowager*, avant qu'il ne se rende compte que prendre la virginité d'Aurore n'était pas un acte de vengeance mais un acte d'amour. A ce moment-là, peut-être, il avait pensé qu'Aurore pourrait tomber enceinte. Peut-être avait-il imaginé l'expression de Lucien lorsqu'il apprendrait que Raphaël Cantrelle avait répandu sa semence, la semence d'un homme de sang mêlé, dans le corps de sa fille. Mais cette pensée, si jamais il l'avait eue, n'avait duré qu'un instant.

Et elle n'était jamais revenue.

— Un enfant.

Il sentit les mains d'Aurore se crisper et les porta à ses lèvres.

— Tu en es certaine ?

— Autant que peut l'être une femme qui n'a pas encore vu son médecin.

— Tu te sens bien ?

— Non.

Aurore détourna le regard.

— J'ai peur, Etienne. Que va-t-il se passer, à présent ?

Un dénouement grandiose. Un drame mené à son terme. Etienne ferma les yeux. Le visage de Lucien lui apparut. Aussi pâle, aussi tourmenté que celui de sa fille.

— C'est très simple, déclara-t-il en rouvrant les yeux. Nous allons nous marier. Et nous partirons, pour New York ou les Grands Lacs. Nous construirons un foyer, une vie ensemble, et nous oublierons le passé.

— Un foyer, une vie ensemble ?

La voix d'Aurore tremblait.

— Es-tu bien sûr de ce que tu dis ?

— Comment peux-tu en douter ?

— On ne m'autorisera pas à emporter quoi que ce soit, si ce n'est notre enfant et les vêtements que j'aurai sur moi.

Dans ces paroles, Etienne vit l'œuvre de Lucien — aussi clairement qu'il l'avait vue la nuit où ce monstre avait coupé la corde du bateau, le livrant à l'ouragan. Aurore était persuadée qu'elle ne valait rien, comme son père le lui avait appris.

— Je ne veux rien d'autre que toi, dit-il.

— Oh ! Etienne…

Une larme roula sur la joue d'Aurore.

— Je pourrai travailler, murmura-t-elle. Je ne sais pas

faire grand-chose, mais mon français est impeccable. Je pourrai donner des cours à des jeunes filles et…

Il lui posa un doigt sur les lèvres.

— Chut ! Ne t'inquiète de rien. Nous ne serons pas pauvres. Loin de là. Je t'ai dit que j'avais reçu un héritage de mon père, mais je ne t'ai jamais expliqué de quoi il s'agissait.

— Tu n'as pas à le faire. Cela ne me regarde pas.

— Puisque nous allons nous marier, cela te regardera bientôt.

Etienne se leva.

— Attends-moi un instant.

Quand il revint, Aurore n'avait pas bougé. Elle semblait effrayée, perdue. Pourtant, il ne s'inquiétait pas. Il la savait capable d'affronter cette épreuve et toutes celles que la vie pourrait lui réserver. Sous son apparente fragilité se cachait une femme résolue.

Il s'assit à côté d'elle et déposa sur ses genoux le lourd coffret qu'il avait apporté.

— Avant que tu ne l'ouvres, il faut que tu saches que ce sont des rêves qu'il contient.

La main d'Aurore effleura le métal.

— Des rêves ?

— Ceux d'un jeune garçon, ceux d'un jeune homme.

Etienne, qui regardait Aurore caresser le métal, ajouta :

— Ceux d'un vieil homme, aussi.

— Ton père ?

Si Etienne n'avait jamais cessé de penser à Juan, c'était au fils d'un esclave qu'il pensait en cet instant, à l'homme qu'il n'avait pas connu.

— Je suis certain que mon père nourrissait des rêves pour son fils, même si je n'ai jamais su lesquels.

— Et il t'a laissé cela ?

— Oui.

Etienne posa sa main sur celle d'Aurore et souleva le couvercle.

— Oh ! mon Dieu.

Interdite, elle fixait le contenu du coffret.

— Etienne…

Il connaissait chacun des objets précieux qui formaient le trésor de Juan. Ils lui étaient aussi familiers que l'amertume qui étreignait son cœur.

— Tu peux les toucher.

Mais Aurore paraissait incapable du moindre mouvement. Rompant le charme, Etienne saisit un collier de rubis, qu'il approcha du visage de la jeune femme et laissa glisser contre sa joue.

— Il s'assortit merveilleusement à ton teint.

Il y avait peu de bijoux dans le coffret. L'homme qui avait caché le trésor, probablement un ancêtre de Juan, ne s'était guère montré sentimental. Lors du partage du butin, il avait choisi des pièces d'or et d'argent. A moins que Juan, ou ceux qui avaient possédé le trésor avant lui, aient vendu les autres objets. Il ne restait à présent que ce collier, une paire de boucles d'oreilles en diamant et en émeraude, et une bague ornée de rubis et de saphirs.

Et une croix, ciselée dans l'argent le plus pur.

Comme Aurore la soulevait, elle brilla entre ses doigts.

— Je n'ai jamais rien vu d'aussi beau, avoua-t-elle dans un souffle, avant de la reposer sur les pièces.

— Je n'ai pas pu me résoudre à la vendre.

— Où ton père a-t-il trouvé cela ? Et quand ? Ce n'est pas un héritage familial très habituel.

— Non, c'est un trésor de pirate.

— Doux Jésus !

Etienne prit une poignée de pièces et les laissa glisser entre ses doigts.

— Je ne sais pas avec certitude d'où elles proviennent. Je ne peux que le supposer. Il existait toute une flotte de vaisseaux espagnols qui rapportaient des trésors du Nouveau Monde vers l'Ancien. On sait que certains ont fait naufrage dans les eaux de la Louisiane. D'autres ont été arraisonnés par des pirates.

— Mais comment ton père a-t-il…

Etienne décida de fournir à Aurore une version crédible des événements.

— Lorsque mon père m'a trouvé dans les marais, expliqua-t-il, l'ouragan avait occasionné des dégâts considérables, dévastant tout sur son passage. Et alors qu'il me portait jusqu'à sa pirogue, il a aperçu un coffre que le vent et l'eau avaient mis au jour. Un coffre qui contenait tout cela.

— Et il n'en a rien fait ? Il n'a jamais cherché à rendre votre vie plus facile ?

— Il devait savoir qu'un trésor ne ferait pas de lui l'homme qu'il n'était pas. Et puis, il était avare. Peut-être attendait-il d'être vieux pour le dépenser ? Il m'a dit où il l'avait caché juste avant de fermer les yeux pour la dernière fois.

— Mais ces bijoux, cette croix, ces pièces, ils ont bien dû appartenir à quelqu'un, un jour.

— A qui ? demanda Etienne avec un sourire ironique. Aux Espagnols qui ont pillé les Aztèques ? Aux Mayas ? Tu crois que je devrais les leur rendre ?

Aurore ferma les yeux.

— Combien… ?

— Je n'en ai aucune idée. Certaines de ces pièces sont très anciennes et sans doute fort prisées comme objets de collection. Quant à la croix, je ne sais même pas si elle a un prix.

Etienne ôta le coffret des genoux d'Aurore. Elle avait le visage de nouveau très pâle.

— Il n'est personne à qui ce trésor appartienne plus qu'à nous, dit-il.

Il lui effleura la joue, posa les lèvres sur les siennes pour un baiser très doux.

— Alors, je vais épouser un homme riche, déclara-t-elle soudain en rouvrant les yeux.

— Riche ? Peut-être pas. Mais nous pouvons faire fructifier ce trésor, Aurore. Nous pouvons monter une affaire ensemble. Nous en avons les moyens.

— Pourquoi es-tu venu travailler pour mon père ?

— Parce que l'argent n'est rien sans l'expérience. Et les choses que j'avais à apprendre ne pouvaient m'être enseignées à l'école.

Aurore parut le croire.

— Mon père ne t'acceptera pas pour autant comme gendre.

— Je me moque de son consentement. C'est sa fille que je veux.

— Elle est à toi.

Les joues d'Aurore se colorèrent.

— Elle était à toi avant que tu lui parles du trésor, ajouta-t-elle avec flamme. Et elle le sera pour toujours !

Etienne la serra contre lui. Il ne voulait penser à rien d'autre qu'à la femme qu'il tenait dans ses bras. Mais l'image de Lucien s'imposa à lui.

— Je ne veux pas que tu en parles à ton père, murmura-t-il. Il t'empêcherait de partir. Nous conviendrons d'un lieu et d'une heure où nous retrouver. J'aurai les billets de train. Nous quitterons la Louisiane et nous oublierons le passé.

Quand Aurore tourna son visage vers le sien, Etienne lut du chagrin et de l'espoir dans ses yeux. Mais il savait comment faire disparaître le chagrin.

Il l'embrassa.

16

Le Lundi gras, Rex, le roi du carnaval déguisé en monarque français, arriva sur son yacht et remonta jusqu'à Gallier Hall. La foule s'était massée le long des rues pour saluer le passage de son carrosse blanc et or. Alors que s'égrenaient les heures qui la séparaient de Mardis gras, la ville était en pleine effervescence. Et le soir, à l'approche du défilé, l'excitation atteignit son comble, dans les manoirs somptueux de Saint-Charles Avenue comme dans les rues populeuses de Freetown, dans le quartier d'Algiers.

Jusqu'à la dernière minute, les mères préparèrent les paniers de nourriture qu'on partagerait avec les amis habitant sur le trajet du défilé. Les enfants décorèrent leurs costumes, cousant des morceaux de ruban et de petites cloches argentées sur le coton ou la satinette bon marché. Puis, une véritable marée humaine se déversa dans les rues en direction de Canal Street.

Aurore se frayait un passage au milieu de cette foule bon enfant. Dans les rues, les Klaxon stridents des automobiles se mêlaient au hennissement des chevaux. A un carrefour, un petit garçon agitait le programme du carnaval, réclamant une pièce. Aurore n'en avait aucun besoin, mais elle en acheta un afin de ne plus être importunée par les autres vendeurs. Elle se trouvait à mi-chemin des quais lorsqu'elle se rendit compte que le mince livret qu'elle tenait serait le dernier souvenir de sa vie à La Nouvelle-Orléans. Dans quelques jours, elle regarderait les gravures représentant les chars du défilé et elle rêverait d'être de nouveau chez elle.

Car bientôt, elle serait chez elle ailleurs, là où Etienne l'emmènerait. Elle ignorait tout de ses intentions. Craignant que son père n'apprenne la vérité avant qu'ils ne soient loin, en sécurité, elle n'avait posé aucune question sur leur destination. Si elle acceptait de quitter définitivement Lucien, elle ne voulait pas lui mentir.

La foule, peu à peu, se fit moins dense. Au loin, Aurore entendit jouer une fanfare. Puis, tandis qu'elle s'éloignait en direction de la rivière, la musique s'estompa encore.

Le carnaval, lieu des préoccupations les plus futiles où chacun ne se souciait que de paraître, ne lui serait pas difficile à oublier. Aurore ne l'avait jamais vécu dans la rue, elle n'avait jamais joué des coudes pour avoir une bonne place sur le parcours du défilé, ni porté de costume confectionné par ses soins. Elle ne regretterait pas ce qu'elle n'avait jamais véritablement connu.

Il n'en irait pas de même pour la rivière. Tandis qu'elle s'en approchait d'un pas pressé, son parfum mystérieux l'assaillit, mélange d'odeurs qui l'enveloppa soudain, aussi pénétrant que le brouillard qui montait vers le ciel de plus en plus sombre. Le niveau de la rivière avait monté, son débit s'était accéléré au cours des derniers jours. Le printemps n'était pas loin. Des larmes brûlantes échappèrent à Aurore. Elle ne regrettait pas de quitter La Nouvelle-Orléans parce qu'elle partait avec Etienne. Mais elle espérait qu'un jour, quelque part, elle retrouverait le Mississippi.

Elle pressa encore le pas. Avec Etienne, qu'elle devait rejoindre à la gare, elle avait choisi de partir ce soir, sachant que Lucien assisterait au défilé et à la grande réception qui suivrait. La soirée serait déjà très avancée lorsqu'il se rendrait compte qu'Aurore ne se trouvait pas parmi les jeunes femmes présentes au bal. A ce moment-là, elle serait déjà loin. Mais auparavant, elle devait dire un dernier adieu.

Tandis qu'elle s'approchait de l'eau, elle se répéta qu'il ne faudrait pas être déçue si jamais personne ne se trouvait au rendez-vous. Elle avait tenté de faire prévenir Ti'Boo qu'elle quittait La Nouvelle-Orléans. Elle avait ainsi confié une lettre au capitaine qui l'avait conduite à Côte Boudreaux pour le mariage et téléphoné à un parent de Ti'Boo à Napoleonville. Elle demandait à son amie de la retrouver ici mais, à ce jour, elle n'avait reçu aucune réponse.

Ti'Boo avait-elle eu l'un de ses messages ? Lui avait-on interdit de venir ? Elle était à présent mère d'un bébé de deux mois, une petite fille robuste nommée Pelichere, et le voyage entre le Bayou Lafourche et La Nouvelle-Orléans pouvait poser de nombreux problèmes ; il n'était pas rare qu'une femme acadienne reste toute sa vie confinée dans son petit village. Mais Ti'Boo était déjà venue à La Nouvelle-Orléans sur le lougre de son oncle, marchand d'huîtres, et Aurore espérait qu'elle le ferait de nouveau pour elle.

Elle tourna vers Picayune Pier, près du Marché Français, où était fixé leur rendez-vous. Les bateaux venaient accoster ici pour décharger le poisson, les huîtres et les légumes frais en provenance des bayous et des lacs du sud. Dans la journée, des hommes de toutes couleurs et de toutes races entraient et sortaient du port à bord de leurs petits bateaux aux voiles carrées.

Au crépuscule, le quai sombre et désert offrait un aspect peu engageant. La moindre ombre se chargeait de menace. Sans trop regarder autour d'elle, Aurore s'approcha du bord afin de lire le nom des bateaux et tenter de repérer celui de l'oncle de Ti'Boo. Mais il y avait tant d'embarcations qu'elle se demanda si elle n'avait pas exigé l'impossible de son amie.

Alors qu'elle s'apprêtait à renoncer, et à rebrousser chemin, une petite silhouette émergea à l'arrière d'une tente de toile installée sur l'un des bateaux.

— Ro-Ro !

Aurore pressa ses mains sur sa bouche pour ne pas crier de bonheur. Elle regarda Ti'Boo se frayer un passage sur le pont, au milieu des marchandises, puis sauter d'un bond hardi sur la passerelle qui bordait le quai. Un instant plus tard, elles étaient dans les bras l'une de l'autre.

— Je n'arrive pas à croire que tu es venue ! avoua Aurore en serrant très fort son amie contre elle. Comment t'es-tu débrouillée ?

— Je ne pouvais quand même pas te laisser partir. Pas sans t'avoir vue.

Aurore enfouit son visage dans les cheveux de Ti'Boo. En même temps, elle mesura combien la présence de son amie était importante pour lui donner le courage d'affronter ses propres choix.

— Ti'Boo ? appela soudain une voix masculine.

Aurore leva les yeux et aperçut Jules sur le pont du bateau.

— Par ici, répondit Ti'Boo en faisant signe à son mari. Il a tenu à nous accompagner, expliqua-t-elle à Aurore. Il ne voulait pas que Peli et moi courions le moindre risque.

— Il est en colère ?

— En colère ?

Ti'Boo se mit à rire.

— Je le traite beaucoup trop bien pour ça.

Jules les rejoignit. Ses cheveux avaient encore blanchi, mais il était de ces hommes à qui cette marque du temps sied merveilleusement. Il salua Aurore, puis partit vérifier les amarres du bateau afin de laisser les deux amies bavarder en toute tranquillité.

— Où est ta fille ? demanda Aurore.

— Elle dort à côté de mon oncle, dit Ti'Boo en désignant le bateau du menton. Elle se réveillera bien assez tôt. Tu pourras la voir.

Aurore avait des milliers de questions à poser sur le mariage, la maternité, l'accouchement. N'osant trop en dire dans sa lettre, elle n'avait pas révélé à Ti'Boo pourquoi elle quittait La Nouvelle-Orléans. Mais à présent, elle n'y tenait plus.

— Je vais me marier, annonça-t-elle.

Si Ti'Boo fut surprise, elle n'en montra rien.

— Ton père est au courant ?

Aurore secoua la tête.

— Il s'y opposerait. Tu connais mon futur mari : c'est Etienne Terrebonne, du Bayou Lafourche. Il est venu à La Nouvelle-Orléans travailler pour mon père.

— Etienne.

L'expression de Ti'Boo était indéchiffrable.

— Pourquoi lui ? demanda-t-elle.

— Parce que je l'aime.

— Et cela compte davantage que ce que dira ton père ?

— Je ne saurai jamais ce qu'il dira. Nous partons ce soir. Nous nous marierons dans un autre Etat.

— Ro-Ro ! fit Ti'Boo, secouant la tête. Tu ne peux pas échapper à ce que tu es. Ni toi ni… Etienne.

— Nous pouvons essayer.

Aurore prit son amie par le bras.

— Viens, marchons un peu.

— Jules va nous suivre…

— Tant mieux ! Nous serons en sécurité.

Tandis qu'elles longeaient le quai, Ti'Boo questionna Aurore sur ses projets.

— Te marier sans ta famille…, murmura-t-elle. Comme tu dois souffrir !

— Je n'ai jamais eu de famille, répondit Aurore en pressant le bras de son amie avec tendresse. Tu es bien placée pour le savoir.

— Et ta maman ?

— Elle ne me reconnaît plus et papa m'interdit de la voir. Même les nonnes qui s'occupent d'elle affirment qu'elle semble plus heureuse lorsqu'on la laisse seule.

Ti'Boo soupira.

— Ma pauvre Ro-Ro !

— Tout cela est fini. J'ai quelqu'un qui m'aime à présent.

De sa main libre, Aurore décrivit un large cercle, comme pour englober la terre entière.

— Etre aimée… C'est si bon, après tant d'années !

Silencieuse, Ti'Boo se contenta de hocher la tête.

— Il fallait que je te rencontre encore une fois avant de partir, lui confia Aurore. J'ignore si nous aurons un jour l'occasion de nous revoir. Je sais qu'il n'a pas dû t'être facile de venir, mais ta présence représente beaucoup pour moi. Dès demain, mon père sera au courant.

— Il tentera de te retrouver.

— Je ne pense pas. Il me chassera définitivement de sa vie.

— En ne te laissant rien, compléta Ti'Boo.

Aurore sentit son cœur se serrer à cette pensée. Son

père ne l'avait jamais crue capable de comprendre quoi que ce soit aux affaires de la Gulf Coast. Malgré cela, elle avait toujours espéré trouver un jour sa place dans l'entreprise, même une place modeste. La Nouvelle-Orléans offrait quelques exemples de femmes qui avaient réussi dans les affaires. Une, notamment, avait hérité d'un quotidien et l'avait dirigé jusqu'à sa mort. D'autres avaient travaillé dans le port. D'autres encore avaient été des capitaines émérites.

Aurore, pour sa part, se sentait tout à fait capable. Elle était aussi intelligente et passionnée que n'importe quel homme, et elle avait toujours caressé l'ambition de le prouver à son père. Aujourd'hui, alors que le *Dowager*, symbole de la réussite des Le Danois, était fièrement amarré au quai de la Gulf Coast, il lui était encore plus difficile de renoncer à ses rêves d'avenir.

— Je n'ai pas besoin de la Gulf Coast, lança-t-elle, cherchant à se convaincre elle-même autant que Ti'Boo. Nous allons construire une nouvelle vie ensemble, Etienne et moi. Un jour, peut-être, nous posséderons notre propre compagnie de navigation.

— Tu connais bien Etienne ?

— Et toi, connaissais-tu bien Jules ?

— Les autres le connaissaient. Ma famille et la sienne, qui ont un lien de parenté très lointain, se connaissaient depuis toujours. Nous savions donc tout ou presque de lui.

— Toi, tu connais Etienne, non ? souligna Aurore. Y a-t-il quelque chose à son sujet qui t'inquiète ?

Aurore, qui s'attendait à un « non » ferme et définitif, n'obtint comme réponse qu'un silence. Elle fronça les sourcils et s'arrêta. Dans le lointain, elle entendit de la musique, les explosions d'un feu d'artifice et des tirs de canon. Le défilé avait commencé.

— Ti'Boo ?

— Tu sais dans quelles circonstances il est venu vivre avec Faustin et Zelma Terrebonne, n'est-ce pas ? Pendant qu'il était malade, il a été identifié par un homme de Chénière Caminada.

Aussitôt après avoir prononcé ce nom, Ti'Boo se signa.

— Oui, je le sais, confirma Aurore.

— On raconte que cet homme est devenu ermite après l'ouragan. Il n'a pas toute sa tête.

Pointant son index sur sa tempe, Ti'Boo souligna son propos, avant d'ajouter :

— Certains se demandent s'il a dit la vérité.

— A quel sujet, Ti'Boo ? Qu'essaies-tu de me faire comprendre ?

Ti'Boo détourna le regard.

— Eh bien… des gens se demandent si Etienne… s'il n'est pas de sang mêlé.

Interloquée, Aurore fixa son amie sans rien dire.

— Ma mère m'a raconté cette histoire après mon mariage, poursuivit Ti'Boo. Elle pensait que j'étais alors en mesure de l'entendre. En fait, après avoir vécu un certain temps avec Etienne, Faustin a commencé à avoir des soupçons. Il est devenu amer, il ne parlait plus. Il s'est mis à boire. Zelma a refusé qu'il envoie Etienne dans un orphelinat.

— Mais pourquoi ? Quelle raison avait-il pour soupçonner une chose pareille ?

— Rien de plus que le visage d'Etienne.

Aurore ferma les yeux et vit le visage de l'homme qu'elle aimait, le visage qui peuplait tous ses rêves depuis des semaines.

— Non.

Elle ouvrit les yeux.

— Non. Si Etienne avait du sang nègre, je l'aurais vu. Je vis depuis toujours avec des Nègres, Ti'Boo. J'en ai toujours eu autour de moi. A la cuisine, dans le jardin, partout dans la maison. J'en vois qui ont la peau foncée, et d'autres si claire qu'ils pourraient passer pour des Blancs si on n'y prenait pas garde.

— Et d'autres qui ont effectivement réussi à se faire passer pour des Blancs, Ro-Ro.

De nouveau, Ti'Boo détourna le regard.

— C'est une chose terrible pour un homme que de devoir faire semblant d'être ce qu'il n'est pas, murmura-t-elle. Et cela risque d'être encore plus douloureux pour la femme qui l'aime. Surtout s'ils ont des enfants.

Alors qu'elle avait prévu de parler à Ti'Boo de l'enfant qu'elle portait, Aurore comprit qu'elle n'en ferait rien. Comment trouver ce courage, désormais ?

— Tu te trompes ! affirma-t-elle d'un ton ferme. Je l'aurais vu. Mon père l'aurait vu.

— Crois-tu que ce soit si facile à déceler ? Nous sommes habitués à ne voir que ce que nous voulons voir. Si quelque chose nous dérange, nous trouvons toujours une explication satisfaisante pour l'écarter. Les gens de La Chénière venaient d'horizons très différents. Entre eux, les frontières n'étaient peut-être pas aussi strictes qu'ailleurs. Il se pourrait qu'Etienne soit le fruit d'une…

Aurore s'écarta de son amie.

— Non. Je refuse d'envisager une chose pareille !

— Qu'est-ce que tu refuses exactement ? De l'envisager ou d'y accorder de l'importance ? Parce que ce n'est pas du tout la même chose, n'est-ce pas ? Dans un cas, tu refuses de te poser la question. Dans l'autre, tu te la poses mais tu te moques de la réponse.

— Moi qui croyais que tu étais mon amie.

— Je pense être ta seule véritable amie.

Aurore fut incapable de répondre, accablée par une détresse insondable. Elle était furieuse contre Ti'Boo mais, en même temps que la colère, le soupçon était né. Elle tenta de l'écarter. En vain. Elle ne pouvait s'empêcher de penser à la texture drue des cheveux d'Etienne. Elle voyait ses traits, les pommettes larges, le nez légèrement épaté, la teinte de la peau. Tout ce qu'elle avait aimé dans ce visage devenait autant de preuves qui l'accusaient.

— Nous pouvons ne plus jamais en reparler, proposa Ti'Boo d'une voix apaisante. Si tu me dis que tout cela n'a aucune importance pour toi, alors cela n'en a pas non plus pour moi.

— Ti'Boo !

Jules arrivait derrière elle. Il gesticulait, montrait du doigt l'extrémité du port. Essoufflé, il parlait très vite, dans un mélange de patois et de français incompréhensible. Et puis, Aurore vit l'étrange lueur qui colorait le ciel. Au même instant, les sirènes retentirent.

— Il y a le feu !

Cette fois, elle avait compris. Malheureusement. Le feu était un fléau redouté de tous, ici. Si le port disposait de *Samson*, un remorqueur équipé pour lutter contre les incendies, il était toujours long et délicat d'avoir raison d'un sinistre lorsqu'il se déclarait. Le feu avait le temps de faire des ravages. De gros bateaux gisaient ainsi au fond de la rivière, victimes de flammes moins impressionnantes que celles qui montaient à présent dans le ciel.

Aurore s'efforça de localiser le foyer de l'incendie. Tout d'abord, elle pensa s'être trompée. Pourtant, très vite, il lui fallut se rendre à l'évidence. Le feu avait pris tout près du quai de la Gulf Coast.

Elle se mit à courir. Elle entendit Ti'Boo et Jules l'appeler, puis leurs pas résonner derrière elle. Bien que le quai de la Gulf Coast fût assez distant, l'air paraissait déjà saturé de fumée. Alors qu'elle accélérait encore son allure, Aurore oublia Etienne et les soupçons de Ti'Boo. Elle ne pensait déjà plus qu'à la Gulf Coast et à son père.

Lucien laissa Fantôme poser le manteau sur ses épaules, puis il le congédia d'un geste.

— Va chercher la voiture.

Fantôme sortit aussi silencieusement qu'il était entré. Lucien s'approcha du miroir et étudia son reflet. Il en imposait encore en tenue de soirée et, depuis que le temps s'était rafraîchi, sa santé s'améliorait. Mais peut-être devait-il cette amélioration au lancement imminent du *Dowager*. Amarré au quai de la Gulf Coast, il était le symbole éclatant de la réussite de Lucien. Ce soir, il aurait presque pu croire que les médecins s'étaient trompés.

Lucien demeurait prudent, toutefois. Il avait ainsi refusé de défiler sur un char. Il avait pensé trouver une excuse pour ne pas assister à la réception organisée à l'Opéra ni au bal qui devait suivre mais, à la dernière minute, il avait changé d'avis. Il voulait observer de près les cavaliers d'Aurore.

Il y avait chez une femme amoureuse un rayonnement particulier, comme un éclat nouveau, indéfinissable. Ces signes, Lucien les avait vus chez Aurore et, pour lui, il ne faisait plus guère de doute qu'elle avait fini par succomber. Après réflexion, il avait décidé que l'élu devait être Baptiste Armstrong, le fils d'un courtier en coton, originaire de La Nouvelle-Orléans depuis le nombre requis de générations. Lucien n'aurait pas choisi Baptiste. Celui-ci vivait des largesses de son père et ne faisait que d'occasionnelles apparitions dans le monde des affaires. Mais compte tenu de ses origines irréprochables, il faisait un candidat acceptable. Lucien avait l'intention de parler à Charles Armstrong le soir même. A eux deux, il l'espérait, ils parviendraient à faire de ce jeune homme le gendre dont il avait toujours rêvé.

Bien sûr, il fallait envisager la possibilité que Baptiste ne soit pas l'*ami* d'Aurore. Lucien avait questionné et observé sa fille au cours des semaines passées. Mais elle était aussi rusée que cachottière. Et, bien qu'il ait conçu quelque agacement de son attitude, il n'en avait pas moins développé une certaine admiration pour elle.

En tout cas, il était très impatient d'assister aux festivités de ce soir, afin d'avoir la confirmation de ses soupçons.

— Monsieur Le Danois ?

Lucien se retourna, les sourcils froncés.

— M. Terrebonne est là et demande à vous voir, lui annonça Fantôme.

D'un geste agacé, Lucien sortit sa montre de son gilet et y jeta un rapide coup d'œil. La réception allait bientôt commencer.

— Fais-le entrer. Dépêche-toi.

Etienne entra aussitôt, son chapeau à la main. Lucien lui adressa un signe de tête très sec. Il ne lui avait même pas laissé le temps de ranger sa montre.

— Je suis désolé, dit Etienne. Je ne me serais pas permis de vous déranger s'il n'y avait pas urgence.

L'agacement que Lucien éprouvait ne fit qu'augmenter. Il en chercha la raison et se rendit compte qu'Etienne n'avait pas l'air le moins du monde désolé.

— De quoi s'agit-il ?

— De quelque chose que je dois absolument vous montrer.

— Je n'ai pas le temps. On m'attend à l'Opéra.

— Monsieur, je pense que ce dont je vous parle passe avant tout.

Face à lui, Lucien vit un jeune homme plein de vie, beau et fort, et dont le regard brûlait d'une intense émotion. Un trouble étrange l'assaillit et son cœur se mit à battre plus fort.

— Dites-moi seulement ce qui ne va pas.

— Il faut que je vous montre. Nous devons nous rendre au bureau.

D'instinct, Lucien sentit qu'Etienne ne renoncerait pas. Il conçut pour lui un peu de cette admiration qu'il avait éprouvée pour Aurore au cours des dernières semaines.

— D'accord, dit-il en replaçant sa montre dans sa poche de gilet. Mais je trouve que vous prenez beaucoup de libertés, Terrebonne.

— Vous en comprendrez la raison, répondit Etienne.

Le visage de Lucien s'assombrit. Le comportement d'Etienne ne lui plaisait pas. Mais que faire ? S'il refusait de le suivre et se rendait à l'Opéra, il passerait la soirée à se demander quel désastre pouvait bien couver.

— Fantôme va nous emmener.

— Bien, monsieur.

Etienne s'effaça poliment. Le précédant, Lucien sortit dans le vestibule. La présence du jeune homme, derrière lui, le mettait étrangement mal à l'aise. Son cœur battit soudain plus vite et il eut beau se répéter qu'il n'avait rien à craindre, il sentit les paumes de ses mains devenir moites.

*
* *

Le bâtiment de la Gulf Coast était sombre, silencieux, et il y flottait une odeur de renfermé. Le brusque éclat de la lumière électrique ne suffit pas à le rendre plus accueillant. Mais Etienne ne s'en préoccupait guère. Lucien avait envoyé Fantôme à l'Opéra afin de se faire excuser. Ils étaient à présent seuls.

— Si vous me montriez cette chose si importante qui justifie que je manque le dîner du carnaval ? dit Lucien.

— C'est en haut.

Etienne se rangea sur le côté et laissa Lucien s'engager dans l'escalier. Le père d'Aurore s'arrêta à mi-chemin afin de reprendre son souffle. Au cours des mois passés à la Gulf Coast, Etienne l'avait observé et avait vu sa santé se détériorer peu à peu. Si Lucien pensait être parvenu à dissimuler son manque de souffle, la transpiration qui perlait à son front même par temps froid, la couleur bleutée de son teint, il se trompait. Etienne avait suivi la lente progression de la maladie et il s'en était réjoui. Pour l'homme qui avait anéanti sa famille, il voulait une mort lente, angoissante.

A la porte du bureau d'Etienne, Lucien s'écarta pour laisser celui-ci allumer. Puis il entra et se laissa tomber sur le siège le plus proche, à bout de souffle. Gagner son propre bureau, pourtant tout proche, représentait à l'évidence un effort insurmontable.

— Quoi que vous ayez à me montrer, je peux le voir ici, déclara-t-il.

— Certainement.

Etienne s'approcha des classeurs de chêne qui meublaient l'un des murs de son bureau et en sortit une chemise. Il la tendit à Lucien avec une petite courbette insolente.

Lucien fronça les sourcils, mais ne le réprimanda pas. Il jeta un rapide coup d'œil aux papiers qui se trouvaient à l'intérieur de la chemise, referma celle-ci et la rendit à Etienne.

— Je ne vois là rien qui nécessite ma venue ici. Il ne s'agit que des exemplaires du contrat d'assurance du *Dowager*.

— Vous devriez mieux regarder la signature.

D'un geste brusque, Lucien reprit la chemise et parcourut de nouveau les feuillets qu'elle contenait.

— Je ne vois toujours pas le problème.

— Sans doute parce que vous ne savez pas reconnaître la signature de George Jacelle au premier coup d'œil, répondit Etienne. Mais je peux vous assurer que ça n'est pas la sienne, ajouta-t-il en pointant l'index sur la signature qui figurait au bas de la page.

— Que me chantez-vous là ? Qu'est-ce que ça signifie ?

— Que ce que vous avez entre les mains est un faux. George Jacelle n'a jamais signé ce document. Et savez-vous pourquoi ? Parce qu'on lui a dit que vous aviez décidé d'assurer le *Dowager* chez Fargrave-Crane.

A l'évidence, Lucien ne comprenait toujours pas où Etienne voulait en venir. Celui-ci en retira un soudain sentiment de puissance. Il tenait Lucien à sa merci. Et à présent, il allait assister à sa chute.

— M'sieu Lucien…, dit-il. Vous permettez que je vous appelle de nouveau ainsi, n'est-ce pas ?

— De nouveau ?

— Eh bien, oui. C'est comme ça que je vous appelais, il y a longtemps. Vous ne vous en souvenez pas ?

— Que racontez-vous, bon sang ?

Chez Lucien, l'incompréhension laissa brusquement place à la colère.

— D'abord, cette histoire de signatures, et maintenant ce charabia ! s'exclama-t-il. Avez-vous bu ?

— Vous avez toujours détesté l'idée que les choses puissent vous échapper, n'est-ce pas ? Il y en a si peu que vous ne contrôlez pas. Même le destin.

Lucien voulut se lever, mais Etienne posa la main sur son épaule et le repoussa dans son fauteuil.

— Ça ne va pas, m'sieu Lucien ? Vous êtes devenu si faible que je vais devoir prendre les rênes, vous ne croyez pas ?

— A compter de cette minute, vous ne travaillez plus ici !

— A compter de cette minute, je n'en ai plus besoin.

Etienne se pencha vers lui.

— Regardez-moi, m'sieu Lucien. Regardez-moi attentivement et dites-moi ce que vous voyez.

— Un fou ! s'exclama Lucien d'un ton bravache.

Mais son regard trahissait la peur intense qu'il éprouvait.

— Non. Si j'étais fou, vous auriez une chance de me raisonner et de vous enfuir. Mais c'est moi qui vais m'enfuir et vous laisser ici, tenter de donner un sens à ce qu'il vous reste de vie.

— Vous êtes fou, ma parole ! Complètement fou !

— Regardez-moi, insista Etienne. Et songez à un petit garçon prénommé Raphaël.

Lucien écarquilla les yeux. Etienne y lut d'abord le refus, puis une peur grandissante.

— Raphaël ? balbutia-t-il.

— Lui-même. Revenu d'entre les morts.

Raphaël sourit. Il était de nouveau Raphaël, à présent.

— Etienne n'existe plus, dit-il. Souvenez-vous, il fut un temps où vous étiez comme un père pour moi.

— J'ai enterré Raphaël de mes propres mains !

— Visiblement non.

De nouveau, Lucien tenta de se lever mais, cette fois, ce fut son propre corps qui le trahit.

— Je présume que vous avez envie que je vous parle de ma mère et de ma sœur, poursuivit Raphaël. C'est vraiment dommage qu'elles ne soient pas là pour assister à nos retrouvailles. Elles, vous les avez enterrées. Dans une fosse, au milieu de dizaines d'autres malheureux. Et vous n'êtes même pas resté le temps de leur élever une pierre. *Marcelite Cantrelle, maîtresse bien-aimée de Lucien Le Danois. Angelle Cantrelle, leur fille bien-aimée.*

Accablé, Lucien laissa tomber sa tête entre ses mains.

— J'ai quelques faits qu'il vous intéressera sûrement de connaître, continua Raphaël. Ainsi, vous vous demandez sans doute comment ma sœur et ma mère sont mortes. Je vais vous le dire. Après que vous avez coupé la corde, notre bateau a été emporté vers le golfe. Ça, vous l'avez vu avant d'aller vous réfugier sur la terre ferme. Nous nous trouvions sur la crête d'une vague lorsque Angelle a été arrachée par le vent aux bras de maman et précipitée dans l'eau. Maman a plongé aussitôt, mais elle n'est pas parvenue à la rejoindre. Elles ne sont même pas mortes ensemble.

— Que voulez-vous ? demanda Lucien d'une voix à peine audible.

— Rien que je n'aie déjà.

Raphaël reprit la chemise et son contenu, puis s'approcha de la fenêtre. Il savait que Lucien n'aurait pas le courage de partir avant d'avoir trouvé le moyen de le neutraliser. Il n'avait toujours rien compris.

La pièce était plongée dans le silence. Raphaël fixait la rivière. Il connaissait l'heure à la minute près. Il n'avait cessé de consulter sa montre durant le trajet. Lorsque la pièce fut soudain ébranlée par le fracas d'une violente explosion, il se tourna vers Lucien sans même regarder le résultat par la fenêtre.

— Qu'est-ce que c'était ? demanda le père d'Aurore.

Il avait levé la tête d'un mouvement brusque, une lueur sauvage dans le regard.

— C'était le bruit de la vengeance, m'sieu Lucien.

Lucien marmonna quelques paroles incompréhensibles.

— C'était un beau bateau, lui dit Raphaël. Trop beau pour être à vous.

Au prix d'un effort visible, Lucien parvint à se lever et à gagner la fenêtre. La rivière disparaissait sous les flammes et la fumée. Il resta sans voix.

— Le *Dowager*, confirma Raphaël. Vous comprenez à présent, pour la signature ?

Lucien poussa un gémissement.

— Vous m'aviez chargé des formalités pour l'assurer. Je devais faire préparer le contrat par Jacelle et fils. Vous, vous ménagiez la susceptibilité de Fargrave-Crane en les laissant assurer le reste de votre flotte. De cette façon, vous pensiez pouvoir économiser de l'argent tout en sauvant la face. Vous aviez même cessé de fréquenter des dîners et réunions d'affaires où le sujet aurait pu être évoqué.

Soudain, Lucien recouvra la parole.

— Salaud !

— Vous avez signé les nouveaux documents, poursuivit Raphaël sans se troubler, et vous m'avez envoyé les porter chez Jacelle et fils. Mais à la place, je leur ai transmis vos regrets. Vous aviez changé d'avis et choisi de rester fidèle à Fargrave-Crane. Puis j'ai imité la signature de Jacelle sur le contrat. Je lui ai dit qu'insister auprès de vous ne pourrait que lui être défavorable. S'il espérait travailler un jour avec la Gulf Coast, il était préférable qu'en gentleman il demeure sur la réserve et attende que je l'informe des offres qui pourraient se présenter. Et George Jacelle est un gentleman.

Lucien se tourna brusquement vers la porte, comme s'il s'apprêtait à se précipiter au-dehors. Peut-être avait-il l'espoir de sauver quelque chose du bateau qui devait être la consécration de sa carrière.

Mais les paroles de Raphaël l'arrêtèrent net.

— Le *Danish Dowager* n'est donc pas assuré. Pas plus que les marchandises entreposées dans le nouveau dock. Il sera d'ailleurs intéressant de voir ce qu'il en restera après l'incendie.

Lucien se cramponna au siège le plus proche.

— J'ai été surpris de constater combien votre position était précaire, poursuivit Raphaël en secouant la tête. J'ai étudié les comptes de la compagnie, voyez-vous. Vous avez fait emprunter à la Gulf Coast plus d'argent qu'elle ne pouvait espérer en gagner pendant un bon moment. Vous pensiez que vos investissements finiraient par rapporter gros. C'était un sacré pari mais, jusqu'à présent, vous aviez la chance avec vous. Jusqu'à présent.

Les cloches commencèrent de sonner le long de la rivière. Des flammes jaillissaient de toute part, hautes de plusieurs mètres. Le gardien et ses acolytes avaient fait du bon travail, songea Raphaël.

Lucien se couvrit les oreilles de ses mains, comme pour échapper au tintement des cloches.

— Il se peut que je sois ruiné, déclara-t-il, mais vous tomberez avec moi. Je rapporterai aux autorités tout ce que vous m'avez dit.

— Quelle preuve aurez-vous ?

Raphaël brandit les papiers vers le père d'Aurore puis, d'un geste lent, il les déchira en deux, puis encore en deux, avant de glisser les morceaux dans la poche intérieure de sa veste.

— Pour ma part, ajouta-t-il, je crois que vous ne direz rien du tout aux autorités. Car si on me questionne, je me ferai un plaisir de raconter le reste de l'histoire. Exactement comme je vous l'ai racontée.

— Croyez-vous qu'ils trouveront le moindre intérêt à des événements vieux de quatorze ans ?

— De telles histoires ne s'effacent jamais. Elles peuvent ruiner le nom et la réputation d'un homme. Et parfois, c'est tout ce qu'il lui reste.

— Espèce de salaud ! Tu aurais dû mourir dans l'ouragan. C'était écrit. Pourquoi n'es-tu pas mort ?

— C'est évident, non ? J'ai survécu pour venger ma mère et ma sœur.

Il faisait de plus en plus chaud dans la pièce, remarqua soudain Raphaël. Normalement, le bâtiment de la Gulf Coast ne risquait rien. Le quai de la compagnie et le *Dowager* en étaient assez éloignés pour qu'il soit épargné. Toutefois, les balles de coton étaient une marchandise très inflammable, et l'entrepôt le plus proche en était rempli. Quant aux planches destinées à la fabrication des tonneaux, elles étaient stockées juste en face. Il suffisait d'un peu de vent et d'une mauvaise gestion du feu pour que tout s'enflamme.

— Mais je ne vous ai pas encore tout dit, reprit Raphaël.

Lucien tomba à genoux. Le souffle lui manquait. Imperturbable, Raphaël l'observait, les bras croisés.

— Je vais le faire pendant que vous êtes encore en état de l'entendre. Votre fille est enceinte de mes œuvres. Nous quittons la ville ce soir. Eh oui, m'sieu Lucien, vous avez perdu vos deux filles, et votre descendance est désormais liée à la mienne ! Mon seul regret est d'avoir mêlé mon sang au vôtre.

— Tu mens !

Lucien haletait. Il semblait éprouver les pires difficultés à respirer.

— Tu mens ! répéta-t-il.

— Demain, lorsque vous vous réveillerez et qu'Aurore sera partie, vous verrez par vous-même si je mens. Du reste, dès ce soir, la lettre qu'elle a demandé à Cléo de placer sur votre oreiller suffira à vous éclairer. Aurore vaut cent fois mieux que vous. Et parce que je ne suis pas tout à fait sans cœur, je vais vous laisser un petit espoir. J'aime votre fille, car elle ne vous ressemble en rien. Je prendrai soin d'elle comme vous n'avez jamais su le faire. Aucun de nos enfants ne vous ressemblera. Et nous en aurons beaucoup, m'sieu Lucien. Beaucoup d'enfants pour perpétuer l'héritage des Le Danois.

Sur les quais régnait à présent la plus grande confusion. Les gens couraient en tous sens. Des cris fusaient, çà et là, de même que le hennissement des chevaux affolés. Ici, comme partout, on redoutait le feu. Il avait dévasté San Francisco et Chicago, et plus d'un siècle auparavant, il avait failli détruire La Nouvelle-Orléans. Malheureusement, les rues situées aux alentours des quais étaient toujours encombrées et, en dépit des efforts de tous, il faudrait du temps aux voitures de pompiers pour manœuvrer et se mettre en place.

Les flammes qui consumaient le *Dowager* étaient de plus en plus hautes. Et il semblait à Raphaël que le feu avait commencé de se propager sur le dock. La Gulf Coast Steamship s'en allait en fumée sous ses yeux. Ainsi, il avait accompli tout ce qu'il avait prévu. Le petit garçon qui restait éveillé la nuit, à rêver de vengeance, réalisait enfin ce rêve. Sa mère et sa sœur pouvaient reposer en paix.

Et Lucien pouvait brûler dans les profondeurs de son enfer sur terre.

Raphaël n'aurait su dire combien de temps s'était écoulé lorsqu'il regarda de nouveau Lucien. Celui-ci s'était effondré sur le sol. Sa respiration était rauque. Ses doigts griffaient en vain le tapis, cherchant un appui. Désormais, il ne pouvait plus rien. Il ne lui restait plus qu'à affronter son destin.

— Je vais vous laisser, dit Raphaël. Je vous conseille de ne pas trop vous attarder ici. Le bâtiment ne risque probablement rien, mais sait-on jamais ? La vie nous réserve toujours des surprises.

Raphaël gagna la porte. Avant de sortir, il voulut contempler une dernière fois son œuvre. Il n'avait pas encore éprouvé le frisson de la victoire. Il se retourna. Lucien était immobile. Seul son manteau se soulevait au rythme saccadé de sa respiration. Raphaël attendit que la joie l'envahisse à la vue de son ennemi enfin terrassé. Mais il n'éprouva rien. A l'intérieur de lui-même, il se sentait vide. Vide comme il l'était avant de tomber amoureux de la fille de Lucien.

Aurore ! Cette fois, il se détourna définitivement. Peu importaient ses sentiments, ou plutôt l'absence de sentiments. Son passé était derrière lui, désormais. Quant à Lucien, il recouvrerait sans doute assez de force pour s'en aller, à moins que Fantôme revienne le chercher à temps. Lucien avait survécu à bien pire. Maintenant, il restait juste assez de temps à Raphaël pour gagner la gare, où il avait déjà déposé ses bagages, et rejoindre Aurore. Celle-ci, alertée par la fumée et le ciel embrasé par l'incendie, s'inquiéterait sûrement, mais il saurait la rassurer. Et lorsqu'ils se trouveraient enfin dans le train, il aurait tout le temps de savourer son succès ; et il connaîtrait enfin le bonheur.

Il dévala l'escalier, ouvrit la porte. L'air était chargé de fumée et de cendres. Il entendit le fracas d'une voiture de pompiers roulant sur les pavés et les cris des hommes sur le quai.

Au-dehors, une bouffée d'air brûlant l'assaillit. Il fut surpris de se retrouver dans une telle fournaise. Le vent, qui soufflait à peine dans l'après-midi, s'était levé et attisait les flammes. Raphaël n'avait plus le temps d'aller voir ce qui se passait. Pourtant, ce fut plus fort que lui. Tant pis s'il devait ensuite courir jusqu'à la gare.

Fasciné par le feu, il avança en direction de la rivière, traversa le dépôt dans lequel étaient stockées les planches destinées à la fabrication des tonneaux, empruntant le chemin qu'il avait pris avec Aurore le jour où il lui avait fait visiter le *Dowager*. A chaque pas, la fumée se faisait plus épaisse, plus menaçante. Quand il arriva près de l'eau, il comprit pourquoi. Le dock était en feu à présent. Mais ce fut le spectacle du bateau en train de brûler qui capta toute son attention. Il n'avait jamais rien vu de tel. Totalement embrasé, le *Danish Dowager* n'était plus qu'une carcasse vide. Le *Samson*, le petit remorqueur de lutte contre les incendies, tentait courageusement de soulager son agonie. En vain.

Raphaël tenait sa vengeance. Là, sous ses yeux, le

Dowager se tordait dans les flammes. Et tandis qu'il fixait ce spectacle, comme hypnotisé, une autre image vint se superposer, celle d'une frêle embarcation et des trois passagers qui se trouvaient à son bord, terrifiés. Il lui sembla sentir le petit bateau rebondir brusquement sur les vagues déchaînées, le bois du siège auquel il se cramponnait meurtrir ses mains. Il ferma les yeux, cherchant à chasser cette image, mais elle devenait de plus en plus claire. Par-dessus le hurlement du vent, il entendit sa mère crier. Alors qu'il crispait les paupières, il vit la silhouette de sa sœur fendre brusquement l'air avant d'être engloutie sous une vague plus haute qu'un chêne. Il se précipita vers sa mère, tenta de la retenir, mais elle se dégagea vivement et plongea dans l'eau, disparaissant à la suite de sa fille.

Raphaël était resté un temps infini cramponné au siège du bateau. Ensuite, avec la même énergie, il s'était cramponné à sa haine pour Lucien Le Danois et à la farouche détermination qu'il avait de se venger de lui un jour.

Quand il ouvrit les yeux, Raphaël se rendit compte qu'au lieu d'un sentiment de victoire, il n'éprouvait qu'un profond désespoir. Alors qu'il avait œuvré et prié sans relâche pour que ce jour arrive, il comprenait à présent que ses prières n'avaient été que blasphèmes. Dans un horrible moment de panique et d'égoïsme, Lucien avait voué sa maîtresse et sa fille à la mort. Raphaël, lui, avait voué plusieurs décennies de son existence à la destruction et à la haine. Mais rien ne lui rendrait jamais sa mère ni sa sœur.

— Aurore !

Il fit demi-tour, revint vers le bâtiment de la Gulf Coast et la rue qui conduisait à la gare. Pour la première fois, il savait ce qu'il fuyait et vers quoi il courait. S'il ne pouvait plus rien faire pour arrêter la catastrophe, à présent, au moins pouvait-il protéger Aurore de ce que réservait l'avenir. En aucun cas, elle ne devait savoir ce qui s'était passé ici. Elle ne devait pas savoir quel rôle il avait joué dans la destruction de sa famille. Jamais.

Raphaël s'arrêta pour reprendre son souffle devant le bâtiment de la Gulf Coast. Il sentait le vent souffler dans son dos en bourrasques furieuses qui faisaient tourbillonner la fumée et balayaient les débris calcinés sur le sol. Brusquement, il sentit une piqûre dans son cou. Il y passa la main, vit tomber une petite braise sur le sol. Faisant volte-face, il aperçut une lueur dans le dépôt de planches. Elle s'intensifia soudain. Le bois recouvert de produits chimiques très inflammables allait s'embraser d'un instant à l'autre.

Le bâtiment de la Gulf Coast serait donc lui aussi détruit. Etienne entendit de nouvelles voitures de pompiers arriver, mais il était déjà trop tard, il le savait. Des yeux, il chercha sans la trouver la voiture de Lucien. Fantôme n'était pas revenu. Soit il était en retard, soit il lui avait été impossible de passer.

Lucien était toujours en haut. Ce n'était plus qu'une question de minutes, peut-être de secondes, avant que le bâtiment ne s'enflamme. Raphaël pouvait encore secourir le père d'Aurore, trouver quelqu'un qui l'emmènerait en lieu sûr. Il en avait le temps. Mais avait-il une raison de faire une chose pareille ?

Il s'avança vers la porte, s'arrêta, déchiré entre la haine qu'il éprouvait pour cet homme et la conviction qu'elle ne servait à rien. Le visage d'Aurore s'imposa à lui, alors, et il comprit qu'il ne pourrait jamais vivre avec elle s'il accomplissait ce dernier acte de vengeance.

Alors qu'il ouvrait la porte, prêt à foncer à l'intérieur, un cri le coupa dans son élan.

— Etienne !

Comme si ses pensées avaient eu le pouvoir de la faire apparaître, il aperçut soudain la jeune femme à travers la fumée, suffoquant et toussant.

— Etienne !

Deux personnes se matérialisèrent derrière elle. Raphaël reconnut Ti'Boo et Jules, du Bayou Lafourche. Son cœur se mit à battre plus fort. Aurore se jeta dans ses bras.

— Que fais-tu ici ? lui demanda-t-il.

Il la repoussa, la prit par les épaules.

— Que viens-tu faire ?

— Je... Nous avons vu le feu. C'est le *Dowager*, Etienne !

Il vit qu'elle sanglotait, et la peur s'empara de lui.

— Il n'y a plus rien à faire à présent.

— Et le dock, Etienne, le dock ! Tout ce que mon père a construit. Tout est perdu.

— Peu importe. Il faut que nous partions tout de suite. Le bâtiment va prendre feu lui aussi. Le vent souffle dans notre direction !

Comme pour confirmer ses dires, il y eut soudain un énorme ronflement. Le dépôt de bois venait de s'embraser.

— Il faut sauver ce que nous pouvons ! cria Aurore.

— C'est impossible !

Raphaël tenta de la pousser vers Jules, mais elle ne voulut rien savoir.

— Il faut essayer !

— Non. Nous devons partir d'ici. Jules, emmenez-la. Partez vers la gare, je vous rejoins dans quelques minutes. Je dois m'assurer que personne ne se trouve à l'intérieur.

— A l'intérieur ? s'exclama Aurore, qui refusait toujours de bouger.

Pour l'obliger à partir, Raphaël ne trouva d'autre recours que de révéler une partie de la vérité.

— Ton père était là, tout à l'heure. Je lui ai dit que nous partions ensemble. Il était furieux. J'ignore s'il a quitté le bureau. Il faut que j'aille vérifier. Mais tu ne peux pas m'accompagner. Si tu veux conserver quelque espoir de t'enfuir avec moi, il ne doit surtout pas te voir.

Aurore le fixait, le visage blême, le regard bouleversé. Jamais Raphaël ne pourrait oublier cette image, ces yeux écarquillés braqués sur lui, ces larmes qui ruisselaient sur ses joues.

— Mon père ?

— Aurore, va-t'en à présent, je t'en supplie.

Il parvint à la pousser vers Jules.

— Jules, emmenez-la. Si Lucien n'est pas parti, je vais m'assurer qu'il est en sécurité avant de vous rejoindre.

— Non, je veux le voir, je veux être sûre !

Aurore échappa à l'étreinte de Jules et, avant qu'un des deux hommes ait pu l'arrêter, elle se précipita vers l'escalier. Raphaël s'élança aussitôt à sa poursuite. Il entendit des pas derrière lui. Ti'Boo et Jules les suivaient. Il pria pour que Lucien soit parti, qu'il ait trouvé la force de quitter le bâtiment pendant qu'il était allé sur le quai, voir le feu. Pourtant, alors même qu'il implorait le ciel, il savait au fond de lui-même qu'ils allaient le trouver dans le bureau.

Aurore poussa la porte, se précipita dans la pièce.

— Papa !

Lucien se trouvait à l'endroit exact où Raphaël l'avait laissé. Il poussa un gémissement en entendant la voix de sa fille. Elle se jeta sur le sol, l'attrapa par les épaules et tenta de le retourner sur le dos.

— Aide-moi, Etienne !

S'agenouillant près d'elle, Raphaël lui prit les mains.

— Je vais le sortir de là, Aurore. Tu ne peux pas rester. Pars, à présent. Si tu veux que nous quittions la ville ensemble, il faut que tu t'en ailles tout de suite !

— Je ne peux pas le laisser, protesta Aurore en se dégageant. Papa !

Jules s'approcha et, à eux trois, ils retournèrent Lucien sur le dos. Ses paupières battirent un instant, mais il ne parla pas.

— Papa ! cria Aurore.

Raphaël sentit sa poitrine se serrer.

— Si tu restes, insista-t-il, jamais il ne t'autorisera à m'épouser. Jules va s'occuper de lui. Nous, nous devons partir.

Les larmes ruisselaient sur les joues d'Aurore.

— C'est mon père, Etienne, et il est peut-être en train de mourir.

— Certainement pas !

En prononçant ces mots, toutefois, Etienne vit le visage de Lucien, aussi figé qu'un masque mortuaire. Chaque souffle arraché à son corps douloureux le rapprochait un peu plus de la fin.

— Aurore.

La voix de Lucien était si faible que Raphaël, un instant, douta de l'avoir entendue. Mais Aurore souleva la tête de son père et la posa sur ses genoux. Puis elle se pencha aussi près qu'elle put.

— Nous allons te sortir de là, lui dit-elle. Je resterai avec toi. Tout ira bien, tu verras.

— Etienne…, murmura Lucien.

Aurore leva la tête.

— Il t'appelle, dit-elle.

Les yeux de Lucien se révulsèrent. Il agita fébrilement les mains.

— Qu'y a-t-il, papa ? Etienne est là. Que veux-tu nous dire ?

— C'est… c'est un monstre.

— Ne t'occupe pas de cela pour l'instant, papa. Nous aurons tout le temps de parler de mon avenir plus tard.

Tendrement, Aurore caressa la joue de son père.

— Ne t'inquiète pas, je ne te quitterai pas.

— C'est un… bâtard. Son père était un… esclave. Ton enfant… il faut t'en débarrasser. Il t'a fait ça pour… pour se venger de moi… Il a mis le feu au *Dowager.*

Aurore poussa un cri.

— Tu ne sais pas ce que tu dis, papa. Tu ne sais plus !

— Si, je le… sais.

Avec effort, Lucien tenta de se redresser, sans y parvenir.

— Tu es mon enfant… mon unique enfant.

Il saisit les mains d'Aurore.

— La vengeance. C'est un fou ! Si tu m'aimes, débarrasse-toi…

Aurore sanglotait à présent. Des sanglots déchirants qui glaçaient le sang de Raphaël.

— Il ne sait pas ce qu'il dit, Aurore, intervint-il. Il est plus malade que je ne pensais. Il raconterait n'importe quoi pour te garder auprès de lui.

— Papa ! s'écria Aurore. Etienne est un homme bien ! Il m'aime.

— Non. Il me… hait. Il voulait se venger. Il m'a dit pour le bébé. Il était là lorsque le *Dowager* a explosé. Il m'a… expliqué que c'est lui qui avait fait ça. Son sang…

Parler épuisait Lucien. Il s'interrompit un instant.

— ... Il est de sang mêlé, Aurore. Il ne t'a jamais aimée. Les papiers... sont des faux. Dans sa veste... pas d'assurance.

De nouveau, au prix d'un effort surhumain, il chercha à se redresser. Mais il retomba aussitôt dans les bras d'Aurore.

Secouée de violents sanglots, celle-ci semblait incapable de parler. Raphaël voulut lui prendre la main, mais elle le repoussa.

— Ma fille..., murmura Lucien. Je t'ai toujours aimée. Je... je ne voulais que ton bien. Ne t'en va pas... Aurore, reste. Sauve tout ce que tu peux... Gulf Coast. Fais ce que...

Les lèvres de Lucien s'immobilisèrent soudain. Son regard devint fixe.

— Non ! hurla Aurore. Papa ! Non !

Derrière lui, dans l'ombre, Raphaël entendit une voix féminine psalmodier une prière des morts. Il avait oublié la présence de Ti'Boo. Il leva la tête. L'horreur se lisait dans les yeux de Jules. Ce dernier s'agenouilla, dégagea doucement le corps de Lucien des bras de sa fille tandis que Raphaël aidait Aurore à se relever. Elle le repoussa avec violence alors qu'il s'apprêtait à la prendre dans ses bras.

— Non ! fit-elle en se tournant vers lui. Pas tant que tu ne m'auras pas expliqué ce qu'il voulait dire.

Elle le fixait, attendant sa réponse. En proie à un vide terrible, Raphaël ne trouva pas en lui la force de parler. Soudain, Aurore ferma les yeux et renversa la tête en arrière.

— C'est donc vrai ! hurla-t-elle. Ce qu'il a dit est vrai !

Son cri arracha Raphaël à sa stupeur. Il la prit par les épaules.

— Ce n'est pas tout, Aurore. Il y a beaucoup d'autres choses qu'il ne t'a pas révélées. Je t'aime. Je ne t'ai jamais menti à ce sujet. Je veux t'épouser, je veux ton enfant.

— Est-ce toi qui as mis le feu ?

Raphaël la fixa sans rien dire.

— C'est toi, Etienne ?

Elle se mit à lui marteler le torse à coups de poing.

— Réponds-moi !

— Tu ne peux pas comprendre. Pas avant de connaître toute la vérité.

— Je veux que tu me répondes.

Raphaël en fut incapable.

— C'est donc toi !

Aurore recula, horrifiée.

— Et le reste ? Ton père était-il vraiment un esclave ? Ton sang est-il…

Il attendit qu'elle prononce le mot. Mais elle n'y parvint pas. Raphaël comprit alors combien ses espoirs avaient été fous, et illusoires ses rêves d'amour.

Comme il regardait Aurore, pour la première fois il vit en elle la fille de Lucien.

— Mon père était un homme bien, déclara-t-il. Tu ne pourras jamais en dire autant du tien.

— Comment oses-tu ? s'écria-t-elle.

Alors qu'elle se jetait sur lui, les poings serrés, prête à frapper, il lui saisit les poignets.

— As-tu oublié que tu portes mon enfant ? Le descendant d'un esclave.

Il eut un rire amer.

— Tu portes l'enfant d'un homme que tu as déjà appris à haïr ! Et tu le haïras, lui aussi, n'est-ce pas ? Tu transmettras la haine et le mépris de ton père à une autre génération. Tu apprendras à notre enfant à se haïr, exactement comme tu me hais en ce moment.

— Je n'élèverai pas ton enfant ! répliqua Aurore, hors d'elle, en s'écartant de lui. Il ne verra jamais le jour !

— Tu commettrais un péché mortel parce que ton père te l'a ordonné ? Tu tuerais ton propre enfant ?

— Cet enfant ne verra jamais le jour ! répéta Aurore.

— Ro-Ro ! s'exclama Ti'Boo en émergeant de l'ombre. Tu ne sais pas ce que tu dis. Allons, viens.

Jules voulut entraîner Aurore, mais elle le repoussa.

— Jamais je n'aurai ton enfant, Etienne. Jamais, entends-tu ?

— Tu l'auras et tu me le donneras ! affirma Raphaël.

Comme il cherchait à agripper le bras d'Aurore, Jules s'interposa. Raphaël le frappa violemment, le faisant trébucher en arrière.

— Tu n'auras rien ! hurla Aurore.

— Cet enfant sera à moi.

— Jamais !

La voix d'Aurore se fit soudain glaciale.

— Et si tu tentes de te l'approprier, j'irai voir les autorités. Je leur expliquerai que tu es responsable de la destruction du *Dowager*. Je trouverai les preuves de la falsification dont parlait mon père et je ferai en sorte que tu paies pour tout cela.

— Ro-Ro.

Ti'Boo la prit par le bras.

— Il faut partir. Le feu se rapproche.

— Si tu essaies, déclara Raphaël, alors je leur dirai qu'Aurore Le Danois porte mon enfant, conçu hors des liens du mariage, et qu'elle n'est rien de plus qu'une femme méprisée qui cherche à se venger. Il n'existe pas l'ombre d'une preuve de ma responsabilité dans l'incendie.

— Ti'Boo et Jules t'ont entendu dire que c'était toi.

— Je n'ai jamais rien dit de tel.

Aurore fit volte-face, scruta le visage de ses amis et, comme Raphaël, elle y lut la vérité. Ti'Boo secoua la tête et prit Aurore dans ses bras.

— Il faut partir, Ro-Ro. Tout de suite. Jules va emmener ton père. Viens, ajouta-t-elle en entraînant Aurore.

— Non ! s'écria celle-ci.

Elle refusait de partir, de laisser son père.

— Non !

Raphaël observa Jules se débattre avec le corps de Lucien. Il s'écarta lorsqu'il passa devant lui, trébuchant sous le poids. Puis il les vit tous disparaître dans le couloir.

— Non !

Le cri d'Aurore, le dernier qu'il entendit, résonna douloureusement en lui, dans le vide immense qui s'était creusé dans sa poitrine.

17

Le sol dallé de l'hôpital du couvent était lessivé matin et soir par une postulante qui, à quatre pattes, maniait la brosse avec énergie. Sœur Marie-Baptiste avait exigé d'Aurore qu'elle n'adresse pas la parole à la future novice, pas même pour lui demander son nom. Aussi Aurore restait-elle allongée à souffrir en silence, s'efforçant d'oublier l'horrible odeur du détergent, auquel on avait ajouté un désinfectant.

Pour elle, il était clair que tout cela faisait partie de la pénitence qui lui était infligée pour avoir conçu un enfant hors des liens du mariage. Cinq mois auparavant, les sœurs l'avaient accueillie parce qu'elle les payait bien et parce que leur devoir de chrétiennes leur imposait d'héberger quelqu'un comme Aurore. Elles lui avaient fourni une chambre, les repas et des heures de contemplation, mais rien n'avait été fait pour tenter de soulager sa douleur depuis que le travail avait finalement commencé, la veille. Cette épreuve, Aurore devait l'affronter seule. Et tant mieux, s'il en résultait une grande souffrance. N'était-ce pas le lot de toute femme que d'expier les péchés d'Eve ? Et n'était-ce pas celui d'Aurore que de souffrir des jours entiers pour mettre au monde cet enfant, un enfant dont elle devrait aussitôt se séparer ?

Elle crispa les paupières. Elle aurait voulu mourir. La douleur ne lui laissait aucun répit, l'empêchant même de se réfugier dans le sommeil. Elle avait perdu toute notion de l'heure, et l'absence de fenêtre dans la pièce aux murs blancs immaculés ne lui permettait pas de se repérer au soleil. Et comme on lui avait interdit de boire et de manger depuis que le travail avait commencé, les repas ne venaient plus ponctuer sa journée. Les sœurs qui passaient la voir entraient et sortaient sans un mot, indifférentes aux supplications d'Aurore.

Telle était l'œuvre d'Etienne. Il lui avait pris sa virginité, sa fortune, son père et sa jeunesse. Il lui avait fait un enfant et l'avait marquée de son sang. Même si elle l'avait souhaité, Aurore n'aurait pu garder ce bébé. Et maintenant, elle souffrait le martyre pour mettre au monde un petit être qui connaîtrait lui aussi la souffrance, confiné derrière des barrières infranchissables.

A moins qu'il ne porte aucun signe de l'héritage de son père.

Aurore sentit la sueur ruisseler sur sa peau et, malgré les recommandations des sœurs, elle rejeta le drap au pied du lit. En temps normal, l'atmosphère de cette pièce sans fenêtre devait être insupportable. Mais la chaleur et l'humidité de ce mois d'août en faisaient une véritable étuve où l'air était irrespirable.

Plusieurs mois auparavant, Cléo l'avait conduite dans une autre pièce. Une pièce qui n'avait pas de murs blancs et dont le sol n'était pas lavé deux fois par jour. De gros cafards y couraient en tous sens et des toiles d'araignées répugnantes pendaient des bouquets d'herbes sèches accrochés au plafond. Au moment où elle s'était allongée sur un lit, Aurore avait senti l'odeur funeste de ce qui se préparait. Et soudain, malgré la somme exorbitante payée à l'avorteuse, malgré la haine qu'elle éprouvait pour Etienne Terrebonne, elle avait su qu'elle ne pourrait pas tuer l'enfant qu'elle portait.

Alors, elle s'était tournée vers Dieu. Elle s'était retirée dans ce couvent et avait fait le vœu, après la naissance de l'enfant, de revêtir la robe immaculée des postulantes et de consacrer le reste de sa vie au rachat de son âme.

Elle avait cru cela possible. Mais après des heures de souffrance, elle pensait différemment. Jamais elle ne se débarrasserait de la haine qui l'habitait. Ce n'étaient pas les prières et les bonnes actions qui pourraient y changer quelque chose. Pardonner à Etienne Terrebonne était inconcevable. Et si le rachat de son âme passait par le pardon, elle acceptait de mourir sans l'avoir rachetée et sans avoir connu le repentir.

La porte s'ouvrit. Aurore ne put réprimer un gémissement. Compétentes et consciencieuses, les sœurs ne tenaient aucun compte de ses protestations, de ses cris, et elles faisaient ce qu'elles avaient à faire. Aurore aurait voulu croire que cette nouvelle visite signifiait pour elle une délivrance prochaine, mais il devait bien plutôt s'agir d'un de ces examens horriblement douloureux auxquels on la soumettait.

— Ro-Ro ?

Aurore ouvrit les yeux et vit le visage de Ti'Boo. Un instant, elle crut qu'elle délirait.

— Ti'…

— Chut ! Ne te fatigue pas. Ça va aller. Je reste avec toi.

— Je…

Une douleur fulgurante traversa soudain le corps d'Aurore. Elle s'arc-bouta.

— Ne lutte pas, murmura Ti'Boo. Tu ne fais qu'accroître la douleur.

— Je ne...

Aurore cria de nouveau, sans se soucier des sévères mises en garde qu'elle avait reçues des sœurs, lui enjoignant de ne pas se laisser aller.

— Respire à fond et serre ma main, lui conseilla Ti'Boo. Sœur Marie-Baptiste va venir. Elle m'a promis qu'elle serait là le moment venu.

Aurore agrippa la main de son amie lorsqu'une nouvelle contraction lui déchira le ventre. C'était Ti'Boo qui, par l'intermédiaire du prêtre de sa paroisse, l'avait fait admettre dans ce couvent. Le petit bâtiment de brique rouge se trouvait dans un bayou isolé et abritait un ordre très strict de nonnes, parlant toutes le français. Il était suffisamment proche de Côte Boudreaux pour permettre à Ti'Boo d'être déjà venue par deux fois, et assez éloigné de La Nouvelle-Orléans pour qu'Aurore n'ait pas à craindre une visite d'Etienne.

— Etienne, demanda-t-elle. As-tu vu Etienne ?

— Il ne te trouvera pas, Ro-Ro. Serre ma main plus fort.

— Il veut me prendre cet enfant.

— Il veut avant tout te rendre malheureuse.

Les larmes ruisselèrent sur les joues d'Aurore, se mêlant à la sueur.

— Il... il a réussi.

— J'ai trouvé une famille pour le bébé, annonça Ti'Boo en lui épongeant le front avec un mouchoir. Jamais il n'ira le chercher là-bas.

— Est-ce... Est-ce qu'ils savent...

Aurore ne put terminer sa phrase. La famille savait-elle que l'enfant n'était pas blanc ? Que son père était passé pour blanc jusqu'à ce qu'on découvre la vérité sur son compte ? A cette seule pensée, Aurore fut assaillie d'un profond sentiment de honte.

— Ce sont des gens de couleur à la peau claire qui vivent dans le delta, expliqua Ti'Boo. Ils ne peuvent pas avoir d'enfant et ils ont très envie d'élever celui-ci.

Des centaines de questions se pressaient dans l'esprit d'Aurore. Elle détestait le père de cet enfant avec autant d'intensité qu'elle l'avait aimé. Pendant un temps, elle avait aussi détesté l'enfant. Et elle détestait encore l'idée qu'il pût être d'une race différente de la sienne. Elle aurait pu choisir de partir vivre dans le nord avec le bébé, avec l'espoir que personne ne détecterait jamais ses origines. Mais elle, quel visage verrait-elle quand elle le regarderait, dans son berceau ? Quelles explications donnerait-elle à cet enfant lorsqu'il grandirait et poserait des questions ?

Et quelle mère Aurore Le Danois, héritière de la Gulf Coast Steamship, pourrait-elle être pour le petit-fils ou la petite-fille d'un esclave ?

Tant bien que mal, elle chercha à se détendre et à réunir des forces en prévision de la prochaine contraction.

— Et ce sont des gens… bien ? demanda-t-elle.

— Cette question ! Crois-tu que je t'aurais conseillé une famille qui ne le soit pas ?

— Et… et si jamais l'enfant est blanc ? Ne serait-ce pas préférable qu'il se trouve dans une famille… blanche ?

— Il vaut mieux que l'enfant soit ce qu'il est, Ro-Ro. Il y a eu assez de mensonges.

Aurore savait à quelle vie elle condamnait son enfant. Elle était parfaitement au courant de la situation difficile des Noirs, que leur peau soit claire ou foncée, même si elle n'avait jamais accordé à leurs problèmes qu'une pensée en passant. Elle avait toujours été entourée, nourrie et conseillée par eux, sans imaginer qu'elle pourrait être liée à eux, d'une façon ou d'une autre. Et voilà qu'aujourd'hui, elle s'apprêtait à mettre l'un d'eux au monde.

Son enfant subirait-il l'humiliation de devoir servir des Blancs, de devoir se soumettre à leur autorité ? Son enfant devrait-il aller s'asseoir à l'arrière des tramways, réciter son chapelet au fond de l'église ? Devrait-il renoncer pour toujours à avoir son mot à dire en politique, à posséder une quelconque influence sur son propre avenir ?

— Ce sont des gens bien qui mènent une vie heureuse, lui assura Ti'Boo. Avec eux, ton enfant deviendra quelqu'un de bien et il sera heureux.

— Ça ne suffit pas !

Aurore se cramponna à la main de Ti'Boo. Au même instant, elle éprouva l'envie irrésistible d'expulser l'enfant de son ventre.

— Non ! hurla-t-elle.

— Qu'y a-t-il ?

Se penchant vers elle, Ti'Boo l'observa un instant, puis se leva.

— Je vais chercher sœur Marie-Baptiste. Je reviens, Ro-Ro. Je reviens tout de suite.

— Non !

Alors qu'elle avait prié pour que ce moment arrive, Aurore était maintenant paralysée par la peur. Jusqu'à présent, elle avait été en mesure de protéger son enfant. Elle l'avait senti grandir en elle, elle s'y était attachée, au point de laisser de côté sa haine pour Etienne. Mais bientôt elle allait lui donner naissance et elle ne pourrait plus le protéger.

Elle fut assaillie d'une nouvelle envie de pousser. Elle la réprima, tout en sachant qu'il était inutile de résister ainsi. Son bébé deviendrait l'enfant de ces gens de couleur qui vivaient dans le delta et elle le perdrait à tout jamais. Et il ne lui serait plus possible de faire quoi que ce soit pour le protéger de ce monde qui ne voulait pas de lui.

— Non ! hurla-t-elle de nouveau, luttant de toutes ses forces.

Mais déjà le bébé apparaissait.

Clarissa était tranquillement installée dans le couffin fourni par les sœurs. Elle avait très peu pleuré depuis sa naissance, douze heures plus tôt, et rarement dormi. Elle babillait, les yeux grands ouverts, agitant ses poings et ses petites jambes comme pour défier ce monde qu'elle connaissait à peine.

Aurore se pencha vers elle, désobéissant ainsi aux instructions de sœur Marie-Baptiste qui lui avait ordonné de ne pas se lever et de ne pas prendre l'enfant. Il était convenu qu'on lui donnerait Clarissa à intervalles réguliers, afin qu'elle l'allaite, après quoi il lui faudrait la remettre très vite dans son couffin. Aurore n'avait même pas le droit de la regarder pendant qu'elle la nourrissait, pour ne pas risquer de s'attacher à elle.

Pourtant, Clarissa était le plus beau bébé qu'Aurore ait jamais vu. Ses yeux étaient d'une couleur indéfinissable, un gris étrange et très clair, qui ne deviendrait jamais marron, comme chez son père, ni bleu, comme chez sa mère. Sa peau était claire, qui pourrait toutefois foncer avec le temps. En tout cas, elle n'avait pas le teint rose d'Aurore, mais une carnation dorée qui semblait déjà l'œuvre du soleil. Son crâne était couvert de boucles brunes, douces comme un duvet d'oiseau.

Délicatement, Aurore prit Clarissa dans ses bras. Le bébé donna l'impression de la regarder.

— Que vois-tu, Clarissa ? La femme qui a tenté de te tuer ? La femme qui t'a condamnée à vivre dans une cabane du delta et à servir toute ta vie dans la cuisine d'une femme blanche ?

Mais il suffit à Aurore de contempler sa fille pour savoir que tel ne serait pas son destin. Avec la clairvoyance des mères, elle devina que Clarissa serait belle, remarquable, et par conséquent dangereuse, comme l'étaient beaucoup de femmes de sang mêlé. Aucune femme blanche ne voudrait d'elle dans sa cuisine ni nulle part ailleurs dans la maison.

— Vois-tu la femme qui a envie de te garder, de t'emmener dans un pays où rien n'a d'importance sinon le fait que tu es sa fille chérie ?

Soudain, Aurore s'aperçut qu'elle s'était mise à pleurer, sans s'en rendre compte. Comment pouvait-il encore lui rester des larmes ? Elle posa Clarissa contre son épaule, nicha sa petite tête au creux de son cou. Puis, doucement, elle se mit à la bercer.

Elle entendit la porte s'ouvrir, mais ne se retourna pas.

— On vous a dit de ne pas prendre l'enfant.

Aurore finit par se retourner. Tout de noir vêtue, sœur Marie-Baptiste se tenait dans l'encadrement de la porte. Sœur Marie-Baptiste qui aurait bientôt le contrôle de chaque minute de la vie d'Aurore et dont la volonté serait la croix que celle-ci aurait à porter jusqu'à ce que l'une d'elles se retrouve face à Dieu.

— C'est mon enfant, répliqua Aurore. Dans deux semaines, elle me sera enlevée. Avez-vous si peu de cœur, si peu de sentiments humains en vous que vous ne puissiez éprouver aucune pitié ?

Sœur Marie-Baptiste ne répondit pas. Sa silhouette s'évanouit dans l'obscurité, laissant Aurore à ses interrogations sur l'avenir.

Comme il était bon pour la santé de Clarissa qu'elle soit un peu nourrie par sa mère, elles purent passer deux semaines ensemble. Les seins d'Aurore s'étaient rapidement gonflés de lait et chaque fois que Clarissa se manifestait pour manger, elle les sentait se tendre et palpiter douloureusement jusqu'à ce que la petite se mette à téter.

Elle lui raconta toutes les histoires de son enfance. Elle lui parla de Ti'Boo et de l'ouragan, de son grand-père Antoine, de son père et de la superbe compagnie de navigation qui aurait dû être son héritage. Quand elle tenta de lui expliquer qu'elle avait été conçue par amour, les mots s'étranglèrent dans sa gorge. La première nuit sur le *Dowager*, de même que celles qui avaient suivi, appartenaient désormais aux souvenirs d'une autre femme.

Ti'Boo revint la voir au début de la deuxième semaine. Elle était accompagnée de Pelichere qui, à huit mois, eut vite fait de parcourir à quatre pattes la petite chambre d'Aurore. Celle-ci se doutait que son amie ne songeait qu'à la distraire et la réconforter, au lieu de quoi la présence de la mère et de la fille, si heureuses ensemble, l'emplit de désespoir. Ti'Boo savait qu'Aurore aurait beaucoup de chagrin lorsqu'on lui enlèverait Clarissa. Mais elle ignorait combien elle se sentait déjà perdue.

Elle ne soupçonnait pas non plus à quel point Aurore haïssait le père de Clarissa. Chaque jour, sa haine devenait plus forte. Et plus elle s'attachait à Clarissa, plus elle rêvait de vengeance. A cause des origines d'Etienne, elle devait se séparer de son enfant. Il avait détruit son avenir. Et elle allait passer le reste de sa vie entre les murs étouffants de ce couvent, n'ayant que les eaux du bayou pour lui rappeler la rivière sur laquelle avait régné sa famille, et la vie qu'elle avait dû quitter.

Une seule lueur d'espoir perçait l'obscurité de ces semaines si douloureuses : Etienne ne retrouverait jamais Clarissa. Aurore était restée à La Nouvelle-Orléans assez longtemps pour enterrer son père et s'assurer que Tim Gilhooley avait toute autorité légale pour sauver ce qui pouvait l'être de la Gulf Coast. Puis elle avait entrepris un voyage plein de détours à destination du couvent, croisant et recroisant son chemin à plusieurs reprises, afin d'être certaine qu'on ne l'avait pas suivie.

Si Etienne avait su où elle se trouvait, il serait déjà venu. Son absence était la preuve qu'elle s'était montrée la plus forte. Jamais il ne verrait leur fille, jamais il n'aurait un mot à dire sur son avenir. Aurore ne regrettait qu'une chose : ne pas pouvoir lui dire en face qu'elle avait au moins gagné cette partie.

Le dernier soir, avant qu'on emmène Clarissa dans le delta, Aurore se prépara pour aller prier dans la chapelle. Le lendemain, elle abandonnerait son enfant. La semaine suivante, dans une cérémonie aussi ancienne que l'était l'ordre des nonnes, elle renoncerait à sa liberté. Elle voulait prier pour que la haine qui coulait dans ses veines s'apaise un jour.

Elle souhaitait aussi dire des prières pour Clarissa, ainsi qu'elle continuerait de le faire jusqu'à la fin de ses jours. Jésus miséricordieux, faites que Clarissa trouve la paix et le bonheur… Marie pleine de grâce, protégez-la… Et vous, Dieu tout-puissant, faites qu'elle sache que sa mère l'aimait et a agi de son mieux…

Clarissa était endormie lorsque Aurore quitta la

pièce. Elle venait juste de la changer et l'avait bercée doucement jusqu'à ce que ses petits yeux se ferment. On ne contraignait plus Aurore à assister à tous les offices. Depuis sa confrontation avec sœur Marie-Baptiste, on n'exigeait plus rien d'elle. Mais elle savait qu'aussitôt après le départ de Clarissa, les exigences reprendraient pour ne plus jamais finir.

Les couloirs du couvent étaient vides et silencieux. Les sœurs avaient regagné leurs cellules. Aurore ne voulut pas songer à ce qui se passait derrière leurs portes — les prières, les flagellations. Un jour, qui sait, peut-être ces rituels immuables lui apporteraient-ils la paix.

Elle se couvrit la tête d'un foulard avant d'entrer dans la chapelle, dissimulant avec soin ses mèches de cheveux. Et soudain, la révolte éclata en elle. Pourquoi ce Dieu tyrannique qui avait permis qu'elle mette un enfant au monde pour l'abandonner ensuite serait-il offensé par une tête nue ? Cela n'avait aucun sens ! Très vite, toutefois, Aurore réprima sa colère. C'était elle qui était à blâmer, pas Dieu. Elle avait couché avec un homme en dehors des liens du mariage. Et se séparer de son enfant était le prix à payer.

Elle plongea les doigts dans le bénitier et se signa avant de faire une génuflexion. L'autel était éclairé par une petite lampe. La tête baissée en signe de respect, Aurore s'avança.

Parvenue au premier rang, elle s'agenouilla. Elle avait tant de prières à dire, tant de péchés pour lesquels implorer le pardon… Alors qu'elle se signait une nouvelle fois et joignait les mains, elle leva les yeux sur l'autel. D'une grande simplicité, il était recouvert d'un linge immaculé et paré d'objets de culte en argent. Le couvent était pauvre et l'ordre assez mal doté. Les sœurs étaient pour la plupart originaires de très modestes familles des bayous qui ne pouvaient pas leur donner grand-chose. Le linge avait été rapiécé par une couturière experte et l'argent n'était qu'un plaquage.

Mais qu'importait ? Dieu était présent ici comme dans la plus majestueuse des cathédrales. Et cette présence saurait donner à Aurore le courage d'affronter les épreuves et la force de continuer à vivre. Elle croyait au pouvoir de Dieu même si, en cet instant, elle craignait que la haine qui l'habitait ne fasse écran à ses prières.

Comme elle baissait les yeux, un brusque éclair argenté lui fit redresser la tête. Elle fixa la croix placée au centre de l'autel. Ce n'était pas celle qui s'y trouvait la veille. Cette croix, pourtant, Aurore l'avait déjà vue, elle l'avait même tenue entre ses mains. Elle était en argent massif, ciselée dans le plus pur style espagnol.

La première fois qu'Aurore s'était trouvée en sa présence, c'était au côté d'un homme, qui avait ouvert un coffre contenant un trésor de pirate et lui avait promis une vie nouvelle pleine de bonheur et d'amour.

Etienne vint le lendemain matin. Aurore l'attendait avec Clarissa, endormie à côté d'elle dans son couffin. Le bébé avait trouvé son poing et, dans son sommeil, elle le tétait de temps à autre, substitut au sein maternel qu'elle avait pris un moment plus tôt.

Ce fut sœur Marie-Baptiste qui accompagna Etienne jusqu'à la chambre. Plus tôt dans la matinée, elle avait répondu aux questions d'Aurore concernant l'homme qui avait fait don de la croix qui se trouvait sur l'autel, croix d'une valeur inestimable qu'il leur avait laissée à la mémoire de sa mère disparue. Aurore avait indiqué à la religieuse que si l'homme revenait et demandait à la voir, elle le recevrait.

Sœur Marie-Baptiste les laissa seuls et Aurore regarda Etienne.

— Nous avons une fille, dit-il.

— J'ai une fille, rectifia Aurore. Je ne partage rien avec toi.

— Je t'avais promis que je viendrais la chercher.

— Oui.

— Pensais-tu vraiment que tu pourrais t'y soustraire ?

— Il ne semble pas exister de limite à ma stupidité.

— Sœur Marie-Baptiste m'a dit que tu allais prononcer tes vœux...

— Sœur Marie-Baptiste se trompe. Dieu lui-même ne parviendrait pas à me délivrer de toi ni du mal que tu m'as fait.

Aurore observa le visage d'Etienne. Il n'avait pas changé. A quoi s'attendait-elle donc ?

— Et notre fille ?

— Ti'Boo a trouvé un homme et une femme qui l'élèveront comme s'il s'agissait de leur propre enfant. Mon père est mort et ma vie est détruite. Peux-tu au moins trouver dans ton cœur suffisamment d'humanité pour ne pas chercher à te venger sur ma fille ?

— C'est mon enfant. Si tu refuses de l'élever, je le ferai.

— Et si j'avais décidé de la garder, m'aurais-tu laissée en paix ?

Pour toute réponse, Etienne haussa les épaules.

D'innombrables questions s'imposèrent à Aurore. Mais Etienne disposait d'autant de mensonges, elle le savait. Comment, dans ces conditions, avoir le moindre espoir d'entendre la vérité.

— Où comptes-tu l'emmener ? demanda-t-elle d'une voix mal assurée.

— Là où l'on s'occupera d'elle.

— Je veux savoir où !

— A La Nouvelle-Orléans.

A la suite de l'incendie, il n'y avait eu aucune charge retenue contre Etienne. Après avoir entendu les accusations d'Aurore, Tim Gilhooley lui avait conseillé de ne rien tenter afin de préserver sa réputation, si cela était encore possible. Etienne n'avait donc aucune raison de ne pas vivre à La Nouvelle-Orléans.

A moins que…

— Si tu restes en ville, lui dit Aurore, je ferai en sorte que ta vie ne vaille pas la peine d'être vécue.

Le sourire d'Etienne lui glaça le sang.

— Et comment t'y prendras-tu ?

— De toutes les manières possibles.

Pour la première fois, Etienne baissa les yeux vers leur enfant et caressa ses boucles brunes.

— Il va falloir que je lui donne un prénom, remarqua-t-il.

— Elle s'appelle Clarissa, indiqua Aurore. En souvenir de ma mère. Elle a été baptisée ainsi !

Etienne la regarda de nouveau. Elle avait les yeux emplis de larmes, faiblesse qui ne faisait qu'ajouter à sa douleur et à son désarroi. Rien ne bougea dans le regard d'Etienne, et elle sut qu'il ne lui accorderait même pas cette petite faveur.

— Si tu me punis, Aurore, c'est ta fille que tu puniras, dit-il seulement.

Aurore se savait vaincue. Elle ferma les yeux.

— Prends-la et va au diable ! s'écria-t-elle.

Lorsqu'elle rouvrit les yeux, la pièce était vide.

18

— Je ne vous ai jamais dit que cette histoire serait facile à entendre, Phillip.

Celui-ci ne répondit pas. En silence, il rangea son carnet et son stylo. Il avait déjà débranché le magnétophone et plié le fil.

Aurore observait la pluie qui n'avait cessé de tomber depuis le matin.

— J'imagine que vous devez éprouver un certain nombre de sentiments par rapport à ce que je vous ai raconté jusqu'à présent, dit-elle en se tournant vers lui.

— Je ne suis pas ici pour éprouver des sentiments. Je suis ici pour transcrire les événements de votre vie sur le papier. Les faits sont les faits.

— J'ai donné mon enfant, Phillip ! Mon unique enfant. A un homme que j'avais toutes les raisons de mépriser.

— Oui. C'est ce que vous avez dit.

Phillip se leva. Que pouvait-il faire d'autre ? Il ne voulait pas rester dans cette bibliothèque un instant de plus. Le feu qui avait débarrassé la pièce de son humidité semblait en même temps l'avoir vidée de tout son air. Il avait envie d'ouvrir le col de sa chemise. Il avait envie de sortir respirer l'air frais de février, de rester sous la pluie, qui lui laverait le visage, les mains.

Aurore attendit qu'il ait rassemblé ses affaires et presque rejoint la porte avant de demander :

— Reviendrez-vous demain ?

Il marqua un temps d'arrêt. La question ne se posait même pas. Il irait jusqu'au bout, ainsi qu'il l'avait promis. Mais le fait qu'Aurore pose la question en disait long sur la culpabilité qu'elle devait éprouver. Il était son confesseur et elle cherchait l'absolution. Elle avait choisi un Noir parce que le crime qu'elle avait commis l'avait été contre un enfant noir.

— Je reviendrai, dit-il sans se retourner, si c'est ce que vous voulez.

— Je le veux.

La main sur la poignée de la porte, Phillip s'immobilisa lorsque Aurore parla de nouveau.

— Je préférerais que vous ne parliez de tout cela à personne. Pas avant d'avoir entendu la fin de l'histoire.

Il lui jeta un coup d'œil par-dessus son épaule.

— Qu'est-ce que cela changera ?

— La vérité ne se réduit pas à la somme de ses différentes parties. Ne me jugez pas sur ce que vous avez entendu aujourd'hui.

Alors que Phillip s'apprêtait à répondre, Aurore l'interrompit d'un geste.

— Oui, je sais : vous n'êtes pas payé pour me juger. Mais je sais aussi que vous le ferez. Comment pourrait-il en être autrement ?

Pour toute réponse, il eut un hochement de tête, qui était plus un salut qu'un signe d'assentiment.

Nicky avait prêté une voiture à Phillip pour la période où il resterait en ville, une voiture beige tellement insignifiante qu'il se demandait quel géant de l'automobile américain avait bien pu la fabriquer. Malgré sa prudence, et son allure modérée, il esquiva à plusieurs reprises des piétons et des automobilistes qui, comme la ville elle-même, semblaient ne pouvoir vivre qu'à un rythme survolté. Pour ne rien arranger, la pluie avait rendu la chaussée très glissante.

Phillip trouva une place non loin du Club Valentine. Sans se presser, sous l'averse, il se dirigea vers Basin Street. Au moment où il s'y engageait, il aperçut la Cité d'Iberville. C'était un des lotissements les plus anciens du pays, abritant des bâtiments de brique rouge agrémentés de vérandas et de balcons. Les architectes avaient compris le mode de vie des gens qui devaient y être logés et refusé de se plier aux exigences des bureaucrates de Washington qui, eux, trouvaient leur architecture frivole.

Si Basin Street était une petite rue d'apparence quelconque, il n'en avait pas toujours été ainsi. A une époque, elle avait marqué la limite de Storyville, le quartier rouge de La Nouvelle-Orléans. Il avait été nommé ainsi, de manière fort irrévérencieuse, à cause d'Alderman Sidney Story, l'homme qui en 1897 avait proposé sa création afin que la prostitution ne s'étende pas au reste de la ville. Certaines personnes avaient protesté, mais la plupart avaient été très soulagées. Elles pouvaient ainsi, si elles le souhaitaient, éviter ce secteur de la ville livré au vice et faire semblant de croire que les rues de La Nouvelle-Orléans étaient très respectables.

Le quartier avait prospéré jusqu'en 1917. Au début, plus de deux mille prostituées y travaillaient et plusieurs milliers d'autres personnes vivaient de ses largesses. L'immobilier y était plus cher que dans les autres quartiers et considéré comme un excellent investissement. Des fortunes fabuleuses avaient été réalisées par des gens très respectables qui, même s'ils ne cautionnaient pas les activités qui se pratiquaient à Storyville, n'éprouvaient aucun scrupule à y acheter les maisons et à les louer.

Aujourd'hui, bien que le quartier n'existât plus, dévoré par la Cité d'Iberville, Storyville, son jazz et son piano bastringue vivaient encore dans la mémoire des habitants de La Nouvelle-Orléans.

Phillip connaissait très peu de chose de l'enfance de sa mère. Il savait qu'elle avait vécu dans Basin Street, vers la fin de l'époque glorieuse de Storyville. Elle ne parlait que rarement de ce temps-là et sans jamais s'attarder. Il ne lui restait aucun parent vivant. Elle avait été élevée par son grand-père, Clarence Valentine, mort à Paris très peu de temps après la naissance de Phillip. Et la famille s'était limitée à eux deux, jusqu'à ce que Jake vienne la compléter.

Jusqu'à ce jour, Phillip ne s'était jamais vraiment interrogé sur cette absence de famille. Il avait été scolarisé avec des Européens de milieux aisés qui connaissaient mieux leurs serviteurs que leurs propres parents. Il n'avait pas connu son père. Nicky s'était retrouvée seule avant sa naissance, et c'étaient les musiciens de ses groupes successifs qui avaient joué auprès de Phillip le rôle d'oncles ou de grands-pères. Rien n'avait manqué à son éducation. Il avait eu son content d'affection… et de punitions.

Aujourd'hui, toutefois, Phillip voulait en savoir davantage. Le récit d'Aurore Gerritsen lui avait donné envie de connaître sa propre histoire. Pour la première fois, il se sentait déraciné, comme ces orchidées exotiques qui poussent sans terre. Peut-être sa relation de plus en plus intime avec Belinda l'avait-elle rendu conscient de cette absence de passé. De même, le désir de Belinda de renouer avec ses origines africaines avait dû jouer son rôle dans cette prise de conscience. Sauf que ses frères de couleur qui vivaient ici, descendants d'hommes et de femmes arrachés à leur famille et jetés sur des vaisseaux négriers, éprouvaient beaucoup de difficultés à reconstituer leurs arbres généalogiques.

Et il n'était pas différent des autres.

Cette fois, lorsqu'il franchit la porte du club, Nicky n'était pas en train de répéter. Il était tôt et les chaises étaient encore retournées sur les tables. La plupart des lumières étaient éteintes. De la cuisine, cependant, s'échappait une appétissante odeur de *gumbo* aux fruits de mer. Phillip gagna le bar et il y trouva Nicky, installée dans un coin, en train de feuilleter des papiers.

Elle leva la tête à son approche.

— Il est rare de te voir aussi souvent, remarqua-t-elle. Tu ne peux pas savoir le plaisir que cela me fait !

Phillip lui déposa un baiser sur la joue et s'assit.

— Que fais-tu ?

— Tout un tas de choses.

D'un geste, elle désigna les papiers étalés sur la table.

— Les factures. La musique. Les menus. Je n'ai pas le temps de m'ennuyer.

— Jake n'est pas là ? C'est lui qui est censé s'occuper des factures et des menus, non ?

— Il est parti dans le nord pour quelques jours. Sa sœur est souffrante. Tu te souviens de Lottie ?

Phillip hocha la tête. Lorsque Jake et Nicky s'étaient mariés, toute une famille était venue se joindre à eux. Jake avait neuf frères et sœurs.

— Je ne crois pas qu'elle soit très malade. Mais Jake avait envie de voir les siens, de toute façon. Nous y retournerons ensemble le mois prochain.

— Ça fait quel effet d'avoir tout ce monde qui s'agite autour de soi ?

— Tu n'as qu'à nous accompagner un jour. Tu verras.

— Aurais-tu besoin de renfort ?

— Ce sont des gens très gentils. La preuve, Jake est un des leurs. Mais ils sont si nombreux…

— Toi aussi, tu avais beaucoup de monde autour de toi, lorsque tu étais petite.

— C'était différent.

Phillip se cala dans son siège, heureux de voir la conversation s'orienter vers l'objet de sa visite.

— Dis-m'en un peu plus sur cette époque. Tu ne parles quasiment jamais de ton passé.

— Tu n'en as pas encore assez d'entendre parler du passé des autres ? Au fait, comment tes entretiens se déroulent-ils ?

— Ils m'ont fait prendre conscience que j'ignore tout ou presque de ma propre histoire.

— Il n'y a pas grand-chose à en dire, affirma Nicky.

— Tu ne te souviens pas du tout de ta mère ?

— Elle est morte à ma naissance.

— Et ton père ?

— Il est mort lorsque j'étais petite.

— Et les autres membres de ta famille ?

— Je n'en ai jamais rencontré un seul.

— Et tu ne sais rien de cette famille ?

— Je t'ai déjà parlé de mon grand-père. A part lui, ce sont les gens qui m'ont aidée tout au long de ma vie qui forment ma famille. Je ne m'en connais pas d'autre.

Ces réponses, Phillip les connaissait. C'étaient celles que Nicky lui faisait chaque fois. Si elle parlait sans réticence de la vie qu'elle avait menée après qu'il était né, toute la période de ses jeunes années demeurait un mystère.

— Tu n'aimes pas parler de ton passé, n'est-ce pas ?

Elle leva la tête de la partition qu'elle était en train de parcourir.

— Il m'est difficile de parler de ce dont je ne me souviens pas.

— Tu ne te rappelles pas ton enfance ici, à Basin Street ?

— Pas beaucoup. Je ne suis même pas capable de te dire quel âge j'avais lorsque nous en sommes partis. J'étais très jeune. Je me souviens seulement que la musique m'a manqué. Il y avait toujours de la musique à Basin Street.

— Il n'y en avait plus, là où tu es allée ensuite ?

Nicky fixa un point, dans le vide.

— Il y avait des leçons de musique, que mon père me payait, répondit-elle en regardant de nouveau Phillip. C'est drôle les choses qui restent gravées dans l'esprit d'un enfant…

— Donc ton père était encore vivant.

— Oui.

— Te souviens-tu de sa mort ?

Elle hésita. Une seconde de trop.

— Non.

Nicky était d'une honnêteté sans faille. Les rares fois où Phillip avait été sévèrement puni, enfant, c'était à la suite d'un mensonge. Aujourd'hui, pour la première fois, il prenait sa mère en flagrant délit de mensonge. Quels que soient les souvenirs qu'elle conservait du passé, elle ne voulait pas les partager avec lui.

— Parfois, j'ai l'impression d'être né de nulle part,

lui confia-t-il. Comme si j'avais jailli dans l'air un beau matin. Que vais-je raconter à mes enfants ?

Etonnée, Nicky haussa les sourcils.

— As-tu l'intention d'en avoir ?

— Je ne sais pas.

— Mais tu y penses.

— Pour l'instant, je pense au passé, pas à l'avenir.

— Je t'aiderais si je le pouvais.

Cette fois, Phillip savait que sa mère disait la vérité. Pour des raisons qu'il ne comprenait pas, Nicky ne pouvait lui en révéler davantage.

— Et mes grands-parents, lui demanda-t-il, comment étaient-ils ?

— J'ignore vraiment tout de ce qui concerne ma mère. Mais mon père était quelqu'un de bien. Il aurait été fier de toi.

Phillip réfléchit un instant.

— Si un jour tu te sens prête à m'en dire plus, moi je suis prêt à t'écouter.

Nicky ne chercha pas à nier qu'elle avait jusque-là gardé pour elle certains aspects de son passé. Tendant la main par-dessus la table, elle la posa sur celle de Phillip.

— Pourquoi ne viendrais-tu pas avec Belinda, un de ces soirs ? Je vous réserverai une table sur le devant.

— Ça me ferait très plaisir.

— Tu as une famille autour de toi, Phillip. Ce qui compte, ce n'est pas d'où tu viens, mais qui tu as à tes côtés. Ne l'oublie jamais.

Phillip l'avait quittée depuis une heure lorsque Nicky repoussa ses papiers avec un soupir. Depuis son départ, elle n'était pas parvenue à se concentrer. Phillip avait réussi le tour de force de l'obliger à se retourner vers son passé.

Très tôt, elle avait appris à ne jamais regarder en arrière, au point de penser que telle était sa vraie nature. Elle avait été une petite fille insouciante, qui allait d'une expérience à l'autre dans un monde plein de couleur et de musique, peuplé de femmes aux petits soins pour elle et de messieurs qui lui donnaient de l'argent tout simplement parce qu'elle était jolie.

Plus tard, regarder en arrière s'était révélé trop douloureux. Aussi avait-elle gardé les yeux fixés droit devant. Elle avait fait ce qui était nécessaire pour survivre et n'avait jamais rien regretté.

Mais parfois, au moment où elle s'y attendait le moins, un souvenir surgissait. Une chanson, le parfum des magnolias en mai, une nuit d'été chaude et moite et elle se retrouvait dans Storyville.

Nicky se leva et gagna la porte. Le ciel commençait à s'assombrir. Au bas de la rue, les petits enfants qui jouaient un instant plus tôt sur les trottoirs d'Iberville — les « banquettes », ainsi que les appelaient les natifs de La Nouvelle-Orléans — commençaient à laisser la place à d'autres, plus âgés, presque des adultes qui, même s'ils n'en étaient pas encore conscients, cherchaient à découvrir leur identité.

Phillip, son fils, avait trente-sept ans. C'était depuis longtemps un homme. Pourtant, à l'instar de ces enfants, il cherchait lui aussi ses racines. Nicky lui avait donné tout ce qu'elle pouvait, mais pas ce dont il avait besoin en ce moment. Elle n'avait même pas partagé avec lui les fragments de passé dont elle se souvenait. Il n'y avait aucune base solide, aucun sens de la continuité dans la vie de Phillip. Or, s'il voulait avancer à présent, construire une famille, il avait besoin de savoir où se situer.

D'un pas lent, sans se presser, Nicky descendait la rue. La municipalité de La Nouvelle-Orléans avait fait de son mieux pour effacer tout vestige de Storyville. Pendant un temps, Basin Street avait même été rebaptisée North Saratoga. Il avait fallu attendre les années 40 pour que le quartier et son histoire acquièrent un lustre nouveau, et que le nom ait été rétabli. Mais il n'y avait déjà plus grand-chose du passé à sauver.

C'était par le plus grand des hasards que le Club Valentine se trouvait dans Basin Street. Lorsque Jake et Nicky avaient décidé d'ouvrir un cabaret, ils avaient visité toutes sortes d'endroits, et c'était celui-ci qui leur avait paru le plus approprié à leur projet.

Mais aujourd'hui, Nicky se demandait s'il s'était vraiment agi d'un hasard. Les souvenirs d'enfance, depuis si longtemps enfouis, n'avaient-ils pas resurgi lorsqu'elle s'était retrouvée dans cette rue ? La nostalgie n'avait-elle pas influencé une décision qui, à l'époque, lui avait paru dictée par des considérations purement pratiques ?

Nicky fixa les bâtiments qui s'élevaient en face d'elle. Elle ignorait à quelle hauteur de Basin Street s'était trouvé le Magnolia Palace, la maison de son enfance. Sans doute était-il facile de l'apprendre, au cadastre ou aux archives. Mais quelle importance, désormais ? Des bâtisses de brique rouge, toutes parfaitement identiques, avaient colonisé la rue. Il ne restait rien du Magnolia Palace.

Rien. Excepté des souvenirs.

19

La Nouvelle-Orléans, 1913

Lorsque Violet gémissait, on croyait entendre la plainte rauque d'un saxophone. Violet était un petit bout de femme qui valsait effrontément dans le salon lambrissé avec des robes à volants très légères, sous lesquelles elle ne portait jamais rien. Un homme averti n'avait qu'à pencher la tête d'une certaine façon, lorsqu'elle passait non loin de lui, pour entrevoir sur le vernis de ses chaussures le reflet des plaisirs qui l'attendaient.

Mais ce matin, c'était le gémissement de Violet, cette longue plainte grave, qui retenait toute l'attention de Nicolette.

— Combien de temps va-t-elle tenir ? murmura Nicolette. Il faut bien qu'elle respire, non ?

— Avec cet affreux bonhomme qui s'agite sur elle, ça n'a rien de facile.

Nicolette pencha la tête afin de coller son oreille à la porte et elle fronça les sourcils. Bien qu'elle n'ait pas encore six ans, elle avait déjà commencé à lire, à compter et à observer le monde, autour d'elle. Et elle avait une vague idée de ce qui se tramait dans la chambre de Violet.

— Tiens, écoute comme elle respire, à présent. Et elle a cessé de gémir !

Au même moment, Nicolette sentit une main se poser sur sa nuque, une main qui la touchait rarement. La peur la paralysa. L'odeur de cire, mêlée au parfum âcre de poudre, de tabac et de sueur qui flottait toujours dans la maison, se fit soudain oppressante. Les doigts de son père serraient son cou tel un étau, tirant douloureusement sur une mèche de cheveux coincée au passage. Et alors qu'il obligeait Nicolette à s'écarter de la porte, elle entendit les pas précipités de Fanny, qui s'enfuyait à l'autre bout du couloir.

— Que fais-tu ici ?

Les larmes jaillirent dans les yeux de Nicolette. Elle avait peur de répondre.

— Nicolette ?

— J'écoutais, avoua-t-elle en pleurnichant. Je ne faisais aucun mal.

— Es-tu autorisée à te trouver ici ?

Comme elle s'apprêtait à secouer la tête, son père resserra l'étreinte de ses doigts.

— Non.

Les larmes se mirent à ruisseler sur les joues de Nicolette.

— Ne t'ai-je pas interdit de monter à l'étage ? Regarde-moi !

Son père la libéra soudain, et elle se retourna lentement. Il avait l'air furieux. Pour l'avoir comparé aux centaines d'hommes qui se pavanaient dans Basin Street, elle savait que Rafe Cantrelle était l'homme le plus beau de la ville. Mais lorsqu'il était en colère, il la terrifiait. Elle était incapable de le regarder.

— Si tu me disais pourquoi tu m'as désobéi ?

Nicolette avait trop peur pour répondre. Elle frotta

son pied nu sur le bord du tapis persan. Le gémissement de Violet s'était tu, et le couloir était totalement silencieux. Elle attendait que son père la frappe. Elle savait ce qu'était la violence. Parfois, les hommes qui venaient au Magnolia Palace goûter aux plaisirs offerts par les plus belles filles de la ville laissaient les malheureuses meurtries, en sang.

— C'est Fanny qui t'a poussée à venir ici ? lui demanda son père.

— Non. Je venais voir si Violet pouvait me coiffer.

Nicolette jeta un regard furtif à son père.

— C'est tout. Je ne pensais pas qu'elle serait occupée si tôt. C'est vrai, monsieur Rafe.

Elle plongea la main dans la poche de son tablier et en sortit quelques *calas* soigneusement rangés dans une serviette de table.

— J'avais apporté cela pour la convaincre.

— Ce n'est pas une excuse.

Le tapis du couloir, orné d'un motif floral, avait une bordure rouge sang d'un ton plus clair que le papier peint. Nicolette glissa ses doigts de pied sous la bordure et caressa le bois du parquet, frais et lisse.

— Je suis levée depuis longtemps.

Elle risqua un autre coup d'œil en direction de son père et ajouta :

— Je m'ennuyais.

— Tu ne dois pas venir ici. Est-ce compris ?

L'espace d'un instant, Nicolette se demanda ce qui se passerait si elle répondait non. Son père la frapperait-il ? Selon elle, il en avait envie. Comme toujours, d'ailleurs, même s'il n'était jamais passé à l'acte. Parfois, elle essayait d'imaginer ce qu'elle ressentirait. Il lui arrivait aussi de songer qu'une gifle aurait mieux valu que le terrible regard qu'il fixait sur elle.

— Oui, j'ai compris, dit-elle.

— Alors, file !

Nicolette emprunta le même chemin que Fanny, qui avait depuis longtemps disparu. Parvenue au niveau de l'escalier, elle jeta un rapide coup d'œil en arrière. Son père n'avait pas bougé. Il la regardait.

Elle trouva Fanny à l'office, cachée derrière des sacs de riz.

— Sors ! lança-t-elle.

Comme Fanny demeurait immobile, Nicolette se mit à chanter :

— Sors, sors, sors ! Sors de là. Sors, sors, sors !

— M. Rafe ne va pas me louper, c'est sûr.

— M. Rafe est parti, mentit Nicolette.

— Il y a une souris, dit alors Fanny en regardant autour d'elle. Je l'ai vue.

— Où ?

— Là-dedans.

Tandis que Nicolette se glissait auprès d'elle, Fanny se mit à chercher entre les paniers d'oignons.

— Qu'est-ce qu'il t'a fait ? demanda-t-elle.

— Il a dit qu'il ne voulait plus me voir en haut.

— Oh !

— Moi j'aime bien être en haut, avoua Nicolette.

Fanny saisit quelques oignons et se mit à en bombarder les sacs de riz.

— Tu ne pourras plus écouter, remarqua-t-elle.

Nicolette ne prit même pas la peine de répondre. Elle remonterait, bien évidemment, dès que son père serait parti. Dans la journée, l'étage était la partie la plus agréable de la maison. Violet et Dora, Emma et Florence, toutes les personnes qu'elle aimait y vivaient. Elles avaient des chambres tapissées de miroirs et des armoires pleines de robes couvertes de plumes et de paillettes qui scintillaient sous les lampes rouges du salon. Violet laissait Nicolette essayer tous les vêtements qu'elle voulait. Parfois, elles s'habillaient de la même façon et faisaient semblant d'être sœurs.

Les efforts de Fanny furent récompensés par un couinement de souris. L'animal passa sur le pied de Nicolette et disparut derrière un panier de poivrons.

— Si Caroline l'attrape, dit Nicolette, elle va la couper en petits morceaux.

Mais déjà, Fanny s'était désintéressée de la souris, désormais hors d'atteinte.

— Va voir s'il y a quelqu'un, dit-elle à Nicolette.

Celle-ci s'exécuta, jetant un rapide coup d'œil entre les planches disjointes de la cloison qui séparait l'office de la cuisine.

— Personne à l'horizon.

Fanny la poussa en avant, et Nicolette ouvrit la porte.

Une bonne odeur de café emplissait la cuisine, qui se mêlait à celle du ragoût qui mijotait dans une marmite. Tôt ce matin-là, Nicolette avait regardé Caroline moudre les grains. Puis, sous sa surveillance, elle avait elle-même versé l'eau chaude par-dessus la mouture, lentement, jusqu'à ce qu'il y ait assez de café pour que Caroline en apporte une tasse à M. Rafe. A son retour, elle avait mis à chauffer sa grande poêle et fait frire les *calas* confectionnés avec le riz de la veille.

A présent, Caroline se trouvait au marché avec Arthur, le majordome et cocher de la maison. Mais une marmite mijotait sur le feu. A l'exception de la duchesse, les femmes de la maison ne se levaient jamais avant la fin de l'après-midi et il y avait toujours, alors, un bon repas qui les attendait. Pendant qu'elles dormaient, la mère de Fanny, Lettie Sue, effaçait avec deux servantes toute trace de ce qui s'était passé la veille — les ronds laissés par les verres sur les meubles auxquels la duchesse tenait tant, les cendriers débordant de mégots de cigares, la boue sur les tapis, ou même pire.

— Ton papa est l'homme le plus méchant que j'aie jamais vu, dit Fanny.

— C'est vrai ?

Nicolette trouvait cela intéressant.

— Il a les yeux du diable.

Bien qu'elle n'ait jamais vu le diable, Nicolette songea qu'il devait être terrible s'il avait effectivement les yeux de son père. Elle avait hâte de grandir pour savoir autant de choses que Fanny même si, au fond d'elle-même, elle n'était pas certaine que ce soit juste une question d'âge. Cela venait peut-être du fait que Fanny ne vivait pas dans le quartier. Elle habitait à Battlefield, en dehors de la ville, et lorsqu'elle n'aidait pas sa mère au Magnolia Palace, elle allait à l'école avec ses frères et sœurs. Fanny n'aimait pas l'école, mais elle racontait des tas d'histoires à Nicolette pour la rendre jalouse.

Des bruits de voix leur parvinrent du couloir. Nicolette reconnut le ton sec de son père. Et la voix de la femme, très caractéristique.

— Duchesse est levée ! lança-t-elle.

— Tu m'as menti ! s'exclama Fanny. M. Rafe est encore là.

— Cache-toi, si tu veux.

Nicolette sortit de la cuisine et se dissimula sur le côté du porche, derrière la vigne plantée par Caroline lors du dernier carnaval. De jolies grappes de raisin vertes et brillantes pendaient, lourdes et mûres, prêtes à être cueillies. Au bout de quelques minutes, elle vit son père sortir dans la rue, seul.

Elle ne bougea pas, restant un moment à regarder

Basin Street s'animer. D'un cabaret, un peu plus loin, s'échappaient des notes de musique, celles d'un piano et d'une trompette qui se mêlaient à la voix lointaine d'une femme. Un chariot passa en cahotant sur la chaussée criblée de trous et le conducteur, un vieux monsieur à la peau aussi noire que le poêlon de Caroline, cria qu'il avait des mûres à vendre. Presque aussitôt, ses cris furent couverts par le sifflement aigu d'un train qui entrait en gare.

Trois femmes coiffées de grands chapeaux à plumes, pensionnaires d'une autre maison du quartier, déambulaient sur le trottoir, bras dessus bras dessous. Ce n'étaient pas des prostituées de bas étage. Nicolette savait faire la différence. Les prostituées de bas étage n'avaient pas besoin de s'habiller comme des dames. Certaines vivaient en dehors de la ville et ne venaient dans le quartier que pour travailler, partageant souvent une chambre louée avec une autre fille afin de limiter les frais.

Elles n'avaient pas besoin de beaux vêtements. D'ailleurs, la plupart du temps, elles n'avaient pas besoin de vêtements du tout. Nicolette les avait vues, pratiquement nues, devant les portes cochères de Storyville ou de Conti, apostrophant tous les hommes qui passaient avec des propos grossiers. Elles ne ressemblaient en rien aux femmes du Magnolia Palace, qui n'enlevaient leurs vêtements qu'à l'étage et seulement pour des gentlemen.

— Il est parti ? demanda soudain Fanny.

— Oui !

Fanny sortit en trombe, dévala l'escalier et se dirigea vers l'écurie. Nicolette la suivit en courant. Elle sentit la brûlure du soleil sur ses bras, ses jambes nues. Elle n'était pas censée courir de la sorte. La duchesse le lui avait répété un nombre incalculable de fois, sans pour autant faire quoi que ce soit pour l'en empêcher.

La duchesse n'était pas réellement une duchesse. Elle s'appelait Marietta Ardoin, et personne ne l'avait jamais appelée *duchesse* avant qu'elle ne s'installe dans Basin Sreet. Il y avait aussi une comtesse, dans Basin Street, la comtesse Willie Piazza, qui dirigeait également une maison. Mais dans la mesure où le Magnolia Palace était d'un niveau supérieur, on comprenait pourquoi Marietta se faisait appeler duchesse.

Parfois, Nicolette regrettait que la duchesse ne lui parle pas aussi gentiment qu'à Violet. Certes, ce que faisait Violet était important. Si un jour, lorsqu'elle serait grande, Nicolette recevait dans une chambre voisine de celle de Violet, peut-être la duchesse lui parlerait-elle sur un autre ton.

Tony Pete, avec sa chemise de flanelle rouge et ses larges bretelles, se trouvait dans l'écurie, occupé à nettoyer les box. Nicolette se précipita vers lui et se cramponna à ses jambes. La pelle lui échappa des mains et rebondit sur le mur de brique avec un son métallique.

— Qu'est-ce que tu fabriques, ma p'tite poupée ? cria-t-il.

Mais il n'était pas en colère. Tony Pete n'était jamais en colère contre elle.

— Fanny et moi, on veut faire un tour à cheval.

— Pas question ! Et pas de caprice, surtout, sinon la duchesse va sortir avec un des fouets de Florence. Et ce sera sur moi qu'elle l'utilisera !

— Je veux faire un tour ! insista Nicolette.

— Ce n'est pas possible maintenant, je te dis !

Nicolette savait qu'il céderait. Tony Pete ne refusait jamais rien à personne. Toutes les femmes lui confiaient leurs courses. Agé de douze ans, il savait déjà quel drugstore de Bienville vendait de la cocaïne et quel vendeur de journaux fournissait des cigarettes de marijuana, à dix *cents* les trois. Il tenait ses comptes et venait chercher son salaire le dimanche, lorsque la duchesse payait les femmes. Si quelqu'un ne pouvait lui régler ses dettes, il attendait sans faire trop de problèmes.

— Je t'aiderai à nettoyer après, promit Nicolette. Mais après seulement !

— Je n'en doute pas. Sauf qu'avec tes petits bras, tu ne ramasserais même pas de quoi remplir un dé à coudre !

— S'il te plaît, Tony Pete…

Nicolette joignit les mains et inclina la tête comme elle avait vu Violet le faire lorsqu'elle tentait de convaincre un homme de monter dans sa chambre.

— Je serai bonne avec toi, Tony Pete, ajouta-t-elle.

— Tu es trop jeune pour être bonne à quoi que ce soit, ma p'tite poupée.

Il lui ébouriffa les cheveux, masse de boucles indisciplinées qui tombait en cascade sur ses épaules.

— D'accord, dit-il avec un soupir. Un tour chacune. Juste un, et à condition que la duchesse ne nous voie pas.

— Elle dort, affirma Nicolette.

— C'est faux. Tu mens ! s'exclama Fanny.

Les deux fillettes réglèrent ce point à l'amiable tandis que Tony Pete mettait une bride à Trooper, une vieille jument baie censée tirer la voiture de la duchesse, mais qui ne travaillait que rarement.

Nicolette vit Tony Pete inspecter la cour avant de sortir le cheval. Il n'y avait personne. D'ailleurs, même si on les avait aperçus, il était trop tôt et il faisait trop chaud pour que quiconque songe à faire des histoires.

— Honneur à la plus jeune ! lança Tony Pete en croisant les mains pour aider Nicolette à monter.

Celle-ci surprit la moue déçue de Fanny. Elle avait

une très jolie bouche et de longs cils recourbés qu'elle savait déjà utiliser à son avantage. Sans être trop sûre d'elle, Nicolette se demandait si Fanny n'avait pas un petit faible pour Tony Pete. Et en vérité, il avait fière allure lorsqu'il descendait la rue, dans ses habits du dimanche, les pouces enfoncés dans les poches, d'une démarche assurée.

— La prochaine fois, promit Nicolette, ce sera toi la première.

Elle ne voulait pas compromettre le fragile équilibre de leur amitié. Fanny était certes la plus âgée, mais le père de Nicolette était le propriétaire du Magnolia Palace. La plupart du temps, cet état de fait réglait bien des problèmes.

Une fois installée sur le dos de la jument, Nicolette se mit à s'agiter joyeusement. Si ses journées étaient pleines d'activité, un tour sur le dos de Trooper était toujours une fête. Un jour, elle aurait des chevaux à elle, des dizaines, et elle se promènerait comme aujourd'hui, jambes nues sur les flancs de l'animal, dans des rues qu'elle n'avait encore jamais vues.

Tony Pete lui faisait amorcer son dernier tour de cour lorsqu'un hennissement inattendu de Trooper reçut la réponse d'un autre cheval. Nicolette se retourna. Une voiture était garée le long de la maison. Le soir, les voitures à chevaux et les automobiles se pressaient dans Basin Street, en tel nombre que l'étroite artère était souvent bloquée par la circulation. Mais à cette heure de la journée, cette présence était inhabituelle.

Lorsque Tony Pete aida Nicolette à descendre, elle avait déjà pris la décision d'aller voir qui était le visiteur. Elle lissa son tablier et passa ses doigts dans ses cheveux emmêlés. Peut-être s'agissait-il d'un homme désireux de faire porter un message à l'une des pensionnaires du

Magnolia Palace. Moyennant un peu d'argent, Nicolette s'acquitterait volontiers de cette tâche. Et plus elle serait jolie, plus l'homme se montrerait généreux.

Nicolette aimait faire des courses pour les messieurs qui fréquentaient la maison. Ils lui donnaient toujours de l'argent ou des bonbons, et parfois même des baisers sur la joue qui sentaient bon le whisky. Elle savait qu'elle était la préférée. Lorsque son père n'était pas là, elle servait du vin dans le salon, vêtue de sa plus belle robe. Il lui arrivait même de réciter des poèmes que Violet lui avait appris. Bien qu'elle n'en saisisse pas tous les mots, elle se doutait qu'il valait mieux ne pas les répéter devant M. Rafe.

De même, Nicolette savait qu'il était préférable de ne pas chanter devant lui les chansons que lui apprenait Clarence Valentine. Non pas qu'il y ait quelque chose de répréhensible dans les paroles, mais elle n'était pas censée se trouver dans les salons en même temps que les hommes — ce qui signifiait qu'elle n'était pas censée non plus connaître les paroles des chansons de Clarence. Elle avait compris cela toute seule et elle en était ravie. M. Rafe était déjà assez mal disposé à son égard, comme la duchesse, sans qu'il soit besoin d'aggraver les choses.

Elle marcha sur le tapis d'herbe qui bordait l'allée jusqu'au moment où il lui fallut la traverser. Elle était couverte de coquilles d'huîtres broyées, et Nicolette détestait leur contact sous ses pieds nus. La duchesse parlait toujours de la faire paver, mais elle ne l'avait jamais fait. La duchesse parlait beaucoup.

La voiture était totalement fermée, ce qui était étrange par une matinée aussi chaude. Si Nicolette avait eu une voiture à elle, elle aurait ouvert les rideaux et sorti la tête afin de laisser la brise lui rafraîchir le visage. Le vieil homme assis sur le siège du cocher la fixa lorsqu'elle s'approcha. Elle lui sourit, imitant le sourire le plus charmeur de Violet, mais il demeura impassible. La voiture paraissait aussi vieille et usée par le temps que cet homme.

— Je peux me charger d'un message, dit-elle en prenant sa voix la plus assurée. Je peux rendre à peu près tous les services.

Il ne répondit pas, et détourna les yeux, comme si la simple vue de Nicolette lui était pénible. Puis, il frappa à la paroi de la voiture, derrière lui. La porte s'ouvrit.

Une femme était assise à l'intérieur, seule. Le sourire de Nicolette vacilla. Si les hommes se montraient toujours généreux avec elle, c'était une autre histoire avec les femmes. Elles étaient cramponnées à leur argent comme Tony Pete aux rênes de Trooper lorsqu'il lui faisait faire le tour de la cour. Elles acceptaient de la coiffer ou de lui laisser essayer leurs vêtements, mais l'argent, il ne fallait pas y compter.

La femme la regardait fixement. Nicolette prit conscience de l'image peu engageante qu'elle offrait, avec son visage sale et sa robe qui lui collait aux cuisses. Elle s'approcha néanmoins.

— Madame ? dit-elle en faisant une petite révérence.

C'était quelque chose qui faisait toujours rire les messieurs.

— Puis-je vous être utile ?

La femme hocha la tête. Ses lèvres frémirent, mais aucun son ne les franchit. Elle s'éclaircit la gorge.

— Approche, veux-tu ?

— Bien sûr.

Nicolette s'avança et pencha la tête pour regarder à l'intérieur de la voiture. La dame était plus âgée que Violet, mais plus jeune que la duchesse. Elle était blanche, avec des cheveux châtain clair et des yeux d'un bleu si pâle qu'ils rappelaient à Nicolette la couleur d'un ciel brumeux.

— Aimerais-tu venir t'asseoir avec moi dans la voiture un instant ?

Nicolette fronça les sourcils. Aussitôt, elle se souvint qu'elle avait l'air d'un singe lorsqu'elle faisait cela. Un jour, Violet lui avait mis un miroir sous le nez afin qu'elle le constate par elle-même.

— Il ne fait pas trop chaud ? demanda-t-elle.

— Non, ça va.

— Alors, d'accord.

Avec enthousiasme, Nicolette sauta sur le marchepied. Quelques secondes plus tard, elle était assise sur la banquette, face à la dame qui la regardait attentivement.

— J'ai la figure sale, dit Nicolette. Pourtant, je l'ai lavée hier.

— Tu… tu as un très joli visage.

— Violet dit qu'un jour les hommes paieront très cher pour moi.

Les doigts de la dame se crispèrent sur le cuir de la banquette.

— Qui est Violet ?

— Ma meilleure amie, répondit Nicolette.

Mais elle se reprit aussitôt.

— Non, c'est Clarence mon meilleur ami.

— Et qui est Clarence ?

— Il joue du piano dans le grand salon. Il chante aussi. Pr Clarence Valentine. Vous avez entendu parler de lui ?

— Non.

— Il sait tout jouer. Toutes les danses, et du jazz

aussi. Parfois, il chante du blues. Mais seulement tard le soir, lorsque les messieurs sont partis. Vous chantez, vous ?

— Non.

— Les Blancs ne chantent pas. Du moins, pas très bien. C'est Clarence qui le dit.

— Et toi, tu chantes ?

— Oui ! répondit fièrement Nicolette. Clarence dit que j'ai juste assez de sang noir pour chanter vraiment bien.

La dame ne trouva rien à répondre.

— Que faites-vous ici ? s'enquit alors Nicolette.

— Je t'ai apporté quelque chose.

— A moi ? Pourquoi ?

Malgré sa surprise, Nicolette parvint à se ressaisir aussitôt, avant que la dame n'ait eu le temps de répondre. La question ne servait pas ses intérêts.

— C'est gentil, dit-elle en français. Vous voyez, je parle français. Toutes les femmes au Magnolia Palace doivent parler français parce que les hommes aiment ça, en général. Il y a une maison en haut de la rue qui s'appelle la French House. Vous y êtes déjà allée ? Ils ne parlent pas français. Mais ils font des trucs français.

— Comment sais-tu ce qu'on y fait, Nicolette ?

— Vous connaissez mon nom ?

La dame hocha la tête.

— Oui.

— Comment ça se fait ?

— J'ai connu ta mère.

Oubliant la remarque de Violet, Nicolette fronça les sourcils.

— Je n'ai pas de mère, dit-elle.

— Je sais. Mais tu en as eu une, à une époque, et je

l'ai connue. Et je sais qu'aujourd'hui, c'est ton anniversaire. Tu as six ans.

— Personne ne m'a jamais parlé d'anniversaire, répondit Nicolette, de plus en plus intriguée.

— On a dû oublier.

La dame sortit une petite boîte de sa poche. Elle était enveloppée dans du papier argenté et entourée d'un ruban de soie blanche.

— Voici ton cadeau d'anniversaire.

— C'est vrai ?

— Absolument.

Se penchant, la dame prit la main de Nicolette. La sienne tremblait.

— Tu peux l'ouvrir tout de suite, si tu veux, dit-elle en posant le petit paquet sur les genoux de la fillette.

— D'accord.

Sans plus attendre, Nicolette déchira le papier. Elle souleva le couvercle de la boîte et découvrit un médaillon en or, en forme de cœur, posé sur un petit coussin en ouate.

— C'est à moi ?

— Oui. Mais cela doit rester un secret, Nicolette.

— Un secret ? répéta Nicolette avec excitation.

Elle adorait les secrets.

— Oui. Tu ne dois le dire à personne. Et surtout pas à ton père.

— Pourquoi ?

— Il serait fâché contre moi.

La voix de la dame se brisa. Nicolette décida qu'elle avait peut-être une laryngite. Un jour, elle avait attrapé froid et la duchesse, pour soigner son mal de gorge, lui avait fait boire du vin avec de la bougie fondue dedans.

— T'a-t-il déjà parlé de ta mère ? demanda la dame.

Nicolette tripotait le médaillon.

— Je n'ai pas de mère.

La dame se cala contre le dossier.

— Il ne t'en a donc pas parlé. Il était très malheureux lorsqu'elle est partie.

— Elle est morte.

— Oui. Et quand elle est partie au paradis, il n'a plus voulu en entendre parler. Ce médaillon lui appartenait.

— A ma mère ?

— Oui.

Nicolette regarda le cœur se balancer au bout de la chaîne en or. Il était très simple, très différent des bijoux que portaient les femmes du Magnolia Palace. Mais six petits diamants, sertis dans des roses gravées, scintillaient dans la lumière.

— Elle était jolie ?

— Pas aussi jolie que toi. Mais elle t'aimait. Beaucoup. Et elle n'avait pas envie de te quitter.

Nicolette fit passer la chaîne par-dessus sa tête. Elle s'emmêla dans ses cheveux, mais elle parvint à la dégager toute seule.

— Elle n'avait qu'à pas partir et mourir, observa-t-elle.

— Parfois, les choses ne se passent pas comme nous l'aurions voulu.

— Je n'ai pas besoin de mère, de toute façon. J'ai Violet et Clarence.

— Et ton père ?

Sur ce sujet, Nicolette ne savait trop que dire. Elle haussa les épaules.

— M. Rafe…

— C'est comme cela que tu l'appelles ?

— Tout le monde l'appelle M. Rafe.

Nicolette était très perplexe. Elle n'avait jamais vraiment réfléchi à la question.

— Te fait-il du mal parfois ? demanda la dame.

— Non. Mais je crois qu'il m'aimera un peu plus lorsque je deviendrai plus sage.

Au même moment, Nicolette entendit frapper. La dame aussi, car elle jeta un rapide coup d'œil au-dehors.

— Tu te souviens de ce que je t'ai dit au sujet du médaillon ? Tu dois le cacher, sinon ton père sera très en colère contre nous.

Comme Nicolette tentait d'ouvrir le médaillon sans y parvenir, la dame se pencha de nouveau afin de l'ouvrir.

— Tu as compris comment on fait ?

— Il n'y a rien dedans.

— Un jour, si tu veux, tu pourras y mettre une photographie.

On frappa de nouveau. Plus fort, cette fois.

— Il vaut mieux que tu te sauves à présent, murmura la dame.

Mais au moment où elle disait cela, elle posa les mains sur les épaules de Nicolette.

— Vous reviendrez ? demanda celle-ci.

Elle trouvait la dame très jolie, même si elle ne souriait pas souvent. Et puis, elle était gentille. Nicolette ne voyait donc aucun inconvénient à la revoir, surtout si elle lui apportait encore un cadeau.

— J'aimerais beaucoup, dit la dame. Mais si ton père me trouve ici, il sera très fâché.

— Vous habitez dans le quartier ?

— Non.

— Vous y travaillez ?

— Non.

— Alors, je crois que je ne vous reverrai pas.

Nicolette se leva.

— Je peux te prendre dans mes bras ? lui demanda alors la dame. Pour ta mère.

— Oui.

Elle souleva Nicolette et la pressa contre elle. La force avec laquelle elle la serra surprit d'abord Nicolette, qui ferma les bras autour du cou de la dame et la serra très fort à son tour.

— Souviens-toi, murmura la dame, tu ne dois rien dire à ton père.

Elle glissa le médaillon à l'intérieur de la robe de Nicolette.

— Je ne dirai rien, promit celle-ci. J'aime les secrets.

— Au revoir, ma chérie.

La seconde d'après, Nicolette courait en direction de l'écurie. Mais juste avant de disparaître, elle se retourna et fit un petit signe de la main. La dame était toujours là et la regardait.

20

Nicolette se hissa sur la pointe des pieds et approcha l'œil du trou pour regarder. La sueur coulait sur son front, ses paupières. Elle plissa un instant les yeux. Contre sa poitrine, elle sentait le médaillon en or que lui avait donné la dame. Nicolette ne l'avait pas revue, mais elle était parvenue à garder leur secret. Elle avait même trouvé une cachette dans sa chambre, une petite niche dans le plâtre, dissimulée derrière un lambeau de tapisserie. Lorsqu'elle devait prendre un bain ou se mettre en chemise de nuit, c'était là qu'elle cachait le médaillon.

Il était frais contre sa peau brûlante. Il n'y avait pas le moindre souffle d'air dans l'espace confiné où elle se trouvait cachée, avec Fanny, et les plis lourds des robes de Florence l'étouffaient.

— Tu vois quelque chose ? demanda Fanny.

— Chut !

Nicolette plissa de nouveau les yeux afin de mieux voir ce qui se passait dans la pièce. La plupart des chambres du Magnolia Palace possédaient des armoires. Mais la présence d'une penderie, comme celle dans laquelle elles se trouvaient, était inhabituelle et méritait par conséquent qu'on s'y intéresse. Fanny avait été la première à découvrir le trou. Elle faisait le ménage dans la chambre de Florence et elle était entrée dans la penderie pour ranger un corset.

Le trou était parfaitement rond, comme si quelqu'un l'avait percé dans le but d'épier ce qui se passait dans la chambre d'à côté. Il se trouvait nettement au-dessus de leurs têtes, mais les deux amies avaient résolu le problème en entassant des cartons à chapeaux jusqu'à ce qu'elles soient à la bonne hauteur. A présent, elles se relayaient.

Il y avait un homme avec Violet, dont Nicolette ne parvenait pas à voir grand-chose. Il était de taille moyenne avec des cheveux ni clairs ni sombres, entre les deux. Il n'y avait rien de particulièrement intéressant en lui, si ce n'était sa façon de se tenir renversé en arrière, dans le fauteuil, tandis qu'il observait Violet en train de dénouer ses cheveux.

Nicolette savait que Violet prenait toujours son temps avec cet homme. Les autres femmes du Magnolia Palace disaient qu'elle était capable de séduire un homme en un tournemain, puis de l'attirer en elle et de se refermer autour de lui à la manière d'un étau, lui arrachant jusqu'à la dernière goutte de passion. Et tout cela en soixante secondes, parfois moins. Mais cet homme était un habitué, et Violet avait un jour expliqué à Nicolette qu'il la payait bien, à condition qu'elle ne se dépêche pas, justement.

Nicolette ignorait ce que les femmes avaient voulu dire au sujet de Violet. Toutefois, elle espérait pouvoir le découvrir si elle restait perchée assez longtemps sur les cartons à chapeaux.

Elle vit Violet ôter la dernière épingle de ses cheveux. Une cascade d'or roula sur ses épaules, dissimulant ses seins nus, puis ruissela le long de son dos, jusqu'au creux de ses reins.

— Dois-je garder mes chaussures, Henry ? demanda-t-elle en traversant la pièce.

— Tu vois quelque chose ? murmura Fanny.

— Chut... Il n'y a encore rien à voir, mentit Nicolette.

— Fanny ?

La voix parvint jusque dans la penderie, malgré les deux portes et l'escalier.

— M..., c'est ma mère ! maugréa Fanny. Elle va me chercher partout.

— Il vaudrait mieux que tu partes. Si elle te trouve ici, tu vas prendre une belle raclée.

Fanny jura de nouveau. Parfois, Nicolette était jalouse de son vocabulaire.

— Si tu te fais prendre, ne dis à personne que j'étais là, recommanda Fanny. Si tu caftes, tu auras affaire à moi.

— Et toi, ne dis à personne où je suis ! répliqua Nicolette.

Il y eut un léger grincement lorsque la porte de la penderie s'ouvrit, puis Fanny disparut.

Aussitôt, Nicolette reporta son attention sur l'homme qui se trouvait dans la chambre de Violet. Elle n'en croyait pas sa chance. Elle voyait tout, mais personne ne semblait s'en rendre compte. Fanny avait cherché le trou, de l'autre côté, tandis qu'elle faisait le ménage chez Violet. Il se trouvait entre deux tableaux accrochés côte à côte. Même en sachant à peu près où il se situait, Fanny avait eu toutes les peines du monde à le repérer, noyé qu'il était dans les motifs du papier peint.

L'homme glissa une main dans les cheveux de Violet et ferma l'autre sur sa poitrine.

— Garde tes jarretelles, dit-il.

— Oui, répondit Violet en français.

Elle n'était pas française mais, d'après ce que savait Nicolette, les hommes aimaient qu'elle fasse semblant. D'ailleurs, si on la payait bien, Violet était tout ce qu'on voulait qu'elle soit. La duchesse, qui connaissait toutes les filles des maisons de Basin Street, affirmait que Violet, avec ses grands yeux bleus innocents, ses cheveux d'or et cette pointe de sang coloré, était de tout le quartier celle qui plaisait le plus aux clients. La duchesse prétendait que la pointe de sang coloré apportait un piquant, une touche d'exotisme très prisés. Du coup, toutes les filles avaient une pointe de sang coloré.

Clarence disait que la duchesse elle-même en avait plus qu'une pointe.

— Voulez-vous que je vous ôte vos vêtements, Henry ? proposa Violet.

— A moins que tu veuilles que je te prenne tout habillé.

— Non. Ce sera mieux sans.

Elle s'assit sur les genoux de l'homme, jambes écartées. Puis elle entreprit de le déshabiller. Ses mains glissaient sur la peau de l'homme, qui renversa la tête en arrière.

La sueur coulait dans les yeux de Nicolette. Pour ne rien arranger, une odeur écœurante régnait dans la penderie. Selon Fanny, elle provenait du produit qu'utilisaient les filles pour laver les hommes.

Tandis que les mains de Violet s'affairaient sur lui, l'homme fixait la lampe suspendue au plafond.

— Tu sens la putain, dit-il. Tu sens l'homme qui t'a prise en dernier.

— Je sens la violette, m'sieu.

— L'eau de toilette bon marché, surtout.

— Vous pourriez peut-être m'offrir un parfum que je ne porterais que pour vous. Vous n'avez pas d'épouse pour laquelle dépenser votre argent, Henry.

— C'est sur le point de changer.

Les mains de Violet s'immobilisèrent.

— Vous ne viendrez donc plus rendre visite à Violet ?

Il sembla à Nicolette que cette nouvelle avait plutôt l'air de lui faire plaisir.

— Ce n'est pas ce que j'ai dit.

Il se pencha en avant afin que Violet puisse faire glisser sa chemise par-dessus sa tête. Il posa les mains sur ses hanches avant de lui empoigner les seins, les pressant dans une seule main. Violet réprima un cri.

— Quels seins ridiculement petits pour une putain ! lança-t-il. Je ne sais vraiment pas pourquoi je m'intéresse à toi.

— Parce que je vous donne du plaisir, répondit Violet.

Nicolette fronça les sourcils. Violet avait un ton bizarre.

— Tu aimes ça ? demanda l'homme en tirant sur ses seins.

— Oh ! oui.

Elle gémit, un petit son plaintif venu du fond de la gorge. Nicolette pensa qu'elle mentait. L'homme lui faisait mal.

— J'aime t'entendre gémir, dit-il. Une femme ne devrait jamais oublier à qui elle doit obéir.

Violet lui dégrafa son pantalon et glissa une main dans la braguette.

— Henry, murmura-t-elle, venez dans mon lit.

— Tu n'oublies rien ?

— Je vous laverai là-bas.

Il l'attira contre lui et pressa plus fort ses seins.

— Dis-moi si tu as beaucoup péché cette semaine…

— Oh ! oui… beaucoup, avoua Violet avec une plainte de douleur.

L'homme la lâcha brusquement et elle poussa un soupir. Mais avant qu'elle ait eu le temps de s'écarter, il lui empoigna les cheveux et les tordit.

— Raconte-moi ! ordonna-t-il.

— J'ai… j'ai couché avec d'autres hommes, Henry.

— Et ça t'a plu ?

Violet leva les yeux vers lui.

— Non. Non, Henry.

— Tu mens !

Il lui tira les cheveux d'un geste sec, et la tête de Violet partit en arrière. Elle poussa un cri lorsqu'il lui mordit sauvagement les seins.

— Qu'as-tu fait d'autre ?

— Je… j'ai dansé nue pour de l'argent. Je ne le ferai plus.

Elle posa les mains sur ses épaules.

— Je vous en prie… Je suis désolée.

— Vraiment désolée ?

— S'il vous plaît…

Nicolette avait envie de se précipiter dans la pièce et d'empêcher cet homme de faire mal à Violet, mais elle était trop petite pour cela. Et elle savait qu'il n'y aurait personne pour l'arrêter. Il avait payé. La duchesse disait toujours qu'un homme était en droit d'exiger tout ce pour quoi il avait payé. Quoi que cela puisse être.

La sueur inonda le front de Nicolette. Elle commençait à avoir la nausée. Elle avait cru qu'il serait amusant de regarder Violet, plus amusant que d'écouter à sa porte. A présent, elle avait changé d'avis. Elle regrettait que Fanny ait découvert ce trou.

— Montre-moi combien tu es désolée, Violet ! lança l'homme.

Il lui tira une dernière fois les cheveux, avant de la lâcher. Alors que Violet descendait de ses genoux, Nicolette espéra un instant que les choses allaient s'arranger. Puis l'homme se leva, laissant son pantalon glisser sur le sol. Il suivit Violet jusqu'au lit.

Nicolette ne put s'empêcher de regarder malgré l'envie de vomir qui l'assaillait. Elle savait à quoi ressemblait un homme. Elle en avait vu dans toutes sortes de tenues, au hasard des couloirs. Un matin, très tôt, un homme complètement nu lui avait couru après lorsqu'elle avait ouvert la porte d'un petit salon et l'avait trouvé par terre avec l'une des domestiques.

Mais cet homme était différent. Son sexe était pointé vers Violet, semblable à ces matraques qu'utilisaient les policiers qui patrouillaient la nuit. Nicolette savait que ce sexe était aussi une arme, d'une certaine manière, et que l'homme allait s'en servir pour faire mal à Violet.

Violet le lava. L'odeur de désinfectant devint si forte que Nicolette faillit suffoquer. Violet prit son temps, murmurant à voix si basse que Nicolette ne put entendre ce qu'elle disait. Lorsqu'elle eut terminé, elle s'allongea près de l'homme avec ses chaussures de petite fille, ses bas et ses jarretelles. Elle ne fit aucun mouvement vers lui. Elle attendit, les yeux écarquillés, le regard plein d'appréhension.

Il s'allongea sur elle, pressant de tout son poids sur ses épaules afin de la maintenir immobile.

— Inutile de jouer les putains avec moi, dit-il. Ne bouge pas, ne fais pas semblant. J'ai l'intention de prendre tout mon temps. Et lorsque j'aurai terminé, je recommencerai tout depuis le début si ça me chante. Tu as compris ?

Violet hocha la tête en se mordant la lèvre avec une évidente nervosité.

— Tu n'es rien, dit encore l'homme. Tu n'es que le réceptacle de ma semence. Tu n'existes que pour me donner du plaisir, rien d'autre.

Mais Nicolette n'eut pas l'impression que l'homme prenait le moindre plaisir à faire ce qu'il faisait à Violet. Il ne souriait pas, n'émettait aucun son. Il s'agitait sur elle comme s'il cherchait à lui arracher jusqu'au dernier souffle. Et lorsqu'il eut terminé, il saisit ses cheveux, les enroula autour de son poing afin qu'elle ne puisse lui échapper et il s'endormit.

Violet, prisonnière, demeura allongée, sans bouger, le regard rivé au plafond. Nicolette l'observa un moment pour s'assurer qu'elle allait bien. Violet ne pleurait pas. Elle se contentait de fixer le plafond, comme si elle cherchait à voir quelque chose.

Ce soir-là, Nicolette prit un bain, enfila sa plus jolie tenue et glissa de nouveau le médaillon autour de son cou. Elle aurait voulu que Violet soit là pour l'aider à fermer les boutons de sa robe, mais Violet n'était toujours pas descendue. M. Rafe était sorti et ne reviendrait sans doute pas de la soirée. Si tel avait été le cas, la duchesse n'aurait jamais autorisé Nicolette à venir écouter Clarence.

La duchesse n'aimait pas Nicolette. Toutefois, elle ne voyait aucun inconvénient à ce qu'elle vienne dans le salon de temps en temps. Elle disait que les hommes se conduisaient davantage en gentlemen lorsqu'elle était là ; certains avaient même une affection particulière pour les petites filles. Ce soir, elle avait promis à Nicolette qu'elle pourrait servir le vin et garder les pièces que lui donneraient les messieurs. Dans quelques mois, ce serait Noël, et Nicolette économisait afin d'acheter des cadeaux à Clarence et à Violet.

Clarence jouait du piano lorsqu'elle fit irruption dans le grand salon. Le piano était un bel instrument de bois sombre et brillant, avec des touches en ivoire pratiquement toutes intactes. Il y avait un piano mécanique dans l'autre salon, le salon Azalée. Les hommes pouvaient y glisser quelques pièces s'ils voulaient entendre de la musique. Ce salon était celui des débutantes, et les clients que la duchesse y accueillait ne méritaient pas la présence d'un pianiste. Il lui suffisait d'un simple coup d'œil pour décider vers quel salon un homme devait être dirigé.

Sachant que Clarence n'approuvait pas sa venue en ce lieu, Nicolette passa très vite devant lui sans rien dire. Deux hommes étaient installés dans les confortables fauteuils verts, près de la verrière. Dora et Emma étaient assises avec eux et Maggie, toute récemment promue du salon Azalée, déambulait dans la pièce en roulant des hanches. Au regard qu'un des hommes posa sur elle, Nicolette comprit qu'il ne resterait pas longtemps en bas.

— S'il vous plaît, messieurs, dit-elle comme Violet le lui avait appris. Puis-je vous servir du vin ? Du champagne, peut-être ?

L'un des hommes se mit à rire. Il était grand et portait des favoris qui lui mangeaient en partie le visage.

— Qu'est-ce donc là ? demanda-t-il. Un bébé putain ?

— Chut, voyons ! fit Emma la Rousse en le toisant d'un regard réprobateur.

Elle était très forte à ce petit jeu et prétendait même

que certains clients venaient tout spécialement la voir pour cela.

— Viens, Nicolette, dit-elle, que je te présente nos visiteurs.

Nicolette s'approcha. Si elle se méfiait de l'homme aux favoris, l'autre avait l'air très gentil. En tout cas, elle était contente qu'aucun des deux ne soit l'homme avec lequel elle avait vu Violet.

— Nous avons du mumm extra-dry, précisa-t-elle. Le meilleur !

Les deux hommes se mirent à rire, et celui qui n'avait pas de favoris commanda une bouteille. Lorsque Nicolette revint, Maggie prit la bouteille et remplit plusieurs coupes posées sur la table, près de la porte. Destinées aux filles, elles étaient largement additionnées d'eau. Ensuite, Nicolette servit les hommes.

Lorsqu'elle lui tendit sa coupe, le client aux favoris sortit un billet de un dollar à son intention.

— Donne-moi un baiser et il est à toi ! lança-t-il.

— Attention avec elle, intervint aussitôt Emma.

— Un petit baiser sur la joue…

Pour Nicolette, le marché semblait honnête. Elle l'embrassa donc sur la joue. Ses favoris étaient doux, leur contact moins déplaisant qu'elle ne l'avait craint. Mais avant qu'elle ait eu le temps de s'écarter, il tourna vivement la tête et lui plaqua un baiser sur les lèvres. Elle fit un bond en arrière, alors que tout le monde éclatait de rire dans le salon.

Nicolette fronça les sourcils.

— Ça fera deux dollars, dit-elle en tendant la main.

Les rires redoublèrent.

— Je ne plaisante pas ! s'exclama-t-elle. Deux dollars !

L'homme porta la main à sa poche et en sortit un deuxième billet.

— Tiens, tu l'as bien mérité.

Nicolette décida qu'elle l'aimait bien, finalement. Elle prit les billets et les glissa dans le corsage de sa robe, ainsi qu'elle l'avait vu faire maintes fois par les femmes.

— Je sais chanter, annonça-t-elle alors. Vous voulez m'entendre ?

Le piano joua soudain moins fort, et Nicolette entendit Clarence se racler la gorge. Elle recula jusqu'à lui.

— S'il te plaît, le supplia-t-elle. Juste une chanson.

— Si jamais ton papa l'apprend, il va piquer une sacrée colère !

— Il n'est pas là. Je t'en prie…

Clarence était une véritable force de la nature qui, avant de gagner sa vie avec la musique, travaillait sur le port à décharger les balles de coton. Ce Noir issu des beaux quartiers avait appris le piano tout seul. Bien qu'il soit incapable de lire une note, il suffisait qu'on lui joue ou chantonne n'importe quel morceau pour qu'il le rejoue aussitôt. Aussi bien, et souvent mieux.

Ce soir, il portait un élégant gilet rayé de gris et de blanc et avait piqué dans sa cravate une épingle ornée de pierres. Il poussa un soupir. Puis ses doigts effleurèrent les touches du clavier, et une musique joyeuse envahit la pièce.

Nicolette joignit les mains et attendit que Clarence ait fini l'introduction d'*Alexander's Ragtime Band*. Sophie Tucker en personne avait chanté cette chanson à La Nouvelle-Orléans. Nicolette était trop jeune pour l'avoir entendue, mais à ce que racontait Clarence, c'était l'une des chansons préférées de Mlle Tucker.

Elle fit un pas en avant et commença de chanter. Les

messieurs, qui discutaient, ne lui accordèrent d'abord aucune attention. Mais au bout de deux trois phrases, l'homme aux favoris leva la main pour faire taire son ami et se tourna vers Nicolette.

Elle aimait avoir du public. C'était le seul moment où elle était vraiment certaine que l'on faisait attention à elle. Peu à peu, elle prit de l'assurance, se mit à chanter plus fort, claquant des doigts en rythme. Quand elle arriva au moment de la chanson où il était question de la Swanee River, elle agita les mains en l'air, comme elle l'avait vu faire par le chanteur d'une fanfare. Les hommes rirent, applaudirent, et les femmes aussi.

Grisée par le succès, Nicolette avait les joues en feu lorsque la musique s'arrêta. Elle salua d'une révérence tandis que Clarence commençait un autre morceau. *Swipsey's Cakewalk* était une danse qu'il avait apprise d'un dénommé Joplin, sur un bateau qui descendait le Mississippi, bien avant que Nicolette soit née. Elle avait vu la partition, un jour, et le petit garçon sur la couverture, qui ressemblait étrangement à Tony Pete. Si le morceau était devenu l'un de ses préférés, aucunes paroles n'avaient été écrites pour accompagner la musique — ce qui était très certainement la raison pour laquelle Clarence l'avait choisie. Qu'à cela ne tienne ! Nicolette se mit à danser.

Ravis, les hommes jetèrent des pièces à ses pieds, et elle se baissa pour les ramasser. Lorsqu'elle se redressa, la duchesse se tenait dans l'encadrement de la porte. Et son père se trouvait juste derrière elle.

Nicolette savait qu'il était inutile de chercher le moindre soutien auprès de la duchesse. Celle-ci nierait l'avoir autorisée à venir dans le salon. Un instant, elle songea même à se sauver par l'autre porte. Mais à quoi bon ? M. Rafe finirait par la trouver.

Les pièces serrées dans la main, elle s'avança. La duchesse portait sa plus belle robe de satin, d'un pourpre intense, ornée de dentelle rouge sombre. Ses cheveux noirs étaient relevés en un chignon qui faisait paraître son nez plus long. Ses oreilles, qui gagnaient à être cachées, ne l'étaient pas ce soir, et ce fut le seul sujet de contentement que Nicolette put trouver.

La duchesse s'écarta, rassemblant les plis de sa robe pour la laisser passer. Nicolette savait que son père ne lui parlerait pas ici. Il plaqua une main sur son épaule et la poussa dans le couloir. Il la dominait de toute sa hauteur, et ses doigts meurtrissaient la chair de Nicolette à travers le tissu léger de sa robe.

— Que faisais-tu dans le salon ? demanda-t-il lorsqu'ils furent assez loin pour n'être entendus de personne.

— Je chantais.

Nicolette se garda bien de parler du champagne qu'elle avait servi et encore plus du baiser de l'homme aux favoris.

— Qui t'a autorisée à venir dans le salon ? interrogea son père.

— Personne.

— Qui ? insista-t-il en accentuant la pression de ses doigts sur l'épaule de Nicolette.

Celle-ci affronta un court instant son regard.

— La duchesse, dit-elle.

— Ne me mens pas !

Nicolette pinça les lèvres. Pour s'en sortir, elle n'avait pas d'autre solution que de mentir encore. Mais si mentir ne la dérangeait pas, il lui était difficile d'impliquer quiconque sans s'attirer des ennuis.

— Quelqu'un t'a mise sur ton trente et un et envoyée dans le salon. Qui ? Violet ?

— Non !

Cette fois, oubliant sa peur, Nicolette regarda son père droit dans les yeux.

— Violet était dans sa chambre avec quelqu'un.

— Je vérifierai.

— Je chantais, c'est tout.

Les lèvres de Nicolette se mirent à trembler, mais elle ne pleura pas. Et à l'idée que Violet puisse avoir des problèmes pour quelque chose qu'elle n'avait pas fait, elle recouvra soudain sa témérité.

— Je chante bien.

Alors qu'elle ne s'y attendait pas, son père commença de la secouer. Elle se fit toute molle, comme la poupée de chiffon que Clarence lui avait donnée, et les billets qu'elle avait cachés sous sa robe tombèrent sur le sol, à ses pieds. Voulant se baisser pour les récupérer, elle laissa échapper les pièces qu'elle gardait dans sa main. Son père ramassa le tout et demanda :

— Il y en a encore ?

Elle secoua la tête.

— Je ne vois pas pourquoi je prends la peine de te poser la question ! Tourne-toi que je déboutonne ta robe. Nous allons voir.

Il n'y avait pas d'autre argent. Nicolette tenta de le dire à son père, mais il ne voulut rien savoir. Quand il eut dégrafé les boutons, il l'obligea à faire volte-face, et elle sentit l'air froid dans son dos lorsqu'il fit glisser la robe le long de ses bras.

S'il n'y avait pas d'argent, il y avait un petit médaillon en or qui brillait sur sa poitrine. Nicolette sentit la chaîne se tendre autour de son cou avant que son père ne la lui arrache. Il la relâcha aussitôt.

— Qui t'a donné ça ? interrogea-t-il tandis qu'elle remontait sa robe sur ses épaules.

Elle chercha une réponse satisfaisante. En vain.

— Quelqu'un de la maison ?

Si elle disait oui, il demanderait qui et vérifierait. Elle secoua la tête.

— Tu l'as volé, Nicolette ?

Le ton s'était fait plus calme. Dangereusement calme.

Nicolette avait très peur, à présent. Son père était immobile, un peu comme Barney, le chat de l'écurie, quand il s'apprêtait à bondir sur une souris.

— Je n'ai rien volé, affirma-t-elle.

— C'est un des hommes qui te l'a donné ?

Elle faillit répondre que oui. Mais son père saurait alors qu'elle était déjà venue dans le salon avant ce soir. Elle secoua donc de nouveau la tête. Il y avait quelque chose dans l'expression de son père qui lui causait plus d'effroi encore que le calme de sa voix et la façon dont il se tenait. Son regard s'était figé, une pâleur soudaine avait envahi son visage. Nicolette comprit qu'il était en train d'imaginer le pire et qu'elle était obligée de lui avouer la vérité.

— C'est une dame qui me l'a donné, dit-elle doucement.

— Quelle dame ? Où ?

— Une dame dans une voiture.

— Quand ?

Nicolette ne savait pas mesurer le temps en jours et en semaines. Parfois il faisait plus chaud, d'autres fois plus frais. Il faisait chaud ce jour-là, c'était tout ce dont elle se souvenait. Elle allait livrer cette information à son père lorsqu'une pensée lumineuse traversa son esprit. Elle avait une réponse bien meilleure !

— C'était le jour de mon anniversaire, expliqua-t-elle. La dame a dit que c'était un secret.

Si son père lui avait paru immobile jusque-là, il sembla soudain se figer comme une statue de marbre.

— Va dans ta chambre, ordonna-t-il. Et je t'interdis d'en sortir !

Nicolette tendit la main.

— La dame a dit qu'il était à moi, que je pouvais le garder.

— Va dans ta chambre !

Elle garda la main tendue.

— S'il vous plaît.

— Si tu oses encore aller une seule fois dans le salon, je ne te garderai pas ici, Nicolette. Tu as compris ?

Accablée, Nicolette laissa retomber sa main sur le côté.

— Si tu parles à un seul des hommes qui viennent ici…

Il s'interrompit et la foudroya du regard.

— … ou si jamais tu vois de nouveau la femme qui t'a donné ce médaillon, tu partiras définitivement d'ici. Est-ce clair ?

— Loin de Clarence et de Violet ?

Il la fixait, inflexible. Comme il devait la détester ! Personne ne l'avait jamais regardée ainsi. Pas même la duchesse. Les yeux noyés de larmes, Nicolette détourna le regard. Il lui sembla apercevoir dans l'encadrement de la porte de la cuisine l'homme qui avait passé la soirée dans la chambre de Violet.

Elle ferma un instant les yeux. Lorsqu'elle les rouvrit, l'homme avait disparu, et son père s'éloignait dans le couloir.

21

Belinda était étendue à côté de Phillip, sa fine chemise de nuit de coton enroulée autour des hanches. Elle ne se serrait jamais contre lui pour dormir, comme si c'était là un acte de possession inacceptable. Elle donnait beaucoup d'elle-même, mais ne demandait rien en retour.

Phillip, à vrai dire, n'avait jamais songé à lui offrir quoi que ce soit. Du moins, rien de durable. Il lui apportait des cadeaux, faisait les courses lorsqu'il habitait chez elle et l'emmenait dîner ou assister à un spectacle aussi souvent qu'elle était disponible. Mais la façon dont il envisageait leur relation était très simple : ils resteraient ensemble jusqu'à ce qu'ils décident de ne plus l'être. Phillip admettait qu'un autre homme, plus attentionné, prenne un jour la place qu'il occupait dans sa vie. De son côté, Belinda envisageait la possibilité que son travail puisse le retenir au loin si longtemps qu'à son retour ils ne soient plus que des étrangers.

Les bras croisés sous la nuque, Phillip fixait le plafond dont la blancheur contrastait avec le grenat des murs. Le soleil du matin filtrait à travers les rideaux, mais les fenêtres étaient si étroites que la lumière avait du mal à percer l'obscurité.

Cette maison était un sanctuaire, pour Belinda, un

lieu où elle pouvait se retirer d'un monde qui n'avait jamais fait grand cas d'elle. Elle avait grandi dans la pauvreté, dans une bicoque où les enfants dormaient à trois sur un matelas et où la plus âgée apprenait vite à faire la cuisine, le ménage et à s'occuper des autres. Leur mère était morte après la naissance du sixième. Elle avait abandonné la partie, ne pouvant plus supporter d'ouvrir les yeux le matin et de voir le monde dans lequel elle avait fait naître ses enfants. Du moins était-ce l'explication de Belinda.

Quatre frères et sœurs étaient encore nés du second mariage de son père. Puis celui-ci était mort à son tour, et tous avaient été dispersés chez différents membres de la famille, qui n'avaient déjà que trop d'enfants à eux. Belinda avait eu plus de chance que les autres. Comme elle était l'une des plus âgées, on l'avait envoyée chez la tante de son père, une vieille dame sans enfant et presque aveugle qui avait besoin d'une aide.

Le reste de son enfance et de son adolescence avait été placé sous le signe de la pauvreté. Elle avait une robe pour l'école, une robe pour l'église, et le dimanche, la table n'offrait rien de plus que les autres jours. Mais la tante de Belinda avait été gentille avec elle. Et à sa mort, Belinda avait compris pourquoi elle s'était montrée si économe avec l'argent de sa maigre pension. Les économies de toute une vie étaient intactes, et elle les léguait à Belinda pour qu'elle puisse aller à l'Université.

A l'heure actuelle, les frères et sœurs de Belinda se trouvaient un peu partout dans le pays. Un de ses frères sarclait les champs de maïs en Arkansas, dans la ferme d'une prison, tandis qu'un autre gagnait bien sa vie à réparer des téléviseurs. Deux de ses sœurs étaient mariées et avaient des enfants. Une autre avait été retrouvée morte, l'année précédente, le long d'une voix ferrée, dans le Mississippi. Les autres étaient dispersés aux quatre vents. Parfois, Belinda croyait retrouver la trace de l'un ou de l'une, mais chaque fois la piste débouchait sur une impasse.

Un tel passé expliquait pourquoi elle attendait si peu de Phillip. De toute sa vie, elle n'avait reçu qu'un seul cadeau, dont elle avait su tirer profit. Elle n'en attendait pas d'autre. Elle n'attendait pas de Phillip qu'il l'aime ni qu'il reste avec elle, ni même qu'il lui montre un attachement particulier. Des hommes étaient passés dans sa vie ; certains étaient restés, d'autres étaient partis. Et sans doute pensait-elle que Phillip ferait un jour partie de ces derniers.

— A quoi penses-tu ?

Phillip fut très heureux d'être arraché à ses pensées. Il se tourna vers Belinda. Elle s'éveillait de la même manière qu'elle faisait tout le reste. Tranquillement, sans faire de bruit, n'attendant pas du monde qu'il s'adapte à elle tout simplement parce qu'elle y était de retour.

— Je pensais à toi, dit-il.

— Vraiment ?

Un sourire endormi naquit sur les lèvres de Belinda.

— C'est une excellente façon de débuter la matinée, commenta-t-elle. Mais j'en connais une autre…

— Qu'attends-tu de moi, Belinda ?

Elle ne parut pas surprise par le ton grave de sa question. Peu de choses, en vérité, avaient le pouvoir de la surprendre.

— Un café, ce serait bien. Tu sais où se trouve le percolateur.

— Et ensuite ?

— On dirait que tu as une idée derrière la tête.

— Ce n'est pas de faire l'amour, si c'est ce que tu crois.

— Il y a pire.

— Alors ? Qu'est-ce que j'ai derrière la tête, selon toi ?

— Tu vas nous préparer des œufs au bacon ? Non, j'en doute.

— Tu n'attends rien de moi, n'est-ce pas ? demanda Phillip.

Elle le regarda à travers la longue frange de ses cils. Pas avec coquetterie, mais comme si elle voulait masquer ses pensées.

— Non, rien, répondit-elle. Si tu essaies de me dire que tu vas repartir, je m'en doutais. Ta valise n'est même pas défaite, comme d'habitude. Tu as reçu un coup de fil ce matin ?

Pour ce qui était de la valise, elle avait raison. Lorsque Phillip vivait chez elle, il ne la défaisait jamais. Il portait ses vêtements, les lavait et les remettait dedans, repassés et pliés avec soin. Il les choisissait d'ailleurs en fonction de leur capacité à s'adapter à cette routine.

— Tu ne m'as jamais fait de place dans ta penderie, remarqua-t-il.

— C'est là que tu voulais en venir ? Si tu veux de la place, je t'en fais.

Phillip ne savait pas très bien où menait cette conversation. Il se sentait insatisfait, comme un enfant qui a obtenu ce qu'il veut et ne sait plus quoi demander ensuite.

— Je ne pars pas. A moins que tu ne le souhaites.

— Ai-je dit cela ?

— Tu aimes ton indépendance.

— Avec toi, il est facile de la garder.

— Je vois. Et suis-je un homme dont il est facile d'être proche ?

Belinda s'accorda le temps de la réflexion.

— Non, dit-elle enfin. Parce que ça te fait peur.

— Et toi, ça ne te fait pas peur ?

— Je l'ignore.

Elle ne cherchait pas à éluder la question, Phillip le savait. Elle l'ignorait vraiment, parce qu'être proche de quelqu'un ne lui était quasiment jamais arrivé. Phillip fut submergé par une telle tendresse pour elle qu'il fut incapable de parler. Il posa la main sur sa joue, glissa les doigts dans ses cheveux.

— Je n'ai jamais passé beaucoup de temps à réfléchir à l'homme que j'étais ni à ce que je voulais, avoua-t-il. Mais en ce moment, je ne pense pratiquement qu'à cela.

— C'est à cause de cette femme.

— Aurore Gerritsen ?

— Tu ne peux pas rester à l'écouter, jour après jour, sans te poser des questions sur ta propre vie. Lorsqu'on a son âge, tout ce que l'on peut faire c'est regretter de ne pas avoir agi différemment. Mais tu n'as pas son âge. Tu es encore assez jeune pour pouvoir agir différemment.

— Et si ce que je vois de ma vie me satisfait ?

— Alors, ne change rien.

— Et toi ? interrogea Phillip. Es-tu satisfaite lorsque tu regardes où tu en es, et où tu vas ?

— Peut-être suis-je un peu comme cette Mme Gerritsen : je fais ce que je dois faire en pensant que ce n'est déjà pas si mal. En fait, je ne sais pas.

Phillip eut envie de lui demander où elle avait le sentiment qu'ils allaient, tous les deux ? Mais il craignit qu'elle ne lui retourne la question. Que lui répondrait-il, alors ?

Quand Belinda se rapprocha de lui, glissa un bras

autour de ses épaules, il se détendit au contact de ses longs doigts fins sur sa nuque. Il ne s'était même pas rendu compte à quel point il était crispé.

Aurore n'avait pratiquement pas dormi de la nuit. Lorsqu'elle était jeune, les nuits blanches ne l'affectaient pas. Elle en avait passé de nombreuses, allongée à côté de son mari, sans que cela l'empêche de se lever le lendemain matin et de faire ce qu'il y avait à faire.

Mais ce matin, ce fut à peine si elle parvint à s'habiller. Le temps n'était plus loin où il lui faudrait demander de l'aide. Ses doigts se raidiraient ou trembleraient trop. Ses jambes se déroberaient lorsqu'elle voudrait se lever. Mais en attendant ce moment, elle n'entendait pas renoncer.

Lorsque Phillip arriva, elle l'attendait dans la bibliothèque. Il n'y avait pas de feu dans la cheminée. Le temps s'était mis à la douceur, comme cela arrivait souvent en février. Le soleil entrait à profusion par les portes-fenêtres, caressant le dos des livres reliés de cuir qu'Hugh, son fils aîné, avait tant aimés.

Elle souleva le volume qu'elle feuilletait.

— On vous a sans doute dit qu'on ne juge pas un livre à sa couverture ?

— Oui, en effet, répondit Phillip.

— Mon mari pensait autrement. Un jour, il s'est rendu chez un marchand de livres de Royal Street, et il a acheté tous les volumes que vous voyez sur ces étagères, sans en lire une page. Il a acquis la bibliothèque d'un professeur de philosophie, dans son intégralité, pour l'unique raison qu'il aimait la couleur du cuir.

— C'était un homme qui vivait pour les apparences ?

— Henry Gerritsen était beaucoup de choses.

Aurore replaça le volume et en prit un autre.

— Finalement, l'achat de cette bibliothèque a été l'une des meilleures choses qu'il ait faites. Henry n'était pas un intellectuel, mais notre fils, Hugh, a dévoré ces livres. Il lisait tout ce qui lui tombait sous la main.

— Votre autre fils a-t-il été un lecteur aussi vorace ?

— Ferris n'a jamais eu la patience suffisante, avoua Aurore en fixant le livre qu'elle tenait. Il ne l'a toujours pas, d'ailleurs, même s'il est aussi intelligent que l'était son frère.

— Depuis le début, je pense que c'est à cause de ces différences entre vos deux fils que vous avez fait appel à moi. Peut-être souhaitez-vous d'une certaine façon prendre le parti d'Hugh en demandant à un Noir d'écrire votre biographie.

Aurore fut surprise de découvrir que Phillip Benedict n'ait pas encore deviné la vérité. Mais cela en disait long sur ce qu'il ignorait de son propre passé.

— Prendre parti n'a jamais été dans mon intention, lui répondit-elle.

— Néanmoins, vous ne paraissez pas étonnée que je puisse le penser.

— Il existe peu de choses susceptibles de surprendre quelqu'un de mon âge.

Phillip esquissa un de ses rares sourires.

— Avant de vous rencontrer, je me croyais particulièrement doué pour orienter les questions et les commentaires à ma convenance. Comparé à vous, je suis un novice.

— Une histoire suit son propre cours, qui ne peut être infléchi.

Sur ces mots, Aurore remit le second volume en place

et gagna le canapé. Tandis qu'elle s'installait, Phillip brancha le magnétophone. Puis il s'assit dans le fauteuil et prit son bloc-notes.

— Je n'étais pas certaine que vous reviendriez aujourd'hui, déclara Aurore lorsqu'il fut prêt.

— Je vous l'avais pourtant promis.

— Ce que je vous ai raconté hier a dû vous être très désagréable.

— Parce que je suis un « Nègre » et que votre fille l'était aussi ?

— Parce que vous êtes un être humain et que ce que j'ai fait va à l'encontre de tout ce que nous pouvons penser de nous-mêmes. Nous sommes persuadés que nous nous battrons jusqu'à la mort pour nos enfants, pour les protéger coûte que coûte. Puis nous découvrons que ce n'est pas toujours vrai.

— Avez-vous revu votre fille ?

Aurore se cala contre les coussins.

— Oui. Il m'a fallu du temps pour la retrouver. Comme prévu, Etienne lui avait donné un autre prénom et il avait également changé le sien. Du jour où il est venu la prendre au couvent, je n'ai cessé de la chercher. Mais elle avait presque six ans lorsque je l'ai retrouvée.

— Pouvez-vous me dire comment elle s'appelait, alors ?

Aurore acquiesça d'un signe de tête. Elle se demandait ce que ce prénom allait évoquer pour Phillip et ce qu'il allait en déduire. En tout cas, elle était certaine qu'avant la fin de leur entretien d'aujourd'hui, il aurait compris l'essentiel.

— Nicolette, dit-elle. Il l'avait appelée Nicolette. Et comme vous pouvez vous y attendre, il avait repris son nom. Rafe. Rafe Cantrelle.

22

Aurore habitait Frenchman Street, dans le faubourg Marigny. La petite maison de deux étages qu'elle y occupait appartenait à un ancien associé de Lucien. Son loyer était dérisoire. La maison, bien qu'ayant besoin de réparations, valait beaucoup plus. Mais lorsque Aurore essayait d'envoyer une somme plus convenable, on la lui retournait systématiquement en lui expliquant qu'elle avait une fois de plus mal calculé.

Elle ne s'était accordé qu'une semaine pour se remettre de la perte de son enfant, bander son cœur meurtri et sécher ses larmes. Puis elle avait quitté le couvent et elle était revenue à La Nouvelle-Orléans réclamer ce qu'il lui restait de son héritage.

A son retour en ville, peu de mains s'étaient tendues, prêtes à l'aider. Ce qui, au départ, était apparu comme une effroyable tragédie avait éveillé les soupçons durant son absence. La destruction quasi totale de la Gulf Coast Steamship laissait beaucoup de créditeurs de Lucien très endettés. La rumeur courait qu'il s'était suicidé à cause de problèmes d'assurance. D'autres affirmaient qu'il avait tenté de récupérer de l'argent des assurances pour se renflouer, après qu'il avait investi des sommes colossales dans le *Dowager*.

Les rumeurs ne s'étaient pas limitées au seul Lucien. On s'était souvenu de Claire, enfermée depuis des années dans une institution pour aliénés. Quelle folie s'était donc emparée de la famille Le Danois et que penser d'une fille qui avait disparu sitôt la mort de son père ? Que dire de cette jeune femme qui n'avait pas voulu assister à la vente de la maison, au démantèlement de l'entreprise familiale ?

Quand Aurore avait quitté La Nouvelle-Orléans, elle était la dernière représentante d'un nom créole très respecté. Elle revenait pour le trouver à jamais terni du voile de l'infamie.

Quelques amis lui étaient toutefois demeurés fidèles. Tim Gilhooley était ainsi resté pour sauver ce qu'il pouvait de la Gulf Coast. Ce n'était pas un brillant administrateur, mais il était sérieux et honnête. Il avait préservé le peu qui restait : un bureau infesté de rats au bout du quai, loin du magnifique immeuble tout neuf qui était parti en fumée, quelques barges et remorqueurs sans grande valeur, quelques contrats, quelques rares promesses.

Sylvain Winslow, le propriétaire d'Aurore, avait continué de l'inviter aux réceptions organisées par son épouse. Plusieurs amis continuaient également à la fréquenter et à l'inclure dans leur petit monde.

Mais, plus important que tout, Ti'Boo était venue s'installer à La Nouvelle-Orléans. Une nouvelle inondation avait dévasté les biens de la famille au Bayou Lafourche, et lorsqu'on avait offert à Jules une place dans une entreprise de poids et mesures du Vieux Carré, ils avaient quitté le bayou pour venir en ville. Chaque année, toutefois, au moment de la récolte de canne à sucre, ils y retournaient pour rendre visite à la famille et aux amis.

Ti'Boo semblait très heureuse dans sa nouvelle vie. Pelichere avait maintenant un petit frère, Lionel, surnommé Ti'Lee dès sa naissance. Ti'Boo était très occupée à élever ses quatre enfants et à leur aménager un foyer dans une petite maison mitoyenne, dont les jolies pièces étaient alignées les unes derrière les autres. Elle cultivait des légumes et des plantes aromatiques dans un jardin bien entretenu et, quand le temps le permettait, elle emmenait les enfants patauger dans la rivière. Lorsque Aurore lui rendait visite, la maison sentait toujours bon le pain frais et les sauces mijotant au coin du feu.

Aurore avait eu besoin de soutien dans les années qui avaient suivi la naissance de Nicolette. Chaque matin, elle s'éveillait dans un univers qu'elle ne reconnaissait pas. C'en était fini des repas somptueux et du confort matériel. Les cafards nichaient dans les fissures des murs de la vieille maison, et Aurore souffrait tour à tour du froid et de la chaleur. Un ruisseau fétide séparait la bâtisse de la rue, charriant toutes sortes d'immondices par temps de gros orage.

Elle avait gardé Fantôme et Cléo, qui n'auraient jamais trouvé à s'employer ailleurs si elle les avait laissés partir. Fantôme était trop vieux et Cléo bien trop habituée à n'en faire qu'à sa tête. Tous deux avaient été d'une loyauté sans faille après la mort de Lucien, continuant d'entretenir la maison d'Esplanade Avenue jusqu'à ce qu'elle soit vendue. Puis ils avaient suivi Aurore dans Frenchman, tentant de reconstituer pour elle un foyer avec ce qu'il restait de l'héritage Le Danois et Friloux. Fantôme vivait dans deux pièces, au-dessus du garage, tandis que Cléo s'était installée dans la soupente.

Malgré leurs efforts, beaucoup de tâches journalières incombaient à Aurore. Elle aidait ainsi à faire les courses et le ménage. Et en secret, elle arrachait les mauvaises herbes et taillait les branches afin de soulager un peu Fantôme qui entretenait le jardin, la voiture et s'occupait du cheval.

Autrefois, les critères d'Aurore avaient été les mêmes que ses ancêtres. Vivre bien était le maître mot des créoles. Aujourd'hui, il lui fallait lutter contre la pauvreté et pallier l'absence de tout ce qui avait été cher à sa famille. Personne ne l'avait préparée à ce nouveau statut.

On ne l'avait pas non plus préparée à travailler. Tous les matins à 8 heures, elle partait retrouver Tim dans les nouveaux bureaux, à Tchoupitoulas. La Gulf Coast Steamship n'existait plus. La société à responsabilité limitée fondée par son grand-père et menée de main de maître par Lucien avait disparu, et la Gulf Coast Shipping était née de ses cendres. Quand Tim avait conseillé à Aurore de vendre ce qu'il restait et d'investir l'argent afin de s'assurer un petit revenu régulier, elle avait refusé.

Le nouveau siècle n'avait pas été tendre avec les transports fluviaux. Le coup le plus dur leur avait été porté par les chemins de fer, qui ne cessaient de se développer. L'état de la rivière ne faisait qu'ajouter encore au problème. Au fil des années, on avait négligé d'améliorer les chenaux, voire de les entretenir. Et le Mississippi, auquel le défilé permanent de vapeurs, remorqueurs et autres barges donnait autrefois des allures de défilé de Mardi gras, ressemblait à présent aux rues désertes de La Nouvelle-Orléans le mercredi des Cendres.

En prenant le contrôle de la Gulf Coast, Aurore savait qu'elle n'avait pas le droit à l'erreur. Il lui fallait faire assaut d'autorité et d'esprit de décision, restaurer la confiance dans le nom des Le Danois, démontrer que malgré sa condition de femme elle possédait soit le jugement solide d'Antoine Friloux, soit la remarquable intelligence dont avait fait preuve le jeune Lucien Le Danois.

Elle n'avait rien montré de tout cela. Déboussolée, peu sûre d'elle, elle avait suivi l'avis de Tim en tout, sauf lorsqu'il lui avait conseillé de vendre la société. Tim, l'ancien boxeur à qui l'expérience du ring avait enseigné la prudence, rechignait à prendre des risques. Il avait manqué des occasions importantes et s'était obstiné à suivre des directions qui leur avaient fait perdre des marchés. Les années passant, et Tim vieillissant, il s'était révélé encore plus frileux.

Aurore vivait dans une maison qui s'écroulait et elle passait ses journées à tenter de sauver une entreprise qui s'écroulait elle aussi. Lors des rares occasions où elle se rendait à des réceptions, elle était traitée en paria. Considérée à vingt-cinq ans comme une vieille fille, elle n'était regardée avec intérêt que par les époux de femmes qui avaient été autrefois ses amies.

La maternité avait épanoui son physique. Ses cheveux étaient plus brillants, son teint plus coloré, comme si son corps s'était nourri, fortifié en même temps que celui du bébé. Les hommes la trouvaient attirante. Ceux qui cherchaient une maîtresse le lui faisaient clairement comprendre. Mais ceux en quête d'épouse ne regardaient plus dans sa direction.

Un mois après avoir retrouvé et revu sa fille, Aurore, campée devant son armoire, passait en revue sa garde-robe. Sylvain et sa femme Vera l'avaient invitée à dîner dans leur maison de Minelburg. La petite localité, située près du lac, était un lieu de villégiature dominicale très apprécié. On pouvait y déjeuner au restaurant, y danser ou y pique-niquer. La maison des Winslow, un joli pavillon rose vif, avec son toit et sa galerie bordés de dentelle de bois, jouissait d'une vue imprenable sur le lac.

Aurore hésitait à accepter l'invitation. Le mois qui venait de s'écouler avait été cruel. Elle n'était pas parvenue à chasser de son esprit le souvenir du petit corps de Nicolette serré contre le sien. Elle la revoyait sans cesse agitant la main pour lui dire au revoir.

Etienne Terrebonne s'appelait Rafe Cantrelle à présent. Pour quelle raison ? Cela demeurait un mystère. Peut-être avait-il eu besoin d'un nouveau nom pour endosser plus facilement sa nouvelle identité de patron de maison de plaisir. Tant de temps s'était écoulé que, pour Aurore, il était désormais Rafe Cantrelle. Quant à Etienne Terrebonne, l'homme qu'elle avait aimé, il n'avait jamais réellement existé.

Il l'avait menacée de revenir à La Nouvelle-Orléans avec leur fille, Aurore ne l'avait pas oublié. Mais comment aurait-elle pu imaginer qu'il la torturerait au point d'amener Nicolette dans Storyville pour l'élever en compagnie des prostituées, des maquereaux et des alcooliques qui peuplaient le quartier ?

Aurore avait observé Nicolette pendant des mois avant de trouver le courage de l'approcher. Et puis, le jour de son anniversaire, ce jour béni entre tous, lorsqu'elle avait entendu les voix enfantines en provenance de l'écurie, elle avait ordonné à Fantôme de garer la voiture le long de la maison. Elle savait que Rafe était sorti. Elle l'avait vu quitter Basin Street. Que quelqu'un d'autre puisse la surprendre lui importait peu. Nicolette était si près…

Quel bonheur elle avait éprouvé en découvrant le visage de sa fille ! De loin, elle avait déjà cru voir qu'elle était belle. Et cela s'était confirmé de près. Elle l'avait littéralement mangée des yeux. Ses cheveux… Les brossait-on jamais ? Les attachait-on avec des rubans ?

Quelqu'un les caressait-il parfois avec amour ? Ils étaient sombres et bouclés. Elle avait le teint plus foncé qu'Aurore, presque aussi foncé que celui de son père. Un joli teint doré qui faisait paraître son regard noisette encore plus vif et lui donnait une touche d'exotisme. Nicolette aurait-elle pu passer pour blanche, se fondre dans la société des Blancs ? Ses traits étaient-ils assez fins pour qu'on ne puisse déceler ses racines ? Aurore aurait-elle pu la garder, l'élever, oublier que le sang de Rafe coulait dans ses veines ?

Depuis le jour où elle avait vu Nicolette, elle s'était posé ces questions sans relâche. Il lui avait pourtant fallu continuer à vivre comme avant et à veiller à la destinée de la Gulf Coast. Sylvain Winslow était la seule personne en mesure de l'aider. En tant que commissionnaire en café et président de la chambre de commerce, il connaissait toutes les personnes qui avaient en leur pouvoir de donner un coup de pouce à la Gulf Coast ou de la couler définitivement. Il avait recommandé l'entreprise, procuré à Aurore tous les contrats possibles, et surtout il s'arrangeait pour lui faire rencontrer autant de gens qu'il pouvait. A l'occasion de bals, de pique-niques ou de soirées à l'Opéra, Vera et lui faisaient toujours en sorte qu'Aurore se trouve à côté de gens susceptibles d'apporter leur aide à la Gulf Coast.

Grâce à la confiance qu'ils lui témoignaient, Sylvain et Vera avaient permis à Aurore de ne pas se retrouver à l'écart de la société et à la Gulf Coast d'éviter la faillite. Elle ne pouvait donc pas se permettre de décliner leur invitation, même si entreprendre le voyage jusqu'au lac lui paraissait au-dessus de ses forces.

Sortant peu, elle n'avait pas besoin d'une garde-robe très fournie. Cléo, en couturière accomplie, avait rafraîchi et remis au goût du jour une ancienne robe d'été de lin bleu pâle. Si elle ne correspondait pas vraiment à la mode du moment, au moins n'avait-elle pas la sévérité des tenues qu'Aurore portait pour aller travailler. Avec des gants clairs, un chapeau à large bord du même blanc cassé que le col, elle ferait l'affaire.

Smoky Mary, le train de la ligne Pontchartrain qui menait au lac, avait du retard et le quai était bondé. Aurore attendait au milieu de la foule, écoutant deux groupes de musiciens noirs rivaliser de toute la puissance de leurs cuivres flamboyants.

Elle repensa à sa conversation avec Nicolette et à l'amour évident que la petite fille nourrissait pour la musique. Elle aurait tant voulu l'avoir auprès d'elle. Au lac, elle lui aurait appris à nager, comme Ti'Boo l'avait fait avec elle-même. Elle songea au médaillon qui lui avait appartenu, enfant. Elle l'avait porté sur son cœur pendant des semaines afin qu'il s'imprègne de son amour. A présent, il n'était plus qu'un petit colifichet sans importance pendu au cou de son unique enfant.

— Mademoiselle Le Danois ?

Elle entendit la voix grave par-dessus les accents joyeux de la musique de jazz. Elle se retourna et reconnut Henry Gerritsen, un ami de Sylvain.

— Monsieur Gerritsen.

Il prit la main gantée qu'elle lui tendait, et la tint dans la sienne un peu plus longtemps que ne l'autorisaient les convenances.

— Vous rendriez-vous chez les Winslow, par hasard ?

— Vous aussi ? interrogea Aurore en retirant sa main.

Il inclina la tête.

— Je suis toujours enchanté de me rendre à leurs invitations. Ils possèdent l'une des meilleures cuisinières de tout le pays.

Aussitôt, Aurore remarqua l'insistance avec laquelle il l'observait. Elle ne l'avait jamais trouvé beau mais, de toute évidence, nombre de femmes pensaient différemment. C'était la première fois qu'elle le voyait seul. D'ordinaire, il avait toujours quelque jeune fille énamourée à son bras, bien décidée à se marier. Avec un autre.

Les origines d'Henry ne lui permettaient en effet pas d'envisager d'alliance avec une des familles qui constituaient la société huppée de La Nouvelle-Orléans. Toutefois, ses perspectives d'avenir n'en demeuraient pas moins excellentes.

Smoky Mary lança deux coups de sifflet aigus, signalant que le moment était venu de monter dans le train. Les musiciens des deux orchestres s'entassèrent dans une voiture en bout de train. Pas dans la dernière, toutefois, qui demeurerait vide et ferait éventuellement office de prison sur roues pour toute personne qui s'aviserait de troubler la paix au bord du lac.

— Pourquoi ne voyagerions-nous pas ensemble ? proposa Henry. Nous pourrions faire plus ample connaissance.

Aurore n'avait aucune excuse toute prête pour vouloir demeurer seule. Et en toute honnêteté, il ne lui déplaisait pas qu'on vienne ainsi la distraire de ses pensées. Bien que le voyage ne soit pas très long, il l'était encore assez pour qu'elle songe de nouveau à Nicolette et sombre derechef dans la tristesse.

Elle monta dans le train, consciente de la présence d'Henry Gerritsen juste derrière elle. Il n'était pas très grand, même s'il la dépassait d'une tête, mais il était large d'épaules et musclé. Dans la chaleur suffocante de ce mois d'août, son physique avait à la fois quelque chose de troublant et d'oppressant.

Il s'assit à côté d'elle, et ce sentiment s'intensifia. Sans être beau, il possédait une présence, un magnétisme indiscutable que beaucoup de femmes trouvaient irrésistible. Il avait des cheveux bruns aux reflets cuivrés, des sourcils épais légèrement plus sombres. Le soleil de la Louisiane avait réchauffé son teint pâle, le parsemant de taches de rousseur.

Son regard candide semblait ne rien vouloir dissimuler. Toutefois, ce qu'Aurore savait de cet homme prouvait qu'il était bien différent de ce qu'il semblait être. L'affaire qu'il dirigeait était en concurrence directe avec la Gulf Coast. La Gerritsen Barge Lines possédait la flotte de remorqueurs la plus moderne de tout le port et pouvait se vanter d'une réussite exemplaire, qu'elle devait apparemment à Henry. Il semblait avoir un sixième sens pour repérer les tendances du marché et investir au bon moment. Plus d'une fois, la Gerritsen Barge Lines avait raflé des contrats à la Gulf Coast grâce aux manœuvres de son patron. Si Aurore n'avait aucune raison d'apprécier particulièrement cet homme, elle lui avait souvent envié son sens des affaires.

— Vous rendez-vous souvent au lac ? demanda-t-il après que le train eut quitté la gare.

Aurore ôta son chapeau et le posa sur ses genoux.

— Sans doute pas assez.

— Vous aimez la plage, si je comprends bien ?

— Cela change agréablement de la rivière.

— En ce qui me concerne, je ne me baigne pas. Je n'ai jamais appris à nager.

— Non ? Et si vous tombiez un jour de l'une de vos barges ?

— Je paie suffisamment bien mes employés pour qu'il y en ait au moins un qui se porte à mon secours.

— Pas s'il est aussi difficile de travailler avec vous qu'on le dit…

Il rit. Un rire très masculin, jovial, qui frappa Aurore. Depuis la mort de son père, elle avait très peu entendu rire.

— Peut-être ne devrais-je pas vous confier ce genre de secret, dit-il. Cela pourrait donner des idées à l'un de vos fidèles disciples la prochaine fois que je volerai un contrat à la Gulf Coast.

— Mes fidèles disciples ? répéta Aurore.

— Ne faites pas semblant de ne pas comprendre.

— Je ne fais pas semblant, monsieur Gerritsen.

— Appelez-moi Henry, je vous en prie. Vous avez la réputation d'engendrer une loyauté indéfectible chez les hommes qui travaillent pour vous. J'ai offert à certains un salaire nettement supérieur s'ils venaient travailler avec moi. Ils ont presque tous refusé.

— Presque ?

— Eh bien, je suis en train d'essayer de convaincre l'un d'eux. Mais je ne vous dirai pas lequel.

— Tant qu'il ne s'agit pas de Tim.

— Il faudrait me payer pour que je vous le prenne !

Aurore ne releva pas. La loyauté aurait voulu qu'elle s'offusque. Le bon sens lui intimait de n'en rien faire.

— Gilhooley ne vous rend pas service avec ses tergiversations, souligna Henry. Mais je pense que vous le savez déjà.

Aurore réfléchit un moment à ses paroles.

— Parlez-moi de vous, demanda-t-elle soudain.

Ils avaient laissé la ville derrière eux. La chaleur montait par vagues étouffantes des marais que traversait la voie ferrée.

— Je vous ai probablement déjà dit tout ce qu'il y a à savoir sur moi.

— Dans ce cas, voulez-vous que je vous dise ce que j'ai appris ?

— Très volontiers, répondit Gerritsen en se penchant vers Aurore.

Elle ne s'écarta pas, comme il s'y attendait probablement.

— Vous êtes impulsif et peu enclin à vous embarrasser de détours. Vous pouvez vous montrer à la fois impitoyable et charmant, ce qui explique sans doute votre parcours à La Nouvelle-Orléans, alors que vous n'arriviez de nulle part. Pour une raison qui m'échappe, vous avez apparemment décidé de vous intéresser à moi. Mais je vous préviens tout de suite que la Gulf Coast Shipping n'est pas à vendre.

Un sourire admiratif s'épanouit sur les lèvres de Gerritsen. Son regard avait quelque chose de possessif qui mit tous les sens d'Aurore en alerte.

— Et moi non plus, ajouta-t-elle aussitôt.

— Voulez-vous que je vous dise ce que j'ai appris sur vous ? proposa à son tour Gerritsen.

— Je vis dans un monde d'hommes en ce moment. Je présume qu'il me faut en assumer les conséquences.

— Vos yeux deviennent d'un bleu plus foncé lorsque vous êtes en colère, et tout ce qui menace la Gulf Coast vous met en colère. Vous êtes aussi loyale envers les gens que vous employez qu'ils le sont envers vous, parfois au détriment de l'entreprise qui vous tient tant à cœur. Vous n'avez rien d'autre pour remplir votre vie, mais vous avez découvert que vous ne pouviez vous nourrir du passé sans mettre en danger l'avenir. Or, vous voulez un avenir. Vous en avez besoin.

Aurore le regardait fixement.

— Vous n'avez pourtant rien d'un prêtre vaudou, observa-t-elle.

— Vous êtes une femme très complexe mais, au fond, toutes les femmes ne désirent-elles pas la même chose ?

— Et les hommes ?

— Les hommes veulent le pouvoir. Les femmes, l'amour.

— Dans ces conditions, il vaut sans doute mieux que chacun reste parmi les siens.

— Au contraire. Il y a la place pour le pouvoir et l'amour dans un mariage.

— Si vous en êtes persuadé, pourquoi n'êtes-vous pas marié ? demanda Aurore avec hardiesse.

Cette conversation avait depuis si longtemps dépassé les limites de la convenance qu'aucune question ne paraissait plus choquante.

— Jusqu'à présent, lui répondit Gerritsen, je n'avais pas encore trouvé la femme susceptible de me donner le pouvoir auquel j'aspire.

— Jusqu'à présent ? Vous l'auriez donc trouvée ?

— En effet. Et c'est vous, ma chère.

Aurore ne songea même pas à s'offusquer. Elle se contenta de rire.

— Vous me faites rire, monsieur Gerritsen, alors que je n'étais pas certaine d'avoir encore cette faculté…

— Nous savons tous les deux que je suis parfaitement sérieux.

— Mais c'est la toute première fois que nous nous parlons !

— Je sais tout de vous.

Malgré la peur qui assaillit brusquement Aurore, la raison eut vite fait de reprendre le dessus. Gerritsen ne pouvait pas tout savoir. Tim et elle avaient tout mis en œuvre afin que les secrets du passé demeurent bien gardés.

— Savoir que mes yeux deviennent plus foncés et que ma loyauté confine parfois au ridicule ne suffit pas pour que vous puissiez prétendre tout connaître de moi.

— Vous voulez exactement la même chose que moi, Rory.

Aurore fronça les sourcils, surprise à la fois par les propos de son compagnon et par le diminutif qu'il avait utilisé.

— Non, ce n'est pas la belle créole que je vois lorsque je vous regarde, dit-il. Certes, Aurore Le Danois ne manque pas d'attrait. Un nom, un statut dans la bonne société de La Nouvelle-Orléans, un passé qui garantira à mes filles une place de choix dans les cercles les plus huppés du carnaval et à mes fils une entrée dans les meilleures familles… Non, c'est Rory qui m'attire. Une femme considérée comme peu féminine par les hommes de son milieu parce qu'elle travaille tous les jours comme un homme. Une femme que l'on dit obstinée et difficile, légèrement extravagante peut-être. Une femme avec un passé sur lequel il vaut mieux ne pas se pencher de trop près…

— Je pense que vous en avez dit suffisamment.

— Après la mort de votre père, vous avez disparu pendant sept mois, Rory. Savez-vous ce que l'on raconte à votre sujet ?

Aurore se tourna vers la fenêtre, derrière laquelle le paysage défilait en longues bandes de marais entrecoupées de cyprès chauves. Qu'une voie de chemin de fer ait pu être construite au milieu de cette étendue d'eau sauvage tenait du miracle.

— Que raconte-t-on ? demanda Aurore.

— Que vous avez eu un accès de folie. Comme votre mère.

Soulagée, Aurore ferma les yeux.

— Comment un homme sain d'esprit pourrait-il vouloir épouser une folle ?

— Comment une femme de votre milieu pourrait-elle vouloir épouser un homme dont le grand-père a descendu le Mississippi sur un radeau et a rencontré sa femme dans un bordel flottant ?

Aurore ne répondit pas.

— Ne vous a-t-on jamais dit qu'il est toujours bon, dans les affaires, d'avoir prise sur les gens ? s'enquit Gerritsen. Les contrats qui marchent le mieux se négocient entre parties qui ont chacune leurs forces et… leurs faiblesses.

— Et pour vous, le mariage est un contrat à négocier ?

— En a-t-il jamais été autrement ?

Silencieuse, Aurore suivit le vol d'un héron, admira ses grandes ailes déployées tandis qu'il se dirigeait vers l'ombre d'un arbre. Puis elle se tourna vers Henry Gerritsen.

— Vous avez fait état de ce que vous gagneriez dans ce mariage. Vous avez omis de préciser ce que moi j'en retirerais.

— Une fusion avec la Gerritsen Barge Lines.

Comme Aurore allait protester, il l'arrêta d'un geste.

— Qui porterait le nom de Gulf Coast Shipping. Je sais reconnaître la supériorité d'un nom respecté. Sans votre détermination à rembourser les dettes de votre père, il en serait peut-être autrement aujourd'hui.

— Est-ce là tout ce que je gagne ? demanda Aurore.

Une entreprise plus importante ? Davantage de problèmes ?

Gerritsen lui sourit. Elle remarqua que ses yeux gardaient toujours la même teinte vert pâle, quelle que soit l'expression de son visage.

— Moins de problèmes, parce que je dirigerais l'entreprise pendant que vous dirigeriez notre maison.

— Non.

— Non ?

— La Gulf Coast m'appartient.

— Elle nous appartiendrait. Cela ne serait pas à négocier. En revanche, votre place dans l'entreprise pourrait l'être.

— Ma place dans l'entreprise n'est pas à négocier. Je prendrais part à toutes les décisions. Toutes. Cela serait précisé dans un document signé devant notaire avant le mariage.

— Très bien. Je vois que vous avez appris pas mal de choses concernant les affaires.

— Que m'offrez-vous d'autre ?

— Ma compétence, mon expérience et suffisamment de fonds pour remettre la Gulf Coast sur pied. Une maison de votre choix dans le Garden District. J'en possède déjà une dans Prytania. Je vous offre aussi la respectabilité, car même si je ne suis pas de votre milieu, ce mariage fera taire les rumeurs qui circulent à votre sujet.

Le regard de Gerritsen se posa sur les lèvres d'Aurore, descendit lentement le long de son cou, vers le col de dentelle, et plus bas encore.

— Des enfants, dit-il. Vous voulez des enfants, n'est-ce pas, Rory ? Et un homme pour réchauffer votre lit.

Le sifflet de la locomotive retentit, strident, rendant toute réponse impossible. Ils arrivaient au terme du voyage. Aurore savait que Sylvain les attendrait avec son tout nouveau jouet, un petit vapeur flambant neuf. Savait-il quelque chose de l'offre peu conventionnelle que venait de lui faire Henry ?

Elle sentit ses joues s'empourprer tandis qu'il continuait de la dévisager sans la moindre retenue.

— Qu'en pense Sylvain ? demanda-t-elle.

— Que vous continuerez de perdre pied sans moi et que, pour ma part, je ne peux pas espérer mieux que vous.

— Ne sommes-nous donc que de la marchandise que l'on trie et que l'on évalue ?

— Je pense que ce mariage avec vous me plaira. Je crois aussi pouvoir vous le rendre supportable.

Quand le regard de Gerritsen glissa de nouveau sur son corps, Aurore sentit une onde de chaleur parcourir son ventre, ses reins. Le feu qui lui enflammait les joues était plus que le résultat d'une simple gêne. Elle imaginait les mains de cet homme la caressant, la marquant à tout jamais comme l'avaient fait celles de Rafe.

Pendant toutes ces années, elle ne s'était pas autorisée à penser aux moments de bonheur vécus dans les bras de Rafe. Les évoquer fit resurgir l'amertume de la trahison. Elle avait espéré ne plus jamais avoir à y penser. Mais en cet instant, elle était incapable de songer à autre chose.

— Vous avez besoin d'un homme dans votre lit, déclara Henry sans ambages. Et je remplirai cette partie du contrat avec grand plaisir.

Aurore se détourna. Par la fenêtre, elle aperçut l'étendue bleue du lac. Et lorsque la main d'Henry se posa sur la sienne, elle ne la retira pas.

23

Selon les critères des milieux aisés de La Nouvelle-Orléans, ce ne fut pas un grand mariage. Mais les invités étaient tous des gens importants. Aurore n'avait pas mesuré l'étendue des relations qu'Henry possédait en ville. Aujourd'hui, cinq mois après leur voyage à Minelburg, elle savait qu'elle allait épouser un homme qui avait tissé un réseau d'influences mêlant intérêts financiers et politiques.

Le maire était présent, ainsi que d'autres membres du gouvernement local. Des hommes qui se disputaient chaque jour le pouvoir se trouvaient côte à côte dans les travées de l'église de l'Immaculée-Conception lorsqu'elle en remonta l'allée centrale. La tête haute, elle avançait d'un pas lent vers l'imposant autel, savourant pleinement ce moment. Elle portait la robe de mariée de sa mère, conservée avec soin dans le vétiver et diverses herbes parfumées.

Par superstition, Aurore aurait préféré porter une autre robe. Même si elle ne se mariait pas par amour, elle espérait que le mariage lui réserverait un sort moins cruel qu'à sa mère. Mais Henry avait assumé tous les frais de la cérémonie et elle ne pouvait accepter qu'il lui offre en plus sa robe. Aussi Cléo avait-elle agrandi le timide décolleté et ajouté des rangées et des rangées de perles, ainsi que des petites fleurs de satin récupérées sur la robe qu'Aurore portait lors de sa première sortie dans le monde. Ses cheveux, son visage, étaient recouverts d'un voile de dentelle très fine qui se terminait en traîne. A la main, elle tenait un bouquet de gardénias, de fleurs d'oranger et de minuscules roses qu'Henry lui avait fait apporter le matin même.

Ce mélange de senteurs entêtantes, audacieuses, reflétait parfaitement le tempérament de l'homme qui avait choisi ces fleurs. En cet instant, il se tenait près de l'autel, sous le dôme immense, suivant avec attention l'arrivée d'Aurore. Elle avançait au bras de Sylvain, visiblement ravi de cette union. Mais Henry ne regardait qu'elle.

Il ne la quitta pas des yeux pendant toute la réception donnée chez Sylvain, dans le Garden District. Des hommes et des femmes qui saluaient à peine Aurore depuis la mort de son père lui adressaient des sourires rayonnants. Une immense table de style Renaissance italienne, disposée sur le côté du salon, ployait sous les cadeaux. Non loin, un petit groupe de débutantes s'extasiaient, espérant sans doute que leur mariage serait aussi impressionnant.

Aurore vit les jeunes femmes observer son tout nouvel époux. Celui-ci, toutefois, n'avait d'yeux que pour elle. Il se tenait à son côté, lui prenait parfois le bras, effleurait sa taille, sa main. A un moment, alors que nul ne semblait les regarder, il l'embrassa. Ce baiser fougueux, possessif, ébranla Aurore et fit naître en elle une appréhension qui ne la quitta plus.

Elle savait ce qui l'attendait. Elle ne se souvenait

que trop bien des moments volés passés dans les bras de Rafe, des gestes intimes, des émotions qu'elle avait éprouvées. Durant la cérémonie, elle n'avait pensé qu'à lui. Pas à l'homme qui avait détruit son univers, mais à celui qui lui avait offert son amour, qui avait su l'émouvoir, lui avait fait découvrir les mystères et les plaisirs de la passion physique. C'était la première fois depuis la nuit de l'incendie qu'elle songeait à lui sans haine. Peut-être, alors que le prêtre récitait les paroles familières de la messe, la haine n'avait-elle pas osé faire intrusion.

Mais quelle que soit la raison, Aurore en avait été bouleversée. Tandis que le prêtre l'unissait de façon irrévocable à Henry, toutes ses pensées étaient accaparées par un autre homme. Même si elle ne croyait pas aux présages, que pouvait-il résulter de bon d'une telle absence de loyauté ? Certes, Henry lui offrait tout ce que Rafe lui avait pris. Il lui offrait tout ce qu'elle demandait. Pourtant, soudain, une crainte s'était emparée d'elle : qu'il ne lui donne rien de ce dont elle avait besoin.

Ces pensées troublantes continuèrent de l'obséder tout au long de l'après-midi. Aurore se dit qu'elles étaient sans doute inévitables.

Elle fit part de ses appréhensions à Ti'Boo lorsque celle-ci vint l'aider à se préparer pour le voyage à Minelburg, où Henry et elle devaient passer une semaine dans la maison que leur prêtaient les Winslow. Ti'Boo, enceinte de son troisième enfant, lui fit la réponse à laquelle il fallait s'attendre. Aurore avait épousé Henry sous le regard de Dieu, de l'Eglise et celui encore plus impitoyable de la bonne société de La Nouvelle-Orléans. Elle devait donc lui témoigner fidélité et confiance et s'efforcer, à compter de ce jour, d'être l'épouse qu'il méritait.

Ti'Boo avait déclaré cela sans la moindre émotion.

Peu convaincue, Aurore agrippa la manche de son amie pour l'empêcher de se dérober.

— Dis-moi ce que tu penses réellement, demanda-t-elle. Je veux ton avis, pas ce que tu es censée me répondre en un tel jour.

Ti'Boo se laissa tomber sur le lit, à côté d'elle.

— Pourquoi me demandes-tu mon avis précisément aujourd'hui alors que j'attends depuis des mois l'occasion de te le donner ?

Elle avait raison. Aurore ne lui avait rien demandé parce qu'elle n'avait pas voulu entendre de critiques au sujet d'Henry. Elle voyait en lui et leur union sa dernière chance de remettre sa vie sur un chemin sûr, la possibilité d'avoir des enfants pour remplacer Nicolette, l'occasion de renflouer la Gulf Coast, de retrouver sa place dans la bonne société. Le mariage avec Henry offrait tous ces avantages, et cela lui avait paru suffisant.

Se levant, elle lissa les plis de sa robe.

— Il aura ma loyauté tant qu'il la méritera, mais il n'aura jamais ma confiance. Je ne ferai plus jamais confiance à un homme.

Ti'Boo ne tenta pas de la faire changer d'avis. Elle se leva à son tour, prit la cape d'Aurore et la lui passa sur les épaules. Les nouveaux époux feraient le voyage à Minelburg dans la Packard d'Henry, et un vent froid soufflait du nord.

— Je te souhaite le plus grand des bonheurs, déclara Ti'Boo d'une voix pleine de nostalgie. Le même que je connais avec Jules.

Aurore doutait que ce bonheur fait d'abnégation soit jamais à sa portée, mais elle n'en dit rien, ne voulant pas gâcher ce moment. Elle serra Ti'Boo contre elle, et elles restèrent un long moment ainsi, dans les bras l'une de l'autre. Puis Aurore se détourna et quitta la pièce.

Elle était Mme Henry Gerritsen, à présent, et une nouvelle vie commençait pour elle.

Lorsque les Winslow partaient pour Minelburg, ils emmenaient avec eux une partie de leur personnel de maison, mais Aurore et Henry avaient décidé de passer la semaine seuls. Une femme du village, Doris, viendrait tous les matins faire le ménage et préparer à dîner ; à part elle, personne ne troublerait la solitude des jeunes époux. Février n'était pas la saison la plus prisée pour venir admirer la vue splendide sur le lac, alors que La Nouvelle-Orléans s'adonnait aux joies du carnaval.

Doris les attendait afin de les aider à défaire leurs bagages. Tandis qu'elle s'affairait, Aurore sortit sur la galerie qui surplombait le lac. Elle était presque aussi grande que le pont d'un vapeur, et la vue y était somptueuse.

Emerveillée, Aurore s'accouda à la rambarde. Le soleil se couchait, teintant le ciel de pourpre et d'or. Des oies sauvages traversaient celui-ci, alignées en un triangle parfait. Le lac offrait un visage paisible qu'Aurore ne lui avait jamais vu. Rien ne venait troubler le miroir parfait de sa surface.

— Après le vent que nous avons eu cet après-midi, je suis surpris que le temps soit aussi calme.

Aurore n'avait pas entendu Henry approcher. Cette façon qu'il avait de se mouvoir sans bruit était très déconcertante.

— Le coucher de soleil est magnifique, vous ne trouvez pas ?

— Le temps est beaucoup trop calme et il fait froid, répondit Henry.

Elle se tourna vers lui et lui sourit.

— C'est si beau, Henry ! Appréciez donc.

— Je me demande si vous allez passer le reste de vos jours à essayer de me convaincre de penser comme vous.

Brusquement, Aurore sentit le froid. Elle frissonna.

— J'espère avoir des choses plus constructives à faire.

Henry ne regardait pas le coucher de soleil. C'était elle qu'il observait.

— Vos yeux ont la couleur du lac, murmura-t-il. Ils sont aussi froids et immobiles. Je pourrais presque croire à ce que j'y vois. Ni passions ni secrets. Rien qui vienne troubler la surface.

Aurore ne lui avait jamais rien révélé des événements tragiques qui avaient marqué sa vie. Elle ne lui en fit pas davantage part ce soir.

— Je ne suis pas différente des autres, dit-elle. J'ai mes passions et mes secrets, mais rien d'important qui soit susceptible de vous inquiéter.

— Non ?

Se retournant, Aurore s'adossa à la balustrade et fit face à Henry.

— Non. Mais vous le savez déjà. Vous n'êtes pas homme à épouser une femme qui vous échapperait.

— Je sais tout de vous.

— Pas totalement, j'espère. Il est important qu'un peu de mystère demeure, vous ne croyez pas ?

— Non.

Il saisit une mèche de cheveux qui avait glissé de l'élégant chignon réalisé par Ti'Boo.

— Dites-moi exactement pourquoi vous m'avez épousé, Rory.

Aurore comprit qu'il était impossible de se dérober. Henry ne s'accommoderait que de la vérité.

— Parce que vous pouvez me donner tout ce que je veux, répondit-elle. Et de mon côté, je pense aussi pouvoir vous donner ce que vous voulez.

— Et qu'est-ce que je veux, à votre avis ?

— Outre ce que vous m'avez dit le premier jour où nous nous sommes parlés ?

Elle réfléchit un instant.

— Vous ne recherchez pas le calme et la paix. Je ne crois pas que les plaisirs du foyer vous attirent beaucoup.

De nouveau, Aurore s'accorda le temps de la réflexion.

— Je pense qu'il vous faut un défi. Avec moi, vous l'aurez.

— Un défi ?

— Vous ne seriez pas heureux avec une femme qui vous proposerait une vie simple et confortable. Vous ne voulez pas d'une égale, mais pas non plus d'une servante.

Tandis qu'Aurore parlait, l'image du gymnase dont Tim lui avait parlé un jour s'imposa à son esprit. Il ne boxait plus chez les professionnels depuis longtemps, mais il remontait sur le ring, de temps en temps, pour se prouver qu'il en était encore capable. Au gymnase, il y avait des hommes payés pour se battre, des sparring-partners. Ils ne combattaient pas avec n'importe qui et n'importe comment. Ils avaient assez d'expérience pour rendre une partie des coups qu'ils recevaient, mais une partie seulement afin que les hommes qui les payaient puissent perfectionner leur technique.

— Ce que vous voulez, c'est un sparring-partner, dit Aurore, tout en espérant vivement qu'il allait nier.

Il se mit à rire.

— Que savez-vous de la boxe, Rory ?

— Suffisamment pour voir les similitudes qu'elle offre avec le mariage.

— Dans l'immédiat, en tout cas, c'est la femme que je veux.

Aurore frissonna. Le soleil avait disparu. Doris aussi, vraisemblablement. La maison leur appartenait. Et après la réception de l'après-midi, ils n'avaient aucun besoin de dîner avant de se retirer dans la chambre.

Jouer les vierges effarouchées n'avait aucun sens, comprit Aurore.

— La femme est à vous, murmura-t-elle.

— Je ne crois pas. Mais elle le sera bientôt.

Il s'approcha. Ses doigts chauds enserrèrent la nuque d'Aurore. Elle ne ferma pas les yeux lorsqu'il s'empara de ses lèvres. Lui non plus. Elle posa les mains sur ses épaules, mais ne le repoussa pas. Elle laissa Henry l'embrasser. Elle le laissa prendre toutes les libertés avec sa langue, sans un murmure de protestation. Puis, lorsqu'elle voulut bouger, détendre un peu son cou et qu'il l'en empêcha, la maintenant d'une main ferme, elle sentit un premier frisson de peur la parcourir.

Elle fut soulagée lorsque le baiser prit fin. Henry glissa un bras autour de sa taille et l'entraîna vers la maison. Dans le lointain, Aurore entendit le cri des oies sauvages, unique signe de vie. Henry et elle étaient définitivement seuls.

A l'intérieur, on avait allumé les lampes à huile — la maison n'ayant pas l'électricité — dont la lumière très douce aurait dû ajouter une touche romantique au lieu. En fait, elle semblait plutôt estomper le contour des objets et donner à toute chose une allure un peu floue. Aussi floue et incertaine que ce qui allait se passer à présent.

Henry laissa Aurore seule dans la chambre afin qu'elle

se prépare pour la nuit. On avait rabattu le dessus-de-lit et replié avec soin le drap orné de jours sur l'édredon de mousseline brodée. Malgré le petit feu de bois qui brûlait dans le joli poêle d'angle, la pièce n'en demeurait pas moins très fraîche. Aurore se déshabilla en hâte, se glissa dans une chemise de nuit et un peignoir de lin léger qu'elle avait brodés elle-même. Puis elle s'approcha de la coiffeuse, près de la fenêtre, et dénoua ses cheveux. Elle était en train de les brosser lorsque Henry revint.

Il demeura un moment dans l'encadrement de la porte à l'observer, un demi-sourire aux lèvres. Il portait un pyjama sombre. Lorsqu'elle eut terminé, Aurore se tourna vers lui et lui rendit son demi-sourire. Posant la brosse sur la coiffeuse, elle sépara ses cheveux pour les tresser.

— Non ! s'exclama Henry.

Elle eut un petit signe de tête.

— Très bien.

Aurore rejeta ses cheveux en arrière et se leva. Henry paraissait plus grand, brusquement, et il lui était si étranger ! Sans la protection du corset, elle se sentait soudain trop vulnérable, à sa merci, telle une poupée de chiffon entre les mains d'un enfant capricieux.

— Approchez, Rory.

Elle avait envie qu'il vienne vers elle. Mais avant tout, elle ne voulait pas le mettre en colère. Elle s'avança donc vers lui, le regard rivé au sien. Elle ne put rien y déchiffrer, pas plus le désir que l'absence de désir. Il attendait, immobile.

Puis elle se retrouva dans ses bras et, alors, ne connut plus de répit.

Ce ne fut que plus tard, nue contre lui, les cheveux serrés dans son poing, le corps meurtri, dévasté, qu'elle ferma les yeux et se mit à pleurer.

*
* *

Henry ne lui avait pas menti. Il avait dit à Aurore qu'il cherchait le pouvoir et elle l'avait accepté, sans réfléchir, considérant que cela faisait partie de sa virilité. Elle se pensait assez forte pour pouvoir lui résister. Mais au petit matin, Aurore comprit combien elle s'était trompée.

Henry l'avait encore prise à deux reprises dans la nuit. Et chaque fois alors qu'elle se détendait enfin et sombrait dans le sommeil. Il semblait particulièrement apprécier de la prendre au dépourvu, sans défense, la pénétrant de façon brutale avant même qu'elle ait pu se préparer à l'assaut, la plaquant sous lui afin qu'elle ne puisse réagir et se soustraire à ce qui allait suivre.

Il l'avait accablée d'un torrent d'obscénités en découvrant qu'elle n'était plus vierge. Elle s'était bien gardée de nier, même si elle avait eu l'impression étrange de l'être encore ; comme si les actes humiliants dont Henry se rendait coupable sur elle étaient la véritable défloration et le bonheur connu dans les bras de Rafe un rêve d'enfant.

Elle l'avait fixé dans l'obscurité, s'interdisant de pleurer, de crier. Elle n'avait pas tenté de lui refuser son corps, elle ne l'avait même pas supplié d'être doux avec elle. Elle avait supporté ses assauts et ses insultes sans rien dire. Et juste avant l'aube, lorsqu'il s'était effondré, épuisé, ses désirs finalement assouvis, elle était restée allongée tranquillement à côté de lui, réfléchissant à ce qu'elle allait faire.

Henry savait à présent qu'elle avait eu un amant. Et dès son réveil, Aurore en était certaine, il la questionnerait à ce sujet. Lui dire toute la vérité était tentant. Henry se renseignerait et il découvrirait qui était Rafe.

Peut-être serait-il même suffisamment en colère pour chercher à se venger de lui.

A cette pensée, Aurore sentit son cœur s'emballer. Car alors que le soleil se levait sur une nouvelle journée, elle se rendait compte qu'elle haïssait Rafe plus que jamais. Elle ne ressentait plus rien de l'émotion qui l'avait tant troublée à l'église. Rafe lui avait fait découvrir l'amour, croire en son pouvoir divin, et la nuit qu'elle venait de passer avec Henry n'en paraissait que davantage un sacrilège. Le désir de vengeance lui étreignait la poitrine au point de lui couper le souffle. Si Henry punissait Rafe, alors tirerait-elle au moins quelque chose de positif de cette horrible nuit.

Mais si Henry punissait Rafe, Nicolette en subirait les conséquences. Cela, Aurore ne pouvait le supporter. La vie de sa fille était déjà assez précaire. A quoi n'était-elle pas exposée dans cette maison méprisable de Basin Street ! Si Rafe n'était pas là pour la protéger, Dieu seul sait ce qui se passerait. Il avait d'ailleurs prévenu Aurore le jour où il avait emmené Nicolette. En tentant de lui faire du mal, à lui, ce serait à sa fille qu'elle en ferait au bout du compte.

Malgré le violent désir de vengeance qui l'habitait, Aurore ne pouvait rien contre lui. Et il lui était donc impossible d'avouer la vérité à Henry. Elle devait inventer une histoire à son intention, un mensonge qu'il n'aurait aucun moyen de vérifier. Elle y avait déjà songé, sans s'y attarder. Elle avait espéré qu'Henry ne se rendrait pas compte qu'elle n'était plus vierge ou qu'il n'y attacherait aucune importance. Comme elle était plus âgée que la moyenne des jeunes femmes qui prenaient époux, il devait bien se douter qu'à vingt-cinq ans elle avait pu connaître un autre homme avant lui.

Elle décida de lui dire que son premier amant était

une relation d'affaires de son père, un homme d'âge mûr. Un Européen, pourquoi pas ? Elle lui expliquerait qu'elle s'était tournée vers lui, après la mort de son père, pour découvrir qu'il était déjà marié. Le cœur brisé par tous ces événements, elle avait cherché l'oubli dans les voyages jusqu'à ce que ses blessures soient assez cicatrisées pour envisager le retour à La Nouvelle-Orléans. Elle tiendrait ainsi par la même occasion une justification plausible à sa longue absence.

Elle supplierait Henry de lui pardonner, alléguant qu'elle était jeune et innocente à l'époque et que cet homme avait profité d'elle. Elle refuserait de lui donner son nom, prétextant qu'il était riche et puissant et pourrait lui faire beaucoup de tort s'il tentait de le confondre. Aurore avait le sentiment qu'il plairait à Henry de savoir que sa femme avait été la maîtresse d'un puissant Européen. Ce détail le pousserait peut-être à se montrer indulgent.

Alors qu'elle s'interrogeait sur son avenir avec un homme brutal qui avait pour ambition de la dominer et de la tenir en son pouvoir, elle sentit Henry bouger à côté d'elle. Son poing serra plus fort ses cheveux. Elle se tourna vers lui.

— Ma femme, dit-il.

— Je vous répondrais bien « mon mari », mais je crains que les mots restent bloqués dans ma gorge.

— Dois-je comprendre que la nuit n'a pas été à votre goût ?

Il sourit. Un sourire placide, chaleureux.

— Vos autres amants étaient-ils plus doués, Rory ?

— Je n'en ai eu qu'un.

— Et pourquoi devrais-je le croire ?

— Parce que c'est la vérité.

Elle ne s'écarta pas lorsqu'il se rapprocha d'elle. Elle s'efforça même de soutenir son regard.

— Je peux vous parler de lui si vous le souhaitez. J'espère seulement qu'ensuite il ne sera plus question de cet épisode de ma vie.

— Faites, je vous prie. Je vous écoute.

Sans l'enjoliver, Aurore lui raconta l'histoire qu'elle avait inventée.

— J'étais jeune, déclara-t-elle en guise de conclusion. Et sans expérience. Quelle cruelle erreur j'ai commise ! Mais aujourd'hui, je vous demande d'oublier tout cela, même si j'ai sans doute eu tort de ne pas vous en parler avant notre mariage.

— J'imagine que vous n'aviez pas encore mis au point le petit scénario que vous venez de me livrer…

Il lâcha les cheveux d'Aurore et laissa sa main glisser vers sa poitrine. Curieusement, il se montrait plein de douceur.

— Quand l'avez-vous inventé ? Ce matin, pendant que je dormais ?

Sans qu'elle s'y attende, il referma soudain la main sur un de ses seins. Une douleur aiguë traversa le corps d'Aurore.

— Je suis plus petite et plus faible que vous, murmura-t-elle, les yeux embués de larmes. Mais si vous continuez à me faire mal de la sorte, je trouverai moi aussi un moyen de vous faire mal. Avec l'aide de Dieu.

— Vraiment ? Voilà qui serait intéressant.

La main d'Henry cessa de meurtrir la poitrine d'Aurore.

— Je vous ai dit la vérité, affirma celle-ci. Lâchez-moi à présent !

Il la plaqua si brusquement sur le lit qu'elle n'eut pas le temps de réagir.

— La vérité ? Vous l'avez oubliée, alors. Ce ne peut être que ça. Vous ne seriez pas insensée au point de me mentir, n'est-ce pas, Rory ?

Tournant la tête de côté, elle refusa de répondre.

— Je vais vous dire pourquoi, poursuivit Henry. Les mensonges ne sont valables que si la vérité ne se sait jamais. Or moi, je la sais toujours. Je me charge de la découvrir. Vous voyez comme c'est simple ?

Aurore attendait qu'il la viole. Car c'était bien cela, un viol, qu'il avait en tête. Elle en était persuadée. Pourtant, elle ne parvenait pas à le haïr en cet instant. Elle lui avait menti. Et jamais elle ne pourrait lui dire la vérité. Des deux, lequel était le plus méprisable ?

Lorsqu'il la pénétra, elle fut surprise par l'absence de douleur. Il se mit à bouger en elle, lentement, avec précaution. Du pouce, il essuya les larmes qu'elle avait laissé échapper et caressa sa joue avec une infinie délicatesse. Elle s'arma de courage, attendant le retour des brutalités. Mais il usa de toute sa douceur pour la séduire, lui murmurant des mots tendres à l'oreille. Il ne l'emprisonna pas sous lui, il la laissa bouger, s'adapta à ses mouvements. Et lorsqu'elle voulut le repousser, il prit ses mains et les embrassa.

Aurore fut encore plus désorientée par cette démonstration de douceur que par la violence dont Henry s'était rendu coupable à son égard. Et elle eut encore plus peur. Elle était épuisée, égarée. La plus grande confusion régnait dans son esprit. Elle se surprit soudain à répondre à ses caresses, comme un chien battu qui revient lécher la main de son maître. Elle tenta de résister, de s'armer contre cette tendresse nouvelle, et sans doute trompeuse. Mais il était si bon de sentir le corps de cet homme soulager à présent ce qu'il avait meurtri qu'elle s'abandonna avec gratitude.

Des lèvres, il lui effleura les joues, les lèvres, le lobe des oreilles. Il lui murmura des paroles d'excuse, la pressa doucement contre lui, comme si partager avec elle une véritable intimité était son unique souhait. Aurore ferma les yeux. Elle parvenait presque à croire en lui, à se convaincre qu'il avait eu raison de laisser parler sa colère et qu'elle avait mérité tout ce qu'il lui avait fait subir la nuit précédente. Lorsqu'il accéléra le rythme de ses coups de reins, elle sentit le désir s'éveiller en elle. Son corps habitué à répondre à un homme qu'elle haïssait répondait maintenant à un autre. Elle ouvrit les yeux, haletante, profondément troublée, et découvrit un sentiment de victoire dans le regard d'Henry. De nouveau, elle tenta de le repousser, mais ses mains n'esquissèrent qu'un vague geste.

Soudain, elle poussa un cri, lui donnant dans le plaisir ce qu'elle lui avait refusé dans la douleur.

Après, il la prit dans ses bras et la tint serrée contre lui. Son corps était moite de transpiration, et Aurore aurait préféré s'écarter. Au lieu de quoi, elle s'obligea à demeurer contre lui. Consternée par sa propre réaction, elle ne savait plus où elle en était, mais elle entendait ne pas le montrer à Henry. Elle lui avait déjà beaucoup trop donné.

— J'ai quelque chose pour vous, dit-il soudain.

— Vraiment ? fit Aurore en refoulant ses larmes.

— Un cadeau. Ce n'est qu'une babiole.

— Pourquoi me faire un cadeau ? N'avez-vous pas déjà obtenu ce que vous vouliez ?

— Considérez cela comme une sorte de récompense.

Quand il s'écarta, puis se leva, Aurore éprouva un intense soulagement. Elle le regarda gagner l'armoire où Doris avait pendu ses vêtements. Il prit quelque chose dans la poche de sa veste et revint vers elle. Elle se redressa, cherchant des yeux la chemise qu'il lui avait arrachée la veille, mais il empoigna le drap et le rabattit au pied du lit, ensevelissant du même coup la chemise. Aurore était glacée. Le feu s'était éteint et le soleil n'avait pas encore eu le temps de réchauffer la pièce. Lorsqu'elle voulut tirer le drap sur elle, Henry l'en empêcha.

— Pour vous, dit-il en tendant la main.

Aurore était parcourue de frissons. Etait-ce le froid ou un trop-plein d'émotions ? Elle n'aurait su le dire. Elle tendit la main à son tour.

Il ouvrit la sienne, bien à plat devant elle, laissant apparaître un petit médaillon en forme de cœur dans le creux de sa paume.

Aurore retira sa main d'un geste vif.

— Vous n'en voulez pas, Rory ? s'étonna Henry. Je pensais qu'il vous plairait.

Elle leva les yeux vers lui et comprit qu'il était inutile de mentir.

— Comment vous l'êtes-vous procuré ?

— Grâce à une certaine dame de La Nouvelle-Orléans qui se laisse facilement acheter.

Un instant, Aurore s'interrogea. Savait-il quelque chose ? Ou bien avançait-il des hypothèses en espérant qu'elle les confirmerait ?

— Dites-moi que vous ne lui avez fait aucun mal ! lui lança-t-elle avec un regard implorant. Jurez-moi qu'elle va bien.

— Qui, Rory ?

La gorge nouée par l'émotion, Aurore prononça le prénom de sa fille.

— Nicolette, répéta Henry, comme s'il savourait ce mot. C'est une petite fille très délurée. Elle est autorisée à venir dans le salon, parfois. Pour distraire ces messieurs, ai-je cru comprendre.

— Vous n'êtes qu'un bâtard !

— Votre insulte n'est pas dirigée contre la bonne personne, me semble-t-il. C'est votre fille, la bâtarde. Une bâtarde nègre à la peau claire, en plus. Comme son père.

— Si vous lui faites du mal…

— Allez-y, terminez votre phrase.

Il caressa sa joue.

— Vous semblez oublier lequel de nous deux est vulnérable.

— Pourquoi m'avez-vous épousée si vous saviez ? demanda Aurore.

— Je vous ai épousée parce que je savais, justement.

En cet instant, Aurore mesura jusqu'où allait la soif de pouvoir de cet homme. Il l'avait choisie parce qu'elle avait un secret qu'il pouvait révéler au grand jour si elle se montrait trop indocile. Ajouté à son nom et à ses origines, ce secret avait fait d'elle l'épouse parfaite.

Il n'existait qu'un moyen pour Aurore de retourner la situation, de faire que le reste de sa vie soit tolérable et non cet enfer qu'avait connu sa mère. Un moyen effroyable. Mais si elle attendait, si elle laissait passer sa chance, ce serait fini.

— Il est une chose que vous n'avez pas comprise, dit-elle.

— Vraiment ? Dans ce cas, éclairez-moi.

— Vous avez beaucoup surestimé votre pouvoir sur moi.

— Je peux déjà révéler ce que vous êtes. Le scandale qui s'ensuivra risque de m'éclabousser, j'en conviens. Mais lorsque les rumeurs se calmeront, je serai le martyr et vous la proscrite. Et alors que je perdrai peut-être la considération de certains dans l'affaire, vous, vous perdrez tout.

— Vous ne comprenez toujours pas ! s'exclama Aurore.

Elle leva le menton d'un air de défi et ajouta :

— Je n'ai rien à perdre.

— Et la Gulf Coast ? Pensez-vous que vous pourriez demeurer à La Nouvelle-Orléans et continuer de la diriger ? Vous seriez exclue de toutes les réceptions, de tous les cercles d'affaires. Personne ne vous aiderait. Personne n'accepterait de travailler avec vous. En quelques mois à peine, la Gulf Coast serait coulée.

— Certainement, confirma Aurore en s'efforçant de paraître tout à fait calme. Et cela vaudrait peut-être mieux.

— Il n'existe pas un seul endroit où vous pourriez aller, Rory, et où votre secret ne vous suivrait pas. Soyez-en certaine.

— Il est des lieux où il ne me rendrait que plus attirante. Des lieux comme Paris, loin de vous et de votre lit, Henry. Et si je ne suis pas dans votre lit, comment pourrez-vous avoir les fils que vous désirez tant ? La Nouvelle-Orléans est une ville très catholique, vous le savez comme moi. Or, même si l'intérêt que vous portez à l'Eglise est purement politique, il vous faut respecter sa loi. Vous ne pouvez divorcer d'avec moi, quoi que j'aie fait. Et je doute que mon passé soit une raison suffisante pour annuler notre mariage.

Il sourit.

— Je savais que vous aviez du courage, mais je n'avais pas mesuré à quel point. Néanmoins, vous oubliez un détail important. Je sais où vit votre fille. Je sais qui était votre amant. Et je peux briser leur vie.

Aurore réprima un frisson.

— Croyez-vous qu'il m'importe que vous brisiez la vie de Rafe Cantrelle ?

Elle attendit. Une seconde. Deux. Si l'expression d'Henry demeura imperturbable, Aurore savait que ses paroles avaient fait mouche.

— En fouillant dans mon passé, n'avez-vous pas découvert à quel point je le hais ? demanda-t-elle.

Il pencha la tête, intrigué.

— J'aimerais qu'il paie pour ce qu'il m'a fait, poursuivit Aurore, mais Nicolette est innocente. Je ne vois pas l'intérêt de causer du tort à une enfant.

— Vous l'aimez.

— Non. C'est ma fille, et elle ne m'est pas indifférente. Mais si je l'aimais, ne croyez-vous pas que je l'aurais gardée avec moi ? J'aurais trouvé un moyen. Aussi, mesurez bien jusqu'où il vous faudra aller pour m'atteindre. Ne présumez pas trop de l'arme que peut représenter Nicolette, elle n'a pas la portée ni la puissance que vous espériez. Et si jamais vous lui faites du mal, je me vengerai.

Henry se mit à rire.

— Sur la tête de l'enfant que je porterai un jour, dit alors Aurore en baissant la voix, je jure que quoi que vous fassiez à ma fille, je le ferai à votre fils.

— Vous êtes folle !

— Oui. Comme ma mère avant moi.

Malgré la nausée qui l'assaillait, Aurore parvint à sourire.

— J'attends de vous un certain nombre de choses, Henry. Si vous me les donnez, je resterai avec vous de mon plein gré et je serai une épouse et une mère modèles. Je veux reconstruire la Gulf Coast. Je veux des enfants et la vie la plus correcte possible. Mais si vous faites du mal à ma fille ou tentez de me détruire, vous vous rendrez compte que vous avez épousé un démon.

Il la regardait fixement, comme s'il cherchait à évaluer la qualité du numéro auquel elle venait de se livrer. Aurore sentait toutes les paroles qu'elle avait prononcées tourbillonner dans sa tête, au point qu'elle n'était plus capable de distinguer la vérité du mensonge. Elle savait seulement qu'elle se battait pour ce qu'il restait de vie en elle, de la même façon qu'il lui faudrait désormais se battre, chaque jour de son existence, contre cet homme.

Finalement, il prit sa main, glissa le médaillon dedans et l'obligea à fermer ses doigts.

— Nous verrons.

— Oui, dit Aurore. Nous verrons.

Les yeux verts d'Henry avaient le même regard impassible. Aurore, toutefois, crut y lire de l'admiration. Bien entendu, comme c'était toujours le cas avec Henry, ce pouvait n'être que mensonge ou seulement une partie de la vérité.

24

Aurore baissa les yeux vers l'enfant endormi dans le landau qu'Henry avait fait venir d'Angleterre. Les boucles de ses cheveux de soie auréolaient son petit visage sur l'oreiller. S'ils étaient légèrement plus clairs que ceux d'Aurore, ses yeux avaient en revanche le même bleu pâle que les siens. Hugh ne ressemblait en rien à son père, comme si Henry ne s'était pas trouvé là au moment de sa conception.

Aurore s'adressa à la femme qui se trouvait à son côté.

— Avez-vous des choses à me dire, aujourd'hui ?

— Une ou deux.

Aurore plongea la main dans son sac et en sortit un billet plié qu'elle posa sur la couverture du landau. Depuis son mariage, elle n'avait plus vraiment de problèmes d'argent. La fusion de la Gulf Coast et de la Gerritsen Barge Lines s'était révélée un succès — ce qui n'était pas le cas de la fusion avec Henry.

Lettie Sue s'avança, comme pour admirer le bébé, et récupéra discrètement le billet.

— Les affaires vont mal, dit-elle en le glissant dans sa robe. Y'a moitié moins d'hommes qu'avant. Deux filles ont dû faire leurs bagages.

— Pourquoi ?

Lettie Sue haussa les épaules. A force de récurer le sol et de laver le linge, ses bras étaient aussi massifs et noueux que des branches de cyprès. Son cou, au contraire, était fin et gracieux, et sa tête, enserrée dans un turban aux couleurs vives, avait un port altier.

— J'sais pas. Peut-être que les hommes ils en ont assez de payer pour quelque chose qu'ils peuvent avoir gratuitement s'ils se montrent un peu gentils avec leurs femmes.

— Ou s'ils les menacent ou leur font assez mal, rétorqua Aurore, les yeux fixés sur son fils.

— Hein ?

— Qu'avez-vous remarqué d'autre, Lettie Sue ?

— Vous voulez que je vous parle de M. Rafe ?

Se penchant, Aurore arrangea les couvertures du bébé. Il sourit dans son sommeil. Aurore, elle, demeura impassible.

— Oui, répondit-elle.

— Il est pas beaucoup là. Les filles disent que c'est pas plus mal. Il veut qu'elles se tiennent tranquilles et elles aiment pas ça. Dès qu'il y en a une qui est malade ou qui fait trop la folle, il la renvoie.

— Où va-t-il ?

— J'sais pas. Il revient presque tous les soirs. Il le faisait pas avant. Sa petite fille, c'est un numéro.

Aurore réfléchit à ce que Lettie Sue venait de lui dire. Henry ignorait qu'elle surveillait les activités de Rafe. Bien qu'elle ait une nouvelle maison et un bébé, elle pensait sans arrêt à Nicolette. Elle avait fini par trouver Lettie Sue, qui s'occupait du ménage au Magnolia Palace. Moyennant quelques dollars, celle-ci la tenait au courant de tout ce qui s'y passait.

Lettie Sue était très pauvre et bien trop maligne

pour qu'on lui accorde une totale confiance. Aurore ne pouvait donc montrer davantage qu'un vague intérêt pour Nicolette, elle le savait, sous peine d'éveiller les soupçons de Lettie Sue.

Elle se risqua néanmoins à poser une question.

— Un sacré numéro ? Que voulez-vous dire ?

— Elle fait que ce qu'elle veut. Elle va partout. L'autre jour, je l'ai trouvée cachée sous une table du salon. Elle voulait écouter le Pr Clarence jouer du piano. Depuis, M. Rafe il l'enferme tous les soirs dans sa chambre.

Aurore n'osa rien dire. Elle regarda Hugh, s'efforçant de ne montrer aucune émotion.

— Y a-t-il autre chose d'intéressant ?

— Pourquoi vous voulez savoir tout ça, madame Gerritsen ?

Depuis des mois que Lettie Sue la renseignait, Aurore s'attendait à cette question. Lettie Sue ne la regardait pas, ce qui aurait été une marque d'insolence à l'égard d'une femme blanche, mais il y avait une pointe de défi dans sa voix.

— Je ne vous mentirai pas, répondit Aurore. Je veux voir les établissements de ce quartier fermer, comme beaucoup de femmes à La Nouvelle-Orléans. Et ils fermeront, ce n'est qu'une question de temps. Plus nous en savons sur ce qui se passe à l'intérieur des maisons, plus vite nous parviendrons à nos fins. Je ne saurais donc trop vous conseiller de gagner tout l'argent que vous pouvez en répondant à mes questions pendant que c'est encore possible.

— M. Rafe n'aimerait pas cela s'il savait que vous me posez des questions…

Aurore comprenait très bien Lettie Sue. Elle savait ce que c'était que de ne jamais se sentir en sécurité.

— Non. Et il lui plairait encore moins d'apprendre

que vous y répondez. Si je suis découverte, je ferai en sorte que vous le soyez aussi, Lettie Sue.

— Nicolette, elle a pas de maman. Je vous l'ai dit ?

— Oui. Il y a déjà un moment.

— Je me suis toujours demandé ce qui lui était arrivé.

La voix d'Aurore demeura parfaitement neutre.

— Vous vous le demandez ? Une femme a de la chance si elle parvient à survivre plus d'un an dans une maison pareille.

— Si le quartier ferme, j'aurai plus de travail.

— Je vous en trouverai. Mais sachez que je n'aide que les gens en qui je peux avoir confiance.

— Vous pouvez avoir confiance en moi.

Les amies d'Aurore, de jeunes mères de famille de La Nouvelle-Orléans qui s'occupaient comme elle d'œuvres de charité et fréquentaient les soirées les plus huppées de la ville, lui auraient dit que Lettie Sue était comme toutes les Noires qui ne possédaient pas suffisamment de sang blanc pour les civiliser, et que sous un vernis acquis au contact de l'Eglise catholique battait le cœur africain d'une prêtresse vaudoue. Mais Aurore comprenait ce qui faisait de Lettie Sue la femme qu'elle était ; elle savait aussi combien elles se ressemblaient. Sous la fine pellicule des apparences, elles étaient sœurs.

— Il vaut mieux que vous partiez, à présent, dit Aurore. Nous avons assez bavardé.

Se détournant, elle empoigna le landau.

— Si vous avez quelque chose à me dire, vous savez comment me joindre.

— Oui, m'dame.

Aurore poussa le landau sur le chemin qui serpentait dans Audubon Park. Elle venait souvent ici. Le parc, aménagé en lieu et place d'une ancienne plantation de canne à sucre, était une bénédiction pour la ville et encore plus pour Aurore. Sous les chênes ancestraux drapés de mousse espagnole, elle pouvait échapper au regard inquisiteur de son mari et des domestiques qu'il payait pour la surveiller.

Alors qu'elle avait presque atteint le lac, où elle prévoyait de se reposer un moment, elle jeta un coup d'œil derrière elle. Lettie Sue avait disparu.

Hugh dormait toujours. Elle étendit une couverture sous les frondaisons, à quelques mètres du lac. Des canards glissaient sur l'eau. Un corbeau s'envola d'une branche basse en poussant un cri. Au loin, vers le zoo, Aurore crut entendre le barrissement d'un éléphant. Henry désapprouvait qu'elle emmène Hugh ici, mais elle l'avait déjà fait par deux fois et entendait bien continuer. Elle voulait que son fils découvre tout du monde. Tout sauf la tristesse qu'il pouvait réserver.

Elle ôta ses gants, puis son chapeau afin de laisser le doux soleil d'avril caresser son visage. Elle s'assit sur la couverture, tira sa robe sur ses jambes gainées de bas blancs et songea à ce que lui avait dit Lettie Sue.

Depuis son mariage avec Henry, elle n'avait pas revu sa fille, même de loin. Il la surveillait et serait entré dans une rage folle si elle s'était aventurée dans Basin Street. Elle devait donc se contenter des informations que lui apportait Lettie Sue, aussi maigres soient-elles. Au moins, savait-elle que Nicolette était vivante et habitait toujours à La Nouvelle-Orléans.

Mais ce n'était pas suffisant. Surtout après ce qu'Aurore avait appris de Lettie Sue. Comment imaginer que Nicolette était une enfant difficile au point d'obliger son père à revenir chaque soir pour la surveiller ? Comment supporter l'idée que la petite fille pleine de vie qu'Aurore avait un instant tenue dans ses bras était enfermée dans sa chambre ? Son entrain, sa joie de vivre pouvaient être à jamais détruits par l'isolement, si cela n'avait pas déjà été fait par le spectacle quotidien que lui offrait Basin Street. Elle l'imaginait seule, terrorisée. Ou pire encore, entre les mains des hommes qui fréquentaient le Magnolia Palace. Des hommes comme Henry Gerritsen.

Seule au bord du lac, Aurore laissa libre cours aux larmes qu'elle prenait bien garde de ne jamais verser devant son mari. Elle avait pensé que la naissance d'un deuxième enfant comblerait le vide qu'elle sentait en elle. Quelle erreur ! La naissance d'Hugh n'avait fait que rouvrir une blessure qui ne s'était jamais vraiment cicatrisée. Le regarder grandir, observer toutes les petites choses extraordinaires qu'il faisait lui rappelait chaque jour qu'elle n'avait pas connu cela avec sa fille, et qu'elle ne le connaîtrait jamais.

Les joues d'Aurore étaient encore humides de larmes lorsque le bébé s'éveilla. Il ne pleurait jamais. Il s'éveillait toujours en gazouillant. Agé maintenant de cinq mois, il avait probablement été conçu pendant cette horrible nuit de noces. Pourtant, Aurore était proche de lui comme jamais elle ne l'avait été de quiconque. Lorsqu'il ne se trouvait pas avec elle, il lui semblait qu'une partie d'elle-même lui manquait.

Elle le prit dans ses bras, lui souriant à travers ses larmes.

— Le petit trésor de sa maman, dit-elle d'une voix douce. Tu as bien dormi ?

Il gazouilla en la voyant, battit des mains contre son nez, sa bouche, comme s'il lui demandait de sourire. Pour un peu, Aurore aurait pensé qu'il lui parlait.

Elle avait refusé qu'on engage une nourrice. Elle voulait l'allaiter elle-même. Henry s'était mis en colère, mais elle n'avait pas cédé. C'était elle, et elle seule, qui le nourrirait. S'il avait accepté, Henry prenait un malin plaisir à la retenir loin d'Hugh lorsque venait l'heure de sa tétée. Il n'était pas satisfait de son fils. Son tempérament facile était pour lui le signe qu'il ne possédait pas le cran dont un héritier digne de ce nom devait faire preuve.

Aurore changea Hugh, puis s'installa sur la couverture pour le nourrir. Il n'y avait personne alentour, à l'exception d'une bonne d'enfants noire accompagnée des deux petits garçons dont elle avait la charge. Bien qu'elle soit dissimulée par les arbres et les buissons, Aurore jeta un châle sur ses épaules et le drapa autour d'Hugh, par discrétion. Lorsque les petites lèvres commencèrent à tirer sur son sein, elle ferma les yeux, priant de toutes ses forces pour qu'un jour aimer cet enfant suffise à la combler.

Quelque part, dans le lointain, Rafe entendit un éléphant barrir. Il prit deux dollars dans sa poche.

— Ne te donne pas la peine de venir demain. La duchesse n'aime pas les espionnes.

Il tendit l'argent à Lettie Sue.

— Voilà ce qui t'est dû. Et inutile de chercher un travail dans Basin Street. Tu n'en trouveras pas.

— J'ai jamais rien dit d'important à cette dame ! protesta Lettie Sue.

Elle ne baissa pas la tête. Elle regardait Rafe droit dans les yeux.

— C'était juste pour gagner un peu d'argent. Je suis pas assez payée pour ce que je fais. Je peux même pas donner de viande à mes enfants, seulement du riz et des haricots.

— Si tu avais besoin d'argent, tu n'avais qu'à venir me voir.

Lettie Sue eut un rire cassant.

— Pourquoi ? Pour que vous me donniez deux fois plus de travail et seulement la moitié d'argent en plus ? Vous vous prenez vraiment pour quelqu'un, m'sieu Rafe, à vous pavaner dans cette ville comme si elle vous appartenait. Mais vous êtes pas différent de moi, même si votre peau est plus blanche. A croire que vous avez oublié ce que c'est d'être pauvre. Il faudrait que quelqu'un vous donne une bonne raclée pour vous rafraîchir la mémoire !

Rafe, qui en avait assez entendu, se détournait déjà, mais elle l'attrapa par le bras.

— En fait, vous êtes pas comme moi ! s'exclama-t-elle. Je vaux bien mieux que vous. Moi, je m'occupe de mes enfants, je fais tout ce que je peux pour eux. Je les emmène à l'église, je les envoie à l'école. Et le soir, je les couche et je les écoute réciter leurs prières. Vous, vous traitez votre petite fille comme si elle était une enfant du diable. Mais ce n'est qu'une petite fille comme la mienne. Le jour où je mourrai, mes enfants ils seront tristes. Ils se souviendront de moi. Nicolette, elle sera même pas triste. Elle se souviendra même pas de votre tête !

Lettie Sue lui lâcha le bras et essuya sa main sur son tablier.

Alors qu'il s'éloignait, Rafe l'entendit cracher sur le chemin, derrière lui.

Il avait suivi Lettie Sue jusqu'au parc. Ce matin, elle était allée trouver la duchesse avec toute une série d'excuses douteuses pour obtenir l'autorisation de sortir. Il avait eu des soupçons. Depuis un an, Aurore ne s'était pas approchée du Magnolia Palace. Du moins, pas à sa connaissance. Mais il ne croyait pas qu'elle ait pu abandonner la partie. A présent, il savait qu'Aurore s'était servie de Lettie Sue pour obtenir des informations. Et Aurore était là, dans ce parc, avec son bébé. Un enfant dont la peau était assez blanche pour lui convenir.

Il n'était pas venu l'affronter. Cela, il le faisait dans ses rêves. Des rêves violents dans lesquels il l'obligeait à écouter dans le détail les méfaits de Lucien. La vengeance était une chose étrange. Rafe avait pensé qu'assister à l'écroulement de la Gulf Coast lui permettrait d'assouvir sa haine, de triompher de Lucien. Il avait pensé que prendre Nicolette lui permettrait de triompher d'Aurore. Au lieu de cela, il tempêtait et jurait dans ses rêves. Et pourquoi ? Pour qu'Aurore le comprenne… Lui importait-il donc encore qu'elle sache pourquoi il avait agi comme il l'avait fait ?

Aurore était mariée, maintenant, à un homme méprisé par tous ceux qui travaillaient à la Gulf Coast. Rafe avait entendu courir nombre d'histoires sur le compte d'Henry Gerritsen, provenant pour certaines d'hommes qui l'avaient connu lorsqu'il travaillait sur la rivière et pour d'autres des femmes du Magnolia Palace. La duchesse prétendait qu'il payait très bien, mais qu'aucune femme ne voulait de lui dans son lit. Il était cruel, quoique pas assez pour se voir interdire l'entrée du Palace. Il était trop puissant et possédait trop d'amis puissants pour qu'on le traite avec légèreté.

Aurore avait choisi d'épouser quelqu'un comme son père, plus facile à cerner peut-être, mais faisant preuve de la même indifférence et du même mépris à l'égard des autres. Si jamais Rafe avait contribué à la pousser dans les bras de cet homme, alors sa vengeance n'en était que plus totale.

Pourtant, en dépit de tout, il continuait de rêver d'elle.

Il avança dans la direction qu'il lui avait vu prendre. Il avait envie de lui faire savoir qu'elle n'avait plus d'espionne à sa solde au Magnolia Palace, que Nicolette ne portait plus son médaillon, qu'elle en avait même oublié jusqu'à l'existence. Il était impatient de voir Aurore vaincue, une fois de plus. Peut-être, alors, les rêves cesseraient-ils.

Il la trouva à l'écart, nichée dans une petite grotte de verdure, son bébé dans les bras. Vêtue d'une robe lilas ornée d'un col de dentelle délicate, elle était l'image même de la jeune maman. Les années semblaient n'avoir laissé aucune trace sur elle. Elle était même encore plus belle. Il resta un long moment à l'observer avant qu'elle ne lève les yeux.

Il vit ses joues s'empourprer. Elle ne resserra pas le châle autour d'elle, ne tira pas sur sa robe afin de dissimuler ses chevilles. Elle se contenta de le fixer d'un regard inébranlable.

— Donc, tu sais, dit-elle enfin.

— Lettie Sue ne travaille plus au Magnolia Palace.

— Il y a mieux à faire que de tenir la maison de voleurs et de filles de joie.

— Elle va avoir tout loisir de vérifier si c'est vrai.

— Je lui trouverai une place chez l'une de mes amies.

— Une putain légitime ? Une créature inutile, qui se couche sur le dos pour son mari, deux fois par semaine, et accomplit son devoir conjugal ?

— Cela s'appelle une *épouse*. Un mot qui ne t'est probablement pas familier.

Rafe s'adossa à un arbre et croisa les bras.

— Ma fille ne possède plus le petit cadeau que tu lui avais offert, déclara-t-il.

Elle baissa les yeux vers son fils.

— Je sais.

— Vraiment ? Sais-tu aussi qu'elle ne se souvient pas plus de toi que de ce médaillon ? Qu'avais-tu espéré, Aurore ? Te faire aimer d'elle, ne serait-ce qu'un peu ? Comment pourrait-elle aimer la femme qui l'a abandonnée à sa naissance ?

Rafe obtint la réaction qu'il avait espérée. Aurore accusa le coup et devint soudain très pâle.

— Tu ne le lui as pas dit ?

— A ton avis ?

Soulevant son fils contre son épaule, Aurore lui tapota le dos. Puis elle regarda de nouveau Rafe.

— Tu la hais au point de lui faire autant de mal ?

Rafe avait envie de lui dire que c'était sa mère qu'il haïssait, mais quelque chose en lui s'y refusa. Il garda le silence.

— Elle n'a presque rien, poursuivit Aurore. Tu lui as si peu donné. Même pas une mère pour l'aimer ni un foyer où se sentir à l'abri, en sécurité. Rien de toi. N'y a-t-il rien en toi que tu puisses donner à notre fille ?

— Comment oses-tu poser la question ? As-tu oublié qui je suis et ce que j'ai fait ?

— Elle est belle. Tu sais que je l'ai vue, n'est-ce pas ? Je l'ai même tenue dans mes bras quelques instants…

La voix d'Aurore se brisa. Elle fixa un point au-delà de Rafe, incapable de soutenir son regard.

— Elle te ressemble, ajouta-t-elle. Mais il y a aussi un peu de moi en elle.

— Ce n'est pas de chance ! Tu pourrais avoir du mal à nier que tu es sa mère si l'occasion se présentait.

— Si l'occasion se présentait, je m'enfuirais avec elle.

— Elle s'est présentée, souligna Rafe.

— Et je paierai toute ma vie pour ne pas l'avoir saisie.

— Elle est morte pour toi. N'essaie plus de la revoir ni même de payer quelqu'un pour répondre à tes questions. Si tu ne veux pas que Nicolette sache que sa mère l'a abandonnée parce qu'elle n'était pas assez bien pour elle, tiens-toi à l'écart.

Aurore ferma les yeux.

— Comment peux-tu ? dit-elle en secouant la tête. Quelle que soit la haine que tu éprouves pour moi, comment peux-tu songer à la faire souffrir de la sorte ?

— C'est la vérité, non ?

— Une partie seulement. Et je ne me le pardonnerai jamais.

Quand Aurore rouvrit les yeux, ils étaient emplis de larmes.

— Tu es tout ce qu'il lui reste à présent. Ne peux-tu cesser de vouloir me faire du mal ? Que va-t-il advenir d'elle ? J'ai espionné, posé des questions. Tu vis avec elle et tu ne sais rien d'elle !

— Je sais qu'elle ne ressemble que trop à sa mère.

— Non ! s'exclama Aurore. C'est une adorable petite fille, pleine de joie de vivre, de rires, de musique. Et toi, que fais-tu ? Tu l'enfermes dans sa chambre comme un animal ! Sais-tu de quoi elle rêve ? Te rends-tu compte qu'elle vit dans le quartier le plus dépravé de la ville, qu'elle va grandir en pensant que les filles de joie et les hommes qui les fréquentent sont la vie normale ?

Rafe s'écarta de l'arbre. Il avait dit tout ce qu'il avait à dire. Mais alors qu'il reprenait le chemin par lequel il était venu, les paroles d'Aurore le suivirent.

— Combien de temps encore avant qu'elle se vende, elle aussi, Rafe ? Et pourquoi ne le ferait-elle pas ? Il n'y a personne pour l'aimer. Elle ignore ce que c'est que d'avoir un père ou une mère qui la prend dans ses bras par amour. L'amour, elle ira le chercher chez le premier homme qui lui sourira, comme je l'ai fait ! Elle mérite mieux !

Aurore sanglotait à présent. Perturbé par la détresse de sa mère, le bébé se mit lui aussi à pleurer entre ses bras.

— Comment peux-tu la haïr à ce point ? lança-t-elle d'une voix brisée. Comment peux-tu ?

Plus tard, alors que le parc se trouvait loin derrière lui, Rafe entendait encore résonner dans sa tête les questions d'Aurore. Il eut beau presser le pas, ignorant les tramways qui passaient dans un assourdissant fracas de ferraille, elles continuaient de l'obséder.

Non, il ne haïssait pas Nicolette. C'était sa mère qu'il haïssait. Il veillait à ce que sa fille ait toujours à manger et un endroit chaud où dormir. Il la tenait autant que possible à l'écart des dépravations du Magnolia Palace, il veillait à ce que la maison soit propre et sûre. Il avait fait pour Nicolette bien plus que sa mère avait été disposée à faire. Au moins, la reconnaissait-il comme sa fille, lui.

Mais il ne lui donnait rien de lui. Il ne lui avait jamais rien donné. Les paroles d'Aurore le hantaient. L'image de Nicolette en train de chercher l'amour dans les bras d'un étranger ne le lâchait plus.

Le soleil était haut dans le ciel lorsqu'il atteignit Basin Street. Il fut assailli par le parfum du jasmin, les harmonies d'un piano désaccordé au bout de la rue. Il passa devant une maison où trois femmes en déshabillé bavardaient paresseusement sous la véranda. L'une d'elles l'interpella.

Parvenu au Magnolia Palace, il entendit des voix d'enfants derrière la maison. Il s'approcha sans bruit, évitant de faire crisser les coquilles d'huîtres de l'allée sous ses pas. Tout près de la galerie, à l'ombre d'un magnolia, sa fille jouait. Il resta un moment à l'observer.

Sa robe de cotonnade battait contre ses jambes nues tandis qu'elle courait d'arbre en arbre. Violet, ses jupes remontées au-dessus des chevilles, la poursuivait. Et Tony Pete, occupé à désherber le jardin, faisait semblant de l'attraper chaque fois qu'elle passait près de lui. Les boucles de Nicolette volaient en tous sens et elle était couverte de poussière.

Elle déboucha à quelques mètres à peine de l'arbre auprès duquel il se trouvait. Ce ne fut qu'après l'avoir largement dépassé qu'elle s'arrêta et se tourna vers lui. Rafe vit son sourire s'évanouir, l'étincelle de joie qui éclairait son regard s'éteindre. Il vit la peur les remplacer.

La peur, il l'avait vue dans les yeux d'une enfant qui ressemblait beaucoup à celle-ci. Angelle avait eu peur dans le bateau. Comment oublier la terreur de cette enfant qui s'était accrochée à sa mère jusqu'à ce qu'elle n'en ait plus la force. Rafe ferma les yeux, et ce fut Nicolette qu'il vit, immobile, figée. Nicolette qui ressemblait tant à sa sœur adorée.

— Je suis désolée, monsieur Rafe.

Rafe ouvrit les yeux et découvrit Violet devant lui. Elle ne faisait pas semblant d'être une petite fille, aujourd'hui. Elle *était* une petite fille, bien trop jeune pour travailler dans une maison de plaisir. Bien trop jeune pour avoir déjà découvert combien le monde pouvait être cruel.

— Rentre et fais tes bagages, dit-il.

— Mais nous jouions, c'est tout ! Personne ne s'est plaint du bruit.

— Fais tes bagages et attends-moi dans le salon. J'ai un autre travail pour toi.

Elle pencha la tête sur le côté. Pour la première fois, Rafe s'aperçut combien elle était belle. Il se demanda ce qui jouerait le plus en sa défaveur dans les années à venir. Sa beauté, les années passées au Magnolia Palace ou cette goutte de sang noir qui faisait d'elle un être inférieur aux yeux de la société blanche ?

Violet se garda bien de poser des questions. Elle chercha Nicolette des yeux, puis partit en direction de la maison. Nicolette s'approcha lentement de Rafe.

— Je vous en prie, ne renvoyez pas Violet ! dit-elle lorsqu'elle se trouva en face de lui. Si vous la gardez, je vous promets de rester tout le temps dans ma chambre.

— Regarde-moi !

Elle lui obéit, et Rafe mesura quel courage sa fille avait dû puiser en elle pour affronter son regard, lui, son père. Le défi brillait dans ses yeux. Le défi désespéré d'un animal pris au piège.

Il s'accroupit en face d'elle. Le monde paraissait bien différent, vu sous cet angle. Pour la première fois depuis de nombreuses années, Rafe se souvint de la vision qu'il en avait lui-même, enfant.

— Tu ne peux plus vivre ici, Nicolette. Ce n'est pas correct. J'ai une maison, dans Canal Street, où je vais t'emmener habiter. Nous demanderons à Violet si elle veut bien venir aussi pour s'occuper de toi. Ça te plairait ?

Nicolette fronça les sourcils, soupçonneuse, comme si elle avait pris l'habitude de chercher le piège qui se dissimulait derrière toute parole.

— Violet peut venir ? demanda-t-elle.

— Oui. Si elle veut.

— Et les hommes viendront lui rendre visite ?

— Aucun homme ne viendra.

— C'est quoi comme maison ?

— Une jolie petite maison.

Rafe ne trouva rien d'autre à dire. Il ne savait pas comment lui parler.

— Il y aura juste Violet et moi ?

— Non. J'habiterai là, moi aussi.

Elle plissa les yeux.

— Et la duchesse ?

— Non.

— Et Clarence ?

— Clarence pourra venir nous voir.

— Alors, il nous faudra un piano ! déclara Nicolette en s'approchant prudemment de Rafe.

— Nous en achèterons un, promit celui-ci. Il est temps que tu commences à prendre des leçons.

— Des leçons ?

— Oui. Des leçons de musique. Et tu auras besoin d'un précepteur également. Il faut que tu apprennes à lire.

— Je sais déjà ! Je préférerais aller à l'école.

— Nous verrons.

Nicolette fixa la pointe de ses pieds, puis leva soudain la tête.

— Je serai très sage ! assura-t-elle.

— Non, tu ne seras pas sage. Tu courras, tu crieras et tu feras tout ce que tu voudras dès que j'aurai le dos tourné.

— Parfois, seulement.

Un éclat de rire franchit les lèvres de Rafe. Il ignorait d'où cela lui était venu. Il pensait que la faculté de rire s'était à jamais éteinte en lui. Il tendit alors la main, effleura la joue de Nicolette. Elle tressaillit.

Doucement, il lui caressa la joue, et il la sentit se

détendre un peu. Elle n'avait pas reculé, mais seulement parce qu'elle était pleine de courage. Sa fille… Ce petit bout de femme, vaillante et dégourdie, qui était son unique lien avec un monde auquel il avait renoncé.

Il se leva et tourna les talons. Mais Nicolette s'était enhardie et n'entendait pas en rester là.

— Et Tony Pete ? s'enquit-elle.

— Tu te feras de nouveaux amis.

— Je veux que Tony Pete vienne, lui aussi.

Comme Rafe tournait la tête vers elle, Nicolette baissa aussitôt les yeux vers le sol.

L'espace d'un instant, Rafe vit Aurore en elle, la femme qu'il venait de rencontrer près du lac, impuissante, mais jamais réellement vaincue.

— Il se peut qu'il y ait du travail pour lui, là-bas, répondit-il.

Il s'en alla avant qu'elle ne lui demande autre chose. Mais il n'aurait su dire qui il fuyait au juste. Nicolette ou sa mère ?

25

— Rafe éloigna donc Nicolette de Storyville après notre rencontre. Elle était encore très jeune. J'ignore quels souvenirs elle a gardés de cette époque en grandissant. Mais c'était une enfant solide, pleine de ressource.

Aurore observait Phillip. Depuis un long moment déjà, il avait abandonné le fauteuil pour aller se poster près de la fenêtre. Il fixait le jardin. Sans rien dire.

— Mon récit ne s'arrête pas là, poursuivit-elle. Vous pensez sans doute avoir appris tout ce que vous étiez censé savoir. Mais non. Pas encore.

Il se tourna vers elle et lui fit face, les bras croisés sur le torse. Il ressemblait tant à son grand-père ! Aurore, pourtant, n'avait pas l'intention de le lui dire maintenant. C'était un cadeau qu'il n'était pas encore en mesure d'apprécier.

— Les raisons pour lesquelles vous vouliez que j'écrive votre biographie ont toujours sonné faux, dit-il.

Il demeura près de la fenêtre. Sans doute avait-il besoin de conserver cette distance entre eux.

— Je me doutais que vous me cachiez quelque chose, murmura-t-il.

— Mais vous ne vous attendiez pas à cela.

Phillip garda le silence. Entre eux, il y avait des

milliers de questions en suspens, des milliers de réponses. Aurore choisit la seule question qui l'intéressait en cet instant.

— Si je vous avais appelé en vous révélant que j'étais votre grand-mère, auriez-vous accepté de venir me voir, de me parler ?

En entendant ces mots, il se raidit, comme s'il espérait encore, quelque part, s'être trompé dans ses conclusions.

— Je ne sais pas.

— Moi non plus. C'était la seule façon d'être certaine que vous viendriez. En tout cas, je ne vous ai pas menti en vous affirmant que je tenais à ce que cette histoire soit racontée. Il est des choses qui vous échappent encore. Il me faudra du temps pour les dire. Vous n'êtes pas mon unique petit-enfant, Phillip. J'ai aussi une petite-fille. Et un jour, avec votre aide, Dawn comprendra tout, à son tour.

Le regard de Phillip brûlait de colère.

— Qu'est-ce qui vous fait penser que je vais vous aider ? demanda-t-il. Les liens du sang ? Croyez-vous m'avoir appris quoi que ce soit que j'aie envie de répéter ? Vous pensez peut-être que je me sens honoré de faire partie de votre famille, de votre race ? Que je me sens plus humain ?

— Et votre mère, Phillip ?

— Ma mère ? Dois-je aller lui annoncer que sa mère, en fait, n'est pas morte à sa naissance ? Que c'est une riche femme blanche, infiniment désolée de ne pas l'avoir aimée assez pour la garder ? Vous pensiez que j'allais intercéder en votre faveur, vous aider à organiser des retrouvailles ?

Aurore posa les mains sur ses genoux, s'efforçant de contenir leur tremblement.

— Je n'attendais rien de la sorte.

— Quoi, alors ?

— Si j'étais certaine que la vérité soit une bonne chose pour Nicolette…

— Ne l'appelez pas ainsi ! s'emporta Phillip. Son prénom est Nicky. Depuis des dizaines d'années. Elle s'appelle Nicky Valentine, à présent.

— A une époque, elle fut aussi Clarissa.

— Vous n'aviez pas le droit de lui donner un prénom !

Une terrible douleur terrassa Aurore. Elle ne fut pas surprise qu'elle ait pu rester en sommeil un demi-siècle et se réveiller aujourd'hui, plus vive que jamais. En cet instant, il lui semblait entendre Rafe.

— Si j'avais été certaine qu'apprendre la vérité puisse faire du bien à votre mère, déclara-t-elle, je la lui aurais dite moi-même. Mais je ne suis sûre de rien, si ce n'est que vous devez entendre le reste.

— Vous faites cela pour soulager votre conscience. La confession est bonne pour l'âme, n'est-ce pas ? Pour la vôtre peut-être, mais elle ne l'est pas pour la mienne.

Phillip attrapa son magnétophone sur la table, arrachant le fil au passage. Alors qu'il avait presque atteint la porte, Aurore fit une ultime tentative.

— Si un jour, vous décidez de révéler la vérité à votre mère, que lui direz-vous, Phillip ? Une partie du passé ? Croyez-vous que cela la satisfera, ou pensez-vous qu'elle aura envie de tout savoir ?

— Si c'est le cas, elle n'aura qu'à venir vous voir elle-même.

— Je ne serai plus là. Je suis en train de mourir, Phillip. Selon les médecins j'en ai peut-être pour six mois. Mais qui sait ? Peut-être se trompent-ils… Et puis, à la fin, je ne serai peut-être plus capable de penser clairement, ni d'exprimer mes pensées.

— Si je comprends bien, c'est une confession de la dernière heure ?

— Il ne s'agit pas d'une confession. Je ne tente pas de soulager mon âme avant de mourir, ni de me soustraire au châtiment qui me sera dû s'il existe une vie après la mort. Mais je ne vois pas de raison de punir ceux qui viennent après moi. Je sais des choses qui peuvent changer la vie de mes enfants et de mes petits-enfants. J'ai été d'une épouvantable lâcheté toute ma vie, et je tiens là une dernière chance de montrer du courage.

La main sur la poignée de la porte, Phillip marqua un temps d'arrêt, comme s'il réfléchissait à ces paroles. Toutefois, il ne lui accorda pas un regard. Pas un mot.

— Lorsque vous serez prêt, revenez, murmura Aurore au bout d'un moment. Je vous en prie.

Il était déjà parti depuis un moment lorsqu'elle se leva et s'approcha de la fenêtre. Elle contempla le jardin, comme Phillip l'avait fait, un moment plus tôt. Les branches des arbres frissonnaient dans la brise. Un camion de livraison passa dans la rue.

C'étaient ces petits riens qui rendaient si difficile à accepter la perspective de mourir. La façon dont le soleil perçait les frondaisons des grands chênes pour venir caresser la pelouse. Les geais perchés sur les fils du téléphone. L'air aussi doux que du velours.

Phillip reviendrait. Il consacrait sa vie à chercher des réponses, et cette passion de la vérité ne le quitterait pas maintenant. D'une certaine manière, il était aussi intelligent, aussi brillant que l'était Rafe, son grand-père. Aurore regrettait de tout son cœur qu'ils ne se soient pas connus.

De nouveau, elle pensa à la mort. Elle était femme

à s'intéresser aux religions orientales et à se rendre à la messe sans qu'il y ait pour autant conflit dans son esprit. Des années auparavant, elle avait été littéralement transportée par l'idée de la réincarnation. Elle avait imaginé sa renaissance dans un autre corps, ses retrouvailles avec Rafe, leur mariage, les enfants qu'ils auraient…

Mais ce n'était pas aussi simple. Dans la réincarnation, avait appris Aurore, tous les individus renaissaient avec leurs défauts aussi bien que leurs qualités. Intacts. Il y avait donc toutes les chances pour qu'elle demeure lâche à tout jamais.

Si ses rêves de réincarnation s'étaient éteints, la vision qu'elle avait de sa propre lâcheté demeurait toujours aussi vivace. Elle ne pouvait rien changer au passé. Rafe ne ressusciterait pas, et elle n'aurait pas de seconde chance avec lui, aussi grand que soit son désir. Toutefois, durant le peu qu'il lui restait à vivre, elle pouvait tenter de réparer les erreurs qu'elle avait commises.

Pour Rafe, et pour elle.

Belinda était vêtue de rouge. Un rouge si vif et si pur qu'il illuminait son teint. La robe était juste assez moulante et le décolleté assez profond pour faire oublier l'image plutôt sage qu'entretenait Mlle Beauclaire, l'institutrice. Ses longues jambes étaient gainées de noir, et des boucles d'oreilles en strass scintillaient à ses oreilles.

Phillip portait les mêmes vêtements que ce matin. Après avoir quitté Aurore Gerritsen, il avait marché pendant des heures dans les rues de La Nouvelle-Orléans. Il avait traversé des quartiers où sa seule présence était déjà suspecte et d'autres où la couleur de sa peau était le seul passeport dont il avait besoin.

— Tu n'as pas l'air d'un homme qui a envie de sortir, remarqua Belinda.

Brusquement, Phillip se souvint qu'il l'avait invitée pour la soirée au Club Valentine. Mais en cet instant, il n'éprouvait aucune envie d'affronter la foule ni sa mère. Chaque fois qu'il se trouverait en présence de Nicky, désormais, il repenserait à ce qu'il avait appris de son passé et s'interrogerait sur ce qu'il devait faire des révélations d'Aurore Gerritsen.

— Installe-toi sur le canapé, dit Belinda. Je reviens.

Il se laissa tomber au milieu des coussins et renversa sa tête contre le dossier. Les murs bleu sombre de la pièce, l'odeur légère et familière de l'encens agirent comme un baume apaisant. Durant des heures, il avait parcouru des rues qui lui étaient étrangères, en quête d'un peu de paix. Il découvrait à présent qu'il lui suffisait de venir ici pour la trouver.

— Tiens.

Il ouvrit les yeux. Belinda lui tendait un verre. Avec gratitude, il s'en saisit et en avala une bonne moitié avant que son cerveau ne reconnaisse le goût d'un excellent bourbon.

— As-tu mangé quelque chose depuis le petit déjeuner ? lui demanda Belinda.

— Tu as passé ta vie à t'occuper des autres. Ne te crois pas obligée de faire la même chose avec moi.

— On en prend vite l'habitude.

Belinda quitta de nouveau la pièce et revint quelques instants plus tard avec une assiette de crevettes grillées et quelques fruits.

— Veux-tu que je me change et que je prépare à dîner ici ?

— Non. Ça ira mieux dans quelques minutes.

— La journée a été difficile ?

Des journées difficiles, Phillip en avait eu des milliers. Il se trouvait à Philadelphia, dans le Mississippi, lorsqu'on avait retrouvé les corps des trois militants noirs assassinés. Il se trouvait au cimetière d'Arlington pour l'enterrement de John Kennedy. Le soir du discours de Martin Luther King au Lincoln Memorial, on avait refusé de le servir dans un restaurant de Virginie. A Birmingham, il avait aussi connu la prison. Jamais, à aucun moment, il n'avait attendu de quiconque le moindre réconfort.

Mais parfois, un homme obtenait plus qu'il ne demandait.

Il posa son verre et attira Belinda contre lui. Son parfum possédait les mêmes notes épicées que l'encens qu'elle faisait brûler. Il évoquait les marchés d'Orient et d'Afrique, des femmes mystérieuses, drapées dans leurs voiles.

— Cette ville a besoin d'une révolution, dit-il.

— Tu en connais une qui n'en a pas besoin ?

— Toute ta vie tu as vécu ici. Te rends-tu compte de l'état des choses ? Aujourd'hui, je me suis promené dans des rues où les chiens sont dressés pour attaquer les Noirs. C'est un vieil homme qui me l'a dit. Et cela sonnait comme un avertissement.

— A une époque, j'ai eu un voisin qui avait dressé son doberman pour qu'il aboie chaque fois qu'un Blanc passait. Les petits enfants dans la rue pouvaient le caresser. Il remuait la queue et donnait de grands coups de langue. Mais dès qu'il voyait un Blanc, il se mettait à aboyer furieusement et à tirer sur sa chaîne avec l'envie évidente de mordre.

Belinda déposa un baiser sur les cheveux de Phillip.

— Tu veux parler de ce qui t'a amené à te promener comme ça dans les rues ?

— Je me sens impuissant.

— Là, je crois pouvoir affirmer le contraire…

Il sourit, mais il se sentait le cœur terriblement lourd.

— Pourquoi es-tu restée à La Nouvelle-Orléans, Belinda ? Pourquoi n'es-tu pas partie faire ta vie ailleurs ? Tu as de l'instruction. Tu aurais pu aller dans le nord ou à l'ouest.

— Vers la terre promise ?

Elle eut un petit rire.

— Je n'y ai jamais cru, et je n'y crois toujours pas. Peux-tu vraiment affirmer qu'ailleurs l'herbe est plus verte ? Que lorsque tu te trouves à New York ou à San Francisco, les gens voient avant tout un homme lorsqu'ils te regardent ? Ici, au moins, je connais parfaitement la situation. Je n'ai pas à m'habituer à une nouvelle forme de racisme. Et lorsque j'apprends à mes petits élèves qui ils sont, ce qu'ils doivent faire pour être fiers d'eux-mêmes, je sais exactement ce qu'il faut leur dire.

— Et c'est pour cela que tu es restée ?

— Je suis chez moi, ici. Personne ne m'en chassera. Cette ville m'appartient autant qu'aux autres. En y restant, je peux espérer changer les choses.

Ces paroles rappellèrent à Phillip ce que lui avait dit Nicky, des années auparavant. Alors qu'il remettait en cause sa décision d'habiter La Nouvelle-Orléans, elle lui avait répondu qu'elle ne connaissait pas un seul endroit qui ait autant besoin d'elle. Sa musique pouvait ouvrir bien des portes.

Et cela avait été le cas. Dès le départ, le Club Valentine

avait été ouvert aux Noirs et aux Blancs, même si un tel mélange racial n'était pas véritablement légal. Les Blancs s'étaient tenus à distance au début, puis ils étaient venus, peu à peu, lorsque la fascination qu'exerçait le talent de Nicky était devenue irrésistible. C'était ainsi que, bien avant les écoles, les piscines et les cafétérias, un club de Basin Street avait apporté sa pierre à l'édifice de l'intégration.

Phillip se rendit compte qu'il avait envie de voir Nicky, ce soir. Il avait envie de la voir sur scène, objet de tous les regards, déesse adulée. Il avait envie de la regarder et de vérifier que rien de ce que lui avait fait Aurore Gerritsen n'avait entamé son énergie, sa soif de vivre.

Il voulait aussi décider de la conduite qu'il allait tenir à présent.

— Tu dois penser que je suis folle, dit Belinda.

— Non, je pense que tu as déjà compris des choses auxquelles je n'ai même pas encore réfléchi.

— Enchantée de partager ma sagesse…

— Tu partages bien plus que cela. Tu partages tout. Pourquoi ?

— Ça non plus, tu ne l'as toujours pas compris.

— Tu ne gagnes pas grand-chose dans l'histoire.

— Si, toi. Enfin, parfois. Jusqu'à présent, ça m'a suffi.

Belinda se leva.

— Je peux préparer à dîner.

— Non. Laisse-moi le temps de me changer et nous y allons.

— J'ai fait de la place dans mon placard et pendu tes vêtements à côté des miens. Tu peux les plier et les remettre dans ta valise, si tu veux. A toi de voir.

Phillip la suivit des yeux tandis qu'elle quittait la

pièce. Sa mère se mouvait avec la même élégance mêlée de fierté. Phillip ne pensait pas rencontrer un jour une femme qui marcherait comme Nicky, la tête haute. C'était pourtant le cas de Belinda.

Et c'était aussi le cas d'une autre femme, malgré tout ce qu'elle lui avait avoué aujourd'hui. Une vieille dame de Prytania Street.

Le Club Valentine était déjà bondé lorsqu'ils arrivèrent. L'odeur des haricots rouges se mêlait à celle du *gumbo* d'écrevisses, fleurons de la cuisine créole. Comme ils s'installaient à une table, près de la scène, Jake les rejoignit. Il embrassa Belinda et passa commande pour eux avant même qu'ils aient songé à protester.

— Les artichauts farcis sont particulièrement bons, dit-il en prenant place à côté de Belinda. Et le crabe a été pêché ce matin dans un bayou du sud.

— Où est Nicky ? demanda Phillip.

Il l'appelait très souvent par son prénom. Ni l'un ni l'autre n'auraient su dire comment c'était venu. Il en avait toujours été ainsi.

— Elle n'aime pas se montrer avant de chanter. Elle est trop sollicitée. Mais je vais lui dire que vous êtes arrivés.

— Autant lui faire la surprise.

— Elle sera contente que vous soyez venus. C'est son dernier soir. Demain, nous accueillons un groupe de Savannah. Et ensuite, elle fait une pause jusqu'au Mardi gras. Pendant le carnaval, ça va être la folie.

Cette pause constituerait sans doute le moment idéal pour lui révéler qu'Aurore Gerritsen était sa mère, songea Phillip. Elle aurait le temps de s'y habituer, de décider ce qu'elle devait faire — si jamais elle décidait de faire quelque chose. Mais Phillip n'était pas tout à fait prêt à lui annoncer la nouvelle. Pas avant d'avoir entendu toute l'histoire.

Il lui faudrait donc retourner chez Aurore Gerritsen.

— Phillip ?

Comme il levait les yeux vers Belinda, il s'aperçut que Jake était parti.

— Que se passe-t-il ? Tu avais le regard fixé droit devant toi. Et je sais que ce n'est pas cette femme en robe violette, là-bas, qui monopolisait ton attention de la sorte.

— Vraiment ? Comment en es-tu aussi sûre ?

Elle rit. Un rire profond, rauque.

— Parce que tu es avec moi. Que dirais-tu d'un peu de compagnie pour t'arracher à tes préoccupations ? ajouta-t-elle en posant la main sur celle de Phillip.

— J'ai la tienne, non ?

— Des amis à moi viennent d'entrer, et nous avons de la place à notre table. Nous pourrions partager ce que Jake nous a commandé.

Phillip acquiesça d'un hochement de tête. Belinda se leva et fit signe aux deux couples qui attendaient près de l'entrée. Phillip se leva à son tour lorsqu'ils rejoignirent la table. Aucun visage ne lui était familier, et il se rendit compte qu'il ne savait quasiment rien de la vie que menait Belinda lorsqu'il se trouvait loin d'elle.

Une fois les présentations faites, tout le monde s'assit. Sam et Vivian, qui avaient tous deux dépassé la trentaine, étaient mariés depuis déjà quelques années. Lui était proviseur dans un lycée et sa femme concevait et réalisait des costumes de carnaval, activité à laquelle elle se consacrait pendant que ses enfants étaient à l'école.

D'après leur conversation, il apparut que c'était l'une des rares soirées qu'ils passaient loin de leurs enfants.

Debby et Jackson n'étaient pas mariés, eux. Debby, aux allures d'adolescente, enseignait en cours moyen dans l'école de Belinda tandis que Jackson travaillait dans une banque. Ils formaient un couple curieusement assorti — lui avait un physique de docker, alors qu'elle était frêle et minuscule.

— Nous avons entendu parler de vous, déclara Sam. Belinda nous a parlé de votre travail et j'ai lu votre interview de Martin Luther King, l'automne dernier. Très impressionnant.

Phillip avait l'habitude d'entendre dire que son travail était très impressionnant. En revanche, apprendre que Belinda avait parlé de lui était une nouveauté. Il se demandait ce qu'elle avait pu dire à propos de leur relation.

Le repas arriva, accompagné de boissons, et la conversation s'engagea tandis que tout le monde goûtait au *gumbo* d'écrevisses. Phillip se sentait assez peu disposé à bavarder. Il connaissait déjà la plupart des gens qui militaient en faveur des droits civiques à La Nouvelle-Orléans ainsi qu'un certain nombre de personnes qui y étaient farouchement opposées. Mais il n'avait jamais éprouvé le désir de se faire des amis dans la ville ni de s'impliquer d'une quelconque façon dans sa vie quotidienne. Pourtant, à mesure que la soirée avançait, il se surprit à s'ouvrir, à discuter chaleureusement avec les deux couples. Il avait rarement fait l'expérience d'une intimité aussi spontanée.

Le fait d'observer Belinda, entourée de gens pour lesquels elle comptait, lui permit aussi de voir les choses sous un angle différent. Objet de leur attention, elle s'épanouissait telle une fleur au soleil. La voir aussi animée était une réelle nouveauté. En la regardant, il songea qu'il avait attendu d'elle qu'elle le comprenne sans qu'elle exige grand-chose de lui en retour. C'était une femme complexe, mais cette complexité faisait justement partie de son charme. Il lui semblait qu'il pourrait vivre toute une vie avec elle, tenter de percer les secrets de son esprit, de son âme pendant cent ans, et qu'il resterait encore des profondeurs insondables.

L'orchestre de Nicky joua pratiquement une heure avant qu'elle fasse enfin son apparition, vêtue d'un fourreau de soie émeraude. Dans la salle, l'ambiance était survoltée.

— Maintenant, mes amis, déclara-t-elle en s'emparant du micro, il va falloir vous calmer un peu si vous voulez entendre ce que j'ai à vous dire.

Le public se déchaîna. Il en était toujours ainsi. Phillip avait vu sa mère se produire dans des cabarets minuscules aussi bien que dans de grandes salles de concerts. Et toujours, à un moment donné de la soirée, lorsque la foule prenait conscience de l'immensité de son talent, elle lui rendait un hommage pareil à celui-ci.

Elle se lança aussitôt dans une chanson, afin de calmer un peu l'enthousiasme de son auditoire.

Ce soir, toutefois, il y avait quelque chose de plus dans l'exaltation du public, une sorte de fébrilité. Alors que Phillip avait toujours évité la saison du carnaval à La Nouvelle-Orléans, il en ressentait aujourd'hui les effets dans la salle. Il en retrouvait l'état d'esprit si particulier. Durant le carnaval, tout le monde cherchait quelque chose, un peu de joie, de la reconnaissance… En cet instant, les clients du Club Valentine demandaient à Nicky de combler les vides de leur existence par son talent et sa présence.

— C'est la meilleure ! s'exclama Vivian lorsque la

chanson se termina et que les applaudissements retentirent. Et la meilleure chose qui soit jamais arrivée à notre ville. Pourquoi est-elle revenue ici, Phillip, alors qu'elle aurait pu vivre n'importe où ailleurs ?

Il songea à tout ce qu'il avait appris.

— Je l'ignore. Peut-être est-ce dans son sang.

— Elle est revenue parce qu'elle savait que nous l'aimerions comme personne ne l'avait jamais aimée, dit Belinda.

L'air grave, elle fixait Phillip droit dans les yeux.

— Un jour, poursuivit-elle, elle a regardé autour d'elle et elle a compris que le moment était venu de rentrer chez elle. Et c'est ce qu'elle a fait.

Pendant tout le récital de sa mère, Phillip réfléchit aux paroles de Belinda. La vie de Belinda avait été un éternel carême, quarante jours de privations, puis quarante autres, jusqu'à ce qu'elle ait appris à ne plus rien attendre. Bien qu'elle ait été privée de tout ce dont les gens ont besoin pour devenir forts et solides, bien qu'elle n'ait pu compter sur qui que ce soit pour lui apporter aide et réconfort, elle s'en était sortie.

Et aujourd'hui, qu'en était-il ? Belinda n'attendait rien de lui. Cela avait toujours été parfaitement clair. Mais prise dans cette atmosphère si particulière du carnaval, ne venait-elle pas de lui lancer un appel ? De lui dire qu'il était temps de rentrer chez lui, c'est-à-dire ici, à La Nouvelle-Orléans, avec elle ?

Soudain, la salle lui parut plus petite, surpeuplée. La voix de sa mère s'élevait au-dessus des murmures, des bruits de couverts et de vaisselle. Le rythme semblait s'accélérer, le volume sonore augmenter. Il sentit le sang battre dans ses tempes et il ferma les yeux un instant, assailli par la fumée de dizaines de cigarettes.

Belinda lui posa la main sur le bras.

— Phillip…

Comme il ouvrait les yeux, il découvrit qu'un gros homme d'une cinquantaine d'années, visiblement soûl, était monté sur scène. Il titubait à quelques mètres de sa mère. Cela s'était produit si soudainement que personne n'avait encore réagi dans l'orchestre. Phillip se redressa, prêt à intervenir.

— Elle a la situation en main, affirma Belinda en le retenant.

Les mains sur les hanches, Nicky secouait la tête, morigénant l'homme telle une institutrice bienveillante. Elle avait arrêté de chanter, et ils l'entendirent lui dire de cesser de se ridiculiser et de descendre de la scène. Phillip reconnut le ton de sa voix. C'était celui qu'elle avait dans les rares occasions où elle le grondait, enfant.

L'homme chancela, comme s'il voulait descendre mais ne savait plus comment faire. Le saxophoniste, aussi baraqué que Jackson, s'approcha de lui pour l'aider et, du coin de l'œil, Phillip vit Jake s'avancer, lui aussi.

L'incident en serait resté là s'il n'y avait eu les flics.

Phillip ne savait pas très bien d'où ils sortaient. Ils étaient blancs, ce qui les mettait en très nette minorité ce soir, et devaient sortir tout droit de l'école de police, à en juger par leur jeunesse. Le blond, coiffé en brosse, ne paraissait pas très à l'aise, comme s'il sentait qu'il n'y avait aucune raison d'intervenir. Mais son collègue aux cheveux bruns avait l'air tout à fait dans son élément. Il s'avança vers la scène d'une démarche arrogante, bousculant des gens qui ne le gênaient pas, heurtant des tables. De sa matraque, il se frappait ostensiblement la cuisse.

Phillip vit aussitôt ce qui allait se passer. Le Club Valentine était une zone neutre dans le conflit qui opposait les races. Une trêve avait été conclue ici, instaurée par Nicky et défendue par tous ceux, Noirs ou Blancs, qui franchissaient le seuil de l'établissement. Mais le flic, ce représentant du monde extérieur, suffisant et casse-cou, pouvait tout détruire. S'il arrachait l'ivrogne à la scène et le malmenait, ce serait la bagarre générale. L'injustice pouvait être tolérée durant le carême, mais il en allait autrement alors que la saison du carnaval battait son plein.

Sans même avoir pris la décision de façon consciente, Phillip se retrouva près de la scène, debout, bloquant le passage au flic.

— Monsieur l'agent, déclara-t-il avec gravité, il n'y a pas lieu de s'inquiéter. Nous avons la situation en main.

Bien qu'il tourne le dos à la scène, il savait que derrière lui, on faisait descendre l'ivrogne.

— Laissez-moi passer, vous ! répliqua le flic.

Phillip se rapprocha de lui, levant les mains afin de lui signifier qu'il n'avait aucune intention belliqueuse.

— Je suis Phillip Benedict, dit-il en baissant la voix. Ma mère et mon beau-père sont propriétaires de ce club. Nous apprécions votre dévouement et votre courage — parce qu'il en faut pour faire votre métier. Mais vous devez savoir que si vous levez la main sur cet homme, le public risque de très mal le prendre.

Pour toute réponse, le flic lui posa la main sur l'épaule et tenta de le repousser. Mais Phillip s'y attendait, et il ne bougea pas d'un centimètre.

— On dirait que vous ne m'avez pas compris, poursuivit-il, sans hausser le ton. Si vous me poussez et que je tombe, vous allez vous retrouver aux prises avec quelques solides gaillards. Et plus tard, vous aurez à vous expliquer auprès du maire. Nicky Valentine attire beaucoup de gens en ville, en particulier à cette époque de l'année. Semer le désordre chez elle risque de nuire à votre image…

Pendant quelques secondes encore, Phillip pensa que le flic n'allait pas l'écouter. Il voulait une bagarre — et pas n'importe où : ici, dans un lieu réputé pour sa tolérance. Voilà sans doute pourquoi il s'y trouvait ce soir, pour se prouver quelque chose à lui-même et à tous ceux de son espèce. Pour prouver que les Noirs et les Blancs ne pouvaient cohabiter, s'amuser ensemble sans que cela dégénère.

— Tâchez que vos semblables se comportent comme il faut, dit-il enfin. On ne veut pas que des nègr…

— A votre place, je n'utiliserais pas ce terme, l'interrompit Phillip avec calme. Ou mes « semblables », comme vous dites, pourraient momentanément oublier de se comporter comme il faut avec vous.

Le flic à la coupe en brosse s'approcha de son collègue.

— Allons-y. Il n'y a plus de problème.

Il salua Phillip d'un signe de tête, imperceptible mais éloquent. Ce flic connaissait la mentalité de son partenaire et ne l'approuvait pas.

— Je vais chanter pour vous, messieurs ! annonça alors Nicky, derrière eux.

Comme si tout avait été prévu à l'avance, elle se lança dans *Times Are Changing — Les Temps Changent —*, une chanson de Bob Dylan que Phillip ne lui avait jamais entendu chanter. Au deuxième couplet, les flics avaient quitté la salle, et Phillip se rassit.

Plus tard, alors que Nicky avait quitté la scène sous les acclamations du public, Sam se pencha par-dessus la table, l'air grave.

— Avez-vous jamais songé à vous lancer dans la politique ? demanda-t-il à Phillip.

— La dernière fois que je me suis regardé, j'étais toujours noir, il me semble.

— Les temps *changent*... Dans un avenir très proche, nous allons avoir besoin de gens comme vous pour prendre le pouvoir.

— Si je ne m'abuse, je vais déjà avoir des problèmes pour voter à La Nouvelle-Orléans. De là à briguer un poste de maire...

— Sam a raison, intervint Jackson. Nous avons besoin de vous ici. Nous cherchons des hommes qui aient du cran et ne soient pas disposés à accepter les compromissions. Des hommes cultivés qui sauront s'imposer.

— Ce n'est pas ma ville, répondit tout naturellement Phillip. Je n'y suis pas chez moi.

L'incident avec le flic était symptomatique de tout ce qu'il méprisait dans le Sud. Il avait été obligé de s'impliquer, ce qu'un bon journaliste ne faisait jamais. Dans son métier, il prenait tous les jours position, mais d'une manière impersonnelle, intellectuelle. Jamais il n'éprouvait ensuite ce mélange confus d'émotions qui lui nouaient l'estomac et qu'il se refusait à admettre.

— Cela pourrait changer, lui dit Sam.

— Non, je ne le pense pas.

Phillip regarda Belinda et découvrit dans ses yeux l'effet de sa réponse. Elle ne changea pas d'expression, mais il sut que quelque chose avait changé entre eux.

Et cela aussi éveilla en lui des émotions dont il n'avait aucune envie d'admettre l'existence.

Lorsque Phillip se leva, le lendemain, Belinda était partie. Elle partait toujours tôt pour l'école, mais ce matin, elle avait dû quitter la maison juste avant l'aube. Le soleil pointait à peine à l'horizon. Seul le cri moqueur d'un merle venait rompre le silence du quartier.

La veille, à leur retour du Club Valentine, ils ne s'étaient pas disputés, mais Phillip avait tenté d'expliquer ce qu'il avait dit à Sam — se trouvant incapable d'expliquer ce qu'il y avait derrière. Il n'avait pas réussi à parler d'Aurore Gerritsen et des préjugés raciaux qui l'avaient conduite à abandonner sa mère. Il n'avait pas pu confier à Belinda le dégoût qu'il éprouvait à se savoir le descendant d'un homme comme Lucien Le Danois, qui aurait préféré tuer son propre enfant plutôt que d'admettre son existence.

Qu'avait-il appris de ses racines en Louisiane qui puisse lui donner envie d'y rester ?

Il trouva le café en train de passer dans la cuisine — mais pas de mot de Belinda. Il en but une tasse en lisant le journal du matin. Lorsqu'il s'approcha de la penderie afin de prendre des vêtements propres, il n'avait toujours pas décidé ce qu'il devait faire.

Il ouvrit la porte et aperçut sa valise posée sur le sol, bien en évidence. Elle était faite alors que ses vêtements, la veille encore, étaient pendus à côté de ceux de Belinda.

Il lui suffisait de la boucler pour s'en aller.

26

Il y avait des azalées en fleur au bout de l'allée. La chose avait de quoi surprendre en février, mais le nouveau jardinier s'était trompé et les avait plantées dans la partie sud du jardin d'Aurore. A présent, les fleurs écarlates se tournaient vers le soleil d'hiver, à la manière des baigneuses sur les plages de la Riviera française. D'ici au mois d'août, les petits arbustes seraient flétris, définitivement morts.

La douceur de l'après-midi avait attiré Aurore au-dehors. Bien décidée à passer une heure sur le banc de pierre, près du bassin aux poissons rouges, elle avait apporté un livre avec elle. Pourtant, au lieu de lire, elle regardait les poissons et le gros crapaud brun qui sommeillait dans l'ombre fraîche d'un rocher.

Elle entendit le pas de Phillip avant même de le voir. Lorsqu'elle leva la tête, il se tenait à quelques mètres d'elle, les bras croisés sur le torse.

Il avait quitté la ville quelques semaines auparavant, le lendemain du jour où il avait compris qui elle était. Grâce à des gens bien informés, Aurore savait qu'il s'était rendu à New York et en Californie, pour son travail. Elle n'en avait pas été surprise. Elle s'attendait que Phillip s'en aille. De même, elle avait la conviction qu'il reviendrait.

— Qu'est-ce qui vous a fait revenir ? demanda-t-elle. La curiosité du journaliste ? Un devoir envers votre mère ?

Elle ne formula pas à voix haute sa dernière supposition. N'avait-il pas été influencé par une certaine Belinda Beauclaire ?

— Vous avez gagné, répondit-il. Je suis revenu, exactement comme vous l'aviez prévu.

Aurore tapota la pierre du banc, à côté d'elle. Phillip hésita, puis s'avança et s'assit.

— A mon âge et dans mon état, on peut excuser un ou deux défauts. Vous voudrez donc bien me pardonner ma suffisance…

— Etes-vous vraiment en train de mourir ? demanda Phillip. Ou était-ce un moyen de me faire revenir ?

Plutôt que de lui répondre directement, Aurore désigna les azalées du bout de sa canne.

— Je devrais vraiment les faire changer de place. L'été, elles ont un besoin impératif d'être à l'ombre. Mais je voulais tellement les voir fleurir !

— Vous disiez qu'il vous restait probablement six mois.

— J'aimerais tenir jusqu'à l'été.

— Beaucoup de gens préféreraient mourir plutôt que d'avoir à endurer la chaleur et l'humidité de La Nouvelle-Orléans.

— Respirer l'air lourd va me manquer, murmura Aurore.

Elle sourit.

— Le simple fait de respirer va me manquer, j'imagine.

— Vous souffrez ?

— Très peu, Dieu merci. Mais je sens la mort s'installer peu à peu autour de moi. Je dors moins, je mange moins. Lorsque je me déplace, j'éprouve la même sensation que lorsque j'étais petite fille et que je marchais dans l'eau du golfe. L'eau tirait sur mes jambes à chaque pas.

— Qui vous dit que tous ces signes sont annonciateurs de la mort ? interrogea Phillip d'un ton sceptique.

— Lorsque je parviens à dormir, je suis visitée par ceux qui sont déjà morts. Je rêve d'eux. Et lorsque je me réveille, ils sont encore avec moi.

— Votre mari ?

Aurore secoua la tête.

— Lui, non. Jamais.

— D'après ce que je sais de lui, je présume que vous préférez l'oublier, non ?

Elle sourit de nouveau, tristement cette fois.

— Peut-être Henry se trouve-t-il dans un endroit où il n'y a pas d'horaire de visites…

— Le mariage ne s'est donc jamais amélioré ? demanda Phillip.

— Ah ! je retrouve le journaliste ! lança Aurore. Dois-je en conclure que vous acceptez de m'écouter jusqu'au bout ?

— Lorsque j'écrirai vos mémoires, je dirai que vous étiez une vieille dame qui obtenait toujours ce qu'elle voulait — et peu lui importait ce qu'elle devait faire ou qui elle devait manipuler pour arriver à ses fins.

Un court instant, Aurore réfléchit en silence à ces paroles. D'une certaine façon, il ne lui déplaisait pas qu'il la voie ainsi.

— Vous pourrez dire aussi que j'ai fait ce que je pensais être le mieux, alors qu'il aurait été plus facile pour moi de passer mes derniers jours à contempler les poissons rouges et les crapauds.

S'aidant de sa canne, elle se leva. Elle était de moins en moins stable sur ses jambes, et chaque jour un peu plus accablée de constater combien son corps la trahissait.

— Venez marcher avec moi, Phillip.

Il était déjà debout.

— Je n'ai pas pris mon magnétophone, indiqua-t-il.

— Oh ! je pense que vous vous souviendrez sans mal de ce que je vais vous dire.

— Je sais déjà qu'il n'y a pas de fin heureuse à espérer.

— Peut-être pas pour moi — du moins pas de la façon dont vous l'entendez. Mais il y a des compensations pour presque tout ce qui nous arrive dans la vie.

— Vraiment ?

Elle tendit la main.

— Puis-je m'appuyer sur vous ?

Phillip hésita. Aurore le vit lutter. Puis il haussa les épaules et s'approcha. Alors, elle posa la main sur son bras.

Sans trop savoir comment elle allait reprendre son récit, Aurore fixait les azalées, au bout de l'allée. Elles étaient superbes. Pourtant, dans un mois, lorsque leurs fleurs auraient commencé de faner, elle demanderait au jardinier de les déterrer et de les replanter à l'emplacement initialement prévu. Peut-être ne serait-elle plus là au printemps pour les voir de nouveau fleurir, mais au moins saurait-elle que d'autres en profiteraient.

— Laissez-moi vous parler de mon jardin, dit-elle. Et de la façon dont ma vie changea au cours des années où il vit le jour.

27

Aurore avait toujours été convaincue que les Etats-Unis finiraient par entrer dans la Grande Guerre. Et si Henry ne partageait pas son avis, au début, il avait fini par se ranger à ses arguments et, ensemble, ils avaient investi jusqu'au dernier dollar pour remettre en état leurs vieux remorqueurs et leurs barges de bois. Ils avaient même réussi à emprunter un peu d'argent afin d'agrandir leur flotte.

Ainsi qu'Aurore l'avait prévu, les chemins de fer se révélèrent insuffisants pour assurer à eux seuls le transport du ravitaillement, de l'armement et du matériel militaire en direction du sud. De nouveau, la rivière était parsemée de barges. Très vite, elle en serait couverte. Leurs investissements commençaient déjà à porter leurs fruits et si la guerre durait un peu, ils en sortiraient vainqueurs — quel que soit le sort réservé aux soldats américains.

A trente-trois ans, Henry était trop vieux pour être incorporable. En revanche, il était assez jeune pour avoir une longue vie devant lui, qu'il entendait mener dans l'opulence et avec une épouse qui lui serait soumise.

Il avait voulu une maison qui soit le reflet de son ascension sociale. Aurore, elle, avait des goûts plus modestes. Pour quatre mille dollars, il était possible de se faire construire une belle bâtisse, offrant un système de plomberie élaboré, des baignoires en émail, de belles cheminées et des pièces en nombre suffisant pour loger un petit personnel de maison.

Ils avaient dépensé plusieurs fois ce montant. Henry avait engagé Thomas Sully, l'un des architectes les plus en vue du moment, qui avait déjà réalisé les plans de nombreuses maisons des avenues les plus cossues de La Nouvelle-Orléans. Le résultat de leurs idées divergentes était un élégant manoir d'inspiration néoclassique. Aurore avait insisté pour avoir partout des portes-fenêtres et pour que la galerie reposant sur de fines colonnes soit agrémentée de dentelle de métal rappelant celle de la maison de son enfance. Pour sa part, Henry avait fait poser du verre gravé et biseauté et construire une aile asymétrique, qui abritait la bibliothèque. Ces ajouts apportaient une touche très victorienne.

Il avait acheté un terrain de tout premier choix sur Prytania Street. La maison qu'il occupait précédemment avait été détruite par un incendie. Si les chênes et les magnolias avaient survécu, la plupart des plantations qui faisaient l'orgueil de toute maison du Garden District avaient été détruites.

Pour Aurore, la conception et la construction de la maison avaient été très éprouvantes. Heureusement, elle avait pris un plaisir immense à s'occuper de tout ce qui touchait au jardin. Henry ne se passionnait pas pour les massifs, mais plutôt pour les barrières. Il avait ainsi fait entourer la propriété de grandes grilles en fer forgé surmontées de piques. Aurore s'était empressée d'adoucir leur présence par des buissons de camélias, d'azalées et de rhododendrons dans le plus pur style créole. Le long de la maison, elle avait planté de la myrte et du jasmin et dans la cour, des figuiers, des orangers et des lauriers-roses. Des massifs de roses fleurissaient sous les fenêtres des chambres.

Tandis qu'elle consultait les paysagistes, elle avait imaginé ses enfants en train de jouer dans le jardin. Peu lui importait que la maison soit imposante, elle voulait avant tout que le jardin soit accueillant et gai. Ses enfants habiteraient dans la maison, mais ils grandiraient et s'épanouiraient dans le jardin.

Et c'était ce qu'Hugh avait fait. C'était un enfant placide qui semblait engranger tranquillement toutes les expériences de l'enfance. Il aimait les fleurs, et par-dessus tout les roses. Lorsqu'elle voulait fleurir la maison, Aurore lui demandait toujours son avis, et il remplissait sa mission avec beaucoup de sérieux.

Aux moments les plus chauds de l'été et du début de l'automne, peu d'espèces étaient en fleurs, et elles n'intéressaient guère Hugh. En ce matin d'octobre, il s'amusait à l'ombre d'un magnolia, lançant une balle à l'épagneul qu'Aurore lui avait acheté le jour où elle s'était rendu compte qu'il risquait de ne jamais avoir de frère ni de sœur avec qui jouer.

Dieu sait pourtant si Aurore voulait d'autres enfants. Mais malgré les fréquentes attentions qu'Henry lui témoignait, elle demeurait stérile.

Nicolette devait avoir dix ans, à présent. Toutefois, elle avait disparu depuis si longtemps de la vie d'Aurore que celle-ci avait l'impression que sa naissance n'avait été qu'un rêve. Hugh faisait le bonheur de son existence. Et même s'il était impossible de remplacer un enfant par un autre, elle avait reporté sur lui tout son amour. Trop sans doute. Déjà, elle imaginait combien il allait être difficile pour Hugh de se séparer d'elle lorsque le moment viendrait. Aussi mauvais père que puisse être

Henry, il avait raison lorsqu'il critiquait sa façon de surprotéger leur fils. Hugh devait grandir et elle devait accepter cet état de fait.

— Maman !

Las de jouer, Hugh se jeta dans les bras d'Aurore.

— Es-tu déjà fatigué de Floppsy ? demanda-t-elle en le serrant contre lui.

— Je veux dessiner.

Bien que le ciel soit très clair, on sentait un orage approcher. Aurore comprit qu'Hugh avait envie de rentrer. Elle fit signe à la nurse, Marta, une solide veuve aux cheveux blancs qu'elle avait engagée quand Cléo était partie vivre avec sa sœur. Marta avait une patience infinie et des exigences fort modestes malgré ses très grandes qualités.

Aurore la regarda emmener Hugh. Elle ne lui parlait jamais comme si elle avait affaire à un enfant. Elle lui enseignait l'allemand, malgré le rejet des Américains pour tout ce qui touchait à l'Allemagne, et parlait souvent français avec lui. Il apprenait les langues sans effort, tout comme il avait appris à ne s'adresser qu'en anglais à son père, qui se moquait sans arrêt de ses capacités.

— Ro-Ro.

En reconnaissant la voix de Ti'Boo, Aurore traversa le jardin pour rejoindre son amie. Ti'Boo tenait par la main son plus jeune fils, Val, qui avait à peine un an de plus qu'Hugh mais était déjà le portrait craché de son père. Il courut rejoindre Hugh et Marta, laissant les deux femmes seules dans le jardin.

— Je suis heureuse que tu l'aies amené, dit Aurore. Hugh a besoin d'un ami. Tu prends le café avec moi ?

Aurore précéda Ti'Boo vers la table installée sous les arbres.

— Je vais aller en chercher dans la cuisine.

— Non, reste plutôt avec moi. J'en ai déjà pris trois tasses. Ça me donne encore plus chaud.

Avec les années, Ti'Boo s'était arrondie. Mais ce matin, elle paraissait fraîche comme une rose dans sa robe blanche bordée de galon rayé. L'emploi qu'elle s'était trouvé y était sans doute pour beaucoup. En ces temps troublés, chaque personne possédant un peu de terre était censée cultiver de quoi se nourrir. Grâce à tout ce qu'elle avait appris au cours de sa jeunesse, Ti'Boo enseignait la culture des légumes et leur mise en conserve à des femmes de la ville qui, jusque-là, s'étaient contentées de faire pousser quelques fleurs dans leur jardin. Sur son insistance, Aurore avait elle-même sacrifié une large bande de son cher gazon pour y planter des légumes.

— Je t'ai apporté des graines, dit Ti'Boo. Du choux, de la moutarde et des oignons.

— Bien. Il me reste encore de la place près de la grille. Hugh m'aidera à les mettre en terre ce soir, lorsqu'il fera plus frais.

— Comment va-t-il ?

— Bien. Ce n'était qu'une poussée de fièvre bénigne.

Aurore songea au coup de téléphone affolé qu'elle avait passé à Ti'Boo, la semaine précédente. Grâce à des mesures sanitaires renforcées, l'époque des épidémies de fièvre jaune et de choléra était révolue. Mais d'autres maladies pouvaient frapper les enfants. Quand elle avait touché les joues brûlantes d'Hugh et écouté sa respiration laborieuse, Aurore avait été aussitôt convaincue qu'il allait mourir.

— Chaque jour, je vis dans la hantise qu'il me soit pris, avoua-t-elle.

— Chaque mère éprouve la même chose.

— Je l'aime trop !

— Il t'en faudrait un autre.

— J'en ai déjà un autre, murmura Aurore.

Ti'Boo tendit la main et prit la sienne.

— As-tu eu des nouvelles de Nicolette ?

Aurore savait que sa fille n'habitait plus le Magnolia Palace, mais une petite maison d'une rue tranquille, vers Canal Street, dans ce que l'on avait coutume d'appeler le Quartier Créole. La majorité de ses résidents étaient des créoles de couleur. Rafe n'aurait pu choisir un environnement plus différent de celui dans lequel avait été élevée Nicolette. La famille, l'éducation et les bonnes manières importaient beaucoup aux créoles de couleur. Et même si Nicolette ne pouvait espérer faire réellement partie de cette communauté, elle s'y intégrerait sans problème. Elle irait à l'école, à l'église et pourrait même se faire des amis. Aurore était reconnaissante, très reconnaissante même, à Rafe de l'avoir écoutée.

Mais l'avait-il vraiment écoutée ? Lors de leur rencontre dans Audubon Park, il s'était montré si froid, si ironique. Avait-il changé d'avis au sujet de Nicolette, ou s'était-il contenté de déménager pour l'éloigner encore un peu plus d'Aurore ?

— Tu ne l'as pas revue ? demanda Ti'Boo.

— Je n'ai jamais trouvé le moyen.

Aurore serra la main de son amie.

— Sais-tu que le quartier auquel appartient Basin Street va être fermé ? C'est officiel. Il y a eu trop de problèmes, ces derniers temps. Le conseil municipal a pris sa décision la nuit dernière.

— Comment un tel endroit a-t-il pu exister ? soupira Ti'Boo.

— Rafe y a fait des investissements, en dehors du Magnolia Palace…

— Comment le sais-tu ?

En fait, Aurore avait appris à écouter, à poser les bonnes questions, à soudoyer les bonnes personnes. Elle n'en était pas particulièrement fière. C'était une nécessité. Sans cela, elle n'aurait eu aucun contrôle sur sa vie.

— Parfois, la condition de femme a ses avantages, expliqua-t-elle. Les hommes ne pensent jamais que nous les écoutons parler, lors des dîners. Ils croient sans doute que nous n'avons pas d'oreilles ou bien que nous ne sommes pas assez intelligentes pour les comprendre.

— On parle de Rafe dans les dîners ?

— Il est facile de deviner les choses qui ne sont pas explicitement formulées… Mais peu importe comment je sais tout cela. Je le sais, voilà tout.

— Que se passera-t-il pour Rafe lorsque le quartier fermera ? Le sais-tu aussi ?

— Non, mais je peux l'imaginer.

Aurore se leva pour aller récupérer la balle de Floppsy qui, couché à ses pieds, contemplait avec tristesse la maison dans laquelle il n'était pas admis. Aurore lança la balle et regarda le gracieux épagneul courir pour l'attraper.

— Rafe a connu bien pire, assura-t-elle. Il survivra. Je ne serais pas étonnée qu'il s'enrichisse, même.

— J'ai l'impression que tu l'admires.

Surprise, Aurore se retourna vers Ti'Boo.

— Comment peux-tu dire une chose pareille ?

— Ce n'est pas ce que *je* dis qui est important.

— Je ne l'admire pas. Je le hais.

— Je n'en suis pas si sûre.

— Il a tué mon père et m'a volé mon enfant ! rappela Aurore.

— Il est possible qu'il n'ait fait ni l'un ni l'autre.

Ti'Boo se leva à son tour avant de poursuivre :

— Je me suis souvent demandé pourquoi Rafe avait fait tout ce qu'il a fait. C'est une question que tu as dû te poser des milliers de fois, j'imagine. Et tant que tu n'auras pas trouvé la réponse, tu ne connaîtras pas la paix.

— La paix ?

Aurore lança la balle si fort qu'elle traversa un massif de rhododendrons.

— Je ne suis pas née pour connaître la paix, affirma-t-elle.

— Tu es née pour te venger ?

— Je ne cherche plus à me venger. Mon seul souhait est de savoir que ma fille ne souffre pas.

— Est-ce la vraie raison, Ro-Ro ? Tu dois honorer ton père, c'est ce que dit l'Eglise. Mais dois-tu croire aussi tous les mensonges qu'on raconte sur lui ? Lucien Le Danois n'était pas un homme bien, il ne brillait pas par sa bonté. Et Rafe ne t'a jamais volé ta fille. C'est toi qui la lui as mise dans les bras.

Aurore fit volte-face.

— Comment oses-tu me dire des choses pareilles ?

— Parce que je vieillis, murmura Ti'Boo, qui semblait soudain très lasse. Et parce que tu ne te les es jamais dites à toi-même.

— J'ai conduit ma vie comme j'ai pu !

— Encore une fois, ce n'est pas ce que je pense qui est important. Mais je vais quand même te le dire. Je t'ai observée depuis la mort de ton père et depuis ton mariage, et je t'ai vue changer. Tu es comme le crabe qui se fabrique une carapace si dure qu'il doit l'abandonner un jour et s'en fabriquer une autre. Dans le bayou, nous attendons le moment où les crabes abandonnent leurs carapaces. Ce ne sont pas elles qui nous intéressent, bien sûr, mais les crabes eux-mêmes. Parce qu'ils sont meilleurs pendant les quelques heures où ils n'ont plus de carapace. Si tu continues à te replier sous une carapace de mensonges et de secrets, Ro-Ro, il faudra bien qu'un jour ou l'autre tu l'abandonnes. Et alors, toi aussi, tu seras très vulnérable.

Aurore n'en revenait pas. Jamais Ti'Boo ne l'avait critiquée de la sorte, auparavant.

— Pourquoi me dis-tu cela maintenant ? Est-ce à cause de tout ce que je possède et que tu n'as pas ? Est-ce finalement cela qui est parvenu à nous séparer ?

— Je prie le ciel de ne jamais me donner ce que tu as, Ro-Ro.

Ti'Boo effleura le bras d'Aurore en guise d'adieu. Puis elle traversa le jardin pour aller récupérer Val dans la maison.

Au cours de l'été 1918, Claire Friloux Le Danois mourut. Au fil des années, elle s'était de plus en plus éloignée du monde qui l'entourait et, un beau matin, elle le quitta. Contre l'avis de tous, Aurore avait continué de lui rendre régulièrement visite, pensant que cette présence répétée finirait par éveiller quelque chose chez sa mère. Mais il n'y avait jamais eu la plus petite étincelle dans son regard.

Claire fut enterrée dans le caveau de la famille Friloux, au cimetière Saint-Louis. Enterrer quelqu'un au sens propre du terme était impossible dans une ville située au-dessous du niveau de la mer. On utilisait donc des caveaux. Il restait encore une place dans celui des Friloux. Plus tard, les restes de Claire seraient transférés dans le caveau inférieur, où ils se mêleraient à ceux des générations précédentes. Cela satisfaisait Aurore davantage qu'une tombe solitaire. Dans la mort au moins, sa mère ne serait pas seule.

La guerre et l'entrée dans un nouveau siècle avaient adouci les usages entourant un décès. Il y avait eu trop de télégrammes du ministère de la Défense et trop peu de temps pour honorer ceux qui étaient tombés au combat. Ainsi, on ne mettait plus de crêpe aux portes, on ne couvrait plus les miroirs, on n'arrêtait plus les pendules. Le trajet jusqu'au cimetière se fit dans le silence, sans fanfare pour rendre hommage à une vie qui avait cessé d'être depuis longtemps. La veillée fut très digne et fort heureusement très courte.

Après les funérailles, Aurore demeura hantée par le spectre de sa propre mort. Sans cesse, elle revoyait Claire sur son lit de mort, aussi décharnée et desséchée qu'une momie égyptienne. Bien qu'elle n'ait que trente ans, Aurore ne pouvait s'empêcher de songer à sa propre fin. Elle aussi, peut-être, mourrait jeune. Qu'adviendrait-il alors de son fils ?

Et de sa fille ?

La Gulf Coast, elle, prospérait. Avec les bénéfices, Henry et Aurore avaient acheté leur premier cargo transatlantique. Le rêve d'Aurore de redonner à la Gulf Coast sa gloire passée était sur le point de se réaliser. Et si chaque jour passé au côté d'Henry demeurait un combat pour le pouvoir, la prospérité retrouvée le tenait souvent éloigné de la maison. Aurore s'arrangeait pour se trouver au bureau lorsqu'il en était absent et pour accepter toutes sortes d'obligations mondaines sur le temps qu'elle aurait logiquement dû passer avec lui. Malgré cela, au fil des années, Henry avait appris à la déstabiliser. Des semaines passaient durant lesquelles il se montrait froid et distant. Puis, lorsqu'elle commençait à s'y habituer et à baisser sa garde, il passait à l'attaque.

La chambre était son champ de bataille favori et son corps son arme préférée. Après l'avoir possédée, il avait gardé l'habitude de s'endormir en serrant dans son poing les cheveux d'Aurore.

Celle-ci s'enfonçait chaque jour davantage dans la mélancolie. La mort de Claire continuait de la hanter. Elle résolut de s'en ouvrir à quelqu'un. Ayant d'abord songé à le faire auprès d'un prêtre, elle choisit de consulter un notaire, un étranger du nom de Spencer Saint-Amant.

Par un matin gris, elle traversa Canal Street, près de Maison Blanche, et grimpa les deux étages d'une maison. Elle était en avance. Spencer, qui n'avait aucun lien avec la Gulf Coast ni avec Henry, appartenait à une très vieille famille de La Nouvelle-Orléans. Les Saint-Amant, s'ils fréquentaient les milieux huppés, étaient toujours demeurés à l'écart. On se méfiait d'eux parce qu'ils se faisaient souvent les défenseurs de causes impopulaires.

C'était cette réputation de tolérance qui avait conduit le choix d'Aurore. Elle savait que Spencer ne répéterait pas ce qu'elle entendait lui confier. Pourtant, alors qu'elle arpentait la petite salle d'attente, elle se demandait si elle avait bien fait de venir.

Elle continua de se le demander lorsqu'elle se trouva face à Spencer Saint-Amant. Tout en tripotant avec nervosité les perles de son collier, elle tenta de deviner son caractère. Il était de quelques années plus jeune qu'elle et apparemment assez timide. Il avait le teint pâle et les cheveux très sombres. Ses yeux d'un bleu éclatant semblaient la juger, mais son sourire hésitant disait le contraire.

— Je crois que nos pères se connaissaient, déclara-t-il.

On m'a rapporté qu'ils avaient été rivaux pour obtenir la main de votre mère.

— Elle est décédée il y a de cela quelques semaines.

— Je l'ignorais. Je suis désolé.

— C'est sans doute mieux ainsi.

Et Aurore entreprit de raconter l'histoire de Claire. Sans rien omettre.

— Vous voyez, conclut-elle, elle aurait sans doute mieux fait de choisir votre père.

Spencer se cala dans son fauteuil.

— Je n'envie pas votre enfance…

— Le plus triste, c'est qu'elle ne m'a pas servi de leçon, murmura Aurore.

Il attendit, comme s'il avait toute la journée à lui consacrer. Aurore fut touchée par tant de patience.

— J'ai commis de terribles erreurs…, reprit-elle.

Et de nouveau, elle s'ouvrit à lui.

Quand elle en eut terminé, beaucoup plus tard, il se pencha vers elle pour demander :

— Qu'attendez-vous de moi ?

— Si je meurs, je veux qu'on s'occupe de Nicolette.

— D'après ce que vous m'avez dit, son père est un homme fortuné. Que craignez-vous donc, Aurore ?

Elle nota l'usage du prénom, et tout ce que cela impliquait. En confiant à Spencer l'histoire de sa vie, elle demandait davantage qu'un conseil juridique. Elle lui demandait une approbation qu'elle ne méritait pas.

Or, il venait de la lui accorder.

— Rafe Cantrelle n'est pas un homme en qui on peut avoir confiance, souligna-t-elle. J'ignore ce qu'il fera lorsque Nicolette sera plus grande. Je veux être certaine qu'elle aura tout ce qu'il lui faut, qu'elle pourra être indépendante.

— Seulement si vous mourez ?

— J'ignore ce que je peux faire pour elle de mon vivant.

— Vous attendez-vous à mourir ?

Aurore sentit son sang se glacer.

— Tout est possible…

— Avez-vous quelque raison de penser que vous pourriez mourir de la main de votre mari ? demanda Spencer en se penchant un peu plus vers elle.

Elle fut parcourue d'un frisson.

— Non. Bien sûr que non !

— Et le divorce ? Y avez-vous songé ?

— Pour qu'Henry révèle ce qu'il sait de mon passé à tous et à toutes ? Pas question ! En outre, il me prendrait mon fils. Vous voyez : je ne peux pas le quitter.

Derrière la douceur du regard de Spencer, Aurore sentit soudain une grande force.

— M. Gerritsen sait-il que vous êtes ici ? interrogea-t-il.

Aurore secoua la tête.

— Je pense que vous devriez le lui dire.

— Je n'ose imaginer de quoi il serait capable s'il apprenait que j'ai confié à quelqu'un la vérité sur mon passé !

— Cela pourrait l'amener à réfléchir.

— Pourquoi ?

— Parce que désormais, si quelque chose vous arrivait, je m'assurerais que les autorités ne se contentent pas des réponses évidentes.

— Henry est un homme puissant, qui le devient davantage de jour en jour, remarqua Aurore. Personne ne vous écouterait.

— Dans cette ville, un homme peut être puissant

un jour et abandonné de tous le lendemain. Je sais me montrer patient. Je peux attendre. Dites-le-lui.

Spencer se leva.

— Nous entreprendrons la rédaction de votre testament dès notre prochaine rencontre. Auparavant, je veux que vous réfléchissiez très précisément à la façon dont vous voulez le formuler. Vous êtes la seule à savoir ce que vous entendez révéler exactement de votre lien avec Nicolette. Il faut aussi que vous pensiez à Hugh.

— J'aimerais lui laisser une lettre. Lorsque ma mère est morte, j'ai regretté qu'elle ne m'ait justement rien laissé. Une lettre, quelques phrases dans un testament…

— En avait-elle fait un ?

— Non. Elle n'avait rien à léguer. C'est moi qui assumais ses frais de pension.

— Avez-vous songé à rendre un quelconque hommage à sa mémoire ?

D'un geste nerveux, Aurore attrapa ses gants.

— Après une vie aussi triste, ce serait presque déplacé.

— N'y a-t-il donc pas eu de moments heureux ?

Le souvenir de quelques brèves journées d'été s'imposa à Aurore.

— Des vacances à Grand Isle, reconnut-elle. Bien qu'elles se soient terminées de façon tragique.

— Savez-vous qu'ils ont construit une église, là-bas ? Je suis certain qu'ils accueilleraient avec grand plaisir une donation au nom de votre mère.

— Pensez-vous que ce soit important ?

Spencer fit le tour du bureau et vint s'asseoir sur le bord, en face d'Aurore.

— Dans les années à venir, que vous le vouliez ou non, le souvenir de votre mère ne vous quittera pas.

Allez à la consécration de l'église. Les souvenirs n'en seront que plus beaux.

Aurore songea aux bras qui l'avaient protégée de la fureur de l'ouragan. Sa mère lui avait donné par deux fois la vie. Des années s'étaient écoulées sans qu'elle pense à cette femme qui, alors qu'elle luttait contre les premiers signes de la folie, avait trouvé le courage d'agir selon son propre jugement, en dépit des ordres de son père, Antoine, et malgré sa propre fragilité.

Soudain, Aurore sentit les larmes lui monter aux yeux.

— Oui, je vais y songer, dit-elle. Merci.

Spencer lui offrit sa main pour l'aider à se lever. Il garda la sienne quelques instants encore lorsqu'elle fut debout.

— Vos secrets seront en sécurité ici.

Aurore savait qu'il disait vrai.

Pendant tout le voyage jusqu'à Grand Isle, Aurore ne cessa de s'inquiéter pour Hugh, qu'elle abandonnait pour la première fois. Elle s'était laissé plusieurs jours pour réfléchir à la suggestion de Spencer. Et lorsqu'elle avait appris qu'Henry serait absent de La Nouvelle-Orléans à l'époque de la consécration, elle avait commencé d'élaborer un plan. L'arrivée d'une lettre du père Grimaud avait achevé de la décider. S'il officiait à présent dans une paroisse de Carencro, il avait entendu parler de la contribution d'Aurore à Notre-Dame-de-L'Isle et serait présent pour la consécration. D'autant qu'il avait quelque chose à lui remettre.

Aurore était intriguée. Elle n'avait jamais rencontré le père Grimaud, mais elle savait qu'il était resté à la fenêtre du presbytère, une lanterne à la main, afin de guider son troupeau pendant l'ouragan. Lucien avait été le seul à pouvoir le rejoindre. Son courrier faisait resurgir de terribles images de tempête, de murs secoués par le vent en furie. Qu'avait donc à lui donner ce prêtre, hormis des souvenirs de cette horrible nuit ?

Sur l'île, elle s'installa dans une petite pension au confort très sommaire. L'ouragan avait non seulement détruit des maisons et des vies, mais aussi toute l'industrie qui avait fait vivre l'île. Plus personne, ou presque, ne venait à présent passer l'été sur Grand Isle. Il n'y avait plus d'hôtels, et le Krantz Palace n'était plus qu'un souvenir. Dix ans plus tôt, le projet de construire une ligne de chemin de fer à partir de Gretna avait été abandonné. Et tout espoir de voir l'île redevenir le lieu de villégiature qu'elle avait été s'était évanoui. Aurore avait eu beaucoup de chance de trouver un endroit où loger.

Après avoir pris un peu de repos, elle descendit vers la plage. Elle avait gardé le souvenir d'un trajet assez long, plein d'aventure et de magie. En fait, elle atteignit la plage en quelques minutes. Elle y resta un long moment à regarder les vagues se briser sur la grève. Des hommes coiffés de chapeaux de paille tiraient de l'eau des filets remplis de poissons argentés, cernés par les mouettes. Non loin du rivage, des marsouins bondissaient hors de l'eau. Mais aucun voilier n'était visible à l'horizon, aucun baigneur n'était là pour profiter de l'eau. Les images colorées et heureuses qu'Aurore gardait depuis l'enfance étaient à jamais envolées.

S'asseyant au pied d'une dune, elle contempla la mer. Le soleil était le même que dans son souvenir, lorsqu'il lui brûlait les joues et la nuque si l'on tardait à ouvrir le parasol. Le sable avait la même texture, l'eau la même teinte bleu-gris que les yeux de sa mère.

Un sentiment proche de la paix l'envahit tandis que le

soleil caressait sa peau. Les espoirs et les craintes enfouis en elle s'estompaient peu à peu. Loin des responsabilités et des contraintes de son mariage, il lui semblait presque retrouver la petite fille qui aimait les vagues et la brise emplie du parfum des lauriers-roses. Mais cette enfant était aujourd'hui une femme. Une femme prisonnière des mensonges et des secrets.

Ti'Boo avait raison.

Le soleil touchait presque l'horizon lorsque Aurore se leva enfin et rebroussa chemin. Elle se dirigea vers le centre de l'île, à la recherche de la maison qui les avait abrités pendant l'ouragan. Ti'Boo lui avait dit que son oncle Clébert était mort des années auparavant. A présent, la maison appartenait à un de ses fils, qui vivait à Thibodaux.

Il faisait presque nuit lorsqu'elle la trouva. Elle se dressait dans un coin isolé, protégée des regards indiscrets par un rang serré de chênes et de buissons. Une chaîne munie d'un cadenas barrait la porte. Les entrelacs de vigne vierge qui tombaient sur la façade attestaient de son état d'abandon. Aurore se souvint du sentiment de sécurité qu'elle avait ressenti entre ses murs, de l'hospitalité de ses pièces confortables. Quelqu'un l'avait couverte d'une courtepointe. On lui avait donné du potage et du thé. On lui avait raconté des histoires tandis que la tempête faisait rage au-dehors.

Aujourd'hui, la maison était plongée dans un profond silence. Elle ne servait visiblement plus. Et sans doute n'était-ce qu'une question de temps avant que quelqu'un la démolisse et la remplace par une construction dont la première grosse tempête aurait raison.

Cette nuit-là, Aurore dormit d'un sommeil agité. Elle avait accepté de baisser sa garde, et des images qui l'avaient jusque-là laissée en paix se glissaient à présent dans ses rêves, venaient assaillir sa conscience. Pour la première fois, elle se demanda si sa vie pouvait ressembler à autre chose qu'à un champ de bataille. Il lui était impossible de dissoudre son mariage sans risquer de perdre son fils. Hugh et la Gulf Coast étaient tout pour elle. Comment pourrait-elle les abandonner à Henry ? Il les détruirait. Mais peut-être existait-il pour elle d'autres moyens de se retrouver. Quelque part en elle, vivait l'enfant qui courait et riait dans le jardin du Krantz Palace, l'enfant qui avait cru que le bonheur était possible.

Le lendemain après-midi, Aurore était prête pour la consécration. L'église avait été bâtie sur la partie la plus haute de l'île, à cinq cents mètres à peine de la maison de l'oncle Clébert. L'archevêque Shaw et d'autres dignitaires s'étaient déplacés pour l'événement, et de nombreux enfants se tenaient devant l'église, qui attendaient avec impatience la cérémonie de confirmation. Toute blanche, percée de hautes fenêtres en arc de cercle, l'église avait un clocher de style mauresque aux lignes élégantes.

Lors de leur séjour au Krantz Palace, Claire avait rêvé d'une église sur l'île. Aujourd'hui, à sa mort, ce souhait était devenu réalité.

— Savez-vous d'où vient la cloche ?

Une femme vêtue d'une horrible robe bleue à fleurs s'était approchée d'Aurore et désignait le clocher.

Aurore fut heureuse d'avoir quelqu'un à qui parler.

— Non.

— C'est la cloche des pirates de La Chénière.

— La cloche des pirates ?

— Oui, elle a été fabriquée à partir de leurs pièces d'or et de leurs trésors. Vous l'ignoriez ?

Les yeux de la femme s'illuminèrent. Elle semblait ravie de tenir là une occasion de raconter toute l'histoire. A peine Aurore eut-elle secoué la tête que l'autre se lança dans son récit.

— Il y a eu un ouragan terrible ici, en 93, commença-t-elle en ouvrant les bras dans un geste théâtral.

Aurore se prit aussitôt de sympathie pour elle. Son accent acadien lui rappelait Ti'Boo.

— J'y étais, indiqua-t-elle.

— Moi aussi. J'habitais dans le bayou. L'eau était montée si haut que nous avons vécu deux semaines dans un bateau jusqu'à ce qu'elle baisse. Nous avons eu de la chance, nous autres. Les gens de Chénière Caminada en ont eu moins : ils sont presque tous morts. Et pendant ce temps, la cloche sonnait, sonnait…

— Celle-ci ?

— Après l'ouragan, quelqu'un l'a trouvée dans le sable. Il y a eu toute une histoire pour savoir à qui elle appartenait. Personne n'était d'accord. Comme l'église n'existait plus, certains ont eu peur qu'elle ne soit emportée afin d'être installée dans le clocher d'une autre église. Et que s'est-il passé ?

La femme fit claquer ses doigts.

— La cloche a disparu. Comme ça.

— Et où était-elle passée ? demanda Aurore.

— Des survivants de l'ouragan s'en étaient emparés et l'avaient enterrée dans un cimetière, à Westego. Et elle y serait encore si cette église n'avait pas été construite. Mais le moment venu, les gens de l'île ont demandé aux personnes en question de la rapporter. Ce qui a été fait. Elle appartient à notre histoire, vous comprenez ? Celle de personne d'autre. Et quand elle sonne…

A cet instant précis, la cloche se mit justement à sonner, signalant le début du service religieux. Surprise, Aurore sentit ses yeux s'emplir de larmes. Elle se souvint que son père n'avait jamais pu tolérer le son d'une cloche, qu'il avait fait bâtir ses bureaux comme une forteresse, à l'abri de la rivière et de ses bruits.

Soudain, à côté d'elle, la femme poussa un cri et porta la main à sa bouche. Aurore suivit son regard et aperçut un prêtre à la longue barbe blanche, qui venait d'entrer dans le cimetière. Il se couvrit les oreilles et tomba à genoux.

— Ma cloche ! cria-t-il d'une voix brisée. Le même son !

— Le même son, murmura Aurore.

Le père Grimaud, à genoux dans le cimetière, se mit à pleurer.

Rafe ignorait pourquoi Aurore se trouvait à la consécration. Et il ne savait pas très bien non plus pourquoi il y était venu lui-même. Il avait lu un petit entrefilet au sujet de Notre-Dame-de-L'Isle dans un journal de La Nouvelle-Orléans, et le souvenir d'efforts désespérés pour rejoindre une église blanche perdue au milieu de l'ouragan s'était mis à l'obséder.

Au cours des jours qui avaient suivi la lecture de cet entrefilet, il avait eu le sentiment que sa vie lui échappait. Il avait pris toutes les dispositions pour entreprendre le voyage à Grand Isle. Violet s'occuperait de Nicolette pendant son absence tandis que son notaire se chargerait de la gestion de ses affaires.

Son notaire agissant toujours pour lui, personne en ville n'avait la moindre idée de l'ampleur de sa fortune. Même le changement de statut de Storyville ne l'avait pas affecté. Il avait commencé à vendre ses biens bien avant que la crise ne touche le quartier. Son statut de patron de maison close s'était mis à le dégoûter. Peu lui importait que d'autres lui succèdent, qui auraient peut-être moins de principes que lui. Il avait découvert qu'il était un homme bien meilleur qu'il ne l'avait voulu.

Lorsque la marine était intervenue pour faire fermer Storyville, le Magnolia Palace, devenu une maison de seconde zone, n'était déjà plus son problème depuis longtemps. Il possédait des immeubles dans le quartier des affaires, qui lui assuraient des revenus très appréciables ; il avait aussi fait l'acquisition de vastes étendues de marais, aux portes de la ville, persuadé que les progrès technologiques permettraient un jour de les assécher et à la ville de se développer. Rafe était assez riche pour mener une existence confortable. En tout cas, aussi confortable que pouvait l'espérer un homme de couleur.

Il n'aurait su dire exactement à quel moment il s'était accepté en tant que tel. Peut-être au moment où Aurore l'avait rejeté. Très vite, ensuite, il s'était rendu compte qu'il ne pouvait renier le père qu'il n'avait jamais connu, pas plus qu'il ne pouvait renier sa mère et la vie qu'elle avait été contrainte de mener. Juan lui avait dit que son père était un homme bien. Et Rafe savait que sa mère aussi était une femme bien. Le sang de deux races coulait dans ses veines, héritage dont il pouvait être fier.

Cette fierté, il la défendait avec acharnement, même si elle faisait de lui un être solitaire. Il traitait la plupart de ses affaires par l'intermédiaire de son notaire ou de son comptable. Bien qu'il n'ait jamais donné la moindre explication sur ses origines, il vivait parmi les *gens de couleur* de la ville et se trouvait, par association, mis au ban de la société blanche. Il ne cherchait pas à être accepté. On le lui avait toujours refusé. Il ne cherchait ni le respect ni l'amitié. Lorsqu'il se réveillait, chaque matin, il avait pour unique objectif de survivre à la journée et de garder sa fierté intacte.

Alors, pourquoi était-il venu à Grand Isle ? Et pourquoi Aurore s'y trouvait-elle, une Aurore de douze ans plus âgée que celle qu'il avait aimée ? Tandis que se déroulait le service religieux, il put l'observer tout à loisir, sans être vu. Elle était assise au premier rang, coiffée d'un chapeau recouvert d'une mousseline qui dissimulait son visage. Il retrouva le port fier des épaules, la courbe élégante de la taille. Il observa la grâce avec laquelle elle s'agenouillait et se relevait. Lorsqu'elle était entrée dans l'église, elle ne l'avait pas aperçu, mais lui avait pu entrevoir son visage. Les années avaient effacé l'innocence de la jeunesse, laissant la place à une femme plus avisée, plus froide. Toutefois, elle n'avait rien perdu de sa beauté.

Lorsque le service religieux s'acheva, Rafe quitta rapidement l'église, pour aller s'attarder dans le cimetière. Grand Isle, fille lointaine de la Louisiane, avait rarement eu un événement de cette importance à célébrer. Habitants et visiteurs se pressaient sur le parvis. Parmi eux, il crut reconnaître un visage ou deux de l'époque où il vivait au Bayou Lafourche, mais il ne s'approcha pas. Ils appartenaient au passé, à Etienne Terrebonne, le garçon qu'il n'avait jamais été. Ici, il se sentait plus proche de Raphaël.

Aurore sortit de l'église, et il la vit traverser la foule en direction du père Grimaud. La présence du vieux prêtre avait causé à Rafe une surprise presque aussi grande que celle d'Aurore. Il était certain que le père Grimaud se souvenait de lui. Lui, au moins, avait toujours été gentil avec lui.

Alors qu'il écoutait Aurore, il se redressa et, malgré la distance, Rafe put voir la lueur chaleureuse qui éclairait son regard, comme s'il accueillait une amie de longue date. Cette conversation qu'il ne pouvait entendre intriguait Rafe. Aurore était trop jeune pour avoir connu le prêtre. Se tournant de côté, celui-ci appela un jeune garçon et lui glissa quelques mots à l'oreille. Le gamin se dirigea aussitôt vers l'église.

Aurore se tint légèrement à l'écart tandis que d'autres personnes venaient s'entretenir avec le père Grimaud. L'enfant revint bientôt, portant ce qui ressemblait à un petit paquet de lettres entouré d'un ruban. Il le tendit au prêtre qui lui tapota affectueusement la tête avant de se tourner vers Aurore pour lui donner les lettres.

Rafe la vit les feuilleter, puis elle regarda de nouveau le père Grimaud. Il lui toucha l'épaule et prononça quelques mots. Elle hocha la tête et le quitta, en direction du cimetière.

Rafe ne bougea pas. Il n'avait aucun désir de l'affronter. Au fil des années, il avait commencé à faire la paix avec lui-même et il était venu sur cette île dans l'intention de continuer. Personne, toutefois, ne l'obligerait jamais à se cacher. Il ne capitulerait jamais devant aucun combat.

La cloche se mit à sonner pour fêter la consécration. Au premier tintement, le regard d'Aurore croisa celui de Rafe. Elle le soutint, immobile, jusqu'à ce que la cloche se taise. Puis, sans un mot, elle poursuivit son chemin.

28

Le crépuscule enveloppa peu à peu l'île tandis qu'Aurore lisait les lettres, dans un silence que venait seul déchirer le cri d'une mouette, de temps à autre. Elle se leva une première fois pour allumer une lampe, puis une autre pour remplir d'eau bouillante la cafetière d'émail. Lorsqu'elle eut achevé la lecture des lettres rédigées sur une période de plusieurs années, elle les mit dans l'ordre et les relut. Séparément, elles demeuraient confuses. Dans l'ordre, se répondant l'une à l'autre, elles racontaient ce qui s'était passé dans la nuit de l'ouragan de 1893.

Les réponses qu'avait adressées le père Grimaud à Lucien étaient celles d'un prêtre, compréhensif et généreux. Il absolvait le père d'Aurore de tout pêché. Mais celui-ci avait poursuivi sa correspondance, comme si l'absolution lui demeurait refusée.

Dans l'après-midi, le père Grimaud avait demandé à Aurore si Lucien avait trouvé le pardon avant de mourir. Elle avait été très étonnée par cette question. Son père se préoccupait peu des choses spirituelles. Pourquoi se serait-il inquiété qu'un Dieu qu'il ignorait le condamne ou l'absolve ?

A travers ses lettres, toutefois, elle découvrait un homme fort différent de celui qu'elle avait connu. Lucien avait été un être tourmenté. La nuit de l'ouragan, il avait lutté pour atteindre le presbytère, traînant derrière lui un petit bateau dans lequel se trouvaient une femme enceinte et deux enfants. Très proche du but, il avait été rattrapé par une lame énorme et contraint de lâcher la corde. Il s'en était sorti, mais les autres avaient péri.

La femme se prénommait Marcelite. Ses enfants Raphaël et Angelle.

Se pouvait-il que Raphaël soit Rafe ?

Celui-ci avait changé de nom après la naissance de Nicolette, Aurore le savait. En agissant ainsi, avait-il repris sa véritable identité ? Raphaël était-il revenu pour tourmenter Lucien ?

Aurore songea à l'homme dont elle avait croisé le regard aujourd'hui, dans le cimetière. Il avait toujours l'allure du jeune homme qu'elle avait rencontré au Bayou Lafourche. Fier, méfiant, prêt à l'attaque si nécessaire. Et les années ne l'avaient rendu que plus viril encore. C'était quelqu'un que les hommes devaient hésiter à défier et que les femmes avaient sans doute du mal à oublier. Depuis leur courte rencontre, cet après-midi, Aurore n'avait cessé de penser à lui. Et maintenant, Rafe et les lettres de son père étaient à jamais liés.

Les lettres de Lucien... Les contradictions qu'Aurore y avait trouvées prouvaient que son père avait tenté de dissimuler certaines pièces importantes du puzzle. Parfois, il faisait allusion à Marcelite comme s'il s'agissait d'une étrangère. A d'autres moments, il en parlait comme s'il la connaissait de longue date. Dans l'une de ses lettres, il évoquait en termes très poétiques la petite fille, Angelle, son tempérament plein de vie. Il parlait avec émotion de ses petits bras potelés autour de son cou, de ses baisers si doux.

Une lettre datée de 1894, une année à peine après

l'ouragan, était plus confuse que les autres. Lucien y évoquait longuement son beau-père, Antoine, et ses exigences. Dans celles qui suivaient, il n'était plus jamais fait mention d'Antoine. Vers la fin de sa vie, alors que sa santé se dégradait, son père ne semblait plus se préoccuper que d'une seule chose : que ses actes ne soient pas retenus contre lui.

Bien des points demeuraient obscurs. Néanmoins, Aurore avait l'intuition que le mystère avec lequel elle vivait depuis si longtemps allait peut-être s'éclaircir enfin. Si Rafe était Raphaël, peut-être avait-il jugé Lucien responsable de la mort de sa mère et de sa sœur, et avait-il voulu les venger.

Mais pourquoi l'avoir choisie, elle, comme instrument de sa vengeance ? Avait-elle été le moyen le plus simple d'atteindre Lucien ? Rafe avait-il cru que son père l'aimait au point que la honte qu'elle subirait achèverait de le détruire ?

Sa tasse de café froid serrée entre ses mains, Aurore arpentait sa petite chambre. Rafe était venu pour la consécration de l'église. L'avait-il suivie ? Voulait-il la faire souffrir, la punir encore davantage ?

Brusquement, l'atmosphère de la pension lui parut étouffante. Elle sortit sur la galerie. La brise légère qui soufflait ébouriffa ses cheveux. Le regard perdu dans l'obscurité, elle se rendit soudain compte que si Rafe avait voulu la punir davantage, il en aurait eu mille fois l'occasion. Peut-être était-il venu ici tout simplement pour faire la paix avec son passé, comme elle.

La paix. Un homme comme Rafe pouvait-il espérer la connaître un jour ? Alors même qu'Aurore songeait que c'était impossible, l'image d'un petit garçon dans un bateau secoué par la tempête s'imposa à son esprit. Lorsque la lanterne était apparue à la fenêtre du presbytère, il avait dû voir en elle comme un signe du ciel. Et puis Lucien, sa seule chance de survie, avait lâché la corde, et le bateau avait été emporté avec ses occupants vers une mort certaine. Si Rafe était Raphaël, il était difficile à Aurore, malgré toute la haine qu'elle éprouvait pour lui, d'imaginer qu'il n'avait pas le même besoin qu'elle de trouver la paix…

Aurore avait déjà parcouru la moitié du chemin qui conduisait à la plage lorsqu'elle se rendit compte de la direction qu'elle avait prise. Elle ne pouvait plus supporter la maison ni les pensées qui l'obsédaient. Elle ne voulait pas songer à l'enfant terrifié sur ce bateau, ni imaginer que son père ait pu être un lâche. Mais surtout, elle ne voulait pas pardonner à Rafe Cantrelle ce qu'il lui avait fait.

Les vagues venaient doucement mourir sur le sable. La lune, très basse dans le ciel sombre, baignait la plage et l'eau d'une lumière argentée. Aurore songea qu'elle avait eu tort de venir. Ce soir, elle ne retrouverait pas les souvenirs de son enfance. Malgré le calme et la douceur de cette soirée, elle voyait des vagues hautes comme les chênes de l'île, elle entendait les cris déchirants des enfants. Accablée, elle enfouit son visage dans ses mains, mais le tableau se fit encore plus horrifiant.

Soudain, une voix d'homme s'éleva dans l'obscurité, non loin d'elle.

— Ma sœur a été la première à mourir, mais ma mère n'a pas tardé à la rejoindre. Je voulais plonger pour les aider, mais j'avais tellement peur que j'ai été incapable de lâcher le bateau. Je suis resté cramponné jusqu'à ce que mes doigts, trop engourdis, ne puissent plus accrocher le bois.

Aurore ôta les mains de son visage et vit Rafe s'avancer.

— Qui es-tu ? demanda-t-elle.

— Un fantôme. C'est du moins ce que ton père a cru, il y a onze ans, lorsque je lui ai dit que j'étais revenu d'entre les morts.

— Alors, tu es Raphaël ?

— Je l'étais.

— Tu m'as suivie jusqu'ici ?

— Je suis venu pour des raisons personnelles.

— Lesquelles ?

— Pourquoi devrais-je te le dire ?

Alors que Rafe faisait demi-tour, et commençait de s'éloigner, Aurore poussa un cri.

— Non !

Elle courut après lui et l'attrapa par le bras.

— Je sais ce que mon père a fait. Aujourd'hui, dans le cimetière, le père Grimaud m'a donné des lettres que mon père et lui avaient échangées.

Rafe s'immobilisa. Aurore sentit les muscles de son bras se crisper.

— Des lettres ? demanda-t-il. Elles disent toute la vérité, je présume…

— Mon père raconte qu'il tirait un bateau avec trois passagers. Il dit aussi qu'il a lâché la corde avant d'atteindre le presbytère.

Dans le clair de lune, l'expression du visage de Rafe demeurait indéchiffrable.

— Est-ce qu'il précise qui étaient les passagers ?

— Il donne des noms.

Brusquement, sans crier gare, Rafe saisit Aurore par les épaules.

— Est-ce qu'il dit qui nous étions ? Ce que nous étions pour lui ?

Aurore tenta de se dégager, mais il resserra son étreinte.

— Lâche-moi, Rafe !

— Pourquoi, tu vas te mettre à hurler ? Vas-y ! Qu'on en finisse ! Si quelqu'un t'entend, tu n'auras qu'à lui expliquer qu'un homme de couleur a osé te toucher. Tu l'auras, ta revanche, et tout de suite.

— Qui étiez-vous pour lui ? cria Aurore.

— Moi, j'étais une abomination ! Mais ma mère était sa maîtresse et ma sœur sa fille. Angelle était ma sœur… et la tienne !

Aurore sentit ses jambes se dérober.

— Non. Tu mens !

— Vraiment ? Crois-tu que j'aurais gâché ma jeunesse à haïr un homme qui n'avait pas été assez courageux pour tirer notre bateau à terre ? Me crois-tu donc aussi stupide ?

Il repoussa Aurore, tourna les talons et s'éloigna.

— Tu mens ! lança-t-elle.

Il continua de marcher.

Aurore était déchirée entre l'envie de laisser Rafe s'en aller et celle de le rejoindre. Elle fut à son côté avant même d'en avoir pris la décision de façon consciente.

— Pourquoi me dis-tu tout cela ? lui demanda-t-elle.

— Je te l'aurais dit il y a déjà des années si tu avais accepté de m'écouter.

— Et pourquoi devrais-je te croire ?

Rafe s'immobilisa.

— Ton père donnait des cadeaux à ma mère en échange de son affection. Je ne pense pas qu'elle l'aimait, mais elle adorait ses enfants. Elle voyait en Lucien le moyen d'échapper à la pauvreté et à la honte à laquelle l'avait condamnée ma naissance. Je pense qu'elle était persuadée qu'il nous emmènerait un jour loin de La Chénière.

— Et l'enfant qu'elle portait, c'était celui de mon père ?

Rafe lui fit face.

— De quel enfant parles-tu ?

Aurore vit la vérité faire son chemin en lui. Jusqu'à présent, elle hésitait encore à croire à son histoire. Mais le masque de douleur qui se peignit sur le visage de Rafe valait toutes les explications. Alors, elle comprit. Elle sut.

— Non ! hurla-t-elle en se détournant, son poing pressé contre sa bouche.

— Je n'ai jamais su qu'elle était enceinte, murmura Rafe. Ma mère me l'a caché. Mais lui le savait, apparemment.

— Même si tout cela est vrai, comment peux-tu en vouloir à mon père pour ce qu'il a fait ? Il serait mort s'il n'avait pas lâché la corde. Peux-tu vraiment le blâmer d'avoir tenté de sauver sa vie, alors que la situation était désespérée ?

Rafe eut un rire très dur.

— C'est ce que disent ses lettres ?

— Quelle est la vérité, alors ?

Il lui saisit le menton, l'obligeant à le regarder bien en face.

— Veux-tu réellement la connaître, Aurore ? Ou préfères-tu continuer de penser que je n'avais aucune raison de faire ce que j'ai fait ? C'est beaucoup plus confortable. Et tu t'y es déjà tellement bien habituée…

Aurore repoussa la main de Rafe.

— Que dois-je croire, alors ?

— Que ton père a volontairement coupé la corde, nous condamnant à mort, parce que nous étions devenus une gêne.

— Non ! cria de nouveau Aurore. Comment peux-tu affirmer une chose aussi horrible ?

— Parce que je me souviens de tout ce qui s'est dit cette nuit-là. Ma mère avait commencé à lui demander un certain nombre de choses et il s'était rendu compte de ce que j'étais, un enfant de sang mêlé. Nous étions presque arrivés au presbytère lorsqu'il a pris la hache et a coupé la corde. Nous étions quasiment sauvés. Tous. Ton père a tué ma mère. Il a tué sa propre fille et son futur enfant. Et il a tenté de me tuer !

Aurore aurait voulu réfuter ses paroles, mais elle ne le pouvait pas. Toutes les pièces du puzzle étaient à présent à leur place. Chaque page écrite par Lucien en était la preuve.

— Mais qu'est-ce que mon grand-père avait à voir avec tout cela ?

Alors même qu'elle posait la question, Aurore en eut la réponse, telle une évidence. Antoine avait découvert la liaison que Lucien entretenait avec Marcelite et insisté pour qu'il y mette fin ou en accepte les conséquences. Elle se souvenait qu'Antoine était venu à Grand Isle, alors que personne ne l'y attendait, et qu'à cause de ce voyage, il avait trouvé la mort dans l'ouragan.

— Je ne sais rien au sujet de ton grand-père, affirma Rafe. Mais est-ce si difficile de croire que ton père ait pu agir ainsi ? Tu sais pertinemment quel genre d'homme il était.

— Tu étais si jeune. Comment peux-tu être certain de tout ce que tu avances ?

— Lorsqu'on m'a repêché dans les marais, j'étais déjà plus vieux que tu ne le seras jamais. Et maintenant, nous sommes deux à être certains, non ?

— Tu as préparé ta vengeance pendant toutes ces

années ? Et lorsque je suis arrivée dans ta vie, tu as su que tu tenais enfin un moyen d'atteindre mon père ?

— Exactement.

La colère s'empara d'Aurore.

— Tu as détruit ma vie. Je n'avais rien à voir avec tout cela ! J'étais la victime de Lucien, moi aussi, et tu le savais ! Tu as vu comment il me traitait. Il ne m'a jamais aimée. Détruire le *Dowager* ne suffisait donc pas ?

— Rien ne pouvait me suffire.

— Tu t'es servi de moi, tu m'as menti, tu m'as fait un enfant et tu me l'as pris, tout cela à cause des fautes de mon père. Quelle sorte d'homme es-tu ?

— Un homme satisfait.

Aurore le gifla, mais cela ne suffisait pas. Elle se mit à marteler son torse de coups de poing. Elle sanglotait. Peu lui importait que Rafe réponde par la violence, qu'il la tue même. Elle voulait lui infliger un peu de cette douleur qui l'avait brisée.

Quand il lui saisit les mains, les immobilisant entre les siennes, elle lui lança des coups de pied désespérés.

— Bâtard !

Le mot s'étrangla dans sa gorge.

— Sale bâtard !

— N'oublie surtout pas le plus important ! dit Rafe en la repoussant. N'oublie pas quel genre de bâtard je suis. Mon père était un mulâtre, le sang de son maître coulait dans ses veines. Ma mère l'aimait, mais on l'a assassiné à cause de sa race. Et me voilà, leur fils, élevé comme un Blanc, vivant comme un Noir, n'étant ni l'un ni l'autre et les deux à la fois !

Aurore pressa les mains sur ses oreilles afin de ne plus entendre. En vain.

— Souviens-toi exactement du genre de bâtard que je suis, poursuivit Rafe. Celui que tu as refusé d'écouter lorsque j'ai tenté de t'expliquer. Je ne t'ai pas pris ta fille. Tu me l'as donnée. Et si je n'en avais pas voulu, tu l'aurais donnée à des étrangers ! Tu n'es pas différente de Lucien. Tu as sacrifié ton propre enfant pour ne pas te compliquer la vie !

— Je ne suis pas comme mon père ! protesta Aurore, au désespoir.

— Non, tu es pire ! Lucien était conscient de ce qu'il était, même s'il n'en avait que faire. Toi, tu penses être une femme très bien à qui l'on a fait beaucoup de tort. Mais regarde-toi donc, Aurore. Que vois-tu ?

— Je n'avais rien à voir avec ce qu'avait fait mon père. Notre fille non plus. Et pourtant, tu nous as détruites toutes les deux !

— Tu t'es détruite toi-même. Tu as abandonné ton enfant, tu as épousé un monstre. Et pourquoi ?

Rafe eut un rire amer.

— Parce que tu avais peur de la contamination.

Elle vit sa douleur, son orgueil blessé, sa rage. Et soudain, la honte, le besoin de tout nier, l'envahirent.

— Non ! hurla-t-elle. Tu ne m'as jamais aimée. Tu t'es servi de moi pour te venger ! Voilà pourquoi je t'ai haï ! Voilà pourquoi je n'ai pas pu garder Nicolette ! Je ne pouvais supporter l'idée de voir ton visage chaque fois que je la regarderais.

— Tu mens ! Et tu te trompes. Je t'aimais.

Pour Aurore, c'en était trop. Tout ce sur quoi elle avait construit sa vie s'écroulait.

— Non !

— Je ne t'ai pas aimée tout de suite, c'est vrai. Mais peu à peu. Je cherchais Lucien en toi, et je ne l'ai pas trouvé. J'ai tenté de me persuader que tu me haïrais si tu découvrais pourquoi je m'étais introduit dans ta vie… Et puis, j'ai cessé d'écouter la voix qui me mettait en garde. Je me suis mis à croire que je pourrais tout avoir. La vengeance, l'amour…

Il haussa les épaules.

— Lorsque tu m'as dit que tu portais notre enfant, j'ai insisté pour que nous partions, que nous recommencions une nouvelle vie ailleurs.

— Tu as saboté le *Dowager*, rappela Aurore d'une voix tremblante.

— Je te l'ai dit : je voulais tout.

— Et qu'as-tu ressenti lorsque tu as vu le bateau de mon père partir en fumée ; lorsque tu l'as vu, lui, écroulé sur le sol, à tes pieds ? Pendant ces quelques minutes, tu as eu l'impression d'avoir obtenu tout ce que tu désirais, c'est cela ?

— Oui.

Aurore s'approcha de Rafe. Elle vit ses yeux. Bien que son regard fût fixe, il ne pouvait dissimuler ce qu'il éprouvait.

— Tu mens ! lança-t-elle. Tu savais que tu avais tout perdu.

Rafe se détourna, mais elle le retint par le bras.

— Tu savais que tu étais devenu comme lui et que tu m'avais perdue.

Son regard se fit glacial.

— Non. J'ai su que je t'avais perdue lorsque Lucien t'a dit qui j'étais. J'ai vu l'horreur se peindre dans tes yeux, alors, et j'ai compris qu'il n'y avait plus d'espoir, que rien de ce que je pourrais dire n'y changerait quoi que ce soit. J'étais à jamais marqué par le sang de mon père, et notre enfant aussi.

De nouveau, Aurore voulut nier, affirmer à Rafe qu'elle avait été horrifiée par ses actes et non par ses origines. Mais elle en fut incapable, parce que ce n'était pas entièrement vrai.

La haine qui l'avait habitée au cours des onze dernières années s'évanouit soudain, comme si elle n'avait jamais existé. Elle laissa la place à un trouble immense, une vague d'émotions confuses et, par-dessus tout, l'image de cet homme qu'elle avait tant aimé.

— Comment en sommes-nous arrivés là ? murmura-t-elle. Sommes-nous aussi impuissants que tous ceux qui ont péri la nuit de l'ouragan ? N'avons-nous pas notre mot à dire dans nos vies ? Devons-nous nous laisser ballotter de tragédie en tragédie, et en laisser d'autres en héritage à nos enfants ? Qu'adviendra-t-il d'eux ? Tu as raison. J'ai épousé un monstre à cause de toi et de ce que tu m'avais fait. Et à présent, chaque jour de sa vie, mon fils souffre d'avoir le père que je lui ai donné. Quand cela s'arrêtera-t-il donc ? Quand ?

Aurore lâcha le bras de Rafe. Elle sanglotait de nouveau.

— Est-il nécessaire de poser la question ? demanda Rafe en se rapprochant d'elle. Nous paierons toute notre vie. Tous les deux. Pendant onze ans, je t'ai méprisée, mais je n'ai jamais cessé de rêver de toi. Je rêve que nous sommes partis ensemble. Je me réveille le matin, et tu es à mon côté. Tu me regardes, et c'est un homme que tu vois. Pas un Noir.

Il lui effleura la joue.

— Un homme, tout simplement.

— Non !

— T'arrive-t-il de rêver de moi, de la vie que nous aurions pu mener, ou bien ton père est-il aussi parvenu à détruire cela ?

— Rafe, non. Je t'en prie…

— Réponds-moi.

Ces rêves étaient demeurés enfouis si profondément en elle qu'Aurore n'en avait même pas eu conscience.

Soudain, elle se rendait compte qu'ils ne l'avaient pas quittée depuis la nuit de l'incendie. Autrefois, elle avait cru en l'amour, elle s'était sentie forte, elle avait bravé les interdits pour connaître le bonheur. Et elle le faisait encore, mais seulement dans ses rêves. Eveillée, elle n'avait songé qu'à la vengeance. Elle s'était battue afin de reconquérir tout ce qu'elle avait perdu. Tout, sauf la seule chose qui lui importait vraiment.

Mais cela, elle ne pouvait pas le dire à Rafe. Si elle le lui avouait, elle ne serait plus jamais libre.

— Je sais tout, à présent, murmura-t-elle. Cela devrait te satisfaire.

Alors qu'elle se détournait, il la saisit par l'épaule.

— Me satisfaire ? Crois-tu que je puisse éprouver quoi que ce soit qui ressemble à de la satisfaction ? Peu m'importe que tu me comprennes. Je veux que tu me regardes, que tu voies ce que je suis exactement. Je vaux beaucoup mieux que l'homme que tu as épousé, beaucoup mieux que ton père. Je suis l'homme qui aurait pu te rendre heureuse.

— Tu as tué mon père !

— Non. C'est son goût du pouvoir et de l'argent qui l'a tué. Et il t'a entraînée avec lui, Aurore. Il ne reste rien de la femme que j'ai aimée. Rien.

Les joues d'Aurore étaient baignées de larmes.

— Comment avons-nous pu en arriver là ? balbutia-t-elle. Ce que j'éprouvais pour toi allait bien au-delà de l'amour. Tu représentais tout ce dont je n'avais jamais osé rêver. Lorsque tu m'as trahie, toutes ces choses que j'éprouvais sont mortes. Voilà pourquoi il ne reste rien de la femme que tu as aimée.

Rafe lui toucha la joue. Pas avec tendresse, mais comme s'il avait voulu s'assurer que ses larmes étaient vraies. Aurore sentit sa main trembler.

— Ne ferme pas les yeux ! lui ordonna-t-il. Regarde-moi. Que vois-tu ? L'homme que tu as aimé, ou l'homme qui t'a trahie ? Un homme au sang impur ou un homme, tout simplement ?

— Quelle importance ?

— Cela en a beaucoup.

— Je vois Rafe Cantrelle, un homme que j'ai aimé et que j'ai haï. Un homme qui est ce qu'il est, malgré ou peut-être grâce à ses origines. Un homme.

— Vois-tu un homme qui te désire encore ?

Dans les yeux de Rafe, Aurore vit le désir, un désir aussi nouveau que cette nuit qui venait de naître, aussi ancien que le jour de leur première rencontre. Elle eut l'impression étrange que quelque chose s'animait en elle, et elle se détourna aussitôt, refusant de laisser paraître son trouble.

— Non !

— Moi, dit-il en lui posant la main sur l'épaule, je vois une femme qui a appris à mentir.

A travers l'étoffe légère de son corsage, Aurore sentait la chaleur des doigts de Rafe. Il l'attira doucement vers lui.

— Je… je vais rentrer, à présent, bredouilla-t-elle. Lâche-moi.

— Non, tu ne vas pas rentrer.

— Tu ne peux pas me forcer !

— Si tu crois que c'est mon intention, tu te trompes. Regarde en toi. Regarde ce qu'il y a en toi.

— Rien ! Tu ne m'as rien laissé.

— Je t'ai laissé mon cœur.

Aurore se tourna vers lui. Elle vit qu'il disait vrai et qu'il s'en voulait, qu'il se détestait pour cette faiblesse. Elle vit qu'il avait tout fait afin de se protéger et qu'il avait échoué. Elle vit onze années d'un véritable enfer.

Un enfer dont elle ne savait dire si c'était celui que Rafe avait vécu, ou le reflet de celui qu'elle-même avait connu.

— Non…, fit-elle dans un souffle.

Il la lâcha.

— Nos vies nous ont conduits ici. Si tu es suffisamment forte pour braver le destin, alors va-t'en.

Aurore en fut incapable. Elle était incapable du moindre mouvement.

Rafe prit son visage entre ses mains. Ses lèvres étaient douces et chaudes sur les siennes, et lorsqu'il prit sa bouche, but ses larmes, Aurore sut qu'il était trop tard, qu'elle n'aurait plus la force de dire non. Elle ne s'enfuirait pas. Mais elle ne se soumettrait pas non plus. Elle consentirait. Elle accepterait le bonheur qui s'offrait à elle comme si toutes ces années et cette effroyable trahison ne les avaient jamais séparés.

Le goût des lèvres de Rafe, son odeur, le contact de sa peau… tout en lui était incroyablement familier. Il glissa les doigts dans ses cheveux, ni pour la posséder, ni pour la punir, mais tout simplement pour en savourer la douceur. Aurore était fatiguée de se battre. Il ne lui restait plus la moindre énergie pour faire appel à la voix de la raison. Plus rien ne comptait désormais que la pression de cette bouche sur la sienne, la caresse de ces doigts qui déboutonnaient sa robe, ces mains sur sa peau…

Les onze dernières années s'envolèrent soudain. Aurore était de nouveau une jeune femme blottie dans les bras de son bien-aimé. Rafe lui avait appris le peu qu'elle savait de l'amour et elle ne l'avait jamais oublié. Tout ce qui s'était passé depuis n'était que sacrilège. Aujourd'hui, le corps de Rafe était sa rédemption. Il n'y avait ni cruauté ni besoin de se venger dans la caresse de ses doigts et de ses lèvres. Tout n'était que plaisir. Celui qu'il prenait et celui qu'il lui donnait.

— Nos vies risquent d'en être changées à tout jamais, murmura-t-il.

Aurore se souvint de leur nuit sur le *Dowager* et de la réponse qu'elle avait faite alors à cette même phrase.

— Oh ! mon Dieu, je l'espère tant ! répéta-t-elle.

Et c'était vrai. Elle avait tellement envie que tout change. Elle avait envie d'être de nouveau la femme qui avait cru en l'amour. Elle avait envie d'oublier les mensonges, les illusions, les secrets des onze dernières années. Elle avait envie de Rafe. Elle avait envie de renaître.

Il l'entraîna à l'abri de la dune, sur le sable fin. D'une voix rauque, brisée par l'émotion, il lui chuchota qu'il l'aimait. Et Aurore sut que c'était vrai, même s'il s'en voulait pour la faiblesse que constituait un tel aveu.

Il n'y avait rien à dire en retour. Le corps d'Aurore s'ouvrait à la vie comme s'il était demeuré glacé durant toutes ces années. Et il s'offrait à Rafe, sans réserve. Lorsqu'il vint en elle, elle sut qu'elle n'avait jamais cessé de l'aimer et qu'elle ne cesserait jamais. Ils étaient condamnés à s'aimer.

Condamnés.

— Regarde-moi ! dit-il. Je veux que tu saches exactement qui je suis.

Au plus fort de la passion, Aurore ouvrit les yeux, plongea son regard dans celui de Rafe. Elle savait qui il était. Dans son regard, elle lut le tourment, toutes les luttes, la douleur du petit garçon qu'il avait été, celle de l'homme qu'il était à présent. L'homme qui hanterait à jamais ses rêves.

— Je sais.

Dans un geste presque désespéré, elle referma les

bras et les jambes autour de lui. Elle voulait ne faire qu'un avec lui, le garder à jamais en elle, retenir chaque seconde de ce bonheur retrouvé.

Au moment où le plaisir la submergea, elle sentit sa semence couler en elle.

Après, ils restèrent allongés côte à côte, sans se toucher. Des ombres flottaient entre eux, visions de moments passés et de moments à venir. Les larmes et les sanglots suffoquaient Aurore, sans qu'elle soit capable de dire si c'était sur son sort ou sur celui de Rafe qu'elle avait le plus envie de pleurer.

— Acceptes-tu de me parler de Nicolette, demanda-t-elle soudain, ou veux-tu toujours me punir ?

Il se tourna vers elle.

— Nicolette ressemble trop à sa mère. Il est impossible de lui résister, de ne pas l'aimer, quels que soient le danger et le prix à payer.

Aurore eut un cri étranglé. Rafe l'attira dans ses bras et la serra avec force contre lui.

— Tu me l'as donnée alors qu'elle était un bébé. Mais c'est le jour où je t'ai vue dans Audubon Park que tu l'as faite mienne.

— Tu es donc un vrai père pour elle à présent ?

— J'essaie.

— Parle-moi d'elle, je t'en prie.

Il lui raconta toutes les petites choses. Et celles qui étaient importantes, aussi. Aurore buvait ses paroles comme si elles lui étaient vitales.

Trop vite, cependant, il eut fini.

— Elle préfère chanter que parler. Elle a mis hors d'eux tous les professeurs de musique que je lui ai trouvés jusqu'à ce que Clarence Valentine la prenne sous son aile. Il suffit qu'elle entende les paroles d'une chanson pour les retenir. Elle chante pour moi chaque soir, avant d'aller se coucher. Parfois, des heures plus tard, lorsque je monte dans ma chambre, je l'entends encore fredonner.

Aurore était incapable de parler. C'était exactement ce qu'elle avait voulu pour sa fille. Pourtant, les images qu'évoquait Rafe la mettaient au supplice. Voilà ce qu'elle avait sacrifié : des soirées de bonheur, les étreintes du seul homme qu'elle ait jamais aimé, une fille qu'elle ne pourrait jamais remplacer.

— Elle me pose de plus en plus souvent des questions sur sa mère, murmura-t-il. La prochaine fois, je lui dirai que sa mère l'aimait. Qu'elle lui était très attachée et qu'elle veillera toujours sur elle.

— Oui, je t'en prie, dis-le-lui ! implora Aurore.

Il lui caressa les cheveux.

— On ne nous a pas donné de seconde chance.

— Et cette nuit va nous rendre les choses encore plus difficiles...

Rafe se tourna vers elle.

— Je vais quitter La Nouvelle-Orléans, annonça-t-il.

— Non, c'est...

— Je vais partir et emmener Nicolette. Je vais commencer une vie nouvelle et toi aussi.

— Rafe, tu ne peux pas partir. Plus maintenant !

— Si. Surtout maintenant.

Aurore protesta encore, tout en sachant qu'il avait raison. Leurs vies étaient liées par tant de choses terribles qu'un désastre était inévitable. Elle ne pouvait abandonner Hugh. Elle ne pouvait vivre ouvertement avec Rafe. Il n'existait aucun endroit où il leur serait possible d'élever Nicolette ensemble, à l'abri de la haine et des préjugés ; aucun endroit où ils seraient hors de portée d'Henry.

— Me diras-tu où tu comptes t'installer ?

— Non. Ton mari est un homme dangereux. Dieu seul sait de quoi il est capable s'il découvre ce qui s'est passé ce soir.

— J'ai seulement besoin de savoir où tu es ! insista Aurore. Je veux pouvoir t'imaginer.

— Non. Efforce-toi plutôt d'oublier que j'existe. Nous avons failli nous détruire. Tu dois être complètement libérée de moi ou je te détruirai. Et toi aussi, tu me détruiras.

— Comment en sommes-nous arrivés là ?

— Aucun de nous n'était sans doute assez pur pour défier le destin et gagner.

Il écarta une mèche de cheveux de sa joue.

— M'as-tu pardonné tout ce que j'ai fait ? demanda-t-il.

— Et toi, m'as-tu pardonné ?

Ils se regardèrent et comprirent l'un comme l'autre qu'ils ne pourraient jamais oublier tout à fait le mal qu'ils s'étaient fait. Il appartenait tout autant à leur héritage que l'amour qui, aujourd'hui, les avait menés jusqu'ici.

— Tu demeureras à jamais dans ma vie, dit Aurore dans un souffle.

Elle l'embrassa. Ses lèvres tremblaient.

— Je ne cesserai jamais de me demander où tu te trouves, poursuivit-elle. Je ne cesserai de penser à Nicolette que le jour où mon cœur s'arrêtera de battre. J'ai toujours prié le ciel pour qu'il m'accorde une chance de la revoir. Chaque fois que je tourne à l'angle d'une rue, j'espère qu'elle va s'y trouver. A présent, je n'aurai même plus cet espoir.

La voix d'Aurore s'étrangla.

— La voir ne ferait que rendre les choses plus difficiles pour toi, affirma Rafe.

— Non ! J'aurais un souvenir d'elle, ainsi, un véritable souvenir. Je t'en prie, Rafe, puis-je la rencontrer avant que tu partes ? Lui parler ? L'entendre chanter ? Juste une fois ?

— C'est trop dangereux.

— Nous prendrons toutes les précautions. Je t'en supplie ! C'est tout ce que je te demande.

— Je ne sais pas.

Aurore sut qu'elle devrait se contenter de cette réponse vague. D'un geste lent, elle caressa le visage de Rafe, cherchant à l'inscrire à tout jamais dans sa mémoire.

— Souviens-toi que je t'aime, murmura-t-elle. Où que tu ailles, souviens-t'en. Cela au moins, je peux te le donner.

Il l'embrassa, et ils n'échangèrent plus un seul mot. Leurs corps dirent ce que leurs lèvres étaient incapables de formuler.

Et puis, Rafe s'en alla. Seule, Aurore s'habilla dans l'ombre. Il faisait presque jour lorsqu'elle regagna la pension et fit ses valises afin de rentrer à La Nouvelle-Orléans.

29

Elle ne devait pas dire à Nicolette qui elle était.

Aurore plia la lettre de Rafe et regarda autour d'elle, à la recherche d'un endroit où la dissimuler. Lorsque la missive lui était parvenue, ce matin, elle l'avait glissée sous son matelas. Sa chambre était meublée très sobrement, avec des meubles de bois de cyprès fabriqués par des artisans louisianais du XIXe siècle. Mais ni l'armoire ni la commode, toutes les deux décorées de marqueterie, n'étaient assez sûres pour qu'Aurore y cache ses secrets.

Un petit feu brûlait dans l'âtre afin de lutter contre la fraîcheur de l'air de novembre. Tandis que les Etats-Unis fêtaient la fin de la guerre, une épidémie de grippe espagnole mortelle était arrivée. Aurore veillait à ce que la maison reste chaude, à ce qu'Hugh soit en contact avec le moins de monde possible, y compris Henry qui se rendait au port chaque jour. Autrefois, beaucoup d'épidémies étaient arrivées par bateau à La Nouvelle-Orléans. Aurore craignait qu'il en soit de même pour la grippe.

En silence, elle se répéta le contenu de la lettre de Rafe. Vendredi, il l'attendrait avec Nicolette dans un appartement qu'il possédait au-dessus d'un magasin, dans le Vieux Carré. La vieille dame à qui il le louait serait absente et elle était d'accord pour qu'il l'utilise. En aucun cas, Aurore ne devait révéler à Nicolette qui elle était.

Comment Rafe pouvait-il croire qu'elle en trouverait le courage ?

Aurore s'approcha de la cheminée, consciente qu'elle n'avait pas d'autre solution. Elle n'avait aucune envie de brûler cette lettre. Lorsqu'elle la laissa tomber dans les flammes, elle aperçut une dernière fois l'écriture ample, vigoureuse, de Rafe. Une écriture qui lui ressemblait tant. Alors qu'ils avaient eu un enfant ensemble, elle ne possédait plus rien de lui.

Il ne restait que des cendres de la lettre lorsqu'elle entendit la porte s'ouvrir derrière elle. Elle n'eut pas besoin de se retourner pour savoir qui venait d'entrer. Elle avait reconnu le pas d'Henry. Elle frotta ses mains l'une contre l'autre, comme si elle était en train de se réchauffer.

— Nous vous avons laissé à dîner, Henry, indiqua-t-elle. Sally a fait cuire une poule, et il y a aussi des croquettes de pommes de terre et des navets.

Elle se retourna avant qu'il ne la rejoigne. Il lui était plus facile de se protéger si elle savait à quoi s'attendre.

— Je suis désolée d'avoir dîné sans vous, ajouta-t-elle. Voulez-vous que je vous tienne compagnie à table ?

— Quelle épouse obligeante…

— J'essaie de l'être.

Elle adressa à Henry le sourire froid, indéchiffrable, qu'elle lui réservait. Elle vit qu'il avait bu, ce que quelqu'un d'autre n'aurait pas forcément remarqué. Henry tenait très bien le whisky, qui avait pour effet de lui échauffer le caractère. Toutefois, Aurore n'avait encore jamais eu à se plaindre de ses excès de boisson.

— Avec qui d'autre vous montrez-vous aussi obligeante, Rory ? demanda-t-il.

— Que voulez-vous dire ?

— Qui d'autre ?

Bien que surprise par l'étrangeté de la question, Aurore lui chercha en hâte une réponse.

— J'essaie de faire plaisir à Hugh, sans trop le gâter. J'essaie de me montrer aussi agréable que possible dans les relations d'affaires…

— Et Rafe Cantrelle ? Avec lui aussi, vous essayez de vous montrer agréable ?

Aurore se garda bien de montrer la moindre crainte. Elle baissa la voix.

— Je vous en prie ! protesta-t-elle. C'était il y a longtemps… bien avant que nous ne soyons mariés. Allez-vous me faire payer toute ma vie quelque chose qui s'est produit alors même que nous ne nous étions pas rencontrés ?

Le geste d'Henry fut si brusque qu'elle n'eut pas le temps de s'écarter. Il ferma les doigts autour de son cou.

— Parlons de Grand Isle.

Aurore tenta de se dégager, sans y parvenir. Henry la maintenait fermement tandis qu'elle se débattait.

— Lâchez-moi ! dit-elle, haletante.

La pression de la main d'Henry s'accentua jusqu'à empêcher Aurore de respirer. Elle continua de se débattre. Mais plus elle luttait, plus Henry resserrait son étreinte. Finalement, elle renonça, et il relâcha la pression de ses doigts, lui permettant de respirer.

— Parlez-moi de Grand Isle, répéta-t-il.

Aurore prit une grande inspiration, puis une autre. La pièce, autour d'elle, semblait tanguer à la manière d'un navire.

— Il n'y a rien à dire, affirma-t-elle. Je m'y suis rendue pour la consécration de l'église. J'avais fait une donation au nom de ma mère après sa mort. Pour sa mémoire. C'est tout.

— Pourquoi ne m'en avez-vous pas parlé ?

— Je ne voulais pas vous mettre en colère. C'était mon argent, mais j'ai pensé que vous risquiez de désapprouver ce geste.

Comme s'il se satisfaisait de cette réponse, Henry s'écarta. Mais Aurore le connaissait, et elle ne s'y trompa pas.

— Et où avez-vous séjourné ? interrogea-t-il.

— Dans une modeste pension.

— Vous y étiez seule ?

Aurore porta la main à sa gorge. Sa chair était douloureuse, meurtrie.

— Bien sûr.

— Parlez-moi de la cérémonie.

— Eh bien… j'étais très émue. Ma mère aurait été heureuse de voir cette église sur l'île.

— Votre mère n'était qu'une pauvre folle qui a passé l'essentiel de sa misérable existence dans un asile ! s'exclama Henry.

— Je suis désolée de ne pas vous en avoir parlé. Mais c'était quelque chose que je me sentais tenue de faire et je craignais que vous ne vous y opposiez.

— Qu'avez-vous d'autre à me raconter ?

Aurore sentit son sang se glacer.

— Que voulez-vous savoir d'autre ?

Le coup partit si vite et avec une telle force que ce ne fut qu'à terre qu'Aurore comprit ce qu'Henry avait fait. A peine eut-elle le temps de se couvrir la tête qu'il lui tomba dessus et la roua de coups, sur les épaules et les bras. Lorsqu'elle tenta de lui échapper, il la frappa plus fort.

L'assaut prit fin aussi soudainement qu'il avait commencé.

— Levez-vous ! ordonna Henry en se redressant.

Comme Aurore ne se levait sans doute pas assez vite à son goût, il lui donna un coup de pied dans les côtes. Mais ce n'était qu'un avertissement, elle le savait. Elle se leva, les bras tendus devant elle pour se protéger. Il haussa un sourcil étonné, comme s'il ne comprenait pas pourquoi elle éprouvait un tel besoin.

— Qu'avez-vous d'autre à me raconter, Rory ? demanda-t-il.

— Voyons, Henry, que se passe-t-il ? Etes-vous devenu fou ?

— Parlez-moi de Rafe Cantrelle.

— Il se trouvait là-bas, je l'admets. Mais j'ignorais qu'il assisterait à la cérémonie. Comment l'aurais-je su ?

Cette fois, lorsqu'il la frappa, Aurore ne fut pas prise au dépourvu. Le coup la fit simplement trébucher en arrière.

— Dites-moi ce qui s'est passé ! ordonna-t-il. Tout. Si jamais vous me cachez quelque chose, je le saurai.

— Il ne s'est rien passé, si ce n'est que nous avons parlé quelques minutes.

Aurore sentait la tête lui tourner et elle avait la nausée. Pourtant, la peur surpassait tout. Elle sentit quelque chose, du sang probablement, couler sur son menton.

— Il m'a annoncé qu'il quittait La Nouvelle-Orléans et qu'il emmenait Nicolette avec lui, expliqua-t-elle. Je lui ai répondu que j'étais heureuse parce que je n'avais déjà passé que trop de temps à le haïr. Désormais, je n'aurai plus à me soucier d'eux.

Dans un geste implorant, elle tendit les mains.

— C'est terminé, Henry. Complètement terminé.

Il sourit et s'avança de nouveau vers elle.

Plus tard, lorsque la porte se ferma enfin derrière son mari, Aurore comprit qu'il en avait terminé. Elle gisait devant la cheminée, à côté des cendres de la lettre de son amant, le corps trop contusionné et endolori pour pouvoir se lever.

A la fin, elle n'avait plus rien fait pour se défendre. Elle avait laissé Henry la battre. Il en avait gagné le droit. Non parce qu'il était son époux, mais parce qu'elle avait mérité qu'il la traite ainsi. Elle était tout ce qu'il suspectait, et même pire.

Par la fenêtre de la pièce mansardée, Nicolette regardait les toits du Vieux Carré, semblables à des rangées de vagues agitées par la tempête. Il avait plu, récemment, et les tuiles et les ardoises luisaient. Derrière elle, Rafe faisait les cent pas. La pièce semblait trop petite pour lui, le plafond trop bas. Il ressemblait à un géant dans une maison de poupée décorée de dentelles et de fleurs fanées.

La porte était restée entrouverte. Pourtant, Nicolette pas plus que son père ne s'étaient aperçus qu'Aurore était là, à les écouter et à les observer. Nicolette tira sur l'ourlet de sa robe. Aurore se demanda si Rafe la lui avait achetée spécialement pour l'occasion. Elle était bleue et bordée d'un galon rouge et blanc. Dans les cheveux, Nicolette portait des rubans rouges.

C'était la plus jolie fillette qu'Aurore ait jamais vue.

— Où est la dame qui habite ici ? demanda-t-elle.

— Je te l'ai dit. Elle s'est absentée un moment.

— J'en ai assez d'attendre !

— Ça ne devrait plus être très long.

Nicolette ferma les yeux lorsque Rafe tendit la main et écarta doucement les cheveux de son visage. Elle s'appuya contre lui comme si c'était la chose la plus naturelle du monde. Puis il ferma les bras autour d'elle.

— Tu es très jolie, aujourd'hui, observa-t-il.

— Tu crois que la dame qui va venir me trouvera jolie, elle aussi ?

— Si elle a des yeux pour voir, oui.

— Parle-moi d'elle.

— Je t'en ai déjà parlé, Nicolette. C'était une amie de ta maman. Elle veut te voir avant que nous quittions La Nouvelle-Orléans.

— Mais pourquoi faut-il qu'on se voie ici ? s'étonna Nicolette. Pourquoi ne vient-elle pas chez nous ?

— Elle est blanche. Nous ne le sommes pas.

— Ma peau est blanche. Presque.

— Mais tu es noire. Comme moi.

— Ta peau est blanche, toi aussi.

— As-tu envie d'être blanche ? demanda Rafe.

Nicolette réfléchit un instant.

— Eh bien, je pourrais m'asseoir à l'avant du tramway.

— Oui, tu pourrais.

— Si j'étais blanche, je pourrais aller dans l'école de mon choix.

— Sauf dans celles où il n'y a que des enfants de couleur.

— Anne-marie et Mignon me manqueraient..., reconnut Nicolette.

— Voilà une bonne raison de ne pas vouloir être blanche !

Nicolette recula pour voir le visage de son père.

— Pourquoi ma maman était-elle amie avec une femme blanche ?

— Tu le lui demanderas, répondit Rafe de façon laconique.

— Violet a épousé un homme blanc.

— Et elle devra passer le reste de ses jours à faire semblant d'être ce qu'elle n'est pas.

— Je ne comprends pas pourquoi.

— Tu ne comprendras jamais.

Aurore ne put supporter plus longtemps de rester dans le couloir, de sentir tant de barrières les séparer. Elle frappa, entra, et s'immobilisa soudain en croisant le regard de Nicolette. La fillette esquissa une révérence polie, comme si elle en avait reçu par avance l'instruction.

Très vite, Aurore leva les yeux vers Rafe. Regarder sa fille, si proche et en même temps si loin d'elle, était trop douloureux.

— Rafe ?

— Entrez, madame Friloux. Je vous présente Nicolette.

Aurore s'obligea à avancer. Lentement. Si bien que la pièce lui parut soudain beaucoup plus grande qu'elle n'était. Elle s'arrêta devant Nicolette.

— Te souviens-tu de moi ? demanda-t-elle.

Les sourcils froncés, Nicolette parut chercher dans sa mémoire.

— Non… pas vraiment, avoua-t-elle.

— Nous nous sommes rencontrées il y a longtemps de cela. Tu n'avais que six ans, à l'époque. Tu es montée dans ma voiture et je t'ai donné un médaillon.

— Oh !

Nicolette leva aussitôt les yeux vers son père, comme si elle se souvenait vaguement qu'il le lui avait pris.

— Je ne l'ai plus, murmura-t-elle.

— Je sais.

Aurore s'adressa à Rafe.

— Pouvons-nous nous asseoir ?

— Je vais vous laisser seules.

— Seules ?

— Oui. Je pense que c'est mieux.

Il glissa un bras autour des épaules de Nicolette.

— Je serai de retour dans un petit moment, lui promit-il.

Aurore souhaitait de tout son cœur que Rafe reste. Elle crut un instant qu'il allait le faire, car il ne bougea pas. Ils se regardèrent longuement, comme deux personnes qui veulent se parler mais ne savent que dire.

Puis il quitta la pièce.

— On s'assoit ? proposa Aurore.

— Oui.

Contre un mur de la pièce, il y avait une petite banquette recouverte de coussins de velours et de satin fanés. Elles s'y installèrent, et Nicolette caressa le velours de la paume de la main.

Par où commencer ? se demanda Aurore. Elle n'avait que peu de temps pour poser les questions de toute une vie, quelques minutes seulement pour s'imprégner de la douceur de cette enfant, sa fille, qu'elle ne reverrait plus.

— Que t'a dit ton papa à mon sujet ? s'enquit-elle.

— Que vous connaissiez ma mère et que vous vouliez me voir avant que nous partions.

— C'est vrai.

Très intéressée, Nicolette leva les yeux vers Aurore.

— Vous l'avez donc vraiment connue ?

— Oui, très bien même.

— Vous croyez qu'elle voulait une petite fille ?

— Oui. Elle la voulait de tout son cœur. Elle aurait été très fière de toi. Elle t'aurait beaucoup aimée, Nicolette.

— Vous le pensez vraiment ?

— J'en suis certaine.

Nicolette frotta le bout de son pied contre le tapis.

— Elle travaillait pour vous ? demanda-t-elle.

— Non. Nous étions… amies.

— C'est pour cela que vous vouliez me rencontrer ? Pour voir si je lui ressemble ?

— J'ai beaucoup pensé à toi depuis qu'elle est morte. Je voulais seulement m'assurer que tu étais heureuse…

Tant bien que mal, Aurore esquissa un sourire.

— … et en bonne santé, ajouta-t-elle.

— Je ne suis jamais malade.

Nicolette croisa les jambes, puis les décroisa. Elle avait à l'évidence du mal à rester en place.

— Es-tu contente de quitter La Nouvelle-Orléans ? lui demanda Aurore.

— Oh, oui ! A Chicago, je pourrai aller partout en tramway et m'asseoir où je veux.

— Chicago ?

— Oui, c'est là que nous allons, confirma Nicolette.

Aussitôt, elle fronça les sourcils.

— Je ne sais pas si vous êtes censée le savoir… Papa m'a dit que je ne devais en parler à personne. Mais vous, c'est peut-être différent.

— Que vas-tu faire là-bas ?

— J'irai à l'école et je prendrai des cours de musique. Vous aimez la musique ?

— Oui, beaucoup.

— Mon ami Clarence, qui habite là-bas, me donnera

des leçons. Il joue du piano. C'est le meilleur de tous. Meilleur que Jelly Roll Morton ou Tony Jackson. Du moins, c'est ce que tout le monde dit. Je ne les ai jamais entendus jouer…

Elle marqua un temps d'arrêt.

— Je les entendrai peut-être un jour.

— Je l'espère, murmura Aurore d'un ton chaleureux. Ton papa m'a raconté que tu aimais chanter.

— Je chante tout le temps ! s'exclama Nicolette avec entrain. Parfois, il est même obligé de me dire d'arrêter.

Soudain, elle se pencha vers Aurore afin de l'observer de plus près.

— Vous vous êtes fait mal en tombant ? interrogea-t-elle, les sourcils froncés.

— Oui. Je suis très maladroite…

— Moi aussi. Papa dit qu'il va falloir que j'apprenne à me tenir tranquille, un jour.

— Pourquoi donc ?

— Parce que je suis pénible. J'ai les plus mauvaises manières de toute l'école, et c'est moi qui parle le plus mal français.

— Tu es belle et intelligente, déclara Aurore. Moi, je te trouve merveilleuse.

— J'aurais plu à ma maman, vous croyez ?

— Elle… elle t'aurait adorée !

— Comment était-elle ?

Aurore hésita.

— Comment l'imagines-tu ?

— Grande. Belle. Avec un sourire comme les dames dans les films. Comme ça.

Nicolette mima un large sourire.

— Comme les sœurs Gish.

— C'est une description très juste, assura Aurore en souriant à son tour.

— Je ne sais pas si je ferai du cinéma plus tard..., murmura Nicolette d'un ton songeur. Peut-être que je me contenterai de chanter.

— Tu veux bien chanter pour moi ?

Rafe avait dit à Aurore que Nicolette ne refusait jamais de chanter lorsqu'on le lui demandait. La musique était sa plus grande joie. Pourtant, elle paraissait soudain intimidée.

— S'il te plaît, insista Aurore.

Réticente, Nicolette finit par se lever.

— Je chante parfois du blues. Vous aimez le blues ?

— Il me fait pleurer.

— Si vous pleurez, ça veut dire que je le chante bien !

— Vas-y. Je t'écoute.

— Je connais quelques chansons amusantes. Ça serait peut-être mieux, non ?

Aurore se rendit compte que la fillette avait deviné sa tristesse.

— Chante ce que tu voudras. Ce qui te fait plaisir, dit Aurore en effleurant la main de Nicolette.

— Je regrette que Clarence ne soit pas là. Lorsqu'il joue pour moi, je n'ai même pas à penser aux paroles.

Elle ferma les yeux et se lança dans l'une des chansons préférées d'Aurore, *Saint Louis Blues*. Prenant peu à peu confiance en elle, elle se mit à chanter plus fort.

Lorsque Nicolette ouvrit de nouveau les yeux, à la fin, Aurore pleurait et Rafe était revenu.

— Oh ! Nicolette..., dit Aurore en essuyant ses larmes.

— J'ai dû chanter comme il faut ! s'exclama Nicolette.

Aurore tendit les bras et la fillette vint s'y glisser timidement. Elle aurait voulu la tenir ainsi à jamais contre elle, la chérir et la protéger. Bientôt, Nicolette ferma ses petits bras autour de son cou et la serra à son tour.

— Mme Friloux doit s'en aller à présent, dit Rafe.

Aurore poussa un petit gémissement de protestation, mais déjà Nicolette s'écartait.

— Merci d'être venue me voir, dit-elle. Je suis heureuse que ma chanson vous ait plu.

Posant les mains sur ses épaules, Aurore la retint un instant devant elle.

— Je t'ai apporté un cadeau, annonça-t-elle. Mais il faut que ton papa soit d'accord pour que je te le donne.

— Il n'y a pas de problème, dit Rafe.

La tristesse avait envahi la pièce. Elle était là, palpable, comme un écran qui se dressait entre eux. Le visage de Rafe était tendu, et Nicolette donnait l'impression d'avoir hâte de rentrer chez elle.

Aurore sortit une boîte d'un petit sac de cuir du même gris pâle que sa robe.

— Tu peux l'ouvrir, si tu veux.

Nicolette acquiesça d'un hochement de tête. Dans la boîte, se trouvait un médaillon en or qu'elle prit délicatement entre ses doigts.

— C'est celui que tu m'avais pris ! dit-elle en se tournant vers son père. Je m'en souviens !

— J'ai eu tort…

— Je peux le garder à présent ?

— Oui.

— Ouvre-le, dit Aurore.

Nicolette savait comment faire. Elle pressa le petit

fermoir, fixant avec intérêt le médaillon lorsqu'il s'ouvrit en deux. A l'intérieur, se trouvait une photo d'Aurore.

— Pour que tu te souviennes de moi, précisa celle-ci.

— Merci.

Un instant, Nicolette sembla réfléchir à ce qu'il convenait de dire.

— Je le garderai toujours sur moi, ajouta-t-elle.

Et elle eut un large sourire, visiblement ravie d'avoir su faire preuve de bonnes manières. Puis elle glissa la chaîne autour de son cou, et le médaillon retomba sur sa poitrine.

— Je vais vous raccompagner, dit Rafe à Aurore. Attends-moi ici, Nicolette.

— Je ne peux pas venir ?

Nicolette leva les yeux vers son père et changea aussitôt d'avis lorsqu'elle découvrit son expression.

— Très bien. Je t'attends.

Aurore l'embrassa sur la joue. Nicolette hésita, puis elle lui rendit son baiser. Aurore se leva, tendit la main, effleura l'épaule de sa fille. Une dernière fois. Une dernière caresse. Après quoi, elle traversa la pièce et, sans un regard en arrière, elle sortit, suivie de Rafe.

Aurore s'arrêta au bas de l'escalier.

— Quand partez-vous ?

Rafe l'observait. Elle ne l'avait pas regardé, elle ne lui avait rien dit de sa rencontre avec sa fille. Or, il en voulait davantage… tout en étant conscient qu'il n'avait droit à rien.

— Dans un jour ou deux, répondit-il.

— C'était plus facile lorsque j'ignorais combien elle est adorable…

La voix d'Aurore se brisa.

— C'était plus facile de te haïr, ajouta-t-elle.

— Nous ne sommes pas nés pour la facilité.

— Tu pourrais m'écrire par l'intermédiaire de mon notaire, Spencer Saint-Amant.

— Je ne le ferai pas.

Le soupir d'Aurore se mua en un gémissement douloureux.

— Rafe !

Il s'était promis de ne plus jamais l'approcher. Leurs vies étaient déjà si tragiquement mêlées. Mais en dépit de toutes ses résolutions, il l'attira dans ses bras. Cela aussi, il leur faudrait le payer, comme tout le reste.

Aurore ferma les bras autour de son cou, répondit à son baiser avec une fougue comparable à la sienne, avec le même désespoir aussi. Des bruits leur parvenaient de la rue, de la boutique qu'il fallait traverser pour gagner l'appartement. Rafe plaqua fiévreusement Aurore contre lui, pour tenter de conserver à jamais l'empreinte de son corps contre le sien, essayer de garder un peu de son âme avec lui.

Ce fut lui qui interrompit le baiser et s'écarta le premier. Il regarda Aurore dans la faible lumière et découvrit alors ce qu'il n'avait pas encore remarqué.

— Gerritsen t'a battue !

Aurore pleurait.

— Non. Je… je suis tombée.

— Que sait-il au juste ?

— Rien. Ça va, je t'assure. Ne te fais aucun souci.

Il la prit par le menton, scruta son visage. Elle détourna le regard.

— Voilà donc où nous en sommes arrivés, n'est-ce pas ? Je ne peux pas te protéger. Mon existence même est une menace pour toi.

— Il sait seulement que nous nous sommes rencontrés sur l'île, Rafe. Mais je lui ai dit que tu quittais la ville, que nous ne nous verrions plus jamais. Je pense qu'il m'a crue.

— Sait-il que… ?

— Non. Je suis à peu près certaine qu'il ne soupçonne pas ce qui s'est passé.

— Il s'en doute.

— Cela n'a pas d'importance. Tu t'en vas. A présent, nous ne craindrons plus rien ni l'un ni l'autre.

Rafe était fou de rage. Jamais il ne s'était senti aussi impuissant. Maintenant, il savait exactement comment il avait été marqué par le sang de son père. Les hommes comme son père étaient morts sans avoir eu le temps d'aimer ni de protéger leurs femmes.

— Partout où tu iras, je serai avec toi, dit Aurore, en larmes.

Elle lui caressa la joue.

— Je t'aime. Je n'aimerai jamais personne d'autre que toi.

Il était incapable de parler. Il se détourna. Puis il revint vers Aurore. Il sortit une enveloppe de la poche de sa veste, la lui tendit. Elle la prit sans un mot et l'ouvrit. A l'intérieur, se trouvait une photo de Nicolette. Celle que Rafe préférait.

Aurore pressa le cliché contre sa poitrine. Rafe, qui l'observait, vit la femme qu'elle était. Il vit son intolérance, sa lâcheté, mais aussi tout ce qu'il avait tant aimé en elle. Il savait maintenant qu'il ne l'oublierait jamais.

En haut de l'escalier, il ne se retourna pas. Il entra dans l'appartement pour aller chercher sa fille et la ramener à la maison.

30

— Henry travailla tard ce soir-là, comme pratiquement tous les soirs depuis l'Armistice. A cette époque, il se partageait entre son engagement politique et la gestion de la Gulf Coast. Et lorsque ses efforts pour devenir l'un des rouages de la machine politique de La Nouvelle-Orléans volaient trop de temps à son travail, il fallait bien qu'il compense.

Phillip aida Aurore à gravir les marches qui permettaient d'accéder à la maison. Il était demeuré silencieux tandis qu'elle parlait. Dès leur première rencontre, il s'était refusé à éprouver quoi que ce soit pour elle et les combats qu'elle livrait. Ensuite, lorsqu'elle lui avait révélé son identité, une rage froide s'était emparée de lui. Aujourd'hui, malgré lui, il éprouvait de la compassion. Cinquante ans s'étaient écoulés et elle souffrait toujours à cause des choix qu'elle avait faits. La douleur était là, dans sa voix.

— Nous n'étions toujours pas certains de l'impact que la fin de la guerre aurait sur la Gulf Coast, poursuivit-elle. L'achat du cargo avait été si fructueux que nous avions investi dans un deuxième. Je pensais qu'il y aurait un marché pour tous les articles que nous importerions, après la période de privations que les gens avaient connue durant la guerre. La paix revenue, ils allaient sans aucun doute aspirer à plus de confort, à une vie plus facile. Les prix s'envoleraient et la Gulf Coast prospérerait. Henry n'était qu'à moitié convaincu, même si j'avais fait preuve d'un instinct très sûr en matière de mode. Certes, je ne fréquentais pas le bureau aussi assidûment qu'à une certaine époque, mais je me maintenais au courant. Il y avait peu de choses qu'Henry pouvait faire sans que je le sache et, malgré les succès que je remportais, le simple fait que j'intervienne le mettait hors de lui.

Lorsqu'ils entrèrent dans le salon, Aurore se laissa tomber dans un fauteuil. Phillip s'adossa au mur, les bras croisés sur le torse.

— Cela dit, beaucoup de choses en moi le mettaient hors de lui, souligna Aurore. Alors qu'il avait pensé que je serais facile à manipuler, ma conduite le frustrait en tout point. J'échappais à son contrôle.

Renversant la tête contre le dossier de son fauteuil, elle ferma les yeux.

— Et puis, il y eut cet incident. Cette nuit-là était particulièrement sombre et calme. Les bureaux de la Gulf Coast se trouvaient dans une zone du port très peu éclairée mais, d'ordinaire, il se trouvait toujours quelques personnes dans la rue, des hommes comme Henry qui restaient tard au bureau afin d'extraire l'ultime once de profit des succès de la journée. Mais lorsque Henry quitta le bureau, ce soir-là, même les travailleurs les plus acharnés étaient rentrés chez eux. La rue était déserte. Alors qu'il pressait le pas pour rejoindre sa voiture, garée à l'angle, un homme sortit de l'ombre.

Aurore ouvrit les yeux et se tourna vers Phillip.

— Au cours des dernières années, lorsque Henry se montrait plus cruel que jamais, j'ai souvent songé à cette correction comme à une petite compensation.

J'imaginais la nuit sombre, menaçante, le silence soudain rompu par l'impact d'un coup de poing. J'étais certaine qu'il s'était défendu bec et ongles, mais il ne faisait pas le poids face à un agresseur invisible et sans doute plus fort que lui.

— Rafe ?

— L'agresseur d'Henry était un fantôme, répondit Aurore de façon indirecte. Il frappait avec la vitesse de l'éclair. Finalement, Henry s'est effondré sur le trottoir. Il s'est roulé en boule, se protégeant tant bien que mal tandis que le fantôme le rouait de coups de pied. Lorsque les coups ont enfin cessé de pleuvoir sur lui, il s'était évanoui. Ce n'est que beaucoup plus tard dans la nuit qu'on l'a trouvé. Il a mis plusieurs semaines à se remettre.

Phillip demeura silencieux, songeant à tout ce que lui avait dit Aurore. S'il éprouvait de la compassion pour elle, en revanche il n'en éprouvait aucune pour son mari.

— Je n'ai plus jamais revu Rafe, conclut Aurore en le fixant d'un regard impassible.

— Qu'est-il advenu de lui ?

— Vous n'avez donc jamais interrogé votre mère à propos de sa vie à Chicago ?

— Il semblerait qu'elle préfère ne pas évoquer son passé, répondit Phillip. Elle ne m'a même jamais dit son véritable nom.

— Demandez-lui de vous parler de Chicago, Phillip.

— Et si elle prétend ne se souvenir de rien ?

— Insistez. Parce qu'elle est la seule à pouvoir vous en parler.

*
* *

De l'avis de tous, Nicky était une grande dame de la chanson. Elle avait fait une brillante carrière en Europe puis, récemment, aux Etats-Unis. Elle était partie en tournée en compagnie des meilleurs orchestres, elle avait côtoyé les grands maîtres du jazz et les vedettes du *rhythm and blues*. Devenus des classiques, ses premiers enregistrements figuraient en bonne place sur les étagères des musicologues et des collectionneurs. Ses nouveaux enregistrements se vendaient suffisamment bien pour démontrer qu'elle avait encore un public en dehors de celui qui se massait tous les soirs au Club Valentine. Elle n'avait cédé à aucun des excès, alcool ou drogue, qui allaient souvent de pair avec ce métier. Et après des années de quête, elle avait trouvé un homme qui la chérissait et la respectait.

Il y avait eu des chagrins dans sa vie. Avant Jake, elle avait aimé deux hommes, deux histoires d'amour qui avaient failli la détruire. Elle s'était battue pour élever Phillip seule, dans la tourmente d'une guerre si terrible qu'il lui était parfois arrivé de perdre tout espoir de survivre.

Et elle avait vu son père bien-aimé mourir de la main d'un fou.

C'était ce souvenir qui la hantait depuis que Phillip lui avait posé des questions au sujet de ses racines. Elle n'était pas surprise que son fils veuille savoir qui il était et d'où il venait. Certes, elle avait été une bonne mère. Elle ne regrettait rien, ni les décisions qu'elle avait prises au cours de sa vie, ni l'amour qu'elle avait toujours prodigué à Phillip. Elle ne pouvait le regarder sans être fière de lui, ou sans déplorer que d'autres enfants ne soient pas nés de son union avec Jake.

Mais elle avait échoué sur un point important avec son fils. Elle ne lui avait pas parlé de l'homme auquel il ressemblait tant. Après tant d'années, le souvenir de son père avait encore le pouvoir de faire mal à Nicky, d'une façon nouvelle et inattendue chaque fois qu'elle l'évoquait. Elle n'avait pas voulu que Phillip souffre, lui aussi.

Aujourd'hui, elle savait qu'elle avait eu tort.

— J'ai des raisons de te le demander, dit Phillip.

Il était assis en face d'elle, dans l'appartement qui se trouvait au-dessus du Club Valentine et qui servait à la fois de bureau et de logement pour les musiciens de passage.

Nicky pensait connaître les raisons qui le poussaient à s'interroger sur ses racines. Jusque-là, Phillip avait toujours su ce qu'il voulait faire de sa vie. Même l'adolescence ne l'avait pas ébranlé dans ses certitudes et il était sorti de ces années si déstabilisantes tout à fait sûr de lui. Il faisait partie de ces hommes qui regardent toujours devant, pas à l'intérieur d'eux-mêmes.

Mais aujourd'hui, il avait atteint un tournant de sa vie.

— As-tu revu Belinda depuis ton retour ? lui demanda-t-elle.

— Non, répondit-il d'un ton sec.

— Moi, je ne l'ai pas revue depuis le soir où elle est venue ici avec toi. Peut-être profite-t-elle du congé du Mardi gras pour rendre visite à de la famille, dans une autre ville.

Phillip se leva et se mit à marcher de long en large.

— Nous ne nous sommes pas quittés en très bons termes, avoua-t-il.

— Cela doit pouvoir s'arranger, non ?

— Je ne sais pas… Bon sang ! Qu'est-ce que j'ai à lui offrir ?

Il s'arrêta en face de Nicky, les mains enfoncées dans les poches de son pantalon noir.

— Le monde part à la dérive, et je n'ai aucune idée de la façon dont tout cela va finir. Malcolm X a été assassiné la semaine dernière. Nous bombardons le Viêt-nam, où la guerre ne peut qu'empirer. La semaine prochaine, il va y avoir une marche pour les droits civiques. Elle partira de Selma, et les gens se demandent déjà ce qu'il faudra faire quand elle deviendra violente. Pas *si* mais *quand* elle deviendra violente. Dans quelle sorte de monde vivons-nous ? Suis-je censé poser armes et bagages et m'installer avec Belinda au milieu de ce chaos ?

— Tu n'es pas censé faire quoi que ce soit hormis ce que tu crois être bien pour toi. Mais n'attends pas que le monde devienne sûr et confortable avant de faire tes propres choix. Parce qu'il ne le sera jamais.

— Et toi ? s'exclama Phillip. Tu ne peux même pas parler de ton enfance. Tes souvenirs sont si douloureux que tu les as enfouis au plus profond de toi. Dans quel genre de monde as-tu été élevée ? Dans quel genre de monde naîtrait mon enfant si j'en avais un ?

Nicky se leva à son tour.

— Regarde-moi, Phillip. Que vois-tu ? Quelqu'un qui a souffert ? Quelqu'un qui préfère ne pas s'attarder là-dessus ? Pourquoi pas quelqu'un qui a persévéré, en dépit de tous et de tout, et a finalement eu une vie très belle ?

Phillip demeura de marbre.

— J'ai eu tort de ne pas te parler de mon enfance, reconnut Nicky. Certaines blessures continuent de saigner quand bien même elles paraissent cicatrisées. Tu sais, même à mon âge, il est parfois plus facile de ne pas se souvenir de certaines choses.

— Je suis désolé. Je n'aurais rien dû te demander.

— Viens t'asseoir près de moi.

Nicky s'installa sur le canapé et tapota à côté d'elle, comme si Phillip était encore un petit garçon.

— Je n'ai cessé d'y penser depuis que nous en avons discuté la dernière fois, lui avoua-t-elle. Et je veux te parler de ton grand-père. J'en ai toujours eu l'intention, mais chaque fois, je me disais que ce n'était pas le bon moment. Eh bien, il est temps que je le fasse. Grand temps. Tu peux être fier des gens dont tu es issu, Phillip, même si tu n'es pas fier du monde dans lequel tu vis.

Phillip lui prit la main et la serra avec tendresse.

— J'ai toujours été fier de toi, affirma-t-il.

— Un jour, je te parlerai de mon enfance ici, du peu dont je me souviens. Mais pas maintenant. Tu m'as demandé de te parler de Chicago…

Nicky prit une grande inspiration, comme pour se donner du courage.

— J'avais onze ans lorsque nous avons quitté La Nouvelle-Orléans pour Chicago. Lorsque je dis nous, je veux parler de mon père et moi. J'aimais mon père. Et tu sais combien j'adorais Clarence. Lorsque papa et moi avons pris le train, la seule chose à laquelle j'ai pensé c'est que j'allais revoir Clarence. Ce n'était pas mon grand-père. Le nom de mon père était Cantrelle, Rafe Cantrelle, et Clarence était seulement un ami très cher. Il était parti pour le Nord, une année plus tôt, car il avait entendu dire qu'on y gagnait mieux sa vie. C'était un peu comme si le jazz de La Nouvelle-Orléans avait fait ses valises pour partir vers Chicago à l'époque de la Première Guerre mondiale.

Elle s'interrompit un instant, attendant que Phillip

lui pose des questions. Mais apparemment, il préférait la laisser parler.

— C'était un monde différent. Je ne sais comment t'expliquer. Mon père avait de l'argent, issu d'investissements qu'il avait faits à La Nouvelle-Orléans, je présume, et nous avons pu acheter une maison dans le South Side, en bordure du quartier noir. Les Noirs commençaient tout juste à s'y installer. Apparemment, cela avait causé des problèmes. J'ai entendu parler de bombes. Mais lorsque nous sommes arrivés, tout était calme. Et si nous n'avons pas été accueillis à bras ouverts, personne du moins n'a brûlé de crucifix dans notre jardin. De toute façon, il n'y avait guère d'autre endroit où s'installer. Les Noirs vivaient à dix dans un appartement. La seule façon de changer quelque chose à une telle situation était d'investir les quartiers blancs. Clarence refusa. La promiscuité ne le gênait pas. Il avait grandi dans les pires taudis de La Nouvelle-Orléans, et il se sentait chez lui dans le quartier noir.

Nicky lâcha la main de Phillip.

— Ce que j'ai ressenti n'est pas facile à exprimer. L'air était différent. Je ne parle pas seulement du climat. A La Nouvelle-Orléans, papa et moi restions entre nous. Je n'étais pas blanche, je n'étais pas noire. Je n'étais même pas une créole de couleur. Je n'étais nulle part à ma place, sauf avec papa.

— Et soudain, tu as trouvé ta place.

— Ma place ? Je ne sais pas. En tout cas, Chicago était comme une lumière qui s'allumait. On sentait une énergie dans cette ville, une énergie différente. A La Nouvelle-Orléans, toute notre énergie se concentrait dans la musique. Nous savions que les changements ne seraient pas rapides et nous chantions notre frustration, nous la martelions sur les touches de nos pianos. Mais là, dans le Nord, il y avait de l'espoir. Je m'asseyais où je voulais dans les tramways et les trains, j'allais à l'école avec des enfants blancs, je disais bonjour à des voisins blancs à travers la grille du jardin. Je ne dis pas que tout était parfait. Mais on avait l'impression que cette ville était un point de départ. Tu comprends ?

— Ça n'a pas changé.

— Mon père s'est tout de suite intégré. A Chicago, il n'existait pas de loi pour l'empêcher de se lancer dans les affaires. Il a acheté des parts dans une société immobilière, investi dans diverses affaires. Nous vivions bien et nous étions acceptés comme nous ne l'avions jamais été nulle part auparavant. Si mon père ne m'a jamais confié ce qu'il ressentait, j'ai vu la manière dont il a changé au cours des premiers mois que nous avons passés loin de La Nouvelle-Orléans. Il est devenu un autre homme. C'était comme s'il avait brusquement décidé qu'il était nécessaire de changer le monde.

— Il avait raison.

— Le problème, c'est qu'il a commencé à croire qu'il en avait vraiment le pouvoir. L'été est arrivé, et tout a en effet changé. Et il a été emporté dans le tourbillon.

Nicky s'interrompit. Elle resta un long moment silencieuse, le regard perdu dans le lointain. Enfin, elle se tourna vers Phillip et effleura sa joue.

— Il s'est fait tuer alors qu'il tentait de me sauver la vie.

Nicolette lisait beaucoup et elle était au courant des atrocités que suscitait le racisme. En 1917, une manifestation à propos de l'emploi des Noirs à Saint-Louis dégénéra en bagarre, et lorsque celle-ci cessa, on dénombra quarante-sept morts, essentiellement des Noirs.

La haine raciale continua de monter partout où les Noirs occupaient les emplois laissés vacants par les Blancs partis se battre. Mais tous les Noirs n'étaient pas restés au pays. A la fin de la guerre, le retour de soldats noirs, fiers d'avoir servi leur pays et risqué leur vie pour une juste cause, ne fit qu'attiser les haines. En Georgie, un soldat noir fut battu à mort pour avoir porté son uniforme de la gare jusque chez lui. L'été 1919 vit l'explosion d'émeutes raciales aussi bien dans le Nord que dans le Sud.

Nicolette lisait le récit de lynchages et d'émeutes dans le *Defender*, l'un des journaux noirs de Chicago. Heureusement, ces horribles histoires se passaient loin de chez elle. Et puis, elle s'intéressait davantage aux musiciens et à la musique qu'ils jouaient à Chicago. Des noms comme Keppard et Oliver, Ory et Armstrong faisaient naître des mélodies dans sa tête, des rêves de soirées passées au Royal Gardens ou au Lincoln Gardens Café.

Clarence jouait avec un groupe au Dreamland, et Nicolette était allée le voir un soir avec son père, avant que le club n'ouvre au public. Une jeune fille, guère plus âgée qu'elle et beaucoup moins douée, s'était approchée de leur table en roulant des hanches tandis qu'elle chantait. Lorsqu'elle en avait eu fini, Nicolette avait tenu à chanter, elle aussi, et elle avait obtenu un beau succès auprès des quelques personnes présentes.

S'il comprenait très bien ce que la musique représentait pour elle, son père ne manquait jamais de lui rappeler que l'école était plus importante. Nicolette aimait l'école et elle passait beaucoup de temps à la bibliothèque, car elle adorait lire. Mais la musique, c'était autre chose. C'était comme une pulsation en elle, un souffle qui montait, s'amplifiait jusqu'au moment où il fallait qu'il s'échappe. La musique faisait partie d'elle. Elle l'habitait tout entière, elle lui était aussi essentielle que l'air qu'elle respirait. Parfois, les paroles de ses professeurs devenaient chansons, les mots inscrits sur une page se transformaient en notes et le déroulement d'un récit semblait brusquement suivre la ligne mélodique d'un air de blues.

Juillet arriva. Les températures grimpèrent en flèche. Son père était de plus en plus souvent absent de la maison. Nicolette ne savait pas grand-chose des réunions auxquelles il participait, si ce n'était qu'elles étaient en rapport avec l'amélioration des conditions de vie des Noirs.

Le cours paisible des journées d'été s'interrompit brusquement un dimanche après-midi de juillet. Son père étant absent pour affaires, Nicolette était partie passer la journée chez Dolly, une amie du voisinage. A cause de la température plus élevée que jamais, les deux fillettes étaient allées s'installer dans le parc voisin, à l'ombre des arbres, regrettant de n'être parvenues à convaincre personne de les accompagner pour aller se baigner dans le lac.

Vers la fin de l'après-midi, il devint clair qu'il se passait quelque chose d'inhabituel. Des groupes de gens passaient, parlant avec agitation, tandis qu'au loin on entendait le son aigu de sifflets. Ce ne fut que lorsque Etta, la mère de Dolly, vint les chercher qu'elles apprirent ce qui s'était passé.

Visiblement, Etta était très soulagée de les trouver.

— Nous rentrons à la maison ! ordonna-t-elle sans préambule.

— Oh ! pourquoi, maman ? protesta Dolly d'une voix plaintive.

— Ne discute pas, et viens ! Toi aussi, Nicolette. Tout de suite !

Les filles se levèrent sans se presser.

— J'ai dit qu'on se dépêchait ! s'exclama Etta en attrapant sa fille et en la secouant. Et je parle sérieusement !

Cette fois, les fillettes s'activèrent un peu. Etta les saisit chacune par un bras et les tira presque à travers le parc. Elle regardait de tous côtés, et lorsqu'elle aperçut soudain un groupe d'hommes blancs avançant dans leur direction, elle entraîna les filles derrière un bouquet d'arbres.

— Pas un mot ! murmura-t-elle.

Nicolette avait compris que quelque chose n'allait pas. Comme Dolly, elle attendit en silence que les hommes les aient dépassées. Puis elles suivirent Etta sans broncher, s'arrêtant une fois encore pour se dissimuler derrière des buissons au passage d'un autre groupe d'hommes blancs.

Si Nicolette avait saisi des bribes de conversation, elles ne prirent tout leur sens qu'une fois à la maison, lorsque Etta eut tout barricadé et fermé les fenêtres malgré la chaleur étouffante qui régnait à l'intérieur.

— Un gamin a été tué au lac, tout à l'heure. Un gamin de couleur. Des enfants blancs lui auraient jeté des pierres parce qu'il se trouvait dans leur partie du lac. Comme si l'eau appartenait à quelqu'un ! Des gens racontent qu'une pierre l'a atteint, d'autres qu'il est tombé de son bateau et qu'il s'est noyé parce qu'il avait peur de gagner la rive à la nage. J'ignore ce qu'il en est exactement, mais je sais qu'il va y avoir de la bagarre. Et j'ai même l'impression que cela a commencé.

— On a mis les enfants blancs en prison ? demanda Nicolette.

Etta poussa une sorte de gémissement.

— Ma pauvre ! Tu t'imagines qu'ils vont arrêter un enfant blanc parce qu'il a tué un enfant de couleur ? Ils ont déjà arrêté un Noir qui s'était permis de protester !

Nicolette aurait voulu que son père soit là. La précipitation avec laquelle Etta les avait ramenées à la maison l'effrayait.

— Il fait chaud, maman, dit Dolly. Pourquoi faut-il fermer toutes les fenêtres ?

— Ecoutez-moi bien, toutes les deux. Chaque fois qu'il y a des problèmes, c'est nous qu'on accuse, sans chercher à comprendre. Mieux vaut que nous restions à l'abri en attendant que les esprits se calment. Ce quartier est l'un des plus dangereux, pour des gens comme nous, car nous y sommes en minorité. Si nous étions plus nombreux, les Blancs hésiteraient à s'y aventurer comme ils le font. Dans l'état actuel des choses, il y a plus de Blancs que de gens de couleur, et ils savent qu'ils peuvent faire tout ce qu'ils veulent. Personne ne les arrêtera.

— Pourquoi est-ce qu'ils nous feraient du mal ?

— Parce que nous sommes des gens de couleur. Cela leur suffit.

— Ça ne se voit pas beaucoup, observa Nicolette en approchant la main de celle de Dolly.

Celle-ci avait la peau beaucoup plus foncée.

— Crois-tu que ça les dérange ? s'exclama Etta. Tu es de couleur, c'est suffisant.

Il n'y avait plus d'agressivité dans sa voix. Elle semblait sur le point de fondre en larmes.

— Ils risquent de faire du mal à papa ? demanda Dolly.

Son père, qui était allé voir sa grand-mère, se trouvait à l'autre bout de la ville.

— Ton père est malin. Il ne rentrera que lorsque la voie sera libre.

— J'espère que le mien aussi est malin, murmura Nicolette.

— Je l'espère aussi, répondit Etta. Je ne voudrais pas qu'il s'imagine que le fait de vivre à Chicago l'a rendu invisible.

Nicolette se contenta de hocher la tête.

A la fin de la journée, Rafe n'était toujours pas revenu, et elle commença à s'inquiéter sérieusement.

Elle resta chez les Slater pour la nuit, bien qu'aucun arrangement n'ait été pris en ce sens. Les Slater n'ayant pas le téléphone, Rafe n'aurait pas pu appeler même s'il en avait eu la possibilité. Peu après la tombée de la nuit, il y eut des coups de feu. Ils étaient si proches que Dolly se cacha sous un lit, à l'étage. Nicolette lui fit réciter toutes les prières qu'elle connaissait jusqu'à ce qu'elles sombrent toutes deux dans le sommeil, épuisées.

M. Slater rentra juste avant l'aube. Etta laissa les lumières éteintes tandis qu'il leur racontait ce qu'il avait vu. Des hommes, principalement des Noirs, avaient été passés à tabac dans les rues. Il avait même entendu dire que plusieurs étaient morts dans le voisinage.

Les parents de Dolly interdirent à Nicolette de se mettre à la fenêtre afin de guetter son père. De toute façon, les volets étaient fermés. Tout ce qu'elle pouvait faire, c'était prier pour qu'il vienne la chercher.

Elle s'inquiétait aussi pour Clarence. Où était-il lorsque les troubles avaient éclaté ? Elle savait qu'il aimait beaucoup se promener au bord du lac, qui lui rappelait La Nouvelle-Orléans. Il était possible qu'il s'y soit trouvé lorsque le gamin, un certain Eugène Williams, avait été tué…

Lorsque le soleil se leva, les rues avaient recouvré leur

calme. Etta jeta un coup d'œil par la fenêtre. Comme tous les jours, les gens se rendaient à leur travail. Malgré les protestations de son épouse, M. Slater se prépara pour aller travailler, lui aussi. De l'étage, Nicolette, sa femme et sa fille le regardèrent s'aventurer au-dehors. Tout semblait normal. Personne ne s'occupa de lui tandis qu'il se dirigeait vers le parc et l'arrêt du tramway.

Une demi-heure plus tard, Rafe arriva.

Nicolette se jeta dans ses bras avec des sanglots de soulagement. Il ne lui mentit pas, ne chercha pas à se montrer rassurant. Après avoir remercié Etta, il expliqua qu'il avait passé une partie de la nuit, avec quelques autres, à tenter de trouver une réponse constructive à la violence. Mais au moment de rentrer, il s'était rendu compte que les rues n'étaient pas sûres et qu'il valait mieux pour lui rester à l'abri.

Il avait le visage blême, il semblait préoccupé… mais au moins était-il vivant ! Cramponnée à lui, Nicolette comprit que lui et Clarence étaient tout ce qu'elle avait au monde.

Sur le chemin du retour, il serra très fort sa main dans la sienne. Et une fois à la maison, il lui expliqua ce qu'il avait l'intention de faire. Il l'obligea à s'asseoir sur une chaise et s'accroupit devant elle. Il avait les traits tirés mais, dans son regard, brûlait la flamme de la révolte.

— Il va y avoir d'autres incidents, Nicolette, commença-t-il.

— M. Slater est parti travailler, pourtant.

— Parce qu'il a peur de perdre son emploi. Mais il y aura des incidents cette nuit. Peut-être même avant. Hier, c'est dans notre quartier qu'ont eu lieu les affrontements les plus violents. Heureusement que tu te trouvais chez Etta. C'est une femme sensée. Je savais que tu serais en sécurité avec elle.

— Mais tu seras là ce soir ?

Il secoua la tête.

— Nous allons tenter d'amener le maire à faire intervenir la milice. Plus il y aura des hommes d'affaires, comme moi, pour faire pression, plus grandes seront nos chances.

— Tu ne peux pas rester ici ? insista Nicolette, les lèvres tremblantes. Je vais avoir peur toute seule.

— Tu ne seras pas toute seule.

Il prit une mèche de ses cheveux, l'enroula autour de son doigt.

— Je t'emmène chez Clarence. Je doute qu'il existe un Blanc assez stupide pour s'aventurer aussi loin dans le quartier noir. S'il doit y avoir des incidents, ce sera dans des endroits où les Blancs n'ont pas peur d'aller.

— Nous pourrions rester ici et fermer les portes et les fenêtres, comme Etta l'a fait la nuit dernière.

— Je ne peux pas, Nicolette.

Nicolette vit son père sourire. Pourtant, jamais il ne lui avait paru aussi triste.

— Je dois faire tout mon possible, affirma-t-il. J'ai passé l'essentiel de ma vie à fuir ce que je suis. Or, je suis un homme, et un homme ne fuit pas. Il fait face, il se bat.

— Mais je ne veux pas que tu te battes ! s'exclama Nicolette en se jetant dans ses bras.

— Je me bats pour toi.

Il la serra contre lui, lui caressa les cheveux. Ses mains étaient chaudes, puissantes, avec de longs doigts.

— Tu es tout ce que j'ai, murmura-t-il. Comment pourrais-je rester à la maison alors que je peux contribuer à ce que tu aies une vie meilleure ? Clarence s'occupera de toi. Et lorsque je reviendrai, les gens se seront peut-être calmés.

— Ils le sont déjà ! affirma Nicolette.

— Si ce que tu dis est vrai, alors il n'y a plus aucune raison de s'inquiéter.

Impulsivement, Nicolette se cramponna à son père.

Et elle recommença, plus tard cet après-midi-là, lorsqu'il la déposa chez Clarence. Les rues étaient étrangement silencieuses. D'ordinaire, des bandes d'enfants surgissaient de toute part, se livrant à des guerres imaginaires entre les immeubles. Aujourd'hui, les rues étaient désertes.

Alors que son père s'en allait, elle voulut le retenir. Clarence s'approcha et lui glissa un bras autour du cou.

— Ton papa va revenir. Laisse-le partir. En l'attendant, nous allons faire un peu de musique, toi et moi.

Nicolette parvint à sourire. Un sourire d'adieu, empli de tristesse. Rafe l'embrassa. Puis il quitta la maison.

L'après-midi se termina, laissant la place à la soirée. Même son cher Clarence ne pouvait faire oublier à Nicolette l'absence de son père. Elle ne parvenait pas à se concentrer sur les paroles des nouvelles chansons qu'il tentait de lui apprendre, et elle toucha à peine au riz et aux haricots qu'il avait fait mijoter toute la journée spécialement pour elle.

A la nuit tombée, les premiers coups de feu claquèrent. Une voiture passa en trombe dans la rue. Nicolette entendit le crissement des pneus, le ronflement du moteur, les détonations. Clarence courut vers elle, afin de la protéger, mais elle s'était déjà jetée sur le sol, les mains sur la tête. La voiture repassa, le moteur lancé à fond, puis le silence retomba dans la rue. Les portes des maisons claquèrent bientôt, des cris de colère jaillirent, ici et là.

— Les imbéciles ! s'exclama Clarence.

Il aida Nicolette à se lever et jeta un coup d'œil entre les rideaux.

— Quelle raison ont-ils de venir nous tirer dessus ?

— Papa a dit qu'aucun homme blanc n'oserait s'aventurer ici, qu'ils auraient peur.

— Ton papa est un homme de bon sens. Mais ces imbéciles n'ont rien dans la tête. Si ce n'est de la haine.

Clarence entraîna Nicolette loin de la fenêtre.

— Maintenant, il va y avoir des problèmes pour de bon. Ils croient sans doute que les gens de couleur ne vont pas se défendre. Eh bien, ils se trompent ! Pendant la guerre, les habitants de cette rue ont tué une centaine d'ennemis à eux seuls. Beaucoup sont armés et ne rêvent que de loger une balle dans la tête d'un Blanc. Nous, nous allons nous mettre à l'abri dans une pièce du fond et ne plus en bouger. Je regrette de ne pas avoir un appartement à l'étage…

Nicolette le suivit.

— Et si papa revient, demanda-t-elle, qui lui ouvrira ?

— Il ne reviendra pas. Pas tant que les rues ne seront pas sûres. Je te l'ai dit, c'est un homme de bon sens.

— Mais s'il ne sait pas ce qui se passe ici ?

— Ecoute, Nicolette, il m'a dit de prendre soin de toi et c'est exactement ce que je fais.

Il était inutile de discuter avec Clarence. Dans la pièce où il l'avait entraînée, il y avait un lit confortable. Nicolette s'allongea et, malgré sa peur, elle s'endormit rapidement.

Il faisait encore nuit lorsqu'elle se réveilla. Elle avait entendu des bruits au cours de la nuit, le sifflement lointain des balles, des hommes qui criaient. Mais, chaque fois, elle s'était rendormie lorsque les bruits avaient cessé. A présent, les rues étaient silencieuses.

Pourtant, en dépit du calme, Nicolette se redressa et regarda autour d'elle. Elle était seule.

Sans hésiter, elle se leva et partit à la recherche de Clarence. Il était dans la pièce de devant, au côté d'une silhouette familière. Nicolette courut se jeter dans les bras de son père et se mit à pleurer.

— Chut… Nicolette.

Il la serra très fort dans ses bras.

— Je vais bien. Tout va bien.

— Je veux rentrer à la maison.

Elle se blottit contre son torse.

— Ou alors, je veux que tu restes ici.

— Je ne vais pas te laisser. Nous allons attendre quelques minutes et si tout est calme, nous partirons.

— Tu la ramènes à la maison ? demanda Clarence.

— Non, je viens d'y passer, et la situation n'est pas meilleure qu'ici. Une grève des tramways a commencé à minuit. Demain, les choses risquent d'empirer quand les Noirs vont vouloir se rendre à leur travail en traversant les quartiers blancs. Mais le maire ne fera pas intervenir la milice. J'ai fait le peu qui était en mon pouvoir. A présent, il faut que je m'occupe avant tout de Nicolette. Nous allons quitter la ville.

— Jusqu'à ce que ce soit fini ?

— Non, définitivement.

Nicolette tira son père par la manche.

— Mais je ne veux pas partir pour toujours ! protesta-t-elle. Je veux rester à Chicago, avec Clarence.

— Tu dois me faire confiance, Nicolette.

— Et Dolly ? Et Clarence ?

— Je vais t'emmener quelque part où tu pourras enfin être heureuse.

Il s'accroupit devant elle.

— Je veux ce qu'il y a de mieux pour toi, murmura-t-il.

Il s'était exprimé en français, une langue qu'ils parlaient parfois à La Nouvelle-Orléans, mais qu'ils n'avaient plus utilisée depuis. Le français donnait aux mots de son père un poids particulier, et Nicolette comprit qu'il était inutile de discuter. Il lui caressa les cheveux et murmura :

— Je t'aime.

Une fois debout, il se tourna vers Clarence.

— Tu pourrais venir avec nous, proposa-t-il en revenant à l'anglais. Au moins jusqu'à ce que les choses se tassent ici.

— Non. Je vais rester encore un peu, observer ce qui se passe. Je n'ai encore jamais vu les Noirs riposter. A vrai dire, je ne pensais pas vivre assez vieux pour voir le jour où cela se produirait. Si j'ai cette chance, conclut Clarence avec un large sourire, ce sera un beau jour pour mourir.

— Comme tu voudras. Mais tâche de rester à l'abri…

Rafe lui tendit la main.

— Tu es un véritable ami.

— Nicolette est la petite-fille que je n'ai jamais eue, murmura Clarence. Je ferais n'importe quoi pour elle.

Il ébouriffa les cheveux de Nicolette.

— A présent, sèche tes larmes, ou la chemise de ton papa va être trempée. Et allez-vous-en vite pendant que tout est à peu près calme.

— Je vais sortir m'en assurer, indiqua Rafe. Nicolette, reste ici et attends que je t'appelle.

Nicolette n'avait pas envie que son père la laisse en arrière, mais elle n'avait pas le choix. La main de Clarence posée sur son épaule, elle le regarda ouvrir la porte et se glisser dans l'obscurité. Par l'entrebâillement, elle le vit descendre les marches du perron. Tout était calme lorsqu'il atteignit la grille et l'ouvrit. Elle ne distinguait quasiment plus sa silhouette. Leur nouvelle Ford était garée un peu plus bas, sous un orme gigantesque. Rafe s'avança dans sa direction, puis il s'arrêta, se retourna et fit signe à Nicolette de le suivre.

— Au revoir, dit-elle en embrassant Clarence sur la joue. Sois prudent.

Aussi silencieusement qu'elle put, elle suivit le même trajet que son père. A mi-chemin de la grille, elle entendit un bruit et s'arrêta pour écouter. C'était le ronronnement étouffé d'un moteur. Elle regarda son père pour savoir ce qu'elle devait faire. Il lui fit signe d'avancer. A la grille, elle trébucha dans l'obscurité, mais se rétablit aussitôt. Lorsqu'elle se redressa, elle vit une forme descendre lentement la rue. Il lui fallut quelques secondes pour se rendre compte qu'il s'agissait d'une voiture, tous phares éteints. Et quelques secondes encore pour s'apercevoir que son père lui faisait signe de regagner la maison.

Au moment où elle faisait demi-tour, prête à s'enfuir, le moteur s'emballa. La clarté soudaine des phares illumina la rue. La voiture s'élança vers eux. Elle vit son père pris dans le faisceau des phares et entendit un cri.

— Voilà pour toi, Cantrelle ! lança une voix.

Un coup de feu claqua en même temps.

Nicolette demeura pétrifiée tandis que son père s'écroulait. La voiture ralentit à sa hauteur et un second coup de feu déchira le silence. Puis la voiture disparut dans un crissement de pneus. Terrifiée, Nicolette courut vers son père.

— Papa !

Il releva la tête.

— Rentre ! Retourne à la maison !

Elle ne pouvait pas l'abandonner. La voiture était partie et elle était certaine que son père était touché. Il parvint à se relever, puis à se diriger vers l'orme afin de se mettre à l'abri. Nicolette, elle, continua de courir vers lui. A mi-distance, elle s'aperçut que la voiture avait fait demi-tour et revenait vers eux.

Nicolette s'immobilisa. La confusion, l'horreur l'empêchaient de penser. Rivée au sol, elle entrevit un visage au sourire mauvais, le contour d'un chapeau d'homme.

Elle était toujours incapable de bouger.

— Voilà pour toi aussi, bâtarde ! hurla une voix.

Une balle vint se loger dans le goudron, à ses pieds.

— Non !

Rafe l'avait rejointe. Elle tomba à terre sous le poids de son corps. Elle entendit de nouveaux coups de feu. Jamais elle n'aurait cru que le bruit d'une détonation pouvait être aussi assourdissant. Son père se raidit brusquement, puis s'affaissa. Il y eut encore une détonation, énorme, puis une autre encore. Nicolette se mit à crier, à se débattre. Elle voulait se dégager, aider son père. Mais il était trop lourd !

— Papa ! hurla-t-elle en le secouant par les épaules.

Brusquement, elle fut soulagée du poids qui pesait sur elle.

— Tu es blessée ? demanda Clarence en s'agenouillant auprès d'elle.

— Papa ! hurla-t-elle.

— Nicolette, es-tu blessée ?

Clarence toucha son visage, comme s'il s'attendait à y trouver une blessure. Mais Nicolette n'avait que le sang de son père sur elle. Elle repoussa Clarence et se redressa. Rafe était allongé à côté d'elle, éclairé par la lueur des flammes. Il avait les yeux fermés.

— Ils ont mis le feu à la maison, dit Clarence. A celle des voisins aussi. Il faut partir d'ici. Tout de suite !

Nicolette jeta un regard affolé autour d'elle. Des hautes flammes avaient pris d'assaut le porche de Clarence. Les gens affluaient dans la rue. Des cris s'échappaient de l'appartement situé au-dessus de celui de Clarence tandis que les locataires tentaient de s'échapper.

— Papa !

Elle se pencha vers son père.

— Papa !

— Il est mort, Nicolette. Il ne voudrait pas te voir rester ici et mourir avec lui.

Nicolette se débattit, repoussa Clarence.

— Non, il n'est pas mort. Il n'est pas mort !

Elle prit son père par les épaules, le secoua.

— Il est mort, dit Clarence en tentant de lui faire lâcher prise. Viens. Il faut partir.

— Mais il n'était pas mort, murmura Nicky d'une voix à peine audible. Je me suis penchée vers lui et j'ai posé mon visage tout contre le sien.

Les larmes ruisselaient sur les joues de Nicky. Pendant un moment, elle fut incapable de poursuivre. Elle sentit Phillip prendre sa main et la presser avec tendresse. Ils entrelacèrent leurs doigts ainsi qu'elle l'avait fait si souvent avec son père, lorsqu'ils marchaient, main dans la main.

— Il a ouvert les yeux.

Nicky leva la tête et regarda Phillip.

— Il ne semblait pas surpris, Phillip. Il savait qu'il

allait mourir. Je l'ai vu dans son regard. C'était comme s'il avait toujours su que les choses se termineraient ainsi pour lui. Il m'a regardée et il a dit…

Détournant la tête, Nicky fixa un point invisible, au-delà de la fenêtre.

— Il a dit : « Tu as pris le meilleur de nous deux. »

La gorge nouée, les larmes aux yeux, Phillip serra la main de sa mère dans la sienne, fort, très fort, et il continua de la serrer jusqu'à ce que Nicky trouve la force de terminer son récit.

Elle hocha la tête.

— Et puis, il est mort.

31

Des enfants jouaient sous le porche de Belinda, vêtus de costumes de clowns très simples, sans doute confectionnés par leurs mères. Phillip pensa qu'il s'agissait de quelques-uns de ceux qui venaient tout le temps chez Belinda. Alors qu'il grimpait les marches, une femme aux yeux fatigués et aux cheveux en désordre sortit brusquement de la maison.

— Belinda est là ? lui demanda Phillip.

Il n'avait jamais rencontré la famille de Belinda, mais il songea qu'il avait probablement affaire à l'une de ses sœurs mariées.

— Il n'y a personne de ce nom ici, répondit la femme avec un regard soupçonneux.

Des regards soupçonneux, Phillip en avait croisé beaucoup depuis son départ de chez Nicky et Jake, ce matin. En ville, tout le monde était déguisé, et il n'avait pas rencontré un seul homme vêtu comme lui d'un manteau.

Il n'avait pas choisi par hasard le jour du Mardi gras pour revoir Belinda. Comme il ne savait pas très bien ce qu'il allait lui dire, il avait pensé qu'il lui serait plus facile de renouer le contact dans le bruit et l'agitation de cette journée exceptionnelle... Le journaliste qu'il était, habitué à manier les mots, aurait dû en avoir tout un stock à sa disposition. Au lieu de quoi, il ignorait comment lui avouer ce qu'il éprouvait pour elle ; comment lui parler de sa vie et de la personne qu'il était ; comment aborder le sujet de leur avenir, si toutefois ils en avaient un en commun.

Il s'arrêta sur la dernière marche, alors que la femme avançait soudain droit sur lui.

— C'est pourtant la maison de Belinda Beauclaire, ici, insista-t-il.

— Hé ! Puisque je vous dis que c'est *ma* maison !

Elle lui barra le chemin.

Phillip lui jeta un regard méfiant. Quelques semaines plus tôt, Belinda habitait cette maison. Et lui-même y vivait en sa compagnie.

— Depuis combien de temps êtes-vous ici ? demanda-t-il.

— Je ne vois pas pourquoi je vous le dirais.

— Ecoutez, une amie à moi, Belinda Beauclaire, habitait ici il y a encore quelques semaines et…

— Eh bien, maintenant, je suis chez moi, ici.

Un intense sentiment de frustration assaillit Phillip.

— Vous venez juste d'emménager ?

Pour toute réponse, la femme haussa les épaules.

— Mlle Beauclaire a déménagé, dit l'une des petites filles.

La femme lui fit signe de se taire.

— Vous feriez mieux de vous en aller, lança-t-elle à Phillip. Tout cela ne vous regarde pas.

— Je ne partirai pas tant que vous ne m'aurez pas dit où elle est. Il faut que je la voie ! Vous comprenez ?

La femme pinça les lèvres et croisa les bras sur son imposante poitrine.

Il n'était même pas venu à l'esprit de Phillip que Belinda pourrait ne pas être chez elle, à attendre son retour. Pire encore, il se rendait soudain compte qu'il était possible qu'il ne la trouve pas du tout. Il pouvait toujours attendre que le congé du Mardis gras se termine pour aller la voir à son école. Mais que se passerait-il si elle avait quitté la ville, sans rien révéler de sa destination ? Peu de gens le connaissaient et étaient au courant de leur relation. Qui irait-il voir pour obtenir des informations ?

Belinda avait toujours été là pour lui.

Et aujourd'hui, elle n'y était plus.

La détresse et la déception qu'il éprouvait se lisaient-elles dans ses yeux ? La femme était-elle tout simplement lasse de le voir planté là, devant chez elle ? En tout cas, elle poussa un gros soupir et lança :

— Elle est à Clairborne, aujourd'hui.

— Clairborne ?

— Vous n'êtes pas d'ici, vous ?

— Ma mère est Nicky Valentine. Je viens très souvent la voir.

Il avait honte de se servir de Nicky de cette façon. Mais il n'avait pas le choix. Si quelqu'un avait le pouvoir d'ouvrir des portes, c'était elle.

— Belinda habite chez une amie, je ne sais pas où exactement. Vous n'aurez qu'à demander dans Clairborne, dit la femme en désignant d'un geste la direction à prendre. Vous finirez bien par la trouver.

— Merci. Je vous suis très reconnaissant.

— Attendez une minute !

La femme entra chez elle et revint un moment plus tard portant une pleine poignée de perles aux couleurs criardes.

— Mettez-vous ça autour du cou ! ordonna-t-elle. Si

vous êtes vraiment le fils de Nicky Valentine, autant que vous ayez l'air de prendre part aux réjouissances.

Depuis qu'il avait quitté sa mère, dans la matinée, Phillip n'avait à aucun moment éprouvé l'envie de partager l'allégresse des habitants de La Nouvelle-Orléans. Mardi gras lui était toujours apparu comme une effroyable perte de temps. Qu'y avait-il donc de si extraordinaire à fêter ? De quelque côté qu'il se tourne, il voyait des barrières que nul prophète ne pourrait abattre. Même au sein du carnaval, la ségrégation existait, entre Rex, le roi blanc, avec ses sujets représentant l'élite blanche, et Zulu, grimé en noir, qui se moquait de l'arrogance de Rex en singeant sournoisement ses manières.

Phillip passa quand même les colliers de perles autour de son cou et déboutonna les deux boutons du haut de sa chemise. Puis il laissa son manteau dans la voiture et verrouilla les portières. Bien que Clairborne ne soit guère proche, il lui serait plus facile de s'y rendre à pied. Parvenir jusqu'ici avait déjà tenu de l'exploit.

Pourquoi Belinda avait-elle quitté sa maison ? Avec ses pièces en enfilade et son absence d'entrée, celle-ci n'avait certes rien d'extraordinaire. Mais c'était chez elle. Elle se l'offrait grâce à un travail qu'elle aimait. Elle l'avait parée de couleurs qui, pour Phillip, resteraient à jamais associées à elle. Et puis, Belinda était aimée, respectée dans ce quartier. Dans cette maison, elle avait enseigné aux enfants noirs d'où ils venaient. Elle les avait surveillés tandis qu'ils jouaient dans la rue. Au printemps, elle passait d'interminables heures sous le porche, assise, lorsque le jasmin n'était plus qu'une cascade de petites étoiles blanches odorantes.

Pourquoi ne lui avait-elle pas fait part de sa décision de déménager ? Malgré la façon dont ils s'étaient quittés, elle devait bien se douter que Phillip reviendrait.

Aujourd'hui, il avait besoin d'elle comme il n'avait jamais eu besoin de personne. Il avait besoin de lui dire ce qu'il avait appris au sujet de sa famille. Elle seule était capable de comprendre combien il était dérouté. Elle saurait ce qu'il avait ressenti en apprenant de quelle façon son grand-père était mort. Oui, il pouvait compter là-dessus. Il pouvait compter sur elle.

Depuis qu'il était parti, pas une journée ne s'était écoulée sans qu'il ait eu envie de lui téléphoner. Par le passé, il avait voyagé des mois loin d'elle sans trop y penser ; mais depuis que leur relation était plus fermement établie, il avait vécu avec l'assurance qu'il pouvait revenir à La Nouvelle-Orléans et reprendre les choses au point où ils les avaient laissées. Aujourd'hui, il n'en était plus du tout certain. En lieu et place des certitudes insensées qu'il éprouvait encore hier, il n'y avait plus qu'un grand vide.

Il s'arrêta à un angle de rue afin de se repérer. Des maisons miteuses bordaient le carrefour, avec des façades décolorées par le soleil et envahies par le feuillage qui serpentait autour des portes et des fenêtres. Les rues étaient remplies de monde. Sous ses pieds, Phillip sentait un battement sourd, ininterrompu, qui semblait provenir directement de la terre.

Quelque chose qui n'était pas vraiment de la musique mais ressemblait plutôt à une litanie s'échappait d'un bar minable, un peu plus loin, au milieu du pâté de maisons. C'était un bar comme il en existait beaucoup en ville. Petit et à l'évidence bondé. Le son sortait par les fenêtres et, sur le trottoir, devant l'établissement, des hommes battaient le rythme.

Phillip avait une priorité : trouver Belinda. Il n'avait aucune envie de s'attarder pour voir ce qui se passait. Il n'éprouvait aucun intérêt pour ces festivités locales, ni pour les bagarres qui ne manqueraient pas d'éclater lorsque les hommes auraient bu. Toutefois, le son en provenance du bar était si étrange, si envoûtant, qu'il ne put s'empêcher de s'arrêter pour écouter.

On frappait sur des tambours. Des tambours semblables à ceux qu'il avait entendus dans des petits villages africains. Des voix d'hommes psalmodiaient des paroles auxquelles il ne comprenait rien. Dans la rue emplie de cette rumeur, des enfants dansaient en scandant le rythme, s'accompagnant de petites bouteilles de soda qu'ils faisaient tinter l'une contre l'autre. Des mères avec des bébés dans les bras frappaient des mains et battaient des pieds.

La mélopée se fit plus forte. Les paroles, toujours incompréhensibles, suivaient le rythme aux accents primitifs en un martèlement de syllabes. Phillip ignorait à quel moment ce chant avait commencé. Il se construisait de façon subtile, progressive. Et peut-être en était-il ainsi depuis des heures. Soudain, il se surprit à se balancer en cadence et à s'approcher.

Il perdit toute notion de temps tandis que la musique et le chant allaient crescendo. Il était pris dans quelque chose qui dépassait la notion de carnaval et de réjouissances. Quelque chose qui semblait remonter au commencement des temps, aux origines mêmes de l'humanité. Soudain, la porte du bar s'ouvrit, et un homme vêtu d'un costume d'Indien orné de plumes et de perles bondit dans la rue.

La foule qui s'était massée à l'extérieur du bar s'écarta respectueusement pour lui laisser toute la place. Des murmures admiratifs s'élevèrent, saluant le magnifique costume turquoise et écarlate. L'homme resta un instant immobile, plein de majesté. Puis il s'avança d'une démarche théâtrale et se mit à scruter la foule.

— C'est l'espion.

Phillip se retourna et découvrit à côté de lui un adolescent au corps souple et athlétique. Pour tout déguisement, il portait un masque de satin blanc qui lui couvrait le bas du visage.

— L'espion ? répéta Phillip.

— Oui. L'espion du Wild West Créole.

— Qu'est-ce que c'est ?

— Vous n'êtes pas d'ici ?

Pour la deuxième fois de la matinée, Phillip fut contraint de l'admettre.

— C'est une tribu d'Indiens. Des Indiens de Mardi gras.

Phillip avait déjà entendu parler de ces Indiens, sans chercher à comprendre ce qu'ils étaient vraiment. Il s'en moquait, alors.

— De quoi s'agit-il ?

— Ce n'est qu'une tribu parmi d'autres, répondit l'adolescent. Nous en avons beaucoup.

De nouvelles acclamations saluèrent l'apparition d'un autre homme déguisé. Son costume n'était pas très recherché, mais il portait une hampe décorée de plumes rouges et turquoise.

— Voici le porte-drapeau.

Le jeune homme se balança au rythme de la mélopée qui continuait de leur parvenir depuis l'intérieur du bar.

— Il va porter le drapeau toute la journée. L'espion, lui, sera chargé de surveiller qu'il n'y ait pas d'autres tribus aux alentours. Observez, et vous allez comprendre.

Sur ce conseil, l'adolescent s'éloigna pour rejoindre d'autres garçons de son âge, à l'angle de la rue.

D'autres hommes sortirent du bar, dont l'accoutrement était de plus en plus élaboré. Finalement, au milieu des acclamations, un dernier homme fit son apparition, tout aussi impressionnant que son costume et sa coiffe. Car il fallait une force hors du commun pour marcher avec un tel déguisement. Il ne marchait pas, du reste. Il semblait plutôt glisser sur le sol, superbe, avec la majesté d'un monarque.

Les Indiens s'engagèrent dans la rue en chantant, aussitôt suivis de la foule. Le jeune homme qui avait renseigné Phillip passa devant lui afin de se joindre au cortège.

— Vous aimez ce costume ? demanda-t-il en souriant. C'est le chef. Il a un cœur d'acier.

— Qui a confectionné ces costumes ?

— Ils les ont faits eux-mêmes. Entièrement. Et chaque année ils sont différents.

Quand les Indiens eurent disparu, le rythme ne retomba pas pour autant. Des petits orchestres improvisés jouaient devant les portes. Tant bien que mal, Phillip se fraya un chemin parmi la foule qui ne cessait d'envahir les rues.

Elle se fit plus dense encore à l'approche de Clairborne, et le rythme s'intensifia. Bien qu'il fût encore tôt, la chaleur aussi avait gagné en intensité. Mais curieusement, alors qu'il se trouvait au milieu d'une véritable marée humaine, Phillip prit soudain conscience de sa solitude. Tout autour de lui, les gens fêtaient tous ensemble Mardi gras. Des amis, masqués et costumés, se retrouvaient dans cette joyeuse cohue. Les grands-mères, tantes et oncles surveillaient les enfants, les portaient à l'occasion pour soulager les parents. Et Phillip, au beau milieu de ce désordre, se sentait exclu.

Il était venu retrouver Belinda parce que, pensait-il, il avait besoin de réconfort. A présent, il se rendait compte que c'était autre chose qu'il voulait. Il la voulait, elle, la femme, tout entière. La compagne. La maîtresse. Il voulait partager avec elle l'exubérance unique de cette journée, dans laquelle il s'immergeait peu à peu. Il s'imaginait, serrant Belinda contre lui, tandis qu'ils se fondraient dans cet extraordinaire flot de cultures différentes. Alors que le mot « solitude » n'avait jamais voulu dire grand-chose pour lui, il en mesurait aujourd'hui toute la portée.

Dans Clairborne, il fut happé par la foule. Il parvint à traverser la rue et gagna le terre-plein, au centre, entre les deux files de circulation. Planté d'énormes chênes, il s'était transformé en une vaste aire de pique-nique. La musique des transistors se superposait au brouhaha des cris et des rires, ainsi qu'aux notes des trompettes et des saxophones.

Phillip commençait à penser qu'il avait été complètement idiot de venir. Des milliers de gens se trouvaient dans les rues, et il pouvait très bien passer à côté de Belinda sans la voir. Il poursuivit néanmoins son chemin, ravi lorsqu'une deuxième tribu d'Indiens, aux costumes verts et dorés cette fois, fit irruption à un angle de rue. Il observa la foule qui les accompagnait.

Un petit groupe d'hommes déguisés en squelettes accourut en bondissant et en agitant des os factices sous le nez des enfants. Une vieille femme prit dans ses bras une fillette qui pleurait, apeurée, tandis que trois gamins armés de bâtons se lançaient à leur poursuite. Alors que les trois petits passaient devant Phillip, l'un d'eux trébucha sur son pied. Il se pencha pour l'aider à se redresser, et le gamin disparut aussitôt.

— Qu'avez-vous fait à Percy ?

Phillip se retourna. Les mains sur les hanches, une petite fille le fixait d'un regard courroucé.

— Je vous ai demandé ce que vous lui aviez fait !

Son visage était familier à Phillip, mais il lui fallut un instant pour se rappeler à qui il avait affaire.

— Il a buté sur mon pied, et je l'ai aidé à se relever, expliqua-t-il. Tu es Amy, non ? Je suis Phillip, l'ami de Belinda.

Le regard s'adoucit aussitôt. Phillip tendit la main, et la fillette la serra avec assurance.

— Amy, as-tu vu Mlle Belinda ?

Amy haussa les épaules.

— Non.

— Oh…

— Elle habite là, maintenant, dit Amy en pointant l'index en direction du pâté de maisons, un peu plus loin.

— Sais-tu dans quelle maison ? insista Phillip. J'ai besoin de la voir.

Elle rejeta ses tresses en arrière.

— Bien sûr que je le sais !

— Et tu veux bien me le dire ?

— Dans la blanche, à l'angle.

— Merci. Peut-être qu'elle y sera.

Amy s'élança aussitôt sur les traces de Percy. Phillip, lui, se fraya un chemin à travers des groupes d'amis et des familles rassemblées. Il perturba le déroulement d'un match de catch, contourna un groupe d'hommes qui jouaient aux cartes. Un peu plus loin, un gamin tenta de lui vendre des cacahouètes, puis deux autres, déguisés en diables, le menacèrent de leurs fourches. Alors qu'il s'engageait dans la rue de Belinda, une vieille femme portant un tablier de grosse toile lui offrit une cuisse du poulet qu'elle venait de découper d'une main experte.

La musique se fit plus forte à mesure qu'il approchait de la maison de Belinda. Quelqu'un avait accroché des haut-parleurs sur une façade, et les notes d'une chanson de *rhythm and blues* se déversaient dans la rue. Devant la maison, quatre adolescentes ravissantes se tenaient par la taille et dansaient en rythme, avançant et reculant le long d'une ligne invisible, ainsi qu'elles l'avaient sans doute vu faire à la télévision.

La maison blanche indiquée par Amy était immense. Phillip estima qu'elle devait posséder au moins six chambres. La vaste galerie qui en faisait le tour était pleine d'hommes, de femmes et d'enfants s'apprêtant à rejoindre la foule, dans les rues. Belinda ne se trouvait pas parmi eux.

Phillip grimpa les marches du perron, intercepta une jeune femme et cria le nom de Belinda d'un ton interrogateur. Elle fronça les sourcils et secoua la tête. Il interpella une autre personne, sans obtenir plus de résultat. Il se fraya alors un chemin vers l'intérieur, où régnait une atmosphère moins bruyante. Il trouva deux hommes en train de garnir des assiettes. Trois femmes portant des cocottes apparurent et disparurent aussitôt après s'être débarrassées de leur fardeau.

— Allez vous chercher une assiette, proposa l'un des hommes à Phillip.

Il était vêtu d'une chemise de madras et d'un bermuda.

— Je suis seulement venu voir Belinda Beauclaire. On m'a dit qu'elle habitait ici, à présent.

— C'est vrai.

— Savez-vous où elle est, en ce moment ?

— Elle est partie voir Zulu.

L'homme avait l'air tout à fait au courant. Malgré son envie de rejoindre Belinda au plus vite, l'assurance tranquille de cet homme l'exaspéra.

— Avez-vous une idée de l'endroit où je pourrais la trouver ?

— Vous feriez mieux de manger quelque chose ici et de l'attendre. Elle reviendra lorsqu'elle sera fatiguée.

— Je préfère aller voir si je l'aperçois, dit Phillip. Je repasserai plus tard si je ne l'ai pas vue.

— Vous voulez que je lui laisse un message ?

L'air soupçonneux, l'homme dévisagea Phillip qui, soudain, le trouva beaucoup moins amical qu'au début de la conversation.

— Inutile. Je repasserai.

— Essayez Jackson Avenue, suggéra le deuxième homme en pointant sa bouteille de bière dans la direction à suivre.

Dans la rue, Phillip prit le chemin de Jackson Avenue. Alors qu'il se trouvait à mi-chemin, et contournait un groupe de pirates, il repéra Belinda. Elle était de l'autre côté de la grande artère, sur le terre-plein central, et s'avançait dans sa direction, tout de blanc vêtue. Sa jupe blanche très étroite moulait ses hanches superbes et son léger chemisier de voile faisait ressortir toute la beauté de sa poitrine. Un masque de satin blanc orné de plumes dissimulait la moitié supérieure de son visage.

— Belinda !

Il n'y avait pas beaucoup de circulation sur l'avenue. Il contourna quelques piétons et plongea de nouveau dans la foule.

Belinda s'immobilisa lorsqu'elle l'aperçut. Il la rejoignit et souleva son masque. Jamais elle ne lui avait paru aussi belle, aussi désirable. Il brûlait de l'embrasser, mais il lui suffit de croiser son regard pour comprendre que ce n'était pas une bonne idée. Belinda était une créature fougueuse, passionnée, capable d'éprouver et de faire éprouver à un homme des émotions intenses. La femme qui le fixait en cet instant savait fort bien dissimuler ses sentiments.

— J'ai eu un mal fou à te trouver, lui dit-il.
— Personne ne t'a demandé de le faire.
— J'en avais envie.
Un groupe d'adolescents bouscula Phillip, qui heurta à son tour Belinda. Quand il la prit par le bras, pour la retenir, elle ne le repoussa pas. Il sentit toutefois que ce contact la mettait mal à l'aise.
— Je suis passé chez toi, indiqua-t-il. Pourquoi as-tu déménagé ?
— Je me suis installée chez un ami.
Aussitôt, Phillip songea à l'homme à la chemise de madras et au regard soupçonneux.
— Pourquoi ne m'as-tu pas dit où tu te trouvais ?
— Comment aurais-je fait ?
— En laissant un message à Nicky.
— J'aurais pu, reconnut Belinda.
— Pourquoi ne l'as-tu pas fait ? demanda Phillip.
Elle se dégagea de son étreinte et commença de traverser la rue. Il l'arrêta.
— Non, ne t'en va pas comme ça. Je veux que nous ayons une explication. Maintenant.
— Tu as été très clair, Phillip. Tu fais toujours en sorte de l'être. Je n'avais pas la moindre raison de te laisser un message.
De nouveau, elle repoussa sa main et, cette fois, elle traversa la rue. Phillip la rejoignit.
— Il faut que nous parlions, insista-t-il.
— Je n'ai rien à te dire. J'ai une nouvelle vie, à présent. Et toi, tu as celle que tu as toujours voulue. Celle qui te convient.
— Qu'entends-tu par une nouvelle vie ?
Comme elle ne répondait pas, Phillip imagina le pire.

— J'ai rencontré un homme, chez toi, qui semble très bien te connaître. Fait-il partie de ta nouvelle vie ?

Avant que Belinda ait eu le temps de répliquer, une femme s'approcha d'eux.

— Belinda ?

Phillip ne la reconnut pas tout de suite, puis il se rendit compte qu'il s'agissait de Debby, l'enseignante qu'il avait rencontrée au Club Valentine avec Belinda, lors de leur dernière soirée. Elle portait une robe léopard et un masque de satin noir qui donnait à son visage un côté félin et mystérieux.

— Que faites-vous ici, Phillip ? demanda-t-elle.

— Je cherchais Belinda.

Il lui lâcha le bras.

— Et je crois que j'ai trouvé ce que je cherchais.

— Comment l'avez-vous trouvée ? Elle vient juste d'emménager avec nous.

— Nous ?

— Oui. Vicki, moi et ma famille.

— Vicki ?

— Mon bébé. Vous ne l'avez pas encore vu ? Mon frère devait l'emmener voir Zulu, mais le défilé a pris du retard. Je vais aller voir si je les trouve.

Elle leur adressa un petit signe de la main tandis qu'elle traversait la rue en direction de la maison.

— Tu t'es installée chez Debby ? demanda Phillip.

Belinda n'apporta ni confirmation ni démenti.

Phillip avait de nombreuses questions à lui poser, mais il savait déjà qu'elle n'y répondrait pas. Il l'avait blessée, et elle ne prendrait pas le risque qu'il recommence. Sans qu'il comprenne vraiment pourquoi, elle l'avait quitté aussi sûrement qu'elle avait quitté la maison qu'elle aimait tant.

— Belinda.

D'un geste tendre, il lui effleura la joue. Rien dans son expression ne changea, et il retira sa main.

— Allons voir Zulu, proposa-t-il. Peut-être pourrons-nous parler en chemin ?

— Je rentre chez moi.

— Me permets-tu de t'accompagner ?

Sans répondre, elle prit la direction de la maison. Il lui emboîta le pas. Alors qu'il ne disposait que de quelques minutes pour lui expliquer ce qu'il ressentait, il était incapable de trouver le premier mot.

Très vite, il chercha quelque chose à dire.

— J'ignorais que Debby avait une fille. Quel âge a-t-elle ?

— Trois ans.

— C'est Jackson, le père ?

— Il a l'intention de le devenir.

— C'est un homme bien.

Phillip prit la main de Belinda. Si elle ne la lui refusa pas, elle la lui abandonna plutôt.

— Tu aimais ta maison et ton intimité, Belinda. Je ne parviens pas à t'imaginer dans cette nouvelle maison, avec tout ce monde autour de toi. Ce n'est pas ta famille.

— Ils sont très gentils.

— Je n'en doute pas. J'essaie seulement de comprendre ce qui se passe.

— Quelle importance ?

Il s'arrêta et la retint, l'obligeant à s'arrêter.

— C'est important parce que tu es importante pour moi, déclara-t-il d'un ton grave.

Un instant, Belinda scruta son visage. Il comprit que son explication ne la satisfaisait pas.

— Je voulais économiser de l'argent, avoua-t-elle.

— Si tu étais si juste financièrement, tu aurais dû me le dire.

— Pourquoi ?

Ils arrivaient à l'angle d'une rue, et Phillip reconnut un chant familier.

— Viens par là.

Tenant toujours Belinda par la main, il l'entraîna dans la direction des chants.

— J'ai déjà vu deux tribus, ce matin, expliqua-t-il, et j'aimerais beaucoup voir celle-ci.

— Que sais-tu des Indiens ?

— Rien. Je les ai vus pour la première fois aujourd'hui.

— Pourquoi t'intéresses-tu à eux ? demanda Belinda d'un ton sceptique.

— Je l'ignore.

Et c'était vrai. Il n'en avait pas la moindre idée. Il était journaliste, pas sociologue, et il savait que les articles évoquant la vie culturelle des Indiens étaient rares dans la presse.

— Tu trouves cela idiot ? interrogea-t-il.

— Idiot ? Non.

— Je les trouve fascinants, expliqua Phillip en entraînant Belinda à sa suite. Même si je ne comprends pas ce qu'ils disent. Pourquoi s'habillent-ils ainsi ?

— C'est une très vieille coutume. C'est notre Mardi gras que tu vois. Pas celui des Blancs, que tout le monde connaît. Les Indiens et les Noirs ont beaucoup de choses en commun. De tout temps, les Indiens ont aidé les esclaves qui s'enfuyaient. Ils les cachaient dans les marais et les protégeaient, parce qu'ils savaient ce que c'était que d'être traqué. Certains pensent que c'est ainsi que sont nées les tribus de Mardi gras, comme un témoignage de respect. Mais cela n'a aucune importance… Pour comprendre cette culture, la nôtre, il faut avoir envie d'y appartenir.

— Tu es en colère contre moi ?

— Non.

— Ce fameux soir, au Club Valentine, lorsque j'ai dit que je ne me sentais pas chez moi à La Nouvelle-Orléans, tu n'étais pas concernée.

Belinda lui fit face. Otant sa main de la sienne, elle fixa Phillip d'un regard dur.

— Tu ne veux pas de moi, Phillip. Tu veux continuer comme avant. Tu veux que je sois là, à attendre ton retour, lorsque tu as besoin d'un endroit où souffler un moment.

— Mon métier m'oblige à voyager. Je dois me trouver là où l'événement se passe. En fait, je dois me rendre en Alabama après-demain et je tenais à mettre les choses au point avec toi avant de partir.

— Ton travail n'est pas le seul problème, et tu le sais pertinemment.

— Alors, où est le problème ?

— Dans le fait d'appartenir à quelque chose. Or, tu en es incapable. Tu en seras sans doute toujours incapable.

— Je croyais que nous formions quelque chose, toi et moi.

En disant ces mots, Phillip se rendit compte que c'était la première fois qu'il parlait d'eux ainsi.

Belinda secoua la tête.

— Tu restes à l'écart et tu observes. C'est ce que tu feras en Alabama, aussi, quoi qu'il se passe. Dès que quelque chose commence à t'interpeller, tu prends le premier avion ou le premier train, et tu te sauves. Si tu fais cela trop souvent, tu finiras par ne plus rien éprouver. C'est peut-être déjà le cas, d'ailleurs.

Tandis que Phillip cherchait une réponse appropriée, Belinda lui faussa soudain compagnie et disparut dans la foule qui avait surgi devant eux afin de saluer le passage de la tribu d'Indiens qui arrivait à l'angle de la rue.

Il tenta de la suivre, mais il fut emporté par le flot des curieux. Le rythme entêtant qu'il avait entendu toute la matinée semblait s'amplifier. A présent, c'était comme une immense mélopée, faite du battement de centaines de cœurs, de la vibration de centaines de voix. Immergé dedans, il ne parvenait pas, malgré tous ses efforts, à s'en échapper pour retrouver Belinda. Il sentait la chaleur des corps pressés contre le sien, les odeurs de bière, de transpiration et d'encens mêlées. Il était irrésistiblement poussé en avant. Il trébucha, se rétablit aussitôt. Il n'y avait même pas la place de tomber.

La foule psalmodiait des mots qu'il ne comprenait pas. Bientôt, il ressentit le besoin irrépressible de se joindre à eux, de chanter pour chasser la boule qui s'était formée dans sa gorge, de chanter sa propre douleur. Mais il ne pouvait suivre les voix de ceux qui l'entouraient. Il demeurait un étranger, ici, et sa douleur n'était pas la leur. Il était exclu de leur fête.

A mesure qu'ils approchaient des Indiens, la foule se fit moins dense. Les gens se rangeaient de côté en signe de respect. Phillip fut ainsi projeté contre une petite femme qui serrait une enfant dans ses bras. Alors qu'il les empoignait toutes deux pour les empêcher d'être à leur tour projetées en avant, il se rendit compte qu'il s'agissait de Debby.

— Hé, ça va ? lança-t-il.

Elle se mit à rire.

— Pas de problème.

— Laissez-moi la prendre, ça sera plus sûr.

Phillip attrapa la petite fille, qui se laissa faire sans protester. Elle était minuscule, avec une jolie frimousse encadrée de boucles brunes. Elle tenait une poupée de chiffon serrée contre sa poitrine.

— C'est Vicki ? lui demanda Phillip.

Debby répondit quelque chose qu'il ne parvint pas à entendre. Puis elle hocha la tête.

Ils cherchèrent à s'extraire de la cohue. Les Indiens, costumés en orange et en bleu, cette fois, étaient cernés d'une multitude de curieux, et Phillip n'entrevoyait que de brefs flashes de couleur, çà et là. Tandis qu'ils s'éloignaient, les chants s'estompèrent peu à peu.

Phillip baissa les yeux vers la petite fille et se sentit obligé de lui dire quelque chose.

— J'aime beaucoup ta poupée.

Elle la lui tendit aussitôt, afin qu'il puisse la voir de plus près. C'était une poupée faite à la main. Elle avait la peau sombre, comme la petite fille qui la tenait. Quelqu'un avait voulu lui donner un jouet qui lui ressemble, plutôt qu'une de ces poupées blanches qu'on trouvait dans les magasins.

Quand ils se furent assez éloignés de la cohue, Phillip s'adressa de nouveau à la fillette.

— Comment s'appelle-t-elle ? demanda-t-il en désignant la poupée.

— B'linda.

— C'est Belinda qui te l'a donnée ?

Cela ressemblait tout à fait à Belinda de donner à une enfant une poupée à laquelle elle puisse s'identifier.

Vicki hocha la tête, et ses boucles brunes rebondirent sur ses joues.

— Elle est très jolie, dit Phillip en souriant. Et toi aussi.

— J'dois apprendre à tenir un bébé.

— Ah bon ?

— B'linda, elle va en avoir un.

Phillip marqua un temps d'arrêt. Il ne comprenait pas.

— Que veux-tu dire ?

— B'linda a un bébé dans son ventre. Je dois apprendre à tenir un bébé pour l'aider quand il sera né.

A cet instant, Debby tendit les bras à sa fille afin de la récupérer. Quand elle vit l'expression de Phillip, elle s'immobilisa. Puis elle releva son masque et attendit qu'il parle.

— Pourquoi Belinda est-elle venue habiter avec vous ? demanda-t-il.

— C'est à elle de vous le dire.

— Vicki dit qu'elle est enceinte.

De nouveau, Debby tendit les bras. Phillip lâcha la petite fille, qui alla aussitôt rejoindre sa mère. Alors que Debby se détournait déjà, il lui posa la main sur l'épaule.

— Debby, je vous en prie.

Elle le toisa du regard.

— Il n'existe pas de personne plus prudente que Belinda.

Il savait combien c'était vrai. Ils n'avaient jamais fait l'amour sans contraceptifs.

— Des accidents peuvent se produire, murmura-t-il.

Debby parut soulagée. Sans doute avait-elle craint, comprit Phillip, qu'il pense que Belinda avait fait exprès de tomber enceinte.

— Si vous voulez parler de tout cela, parlez-en avec elle.

Mais Belinda et lui en avaient déjà parlé. Malheureusement, sur le moment, Phillip ne s'en était pas rendu compte. Ils avaient discuté en toute décontraction d'enfants, d'engagement, de responsabilité, du foyer qu'ils pourraient créer ensemble. Avec subtilité et habileté, Belinda l'avait entraîné sur ce terrain et elle avait attentivement écouté ses réponses.

Puis elle était partie.

Parce que aucune des réponses de Phillip ne correspondait à ce qu'elle attendait.

Debby disparut avec Vicki. Le chant des Indiens se rapprocha, enfla de nouveau, empli de fierté. La gorge nouée par l'émotion, Phillip était presque incapable de respirer.

Depuis qu'il était parti de chez Nicky, il s'était tenu en marge des festivités, se contentant de jouer un rôle de simple observateur. Il s'était senti au-dessus de cette foule bruyante qui envahissait les rues. Mais à présent, il comprenait le sens profond de cette fête. Rien n'avait pu briser ce peuple — *son* peuple. Ni l'esclavage, ni les lois, ni les préjugés raciaux qui régiraient probablement la ville pendant encore des décennies. Les descendants de ces esclaves qui avaient dansé dans Congo Square en signe de défi, créé leur propre patois, leur propre religion et leurs propres traditions, avaient tourné le dos au Mardi gras que le monde entier connaissait afin de s'inventer leur propre carnaval. Et ils en avaient fait une fête de la vie, haute en couleur et en dérision, mais symbolique aussi de l'âme et du courage de tout un peuple.

Phillip songea à Aurore Gerritsen, qui avait perdu sa fille à cause de ses préjugés et de ses peurs. Il songea à Rafe Cantrelle, l'homme auquel il ressemblait tant, apparemment, et qui avait failli perdre cette même enfant parce qu'il avait peur de l'aimer.

Phillip n'avait pas été élevé dans le culte de ses grands-parents. Ils n'avaient pas été les héros de son enfance ni même des modèles. Il ne les avait même pas connus. Mais ils lui avaient transmis en héritage leurs doutes et leurs angoisses. Comme eux, il avait peur d'aimer. Il avait peur de s'engager avec Belinda, de créer un foyer avec elle dans ce monde chaotique qui était le leur. Il n'avait jamais trouvé de lieu où un Noir puisse vivre véritablement libre, et c'était la raison pour laquelle il ne s'était jamais installé. Il avait toujours existé en marge, se rendant ici ou là, prenant des notes, écrivant un article avant de repartir. Comme ses grands-parents, il n'avait jamais pris les risques les plus grands ni récolté les bonheurs qui pouvaient en résulter.

Comme ses grands-parents, il avait eu peur.

Toutefois, l'existence d'Aurore ne se résumait pas à une histoire de lâcheté, de trahison et de vengeance. Aujourd'hui, au terme de sa vie, elle se battait pour rétablir les choses dans leur vérité, aussi douloureux que cela puisse être. Quant à Rafe, il était mort en luttant pour sa fille, pour préserver son avenir, puis pour lui sauver la vie.

Ses grands-parents avaient certes légué à Phillip leurs doutes et leurs incertitudes. Mais en même temps, ils lui avaient légué bien davantage. Soudain, il mesurait toute la signification de leur histoire, il comprenait pourquoi les révélations d'Aurore avaient été si douloureuses à entendre, si bouleversantes.

Si Aurore et Rafe n'avaient pu vivre cet amour fou qui les liait l'un à l'autre, ils laissaient cette chance à leur petit-fils.

32

Trouver les hommes pour débarrasser les débris qui encombraient la maison abandonnée, dans l'ancien quartier de Belinda, n'avait pas été un problème pour Phillip. Les problèmes avaient commencé quand il s'était rendu compte que les termites s'étaient attaqués à la galerie de l'étage et que des vandales avaient détruit plus de la moitié des fenêtres. Quant à la dentelle de fer forgé qui bordait les deux galeries et avait tant enchanté Belinda, elle était complètement rouillée. Phillip s'y était attaqué lui-même et, grâce à des trésors de patience, elle était maintenant prête à être peinte.

Au lendemain de la signature de l'acte d'achat, charpentiers et peintres étaient à l'œuvre pour remettre à neuf les galeries. Remplacer les fenêtres prit une semaine, car il fallut réparer les châssis et les volets anciens à claire-voie.

L'intérieur de la maison avait mieux résisté au temps. Les parquets en cyprès et les boiseries étaient intacts. Un bon lessivage, puis un coup de cire suffirent à leur redonner leur lustre d'antan. Les plâtriers s'attaquèrent aux murs et aux plafonds, et les électriciens mirent toute l'installation aux normes. La cuisine, elle, était une vraie catastrophe. Phillip la fit entièrement refaire, mais n'acheta aucun appareil ménager. Cela pouvait attendre.

Quand le jardin eut été débarrassé des divers détritus qui l'encombraient, Phillip fut d'abord tenté de tout arracher. Puis il résolut de sauver ce qui pouvait l'être. Il y avait ainsi un magnolia aussi haut que la maison sur un côté et un chêne centenaire couvert de mousse à l'arrière. Il y avait aussi du jasmin, près de la grille, et une rangée de gardénias qui, en dépit d'années d'abandon, donnaient encore des fleurs. Phillip fit appel aux conseils de Jake, ravi de se transformer pour l'occasion en paysagiste. Ensemble, ils domestiquèrent toute cette jungle et Nicky, qui s'était révélée experte en lavage de carreaux, reconnut que c'était là un bon début.

Lorsque l'essentiel du travail fut fait, Phillip choisit une soirée de printemps très douce pour venir garer sa voiture devant la grande maison blanche de Clairborne. Il avait calculé avec précision le moment de sa visite. Si l'heure du dîner était passée, il était trop tôt pour que Belinda soit absorbée dans la préparation de ses leçons. Un bref coup de téléphone à Debby lui avait permis de s'assurer qu'elle était bien à la maison.

Il la trouva, seule, assise sur la galerie. Pour un peu, il aurait pensé qu'elle l'attendait. Mais ce n'était pas le cas. Dès qu'elle l'aperçut, son regard se fit méfiant et elle se raidit.

— Bonsoir.

Il s'approcha lentement. Et, laissant entre eux une certaine distance, il s'adossa à rambarde de la galerie.

— Comment vas-tu ?

— Je n'ai pas à me plaindre.

— Je m'en doute, ce n'est pas ton genre.

Belinda se leva, prête à regagner l'intérieur de la

maison. Phillip empoigna la balustrade pour résister à la tentation de l'attraper par le bras.

— Ne t'en va pas ! lui dit-il.

— Je ne vois aucune raison de rester.

— J'aimerais beaucoup que tu restes.

Elle se rassit. Machinalement, Phillip jeta un coup d'œil sur son ventre, afin de voir si la présence du bébé se manifestait déjà. Belinda était toujours mince, mais son œil averti remarqua tout de suite que sa silhouette s'était épanouie, qu'elle était encore plus féminine.

— On m'a dit que tu étais de retour en ville, déclara-t-elle.

Phillip sursauta et fit aussitôt remonter son regard vers le visage de Belinda.

— On m'a dit aussi que tu avais été assez malmené, à Selma.

Ses poumons avaient respiré leur content de gaz lacrymogènes, et il avait reçu sur le crâne un coup qui aurait pu être mortel si l'un des marcheurs blancs n'en avait atténué la violence en se jetant entre le policier et lui.

— D'autres ont eu moins de chance que moi.

— Es-tu parvenu jusqu'à Montgomery ?

Cette marche avait été la plus longue et la plus éprouvante qu'ait connue Phillip.

— Oui. Mais je ne suis pas venu pour parler de cela. J'aimerais te montrer quelque chose.

— J'ai du travail. Tu sais que mes soirées sont toujours très occu-pées.

— Je sais beaucoup de choses sur toi, Belinda. Plus que quiconque, j'espère ?

— Debby m'a dit que tu étais au courant, pour le bébé.

Belinda n'avait jamais été femme à perdre son temps en joutes oratoires.

— En effet, confirma Phillip en hochant la tête.

— Je ne veux rien de toi. Tu n'as pas souhaité cet enfant et tu n'as pas à faire quoi que ce soit maintenant qu'il est là. Je me débrouillerai très bien.

— J'en suis sûr. Baisser les bras, ce n'est pas ton style.

Comme Belinda se levait de nouveau, Phillip s'avança.

— Compte tenu des circonstances, tu peux peut-être m'accorder quelques minutes ?

— Pour quoi faire ?

— Je te l'ai dit, j'ai quelque chose à te montrer.

Belinda était toujours aussi raide, sur la défensive. Pourtant, soudain, elle lui sembla moins sûre d'elle.

— Serais-tu venu ici avec l'idée de m'acheter, par hasard ?

Phillip fronça les sourcils.

— Quoi ?

— Je ne veux pas de ton argent, Phillip. Ni pour moi ni pour mon bébé. Je ne veux pas non plus de ton aide. Je ne veux pas que tu te mêles de nos vies.

— Tu ne veux pas ?

Il s'approcha encore d'elle, lui coupant la route. Si elle voulait atteindre la porte, Belinda serait contrainte de le repousser, à présent.

— Tu ne veux pas que je sois un père pour mon propre enfant ? lui demanda-t-il.

— Tu penses que n'importe quel père vaut mieux que pas de père du tout ?

La colère s'empara brusquement de Phillip.

— Je ne suis pas n'importe quel père ! Pour qui me

prends-tu ? Pour un minable, incapable d'assumer ses responsabilités ?

— Non.

Elle croisa les bras sur sa poitrine.

— Je sais que tu les assumeras très bien si je t'en donne l'opportunité. Mais tu n'y trouveras aucune joie. Crois-tu que le bébé ne s'en rendra pas compte ? J'ai été élevée comme ça, moi. Ma mère était si fatiguée et si pauvre que tout nouvel enfant était vécu comme un fardeau. Elle nous nourrissait comme elle pouvait, elle veillait à ce que nous ayons toujours un toit sous lequel dormir. Mais jamais elle ne nous a regardés avec amour. Pratiquement aucun d'entre nous n'en est sorti indemne... Je ne veux pas de cela pour mon bébé. Jamais de la vie !

— Belinda...

Phillip prit une profonde inspiration. Il était conscient d'avoir froissé la fierté de Belinda, son orgueil. Toutefois, il n'avait pas mesuré à quel point il l'avait blessée.

— Viens avec moi, lui dit-il. Laisse-moi te montrer quelque chose. Rien que cela. Après, tu décideras. Mais il faut absolument que tu m'accompagnes.

— Absolument ? Je ne suis tenue à rien.

— Si. Tu dois venir avec moi.

Il la dominait de toute sa hauteur. Belinda n'était pas femme à se laisser impressionner par un tel détail. Pourtant, sa détermination parut fléchir d'un coup. Phillip savait que ce n'était ni à cause de ce qu'il venait de dire, ni à cause de sa stature imposante. Elle se sentait vulnérable, se reprochant sans doute d'avoir livré si ouvertement ses sentiments.

— Tu me laisseras tranquille, après ? demanda-t-elle.

— Il n'est pas question que je vous abandonne, toi

et le bébé, quoi que tu dises ou fasses. Mais si c'est ce que tu veux, je t'aiderai à trouver un moyen de rendre ma présence moins pesante.

Belinda considéra sa proposition. Longuement. Et, alors que Phillip avait fini par se persuader qu'elle refuserait, elle hocha la tête.

— Que veux-tu me montrer ?

— Viens avec moi, ce n'est pas très loin. Ma voiture est garée devant la maison.

Ils firent le voyage en silence. Alors que Belinda regardait défiler les rues par la vitre, Phillip ne cessait de songer aux erreurs qu'il avait déjà commises. N'était-il pas en train d'en commettre une de plus ?

Enfin, il se gara devant l'ancienne maison de Belinda.

— Marchons un peu, proposa-t-il.

— Pour quoi faire ?

— Parce que nous sommes presque arrivés.

Phillip descendit de la voiture, fit le tour pour ouvrir la portière de Belinda et tendit la main. Elle hésita, la prit, mais la lâcha aussitôt qu'elle eut quitté le véhicule.

— Es-tu revenue ici depuis que tu as déménagé ? lui demanda Phillip.

— Non.

Il la prit par le bras et l'entraîna vers le trottoir.

— Vivre dans ce quartier avec toi m'a manqué, avoua-t-il.

Elle ne répondit pas.

— Parfois, lorsque je me réveille le matin, j'entends les merles chanter dans le jardin. Je me tourne, je tends le bras pour te toucher. Mais tu n'es pas là.

— Arrête ! s'exclama Belinda.

— Je dis tout simplement ce que je pense.

— Où allons-nous ?

Si Phillip avait commis des milliers d'erreurs dans sa vie, en particulier avec Belinda, il ne s'était pas trompé, cette fois, en choisissant ce moment pour lui montrer la maison. Le soleil se couchait dans une féerie de couleurs somptueuses, qui allaient du pourpre à l'or. La maison était peinte en blanc pour l'instant, avant de décider d'une autre teinte, mais la lueur du couchant la parait des couleurs changeantes d'un arc-en-ciel. La dentelle de fer forgé, noire, brillante, qui bordait les galeries, se détachait magnifiquement sur la façade.

Phillip prit Belinda par les épaules et l'obligea à faire face à ce spectacle.

— Voilà ma maison.

Puis il ôta ses mains et attendit.

Tandis que Belinda fixait la maison, ne laissant échapper aucun détail, il s'efforça de deviner le cheminement de ses pensées et de ses impressions. Cette maison, il le savait, ne serait jamais l'une des perles architecturales de La Nouvelle-Orléans. Elle n'était ni très grande ni particulièrement originale pour une ville où le génie combiné à l'imagination avait construit des quartiers entiers de maisons dignes des plus beaux contes de fées. Elle se trouvait dans une rue que les touristes ne visiteraient jamais et dans un quartier peuplé de bâtisses beaucoup plus ordinaires, voire délabrées. Mais en cet instant, elle apparaissait comme un véritable chef-d'œuvre. Elle représentait l'espoir.

Enfin, Belinda se tourna vers Phillip.

— Ta maison ?

— Oui. Tu aimes ce que j'en ai fait ?

Elle ne répondit pas.

— Viens voir l'intérieur.

— Non.

— Tu as promis de m'accompagner. Ce n'est pas ton style de trahir ta parole.

— Va au diable ! lança-t-elle à voix basse.

Tant bien que mal, Phillip parvint à ne pas réagir.

— Tu viens ou tu ne viens pas ? demanda-t-il.

Elle viendrait. Il le vit dans ses yeux. Quand il se dirigea vers la grille, elle le suivit. Il lui montra chaque détail, lui expliqua tout ce qu'il avait fait. Il ouvrit la porte d'entrée, pénétra dans la maison. Là encore, Belinda le suivit.

— Où sont tes meubles ? demanda-t-elle.

— Je n'en ai pas encore beaucoup.

Il lui fit visiter les différentes pièces, allumant les lampes posées sur le sol, qu'il avait empruntées à Nicky et à Jake.

— Il y a trois chambres ici, dit-il lorsqu'ils atteignirent le palier du second étage.

Il ouvrit la porte la plus proche.

— Celle-ci est la plus petite.

Phillip fit entrer Belinda et attendit, adossé au chambranle de la porte.

C'était la seule pièce qu'il avait fait totalement refaire. Elle était peinte dans une belle nuance bouton-d'or, et des rideaux jaune et vert ornaient les deux fenêtres. Au milieu, se trouvait un berceau.

— Je viens ici tous les soirs avant de quitter la maison et j'imagine notre bébé dans le berceau. Le matin, la lumière entre à flots par les fenêtres. Je vois très bien notre enfant tendre sa petite main pour essayer d'attraper un rayon de soleil.

Belinda traversa la pièce et s'arrêta auprès du berceau. Lentement, elle laissa son doigt glisser sur le bois du petit lit.

— Pourquoi as-tu fait cela, Phillip ? Tu pensais peut-être que ça changerait quelque chose ? Que j'imaginerais que tu avais changé au fond de toi-même ?

— A toi de décider.

Quand elle vint se poster face à lui, il ne bougea pas.

— Je t'ai dit que je ne voulais rien. Je ne veux pas de cette maison.

— Je n'ai pas l'intention de te la donner.

Elle haussa un sourcil interrogateur.

— C'est ma maison, déclara Phillip. C'est chez moi, ici, et maintenant que j'ai un chez-moi, je compte bien en profiter longtemps.

— Non, ce n'est pas chez toi, ici ! répliqua Belinda avec un rire blessant. Ce n'est pas ta ville. Tu te souviens ?

— Ça ne l'était pas lorsque je l'ai dit. Aujourd'hui, les choses sont différentes.

— Pourquoi ? Tu te sens coupable ? Tu as fait un enfant avec moi et tu te sens piégé ?

— J'ai fait un enfant avec toi, un enfant dont je suis maintenant le père. Et ce que je ressens n'a rien à voir avec de la culpabilité.

Il tendit la main, lui prit le menton. Belinda détourna la tête, mais il ne la lâcha pas.

— Je t'aime, Belinda. Mais jusque-là, j'étais bien trop stupide pour me rendre compte de ce que j'éprouvais. Il y a longtemps que je t'aime. Très longtemps. Je ne te donnerai pas cette maison, d'accord, mais si tu as envie de venir y vivre avec moi, je la partagerai volontiers.

— Hum !

Il l'attira vers lui. Elle résista.

— Belinda…

D'un geste ferme, il l'obligea à tourner la tête vers lui.

— Mes vêtements sont rangés dans la grande chambre,

de l'autre côté du couloir. J'aimerais que tu y ranges les tiens. Si tu refuses, je vais à Clairborne et je les vole, portemanteaux compris.

— Qu'est-ce qui te fait croire que je t'aime ? protesta Belinda sans grande conviction. Qu'est-ce qui te fait croire que je souhaite habiter ici et élever mon enfant avec toi ?

— Il est des choses dans lesquelles un homme doit avoir foi.

Sur ces mots, il l'attira plus près de lui et posa ses lèvres sur les siennes. Belinda mit une éternité avant de se laisser aller. Elle ne s'abandonna que peu à peu, fière, déterminée, telle qu'en elle-même, telle que Phillip l'avait toujours aimée.

Elle était aussi bouleversante que dans son souvenir, aussi généreuse avec son corps qu'elle l'avait toujours été avec son cœur. Pendant les semaines où il avait préparé ce moment, toutes ces semaines où il s'était demandé s'ils avaient encore une chance, Phillip n'avait pas voulu se souvenir de ce que c'était que de la tenir dans ses bras. Aujourd'hui, il se rendait compte qu'il n'avait rien oublié.

La plaquant contre lui, il sortit à reculons dans le couloir. Il tendit la main, derrière lui, tourna le bouton de la porte et entra dans leur chambre.

— Bienvenue à la maison, murmura-t-il contre les lèvres de Belinda. Tu peux meubler les autres pièces, mais je me suis chargé de celle-ci.

Belinda jeta un rapide coup d'œil à la chambre. Le mobilier se composait en tout et pour tout d'un lit, immense.

Quand elle se tourna vers Phillip, un sourire étirait ses lèvres.

— Ça devrait aller, dit-elle.

*
* *

Il faisait nuit lorsqu'ils parlèrent de nouveau. Belinda était allongée contre Phillip, la tête nichée au creux de son épaule. Il sentait le léger renflement de son ventre contre sa hanche.

— J'ai une histoire à te raconter, dit-il.

— A propos de Selma ?

— Je te parlerai de cette marche plus tard. Avec tous les détails. Là, il s'agit d'autre chose…

— Je t'écoute, murmura Belinda d'une voix endormie.

— Cela me concerne. Il s'agit de mes origines.

Beaucoup plus tard, alors que Phillip en avait terminé depuis un long moment de son récit, Belinda leva la tête vers lui. A la faveur de la lumière pâle du clair de lune, il vit dans ses yeux qu'elle avait compris bien au-delà de ce qu'il avait été capable de formuler.

— Tu vas en parler à ta mère ? demanda-t-elle.

— Probablement. Lorsque le moment sera venu.

— Comment le sauras-tu ?

— Je pensais que tu pourrais peut-être m'aider à décider.

Elle le fixa un moment en silence.

— D'accord, dit-elle finalement.

De nouveau, elle nicha la tête au creux de son épaule et posa une main à plat sur son torse.

— Tu sais bien que je t'aiderai, si je peux.

Phillip songea que c'était à cela que leur mariage allait ressembler. Deux corps entrelacés, des secrets partagés. Et un monde auquel appartenir ensemble.

Apaisé, il caressa les cheveux de Belinda jusqu'à ce que le sommeil les surprenne.

33

— Rafe pensait à vous lorsqu'il est mort, dit Phillip.

Aurore lui sembla nettement plus frêle que lors de sa dernière visite. Elle avait observé un silence absolu tandis qu'il lui faisait brièvement le récit des dernières heures de Rafe. Ses yeux étaient fixés sur un point très lointain, bien au-delà des murs de la pièce.

— Il a dit à Nicky qu'elle avait pris ce qu'il y avait de mieux en vous deux. Et c'est vrai, ajouta Phillip.

— Et ensuite, elle est partie pour Paris, murmura Aurore.

Ce n'était pas une question. Phillip se doutait qu'Aurore connaissait en détail cette partie de l'histoire. Néanmoins, il en traça les grands traits.

— Après cette nuit-là, Clarence Valentine cacha Nicky chez des amis pendant presque un mois. Comme elle avait vu ceux qui avaient tué son père, elle n'était pas en sécurité. Peu après, il lui a fait quitter le pays. On lui avait offert un travail dans un club de jazz à Paris. Le jazz était à la mode et les Noirs américains aussi. Il a prétendu que Nicky était sa petite-fille. Comme beaucoup de gens de couleur naissaient encore à la maison, à cette époque, et ne possédaient pas de certificat de naissance, il ne lui a pas été très difficile de convaincre les autorités. Nicolette est devenue Nicky Valentine.

— Clarence devait être un homme très bon.

— Nicky l'aimait comme s'il avait été son véritable grand-père.

Aurore se tourna vers Phillip. Ses yeux brillaient de larmes.

— J'ai cru que votre mère était morte, Phillip, avoua-t-elle. C'est bien des années plus tard que j'ai découvert qu'elle n'avait pas péri dans l'incendie de la maison, ainsi que je le pensais.

— Aviez-vous quelqu'un à Chicago pour vous donner des nouvelles d'elle ? Est-ce ainsi que vous avez appris ce qui s'était passé ?

— D'une certaine façon.

Elle prit sa main. Phillip la lui abandonna, frappé une fois de plus par le contraste entre leurs peaux.

— Mon notaire avait réussi à retrouver la trace de Rafe. Et j'avais décidé de le rejoindre.

Phillip la fixa, surpris.

— Oui, confirma Aurore en hochant la tête. Après que Rafe eut quitté La Nouvelle-Orléans avec Nicolette, je croyais que tout était fini entre nous. Mais j'étais irrémédiablement liée à lui. Je me réveillais chaque matin en songeant à tout ce que j'avais perdu. Ma vie avec Henry m'apparaissait comme une véritable hérésie. J'ai tenté de la poursuivre, sans y parvenir. Comment cela aurait-il été possible quand je savais ce que je pouvais obtenir en faisant montre d'un peu de courage ? Aussi ai-je écrit à Rafe en lui demandant s'il voulait bien de moi. J'étais prête à prendre Hugh avec moi et à disparaître. A part mon fils, j'étais décidée à tout abandonner. La Gulf Coast. Mon mariage. Tout. Et une fois que je serais parvenue à Chicago, je voulais que Rafe nous emmène en France. Nous parlions tous les deux couramment le français. Je pensais que nous pourrions tout recommencer, former une famille. Et si nous n'étions pas acceptés à bras ouverts en France, du moins serions-nous tolérés. Je lui ai écrit, l'ai supplié sans aucune honte de me laisser le rejoindre. Puis j'ai attendu.

— Avez-vous reçu une réponse ?

Aurore secoua la tête.

— J'ignore s'il a jamais reçu ma lettre ou s'il n'a pas pu se résoudre à me dire non. Cette incertitude m'a hantée toute ma vie. Spencer est venu me voir, deux semaines après que j'ai posté ma lettre. Il m'a annoncé que Rafe était mort lors d'une émeute. Il a mené son enquête et découvert qu'on n'avait plus revu votre mère après l'incendie qui avait détruit tout le quartier. Dans les ruines, on avait retrouvé des corps impossibles à identifier…

Malgré les années, la douleur et le chagrin altéraient la voix d'Aurore.

Phillip lui serrait toujours la main. Il avait envie de la réconforter. De consoler cette femme qui avait commis tant d'erreurs. Cette femme qui était sa grand-mère.

— Attendez…

Il accentua la pression de sa main.

— Madame Gerritsen…

— Vous ne vous résoudrez donc jamais à m'appeler Aurore ?

— Mon grand-père…

Ce mot lui venait tout naturellement, à présent.

— Je suis certain qu'il a reçu votre lettre. Et il était en train de prendre des dispositions pour que vous le rejoigniez.

— Que voulez-vous dire ?

Phillip songea à ce que lui avait révélé Nicky. Elle se souvenait avec précision de cette dernière nuit avec son père. Elle s'était accrochée à ce souvenir comme Rafe s'était accroché à celui des derniers instants de Marcelite, d'Angelle.

— Peu avant sa mort, mon grand-père a annoncé à ma mère qu'ils quittaient Chicago pour un lieu où ils pourraient enfin vivre heureux. Puis il lui a dit qu'il voulait ce qu'il y avait de mieux pour elle, qu'elle devait lui faire confiance... Cela, il le lui a dit en français. Ce détail avait étonné ma mère, sur le moment, et elle ne l'a jamais oublié. Car après avoir quitté La Nouvelle-Orléans, ils n'avaient plus parlé qu'anglais à la maison. Je pense que mon grand-père la préparait à partir pour la France. Avec vous.

La main d'Aurore tremblait. Elle détourna le regard.

— Et lorsqu'il est mort, poursuivit Phillip, il a dit à ma mère qu'elle avait pris ce qu'il y avait de mieux en vous deux. Il pensait à vous, alors. A ce que vous aviez créé ensemble.

Un long moment, ils demeurèrent silencieux. Finalement, Aurore poussa un soupir. Un soupir douloureux.

— J'ai eu une vie très longue, murmura-t-elle d'une voix brisée.

— Oui.

— Avez-vous l'intention de rester encore un peu à La Nouvelle-Orléans, Phillip ? Ecouterez-vous le reste de mon histoire ?

— Vous ne m'avez pas encore dit tout ce que je devais savoir ?

Aurore se tourna pour le regarder. Ses yeux bleu pâle étaient brillants de larmes.

— J'aimerais que vous sachiez tout. Je voudrais au moins vous laisser cela.

— Je vais rester à La Nouvelle-Orléans.

— Vraiment ?

— Je vais me marier. Et d'ici à la fin de l'été, je serai père.

Elle lui pressa la main.

— Nous avons conclu un marché, vous et moi, rappela-t-elle. L'honorerez-vous ?

Phillip lui sourit.

— Vous êtes une sacrée vieille dame, vous savez ?

Elle sourit à son tour. Et l'espace d'un instant, Phillip vit la jeune femme dont son grand-père était tombé amoureux.

— Rafe aurait été fier de toi, murmura-t-elle.

Il se pencha vers elle, embrassa sa joue. Elle était fraîche et douce sous ses lèvres.

— Je l'espère, Aurore.

Best-Sellers n°334 • thriller

Le tueur d'anges - Erica Spindler

Il y a cinq ans, des meurtres de petites filles ont semé la panique à Rockford, Illinois. Kitt Lundgren, chargée de l'enquête, a laissé le coupable lui échapper. Sa vie en a été marquée à jamais. Et voilà que le tueur d'anges recommence à frapper. Cette fois, Kitt est décidée à le retrouver, mais l'enquête est confiée à l'inspecteur Riggio, une jeune femme ambitieuse qui ne pardonne pas à Kitt ses erreurs passées. L'affaire s'annonce difficile, mais Kitt tient une piste. Car le tueur d'anges l'a choisie pour informer la police que cette nouvelle série de crimes n'est qu'un plagiat. Et qu'il charge Kitt, et elle seule, d'arrêter son « copieur »…

Best-Sellers n°335 • thriller

Le cercle de sang - Michelle Gagnon

Kelly Jones, agent du FBI, est envoyée sur le campus de l'université de Nouvelle-Angleterre où elle-même a fait ses études, pour enquêter sur le meurtre de deux étudiantes. Leurs corps sauvagement mutilés ont été retrouvés dans un réseau de tunnels abandonnés. Dans les deux cas, le tueur a laissé un indice : un visage monstrueux dessiné au sang sur le mur. Les soupçons de Kelly, mais aussi de ses deux équipiers Roger Morrow et Jake Riley, s'orientent vers Josh, le colocataire d'une victime, aux tendances schizophrènes. Quant aux mutilations, elles semblent inspirées de rituels barbares dont les origines remontent aux anciens cultes nordiques…

Best-Sellers n°336 • suspense

Secrets - Suzanne Forster

Marnie n'a pas toujours été Alison Villard, la riche et belle héritière de l'une des familles les plus puissantes de Mirage Bay, en Californie. Orpheline au visage difforme, et recueillie par une vieille dame, Marnie rêvait de devenir un jour aussi belle, aussi riche, aussi désirable qu'Alison. Jusqu'au jour où, en se réveillant à l'hôpital, amnésique, après un tragique et terrible accident, Marnie découvre qu'une opération de chirurgie lui a donné les traits d'Alison. A son chevet, Andrew Vilard, son mari, semble la prendre pour la vraie Mme Vilard…

Best-Sellers n°337 • thriller

Et tu périras par le feu - Karen Rose

De retour dans la police après une erreur qui a manqué lui coûter la vie, l'inspecteur Mia Mitchell fait équipe avec Reed Solliday, capitaine des pompiers de Chicago, pour arrêter un dangereux psychopathe qui a violé une jeune fille et l'a tuée en mettant le feu à la maison où elle se trouvait. Très marquée par un passé personnel douloureux, Mia, malgré sa méfiance à l'égard des hommes, est contrainte de faire confiance à son coéquipier – un homme meurtri par la mort de sa femme, et père d'une adolescente. Pour l'un comme pour l'autre, cette enquête va marquer un tournant décisif…

Best-Sellers n°338 • roman

La vallée des secrets - Emilie Richards

Blessée par les absences et la froideur de son mari Isaac, la journaliste Kendra Taylor s'installe dans un chalet isolé au cœur de la Shenandoah Valley, en Virginie. Une demeure héritée par Isaac d'une grand-mère qu'il n'a jamais connue. Dans ce lieu enchanteur et sauvage, elle espère se ressourcer et faire le point sur son mariage. Mais c'est une autre quête qui la passionne bientôt : celle du passé enfoui et mystérieux des ancêtres d'Isaac. Car, elle en est persuadée, ce n'est qu'en sachant enfin d'où il vient qu'il pourra construire avec elle un avenir serein…

Best-Sellers n°339 • historique

L'épée et le lys - Margaret Moore

Angleterre, 1243

Quand, au décès de son père, lady Mathilde hérite du château d'Ecclesford, elle sait qu'elle vient de se faire un ennemi mortel. En effet, son cousin Roald de Sayres, auquel la lie un inavouable secret de famille, lui conteste la légitimité de cet héritage et menace d'assiéger la citadelle. Une fois maître en la place, il forcera les villageois à lui prêter allégeance, puis fera enfermer Mathilde au couvent et déshonorera sa soeur, la fragile Giselle. Pour éviter ce sort funeste, Mathilde sait qu'elle n'a pas le choix. Vite, très vite, il lui faut trouver un homme capable de défendre Ecclesford. Et, dans toute la région, il n'existe qu'un guerrier assez redoutable pour relever pareil défi : sir Henry d'Alton, un chevalier normand sans terre que l'on dit aussi conquérant sur le champ de bataille que dans le lit des dames…

Best-Sellers n°340 • suspense

Crimes masqués - Tess Gerritsen

Dans ce livre, Tess Gerritsen explore le genre qui a fait son succès – le suspense – à travers l'histoire de deux femmes victimes chacune d'une manipulation criminelle. Ainsi le Dr Kate Chesney se retrouve-t-elle accusée d'une grave erreur médicale derrière laquelle se cache un meurtre prémédité, tandis que Léa Fontaine, une brillante scientifique, se voit prise au piège de la double vie menée par son mari…

Composé et édité par les
éditions Harlequin
Achevé d'imprimer en juin 2008

BUSSIÈRE
GROUPE CPI

à Saint-Amand-Montrond (Cher)
Dépôt légal : juillet 2008
N° d'imprimeur : 80817 — N° d'éditeur : 13610

Imprimé en France